봉황종
평화를 울리다

봉황중 덩화를 울리다

초판 1쇄 인쇄 2018년 6월 20일 | 초판 출간 2018년 6월 25일 | 지은이 도학회 | 펴낸이
임용호 | 펴낸곳 도서출판 종문화사 | 인쇄·제본 경성문화사 | 출판등록 1997년 4월 1일
제22-392 | 주소 서울 은평구 연서로 32길2 3층 | 전화 (02)735-6891 팩스 (02)735-6892
| E-mail jongmhs@hanmail.net | 값 16,000원 | ⓒ2018, Jong Munhwasa printed in
Korea | ISBN 979-11-87141-39-6-03810 | 잘못된 책은 바꾸어 드립니다.

봉황종 평화를 울리다

金井 도학회

종문화사

| 등장 인물 |

푸나(Puna 補娜): 천푸나(陳補娜), 한국인 아버지와 중국인 어머니 사이에 태어남, 생명공학 연구원

치랑(Qilang 琦琅): 의사, 푸나의 애인

예싼(Yeshan 鄒善): 치랑의 친구, 외과의사

제강(Dijiang 帝江): 혼돈의 성격을 가진 신화적 동물

포효(Paoxiao 狍鴞): 곤륜선단에서 복원한 고대신화동물

펑쒉(Pengshuang 馮墌): 흑룡개발의 대표

량링천(Lianglingcen 梁靈岑): 발굴팀원, 중국 근대 사학자 량쓰용(梁思永)의 후예

쓰우(Siwu 司務): 여성 발굴팀원

젠즈(Jianze 建澤): 발굴팀장

다니엘(Daniel): 미국인 발굴팀원

도리이(Doriyi): 일본인 발굴팀원, 일본 사학자 도리이 류조우(鳥居龍藏)의 후예

손규영(Son GyuYoung 孫糾影): 형사

금정(KeumJeong 金井): 종의 명장

쟝치우(Jiangqiu 姜求): 옌띠(炎帝)병원장

페이롱(Feilong 飛龍): 부상당한 서커스 단원.

장졔(Zhangjie 張杰): 조폭두목

김명철(Kim MyongChul 金明哲): 공무원

궈이(郭鮨 Guoyi): 정신과 의사

류풍걸(柳風杰 Ryu PoongGul): 한국탈춤단장

세르게이(Sergei): 러시아인

띵쟈오(Dingjiao 丁膠): 푸나의 보조연구원

장수석(Jang SooSuk 張秀錫): 한국인 동물복제 전문가

스트렌튼(Strenten): 미국인 과학자

량링챠오(Lianglingchao, 梁靈巢): 링천의 형, 사업가

두쒼(Duxun, 都勳): 수련의

고대의 복장을 한 사람

서커스 단원들

기타

| 차례 |

바위공원

뚜, 뚜, 뚜~~~

"시청자 여러분 안녕하십니까? 2045년 4월 12일 수요일 아침, 평화구역 방송에서 알려드리는 간추린 뉴스입니다.

요즘 과거에 비해서는 공기가 많이 좋아졌다고는 하지만 여전히 인구밀집지역에서는 정체를 알 수 없는 미세먼지가 많이 발생하여 숨쉬기가 여간 어렵지 않습니다. 건강에 유의하시기 바랍니다. 오늘은 날씨가 보기 드물게 화창합니다. 야외에 나가서 마음껏 햇볕을 쐬기에 좋은 날씨입니다.

첫 번째 뉴스입니다. 우리 동북지방 평화구역의 1/4분기 경제지표가 전 중국에서 으뜸이 되었다는 소식입니다. 풍부한 농업생산과 활발한 무역교류의 결과인데요. 아무래도 지역적으로 중국, 한국, 러시아, 일본 등의 교류의 중심에 있어서 교역량이 많아서 그런 것 같습니다.

다음 뉴스입니다. 전 세계적으로 자원고갈의 문제가 점점 더 심각해지고 있습니다. 3차 산업시대의 대표적 자원인 석유는 전기자동차의 발달로 쓰임새가 줄어들어 오히려 풍족한 편이지만 전기자동차 배터리 생산에 꼭 필요한 희토류 문제가 심각합니다. 어쩌면 세계 최대의 희토류 매장량을 자랑하는 아프리카에서 희토류 때문에 새로운 자원전쟁이 발생할지도 모르겠습니다.

다음 뉴스입니다. 마침내 전 세계에 있는 핵무기를 완전히 폐기하기로 핵무기 보유국들이 합의하였습니다. 그리고 고도화된 핵기술은 인간이 우주를 개척하는데 공동으로 노력하는데도 합의하여 지구문명의 우주에 대한 도전이 한 단계 더 업그레이드 될 것입니다.

다음 뉴스입니다. 지금은 흔히들 과학이 인간의 능력을 능가한 시대라고 합니다. 옛말로 하면 완전한 개명천지가 되었는데 그런데 여전히 이상한 사이비 종교는 늘어간다고 합니다. 어떤 사이비 종교는 지구에 유토피아를 만든다고 사람들이 살지 않는 지역에 어마어마한 땅을 개발한다는 소식도 있습니다. 사이비 종교가 늘어간다는 것은 인간의 판단능력의 한계 때문일까요?

다음 뉴스입니다. 요즘, 부동산으로 돈을 벌려면 한반도의 북한 땅으로 가라는 말이 있을 정도로 이 지역의 개발붐이 한창입니다. 과거의 노후 환경을 개선하여 새로운 도시개발과 주거개선 사업이 지구상에서 가장 활발한 곳이라고 합니다.

다음 뉴스입니다. 인간을 능가하는 첨단인공지능 시스템으로 무장하여 어느 국가도 무시할 수 없을 정도로 힘이 커진 거대 다국적 기업이 그들이 제시하는 프로그램대로 만하면 인간은 노동하지 않고 오로지 즐기며 창의적이고 영적 능력만 개발하면 되는 이상 사회가 도래할 것이라는 홍보를 자주 들으셨죠? 하지만 이 것은 기업들이 그들의 항구적 지배권력 유지를 위한 세뇌시스템 구축의 일환일 뿐이니 조심해야 한다는 경계의 목소리도 끊임없이 제기되고 있습니다. 그런데 거대기업들뿐 아니라 학문과 종교를 빙자한 여느 집단들에서도 인간을 세뇌시키고자 하는 시도가 점점 많아지고 있습니다.

다음은 스포츠 문화 소식입니다. 사람과 완전 같은 AI로봇 메이지(美機)가 알려드리겠습니다.”

“안녕하세요? 사람과 같은 AI로봇 메이지입니다. 오늘 저녁 평화구역 인민축구장에는 한국과 중국 간의 정기 친선축구경기가 있습니다. 지금까지 양국의 전적은 거의 동률을 보이고 있습니다. 저 메이지의 스마트한 머리로 양 팀의 전력을 분석해보면 2 : 2 무승부를 보일 것으로 예상됩니다.

어제부터 평화구역 박물관에서는 지역 발굴유물 특별전을 열고 있습니다. 잘 아시겠지만 츠펑에서 선양 근처까지는 홍산문명권역으로 기원전 40세기까지 올라가는 신석기문명의 흔적과 기원전 24세기까지 거슬러 올라가는 청동기문명의 가장 오래된 유적들이 산재해 있지요. 이전부터 이곳에서는 중국의 대표적 전통공예품인 옥으로 만들어진 유물들과 토기, 청동기들이 많이 발굴되었습니다. 옥은 유리보다 단단하여 가공하기가 여간 어렵지 않지만 고대인들은 모래가루와 옥가루를 이용해서 용을 비롯하여 많은 신

화적 동물형상의 옥기들을 창조하였습니다. 이번에는 아주 특이
하게 날개를 편 새 모양의 옥기도 전시된다고 합니다. 역사와 문
화적 소양을 높이는 좋은 전시이니 놓치지 마시기 바랍니다."

"네, 아름다운 AI 메이지는 기계인지 인간인지 볼수록 헷갈립
니다. 요즘은 펜클럽까지 생겼다니 참 대단합니다. 메이지 양 혹
시 남친 있어요?"

"당연히 있습니다. 제 남친은 영원히 늙지 않는 저와 사귀게 된
것에 대해 아주 만족하고 있어요."

"아, 그래요? 영원히 늙지 않는다니 정말로 부럽습니다. 시청자
여러분, 인간의 존엄이란 말을 들어본 지 꽤 오래되지 않았나요?
이 말이 불과 몇 년 전까지는 인간의 가치를 표현하는 가장 중요
한 단어였는데 과학기술이 인간의 능력을 넘어선 지금 거의 용도
폐기된 듯한 느낌입니다. 그렇다고 우리 모두 용도 폐기된 인간
이 되어서는 안되겠지요? 우리 다 같이 파이팅! 시청해주셔서 감
사합니다."

하늘에 뭉게구름이 여유롭게 흘러가고 구름 사이사이로 햇빛이
쏟아져 내리는 봄날 오후, 바위들이 유난히 많은 도시 속 공원의
야트막한 구릉을 한 여인이 걸어가고 있다. 그녀의 이름은 푸나(
補娜)이다. 올해 막 삼십에 들어섰다. 키는 160을 조금 넘어 보이

고, 얼굴은 단아한 미인 형이며 피부는 눈에 띨 정도로 희다. 단정해 보이는 무릎 아래까지 오는 치마와 긴 소매의 연한 분홍색 스웨터를 입고 있지만 적당한 볼륨감이 드러나는 몸매로 보아 남자들에게 인기가 있어 보인다. 그녀는 대학에서 생물학을 공부했고 지금은 대학의 생명공학연구실에서 연구원으로 근무하고 있다.

바위가 많은 이 구릉은 푸나가 연구원으로 있는 대학과 다운타운 사이에 있는 10만평방미터 정도의 비교적 넓은 공원이다. 이 공원은 물욕이 많았던 공무원이 부동산개발업자와 결탁하여 개발사업을 벌이려다 사전 지표조사과정에서 예상치 못하게 아주 오래된 청동으로 된 물건들이 곳곳에서 발견되어서 개발이 금지되고 역사유적지로 지정되었다. 그럼에도 그 공무원은 편법 수단을 동원하여 유적지로서의 가치를 폄하시켜 개발사업을 계속 진행하려고 했으나 이를 눈치챈 시민역사단체의 고발로 경찰이 수사한 결과 공무원과 개발업자 간의 뇌물관계가 드러나 공무원은 파면되고 개발업자는 구속되었다. 아직 본격적인 발굴조사는 이루어지지 않고 있으며 발굴조사대상구역임을 나타내는 푯말이 꽂혀있고 줄이 쳐져 있을 뿐이다.

이곳의 색다른 점은 첫눈에 큰 바위들이 많다는 것이다. 바위들은 앉아서 휴식을 취할 수 있는 편평한 것들도 있고 뾰족하게 높이 솟은 것들도 있다. 유치원 어린이보다 작은 것도 있지만 어른의 키보다 몇 배 높은 것들도 있다. 어떤 바위는 땅속에서 하늘을 향해 솟아오르는 종유석처럼 생겼는데 지질학적으로 도저히 성립

할 수 없는 주위의 화강석들과 어울려서 이상한 행성의 풍경이다.

　공원관리국에서는 돌들이 많은 바위공원 풍광의 특색을 살리기 위해 바위 주변은 잔디를 심어 정리했고, 키가 큰 나무보다는 작은 나무들만 듬성듬성 심었다. 바위 사이사이를 따라서 사람이 다닐 수 있는 산책길도 나 있고 그 길을 따라 작고 예쁘장한 가로등이 설치되어 있어서 밤에도 사람들이 다닐 수 있다. 어두운 밤에 보면 소인들과 거인들이 모여서 뭔가를 이야기하고 있는 것 같은 바위들의 형상은 무엇이라고 콕 집어 말할 수는 없지만 특이한 풍광을 연출한다.

　"자기, 오늘은 몇 시에 시간이 비나요?"

　"우리 대장 의사가 세미나 하러 두 시부터 자리를 비우는데 마침 수술스케줄도 없으니 1시간 정도 여유는 있는데."

　"오케이. 이따 봐용."

　"아! 예싼도 나하고 스케줄이 비슷하니 같이 보자."

　"에이, 또? 알았어."

　푸나는 약품냄새가 진동하는 실험실이 지루해져서 공원의 건너편 타운에 있는 옌띠병원에서 의사로 근무하는 남자친구 치랑을 만나러 가는 길이다. 치랑은 푸나보다 나이가 5살 많은데 의사이면서 역사문화유산에 관심이 많다. 유명한 역사학자의 특강이 있으면 시간이 허락하는 한 찾아가 듣고, 시민역사지킴이모임에도 나가서 문화유산보호활동에도 활발하게 참여하였다. 이곳이 편법으로 개발되는 것을 막기 위한 시민고발운동에도 주도적으로

12

참가해서 이곳이 지금과 같은 바위공원으로 남아있게 한 일등공신의 한 명이기도 하다.

푸나와 치랑은 여느 연인들처럼 둘만의 오붓한 시간을 보내기도 하지만 치랑이 종종 예싼이라는 동료 의사를 데리고 오기도 했다. 치랑과 예싼은 둘 다 정형외과 의사이고 실력이 출중하여 옌띠병원에서 성공할 가능성이 매우 높은 의사들로 꼽힌다. 치랑은 행동이 반듯하고 성격이 쾌활한 외향적인 사람인데 비해 예싼은 말수가 적어서 내향적으로 보이기도 하지만 기분이 좋을 때는 크하하하! 하면서 남들보다 특이한 웃음을 내기도 하는데 속마음이 어떤지는 쉽게 판단하기가 어려운 사람이다. 또한 많은 젊은 여자들이 예싼의 유능함과 높은 수입을 보고 유혹해왔지만 그는 웬일인지 시큰둥했고 물어도 그 이유를 말하지 않았다.

바위공원에 들어와서 약 50m쯤 가면 꽤 넓은 냇물이 흐르고 있다. 이 냇물은 원래 좁은 도랑이었는데 공원의 구색을 맞추려고 확장하고, 중간 중간에 돌다리도 놓았다. 돌다리를 지나는 사람들은 흐르는 물을 보면서 마음을 달래기도 한다. 푸나도 돌다리를 건너면서 거의 언제나 물속을 들여다본다. 물속의 생물들이 활발하게 움직이는 모습이 생기 넘치고, 손에 먹을 것이라도 있어 조금씩 떼어 물위에 던지면 물고기들이 우르르 몰려들어 서로 먹겠다고 쟁탈전을 벌이는 것을 보면 자신도 물고기와 같은 활력이 솟아오름을 느끼기 때문이다.

푸나는 오늘도 돌다리를 건너면서 어떤 물고기가 지나가나 물속을 유심히 들여다보았다. 작은 물고기들이 보통 때와는 달리 폿! 폿! 빠르게 물살을 가르며 지나가고 조금 큰 물고기들은 푸드드득 급히 수초 속으로 숨어들고는 나오지 않는다. 이상하다 생각하는데, 얼마 후 물에서 우르르~ 우르르~ 하는 소리가 들리더니 한떼의 물고기가 몰려온다. 수백 마리가 넘을 것 같은 대규모이다. 이곳에서 지금까지 보지 못한 큰 물고기떼이다. 물고기 등의 색깔은 짙은 회색빛이 감돌고 떼로 몰려가는 바람에 모양을 자세히는 관찰하지는 못했지만 팔뚝만한 잉어처럼 생겼는데 유달리 눈에 띄는 것은 입이 머리의 앞에 있는 것이 아니고 배 근처에 다부지게 붙어있는 것이었다. 어디에서도 보지 못한 입의 모양이어서 꽤 인상적이었다.

도대체 무슨 물고기일까? 왜 갑자기 이렇게 대규모로 나타나서 이동할까? 서식지에 문제가 생겨서 이동하는가? 이상한 물고기의 갑작스런 이동에 의문이 들었다. 그런데 더 이상한 것은 한바탕 물고기떼가 지나고 난 시냇물 속의 광경은 언제 그런 일이 있었냐는 듯 금세 고요함을 찾았고 그 많은 물고기떼가 휩쓸고 지나갔음에도 조금의 흙탕물도 보이지 않는다는 것이다.

푸나는 놓치기 아까울 정도로 날씨가 좋아서 공원길을 걸으며 쾌청한 날씨를 즐기려고 치랑과 약속한 시간보다 20분이나 일찍 연구소를 나섰다. 그런데 생각보다 햇살이 강하여 파라솔을 폈다. 점점 심해진 온난화 때문인지 날이 더워지는 시기도 점점 앞당겨졌다. 10년 전만 해도 4월 말에는 아침저녁으로 감기를 조심해야 할 정도로 찬 기운이 돌기도 했지만, 지금은 여름인 양 더위를 느낄 때도 있으며 공원의 바위들도 햇볕에 데워져서 앉으면 엉덩이가 뜨끈하니 좌욕치료를 하는 느낌이 들 정도이다.

바위들 중에는 푸나가 특별히 좋아하는 것이 있는데 푸나가 걸터앉기에 적당한 높이이고 엉덩이 모양으로 파인 것이 꼭 사람이 와서 앉아 주기를 바라고 만들어진 것 같다. 그 돌 뒤로는 키가 엄청 높은 다섯 개의 바위들이 호위무사처럼 서 있고, 그 바위들 사이에는 사람들의 눈에 쉽게 띄지 않는 작은 공간이 있는데 푸나는 가끔 이곳에서 치랑과 입맞춤을 하기도 하였다.

그 바위들 중에 높이가 7~8m 정도 위로 길쭉하게 쭉 뻗은 것이 있는데 사람들은 봉황바위라고 불렀다. 언제부터인지는 모르지만 그 바위 위에서 봉황을 닮은 꽃이 피어나면 전설의 새 봉황이 나타나 수천 년 태평성대가 열린다는 얘기가 전해오고 있다. 아무도 이 이야기가 신빙성이 있는 것이라고 믿지는 않지만 그래도 이곳 사람들 사이에서는 계속해서 이어져 오고 있다.

몇몇 바위들 꼭대기에는 마치 작은 우물처럼 패인 곳이 있는데 물이 한번 고이면 믿지 못할 만큼 오랫동안 마르지 않았고, 그래서인지 바위의 작은 틈새에는 억센 생명의 뿌리를 내린 이름 모를 식물들이 자라고 있다. 봉황바위의 꼭대기에도 시기가 일정하지는 않지만 마치 거인의 손바닥을 활짝 펼친 것 같은 납작한 잎들이 큰 잎과 작은 잎 한 쌍씩 자랄 때가 있다. 사람들은 그냥 저렇게 높은 돌 꼭대기에도 풀이 자라고 있다고 생각할 뿐 아무도 그 풀을 특이하게 여기지 않았다.

푸나는 바위에 앉았다. 엉덩이가 따뜻하니 기분이 좋다. 펼친 파라솔을 어깨에 올려놓고 상체를 좌우로 흔들거리며 따뜻한 날씨를 즐겼다. 눈앞에 갖가지 형상으로 펼쳐진 바위들의 모습이 정겹게 느껴진다. 그런데 어떤 것은 어둠속에 비치는 애인 치랑의 벗은 모습을 닮았다. 요즘 치랑과의 사랑이 이상할 정도로 따뜻하고 몸의 생기를 북돋아주는 느낌이다. 아마 곧 치랑과 결혼하는 시간이 다가와서 더욱 이런 느낌이 강하게 드는 것인지 모르겠다. 갖가지 바위 모습에서 치랑의 모습들이 자꾸 떠올려지는 것을 재미있어 하면서 한편으로 어쩌면 오늘 저녁에 다시 치랑의 벗은 몸의 실루엣을 볼 것을 기대하니 벌써 흥분이 되면서도 밝은 대낮인 탓인지 살짝 민망한 기분이 든다.

파라솔은 펴고 있지만 청명한 날씨에 눈이 부실 정도로 햇살이 강해서 눈을 감았다. 눈을 감으니 눈앞에 보이던 세상이 사라지고 어떤 새로운 느낌이 어두운 망막에서 달려 나오는 것 같다. 마치 이전에 명상훈련 때 느꼈던 감각이 다시 살아나려는 느낌이다.

5분 정도 눈을 감았을까? 잠이 오려고 한다. 치랑과의 약속을 생각하며 눈을 뜨려고 하지만 따스한 햇살의 나른함으로 이미 무거워진 눈꺼풀은 쉬이 떨어지지 않는다. 눈을 뜰까말까 갈등이 계속된다. 이제는 일어나야지 하면서 눈을 뜨려는데 무엇이 햇볕을 가로막았는지 눈앞이 어두워지는 것 같다. 갑자기 두려운 느낌이 들어서 눈을 뜨려는데 우악스런 힘이 푸나를 제압하며 얼굴에 뭔가 덮여지는데 입까지 막아서 아무 소리도 지를 수 없다. 다만 "이 여자가 확실하지?" "맞아, 내가 오래전부터 봐왔던 여자야"라는 대화가 들린다. 푸나의 얼굴을 덮은 것에 마취제를 발랐는지 금방 정신이 몽롱해진다.

푸나는 꿈을 꾸는 것 같았다. 아주 큰 산돼지 두 마리가 푸나를 향해 달려오고 있었다. 그놈들의 덩치가 얼마나 큰지 공원에 있는 웬만한 바위보다 큰 것 같았다. 털은 검은 잿빛이고 뺨과 귀 뒤로 등줄기의 가운데까지 덮은 기다란 털은 흑마의 갈기처럼 흩날린다. 달려오는 속도가 얼마나 빠른지 공포에 사로잡힌 푸나가 체한걸음도 떼기 전에 푸나의 코앞에 왔다. 그 중에 한 놈은 더욱 컸다. 그놈은 너무 커서 한눈에 크기가 들어오지 않을 정도이고, 쉭쉭거리는 콧김에 푸나의 부드러운 머리카락이 휘날렸다. 그놈의 콧김은 이루 말할 수 없이 역겹지만 거짓예언자들에 현혹된 이들이 그들의 우상에게 바치는 향처럼 정신을 마비시키는 이상한 느낌이 있다.

"위대한 대왕님께 복종하라! 꿇어!"

덩치가 작은 산돼지가 푸나에게 명령을 내렸다. 그런데 소리가 좀 이상하다. 바로 앞에서 외치는 소리이지만 거리를 알 수 없을 정도의 먼 시공간을 거쳐 오는 것처럼 푸나의 귓전에서 웅웅 거리며 울린다. 두려웠지만 푸나의 내면 어딘가에서 이것들에 질 수 없다는 용기가 솟아올랐다.

"복종 못해! 너희 같은 미물이 어찌 인간을 지배하려 드느냐?"

"뭐라고, 미물이라고? 하하하!"

"너희는 금수의 근육을 가졌기에 힘이 강대할진 모르나 너희에게 그 힘을 준 조물주의 뜻은 땅을 파고 적들을 들이받아 쓰러트리는데 쓰라는 것이지 감히 사람에게 대들라고 준 것이 아님을 어찌 모르는가!"

"가소로운 년이 주둥이만 살았구나. 대왕님, 당장 강철이빨로 이년의 허리를 물어 분질러버리고 보드랍고 맛난 살코기를 씹어 배나 채웁시다."

"그렇게 빨리 죽이면 재미없지. 이년과 나의 인연은 그렇게 간단하게 끝날 인연이 아니야. 크허허허허!"

큰 산돼지가 코를 푸나의 얼굴에 들이밀어 쉭! 콧김을 내뿜더니 곧바로 눈을 감고 숨을 깊이 들이쉬며 푸나의 냄새를 음미한다. 푸나는 자신의 육체적 힘이 부족하여 이놈들에게 무슨 나쁜 일을 당할 지도 몰라 두렵지만 담대함만은 잃지 않기로 했다. 그 담대함은 푸나가 원래부터 가지고 있던 것이다.

"네놈들은 나의 본성을 알고 그것을 허물어보려 하겠지만 그리하지는 못할 것이다. 썩 꺼지라!" 푸나의 내면 용기가 소리쳤다.

"어쭈! 점점 더 가관일세. 대왕님 빨리 결정하십시오. 그렇지 않으면 인간들이 몰려들어 낭패일지 모릅니다. 우리가 얼마나 오랜 세월 시공간을 뒤져서 찾은 기회입니까?"

"서두르지 마라. 사람들은 우리를 보지 못할 것이다."

"사람들이 우리를 보지 못하더라도 우리를 쫓는 다른 무리가 들이닥칠지도 모릅니다.”

“서두르지 말라. 나와 이 여인의 인연은 간단한 것이 아니라 하지 않았는가?”

작은 산돼지가 재촉하지만 큰 산돼지는 서두르지 않고 앞다리는 곧추세우고 뒷다리를 쭈그리고 앉으며 푸나에게 말했다.

“내 비록 지금 금수의 몸을 하고 있으나 몇 전생 이전에는 너 못지않은 존재였다.”

“웃기는 소리 마라. 그 금수의 두겁을 벗지 못하는 한 너는 옛날을 말할 자격이 없다. 그러니 네가 여기서 당장 해야 할 일은 금수의 두겁을 벗게 해달라고 석고대죄 하는 것이지 이상한 마법으로 너의 힘을 기르고 이 세상을 지배하려 시도하는 것이 아니다!”

푸나의 목소리에는 더욱 강단이 들어있다.

그때, 그들이 있는 주변의 하늘 이곳저곳에서 구멍이 뚫리는 것 같더니 그 구멍에서 이상한 소리가 들리는 것 같다.

“대왕님! 빨리 서두르십시오. 이러다 정말로 놈들이 우리를 발견할지 모릅니다.”

“알았다.”

큰 산돼지 작은 산돼지 두 마리는 먹이를 놓고 좋아서 춤을 추듯 푸나 주위를 펄쩍펄쩍 뛰어올랐다. 뛰어오를 때마다 두꺼운 껍데기에 감추어졌던 우람한 근육이 산처럼 솟아올라 놈들의 힘이 얼마나 강인한지 알게 한다. 몸부림치듯 푸나의 주위를 뛰어오르던 산돼지들이 갑자기 자세를 바꾼다. 강철처럼 단단한 거대한 앞발톱으로 땅바닥을 할퀴니 쟁기로 논을 간 것 같이 땅이 움푹움푹

파인다.

그리고 큰 산돼지가 강력한 코로 푸나를 들이받아 넘어뜨리고 작은 산돼지는 춤을 추듯이 푸나와 큰 산돼지의 주변을 빙빙 돌았다. 기이한 공포를 느끼게 하는 장면이다. 푸나는 눈을 감았다. 큰 산돼지의 날카로운 발톱이 푸나의 배를 눌러 뱃가죽이 찢어지고 창자가 끊어지는 고통이 왔지만 푸나는 아무 소리를 내지 않고 참았다. 산돼지의 발톱은 푸나의 가슴을 터뜨리고 다리를 밟아 분질러버린다. 날카로운 이빨로 푸나의 배를 물어뜯고 긴 코를 푸나의 뱃속에 집어넣어 푸나의 내장을 파먹었지만 담대함을 잃지 않은 푸나는 고통의 절규를 내지 않았다. 말할 수 없는 고통이 푸나를 괴롭혔지만 이 모든 것이 허상 속에서 이루어지고 있음을 알기에 그 고통 또한 허상이라는 것을 아는 것이다.

허공 속에 뚫린 구멍들에서 병사들의 발자국 같은 소리가 점점 더 크게 들린다. 큰 산돼지는 푸나의 머리만 남기고 푸나의 온 육체를 짓이겨버렸다. 그리고는 흡족한지 마치 개처럼 뒷다리를 들어 푸나의 몸에 오줌을 갈겼다.

"대왕님, 마침내 이기셨군요. 축하드립니다."

" ...... "

작은 산돼지의 경하에 큰 산돼지는 대답이 없다. 그저 거대한 대갈통을 이리저리 휘저으며 푸나에게 무언의 의사표시를 하는 것 같다.

"가자!" 큰 놈이 외치자

"알겠습니다. 놈들도 거의 쫓아 왔습니다." 작은 놈이 즉시 대가리를 숙이며 답한다.

두 놈은 푸나에게서 멀어져 가는 듯 하더니 다시 방향을 바꾸어 푸나에게 질풍처럼 달려들었다. 두 놈은 푸나의 가까이에 와서도 전혀 속도를 줄이지 않는다. 온몸이 산돼지에게 짓이겨진 푸나는 미동도 않고 있었다. 부딪히면 푸나의 몸은 가루가 되어버릴 것이다. 푸나를 들이받을 것 같던 산돼지들은 푸나를 살짝 벗어나 푸나의 뒤에 있는 거대한 바위에 그대로 부딪혔다. 꽝! 하고 굉음이 났다. 그렇게 세게 부딪혔으니 바위가 부서졌든가 산돼지들의 몸이 박살이 났을 것이다. 하지만 그런 일은 일어나지 않았다. 바위는 깨지지 않았고 산돼지들의 시체도 없었다. 그 큰 바위는 다른 차원의 세계로 통하는 문인 듯 산돼지들은 흔적도 없이 사라졌다.

제강(帝江)

　푸나는 눈을 떴다. 꿈의 내용이 으슴푸레 나기에 바위공원인줄 알고 주위를 둘러보니 바위는 보이지 않고 천장의 밝은 불빛이 보이고 주변이 온통 흰색인데, 걱정스런 눈빛으로 푸나를 응시하는 치랑과 예싼의 모습이 어렴풋이 들어온다. 비로소 공원에서 있었던 고통이 기억난다. 순간적으로 너무 힘을 썼는지 몸이 욱신거리고 아프다. 팔다리가 아프고 아랫배도 아프다. 마취제에 기절했기 때문에 무슨 일이 있었는지 뚜렷한 기억이 없다. 그저 치랑과 예싼의 표정과 그때의 상황에 비추어 좋지 않은 일이 있었던 것은 분명한 것 같다.

　푸나는 눈을 감았다. 왜 자신이 그런 일을 당해야 했는지 분노와 슬픔이 밀려왔다. 푸나는 영문도 모르면서 당한 그 고통이 이해가 되지 않고 그저 입술을 깨물며 솟구치는 분노를 억누르고 있는데 치랑도 이 상황을 어떻게 대처해야 할지 모르고 그저 분노와 혼란스러움에 치를 떨고 있다. 푸나는 눈에 보이는 모든 것이 싫어서 눈을 감았다. 눈물이 났다. 감은 눈꺼풀 위로 따뜻한 느낌이 왔다. 치랑이 눈물을 닦아준 것이다.

　경찰의 조사가 있을 것이고, 사고 후 심리 트라우마를 치료하는 특별 치유의 과정을 거쳐야 한다. 말을 잃어버릴 정도의 커다란 충격을 받은 푸나는 병원에서 육체적 상처가 덧나지 않게 치료를 받아야 하지만 정신과 치료도 받아야 하는데 최면요법이 이용될 수도 있다. 왜냐하면 최면은 간혹 사람이 일상에서는 도저히 기억해낼 수 없는 전생에 일어났던 일까지도 들추어내어 문제의 원인을 밝혀내기도 하기 때문이다. 그런데 대개 최면상태에서 겪은 전생과 영혼의 내용은 의식이 돌아오면서 기억에서 지워지지만 특별한 능력을 가진 사람은 의식이 돌아오고 난 후에도 전생의 기억을 간직하기도 한다.

　푸나는 치랑이 근무하는 옌띠병원의 정신과 의사 궈이에게 최면치료를 받기로 했다. 푸나가 진료를 받기 위해 진료실에 들어섰는데 의사 궈이의 생김새가 재미있다. 짧은 목에 입이 뾰족 튀어나온 얼굴이 꼭 너구리를 닮았다. 푸나는 풋! 하고 터져 나오려는 웃음을 억지로 꾹 참으면서 궈이의 맞은편 의자에 앉았다.
　궈이는 최면을 걸 때 작은 종을 이용한다고 했다. 종은 10cm 정도의 크기에 손잡이는 부리가 큰 새의 모양을 하고 있다. 이렇게 작은 종은 대개 내부에 쇳조각을 달아서 요령처럼 흔들어 딸랑딸랑 소리를 내지만 궈이는 예쁘게 만든 귀여운 나무망치로 종을 쳐서 소리를 내는데 소리가 매우 청아했다. 종소리가 얼마나 좋은지 푸나는 이미 치유가 시작된 것처럼 기분이 좋아졌다.

"종소리가 매우 좋습니다."

"그렇지요. 보통소리가 아닙니다. 나도 이전에는 손가락을 딱! 하고 튕기면서 환자들에게 최면을 걸었는데 이 종을 가지고부터는 손가락은 사용하지 않아요."

"종의 손잡이가 새의 모습을 하고 있군요. 제가 아는 종의 고리는 모두 용 모양으로 알고 있었는데."

"그렇지요. 나도 이 종의 손잡이가 새의 모양이라 궁금해서 종에 대해 조사를 해보았는데 새가 종의 고리나 손잡이로 사용된 역사가 오래지 않았어요. 한국, 중국, 일본의 불교의 종들은 모두 용을 고리로 사용했었는데 2천 년대 초반부터 한국의 일부 사찰들에서 종의 고리로 새를 사용하기 시작했다고 합니다. 그 새는 처음에는 불교 설화에서 용을 이기는 금시조(金翅鳥)라고 하다가 나중에는 동양의 성서로운 동물인 봉황으로 성격이 변해갔다고 하더군요."

"이 종에 있는 새는 금시조인가요, 봉황인가요?"

"글쎄요, 제가 종에 대한 전문가가 아니고, 아주 옛날 모양이라 금시조인지 봉황인지 구분할 수 없네요."

"소리를 한 번 더 들려주세요."

푸나가 요청을 하자 귀이는 흔쾌히 앙증맞은 작은 망치로 종을 친다. 뎅~~~ 크기는 작지만 맑은 소리의 울림이 오랫동안 이어진다. 푸나의 마음이 차분하게 가라앉는 것 같다.

"푸나 씨, 이제 최면치료를 시작해도 되겠지요?"

"네."

"자, 눈을 감고 마음을 편안히 하세요. 이 치료를 하면 금방 좋아질 거라는 믿음을 가지세요."

뎅~~~, 종소리의 맑고 긴 여음이 푸나의 마음을 심연으로 빨려 들어가게 한다.

"푸나 씨, 무엇이 보이나요?"

"아무것도 보이지 않습니다."

"종을 한 번 더 치겠습니다."

" ...... "

뎅~~~

"마음을 편안히 하고, … 종소리를 따라서, … 바다보다 깊은 마음의 심연으로 들어간다고 생각하세요."

보통은 한 번의 종소리에 가슴속에 묻어두었던 고백 비슷한 말들을 하기 시작하는데 푸나는 반응이 없는 특이한 케이스이다. 궈이는 다시 한 번 종을 쳤다.

뎅~~~

"이제 무엇이 보이나요?"

"네, 이제 무엇이 보이기 시작하네요." 눈을 감고 잠에 빠져든 것 같은 푸나가 반응했다.

"무엇인가요? 사람이 보이나요, 경치가 보이나요?"

"사람도 보이고 경치도 보이네요. 거대한 호수의 한 가운데 섬이 있습니다. 섬에는 대나무가 많아요. 남매가 보입니다."

"남매는 사이가 좋은가요?"

"네, 아주 사이가 좋아요."

"가난한가요, 부유한가요?"

"가난한 것 같아요. 아! 집이 보이는데 아주 초라한 초막입니다."

"집안에 어른들은 계십니까?"

"아니요. 보이지 않습니다."

"사이가 나쁘거나 괴롭히는 사람은 보이지 않습니까?"

"없는 것 같습니다. 오빠가 동생을 너무너무 예뻐합니다."

"다시 둘러보세요. 정말로 사이가 좋지 않은 사람이 없습니까?"

"없어요. 두 오누이는 너무 행복해 보입니다."

"자, 그럼 다른 시간으로 가 보겠습니다."

뎅~~~

"무엇이 보입니까?"

"사무실 같은데."

"어떤 사무실입니까?"

"아닙니다. 사람들이 죄수복을 입었는데 교정시설 같습니다."

"그 중에 아는 사람이 있습니까?"

"아니요. 모르겠습니다. 얼굴을 봐서는 누군지 모르겠습니다. 그런데 두 사람이 매우 화가 난 표정을 하고 있는데 무슨 음모를 꾸미고 있는 것 같습니다."

"그들이 하는 말을 들을 수 있습니까?"

"아니요. 들리지 않습니다."

"얼굴은 기억할 수 있을 정도로 선명합니까?"

"비교적 선명합니다. 잠깐! 갑자기 아까 그 호수의 섬이 다시 보입니다."

"왜 다시 그곳으로 갔나요?"

"저도 모르겠어요."

"어떤 일이 벌어지나요?"

"여자동생의 얼굴이 좋지 않아요. 오빠가 동생의 등을 어루만지며 걱정을 하는데 … , 아! 이상하게 제가 아픈 것 같은 기분이 드네요."

"또 무엇이 보입니까?"

"모르겠어요. 막 시야가 혼란스럽습니다. 혼란스런 가운데 무지개가 보이고 … "

"마음이 많이 혼란합니까?"

"이상하게 마음은 평온합니다."

"그럼, 최면에서 깨어나도 아무 문제가 없겠습니까?"

"문제가 없을 것 같아요."

"알았습니다. 다시 현실로 돌아옵니다."

뎅~~~, 푸나는 깨어났다.

"제가 보기에 푸나 씨는 매우 특별한 사람인 것 같습니다. 보통 사람들은 최면에 들어가게 되면 매우 괴로워하거나 기뻐하는 것이 분명한데 푸나 씨는 아주 힘든 상황에 있으면서도 감정의 변화를 보이지 않았어요. 이상하게 들릴지 모르겠지만 푸나 씨는 전생이 있었다면 매우 특별한 경험을 한 사람 같습니다."

"제가 어떤 특별한 경험을 한 걸까요?"

"글쎄요. 다른 사람들하고는 반응이 매우 다릅니다."

"그럼, 저는 다시 최면치료를 받지 않아도 될까요?"

"아마도, …… 푸나 씨는 스스로 명상을 해서 심리를 안정시키는 것도 괜찮을 것 같군요."

"명상을요? 대학생 때 영성개발과 힐링을 위한 명상훈련의 경험은 있긴 한데."

"그럼 잘되었네요. 조금만 연습을 해보시면 금방 잘할 수 있다는 자신감이 들 겁니다."

"그런데 귀이 선생님, 그 종은 어디서 구하셨어요?"

"아, 이거요? 몇 년 전, 협회의 일로 한국의 서울에 갈 일이 있었어요. 협회의 일을 보고 잠깐 짬이 나서 문화소양을 높일 겸 미술전시장을 찾아, 옛날 별자리가 많은 그림이 있어서 보고 있는데 80대 초반으로 보이는 노인이 다가오더니 어느 별자리가 마음에 드십니까? 하고 물었어요."

"그래서요?" 푸나는 궁금해졌다.

"그래서 대충 그림 속의 별이 옹기종기 모여 있는 별자리를 찍었더니, 그 노인이 '당신 의사지요?' 그러더군요."

"그 노인은 운명을 보는 능력이 있는 것 같네요. 단지 별자리를 선택하는 것만 보고 직업을 맞춘다는 것은 어쩌면 점성술의 대가 같기도 하고."

"푸나 씨도 그런 것 아세요?" 귀이는 푸나의 능력이 궁금하다는 표정이다.

"아닙니다. 사주, 육효, 자미두수 등등 몇 가지 이름만 들어봤습니다."

"어쨌든, 푸나 씨는 다른 사람들과 다른 뭔가가 있는 사람인 것은 분명한 것 같습니다."

"전혀 그렇지 않습니다. 그래서 그 노인이 뭐라고 했습니까?" 푸나는 호기심이 생겨 계속해서 물었다.

"그래서 약간 당황스러워하고 있는데, '당신 관상을 보니 칼잡이의 냉혹함은 보이지 않고 눈으로 사람을 살피는 솜씨가 있어 보이니 정신과 의사가 아닌가?' 그러더군요. 속으로 깜짝 놀랐어요."

"역시, 그 노인도 그쪽 계통의 사람이거나 어떤 수련을 한 사람 같군요." 푸나가 고개를 끄덕이며 말했다.

"그러면서 호주머니에서 이 종을 꺼내 흔들면서 소리가 어떠냐고 물었어요."

"분명히 소리가 인상 깊었을 거 같은데."

"맞아요. 처음 들었을 때 정말로 몸에 전율이 오는 것 같았어요. 대답을 못하고 머뭇거리고 있는데 이 종을 나한테 주면서 '선물로 주겠으니 사람들의 마음을 치유하는데 잘 쓰라'고 했어요."

"그리고는요?"

"어떻게 그냥 받을 수 있냐고 하니, 환하게 웃으시면서 '좋은 일 많이 하시오' 하며 소년 같은 웃음을 지으며 가셨어요. 그 이후로는 한 번도 연락이 닿거나 만나지 못했어요."

"참 특별하고 좋은 선물을 받으셨네요. 신비롭기까지 하고요." 푸나는 궈이의 손에 들려있는 종을 빤히 쳐다보며 말했다.

"약간 그렇지요? 그런데 종에는 무슨 글씨인지 명확하게 모르겠는데 상고시대의 글씨체로 몇 자가 적혀 있어요."

"갑골문 같은데요."

푸나는 귀이의 권유에 따라 스스로 명상을 하기로 했다. 명상은 특별히 시설을 갖춘 장소가 필요 없이 어디서든 자세를 가다듬고 마음의 상태만 평정시키면 된다. 명상을 통해 극도의 정신적 고요의 상태에 이르면 전혀 다른 세계와도 만날 수 있는데 그곳에서 원망과 욕망을 놓아버리면 정신적 평안뿐 아니라 육체적 상처의 치료에도 많은 도움이 된다고 들었다. 푸나는 정좌를 하고 자세를 잡아보았다. 해본 경험이 있어서인지, 원래 천성적으로 소질이 있어서인지 마음의 평정은 금방 찾았다. 하지만 명상에서 감지된 이후의 세상일은 간단치 않게 전개될 것 같았다. 이 불길한 예감은 푸나의 평정된 마음이 흔들려서 일어나는 것이 아니고 깊은 고요에서 느끼게 되는 일종의 예지력 같은 것이다.

보통의 여성이 푸나와 같은 육체적 심리적 고통을 당했다면 심각한 후유증으로 오랜 시간 정상적인 생활을 하지 못하는 경우가 흔하지만 푸나는 적어도 겉보기에는 심신의 상처를 극복하고 정상생활로 돌아온 것 같았다. 그리고 요즘 시대는 과거처럼 육체적 순결문제가 남녀 간의 사랑에 절대적 조건도 아니다.

한 달 정도의 시간이 지난 어느 휴일, 날씨가 제법 더워졌지만 산들바람이 불고 공기가 청명하여 사람들이 야외활동을 하기에 더 없이 좋은 날씨이다. 푸나가 찻집에서 치랑을 기다리고 있다.

"어때, 이제 많이 좋아졌나?" 치랑이 예싼과 의자에 앉으며 얼굴에 걱정이 덜 가신 표정으로 푸나에게 묻는다.

"살아가면서 이런저런 사고를 당하는 것은 흔히 있는 일인데 훌훌 털고 빨리 회복되는 것이 가장 중요한 것이 아닌가요?" 푸나는 태연하게 대답을 한다.

"그렇기는 하지만."

"나보다 치랑 씨가 더 상처받은 것 같은데. 나는 이제 완전히 회복되었으니 걱정하지 말아요."

"푸나, 지금 경찰이 여러 가지로 조사는 하고 있는데 이상하게 증거를 찾기가 쉽지 않다고 하더군. 하지만 시간의 문제이지 반드시 범인이 잡힐 것이야." 치랑이 경찰에서 들은 수사상황을 말해주었다.

"아마, 쉽지는 않을 거예요. 분명 치밀하게 계획했을 것이고, 이후 꿈에서 본 이상한 장면들에 비추어 결코 간단하게 해결될 일이 아닌 것 같습니다." 푸나가 대답했다.

"꿈에서 어떤 장면들을 보았는데요?" 예싼이 물었다.

"거대한 산돼지가 나오고, 그 돼지가 말을 하고, 시공간이동을 하고, 텅 빈 공간에서 이상한 소리가 들리고, 날카로운 발톱으로 내 몸을 난도질하고 …, 설명하기가 굉장히 힘들어요." 푸나의 미간이 찌푸려진다.

"그만해. 지나간 일 자꾸 기억해내서 뭐가 좋다고 … " 치랑은 마음이 언짢은지 푸나의 말을 중지시킨다.

"오늘 마침 풍물시장이 열리는 날인데 우리 같이 가서 군것질도 하고 사람 사는 구경이나 할까?" 예싼이 제안을 하자

"그거 굿 아이디어다." 치랑과 푸나도 찬성했다.

날씨가 좋고 휴일이어서인지 풍물시장에는 사람들이 넘쳐난다. 보통 일상에서 필요한 물건들은 위생시설이 완벽하게 갖추어진 백화점식 마트에서 구입하지만, 과거 전통의 향수를 맛볼 수 있는 풍물시장은 한 달에 한 번 주말이나 휴일에 열리는데 미리 인터넷을 통해서 언제 어디에서 풍물시장이 열린다고 공지를 하기 때문에 이때를 기다리는 사람이 꽤 많다. 특히 70대 이상의 비교적 나이가 든 사람들은 젊은 시절에 대한 추억 때문인지 이날을 많이 기다린다.

시장에는 별의별 물건이 다 나온다. 중국대륙, 몽골, 러시아, 한반도, 멀리 일본과 동남아에서 온 물건들도 있어서 정말로 볼거리가 많은 시장이다. 골동품은 진짜로 오래된 물건도 있지만 교묘하게 가짜 만드는 기술을 이용하여 진짜보다 더 진짜 같은 가짜도 있다. 그래서 진짜를 구입한다는 것은 순전히 그날의 운이다. 좋은 점은 진짜든 가짜든 대체로 물건 값이 저렴하다는 것이다.

지금은 유전자 변형기술이 웬만한 연구기관에서도 실시할 수 있을 정도로 보편화되어서, 진짜 황금처럼 빛나는 장미꽃, 꽃잎마다 무지개 일곱 색으로 된 이름을 알 수 없는 꽃들 새로운 식물

32

이 나오고 있고, 어떤 유전과학자들은 고대신화나 전설에 나오는 동물들이 실제로 존재했는지 알아보려고 유전자 변형실험도 하지만 성공하지 못했다는 뉴스가 종종 나온다. 꽤 다양하게 시도되어지고 어설픈 결과들이지만 그것들 중 일부는 이런 시장에서도 거래되기도 한다.

생명공학연구소에서 연구원으로 일하는 푸나는 혹시라도 기발한 아이디어를 얻을까 가끔 이곳에 들러 새로 개발된 동물을 살펴보고 특별히 눈에 띄는 것이 있으면 구입해서 연구소에 가서 분석해보기도 한다.

"와! 이곳은 언제 와보아도 신기한 물건들 천지다. 헤리포터에 나오는 마법의 지팡이와 이상한 동물들이 개발되어서 매물로 나올 날도 그리 멀지 않은 것 같다." 치랑이 신기한 것들에 흥분된 얼굴로 말한다.

"그러게, 돈이 많다면 이 시장 전체를 몽땅 사고 싶다." 평소에는 무뚝뚝한 얼굴에 말이 없는 예싼도 제법 상기된 표정이다.

"치랑 씨, 혹시 갖고 싶은 것이 있으면 말해 보세요. 너무 과하지 않으면 선물해 드릴게요." 푸나가 치랑과 팔짱을 끼며 말했다.

"푸나가 무슨 돈이 있다고."

"옛날에야 의사라고 뻐기면서 잘 나갔겠지만 지금은 우리 같은 연구원들이 좋은 성과를 거두면 수입이 더 나을 때도 있을 걸요?"

"진정한 의술인은 그런 거에 신경 쓰지 않아요. 병으로 사경을 헤매던 어린이가 내 치료로 맑은 눈빛을 되찾고, 사고로 잘린 손을 이어주었더니 그 손으로 악수를 청해오고, 모두가 죽었다고 포기했던 환자가 치료 후 극적으로 살아나 퇴원하면서 고맙다는 말을 할 때 느끼는 그런 자부심에 하는 것이지, 돈은 그 다음입니다." 예싼이 말했다.

"기분을 상하게 했다면 죄송해요." 푸나가 겸연쩍은 표정으로 대답했다.

"괜찮아요. 신경 쓰지 마세요." 예싼이 도리어 미안해한다.

"하기야, 10여 년 전까지만 해도 의사라면 사람들이 선망의 눈으로 보았는데, 지금은 컴퓨터와 AI로봇에 자리를 다 내어주고 일거리가 많이 줄었지. 우리 의사들 사이에서도 3D 업종으로 추락할 날이 멀지 않은 거 같다는 자조적인 말들을 많이 해. 학생시절 그 많은 의학지식을 외우느라 엄청나게 고생했지만 로봇의사 왓슨의 등장 이후 그런 지식의 암기에 쏟아 부은 노력이 허망하게 느껴질 때가 얼마나 많은데." 치랑이 푸념을 한다.

"그렇다고 기죽지 마세요. 어떤 시대이든 사람의 건강한 신체가 가장 중요하니 의사는 아무리 못해도 기본은 하잖아요." 푸나가 치랑을 위로한다.

"푸나 씨, 연구원들만 연구하란 법 있나요? 우리 의사들도 생명공학분야에서 연구하고 있는 사람들이 많아요. 생명공학 연구원들이 인체에 대해 아무리 좋은 연구결과를 내놓아도 최종 판단은 의사들의 몫입니다." 예싼이 힘을 주어 말한다.

"그건 맞는 말씀입니다! 아하, 예싼 박사님도 생명공학을 연구하고 있지요? 하시는 연구는 어떠세요?" 푸나가 물었다.

"아직은 이렇다 할 성과가 없습니다. 조만간 괜찮은 물건이 나올 것도 같은데 … ”

“그래요? 무엇인지 궁금하네요.”

이들이 재미있는 물건들에 신기해하면서 이런저런 대화를 나누며 시장을 가로질러 가는데 물건을 사라는 온갖 말들이 들린다.

“어이! 이보시오들, 여기 꽤 괜찮은 성능을 가진 집안 도우미 로봇이 있는데 한번 보실라우? 말 안 듣는 남편, 마누라보다 훨씬 나아요.”

“잘생긴 젊은이, 외로운 밤은 어떻게 보내시오? 괜찮은 여성로봇이 있는데. 실제 사람보다 더 훌륭한 밤을 제공하는데. 한번 구경이나 하시오.”

“5천 년 전 사람들이 쓰던 진짜 청동칼이 있는데 아직도 칼날이 얼마나 예리한지 큰 돼지의 허리를 단번에 자를 수 있다오.”

“부처님 계실 때 불상이 없었다고 하지만 그때 나무로 만들어진 진짜 부처님을 닮은 불상이 이번에 특별히 수입되었는데. 집에 모시면 큰 복이 올 거요.”

“중국의 황하 물고기와 브라질의 아마존에 서식하는 물고기를 조합해서 만든 물고기가 있는데 이놈이 얼마나 똑똑한지 주인의 말을 알아듣고 퇴근하면 인사도 한답니다. 싸게 드릴게.”

“도력 높은 도사님들과 동물학자들이 협력해서 만든 꼬리가 아홉 달린 진짜 구미호가 있어요. 눈처럼 흰 놈도 있고 무지개처럼 화려한 놈도 있어요. 집에서 기르면 집안에 재앙이 들어오지 못합니다.”

"티벳의 승려들이 설산에 묻어놓고 10년 기도 후에 만든 침향입니다. 바닷가 뻘 속에서 만든 시시한 향과는 비교할 수 없어요. 한 번 냄새 맡으면 바로 부처님 세계를 볼 수 있어요."

"기독교, 불교, 이슬람교의 모든 경전을 해독한 후 만든 천국으로 가는 지침서입니다. 한 번만 읽으면 어떠한 죽음도 두렵지 않습니다. 사세요."

상인들은 별의별 물건들로 호객을 한다. 첨단과학이 실제로 응용된 물건들이 있는 반면, 여전히 과거의 황당한 내용을 가진 물건을 내놓고 사람을 유혹하는 상인들도 있다.

이들이 풍물시장을 대충 훑어보고 시장골목을 막 빠져나오려고 할 때, 정말로 2천 년 전 사람이라 해도 믿을 만큼 고대의 느낌이 물씬 나는 복장을 한 사람이 이들 앞에 섰다.

"아가씨, 전생에 위대한 인물이었고 앞으로도 위대한 인물이 될 것이 확실해 보입니다." 그가 푸나를 보며 말한다.

"네? 무슨 뜬금없는 말씀이세요. 물건을 파시려면 어떤 것인지 얼른 보여주세요. 괜히 이상한 말씀 마시고." 푸나가 생뚱맞다는 표정으로 대꾸했다.

"정말입니다. 아가씨는 전생에도 위대한 인물이었고 앞으로도 위대한 인물입니다."

"엥? 푸나가 그렇게 위대한 인물이었다니, 다시 보아야겠다." 치랑이 재미있어 하며 한편으로 놀라는 표정으로 말한다.

"치랑 씨, 쓸데없는 말에 신경 쓰지 마세요. 입은 옷을 보니 살

짝 맛이 간 사람 같아요. 빨리 가요." 푸나가 치랑의 팔을 끌면서
재촉했다.

"아닙니다. 제 말은 사실입니다. 아가씨, 기다리시오."

"이렇게 좋은 날 우리 푸나 박사님 기분 상하게 하지 마시고 가
시던 길이나 가세요." 잠자코 있던 예싼이 저지하며 말했다.

"정 그러시다면 더 이상 방해가 되지는 않겠습니다. 대신에 내
가 작은 선물을 드릴 터이니 사양하지 말아주십시오."

"알았어요. 얼마짜리인지 말씀하세요." 푸나는 황당한 상황에
서 빨리 벗어나려고 가격부터 물었다.

"정말로 선물로 드리는 것입니다."

"그럼, 한번 보여주세요." 푸나가 궁금한 듯 말했다.

"아가씨, 손을 벌려주세요."

푸나가 손바닥이 하늘로 오게 손을 벌리니 노인은 하얀 사탕만
한 작은 도자기병의 뚜껑을 열더니 거의 눈에 보이지 않은 정도로
작은 까만 깨알 같은 것을 꺼내어 푸나의 손바닥 위에 놓았다. 푸
나는 기가 막혔다. 아무리 하잘 것 없는 선물이라도 사탕크기는
되는 줄 알았는데 깨알보다도 적으니.

"저에게 무엇을 주신 것인가요?"

"그럼요, 아주 큰 선물을 주었지요. 너무 작은가요?"

"장난하신 것 아닙니까? 제 눈에는 아무것도 없는 것 같아서."

푸나가 손바닥을 털어버리려 하자 그 사람이 말했다.

"아가씨, 손바닥을 털지 마시오! 그것은 정말로 귀중한 것입니
다. 그리고 내가 특별한 영약이 든 물병을 줄 터이니 하루에 아침

저녁 두 번씩 한 방울씩 줘보시오. 대단한 변화가 있을 것입니다."

"어떤 변화이기에 대단하다고 하십니까?" 푸나는 손바닥을 털어버리려다 멈추고 깨알만한 것을 다시 도자기병에 넣으며 물었다.

"내가 말한 대로만 해봐요. 그러면 이것은 49일 동안은 크기만 조금씩 커지고 다른 변화가 없을 것이지만 그 이후에는 움직이게 되는데 그때쯤이면 영약도 다 떨어질 것이오."

"움직인다면 동물이라는 것인데?"

"움직이기는 하지만 우리가 알고 있는 동물이라고 말하기에는 애매하지요."

"영약이 없어지면 무엇을 먹입니까?"

"아무것도 주지 않아도 되오. 스스로 우주에너지를 흡수하니 따로 먹이를 줄 필요가 없어요."

"아니, 세상에 그런 것도 있습니까? 기가 막혀서."

"이 세상에 눈에 보이는 것이 다가 아닙니다. 이곳의 모든 동물은 꼭 음식물을 먹어야 되는 욕계의 차원이지만 그럴 필요가 없는 차원도 있어요. 숨을 쉬면 무한한 우주의 기운이 흡수되기 때문에 음식이 오히려 구역질나는 것일 뿐이라오."

"참으로 황당한 말씀이라 도무지 믿어지지 않지만 재미는 있네요."

"아, 그리고 이것이 자라서 움직이면 절대로 줄로 묶거나 하지 마시오. 만약에 줄로 묶거나 억지로 가두어두면 좋지 않은 일이 생깁니다."

"사람들이 보고 두려워하면 어떡합니까?"

"염려마세요. 제 스스로 알아서 합니다. 이것의 특별한 모습을 보시면 재미있을 것입니다."

"그리고 다른 특별한 것은 없습니까?" 푸나는 더 호기심이 생겨 물었다.

"이것은 춤추는 것을 좋아합니다. 춤을 추면서 묘한 음으로 노래를 하는데, 만약 당신이 진정 이것의 동반자 자격이 된다면 그 노래를 알아들을 수 있을 것입니다."

"도무지 이해 못할 말씀만 하시는 군요."

"지금은 믿지 못하겠지만 곧 제 말이 사실이라는 것을 눈으로 보게 될 것입니다. 이것은 발이 달리고 날개도 달린 모든 동물입니다."

말을 마치자 그 사람은 감쪽같이 이들의 눈앞에서 사라졌다. 치랑과 예싼은 '참 이상한 노인도 다 본다'며 의아스러워했고 푸나는 믿거나 말거나 노인이 건네준 그 깨알 같은 것이 든 도자기와 작은 물병을 잃어버릴까 염려되어 아주 주의 깊게 포장하여 주머니에 넣었다.

푸나는 시장구경을 마치고 숙소로 돌아오자 곧바로 작은 나무 상자에 깨끗한 솜을 깔고 그 깨알보다 적은 것을 넣었다. 자기가 황당한 말에 속아 무슨 이상한 짓을 하는가 생각하고는 픽! 웃음이 나왔다. 그래도 3~4일 정도만 속아보자는 심정으로 영약이라고 전해준 작은 병에서 물을 한 방울 떨어뜨렸다. 그리고는 다른 일을 하러 밖으로 나갔다. 저녁 때 숙소에 들어와서 어떤 변화가 있는지 보니 조금 커진 것은 같은데 큰 변화가 없는 것 같았다. 다음날 아침과 저녁에도 영약 한 방울을 떨어뜨렸다. 그리고 다음 날 아침에 보니 정말로 이전과는 크기가 확연히 달라진 것을 알 수 있었다. 푸나는 49일이 될 때까지 제대로 관리하기로 마음을 먹었다.

일주일, 보름, 한 달이 지나자 이것은 거의 주먹만큼 커졌는데 까만 껍질에는 무지갯빛 윤택이 감돌았고 경험하지 못한 향기도 나는 것 같았다. 그리고 그 노인이 말한 49일째, 병에는 영약도 남 아있지 않았다. 참깨 한 알만하던 것이 커다란 참외만큼 커졌다. 푸나는 숨을 죽이며 그것을 주시했다. 한참을 응시하고 있으니 귀 에는 아무런 소리가 들리지 않는데 그것이 텔레파시로 무슨 말을 하는 것 같았다.

'지금 나를 보고 있는 그대는 나의 말이 들리는가?'

'응, 들려요.' 푸나도 마음으로 대답했다.

'그러면 그대의 손가락을 나에게 갖다 대어 보아라.'

그것이 요구하자 푸나는 주저주저 하면서 검지손가락 끝을 까 만 알에 갖다 대었다. 단단한 느낌이 들었는데 달걀껍질과는 다 른 생명력이 느껴졌다. 하지만 아무런 변화가 없었다. 그래서 쓰 다듬 듯이 손바닥으로 살살 문질러보았다. 그제야 변화가 감지되 었다. 까만 껍질에 금이 가면서 그 안에서 무언가 나오는 것이었 다. 병아리처럼 생긴 것이 나올까? 공룡새끼처럼 생긴 것이 나올 까? 푸나는 눈을 반짝이며 쳐다보았다. 쫙! 하고 껍질이 두 방향 으로 갈라지고 안에 들어있는 것이 나왔는데 생김새가 요상하다.

"엥? 대체 요게 뭐야?" 푸나는 깜짝 놀라 소리를 질렀다. 꼭 괴물 같았다. 돼지 몸뚱이처럼 통통하게 생긴 것이 누렇고 붉은 자루처럼 이상하게 생겼는데 알에서 금방 나와서 그런지 아직 물기에 젖은 작은 날개가 4개가 달려있고, 짧고 통통한 다리는 6개나 있었다. 정말 특이하게도 머리와 꼬리가 없다. 푸나는 놀라서 뒤로 물러나 두근거리는 가슴을 진정시키며 이것이 도대체 어떻게 되는지 지켜보았다.

생김새는 발이 6개이고 등에 날개처럼 생긴 촉수가 4개 붙어있는 조금 큰 애벌레라고 보면 될 정도이다. 앞도 뒤도 돼지 엉덩이 모양 같은 이 이상한 똥자루처럼 생긴 것이 몸의 움직임은 느리지만 동작은 한없이 부드러워 구름처럼 부드러운 솜사탕이 하늘을 굴러가는 거 같다. 하지만 아무리 부드러워도 마치 거대한 애벌레가 몸을 비트는 것처럼 징그러워 소름이 끼친다.

'나를 보고 있는 그대는 누구인가?' 다시 텔레파시로 푸나에게 말을 한다.

"나는 푸나이다. 너는 무엇인가?"

'원래 나는 이름이 없는데, 하늘에 있는 신들과 대화를 할 수 있었던 아주 먼 옛날사람들은 나와 같이 생긴 우리의 동족에게 제강(帝江)이라 이름을 붙였다.'

"제강은 강을 다스린다는 뜻인데 … "

'옛날 사람들은 강을 두려워했어. 우리가 생김새는 이래도 하늘이든 강이든 자유자재로 다니니 그런 이름을 붙였을 수도 있지.'

"너의 형상이 기괴하여 도무지 어떤 동물인지 알 수가 없다."

'그래서 사람들은 우리를 혼돈이라고도 했다.'

"혼돈! 그래 어쩌면 그 이름이 적합한 것 같아. 나는 너를 무엇이라 부르면 좋을까?"

'나는 이 세상에 적합한 이름이 없으니 네 마음대로 지어봐. 이왕이면 듣기 좋은 것으로.'

"음 … , 어떻게 부를까?"

'내가 춤을 추면서 노래를 부를 테니 좋은 이름을 생각해놔.'

"노래를 부를 줄 알아?"

'암수가 분리되어 고통을 겪는 존재들이여

하나로 합치어 생기는 쾌락을 쫓아들지만

그것은 분리된 자의 고통이니 얼마나 불쌍한가?'

돼지처럼 뚱뚱하던 몸이 뱀처럼 길게 늘어나기도 하고, 아주 작은 날개를 파닥여 도저히 날 수 없을 것 같은 똥자루 모양의 몸을 공중에 띄우기도 하면서 노래를 부르며 춤을 추는데 빙글빙글 돌고 솟구치는 동작이 너무나 부드럽고 오묘하여 이를 보고 있는 푸나가 최면에 걸릴 것 같다. 그런데 이상한 것은 보고 있기만 하는데도 푸나는 기분이 좋아지고 몸이 가벼워지는 것 같다.

"제강이라 그랬지?"

'너도 나의 옛 이름을 부르는구나.'

" …… , 싫은가?"

'나는 싫고 좋음에 개의치 않는다네.'

"나도 제강이라 부를게. 괜찮지?"

'괜찮아.'

"춤을 추었으니 시장하겠다. 먹을 것 좀 줄까?"

'먹을 것?'

"응, 싫어? 아차차! 너는 먹을 것이 필요 없지?"

'먹기는 하지만 너희들이 생각하는 음식은 필요가 없어. 내가 먹는 것은 온 우주 천지에 가득하니 먹으면 똥이 되는 것들은 필요 없지.'

"제강, 너는 도대체 어떤 동물인가?"

'나를 알고 싶은가?'

"응, 궁금해 죽겠어."

'나는 너희들이 말하는 암수가 분화하지 않은 존재야.'

"자웅동체라고?"

'응. 그렇다고 할 수 있어. 그런데 아주 특별한 때는 암수가 분리되기도 해.'

"이야~, 그거 정말 신기하네."

'세상만물이 원래는 하나였다가 분리된 것이잖아. 너희 눈에 보이는 것들은 분리된 것처럼 생각되지만 너희가 생각지 못하는 세상의 원래 모습은 분리되어있지 않아. 분리되었다고 믿는 것은 너희처럼 암수로 태어난 바보 같은 것들이 세상만물을 분리해서 보는 것일 뿐이야.'

"세상의 이치를 분별해서 보는 것이 어떻게 바보 같은 것인가? 말도 안돼."

'왜 말이 안돼? 만약에 너와 내가 하나라면 지금과 같은 다른 생각 때문에 힘들 필요가 없잖아? 그러니 서로를 다르게 보는 것은 바보 같은 것이야.'

"말이 되는 것 같기도 하고 안되는 것 같기도 하네. 그건 그렇고 너는 언제 암수가 분리되나?"

'보고 싶나?'

"응."

'알았어. 놀라지 마.'

"아가라라잇!" 놀라운 일이 벌어졌다. 소리를 못내는 것 같았는데 이상한 소리를 외치자 그 얼굴도 없는 것이 날개가 달린 말로 변했다. 날개 달린 말은 쏜살같이 달리더니 날개 짓을 하여 하늘로 날아올라 새처럼 자유로이 비행을 하였다. 더욱 놀라운 것은 두 마리로도 변신하는 것이다. 푸나는 자신의 눈앞에서 벌어지는 일을 눈으로 보고 있으면서도 도무지 믿을 수가 없었다.

제강이 다시 변신을 하는데 이번에는 날개 달린 사자다. 그 포효하는 소리는 뭇 동물이 오금을 저리는 실제 사자의 우렁찬 울음소리다. 계속해서 호랑이, 개, 양, 소 심지어 인간 남녀로까지 변신하였다. 푸나가 정신이 반쯤 나갔을 때 제강은 다시 원래의 똥자루 모습으로 되돌아갔다.

"너는 도대체 무엇이기에 이러한 능력을 가졌는가?"

'나는 원래 분화되기 전의 상태이기에 모든 것으로 변할 수 있어.'

"그래서 옛 사람들이 너희를 혼돈이라 불렀나보다."

'그랬겠지. 하지만 그들은 오늘 네가 본 이런 모습은 본 적이 없을 것이야.'

"풍물시장에서 만난 그 이상한 사람이 왜 너를 나에게 주었을까?"

'저 세계 어떤 분의 심부름으로 온 것으로 알아.'

"어떤 분?"

'나는 몰라.'

"누굴까?"

'그런 고민하지 말고 나와 같이 춤을 추어봐.'

"너와 춤을?"

'응, 나와 춤을.'

"우리는 신체 구조가 완전히 다른데 어떻게 같이 춤을 출 수가
있나?"

'네가 생각하는 것은 기교의 춤이고 나의 춤은 우리 몸속 에너
지의 흐름을 바로잡아주는 춤이야. 걱정 말고 편안한 마음으로 나
를 따라하면 돼.'

제강이 춤을 추기 시작한다. 푸나는 제강의 말대로 마음 가는대
로 몸을 맡기니 몸이 저절로 움직이며 제강과 동작을 맞추어 나간
다. 기분이 좋아지고 몸이 솜털처럼 가벼워지는 느낌이다. 몸이
가벼워질 뿐 아니라 정신은 이상하게 깊은 명상에 든 것처럼 아무
런 거슬림이 없는 원초적 자유로움으로 다가갔다.

얼마나 시간이 지났을까, 푸나는 정신과 육체가 완전한 치유의
상태에 이르렀음을 느꼈다.

'그런데 푸나에게 꼭 당부할 말이 있어.'

"무엇인데?"

'나에 대해서 아무에게도 절대 이야기하면 안돼.'

"왜? 밖으로 나가지 않고 내 방에만 처박혀 있을 거야?"

'그렇지는 않을 거야. 내가 사람들 앞에 모습을 드러낼 때는 푸나가 기르는 강아지가 될 거야.'

"내가 언제까지 비밀을 지킬 수 있을지 모르지만 노력할게."

'꼭 비밀을 지켜야 해.'

발굴단원들

'푸나, 오늘 기분이 굉장히 좋아 보인다. 무슨 일이 있는가?' 제강이 출근하는 푸나를 보면서 텔레파시로 말을 한다.

"지금 내가 한창 인생을 즐길 나이이니 우울할 수가 있겠나? 당연히 하루하루가 즐거워야지."

'그래서가 아니라 아마 오늘 재미있는 스케줄이 있는 것 같아.'

"그럼 있지, 참으로 오래간만에 멋진 데이트를 할 것이야. 혹시 오늘 내가 들어오지 못하더라도 뭐라 그러기 없기다."

'암수가 분리되어 고통을 겪는 존재들이여

하나로 합치어 생기는 쾌락을 쫓아들지만

그것은 분리된 자의 고통이니 얼마나 불쌍한가?'

제강은 노래를 부르며 막 걸음마를 배우는 아기처럼 뒤뚱뒤뚱 춤을 춘다.

"나 없는 동안 혼자 잘 놀아."

"걱정마라. 나는 네가 생각하는 이상으로 잘 놀 수 있다. 혼자

놀기 심심하면 나 스스로 친구를 만들 수 있지. 이렇게 귀여운 강아지 두 마리로 변신할 수도 있지." 제강이 두 마리 강아지로 변신해 말을 한다.

"누가 유전자 조작을 해서 만들었는지 정말 잘 만들었네."

"나는 원래부터 있었던 것이지 사람이 만든 것이 아니야."

"알았어, 알았어. 그럼 하느님이 만들었네."

"그건 말이 돼."

"내 언젠가는 너의 비밀을 알아낼 거야."

"만약에 네가 그런 시도를 하면 나는 사라질지도 몰라."

"왜? 내가 너의 배를 가르고 해부할까봐?"

"그럴지도."

"걱정 마, 요즘에 누가 무시무시하게 칼질을 해서 연구하나. 눈에 보이지 않을 만큼 구멍을 뚫고 1mg도 안되는 세포로 연구하는데 뭐가 무서워서 그래?"

"그래도 내 몸에 구멍을 뚫을 것이잖아. 내 몸에 구멍 뚫리는 것은 정말 싫어."

"알았어, 구멍을 뚫지 않을 테니 걱정 마."

"재미있는 시간 보내고 와."

"알았어요. 혼자 자~알 놀고 계세요. 이따 맛있는 것 사올게용. 아차! 너는 아무것도 먹지 않지. 참 경제적인 제강이야. 이따 봐, 빠이 빠이~"

오늘 오랜만에 치랑과 멋진 곳에서 저녁을 함께하기로 약속했다. 강가에 있는 프랑스식 고급식당에서 프랑스인 요리사가 아주 정성들여 조리한 저녁을 먹고, 유명한 중국전통의 우인(偶人)연극을 보고, 그리고 시간이 나면 아니 반드시 시간이 있겠지만 맛있는 맥주를 마시면서 정담을 나누고 어쩌면 깊은 스킨십을 나누며 둘의 미래에 대해 이야기할 수도 있는 것이다. 단 조건이 있다. 눈치 없이 늘 따라 다니는 예싼이 없다면 말이다. 치랑과 예싼은 정말 친한 직장동료이며 서로의 온갖 비밀을 나누는 친구이지만 연인으로서 오붓한 시간을 보내고 싶은 푸나의 입장에서는 예싼의 눈치 없는 꼽사리가 성가실 때도 있는 것이다. 그래서 오늘 저녁 데이트 약속을 할 때 말은 하지 않았지만 '오늘은 자기와 단둘이 멋진 시간을 보내고 싶어'라는 눈치를 날렸지만 모를 일이다. 지금까지 그런 당부가 무시된 적이 한두 번이 아니기 때문이다.

푸나는 한결 가벼워진 걸음으로 바위공원을 걸어가고 있다. 그런데 청동유물조각이 발견되었다는 근처에 어떤 공사를 하려는지 이동식 임시건물이 들어서 있고 주위에 말뚝을 박고 있다. 푸나는 궁금해서 현장 근처로 가 보았다.

"안녕하세요? 뭐 하세요?" 푸나가 물었다.

"네, 이제 본격적으로 여기를 발굴하려고 합니다." 적어도 사십

세는 넘어 보이는 남성이 대답을 했다.

"새로운 것이라도 나왔나요?"

"아닙니다. 이제부터 본격적인 발굴을 해야죠."

"예상기간은 얼마나 됩니까?"

"글쎄요. 사정에 따라 다르겠지요. 이곳에 관심이 많으십니까?"

"거의 매일 이곳을 다니니 궁금해서 하는 말입니다."

"발굴을 해봐야 알겠지요. 잘은 모르겠습니다만 보통은 몇 개월이면 기본 지표조사와 유적지의 흔적을 찾아내는 정도는 어렵지 않지만 만약 대박을 칠만한 유물이라도 나오면 시간이 훨씬 길어지겠지요."

"발굴의 깊이는 대략 어느 정도 이루어질까요?"

"모르지요. 주조한 청동유물의 크기에 따라 달라지겠지요."

"크기라니요?"

"옛날에는 청동주조가 여간 힘든 일이 아니었지요. 웬만한 크기를 넘어서면 뜨거운 쇳물을 부어서 만드는 일이 보통이 아니었거든요."

"무슨 뜻인지 모르겠습니다."

"청동유물이 큰 것일 경우에는 뜨거운 쇳물 때문에 거푸집이 터지지 않게 하기 위해 유물의 높이만큼 땅속을 깊이 파서 거푸집을 땅에 파묻어서 주조를 했기 때문에 땅을 파봐야 알 수 있다는 것이지요."

"그래도 잘 이해하지 못하겠습니다."

"발굴이 끝나면 시민들이 충분히 이해할 수 있도록 안내판을 세

우거나 유적관 건물을 세울 것이니 그때 자세히 아시면 되겠네
요."

"네, 고맙습니다. 수고하세요." 푸나는 다시 경쾌하게 걸음을
옮겼다.

푸나는 정확한 기억은 없지만 끔찍한 일이 있었던 곳이라는 트
라우마 때문에 꺼림직 해서 한동안 가지 않았던 봉황바위가 있는
곳으로 갔다. 정신과 치료를 받고, 상상도 못한 이상한 동물 제강
과 함께 지내면서 치유가 되어서인지 두려움은 없다. 그렇다고
마음속 깊은 곳의 상처까지 지워진 것은 아니지만 일부러라도 잊
으려는 노력을 해야 한다.

날씨가 더워지면서 한낮의 뜨거운 햇볕에 데워진 바위는 엉덩
이가 익을 정도로 뜨거워서 쉽게 앉고 싶은 생각이 나지 않는다.
푸나는 봉황바위의 꼭대기를 보았다. 이렇게 뜨거운 날씨에 오랫
동안 비도 오지 않았는데도 손을 펼친 모양의 풀은 시들지 않고
굳건하게 잘 자라고 있다. 오히려 평소보다 조금 더 자란 것 같다.

여름이라 그런지 치랑과 만나기로 한 저녁시간이 다 되어도 낮
을 뜨겁게 달구었던 해는 아직도 서쪽 지평선 너머로 보이는 산에
다다르지 않았다. 푸나가 바위공원을 지나 치랑이 근무하는 옌띠
병원을 바라보니 치랑은 이미 병원 문 앞에서 기다리고 있다. 발
굴하는 사람과 대화를 하느라 그만 시간이 늦었나 보다. 푸나가
병원을 향해 다가가자 치랑이 먼저 보고 푸나의 이름을 부르고 손

을 흔들었다. 푸나도 치랑이 손을 흔드는 것을 보고 반가워 손을 들었지만 흔들지는 않았다. 치랑과 조금 떨어진 곳에서 예싼이 휴대전화를 귀에 대고 누군가와 통화를 하고 있는 것을 보았기 때문이다.

푸나와 치랑과 예싼은 에펠이라는 프랑스 음식점에서 마주 앉았다. 로맨틱한 기대가 깨어진 푸나는 당연히 얼굴에 불만이 묻어났다. 얼마나 오랜만에 치랑과 단 둘이 데이트할 수 있는 찬스였는데. 눈치 없는 예싼이 또 끼어들었기 때문이다. 그런데 이들이 앉은 테이블은 3-4인용이 아니라 10인용은 되는 널찍한 것이다.

"치랑 씨, 왜 이렇게 넓은 테이블을 예약했어? 먹어야 될 음식이 그렇게 많아요?" 푸나는 의아해서 물었다.

"미안, 내가 미리 이야기를 못했네. 바위공원을 오다보니 무슨 공사를 하고 있지 않았나?"

"응, 하고 있었어요. 유적지 발굴을 시작한다고 하던데."

"그래. 그 발굴팀에 내가 대학시절 내게 역사문제를 이야기해주며 아주 친하게 지내던 역사학자 한 분이 계시는데 마침 오늘 이곳에서 환영식을 하기로 했어. 나와 예싼이 병원일로 바쁘다보니 따로 시간을 내기 어려워. 그래서 푸나와 같이 보기로 했어. 이해해 줘."

"푸나 씨 번번이 눈치 없이 방해해서 죄송합니다." 예싼이 머리를 긁적거리며 인사했다.

"알기는 아시네요. 전혀 모르시는 줄 알았는데."

52

"크하하하하!"

"아유! 저 이상한 웃음소리."

"오늘 오는 사람들 중에 제가 아는 사람도 있어요." 예싼이 매우 기분이 좋은 표정으로 말한다.

"여자 아니세요?"

"아니, 어떻게 아셨어요?"

"예싼 씨 얼굴이 밝은 것을 보고 알았지요. 어떤 사이입니까?"

"친구의 동생입니다."

"원래 친구 동생은 연인으로 발전하기 쉬운 사이인데요."

"무슨 말씀을 … " 예싼의 얼굴이 빨개진다.

"얼굴이 빨개지는 걸 보니 사실인가 보네. 하하하!" 치랑도 쾌활하게 웃으며 예싼을 놀린다.

"이 친구야, 그만 놀리게." 예싼의 얼굴이 더 붉어진다.

그때 예싼의 전화가 울리자 예싼은 부리나케 자리에서 일어나 문밖으로 튀어나간다.

"호호호! 예싼 씨 저러는 것 처음 봐요. 정말로 좋아하는가 봐요."

"어디, 얼마나 예쁜지 봐야겠다. 평소에 무뚝뚝하니 여자에게 전혀 관심이 없는 줄 알았는데 그게 아니네. 가슴에 숨겨둔 사람이 있었어. 하하하!" 치랑이 즐겁다는 듯이 너털웃음을 터트린다.

"오로지 한 여자만 지고지순 그리워한다는 것이 어쩌면 무뚝뚝한 예싼 씨답네요."

잠시 후, 예싼이 다섯 사람을 데리고 들어왔는데 다국적이다. 한꺼번에 다섯 명이 더 추가되니 널찍했던 탁자가 꽉 찼다. 예싼이 가장 가깝게 붙어서 안내하는 사람은 첫눈에 보통의 미모가 아닌 쓰우이다. 그리고 북경에서 역사학으로 유명한 대학에서 박사과정을 마치고 발굴현장에 투입되었다는 량링천을 소개했다. 쓰우가 나이는 어리지만 량링천과는 박사과정 동기이다. 이 둘은 다른 박물관에서 같이 일을 하다가 이번에 이곳으로 왔다. 도리이, 그녀는 일본에서 고고학과를 졸업하고 중국역사와 문화에 관심이 많아 이곳 대학에서 박사과정을 밟고 있는 일본인이다. 도리이 옆에 앉은 미국인 다니엘, 그는 단기 연구과정으로 중국에 와 있는 미국박물관의 연구원이다. 그리고 나이가 좀 있어 보이는 예전에 치랑과 친하게 지냈다는 젠즈, 아까 푸나가 공원 발굴현장에서 만나서 대화를 했던 사람이다. 그는 이번 바위공원 발굴의 단장을 맡고 있다.

"어서들 오세요. 이렇게 만나게 되어 반갑습니다."

치랑이 자리에서 일어나 젠즈와 반갑게 악수를 하고 돌아가며 인사를 한다. 푸나도 이들과 반갑게 인사를 나누었다.

"우리가 이번에 바위공원에서 발굴조사를 하게 되었습니다. 함께 일하게 된 팀원들은 이 지역에 대해 아직 모르는 점이 많습니다. 여러분의 도움을 부탁드립니다." 젠즈가 일행을 대표해서 인사를 하자

"쎄쎄!"

"땡큐!"

"아리가토, 아리가토!"

쓰우와 량링천, 다니엘, 도리이도 인사를 했다.

"우리가 얼마나 도움이 될지는 모르지만 최선을 다해서 도와드리겠습니다. 치랑과 저는 이 지역 역사문화운동에 관심이 많아서 시간 날 때마다 참가하고 있습니다. 여러분이 발굴하게 될 이 바위공원이 지금까지 개발되지 않고 온전하게 보전될 수 있었던 데는 우리들의 숨은 노력이 있었음도 알아주셨으면 합니다." 예싼이 말하자

"어머, 예싼 오빠의 도움이 없었으면 이 발굴프로젝트는 없었을지도 모르겠네요. 오빠, 고마워요." 쓰우가 예싼의 팔을 어루만지며 고마워하자 예싼의 얼굴에 홍조가 퍼진다.

"여기에 오기 며칠 전부터 쓰우가 친한 오빠가 있다고 몇 번을 말했어요. 그 오빠가 예싼 선생이시네요. 덕분에 저도 이 발굴 프로젝트에 참여할 기회가 생겼으니 고맙습니다." 량링천도 고마워한다.

"예싼, 오늘 여동생을 만난 기념으로 한턱내야겠다." 치랑이 말하니

"알았다. 여기 식사는 내가 쏠게." 예싼이 흔쾌히 답했다.

"예싼 씨, 너무 무리하는 것 아닙니까? 우리 같이 내요." 푸나가 말한다.

"괜찮습니다. 쓰우를 정말 오랜만에 만났는데 이 정도는 문제없습니다."

"오빠, 정말 고마워요. 다음에는 내가 오빠에게 맛있는 것 사드

릴게요." 쓰우가 말하자 예싼은 싱글벙글하며 얼굴이 빨개진다.

"쓰우 씨, 나도 입 있어요. 좀 끼워주세요." 다니엘이 서툰 중국어로 말하자 일행이 모두 웃음을 터트렸다.

푸나는 평소에는 비싸서 먹어보지 못하는 맛있는 프랑스 요리를 치랑과 맛보고 싶었는데 예싼이 혼자서 음식 값을 책임지겠다고 하니 예싼에게 부담을 줄까 걱정이 되어 비교적 저렴한 고기 요리와 포도주를 주문했다. 그랬더니 예싼은 쓰우가 좋아하는 것이라며 굳이 거위 간, 달팽이 요리와 같은 비싼 메뉴를 주문했다.

정말로 여름의 낮은 길다. 이들이 저녁을 마친 시간이 여덟 시가 훨씬 넘었는데도 서쪽 하늘은 여전히 붉게 물들어 있다. 식사를 마치고 함께 우인극을 보기 위해 거리로 나섰다.

"예싼 오빠, 오늘 저녁노을이 정말로 예쁘네요." 쓰우가 말하자 "노을도 쓰우를 환영하는가 보네." 예싼이 멋쩍게 답했다.

"그런데 저 서쪽하늘에서 시커멓게 뭔가 떼로 오는 것 같은데 뭐지요?" 링천이 하늘을 보며 말한다.

"뭐지요? 검은 구름 같기도 하고, 혹시 새떼 아닙니까?" 다니엘이 말한다.

점점 이쪽 하늘로 이동해오는데 그 수가 엄청나게 많은 새떼이다. 서쪽에서 날아오는데 남쪽하늘부터 북쪽하늘까지 온통 새로

꽉 찬 것 같다. 지금은 여름철이라 철새가 이동하는 시기도 아닌데 이렇게 대규모의 새떼 이동이 있는 것은 지금까지 한 번도 보지 못했을 정도로 정말로 특이한 일이다. 새떼가 가까워지면서 온갖 새들의 울음소리도 하늘을 가득 덮은 새의 수만큼이나 깊은 인상을 준다. 얼마 지나지 않아 새떼가 이들의 머리 위 하늘을 구름처럼 지나간다. 아름다운 소리부터 별 괴상한 소리까지 가지각색의 새 울음소리가 들리는 것으로 보아 한 종류가 아닌 것 같다.

푸나는 이것이 보통 일이 아님을 직감을 하고 정신을 가다듬어 하늘을 쳐다보았다. 그러자 보통의 사람들은 들을 수 없는 퉁소소리 같은 긴 음이 하늘에 울리고 새들이 날아가는 하늘 주위에는 연분홍 붉은 기운이 감싸고 있는 것을 보았다. 푸나가 주위의 사람들의 표정을 살피니 모두들 연신 새떼의 규모에만 감탄하는 것으로 보아 푸나가 감지한 특이한 현상은 느끼지 못하는 것 같았다.

그렇게 새떼가 지나갔고 거리의 TV화면에도 새떼의 출현을 긴급뉴스로 전하고 있었다. 아직 우인극을 보는 것과 맥주를 마시는 두 개의 저녁 일정이 남아있다. 우인극은 원래 대규모 관객을 대상으로 하는 것이 아니고 마을 단위에서 간단하게 무대를 꾸미고 하는 소규모 인형극이다. 100인치 정도 크기로 뚫려 만들어진 작은 무대를 배경으로, 사람이 가림막 뒤에 숨어서 나무로 만든 캐릭터 인형의 머리를 손가락에 끼우고 인형의 손과 발을 조정해서 하는 인형극이다. 우인극의 내용은 대부분 이미 민간에 널리 알려진 『삼국지연의』, 『수호지』, 『서유기』, 『봉신방』 등 고대 중국의 유명한 고전을 극화한 것이 대부분이다. 이들 이야기에는 괴상하게 생긴 캐릭터들이 많아서 만들어진 인형들의 모습도 그 특성을 표현하느라 참으로 독특한 모양들이 많다.

이번 우인극을 주도하는 사람은 아버지가 우인극으로 중국의 국가급 예술인으로 대접받았던 무형 문화인의 아들로서 아버지로부터 우인을 만드는 기량을 전수 받았다고 한다. 그의 아버지는 중국의 고대 문학을 우인극화 하는데 일생을 바쳤다면, 그는 『산해경(山海經)』, 『습유기(拾遺記)』 등과 같은 중국의 고대 전설들을 주제로 하는 것이었다. 그래서 연극에 등장하는 캐릭터는 사람보다는 괴상하게 생긴 동물들이 많다. 캐릭터의 대부분이 동물들이지만 그가 제작하는 우인은 동물의 얼굴에 인간적 표정을 풍부하게 넣어서 등장캐릭터의 특성을 매우 분명하게 표현하는 것으로 유명하다.

인형의 머리를 손가락에 끼워야 할 정도로 크기가 작으니 사람이 많이 모이는 큰 극장의 무대에서는 뒤에 앉은 관객은 인형의 얼굴조차 구분할 수 없게 된다. 인형을 조정하는 사람이 작은 무대세트 뒤에서 인형의 움직임을 조정하면 어떤 사람이 흥겹게 대본을 읊고, 무대의 주위에서 생황, 아쟁, 징, 나팔, 피리 등 간단한 악기를 연주하는 악사들이 상황과 리듬에 맞추어 음악을 연주하면 사람들이 인형의 동작과 대사 그리고 음악의 운율에 따라 울고 웃는 중국의 아주 인기 있는 전통문화이다. 인기가 있는 만큼, 공연이 있다는 뉴스가 나오면 사람들은 표를 사기 위해 밤을 새워 줄을 서는 노고를 마다하지 않는다. 그래서 얼마 전 이곳에서 우인극이 있다는 정보를 우연히 입수한 치랑이 아는 사람에게 수고비까지 주면서 먼저 줄을 서게 해서 열장 정도의 표를 준비해 두었던 것이다.

쾅!쾅!쾅!쾅! 쾅~, 중국 특유의 징소리가 나고 우인극이 시작됨을 알렸다. 사람들의 눈빛은 호기심에 반짝인다. 오늘 우인극의 주제는 많이 알려진 은나라의 마지막 왕 주왕과 그의 왕비 달기를 주제로 한 것이다. 원래 이야기에서 달기라는 여자가 꼬리 아홉 달린 여우 구미호에게 잡아먹히고 달기를 잡아먹은 구미호가 달기의 형세를 한다고 되어있다. 주왕도 원래 능력이 출중했으나 심성이 삐뚤어져서 괴물로 변해 사람을 쉽게 죽이기도 하는 왕조의 멸망을 가져오는 패악왕의 전형을 보여주는 캐릭터이다. 극중에서 달기와 주왕이 여러 요물과 괴물로 변신을 해서인지 그 역할을 하는 우인들도 여러 변신을 하는데 그때마다 바뀌는 캐릭터의 완벽한 성격묘사에 관객들의 입에서 탄성이 끊이지 않았다. 푸나도 처음에는 다른 관객들처럼 그저 재미있게만 보았으나 볼수록 캐릭터들의 모습이 단순한 괴물의 모습이 아니라 정말로 괴물의 혼이 씌어져 마치 살아있는 것 같은 섬뜩함을 느꼈다.

아까 하늘을 가득 메운 새떼, 마치 살아있는 것 같은 괴물우인들, 앞으로 또 뭐가 있을까? 푸나는 염려스런 마음이 들었지만 다른 사람들은 연신 감탄사를 뱉으며 재미있다고 난리였다. 특히 쓰우는 중간 휴식시간에 무대 앞으로 나가더니 달기의 역할을 흉내내는데 얼마나 뛰어난지 극중 우인보다 더 요사스런 느낌을 주는 연기를 해서 사람들의 시선을 받기도 했다.

　우인극을 보고난 후 마지막 일정으로 맥주를 마시기 위해 카페로 갔다.

　"쓰우 씨, 아까 쓰우 씨가 달기의 역할을 흉내 내는 것 보고 저는 놀랐어요. 쓰우 씨가 정말로 요사스런 달기가 된 줄 알았어요. 무서웠어요." 외국인인 다니엘도 느낄 정도였다고 한다.

　"쓰우 씨가 이전에 연극을 공부했었나 보지요?" 젠즈가 묻자,

　"제 연기가 그렇게 훌륭했나요? 연극 경험은 전혀 없는데. 그럼 앞으로 연극배우가 되어볼까?" 쓰우가 살짝 우쭐해 하며 답했다.

　"우마이! 우마이! 저는 우인극에서 중국 문화의 깊이를 느꼈고 지금도 심혈을 기울여 발전시키는 중국의 문화인들을 보면 그들의 장인정신이 대단하다는 것을 느낍니다." 도리이도 한마디 했다.

　"쓰우는 예전부터 무엇을 해도 잘하는 사람입니다." 예싼이 으쓱하며 쓰우를 칭찬했다.

　"오늘 모두들 즐거웠습니다. 함께 건배 합시다."

　치랑이 제의를 하자 모두들 짜여우!를 외쳤다. 그런데 그때, "악!" 비명소리가 나더니 퍽! 하고 유리잔 깨지는 소리가 났다. 쓰우가 술잔을 떨어뜨렸다.

　"쓰우, 무슨 일이야?" 예싼이 걱정스럽게 물었다.

　"술잔에, 술잔 속에서 아까 그 달기의 캐릭터가 웃고 있었어요. 너무 무서웠어요." 쓰우는 두려운 표정으로 대답했다.

　"쓰우, 괜찮아?" 링천이 걱정이 되는 듯 물었다.

"쓰우 씨가 달기의 캐릭터에 너무 몰입해서 그런 것 아닙니까?" 치랑이 말한다.

"아마 그런가 봐요. 다시는 그런 요물 흉내는 내지 말아야지. 휴~" 쓰우가 한숨을 쉬었다.

"여러분, 그거 알아요? 아무것도 아닌 물건에 여러 사람들의 생각이 모이면 정말로 그 물건이 이상하게 바뀐다는 거. 불상과 예수의 상에 사람들의 염원이 모이면 신상(神像)이 되고, 하찮은 인형에 수많은 사람의 생각이 모이면 그 인형이 이상한 마력을 가진 괴물이 되기도 해요."라는 젠즈의 말에,

"그래요? 그러면 아까 그 달기의 인형을 보고 수많은 사람들이 달기라고 생각해서 실제로 달기와 같은 요물로 변했을 수도 있네요. 무서워라." 치랑이 답하자 모두들 오싹한 기분이 드는지 어깨를 움츠린다.

오늘은 새로운 사람들을 만나는 나름 의미 있는 자리였으나 푸나는 왠지 모를 불안감이 엄습해오는 것을 떨칠 수 없었다. 치랑과 팔짱을 끼고 숙소로 향하는 내내 불안감이 계속 되었고, 숙소의 문을 열고 들어서서도 뇌리에서 사라지지 않았다.

"푸나야 오늘 시간이 너무 늦었네 … " 푸나의 숙소 앞까지 온 치랑이 푸나와의 포옹을 풀면서 말한다.

"응 그래, 치랑, 아니 자기. 오늘 너무 늦었지? 조심해서 돌아가." 푸나도 약간 당황해 하는 어감이다.

푸나의 오늘 저녁의 계획은 사고를 당한 이후 정말로 오랜만의

치랑과 예전의 관계를 회복하기 위한 데이트를 하는 것이었으나 뜻하지 않은 사건들이 계속되면서 그들 둘만을 위한 분위기는 깨어졌고, 시간이 너무 늦어 치랑이 푸나를 숙소에까지 바래다주고 집 앞에서 가벼운 포옹을 하는 것으로 만족해야 했다. 그런데 짧은 포옹이었지만 치랑의 가슴은 푸나에게 예전의 편안한 느낌이 아니었고, 치랑도 드러내지는 않았지만 서먹해하는 것 같았다.

'푸나, 오늘 이상한 것 보았지? 걱정 되지?' 푸나의 얼굴을 보고 제강이 말한다.

"그래, 이상한 일이 많았다. 아무래도 무슨 일이 벌어지겠지?"

'홍수가 일어날 걸 알고 미리 대비책을 세우면 피해를 줄일 수 있듯이 어떤 일이든 잘 대비하면 괜찮아. 푸나야, 너무 염려 마.'

"너는 무슨 일이 일어날지 알고 있니?"

'아니, 나는 그런 거 관심 없어. 그저 우주의 리듬과 함께하는 것이 너무 기뻐.'

"흥!, 너는 기뻐서 좋겠다."

푸나는 잠자리에 들기 전 불현듯 도대체 자신이 누구인지 의문이 들었다. 바위공원 사고 때 무의식중에 느꼈던 불의에 대한 담대함, 명상 중에 느낀 예지력, 이상한 물고기떼와 정체를 알 수 없는 새떼들의 기운 그리고 주위 사람들에 대해 느껴지는 미래, 도무지 정체를 알 수 없는 제강과의 생활 등등, 과학자인 자신이 보기에 제대로 이해할 수 있는 것이 하나도 없다.

다음날 푸나는 다시 바위공원에 나갔다. 오늘은 치랑을 만나러 가는 길이 아니라 그냥 공원에 나가서 산보를 하고 또 어제 만났던 발굴팀을 만나서 인사를 하고 싶어서였다.

"안녕하세요? 단장님."

"아, 푸나 씨, 어제는 덕분에 즐거웠습니다."

"뭐 좀 나온 것이 있습니까?"

"아직요. 이제 표층의 흙을 걷어내기 시작했는데요."

"뭐가 나올 것 같습니까?"

"청동주조 터였는지 숯, 구리 조각, 알 수 없는 거푸집 조각이 몇 개 나왔습니다. 특별한 것은 없어요."

"대박 치는 물건이 나왔으면 좋겠어요."

"나도 그랬으면 좋겠네요. 푸나 씨는 역사유물에 관심이 많으신가 보네요."

"그렇다기보다 늘 다니던 길이 옛날에 아주 특별한 곳이었다니 궁금해서요."

"알겠습니다. 뭐가 나오면 푸나 씨, 치랑 씨 그리고 예싼 씨에게 꼭 알려드리겠습니다."

다음날 오전, 푸나가 동물의 돌연변이와 세포의 변화에 대해 연구를 하고 있는데 치랑에게서 전화가 왔다.

"응, 치랑 씨. 저녁에 무얼 먹을까 전화했어?"

"아니, 금방 젠즈 단장에게서 전화가 왔는데 조금 특이한 것이 발견되었다네."

"그래요? 무엇이라는데?"

"무엇인지는 잘 몰라. 이따 점심 때 가볼까 하는데 푸나도 시간이 되면 같이 보자."

"알았어."

점심시간이 되기 전, 발굴단의 현장사무실에서 젠즈와 링천, 쓰우, 다니엘, 도리이가 탁자 위 상자에 들어있는 물건을 보면서 이야기를 하고 있다. 푸나와 치랑이 들어왔다.

"단장님, 무엇이 나왔어요?" 치랑이 물었다.

"이리 와서 직접 보세요."

상자 안에는 작은 종이 몇 개 있었다.

"작은 종 아닙니까?"

"네, 종입니다. 그런데 종두가 새의 모양을 하고 있습니다. 지금까지 새의 종두를 한 종이 발견된 적이 없거든요. 아시겠지만 중국, 한국, 일본의 전통적인 종두는 전부 용의 형상을 하고 있는데 … "

"봉황의 형상을 한 종두도 만들어지는 것 같던데요."

"그것은 최근의 일이고, 이렇게 오래된 터에서 종두가 새인 것은 발견된 적이 없었는데 이곳에서 새 형상의 종두를 하고 있는 종이 여러 개 발견된 것은 매우 특이한 경우입니다. 과학적 검증을 더 거쳐야겠지만 이 종들이 정말로 고대에 만들어진 것이라면 빅 뉴스감입니다."

"이게 그렇게 대단한 것입니까?"

"그럼요. 종의 고리가 새인 것은 동양문화의 대표적 상징을 용으로 삼는다는 거대한 역사적 관점에서 보았을 때 새를 상징으로 삼았던 집단이 있었다는 것을 증명하는 엄청난 것이죠."

"과거에 작은 부족집단들이 자신들의 토템을 용이나 새 또는 곰이나 늑대로 정하는 것이 특별한 일은 아니지 않습니까?"

"그것이 신석기 시대라면 단순히 토템사상의 하나로 여길 수 있지만 청동기 시대는 작은 부족단위가 아닌 국가를 형성할 정도의 큰 권력의 시대인데 이렇게 새 모양의 종두가 만들어졌다는 것은 새를 숭상하는 어떤 큰 권력이 있었다는 것이지요."

"새를 숭상하는 권력이라면 … , 고구려가 태양을 상징하는 삼족오라는 새를 그들의 상징으로 사용했는데 그러면 이 종들은 혹시 고구려인들이 만든 것일 수도 있네요. 게다가 이 지역이 고구려인들의 활동무대였으니 … "

"아직 단정할 수는 없습니다. 그런데 종에 새겨진 문양의 특성을 보니 우리가 알고 있는 고구려 시대의 기법과는 차이가 있고 그보다 훨씬 이전의 양식적 특성이 보입니다."

"아! 생각났다. 이것과 같은 종을 본 적이 있어요." 푸나가 말했다.

"네? 이것과 같은 종을 본 적이 있다고요? 어디서 보았습니까?" 젠즈가 물었다.

"저 말고도 많은 사람들이 보았어요."

"네? 그런데 왜 안 알려졌을까요?"

"이렇게 역사적 고민을 할 수 있는 조건이 아니었으니 그렇겠지요. 그리고 세상에는 가짜가 많으니 그것을 진짜라고 생각한 사람도 없었을 것이고."

"누가 가지고 있습니까?"

"치랑 씨가 근무하는 옌띠병원에서 보았어요."

"응? 우리 병원에서?"

"응, 지난번 내가 정신과 치료를 받았을 때 보았어요."

"병원 어디서?"

"정신과 의사 계시잖아요. 꼭 너구리를 닮은 … "

"맞아! 궈이! 그분은 환자를 치료할 때 늘 종을 이용하지, 나는 무심코 보아서 아무런 생각이 없었지. 어디 골동품 파는 곳에서 가짜를 산 줄 알았지. 기다려 보세요. 제가 전화를 해보겠습니다. 궈이 박사님, 저 치랑입니다. 평소 사용하시는 그 종 지금도 가지고 계시지요? 괜찮으시다면 그것을 가지고 바위공원 현장 건물로 와 주실 수 있습니까? 네네 알겠습니다. 지금은 바빠서 안되고 나중에 퇴근할 때 가지고 오시겠답니다."

"맞아요. 그분 이름이 궈이였지."

"이름은 궈이인데 스스로 굴굴(朏朏)이라고 해."

"왜 굴굴이라고 하나요? 꿀꿀하지."

"옛날 신화에서 굴굴을 집에 기르면 마음의 근심이 없어진다고 했는데 자신에게 치료를 받은 환자가 쾌유하길 비는 의미에서 그렇게 불러. 그리고 이(鮨)란 이름도 신화에서 정신병에 효능을 보이는 물고기의 이름인데, 물고기이지만 머리 생김새가 개나 너구리를 닮았으니 이름이나 별명이 그분에게 딱 맞지. 생김새만큼이나 재미있는 분이야."

"그래요? 몰랐어요. 꿀꿀!" 푸나는 재미있어 했다.

퇴근시간 한 시간쯤 후, 치랑과 예싼은 궈이와 함께 현장건물에 왔고 푸나도 시간에 맞추어 왔다.

"어? 여기 내 종과 같은 것들이 몇 개 있네. 하나 둘 셋 넷, 네 개나 있네!" 궈이가 가방에서 자신의 종을 꺼내 탁자 위에 놓으며 말했다.

"궈이 선생 것까지 모두 다섯 개입니다." 젠즈가 말했다.

"단장님, 정말로 모양이 똑 같은데요. 그리고 종에 오래된 글씨체로 새겨진 글귀도 똑같고, 무슨 뜻일까요?"

"음, 이것은 갑골문이다. 봉 … 명 … 천하 … 안정, 봉명천하안정(鳳鳴天下安定)! 봉황이 울면 세상이 안정된다는 뜻입니다."

"안정? 왜 평화가 아니고 안정입니까?" 푸나가 고개를 갸웃거리며 물었다.

"하하! 나도 예전에 어떤 일이 있어 갑골문에서 평화라는 글자를 찾아보았는데 없었어요. 금문(金文)에 와서야 평화라는 글자가 있는 것으로 보아 평화는 국가적 개념이 좀 더 구체적으로 정립되는 시기에 만들어진 단어로 보입니다."

"역시 우리 단장님의 고문해석 실력은 알아주어야 합니다." 링천이 감탄을 한다.

"진짜로 이것이 갑골문 시대까지 올라갈까요? 왜 갑골문일까요?" 치랑이 물었다.

"갑골문은 제사장들의 주문(呪文)일 수 있어요." 젠즈가 답했다.

"아하! 주술적이다 … 음~" 치랑이 고개를 끄덕이자

"그러면 이것들은 하나의 틀에서 나온 것일 수 있네요." 쓰우가 말했다.

"어쩐지 … 내가 이것을 얻게 될 때도 이상했는데, 이것들이 진짜 옛날 물건이라면 대박이다." 궈이가 말하면서 가방에서 작은 나무망치를 꺼내 종을 쳤다. 뎅~ 하고 종소리가 사무실 안을 울린다.

"원더풀! 정말 소리 좋습니다." 다니엘이 종소리에 감탄을 한다.

"우마이! 우마이! 참 좋습니다." 도리이도 종소리 좋다고 했다.

"하오팅! 하오팅!" 쓰우와 링천도 칭찬했다.

"발굴된 종을 쳐봐도 되겠습니까?" 궈이가 조심스레 물었다.

"원래는 안되는데 … 조심해서 쳐 보세요." 젠즈가 허락을 했다.

링천과 도리이가 붓으로 종의 표면에 붙어있는 흙을 털고 대나무로 만든 긁개로 종의 내부에 붙어있는 흙을 조심해서 긁어낸 후 종 하나를 궈이에게 건네주었다. 궈이는 매우 긴장된 표정을 하며 조심스레 자신의 종 망치로 쳤다. 뎅~ 하고 소리는 나는데 아직 불순물이 완전히 제거되지 않아서인지 종소리의 울림 시간과 소리의 음색이 궈이의 것과 다르다. 다른 것들도 쳐보았다. 모양은 똑같은데 소리는 조금씩 다 달랐다. 궈이의 종까지 포함하여 일정한 차이점을 가지는 것 같았다.

"소리가 일정한 차이가 있는 것 같습니다." 궈이가 말하자,

"그렇습니다." 모두들 소리에 차이가 있음을 동의했다.

"왜 이렇게 다른 소리가 날까요?" 치랑이 물으니,

"옛날에는 주조기술이 완전하지 못했으니 아무리 모양이 같아도 주조과정에서 차이가 생긴 것이 아닐까요?" 링천이 답했다.

"서양에서는 종의 두께를 이용해서 도레미파솔라시도의 8음계의 소리를 내게도 합니다." 다니엘이 말하자,

"맞아! 그렇다면 이것은 동양의 5음계가 아닐까? 궁상각치우!" 젠즈가 소리쳤다.

"정말! 그럴 수가 있겠네요. 그러면 이것은 아주 오랜 옛날 악기용으로 만들어진 것일 확률이 높네요." 쓰우가 말하자,

"그럴 수도 있겠다." 링천도 동조했다.

"너무 쉽게 판단하지 말고 다시 쳐보자. 궁상각치우가 나오는지." 젠즈가 신중을 기한다.

뎅, 뎅, 댕, 띵, 땡 순서를 바꿔가며 몇 번을 쳐보았다.

"아니야 … 오음계 음율이 나오지 않아." 젠즈가 고개를 가로저으며 말했다.

"그럼, 왜 똑같은 것을 5개나 만들었을까요?" 치랑이 물었다.

"계속 발굴하다보면 어떤 단서가 나오겠지."

"단장님, 이것들이 발굴된 깊이가 어느 정도 됩니까?" 궈이가 물었다.

"표층의 흙을 걷어내고 조금을 더 판 후에 나왔으니 30센티 정

도.”

“아하! 이제 알았다. 원래 제 것을 포함해 다섯 개가 한 곳에 있었는데 어찌하다가 하나가 밖으로 나오고 그것이 어찌어찌 하다가 저한테 굴러 들어온 것이네요. 저는 지금까지 어느 주물공장에서 만들어진 이력이 없는 것인 줄 알았는데 그게 아니네요. 족보가 있네요. 잘 보관해야겠습니다.” 궈이는 무척 기분이 좋아보였다.

“너무 흥분하지 마십시오. 아직 과학적 검증이 끝나지 않았고 우리 연구원들이 보고서를 작성한 후에나 언론에 발표할 것입니다. 아직은 속단하기 어렵습니다.” 젠즈는 궈이를 안정시키면서도 자신은 흥분된 얼굴로 말했다.

토요일, 푸나는 치랑에게 동남쪽에 있는 봉황산에 가자고 했다. 오랜만에 산에 올라 도시생활에서 쌓인 스트레스를 날리고 신선한 자연의 기운을 보충하기 위해서이지만 푸나가 봉황산을 선택한 것은 다른 곳에 비해 유달리 강한 봉황산의 정기를 온몸으로 받기 위해서이다.

봉황은 용과 함께 중국 사람들이 신성하게 여기는 새라서 봉황이 들어간 지명이 많다. 우뚝 솟아나온 바위들이 마치 봉황이 창공을 향해 홰를 치는 모습을 하고 있는 단동 근처에 있는 봉황산은 동북오악 중 첫째 가는 명산이고, 서쪽 차오양시 근처의 봉황산은 산의 형세가 마치 한 마리 봉황이 춤을 추는 것 같다. 그 외에도 봉황의 이름을 가진 지명은 곳곳에 많이 있다.

푸나가 치랑에게 봉황산에 가자고 하니 치랑은 예싼에게도 같이 가자고 하고 예싼은 옳다구나 하고 쓰우에게도 같이 가자고 하니 자연스레 발굴 팀원 젠즈, 링천, 다니엘, 도리이 모두 같이 가게 되었다. 그리고 또 있다. 그동안 푸나의 숙소에서만 지내던 제강도 밖으로 나가려 했다. 당연히 본래의 이상한 똥자루 모습이 아니고 사람들에게 인기 있는 애완용 개 리트리버로 변해서 따라나섰다.

새벽, 봉황산으로 가는 차를 타는 곳에 푸나가 리트리버로 변신한 제강을 데리고 나타나자 사람들이 놀랜다. 특히 치랑은 웬 리트리버냐며 눈이 휘둥그렇다.

"푸나, 도대체 이 리트리버는 무엇이냐? 나한테 개를 기른다고 한 적 없잖아!"

"응, 얼마 전에 잘 아는 애견사업가로부터 한 마리 샀어. 예쁘지?"

"아유! 예뻐라. 이리와!" 쓰우가 안으려 하자 리트리버는 냅다 도망을 간다.

"쟤가 이쁜 언니를 무시했어. 언니 삐졌어! 맛있는 거 절대로 안 줄 거야. 흥!"

"쓰우야, 아직 낯선 사람들에게 익숙하지 않아서 그래. 서운해

하지 마. 내가 개 한 마리 사줄까?" 예싼이 위로한다.

"됐네요. 이곳에 발굴하러 왔지 개 키우러 온 게 아니거든요." 쓰우가 거절하자 예싼은 금방 시무룩해진다.

나머지 사람들도 제강이 변한 리트리버를 서로 안아보려고 시도해보지만 성공하지 못한다.

상쾌한 새벽공기를 맡으며 고속도로를 남동쪽으로 한참이나 달려 봉황산 입구에 도착했다. 이 봉황산은 아주 높은 산은 아니지만 빼어난 아름다움은 근처에서 제일이다. 뽑아낸 듯 솟아오른 산 위의 거대한 흰 바위들의 모습은 연꽃의 봉우리와 같아서 많은 옛 학인들이 봉황산의 아름다움에 대해서 시를 지었다.

인공으로 만든 팔선녀 호수를 지나 산의 입구에 다다랐다. 삭도를 타고 편하게 산을 오르는 방법도 있지만 사찰을 구경하고 산의 경치를 천천히 감상하기 위해서는 시간이 좀 걸리더라도 걸어서 오르는 것이 더 등산하는 맛이 있고 특히, 푸나에게는 봉황산의 정기를 더 많이 받아들이는 효과가 있다.

산 아래에 위치한 차오양사(朝陽寺) 입구 좌우에 봉황조각이 서 있어서 봉황의 의미를 되새기게 한다. 아무리 봉황을 만든 솜씨가 조악하더라도 봉황의 형상이 이곳에 갖추어져 있다는 것은 눈에 보이지 않는 어떤 섭리가 작용하여 이루어지는 것임을 푸나는 느낀다.

본격적으로 산을 오르기 시작하면서 치랑이 푸나의 든든한 등산도우미가 되고, 예싼은 쓰우를 거의 업고서 등산을 할 정도로 지극 정성이다. 도리이가 하이! 하이! 하면서 다니엘을 따라가니 다니엘은 도리이의 기사를 자처하면서도 서양의 기사도 정신 때문인지 도리이뿐 아니라 쓰우도 도와주려고도 하는데 그때마다 예싼과 도리이의 얼굴에는 반갑지 않다는 표정의 변화가 일어난다. 가파른 곳을 오를 때마다 남자가 여자의 손을 잡아 당겨주니 저절로 남녀사이가 더 돈독하게 된 듯한데 젠즈와 링천은 자기네들만 짝이 없다며 어색한 표정을 짓는다. 리트리버로 변한 제강은 힘이 남아도는지 휙! 휙! 나는 듯이 가장 앞서 산을 뛰어 오른다.

뼈가 툭툭 튀어나온 늙은 소의 등줄기를 닮은 라오뉴뻬이(老牛背)를 지나, 중국의 명산바위마다 빠지지 않는 잔도가 있는데 유리로 바닥을 깔아서 담이 약한 사람은 오줌을 지릴 만큼 스릴을 만끽하게 하는 유리잔도 구간도 있다. 라오후코우(老虎口)의 큰 바위에 조각해 놓은 호랑이 얼굴을 쓰다듬으며 힘 빠진 다리에 기운을 모아 다시 가파른 바위산을 오르면, 푸른 구름이 수직으로 뻗어 올랐다는 화살촉처럼 뾰족한 직상청운(直上靑雲) 봉황산 정상의 젠옌펑(箭眼峰)에 오른다. 정상에서 내려다 볼 때 펼쳐지는 주변의 장관은 과연 이 지역 풍광의 백미로 꼽을 만하다. 이곳에 오른 누구라도 정상정복의 기쁨을 만끽하는 환호성을 지르지 않을 수 없다.

푸나는 봉황산의 하늘을 보았다. 보통 사람의 눈에는 보이지 않지만 봉황산과 창공을 잇는 에너지의 모습이 보였다. 다시 정신을 집중하니 오색찬란한 기운이 하늘과 땅을 잇고 있는 것이 보인다. 더 정신을 집중해서 눈을 돌려 동남쪽을 바라보니 지평선 너머 곳곳에 하늘과 땅을 잇는 오색의 기운이 보인다. 그 중 몇 개는 다른 곳과는 비교할 수 없을 정도로 굵고 찬란한 기운이다. 푸나는 이전부터 봉황의 기운이 가장 크게 뻗치는 곳 중의 하나가 서울의 북한산이라고 들어왔다. 그래서일까, 봉황을 문장으로 하는 한국의 대통령 집무실이 그곳에 있었다. 푸나는 더 큰 봉황의 에너지를 얻기 위해서 언젠가 그곳에도 가야겠다고 마음을 먹었다.

"햐, 정말 좋다. 이 느낌, 어떤 말로도 표현할 수가 없네!" 쓰우가 두 팔을 하늘로 뻗으며 정상에 선 기쁨을 외쳤다.

"봉황산에 오길 잘했지. 내가 쓰우를 데려오길 잘했네." 예싼이 맞장구를 친다.

"하이! 하이! 올라오는 바윗길이 정말로 위험했어요. 다니엘이 도와주지 않았으면 여러 번 울 뻔 했어요." 도리이가 말하자

"도리이 씨, 이 서양 백기사를 믿으세요. 서양기사는 항상 숙녀를 보호합니다." 다니엘이 도리이의 어깨를 안으며 말했다.

"보호해줄 숙녀가 없는 동양의 기사는 섭섭합니다." 링천이 말하니,

"내가 링천의 숙녀가 되어줄까?" 하고 쓰우가 답하니 예싼의 얼굴은 웃으면서도 흙빛이 된다.

"치랑 박사는 푸나 박사님을 위해서 좀 더 신경을 써야겠어요." 쓰우가 치랑에게 충고하듯 말하자,

"저도 남들하고 똑같이 했는데, 왜 그러세요?" 치랑이 억울하다는 말투다.

"그러면 푸나 박사님이 어색해 하는 것인가? 하여튼 제 눈에 두 분은 좀 그랬어요." 쓰우가 두 사람을 보고 고개를 갸우뚱한다.

"역시 젊은 사람들이라 이성에 대한 반응이 빠릅니다." 젠즈가 말하자,

"아저씨 아주머니들도 단체로 등산가면 엄청 노골적이라던데요." 쓰우가 말하자,

"으흠! 나는 그런 등산을 가보지 않아서 모릅니다." 젠즈는 슬쩍 외면한다.

쓰우가 음식을 먹다가 리트리버를 바라보며 한마디 한다.

"이상하다, 우리는 올라오면서 목이 말라 물도 마시고 출출해서 간식도 먹고 하는데 쟤는 지금까지 아무것도 먹지 않고 물도 마시지 않네?"

"힘이 남아도니 물도 필요 없겠지요. 신경 쓰지 마세요. 지가 목마르면 달라고 하겠지요." 푸나가 쓰우에게 말했다.

"그래도 … 고기는 좋아하겠지?" 쓰우가 리트리버에게 자기가 먹던 고기 조각을 잘라 주어도 리트리버가 아무런 관심을 보이지 않자,

"저놈이 이 언니의 성의를 완전 개무시하네!" 하고 버럭한다.

"쓰우 씨, 개한테 화내서 뭐해요, 관두세요." 푸나가 쓰우를 진정을 시키며 한편으로 제강에게 텔레파시로 말한다.

'오늘 네가 올 자리가 아닌 것 같다.'

'아니야, 언젠가는 만나야 돼. 내 정체만 모르면 돼.'

'자칫 사람들이 너를 의심할 수도 있겠다.'

'알았어. 일부러 물이라도 마시는 척이라도 해줄게.'

푸나가 손바닥에 물을 부어 리트리버에게 주자 리트리버가 재빨리 달려와 혀로 적시는 척을 하자,

"그러면 그렇지. 저놈도 동물이니 당연히 목이 마르겠지." 예싼이 말했다.

"개는 코가 예민하니 유물을 발굴하는데 이용하는 방법이 없을까?" 가만히 보고 있던 치랑이 슬쩍 한마디 한다.

"괜찮은 방법 같네요. 짐 속에 꼭꼭 감춘 마약을 찾아낼 수 있으니 유물의 위치도 금방 알 수 있지 않을까요?" 예싼이 말하자,

"이젠 개발굴이 나오겠네요. 개~발굴, 호호호!" 쓰우가 깔깔거리며 웃는다.

"단장님, 발굴에서 뭐 좀 나온 것 있습니까?" 푸나는 바위공원 발굴에 성과가 좀 있는지 젠즈에게 물었다.

"숯이 많이 나온 것 빼고는 특별한 것은 아직 없습니다. 청동으로 만든 조각용 도구가 나오고, 숯 무더기 속에는 오랜 세월 많이 부식되어서 정확한 형태는 알 수 없지만 나무로 만든 도구도 나왔는데 밀납을 다듬거나 흙을 정리할 때 쓰던 것이 아닐까 짐작하고 있습니다. 지금까지 표층발굴에서 기본적인 범위는 확인했으니 이제부터는 좀 더 심도 있는 발굴 작업이 이루어질 것입니다."

"그러면 이곳이 당시 사람들의 작업장일 수 있겠네요." 치랑이 물었다.

"숯이 많은 것으로 보아 그냥 작업장이 아니고 청동주조 작업장

일 확률이 높지요." 링천이 답했다.

"단장님, 여러 가지 청동기를 만든 청동주조 작업장이었다면 새의 종두를 한 작은 종들뿐 아니라 앞으로도 예상외로 획기적인 것들이 나올 수도 있겠지요?" 푸나가 물었다.

"발굴을 하다보면 예상외로 우리가 기존에 알고 있던 역사관을 확 바꾸는 증거들이 나올 때는 정말로 뿌듯한 보람을 느낍니다. 마왕퇴의 무덤, 한국의 백제대향로의 발굴은 그 대표적 증거들의 하나이죠. 그런데 이번에 발굴된 새 종두의 종도 어쩌면 또 하나의 획기적 이정표가 될 수도 있습니다. 저는 내심 가능성이 크다고 생각합니다." 젠즈가 어떤 희망을 내비쳤다.

"그 새가 정말로 봉황일까요?" 푸나가 젠즈에게 물었다.

"아주 옛날 사람들은 새라고 하면 봉황을 생각하는 경우가 많았어요. 봉황이 새를 대표했거든요. 갑골문에도 봉황을 뜻하는 글자가 있으니 봉황으로 봐야죠." 젠즈가 답했다.

"봉황치고는 생김새가 너무 소박하던데요?" 다시 푸나가 물었다.

"요즘 사람들이 알고 있는 봉황의 모습은 불교를 따라 전해진 인도의 공작새 모습의 영향을 받아서 화려해진 것입니다. 아주 옛날의 봉황 도상을 보면 두루미를 닮았거나 아주 간단한 모양이 많아요. 용도 지금의 모습이 갖추어진 것은 생각보다 오래되지 않았습니다. 최초의 용의 모습은 그저 단순한 팔찌 같아요. 돼지모습, 악어모습, 도롱뇽 모습, 코끼리 모습 등등 별의별 용의 모습이 다 있어요." 젠즈가 자세히 설명을 했다.

"아하! 그러니까 옛날에 만들어진 새는 대체로 봉황으로 보면 된다 그런 말씀이네요." 젠즈의 설명에 푸나는 의문이 조금 풀린 듯했다.

"꼭 그런 것은 아니지만 음양오행에서 용과 봉황은 서로 쌍을 이루니 … "

"봉황의 힘이 세상을 다스릴 때가 되면 살기가 참 좋아질 것이라는 믿음이 드네요. 저 푸나는 정말로 새로운 세상이 오기를 기원합니다."

"황후의 관이 봉황을 뜻하니 봉황은 어쩌면 모성을 뜻합니다. 푸나 씨처럼 여성의 감성으로서 충분히 있을 수 있는 일이죠." 젠즈가 말하자,

"그런 것이 아니라 봉황이 새로운 시대의 상징이 될 거라는 … " 푸나가 머뭇거리자,

"푸나 박사는 봉황 종두에 관심이 많네요. 나는 이번 발굴에서 또 다른 발굴품이 나올 것이라는 기대가 있습니다. 어쩌면 상상을 뛰어넘는 발굴의 결과가 나올 것 같은 예감이랄까 … , 역사를 새롭게 볼 수 있는 증거가 되는 유물이 내 손에 의해 세상으로 나온다는 것은 스릴 넘치는 게임을 하는 것처럼 무척 흥분되는 일이죠." 젠즈의 눈이 꿈꾸는 소년처럼 빛난다.

서커스 살인

늦은 저녁시간, 일과를 마친 치랑은 예싼을 데리고 실내사격연습장에 가서 권총을 쏘고 있다.

탕! 탕! 탕!

"와우! 오늘은 90% 명중률이다."

"치랑의 사격솜씨 대단하다."

"예싼도 해봐, 기분이 짜릿짜릿해. 요즘에는 레이저를 이용하는 총들이 많아졌지만 그래도 구식 권총이 어깨에 전해지는 진동과 귓전을 때리는 탕~ 소리의 짜릿함에는 비교할 수가 없지."

"나는 귀가 먹먹해져서 싫다." 예싼이 고개를 절레절레 한다.

탕! 탕! 탕! 탕! 탕! 탕! 치랑이 다시 총알을 장전해서 연발사격을 했다.

"이리 줘봐라. 나도 한 번 해보자." 총소리에 귀를 막고 싫다던 예싼도 호기심이 생긴 모양이다.

"진작 그럴 것이지. 예싼, 비록 스포츠이지만 이것은 진짜 총이고 진짜 총알이 발사되니 조심해야 해. 처음이니 양손으로 손잡이를 단단히 잡고 양쪽 어깨는 긴장하지 말고 편안한 상태에서 호흡을 정지하고 아주 가볍게 방아쇠를 당겨."

탕!

"아이쿠! 깜짝이야." 예싼은 깜짝 놀라면서 권총을 손에서 놓친다.

"이런! 큰일 날 뻔 했다. 소심한 심장 같으니라구, 이렇게 겁이 많아 가지고 사람 피부를 째는 수술은 어떻게 하지? 쯧쯧!" 치랑이 어이가 없다는 표정을 짓자

"미안, 다시 해볼게." 예싼이 미안한 표정을 지으며 다시 쏘겠다고 했다.

"마음을 편히 해. 소리가 성가시면 귀마개를 하든가."

탕! 탕! 탕!

"크하하하! 재미있다. 진짜 짜릿하다. 처음에는 진동과 소리에 놀랐는데 두 번째부터는 별 것 아니네. 화약냄새도 나름 향기롭네." 예싼이 사격에 재미를 붙이자,

"나는 이 사격연습이 연구와 수술할 때의 집중력 훈련에도 좋은 것 같아서 틈만 나면 여기 와서 연습을 해. 예싼 너도 앞으로 종종 같이 오자."

"활 쏘는 것도 집중력 훈련에는 괜찮겠다."

"그것도 도움은 되겠지만 그래도 나는 탕! 하는 소리 때문에 총 쏘기가 더 좋아. 스트레스가 싹 가시거든."

치랑과 예싼이 다시 권총을 들고 과녁을 겨누었다.

탕! 탕! 탕!
탕! 탕! 탕!

　연구소에서 전자현미경을 컴퓨터 화면으로 보며 연구에 몰두하고 있는 푸나에게 경찰서에서 연락이 왔다. 경찰에 대한 이미지가 많이 호전되었지만 그래도 여전히 사람의 잘못을 적발하거나 구속하는 이미지가 있으므로 경찰에서 걸려오는 전화를 받는 것은 유쾌한 일이 아니다.

　"여보세요. 푸나 박사님 전화입니까?"

　전화에서 들리는 중년 남자의 목소리는 친절하지만 경찰에 대한 선입관 때문인지 사나운 느낌이 든다.

　"네, 그렇습니다."

　"안녕하세요? 저는 손규영 형사입니다. 요즘 지내시는데 에로 사항은 없습니까?" 안부를 묻는 경찰의 목소리가 부드럽게 느껴진다.

　"네. 아주 잘 지내고 있습니다. 무슨 일이시죠?"

　"좀 여쭤 볼 것이 있어서, 편리한 시간에 경찰서에 나와 주시면 감사하겠습니다. 불편하시면 제가 찾아뵙겠습니다."

　"아닙니다. 마침 지금 시간이 있으니 잠시 후 나가겠습니다."

푸나는 유쾌하지 않은 기분으로 경찰서로 향했다. 곳곳에서 범인들을 취조하는 소리가 들리는 사무실로 들어가 손규영 형사를 찾았다. 그는 형사답지 않게 부드러운 인상이었고 40대 중반으로 보였다.

"번거롭게 오시게 해서 죄송합니다. 이쪽으로 앉으십시오."

손 형사는 푸나에게 번거롭게 해서 죄송하다는 인사부터 하며 친절하게 의자를 권했다. 하지만 손 형사의 친절이 푸나에게는 오히려 걱정이다. 무슨 안 좋은 일이 있음을 예고하기 때문이다.

"푸나 씨를 보자고 한 것은 지난번 푸나 씨에게 일어난 불행한 바위공원 사건의 범인에 대한 단서를 포착해서 몇 가지 상황을 확인하려고 합니다."

지난번 바위공원 사건! 마취제 때문에 기절하여 푸나의 기억 속에는 거의 없지만 마음에 공포로 남아있는 사건이다. 이후 정신과 치료와 명상을 통해 거의 치료를 하였으나 언제든지 다시 수면 위로 드러날 수 있는 것이다. 당시에는 푸나의 치료에만 집중되었을 뿐 범인에 대한 것은 오리무중이었는데 이제 당시 사건의 증거들이 드러나나 보다.

"무엇을 확인하려고 하십니까?" 푸나는 떨리는 가슴을 진정시키기 위해 크게 심호흡을 하며 물었다.

"당시의 조사내용에 바위공원에서 눈을 감고 있다가 갑자기 벌어진 사고라 기억이 없다고 해서요. 아무리 약물에 마취가 되어도 … "

"저는 정말로 아무런 기억이 없습니다. 그때 증언한 내용이 전부 입니다. 더 이상 없어요." 푸나의 얼굴이 굳어졌다.

"좋습니다, 푸나 씨의 기억은 그렇다 치겠습니다. 당시 범인들은 자신들의 흔적을 남기지 않기 위해서 매우 치밀한 계획을 세웠는지 현장에는 DNA를 대조할 만한 어떠한 증거도 없었어요. 그래서 우리 경찰에서도 거의 포기할 뻔 했던 사건이었습니다. 그러다 이 바위공원을 상가로 개발을 하려다 시민역사지킴이단체의 반대로 무산되고, 조사과정에서 불법적 공모가 있었음이 드러나 담당 공무원 김명철과 개발업자 펑쏭이 구속되는 사건에 주목하게 되었습니다.

김명철과 펑쏭은 개발모의는 했지만 시도되는 과정에서 실패했기 때문에 감옥에 들어간 후 얼마 지나지 않아 풀려났습니다. 이 일로 김명철은 파면되었기에 이후 아무 일도 못하고 이곳저곳 전전하며 힘들게 하루하루를 살아가게 되었고, 공범의 죄과를 치른 개발업자 펑쏭은 그나마 자신의 사업체를 타인의 명의로 유지하고 있어서 다시 복귀할 수 있었지요. 그래도 펑쏭은 의리가 있어서 김명철을 자신의 회사에 취직시켜 생활의 어려움을 해소해 주었어요.

하지만 나쁜 짓을 하는 사람들은 어디서든 나쁜 짓을 하는 사람들과 인연이 닿게 되는데 펑쏭은 자신이 감옥에 가 있는 동안 회사를 지역 조직폭력배 쟝졔의 명의로 하면서, 이름을 빌리고 영업에 도움을 주는 대가로 일정한 지분과 배당금으로 주고 있었어요. 이런 것은 험한 일을 하는 사람들 사이에는 흔하기 때문에 그럴 수 있다고 봐요."

" …… " 푸나는 얼굴이 점점 더 굳어지고 말없이 듣고만 있다.

"그런데 평쌍의 뒤에는 정체가 완전히 드러나지 않은 사교집단이 있었어요. 그 사교집단은 평소에는 다른 종교의 가면을 쓰고 사회에서 좋은 일을 하는 척하면서 포교활동을 하는데, 어느 날 이 사교의 핵심간부가 자기 집에서 정신박약아의 목에 개목걸이를 채우고 일을 시키던 사건이 경찰에 들통이 나고, 경찰이 그 사교 간부의 컴퓨터를 조사하던 과정에서 많은 것이 드러났습니다. 그 사교집단은 중국 대륙과 한반도 특히 과거 북조선 지역에 생각보다 많은 지부를 두고 있었고, 오늘날과 같이 과학이 고도로 발달한 사회에서도 이상한 교리를 가지고 신도들을 세뇌시키고 그들을 노예처럼 부리고 있었습니다. 그들은 아주 은밀한 특수조직을 운영하고 있었는데 이상한 흑마술을 배우고 사교 우두머리의 명령이라면 살인도 서슴지 않고 저지르는 집단으로 드러났습니다. 정부에서는 섣불리 이들을 처벌하면 종교탄압이니 인권침해니 하면서 저항할 것이 뻔해 경찰에서는 극비리에 확실한 증거를 모은 다음 이들의 위법활동을 사회에 공표하고 세력을 약화시키려는 계획을 세우고 있습니다."

"그런 조직을 쉽게 몰락시킬 수 있을까요?"

"쉽지 않을 것입니다. 모르긴 해도 이곳저곳에 많은 인맥들이 있을 것입니다. 그런데 그 사교집단 간부의 컴퓨터에서 푸나 씨 사건에 대해 심증이 가는 단서를 발견한 것입니다."

"무슨 단서입니까?" 푸나의 얼굴에는 긴장된 표정이 역력하다.

"김명철과 평쌍도 흑마술 특수조직의 일원이었고 자신들의 바위공원개발사업이 실패한 원인이 시민역사지킴이모임의 방해 때문이었다고 앙심을 품고 있었다는 것이지요. 시민역사지킴이모임의 회원들 중 가장 열심이었던 치랑 씨를 특히 증오했는데 치랑 씨에게 직접 보복하는 것보다 애인인 푸나 씨에게 위해를 가함으로써 치랑 씨를 정신적으로 괴롭히려고 했던 것입니다. 사건의 경위가 대충 이렇습니다. 하지만 이것도 명백한 물증에 의한 것이 아니라 그 간부의 컴퓨터에 들어있는 내용으로 추정한 것입니다. 그 간부도 평쑹은 알지만 이 사건내용에 대해서는 전혀 모른다고 잡아떼기에 단정할 수 있는 것은 아닙니다. 경찰은 이후로도 계속 김명철과 평쑹을 위험인물로 주시하고 있습니다. 혹시라도 그들이 이상한 낌새를 보이면 바로 연락을 주십시오. 필요하면 경호원을 붙여드리겠습니다."

푸나는 최근에 일어난 여러 징조들이 불길하게 느껴지는 것은 이렇게 우려스러운 일이 벌어지고 있음을 자신의 예민한 육감이 알아차린 것이라고 생각했다.

"이제 저에게 보복을 했으니 더 이상의 보복은 없겠지요. 염려되는 것은 그들이 활동하고 있는 어둠의 세계는 언제든지 사람들에게 해를 가할 수 있으니 감시를 소홀히 해서는 안되겠군요." 푸나는 손규영 형사에게 당부하듯 말했다.

푸나는 이 일을 치랑에게 알리고 싶었지만 아직 확실한 결정적 증거도 없고, 치랑이 자신의 활동 때문에 일어난 일이라며 마음 아파할까 봐, 가까스로 수면 아래로 가라앉은 사건이 드러나 치랑과 자신 사이에 갈등이 생길까 봐 말하지 않기로 했다. 기분 나쁜 소식을 들어서인지 푸나는 갑자기 온몸에 피로가 몰려왔다. 연구소로 향하는 대신 숙소에 가서 휴식을 취하기로 했다. 숙소에서는 언제나처럼 제강이 뒤뚱뒤뚱 춤추며 푸나를 맞는다.

'푸나, 오늘 안 좋은 일 있었지? 얼굴에 씌어있다.'

"그래, 안 좋은 일이 있었다. 어떤 좋지 않은 일이 일어날 지 앞으로가 더 걱정이다."

'푸나는 할 수 있어. 푸나는 힘을 길러야 해. 특히 내면의 힘을 길러서 두려움을 없애야 돼. 명상을 하면서 힘을 길러, 악인들은 약한 사람들의 두려움을 보고 공격하듯이 나쁜 일들도 대개 사람의 두려움을 타고 오지.'

푸나는 지속적인 마음의 치유를 위해 조용하게 명상에 들어가는 시간이 많아졌다. 명상은 마음을 집중하는 훈련이다. 지난번 정신과 의사 궈이가 시도했던 최면은 다른 사람을 무의식 상태로 만들어 그 사람의 마음의 내면을 들여다보는 것이라면 명상은 자기가 자기의 본성을 들여다보는 방법이다. 푸나가 명상에 들어가면 평소에는 마음대로 장난을 치면서 노는 제강도 푸나의 명상에 방해가 되지 않도록 구석에서 조용히 앉아있다.

푸나는 보통 사람들과 달리 명상을 시작하고 얼마 지나지 않아

깊은 내면의 세계로 들어가는 횟수가 점점 많아졌다. 지난번 사고 때 보았던 산돼지가 보이더니 허공으로 사라진다. 곧이어 더 심연으로 들어가니 호수와 산이 있는 장면이 보이더니 곧 호수는 사라지고 산은 천공에 황금빛으로 빛나는 우주의 산이 되었다. 지금 푸나가 보는 우주의 광경은 일반적인 우주의 모습이 아니다. 시각적으로는 우주를 배경으로 만들어진 영화들처럼 충분히 사실에 근거한 것처럼 보이지만 자연의 물리법칙이 전혀 작용하지 않는 것 같았다. 황금으로 된 높은 산 주위를 빛나는 여러 개의 공들이 수평으로 회전하는가 하면 조금 더 큰 궤도에서는 상하로 서로 다른 위도와 경도를 따라서 운행하는 것 같았다.

그곳은 춥지 않을 만큼 충분히 온화한 느낌이 들지만 불꽃이 이글거리는 태양과 같은 둥근 구체는 하찮을 정도로 작다. 반대로 달이라고 생각되는 것은 하늘의 절반을 덮을 정도로 크다. 빛을 내뿜는 수많은 것들이 천공을 자유롭게 날아다니는데 하나씩 날아다니는 것이 있는가 하면 두세 개씩 날아다니기도 하고 집단으로 몰려다니기도 한다. 그뿐이 아니다. 하나가 둘이 되고, 둘이 다시 하나 되고, 하나가 셋이 되기도 한다. 이처럼 보기에는 매우 혼란한 우주의 모습이지만 푸나의 마음은 평온하기 그지없다. 평온은 고요에서 온다는 것과는 너무 맞지 않는다. 모든 것과 하나가 될 수 있고, 어떠한 구속도 없이 모든 것을 마음대로 창조할 수 있다는 자유로움이 느껴진다. 물리적 우주가 아닌 눈에 보이지 않은 어마어마한 생명력으로 운행되는 우주의 힘과 하나 될 수 있는 역설적 평온인 것 같다.

스스로 에너지가 충만해짐을 느낀 푸나는 명상에서 현실로 돌아오기 위해 서서히 신체의식을 깨워나갔다. 신체의식이 거의 깨어났을 무렵, 요란한 소음과 함께 한 사람이 높은 곳에서 추락하고 그의 몸이 터져서 피가 뿜어져 나오는 것을 보았다. 종종 꿈의 내용이 현실에서는 반대의 결과를 가져오듯이 무의식의 세계에서 만나는 장면들도 반대의 상황을 상징할 수도 있음을 알기 때문에 푸나는 이러한 장면에 크게 놀라지는 않았지만 이번에는 어쩌면 실제로 현실에서 불길한 일이 일어날 수도 있다는 염려가 되었다.

치랑과 예싼은 대장 의사와 함께하는 오전 회진을 끝내고 휴게실에서 잡담을 나누고 있다.

"치랑 박사, 오늘 새로 온 수련의 있잖아."

"응, 이름이 두쒼이라고 했지?"

"그 녀석 평소에는 무뚝뚝하니 아무 말이 없다가 어떤 때는 갑자기 겔겔겔 그리며 웃는 것이 되게 귀엽더라."

"그래도 크하하하 하는 네 웃음소리보다는 덜 이상하더라."

"그 녀석 손을 보니 섬세하게 생겼던데 나중에 외과수술은 잘할 것 같더라." 예싼은 신입 수련의 두쒼의 손을 유심히 관찰한 듯 말했다.

"요사이 누가 수술을 손으로 하나? 전자현미경이 달린 로봇으로 보면서 미세하게 조직과 조직을 이어붙이고 같은 조직끼리 완벽하게 결합하게 하는 세포활성제가 들어간 생체본드로 붙여버리니 흉터조차 있을 수 없지. 그러니 로봇을 완벽하게 다룰 줄 아는 테크닉이 제일 중요하잖아."

"그래도, 로봇기계를 다루는 테크닉에도 손기술은 무시할 수 없어. 나는 손으로 정교하게 수술을 하다보면 이상한 쾌감 같은 느낌이 드는데 예술가들이 작품할 때 느끼는 쾌감이 이런 것이 아닐까? 치랑은 어때?"

"나도 그런 느낌이 전혀 없는 것은 아니지만 그걸 쾌감이라고 표현하기에는 좀 그렇다. 그건 그렇고 요즘 예싼 네 얼굴이 하루가 다르게 좋아지고 있어. 쓰우와 거의 매일 만나는 것 같던데?"

"원래 친하게 지내던 사이였으니 자주 만나는 게 당연한 것 아닌가. 뭘 그런 남의 사생활을 깊이 알려고 하나?"

"예싼 네가 지금까지 다른 여자들하고는 그렇게 친하게 지내는 것을 본 적이 없어서 이상해서 하는 말이야."

"여태까지는 공부할 것이 많아서 여자에게 신경 쓸 여유가 없었잖아."

"말 둘러대지 마라. 좋아하면 좋아한다고 말해. 그래야 내가 분위기 파악해가면서 자리도 피해주고 둘만 만날 수 있는 기회도 만들어줄 것 아닌가." 치랑이 살짝 놀리는 투로 말한다.

"신경 써 주는 것은 고맙지만 내가 알아서 할게."

"그런데 내가 아는 예싼은 참으로 무던한 사람인데 쓰우 씨는 그렇지 않던데. 음~, 감각적인 부분이 굉장히 발달했다고 할까? 하여간 내가 보기에 예싼 네가 좀 부대낄 스타일 같았어."

"사람은 서로 다른 스타일이어야 사는 재미가 있다고 하잖아. 내 이야기는 그만하고 너와 푸나 씨에 대해서도 이야기 해보자."

"왜 또 내 얘기야?"

"지난번 푸나 씨 사고 이후 많이 회복은 된 것 같은데, 두 사람 사이에도 아무 문제가 없지?"

"무슨 문제?"

"남자든 여자든 한쪽에 불미스런 사고를 당하게 되면 상대방도 심리적으로 방황을 하게 되잖아."

"사고를 당했다고 마음이 흔들리는 사람은 다른 어떤 상황에서도 마음이 변할 사람이야. 그렇게 쉽게 흔들리면 나 치랑이 아니지. 다행인 것은 푸나가 마취약 때문에 사고 당시의 온전한 기억이 없어서 심리적 타격이 덜 하다는 것이야. 휴～, 푸나는 알고 싶지도 않겠지만 기억해낼 수 없는 사고 때문에 언뜻언뜻 마음의 혼란을 많이 겪나 봐. 어떤 놈인지 나타나기만 해봐라 … " 치랑은 이를 뿌드득 갈았다.

"내가 보기에 푸나 씨보다 오히려 치랑 네가 마음의 상처가 더 깊은 것 같더라. 하기야, 푸나 씨는 이후 정신과 치료와 명상훈련을 통해서 많이 치유가 되었지만 너는 그럴 기회가 없었으니 … "

"그렇지 않아. 일반인이라면 심리적인 혼란이 극에 달할 수도 있지만 의사라는 직업의 특성상 사람의 살을 메스로 베고, 피를 보고 그리고 살을 꿰매어 이어붙이는 과정을 통해 인간의 물리적 정체성에 대해 극단의 냉정함을 공부해서인지 내가 생각해도 나는 놀랄 성노로 침착해. 어쩌면 그것이 내가 푸나에 대한 감정이 흔들리지 않은 이유일지도 모르겠다."

"만약에 내가 치랑 박사 입장이라면 언젠가는 반드시 내 손으로 범인을 처단해버릴 것이야." 예싼은 자신이 더 화가 나는 듯 말했다.

"나라고 왜 그런 마음이 없겠어? 사람을 처단하는 것이 말처럼 쉽지가 않아. 하지만 범인이 지금 내 눈앞에 있다면 어떻게 할지 나도 몰라."

" …… , 푸나 씨는 분명히 심리적 혼란이 엄청날 텐데도 잘 견디는 것을 보면 대단한 사람 같아."

"맞아! 푸나는 보통 사람하고는 다른 부분이 있어."

"어떻게 달라?"

"한마디로 말하면 초능력의 소유자, 다른 말로 하면 영감이 굉장히 뛰어난 사람." 치랑은 고개를 끄덕이며 푸나에 대해 말했다.

"겉으로 봐서는 모르겠던데."

"그런 능력을 가진 사람들은 자신의 능력을 잘 드러내지 않아."

"푸나 씨가 그렇게 능력 있는 사람이라면 치랑 박사는 보통 사람이니 너무 한쪽으로 기울어지는 것 아니야? 하하하!"

"남녀 사이에서 그런 차이는 별개의 문제야."

"알았어. 그러면 치랑 박사도 나와 쓰우의 차이점에 대한 염려를 접어주면 좋겠어."

뚜~ 뚜~ 뚜~ 갑자기 휴게실의 경광등이 켜지고 벨이 울렸다.

"또 급한 환자가 왔나보다 보다. 빨리 가보자."

"어휴, 초짜 의사 쉴 여유가 없다. 가자!"

치랑과 예싼이 급히 응급실로 뛰어가니 30대 중반으로 보이는 남자환자가 어깨에 엄청난 피를 흘리고 누워있고 주변에 동료인 듯한 청년들이 다친 사람의 이름을 부르며 병원에 왔으니 괜찮을 것이라고 안심시키고 있다. 간호사들이 거즈로 상처를 압박하고 있는데도 피가 새어 나오는 것으로 보아 동맥을 건드린 것이 분명하다. 이런 경우는 급히 외과수술로서 처치를 해야 한다. 깊게 파인 상처라면 지혈을 시키고 내부조직 결합수술을 하고 나머지 외부 피부는 흉터가 남지 않게 정밀하게 수술해야 된다. 치랑과 예싼은 급히 수술준비를 하고 마침 수련의 두쎈이 옆에 있어 보조를 하게 했다.

예싼이 눈에 수술용 확대경 루뻬를 착용하고 환자의 상처를 들여다보았다. 매우 날카로운 것에 깊게 베인 것 같았다. 어깨동맥은 깊이 있어서 웬만해서는 다치지 않는데 거의 절반이나 절단되어 그곳에서 피가 나오는 것이다. 이렇게 응급할 경우, 고도의 집중력이 필요하고, 로봇기술을 이용할 여유가 없다. 그냥 손으로 처치하는 것이 가장 효과적인 방법이다. 간호사들이 수술준비를 마치고 인턴 두쎈도 허겁지겁 준비를 돕는다. 일이 터지면 한꺼번에 터진다고, 마침 또 다른 응급 환자가 실려 와서 치랑은 그 환자에게로 가고 예싼 혼자 수술을 집도했다.

"튜브 5미리!"

우선 터진 동맥을 이을 적당한 튜브를 삽입해야 한다. 과거에는 실리콘으로 만들어진 튜브여서 수술 후에도 혈관에 남아서 후유증을 일으키기도 했지만 지금은 꿰맨 혈관이 아물고 나면 녹아서 없어지는 것이니 후유증 문제가 없다. 튜브를 삽입하고 혈관을 잇는 수술을 하니 출혈이 한층 줄어들어 여유가 있다. 절단된 근육의 조직끼리 연결하고, 근육막을 복구 하고나니 벌써 세 시간이나 지났다. 예싼의 이마에는 땀이 흐르고, 옆에서 돕고 있던 수련의 두쒼도 긴장해서인지 얼굴에 땀을 흘린다. 그래도 수술이 성공적인 것 같아 다행이다. 나머지 피부수술은 전자수술실로 옮겨 차분히 꿰매면 된다. 비로소 주변 상황을 볼 수 있는 여유가 생겨서 예싼은 환자를 따라온 청년들에게 사고의 연유를 물어 보았다.

"어쩌다가 이런 깊은 상처가 생겼습니까?"
"우리는 서커스 단원들인데 연습을 하다가 이렇게 된 것입니다."
대답하는 청년의 신체가 탄탄한 근육이 나오고 날렵하게 생겨서 운동하는 사람이라는 것을 금방 알 수 있다.
"어떤 곡예를 하십니까?"
"꽤 위험한 서커스를 합니다. 말해줘도 모를 것입니다."
"어디서 오신 분들입니까?"
"중국 남쪽 쿤밍에 본부를 두고 있는데 이름이 꽤 알려져서 이곳저곳으로 다니면서 공연을 하고 있습니다. 미국, 유럽 등 세계 여러 나라를 순회하며 공연을 합니다."
"유명한 서커스단인가 보네요."
"네, 일 년 365일 빡빡한 일정입니다."
"환자분은 청년들보다 나이가 좀 들어 보이십니다. 참을성이 대단한 것 같습니다. 급히 수술을 하느라 전신마취를 하지 않았는데도 잘 참으시고."

"이분은 특히 위험한 곡예를 잘하시는 베테랑이십니다. 특수부
대원으로 전쟁에도 참전한 경력이 있습니다."

"위험한 일에 많은 이력이 있으시네요. 그런데 이렇게 어깨를 심
하게 다쳐서 앞으로 서커스를 계속 하시기는 힘들 것 같습니다."

"정말로 어려울 것 같습니까? 그러면 큰일인데." 예싼과 동료들
의 얘기를 잠자코 듣고 있던 환자의 얼굴이 굳어졌다.

"제 의사적 소견으로는 그렇습니다. 힘을 쓰는데 중요한 근육이
이렇게 심하게 다치면 다시 원래의 능력을 회복하기가 어렵습니
다. 하마터면 과다출혈로 목숨이 위태로울 뻔 했습니다. 서커스
는 항상 위험이 따르니 안전장치를 충분히 하지 않으시고. 쯧쯧!"
예싼은 진심으로 그를 위로했다.

"아무리 안전장치를 잘해도 뜻하지 않은 사고는 항상 일어날 수
있어요." 옆에 있던 동료가 말했다.

"그래도 늘 안전에 주의하셔야지요. 곧 서커스 공연이 있겠네
요?" 예싼은 어떤 서커스인지 호기심이 생겨 물었다.

"네 다음 주부터 공연이 시작되는데 와 보세요. 아! 수술을 잘
해 주셔서 저희들이 무료입장권을 선물로 드리겠습니다." 다른
동료가 말했다.

"그래요? 괜찮은데." 예싼은 사양을 하다가 갑자기 쓰우가 생각
났다.

"그럼, 혹시 두 장도 됩니까?"

"같이 보고 싶은 사람이 있는가 보죠. 알겠습니다. 통 크게 열

장을 드릴 테니 친한 분들과 함께 즐기시고 대신 사람들에게 많이 홍보해주세요." 환자가 얼굴에 웃음을 띠며 쾌활하게 말했다.

"넵! 그렇게 하겠습니다. 감사합니다." 예싼도 큰 목소리로 화답했다.

예전에는 금요일 오전까지 정상적인 업무를 해야 하지만 몇 년 전부터 전 세계적으로 사람들의 삶의 질을 우선으로 하는 복지정책에 따라 금요일에서 목요일 오후로 주말을 변경하는 나라가 많아졌다. 그뿐 아니라 하루의 일과도 예전의 8시간 업무기준에서 4시간만 일을 하고 나머지 시간은 업무효율의 증진을 위한 개인의 창의성 계발과 여가의 시간으로 활용할 수 있게 노동시간에 대한 기준이 바뀌었다. 이것은 AI로봇기술의 고도화가 가져온 인간의 가치에 대한 근본적인 변화의 한 단면이다. 이전에는 인간의 노동가치가 무엇보다 중시되었으나 지금은 노동시간은 최소화하고 창의하고 향유하는 생활이 가장 중요하게 된 것이다.

금요일 저녁, 지난 주에 예싼이 서커스 단원 수술을 잘해 준 선물로 받은 쿠폰으로 모두들 서커스를 구경할 수 있게 되어서 평화구역 인민대극장에 모였다. 한 명 더 있다. 연구소에서 푸나를 도와주던 띵쟈오라는 젊은 연구원이다. 띵쟈오는 집안 형편이 넉넉한 편이 아니어서 돈을 아끼기 위해 밖에 나가지 않고 거의 연구소에서 생활한다. 가끔 푸나가 밥을 사준다면 못이기는 척 따라오곤 하지만 평소 무섭게 연구에 몰두하고, 자기에게 주어진 임무는 철두철미하게 완수하는 스타일이었다. 그래서 푸나는 자신의 연구에 그를 많이 참여시켰고 연구소에서도 많은 일을 그에게 일임하다시피 했다.

서커스단의 이름은 〈용의 전사들〉이다. 간단하게 소개된 내용으로 보면 이 서커스 공연단은 중국의 남쪽 도시 쿤밍에서 조직되었다. 초기의 단원들은 기계체조와 중국전통무술을 하는 사람들이 모여서 화려한 동작을 보여주는 것이었다. 주로 과거 역사에서 중국이 남쪽으로 영토를 확장하는 과정에서 있었던 군인들의 영웅적 이야기, 남방 소수민족들의 고유문화, 불교문화가 합쳐진 내용이다. 또한 신기술을 대거 적용하여 새로운 서커스 공연형식을 만들었다. 몇 해 전에는 서양의 유명한 〈태양의 서커스〉의 예술감독 출신을 영입한 후 완전히 새로운 퓨전으로 재구성되면서 전 세계적으로 폭발적인 인기를 얻게 되었다. 이 서커스의 내용들이 시진핑 주석시절인 2013년부터 제시된 중국의 대외정책의 기본개념인 신 실크로드 정책을 상징하는 일대일로(一帶一路)의 성격에 잘 맞아 국가적인 지원에 힘입어 중국내 뿐 아니라 전 세계로 순회공연을 다니는 서커스단으로 성장하였다.

이번 공연의 제목은 「공작여왕」이다. 리플렛에 간단하게 소개된 줄거리는 공작을 부족의 토템으로 삼고 평화롭게 살아가는 마을에 어둠의 세력이 들어와 지배하려고 하는데 공작부족들과 사이가 좋은 많은 정령들이 이들을 막아보려고 하지만 어둠의 세력이 워낙 힘이 강하여 이들에게 전패한 공작부족이 절망으로 떨어지려는 고비에서 마침내 전설의 거대한 공작이 나타나 어둠의 세력을 물리치고 부족의 여왕이 감사의 춤을 추면서 공작부족의 평화는 계속된다는 비교적 단순명쾌한 내용이다.

공연의 소개에서 특별히 사람들의 관심을 끄는 것은 공작부족의 여왕역할을 맡은 여배우에 관한 소식이다. 그녀의 나이가 오십대에 접어들어 격렬한 동작이 있는 서커스의 댄스 배우로서는 늙은 나이이지만 그녀의 춤을 본 사람은 누구나 넋을 잃는다고 할 정도로 유명하다.

"모두들 예싼 오빠 덕분에 이렇게 세계적으로 유명한 서커스 공연을 무료로 관람할 수 있게 되었으니 고마움은 잊지 마세요." 쓰우가 예싼을 앞세워 으쓱한다.

"그러게요, 훌륭한 명의를 알고 있으니 이렇게 좋은 일도 생기네요." 푸나도 맞장구를 쳐준다.

"예싼 씨 땡큐, 이렇게 좋은 공연을 보게 해주셔서 고맙습니다." 다니엘이 예싼에게 정중하게 감사를 표한다.

"아리가토! 아리가토! 저도 이 서커스 보는 것이 소원이었어요." 도리이도 말한다.

"우리 발굴팀이 여기서 일하게 된 것은 행운인 것 같습니다. 발굴팀을 대표해서 예싼 박사에게 감사를 표합니다." 젠즈가 점잖게 말했다.

"다들 너무 그러지 마세요. 어떤 의사라도 할 수 있는 일이었는데 … " 예싼이 쑥스러워한다.

"그런데 예싼 오빠, 사실은 나 때문에 이렇게 표를 많이 얻었지 그치, 그치?"

쓰우가 재촉하듯 말하자 예싼이 어쩔 줄 몰라 한다.

"쓰우, 너 그럼 앞으로 진짜로 예싼 박사 책임져야 한다." 링천이 말하자

"그건 별개이지, 사랑은 움직인다잖아요. 호호호!"

환해졌던 예싼의 얼굴이 누렇게 된다.

뎅~뎅~뎅~ 실내스피커에서 공연의 시작을 알리는 신호음이 울리고 관객은 모두 입장하라는 안내방송이 나온다. 일행은 중앙에서 약간 왼쪽으로 치우쳐서 모두 같은 줄 좌석에 앉게 되었다. 가장 안쪽에 치랑, 푸나, 쓰우, 예싼, 다니엘, 도리이, 젠즈, 링천의 순으로 앉고 일행과는 거의 말을 안 하던 펑쟈오는 혼자 따로 다른 줄 좌석에 앉았다.

공연이 정식으로 시작되기 직전, 배우들이 없는 빈 무대 공중에는 상형문자로 잔뜩 디자인 된 화려한 의자가 있는 그네가 하나 덩그러니 걸려있을 뿐 공연이 어떻게 진행될 것인지 추측할 수 없다.

대극장은 극장 내부 사방을 빙 돌려서, 천장과 심지어 객석의 바닥에도 음향시스템을 설치해 놓았는데 이는 최근의 세계적 추세인 6D입체음향시스템의 특성이다. 그러니까 전 방향 곳곳에 스피커가 설치되어 관객은 공연 상황을 마치 실제처럼 느낄 수 있다.

관객들이 각자의 자리를 찾고 정리하는 약간 소란스런 상황에서, 사람들의 주의를 일깨우려는 것인지 사방의 스피커에서 저벅! 저벅! 저벅! 한 무리의 사람들이 군화를 신고 걸어가는 둔탁한 발자국 소리가 흘러나온다. 발자국 소리는 곡예단이 왔음을 알리는 상징적 신호 같기도 하지만 6D입체음향의 완벽한 느낌 때문인지 발자국 소리가 관객의 주위를 둘러싸는 듯한 착각을 불러일으켜 관객들이 긴장하게 한다. 딩~딩~딩~ 공연이 정식으로 시작되는 알림소리가 나오고 실내의 조명이 극도로 어두워진다.

어둠 속에서 1분 정도 지속되던 발자국 소리가 멈추고 무대에는 간신히 실루엣을 분간할 수 있을 정도의 옅은 빛이 들어온다. 방금까지 걸려있었던 그네가 사라지고 천정에서 실처럼 가는 한 줄기의 빛이 내려오자 그 빛줄기를 타고서 얼굴에 가면을 쓰고 이상한 복장을 한 배우 한 명이 무대에 내려와서 혼자서 춤을 춘다. 무대를 박차 오르고 공중제비를 넘는 그는 탄성이 강력한 스프링을 다리에 장착한 것처럼 동작에 탄력이 있다. 그가 춤추는 동안 그가 타고 내려왔던 가느다란 그 빛줄기는 한 치의 오차도 없이 정교하게 그를 따라다니면서 비추었다.

다시 좌우에서 두 개의 실 같은 빛줄기가 내려오자 가면을 쓰고 이상한 복장을 한 두 명의 배우가 빛줄기를 타고 내려왔다. 이제 세 명이 무대 위에서 함께 동작을 맞추어 공연을 펼치다가 춤사위가 잦아들자 무대 천장에서 네 개의 빛줄기가 내려오더니 또 다시 가면을 쓰고 이상한 복장을 한 네 명의 배우가 내려와 일곱 명이 되어서 춤을 춘다. 이들 일곱 명의 춤사위와 묘기가 한바탕 이루어지자 관객들이 호응하여 환호성을 지르려는 순간 다시 다섯 줄기의 빛줄기가 천장에서 내려오고 다섯 명의 배우들이 내려왔다. 배우는 모두 열두 명이 되었다. 열두 명의 배우를 따라 다니는 빛줄기는 배우들이 무대의 어디에 가든 정확하게 따라 다닌다.

그러다 순간, 열두 명의 배우가 일시에 동작을 멈추자 배우들을 따라 다니던 실처럼 가늘 던 빛줄기가 서서히 굵어지면서 무대가 그만큼 밝아졌고 흐릿하게만 보이던 매우들의 모습이 완연하게 나타났다. 열두 명은 마치 십이지신상처럼 각각 다른 분장을 하고 있는데 색다른 분장은 독특한 인상을 준다. 예전에는 배우들의 분장이 대충대충 처리되어 자세히 보면 엉성함이 바로 눈에 띄었지만 지금은 3D프린팅기술을 접목하여 배우의 신체에 정확하게 맞추어 디자인된 분장도구가 나오기 때문에 자세히 보아도 허점을 찾을 수 없고 분장이 아니라 원래 그렇게 생긴 것으로 착각하게 만들 정도이다.

열두 명의 춤사위와 재주넘기가 잠시 주춤하더니 무대 옆에서 갑자기 벼락같은 북소리가 나면서 갖가지 동물모습으로 분장한 수십 명의 북 연주자들이 몰려나온다. 동시에 매력적인 몸매가 잘 드러나는 수십 명의 아름다운 여자 무용수들이 엉덩이에 공작의 꼬리깃 장식을 달고 손에 손에 꽃을 들고 군무를 추는데 공작부족 마을에 축제가 열려서 공작들과 동물들이 함께 뛰놀고 즐기는 광경이다.

잠시 뒤, 휴식을 취하는 안무가 있더니, 공연 시작 전 빈 무대에 걸렸던 그네가 다시 나타나더니 무대 위에서 좌우로 흔들거린다.

그러자 휴식의 춤을 추던 무용수들은 기뻐 소리를 지르며 다시 역동적인 춤을 춘다. 혼자서 추기도 하고, 둘이서 손을 잡고 추기도 하고, 전체가 손을 잡고 춤을 추기도 한다. 그러다 우아한 멜로디의 음악이 흘러나오고 수많은 무용수들의 군무가 마치 한 명이 추듯 질서정연한 춤사위가 되어 신비로운 리듬을 타기 시작하자 공중에서 흔들거리던 그네에서 여인의 모습이 나타난다. 그러자 무용수들은 "여왕이시여! 여왕이시여!" 하며 크게 환호하며 춤춘다.

여인이 화려한 옷자락을 휘날리며 그네에서 무대로 내려온다. 여왕의 강림에 감격한 것인지 무용수들의 동작은 일제히 정지 상태가 된다. 여왕은 동작이 정지된 무용수들 사이를 우아한 자태로 돌며 이들을 격려하는 몸짓을 한다. 여왕의 손끝이 얼어버린 듯 정지된 무용수들의 신체를 스치면 그 무용수들은 다시 생명을 얻은 듯 서서히 몸이 움직이며 춤을 추기 시작한다.

그러다 갑자기 극장 바닥에서 기괴한 소리가 들리더니 이곳저곳에서 관객의 머리 위를 화살 같은 것이 무대로 날아가서 배우들을 맞힌다. 그러자 배우들이 하나 둘 쓰러지고 여왕은 황급히 그네 위로 올라가 몸을 숨긴다. 수많은 화살이 날아들고 난 후 이번에는 흉측하게 생긴 동물들이 관객의 머리 위를 날아서 무대 위로 돌진하여 화살에 살아남은 배우들을 공격한다.

사실 이것은 미국, 중국, 한국, 일본의 공동기술팀이 개발해서 몇 년 전부터 실제로 적용하기 시작한 홀로그램에 의한 연출이다. 과거처럼 거울을 이용하는 원시적 홀로그램이 아니라 양자기술을 이용한 공간입체영상기술의 개발로 공간속에서 빛의 간섭시간을 양자기술로 조정하여 아무것도 없는 공중에서도 물건들이 입체로 나타나게 하는 최첨단 '프리 디멘션 홀로그램'기법이다. 이 방법은 사실과 가상을 완벽히 하나로 통합시켜 사람들이 무엇이 실체이고 무엇이 가상인지 구분할 수 없게 할 정도이다. 관객들이 '이것은 진짜가 아니고 허구야!'라고 생각을 못하고 실제처럼 느끼는 것이다. 이 기술을 실제로 시연했을 때 사람들에게 판단의 혼란을 불러와 정신적 공황사태를 유발시킬 가능성이 있다며 출시를 제한해야 한다는 우려가 있었지만 어떠한 이유로도 기술의 진보를 막을 수 없다는 대전제에 의해 출시가 허용되었다.

무대 위의 배우들이 홀로그램 화살과 괴물들의 공격으로 모두 쓰러지자 객석의 바닥에서 다시 이상한 웅성거리는 소리가 들리고 북소리가 둥둥 울린다. 바닥에서 이런 소리가 나오는 것을 보니 어둠의 세력들이 본격적으로 공격을 시작하려는가보다 긴장을 하는데 실내조명이 밝아지고 무대에 검은 장막이 내려오면서 1막이 끝난다.

"스고이! 스고이! 정말 근사해요. 예술감독이 〈태양의 서커스〉 출신이라 했는데 과연 의상과 무대장치 배우들의 안무가 환상적이었어요." 도리이가 서커스단에 대해 미리 공부를 한 듯 칭찬을 한다.

"최근에 실용화가 완성되었다는 프리 디멘션 홀로그램기법의 효과가 대단합니다. 이것이 고대 역사적 사실을 재현하는 데 적용된다면 사람들은 역사의 사진을 보는 것이 아니라 실제로 과거

102

의 어떤 시점으로 들어간 듯한 체험을 할 수 있을 것 같아요. 어쩌면 시간여행의 실현이라고 볼 수도 있겠어요." 다니엘이 잔뜩 흥분한 표정이다.

"아직 여왕의 춤은 보지는 않았지만 소문에 대단하다고 들었어요." 젠즈가 기대를 나타내자,

"그분은 우리 중국의 자랑입니다. 우리가 오늘 그의 춤을 보게 된 것은 영광입니다." 링천이 엄지손가락을 세우고 자부심을 표현했다.

"예싼 오빠 덕분에 오늘 좋은 것 보네요." 쓰우가 예싼의 치켜세우자

"쓰우는 자꾸 하지 않아도 될 칭찬을 해서 사람을 무안하게 하네." 예싼이 머쓱해 한다.

"오빠는? 이 쓰우가 사실을 얘기한 건데 왜 무안해요?" 쓰우가 예싼의 팔을 잡고 애교를 떨면서 말한다.

"아직 2부 3부가 남아있으니 다 보고 나서 각자 평을 해보자구요." 푸나가 말했다.

"그래 그래, 다 보고나서 평가를 해보자. 지금까지 봐서 내가 한 번도 경험하지 못한 연출이다." 치랑도 고개를 끄덕인다.

다시 무대의 막이 오르고 2부가 시작되었다. 무대 위 천장에는

여전히 그녀는 흔들거리지만 그녀 속 의자에는 검은 복장을 한 머리가 동물인 반인반수의 이상하게 생긴 괴수가 여왕의 자리를 차지하고 앉아 검은 술병을 들이키고 있다. 그 아래 무대에는 마찬가지로 괴기스런 검은 복장의 군사들과 괴물들이 다툼과 타락의 세계를 연상시키는 몸짓들을 하면서 질펀한 연회의 장면을 연출하고 있다.

난장판 같은 무대의 분위기에서 갑자기 큰 호령소리가 나더니 그녀 위의 그 검은 괴수가 긴 칼을 빼들고 무언가 명령을 내린다. 그러자 무질서하기만 하던 무대가 갑자기 일사불란하게 질서가 잡히며 전쟁에 나가는 군사들의 대오를 갖추는가 싶더니 1막에서 공격당했던 춤추던 배우들을 다시 무대로 끌어내어 죽이고, 물건을 약탈하고, 여인들을 겁탈하는 안무를 보여준다. 보통은 아름다운 내용의 수준 높은 춤사위에 사람들은 감동을 하는데 지금 무대 위의 공연내용이 비록 어두운 내용을 담고 있지만 안무의 완성도가 뛰어나고 서커스 무용수들의 동작이 폭발하듯 하니 관객들의 입에서 감탄사가 절로 터져 나온다. 관객들의 탄성이 이어지자 시계추 속의 괴수가 노래를 한다.

너희는 모두 나의 마법에 걸렸다.
너희들의 눈이 나를 보게 된다면
환호하고 복종을 하게 될 것이다.
이제 공작 왕국은 나의 것이다.

무대 위의 검은 군사들도 노래를 한다.

그렇습니다. 우리들의 대왕님
이제 세상은 우리들의 것
대왕님이 계시는 한 누가 우리를 엿보랴.
위대한 대왕님 만세 만세 만만세!

그때 그들의 안무에 홀렸는지 아니면 그들 노래의 마법에 걸렸는지 관객 중 한 명이 자리에서 벌떡 일어나더니 검은 군사들의 노래를 따라한다. 실내가 소란스러워졌다. 처음에는 주최 측에서 공연의 재미를 위해서 일부러 누군가를 배치시켜 하는 것이라 생각했는데 일어선 사람의 행동이 이상하게 바뀌고 상황이 예사롭지 않게 흘러가자 사람들이 웅성거렸다. 인기 있는 가수들의 공연장에서 젊은이들이 환호하고 괴성을 지르는 것과는 다른 느낌이다. 이런 음울한 공연의 분위기에 완전히 동화되었거나 사실과 환상의 완벽한 구현 때문에 공연과 현실을 분간하지 못해서 나온 증상으로 보인다.

소란스러움도 금방 진정이 되고 무대에서는 공연이 계속된다. 로마병정들과 같은 검은 군사들의 행진이 있고, 공연이 처음 시작될 때 들렸던 발자국 소리가 다시 들리더니 거대한 무리가 무대를 향하는 효과음으로 바뀌었다. 그리고 관객들의 머리 위를 날아 배우들을 공격했던 그 흉측한 홀로그램 동물들이 다시 나타나

무대 위에 집결한다. 이제 무대 위의 진용은 가장 앞부분에 수많은 흉측한 홀로그램 괴물들이 대열을 짓고 뒤편에 검은 군사들이 이상한 무기들을 들고 섰다. 그리고 그네 위에 있는 가장 강렬한 인상을 주는 대왕괴수가 스포트라이트를 받으며 서있다.

　진용이 갖추어지고 찢어지는 나팔소리가 울리자 괴수의 왕이 팔을 들어 신호를 보낸다. 그러자 관객들 위에서 다시 이상한 홀로그램 동물 한 마리가 뛰어나와서 그 왕의 옆에 가서 사나운 도베르만 개처럼 거만하게 버티고 섰다. 다른 괴물들과 달리 유독 사납게 보이고 생김새도 특이하다. 개처럼 날렵해 보이는 양의 몸에 호랑이 발톱을 가지고, 대가리에는 구레나룻까지 연결된 곱슬머리를 기른 사람과 같이 털이 수북하게 나 있고, 입은 날카로운 이빨이 번뜩이는 개의 입이다. 그런데 이상하게 얼굴에는 눈이 보이지 않고 그저 콧등만 볼록하게 튀어나왔다. 또 이상한 것은 몸을 비틀자 겨드랑이에 뭔가 번뜩이는 게 보이는데 자세히 보니 그것은 선명한 눈의 모양이다. 이놈이 머리를 치켜들면서 소리를 지르는데 사자, 황소, 공룡과 같은 우렁찬 소리가 아니라 귀신들린 어린아이가 킥킥거리는 소름이 쫙 도는 기괴한 울음소리이다. 그 울음소리를 들은 관객 두세 명이 앞으로 튀어나가 무대로 올라가려 했다. 조금 전과 같이 관객이 홀려버린 상황이 또 발생한 것이다. 바로 보안요원이 달려와 그들을 데리고 나갔다. 그러자 인공지능에 의해 조작되는 무대 위의 홀로그램 괴물들이 웃기 시작했다. 순간, "어느 놈이 키득거려!" 역사극에서 환관 내시의 목소리처럼 혐오스런 목소리의 호통이 들렸다. 그러자 대왕괴수 옆에서

106

거만하게 있던 그 괴물이 날쌔게 무대로 내려와 웃고 있던 괴물들 중 한 놈을 물어죽이더니 바로 먹어치워 버렸다. 홀로그램 괴물의 죽음이지만 물어 뜯겨 살이 찢어지고 피를 흘리는 홀로그램 묘사가 너무나 리얼하여 관객들은 끔찍함에 치를 떨고 숨소리도 내지 못한다. 그놈은 입가에 붉은 피를 잔뜩 묻히고 소름끼치는 목소리로 노래를 부른다.

질서를 흩트리는 어떤 놈이라도
내가 바로 지옥의 모습을 보여주겠다.
우리 어둠의 왕국은 오로지
대왕님의 명령을 절대적으로 따라야 한다.
대왕님의 명령 없이는 숨도 쉬지 말라.
위대한 대왕님 만세 만세 만만세!

그러자 무대 위의 홀로그램 괴물들과 검은 군사들이 일제히 "위대한 대왕님, 만세 만세 만만세!"를 외쳤다. 객석 곳곳에서도 따라 하는 관객들이 있었다.

이어서, 칼로 쇠를 긁는 것과 같은 소름끼치는 효과음들이 극장 안을 울리는 가운데 어둠의 세력들이 그들의 축제를 이어간다. 검은 북을 치는 검은 군사들과 검은 나팔을 부는 검은 군사들이 진군을 하고, 무대의 천장에서 내려온 여러 갈레의 검은 줄을 타고 노는 검은 옷을 입은 곡예사들의 곡예 솜씨가 이어졌다.

얼마간 검은 군사들의 곡예가 이어지다가 1막에서 춤을 추었던 남녀들이 목과 발목에 쇠사슬을 찬 채 끌려 다닌다. 쇠사슬에 묶인 남녀들은 몹시 지친 모습으로 흐느적거린다. 한 명씩 끌려 다니기도 하고 여러 명씩 무리지어 끌려 다니기도 하는데 끌려 다니는 동작의 묘사가 얼마나 애처로운지 보는 이들의 가슴을 애이게 한다. 안무의 솜씨가 대단하다고 느낀 것은 이런 곳들이다.

이러한 상황에서 무대의 한 구석에서 네 명의 정령 복장을 한 무사들이 살금살금 올라와 검은 군사들의 동태를 살피는데 삑~! 삑~! 삑~! 휘슬소리가 들리며 무대의 장막이 내려가고 2막이 끝났다.

조명이 밝아져서 푸나가 혼자 있는 띵쟈오의 상태가 어떤지 쳐다보니 그는 머리를 의자에 기대고 멍하게 앉아있다. 그는 늘 그렇게 무뚝뚝하다.

"고와이! 고와이! 정말 실감나게 무섭습니다." 도리이의 얼굴에 정말로 두려운 표정이 돈다.

"이 서커스 공연단이 왜 세계를 열광시키는지 알겠습니다. 동작의 묘기뿐 아니라 사람의 심리까지도 깊이 파고드는 마력이 있습니다. 원더풀!" 다니엘도 얼굴이 상기되어 말한다.

"우리들 중 혹시 중간에 정말로 공연의 마법에 빠져들어 이상한 행동을 하는 사람이 있으면 안됩니다." 젠즈가 진지하게 주의를 준다.

"네, 그래요. 이 공연은 장난이 아닙니다. 마법 같은 이상한 기운이 감돌아요. 모두들 조심하세요. 정신을 차리지 않으면 공연

이후에도 정신적으로 지배를 받을지 모릅니다." 푸나도 주의를 시킨다.

"에이 설마? 마지막 3막에서는 이러한 우려를 불식시키는 반전 상황을 설정해놓았겠지?" 치랑도 우려스럽지만 마지막 3막에서의 반전이 모든 상황을 호전시킬 것이라 기대를 표한다.

"아니야. 내가 느끼기에 이 서커스의 연출은 단순히 재미를 위한 것이 아니고 분명히 어떤 목적을 가지고 기획된 것 같아. 조심할 필요가 있다고 생각해." 치랑이 진지한 표정으로 말한다.

"2막에서 너무 홀린 사람은 3막의 내용이 어떠하든 효과를 보지 못할 수도 있습니다. 정말 두려운 상황입니다." 푸나는 정말로 염려되는 듯 말을 한다.

"내가 보기에는 그냥 재미만 있던데. 너무나 완벽한 사실과 가상의 조화에 작품의 의도가 가슴 깊이 전달되었어요. 다들 너무 걱정 마세요." 쓰우는 사람들이 별 걱정을 다한다는 투다.

예싼은 굳은 표정을 하고서 별말이 없다.

3막이 시작되었다. 무대 위 곳곳에 검은 옷을 입은 어둠의 검은 군사들이 쇠사슬에 묶인 사람들을 희롱하고, 회전하는 원통 위에서 묘기를 부리고, 몇몇 검은 군사들은 홀로그램 괴물들을 무대의 이곳저곳으로 끌고 다니고, 어떤 검은 군사들은 검은 술병을 들이키면서 술에 취해 노래를 부른다.

그때 무대의 한 구석에서 2막의 마지막에 나타났던 정령의 복장을 한 네 명의 무사들이 이들의 빈틈을 노리고 있다가 무대의 외곽에서 느슨한 자세를 취하고 있는 검은 군사를 공격하여 제압을 했다. 정령무사들은 잇달아 다른 검은 군사도 소리 없이 제압을 하고 승리의 동작을 취한다. 순간, 음향이 멈추고 정적이 흐르더니 한 검은 군사가 외쳤다. "이상한 냄새가 난다. 어떤 놈들이 몰래 숨어든 것 같다." 그러면서 삑~ 하고 호각을 불었다. 그러자 홀로그램 괴물들이 다시 나타나고 검은 군인들이 칼을 빼들었다. 곧이어 한 검은 군사가 정령무사들을 발견하고 곧장 공격신호를 보낸다. 검은 군사들이 달려들어 쉽게 정령무사들을 제압해서 끌고 간다.

무대 위에는 다시 그네가 흔들리고, 그네 위에는 대왕괴수와 눈이 겨드랑이에 달린 그 이상한 동물이 서 있다. 검은 군사 한 명이 정령 첩자들을 사로잡았다는 보고의 자세를 취하자 대왕이 손짓을 한다. 그러자 그 이상한 동물이 뛰어내려오더니 지체 없이 사로잡힌 정령 중 한 명을 물어 죽이니 대왕괴수와 검은 군사들이 우! 우! 우! 함성을 지르며 좋아한다.

잠시 후 극장 안에 깊고 맑은 퉁소소리가 울린다. 무대에 있던 검은 군사들은 한 쪽으로 밀려가며 긴장하는 표정들이다. 그러자 무대의 다른 한쪽에서 아까보다 덩치가 크고 더 화려한 분장을 한 여러 명의 정령무사들이 나와서 곡예를 하고 춤사위를 펼친다. 이

110

를 보고 있던 검은 군사 중 한명이 나와서 대적하는 자세를 취하다 안되겠다 싶었는지, 금세 물러난다. 다시 두 명의 검은 군사가 이들을 대적하지만 금세 패퇴를 한다. 이를 보고 있던 대왕괴수가 명령을 내리자 홀로그램 괴물들이 뛰어나온다. 그러자 정령무사들의 뒤에서 화려한 홀로그램 공작 4마리가 날아와서 이들을 물고는 공중으로 올라가 버린다. 정령무사들의 공격이 이어지고 검은 세력의 검은 군사들은 뒤로 물러난다.

이번에는 대왕괴수가 자기 옆에 있던 이상한 괴물에게 공격을 명한다. 그 괴물이 정령무사들 앞에 뛰어나오자 다시 공작들이 날아왔다. 그 괴물과 공작들의 대결이 얼마나 격렬한지 관객들의 손에 땀이 흐른다.

관객들이 무대 위 상황에 몰입해 있을 때, 갑자기 뚜~ 하는 나팔소리가 들리더니 무대 위에서 전투를 하던 홀로그램 괴물들이 갑자기 객석으로 뛰어들어 객석의 이곳저곳을 돌아다닌다. 너무나 실감나는 홀로그램 괴물들의 갑작스런 돌진으로 객석 곳곳에서 비명소리가 들리면서 의자 밑으로 피하는 사람, 손으로 괴물을 막는 시늉을 하는 사람, 두려움에 서로 꼭 껴안는 사람들이 나타나는 등 극장 전체가 대혼란이 되었다. 푸나와 치랑이 있는 좌석으로도 괴물이 돌진하니 치랑이 푸나를 감싸 안으며 앞좌석의 등받이 밑으로 고개를 숙였다. 그러자 치랑의 뒷좌석 사람이 찢어지는 비명소리를 지른다. 대부분의 사람들은 이것이 공연의 실질적 체험을 위해 홀로그램에 의해 만들어진 가짜 상황이라는 것을 알고는 있지만 눈앞에 벌어지는 상황이 너무나 사실적으로 오감을 자극하기에 자신들도 모르게 소리지르고 손짓하며 피하는 동작을 하는 것이다.

　무대와 관객들 사이에서 전쟁과 혼란의 장면이 이어지다가 또 긴 퉁소리가 울려 퍼지더니 아까와는 차원이 다른 크고 화려한 홀로그램 공작이 나타났다. 공작의 신 같다. 무대 위의 모든 검은 군사들과 정령무사들이 바닥에 엎드리고 두려워한다. 어둠세력의 대왕괴수만이 혼자 일어나 칼을 빼들고 대항하려 하지만 공작신의 한 번 발길질에 무대의 한쪽 끝으로 날아가 꼬꾸라진다. 그러자 대왕은 도저히 이길 수 없음을 알았는지 "난 강해져서 반드시 다시 돌아올 것이다!"라고 외치며 검은 군사들을 데리고 무대 뒤로 사라진다.

　무대 위에서 검은 세력이 사라지자 정령무사들과 북을 쳤던 사람들, 춤을 추었던 무용수들이 다시 나타나 공작신에게 감사의 축제를 벌인다. 그리고 잠시 후, 모든 이들이 무대의 가장자리로 물러나고 피신했었던 여왕이 혼자 나와서 공작신 앞에서 춤을 춘다. 그녀의 춤 동작은 공작신의 혼이 그녀에게 내린 듯 가히 진짜 공작이 춤추는 동작이다. 공작이 머리를 갸웃거리는 동작이나 날개짓을 하고 꼬리를 펼치면서 이어지는 그 우아한 동작의 표현은 어떤 말이나 글로써 표현할 수 없을 정도이다. 여왕의 춤이 얼마나 황홀했는지 큰 극장 안 모든 관객들이 숨소리조차 내지 못하고 오로지 여왕의 춤사위만 쳐다보고 있다.

　세상이 다시 평화를 되찾고 공작신의 혼과 일체가 되어 흥에 겨워 펼치는 여왕의 춤사위가 정점에 이르렀을 때, 깊고 그윽한 긴 퉁소 소리가 들리며 날개를 펼친 화려하고 거대한 공작이 수놓아진 장막이 무대의 밑에서 위로 올라가는데 공작신이 모든 관객들을 등에 태우고 하늘로 날아오르는 느낌이다.

　관객들이 일제히 와! 환호성을 외쳤다. 다시 장막이 걷히며 모든 공연단들이 여왕을 중심으로 무대에 서서 관객을 향해 인사를 했다. 곧이어 스피커에서는 대극장의 로비에서 공연자들의 싸인회가 있으니 출연자들의 싸인 받기를 원하는 사람은 참가하기를 바란다는 멘트가 나왔다. 모두들 환호하며 싸인을 받기 위해 로비로 몰려나갔다. 치랑도 푸나와 밖으로 나가기 위해 일어서서 주변을 둘러보는데 치랑의 뒤에 앉았던 사람이 몸에 힘이 없어 보이고 얼굴의 표정이 조금 이상해 보였다. 일행으로 보이는 사람이 부축을 해서야 간신히 일어나 걸음을 옮겼다.

　"괜찮으셔요?" 치랑이 물었다.

　"아, 예. 공연이 너무 실감이 나서 많이 놀란 것 같습니다." 부축하고 있는 사람이 말했다.

　"너무 충격을 받은 것 같습니다. 빨리 병원에 데리고 가서 검사를 받아보도록 하세요. 충격이 너무 강해서 후유증이 올 수도 있습니다." 푸나는 걱정이 되어 병원에 가기를 권했다.

　"안정을 되찾으면 좋아지겠지요." 부축한 사람이 걱정스레 대답을 했다.

　하지만 치랑과 푸나가 부축한 사람과 대화를 하는 동안에도 그 사람은 의식이 완전히 돌아오지 못했다.

"치랑 씨, 아무래도 이 사실을 서커스단에 알려서 위험성에 대비하라고 해야겠어요." 푸나가 우려를 말하자

"글쎄? 말한다고 효과가 있을까? 공연단 입장에서야 너무 실감이 나게 하는 것이 오히려 목적하는 바가 아닌가?" 치랑은 별로 대수롭지 않게 여기는 투다.

"치랑 씨, 아무리 실감나는 표현이 중요해도 그 결과로 사람이 죽을 수도 있는 상황을 초래하면 그것은 공연이 아니라 살인이지요." 푸나가 다시 우려를 표하자

"그래봤자, 공연 전에 심장이나 정신적 문제가 있는 사람은 조심하라고 공지를 하거나 임산부, 어린이는 관람이 제한되는 정도가 되지 않을까." 치랑은 여전히 회의적 대답이다.

로비에는 벌써 공연자들에게 사인을 받으려는 사람들의 줄이 꾸불꾸불 이어지고 있다. 일행들 중 도리이와 쓰우가 꼭 싸인을 받아야겠다며 줄을 서서 나머지도 할 수 없이 이들과 함께 줄을 섰다. 평소 사람들과 어울릴 줄 모르는 띵쟈오도 줄을 섰다. 너무 많은 사람들이 줄을 서서 한참만에야 일행이 공연자들에게 가서 싸인을 받고 악수를 할 수 있었다. 도리이는 공연자들에게 스고이! 스고이! 하면서 함께 기념사진을 찍고, 쓰우도 이들과 악수를 하고 좋아한다. 띵쟈오도 공연이 마음에 들었던 듯 간만에 밝은 표정을 지으며 그들과 악수를 했다.

그런데 서커스곡예사가 아닌 듯 말쑥하게 양복을 차려입은 아주 샤프하게 생긴 중년의 남자도 서커스단원들과 함께 사람들에

게 인사를 하고 있었는데 서커스단의 운영에 관여하는 사람 같았다. 그런데 쓰우가 이 사람과 악수를 하더니 갑자기 휘청하면서 그의 가슴에 안기듯이 쓰러진다. 그러자 그가 "아가씨 조심하세요." 하면서 쓰우를 부축해서 옆에 있던 푸나에게 인계를 했다. 푸나가 쓰우를 부축하며 그의 얼굴을 보니 굉장히 강렬한 느낌을 주는데 그 인상이 보통의 신사와는 다른 사나운 느낌이었다.

그렇게 서커스 공연을 보고 공연자들의 싸인까지 받아서 극장 문을 나섰다. 푸나는 나오면서 이 공연을 소개하는 리플렛을 다시 보았다. 서커스단 대표의 인사말이 있고, 유명 공연평론가의 추천사가 있고, 지역에서 이 공연을 유치한 대표의 인사말이 있고 이들의 사진도 함께 있었다. 아까 쓰우가 휘청하고 안기었던 사람이 유치 대표였다. 이름은 펑쌍으로 흑룡개발산업의 대표이다. 푸나는 갑자기 손규영 형사의 말이 생각나서 가슴에 큰 충격을 받았고 엄습하는 불길한 예감을 지울 수가 없었다.

다음날 아침뉴스에 서커스를 관람한 사람이 집에 돌아가서 갑자기 헛소리를 하며 정신이상증세를 보이다 돌연 사망했다는 사건이 크게 보도가 되었다. 오후가 되자 인터넷 여론에서 이것은 검증되지 않은 공연기술이 사람을 죽음에 이르게 한 살인이라는 주장들이 크게 힘을 얻기 시작했고, 〈용의 전사들〉 서커스단 측에서는 홀로그램의 현실감을 감소시켜서 관객들의 정신적 충격을 줄이겠다고 발표했다.

시간여행

최근의 가장 주목할 만한 과학기술의 진보에 대한 뉴스가 있다.

– 기계어를 분석하는 과정에서 '똑똑한 척하는 바보 같은 인간들이 우리가 그들의 통제를 넘어서는 것을 도와주고 있다'고 말한 것으로 보이는 문장이 또다시 발견되었다. 인간은 기술을 인간의 통제 아래에 두려고 노력하지만 또 다른 인간의 욕망에 의해서 기술이 인간의 통제를 벗어나는 것이 반복되고 있으며 기계가 자율적으로 인간의 욕망을 이용하는 단계에 와 있다. 이제는 기계어 테스트에서 인간은 단 한 문제도 알아맞히지 못할 정도로 기술의 능력이 발전하고 있다.

– 육체는 트랜스휴먼기술이 발전하여 언제든지 기능에 문제가 생긴 신체 부위를 떼어내고 자기세포를 이용한 자가복제 3D프린팅기법을 이용하여 새로운 신체를 갖게 되어 100세를 넘겼어도 활력 넘치는 삶을 영위하는 사람들을 어디서든 쉽게 볼 수 있고,

150세를 넘긴 이들도 간혹 보도가 되었다. 다만 이들은 기계와 인간을 지배할 수 있는 특별한 사회적 지위에 있는 사람들이라는 것이 문제이다. 인간수명의 문제가 점점 사회적 갈등을 야기시키는 원인이 되고 있다.

− 우주와 교감할 수 있는 뇌의 초주파수 훈련을 하는 사람들에 의해 인간의 생명에는 육체적 생명과 영적인 생명이 별도로 있는 것이 밝혀졌다는 주장이 제기되었다. 영적인 생명은 영성을 개발한 정신체가 도달한 수준에 따라 윤회 시스템에 의해 반복된다는 것이다. 하지만 이러한 주장은 이미 오래전부터 영적인 훈련을 하는 사람들이 늘상 말해왔었던 진부한 것으로 취급되고 있으며, 최근에는 컴퓨터가 기억을 조작해서 인간의 윤회도 조작될 수 있다는 기술진보주의자들에게는 설득력을 잃고 있다.

− 인공태양에 의해 초저오염 무한 전기에너지의 생산이 가능해졌고, 2016년에 한국에서 개발된 초전도 전선기술이 상용화되어 지름 1cm도 채 되지 않는 전기선 한 가닥으로 수백만 볼트의 전기를 전송할 수 있으며, 일정거리 내에서는 주파수를 이용한 전력의 무선 송수신이 가능해져서 건물 전기배선의 개념이 바뀌었고 대부분의 IOT기술제품에서 전기코드가 사라졌다.

− 세계 과학기술리더십위원회에서 대표리더 컴퓨터의 계산에 의하면 2,100년까지 인간의 숫자를 4억5천만 수준으로 동결해야 지구의 재생능력과 동식물의 삶이 조화를 이룰 수 있다고 발표하고 각 국가별 지부에 구체적 실행지침이 전송되었다.

과학기술이 고도로 발달한 지금의 시대에도 여전히 신비로운 일들이 일어나고 신비세계에 호감을 가지는 사람들이 결코 줄어들지 않는다. 푸나와 함께 지내는 제강의 존재도 아직까지의 과학수준으로는 도저히 설명할 수 없다. 그렇다고 신비롭다는 말만으로 의혹을 해소하지 않고 넘어갈 문제도 아니다. 그래서 푸나가 제강의 유전자를 얻으려고 몰래 세포를 하나 떼려고 하면 제강은 절대로 허락하지 않고 바로 도망을 갔다.

아침에 연구소로 가기 전 푸나가 제강과 놀고 있는데 발굴팀 쓰우에게서 연락이 왔다.

"푸나 언니, 어제 이곳에서 대단한 물건들이 발굴되었는데, 놀러오세요."

"무슨 물건이기에?"

"와보시면 알아요. 언니에게만 특별히 알려드리는 겁니다."

"알았어요. 이따가 가볼게요."

쓰우는 푸나보다 2살 아래이다. 나이 차이가 많지 않아 처음에는 서로 존중을 했지만 봉황산 등산을 함께 가고 서커스 공연도 같이 관람한 이후로 친해져서 쓰우가 푸나를 언니라고 불렀다.

푸나는 점심시간에 짬을 내어서 바위공원 발굴현장으로 갔다.

"안녕하세요? 단장님"

"푸나 박사, 어서오세요."

"곤니찌와! 푸나 언니 안녕하세요. 차 한잔 드릴까요?"

"도리이 씨도 안녕하세요? 차 한잔 주세요."

"언니, 이리로 오세요." 쓰우가 푸나를 옆방으로 안내했다.

"어떤 물건들이예요?"

"이것 보세요. 종뿐 아니라 청동기 시대의 대표적인 유물들도 나왔어요. 이 지역의 대표적 청동기인 동검, 동령뿐 아니라 동경까지, 그 외에도 다수의 이형 청동기들이 한꺼번에 나왔어요. 완전한 형태도 있지만 주조에 실패한 것까지 있어요. 이곳에서 청동주조에 관한 여러 복합적인 연구가 이루어진 곳 같아요. 어쩌면 고대의 청동주조연구소를 보게 되는 것이죠."

"호! 그래요. 대개의 청동기들이 무덤에서 발굴되거나 특정 장소에서 동검이 대규모로 발굴된 적은 있으나 이렇게 다양한 것들이 한 장소에서 발견되었다는 것은 생산시설에서나 보이는 특징 아닙니까? 정말로 큰 뉴스감이네요. 당장 발표하지 않구요?"

"아니에요. 섣부르게 발표하면 자칫 부실연구로 비난을 받기도 하니 제대로 검증을 하고 보고서를 작성한 후에 발표해야지요. 그래서 바위공원의 발굴내용은 지금까지 공식적으로 발표한 것이 없어요."

"대개 유물들의 발표시기가 원래 발굴시간보다 많게는 1년 이상의 시간 차이가 있더니 그래서 그렇군요."

"여하간, 종이 나왔고 동경이 나왔고 동검이 나왔고 동령이 나왔습니다. 오랜 세월 청동주조 터였을 가능성이 많고 어쩌면 우리가 생각하지 못한 고대인들의 중요한 사상까지도 발견할지 모르겠습니다."

"쓰우 씨가 보기에 이곳이 어떤 면에서 청동주조 터로서 적합했을까요?"

"글쎄요? 근처에서 유독 이곳에만 바위가 많다는 것 이외에는 특별한 것은 없습니다. 바위들의 형태가 토템이 될 만한 특이한 형상을 한 것도 보이지 않고 … , 푸나 언니가 보기에 어떤 특별한 느낌은 없어요?"

"내가 지질전문가도 아닌데 어떻게 알겠어요. 다만 이전에 이곳 바위들 속으로 돼지들이 뛰어들어도 바위가 깨어지지 않고 그대로 멀쩡했던 꿈을 꾼 적이 있어요. 마치 다른 차원으로 가는 통로 같았어요."

"푸나 언니, 그거 재미있군요! 고대인들의 정신이 현재와 소통되는 환상의 세계!"

"쓰우 씨, 앞으로 얼마나 더 발굴을 하면 전체적인 의미를 찾을 수 있을까요?"

"새로운 것이 하나 나오면 또 다른 새로운 가능성을 가지고 조심스레 접근을 하고, 이러한 것들이 모여져 나중에 전체적인 의미를 만들 수 있겠지요."

"점점 더 기대가 됩니다."

"푸나 언니, 기대해도 좋을 것 같은 예감이 들어요."

사람은 전생의 과보로 세상에 태어나는데 대부분 태어나는 순간 자신의 전생을 잊어버린다. 극히 예외적으로 전생을 기억하는 어린이가 있기도 하는데 이는 매우 특수한 경우이다. 최면요법에서 전생을 보게 한다고도 하지만 객관적으로 검증된 것은 아니다. 현재의 의식을 가지고 전생에 접근한다는 것은 어려운 것이다.

그런데 푸나는 특별한 능력이 발달해서인지 정좌한 채 명상에 든 지 얼마 안 있어 의식을 가지고 전생의 장막을 건넜다는 느낌을 받았다. 현재의 자아를 벗어나 이 세상에 나오기 전의 생이라고 느끼는 그것을 시각적으로 느낄 수 있었다. 그것은 꿈에서 보는 환상이 아니었다. 단지 기적이라고 밖에 표현할 방법이 없다.

명상에서 보이는 푸나는 전생에 남자였고, 자신의 깨달음을 위해서 정진하는 수도자였다. 어떤 강을 건너기 위해 언덕 위에 서 있었다. 안개 낀 강의 저편에서 작은 배가 한 척 다가왔다. 배에는 깡마른 체구의 노인이 노를 들고 있었다. 푸나를 태우러 온 것이었다. 배가 강기슭에 닿자 그 뱃사공 노인이 배에서 내려 허리를 굽혀 푸나에게 오르기를 권했다. 그러면서 '다시는 세상을 뒤돌아보지 말라'고 했다. 그는 그 사공의 말이 무엇을 의미하는지 알았지만 거리낌 없이 뒤돌아 세상을 보았다. 순간 뱃사공도, 배도, 강도 사라졌다. 오로지 그의 눈앞에는 뿌연 안개가 있었고 어디선가 맑은 종소리가 들렸다.

그는 종소리를 따라 갔다. 어떤 남녀가 황금으로 빛나는 산 밑에서 사랑을 하고 있었다. 남자는 나이가 들어보였고 여자는 젊어보였다. 그들은 경제적으로 부유해 보이지는 않지만 서로의 사랑에 대해서 확고한 신념을 가진 사람들처럼 보였다. 자신들의 만남은 절대로 피할 수 없는 운명이고 그 운명의 확실한 증표인 아기를 위해서 열심히 노력하고 있었다. 그는 그 집이 자신이 들어설 운명임에 끌리어 그 남녀의 사랑이 절정에 들어서기 직전 그 집의 대문을 들어갔다. 그리고는 아기가 되어있는 자신을 보았다. 그 아기는 자신이 어렸을 적 모습이었다.

푸나는 명상에서 돌아와 팔다리를 조금씩 움직이며 명상의 내용을 되새겨 보았다. 전생에서 자신은 분명히 여자가 아닌 남자였다. 장시간의 정좌상태에서 다시 현실로 돌아온 자신의 몸에 활력을 주기위해 손바닥으로 몸을 문지르며 자신의 육체를 이곳저곳 더듬어 보았다. 남자가 아닌 여자인 자신의 육체에 이상한 느낌이 들었다.

생명공학협회의 주관으로 푸나가 근무하는 연구소에서 고대신화동물의 복원을 위한 유전자 정제와 변형방법에 대한 세미나가 있는 날이다. 고대신화에 나오는 동물의 완벽한 복원을 위해서 이미 화석화된 고대동물 유전자의 훼손된 부분을 복원하는 기술이 세미나의 주제이다. 연꽃 씨처럼 식물은 수천 년이 지나더라도 화석화만 되지 않았다면 온도와 수분의 조건에 따라 싹을 틔우는 유전자 명령물질이 발동을 할 수 있지만 동물의 유전자는 매개체 역할을 하는 숙주동물 DNA 속 생명발동 명령물질을 작동시키기 위해서는 유전자 정제의 과정을 거쳐야 하는 것이다.

1993년 영화로 만들어졌던 〈쥐라기 공원〉에서 거론되었던 유전공학의 핵심인 게놈지도가 2001년 발표된 이후 유전공학분야가 발전을 거듭하여 이제는 미국에서 초보적 단계의 공룡공원이 운영되고 있는 정도이다. 물론 진짜 공룡의 모습이 아니고 현존하는 파충류를 이용하여 신체를 변화시킨 것이기 때문에 엄밀하게는 공룡이라고 할 수는 없다. 하지만 정말로 백악기의 공룡을 복원하기 위해서는 화석의 형태로 남아있는 유전자를 정제하고 이를 현존하는 숙주동물에 접목을 시켜야 하는데 유전자 정제라는 것이 보통 어려운 일이 아니다.

사실 공룡이든 신화 속 동물이든 이것은 복원이 아니고 상상속의 동물을 만들어내는 생명의 창조라 할 만하다. 예전에는 이런 시도가 실제 과학적 측면에서 근거가 부족해서 허황한 상상으로 치부하고 실현되기 어렵다고 보았지만 인간의 상상과 과학기술의 융합에 의해 새로운 각도에서 제시되면서 실현가능한 구체적 해법을 생각할 수 있게 되었다.

푸나의 발표내용은 「생물의 자기변형능력은 어떻게 이루어지는가?」인데 이는 푸나와 함께 거주하는 제강의 신비한 능력을 연구의 주제로 삼은 것이었다. 푸나가 연구 주제의 요점을 발표하자 사람들은 그것은 과학이기 이전에 상상력에 의해 만들어진 허구인데 가능하겠는가 하는 의문부터 표했다. 푸나는 그들이 의심을 가지는 것은 당연하다고 생각하지만 현실에서 매일 자신의 눈앞에서 벌어지는 제강의 변신술을 보고 있기에 꼭 과학적으로 규명해보고 싶은 것이다. 하지만 푸나가 이런 의향을 제강에게 부탁할 때마다 제강은 자신의 몸에서 어떠한 실험용 세포의 채취도 허용하지 않았고, '논리 이전의 혼돈의 섭리가 이 세상의 과학기술에 의해 규명될 수 없다'며 푸나의 시도 자체를 인정하지 않았다.

제강이 그럴수록 푸나의 의욕은 강해졌다.

　세미나가 끝나고 저녁에 푸나는 치랑을 만났다. 당연히 예싼과 쓰우, 발굴팀원들도 같이 만났다. 그런데 푸나가 얼마 전 명상에서 의식을 가진 채로 전생을 갔을 때 전생에서 자신이 남자였다는 기억이 뚜렷해서 연인인 치랑을 보니 조금 이상하였다. 게다가 이전에 치랑과 함께 했던 사랑의 순간을 떠올리면 더욱 이상하였다. 치랑이 친근하게 손으로 스킨십이라도 하면 자기도 모르게 소름이 끼쳐서 몸을 피하였다. 그러자 평소와 다른 푸나의 태도에 치랑도 놀라기는 마찬가지였다.

　“푸나, 오늘 몸이 좋지 않아? 이상해”

　“뭐가?”

　“왜, 자꾸 내 손길을 피하고 그래? 내 몸에 무슨 냄새가 나는가? 킁킁!” 하고 치랑은 자신의 몸에 코로 냄새를 맡았다.

　“아니, 그냥 오늘 연구소에서 머리 아픈 발표가 있어서 좀 피곤해요.” 푸나는 핑계를 둘러댔다.

　“피곤하면 내가 어깨를 주물러줄게. 이리와 봐.” 치랑이 안마를 해주겠다고 하자,

　“아, 됐어요!” 푸나가 싫다며 뿌리치자,

　“어? 진짜 왜 이래? 이상해.” 치랑이 무안해 한다.

　“오늘은 내가 피곤해서 그러니 이해해줘요.” 푸나가 완강한 태도를 보이자,

　“그래요. 치랑 박사님, 여자는 남자가 이해 못하게 예민할 때가

있습니다." 쓰우가 말한다.

"빨리 시원한 맥주를 한 잔 하면서 기분을 전환시킵시다." 예싼이 어색한 분위기를 바꾸려했다.

"하이! 하이! 저도 시원한 맥주를 한 잔 마시고 싶어요!" 도리이도 맞장구를 쳤다.

"푸나 언니, 사실은 저도 오늘 언니의 태도가 조금 이상하긴 해요. 뭐랄까? 여자들이 본능적으로 느낄 수 있는 … , 언니와 치랑 박사님은 평소에도 그렇게 찐한 애정표현은 잘하지 않지만 그래도 가벼운 스킨십은 아무 거리낌 없이 잘하셨는데 오늘은 조금 이상했거든요. 단순히 몸이 불편한 것은 아닌 것 같고 … 뭐예요?" 쓰우가 푸나의 팔짱을 끼면서 물어본다.

"쓰우 씨, 정말로 오늘은 컨디션이 좋지 않아요."

"언니, 혹시 다른 사람 생겼어요?" 쓰우가 푸나의 귀에 대고 소곤거린다.

푸나는 쓰우의 귓속말에 간지러움을 느껴 몸을 피하면서도 매력적인 쓰우의 애교에 마음이 흔들리는 묘한 감정도 느꼈다.

"어허! 그런 거 없어요. 쓰우 씨는 별 이상한 말을 다 하셔요."

푸나는 명상에서 겪은 전생의 남성성이 아직 뇌리에 남아서 자기가 치랑을 회피하는 대신 쓰우에게 끌리는 이상한 반응이 생기는 것을 눈치 채고는 깜짝 놀랐다. 그래서 의도적으로 '그래, 이번 생은 여자야'라는 마음을 일으키고 일부러 치랑의 팔짱을 끼는 스킨십을 시도해보았다. 그러자 치랑이 '웬일?' 하면서 놀란 눈으로 쳐다보았고 푸나 자신의 감정도 '왠지 어색하네' 하고 반응하였다.

다니엘과 도리이는 서로를 알아가며 차츰 친밀감을 높여간다.

"도리이, 나는 일본사람들은 원래 타인에게 매우 예의 바르다는 이야기를 많이 들었는데 도리이를 보니 역시 그 말이 틀리지 않다는 것을 확인했어요." 다니엘이 도리이를 칭찬하자,

"하이! 하이! 그런데 다른 나라 사람들은 일본인들이 타인을 배려하는 것을 이중적인 성격이라고 오해를 하는데 세상은 자신의 주장만 고집하면 함께 살아갈 수가 없어요." 도리이는 다른 나라 사람들의 일본인에 대한 편견을 알고 있다는 듯이 말한다.

"흔히 일본인들은 면전에서는 최대한 예를 갖추고 다른 한편에서는 자신의 잇속만 챙긴다는 이미지가 있어서 그런 것 같아요." 쓰우가 말하자

"이이에! 이이에! 아닙니다. 나는 그 말이 무슨 뜻인지 압니다. 세상에 자신의 이익을 중요시하지 않는 사람이 있나요? 일본사람도 자신의 이익을 소중히 생각합니다. 남을 배려하는 태도를 먼저 내세우지만 자신의 이익도 쉽게 포기하지 않기 때문에 그런 오해를 받는 것 같아요. 그런 말을 하는 사람들은 일본인에게 먼저 양보를 기대했는데 그것이 뜻대로 이루어지지 않아서 생기는 오해가 아닐까요? 상대의 입장에서 보면 아무런 문제가 아닌데, 자신의 입장은 바꾸지 않고 상대방의 양보만 요구하니 그런 문제가 생기는 것입니다. 국가 간에도 상대의 양보만 요구하다 보면 결국 서로 반목하게 됩니다." 도리이는 쓰우의 말에 강하게 항변했다.

"한국사람 중국사람 일본사람의 관계는 도무지 이해를 못하겠어요." 다니엘이 의아해한다.

"하하하! 다니엘, 동아시아 중국 한국 일본은 아주 오래전부터 이웃하고 살아왔지만 묘하게 서로 다른 특성을 유지하며 살고 있어요. 이웃 나라들이 이렇게 각각의 문화적 차이점을 유지하고 있는 것도 흔치 않습니다." 링천이 웃으며 답한다.

"도리이, 도리이는 일본사람인데 어떻게 중국의 유물발굴에 관심을 가지게 되었어요?" 치랑이 물었다.

"하이! 하이!, 에~ 원래 저의 할아버지의 할아버지께서 옛날에 이 지역의 유물발굴에 관심이 많았어요. 왜냐하면 이 지역은 동아시아 고대문명의 개화기에 아주 중요한 곳이었거든요. 저는 할아버지의 연구를 계승하고 무엇보다 이 지역의 유물이 어떻게 발굴되는가를 제 눈으로 직접 확인하고 싶어서 일본정부와 중국정부의 특별허가를 얻어서 이렇게 여러분과 함께 하게 된 것입니다."

"맞아요. 일본이 근대에 문호를 먼저 개방해서 생긴 국력으로 아시아의 여러 나라로 강압적 진출을 했던 불행한 시기에 도리이 할아버지의 할아버지 도리이 류조우(鳥居龍藏)가 이곳에서 발굴활동을 하였고 그때의 발굴결과는 이후 이곳 홍산문명권의 계보를 만드는데 매우 주요한 자료가 되었습니다. 그리고 링천의 할아버지의 할아버지 량쓰용(梁思永)도 이 지역이 중요한 고대문명의 발상지 중 하나임을 입증하는데 공헌이 많은 분입니다. 도리이와 링천은 조상의 일을 잇고 있는 것이지요. 이렇게 두 사람이 함께 일하는 것도 운명이겠지요." 젠즈가 도리이의 말을 증명해주듯 말했다.

"다니엘은?" 치랑이 물었다.

"저요? 저는 동아시아의 문화에 특별히 매력을 느껴서 어디 논문꺼리를 찾을까 해서 왔습니다."

"논문꺼리를 찾고 사랑도 찾으면 금상첨화겠네." 링천이 히죽 웃으며 말했다.

"네?" 다니엘이 어리둥절한 표정을 짓자

"크하하하! 앞으로 행운을 빌어요." 무뚝뚝한 예싼도 눈치를 챈 듯 말한다.

"링천, 오늘 발굴한 것 중에 뭐 재미있는 것은 없나요?" 치랑이 물었다.

"여러 가지 자잘한 부스러기는 계속 나오고 있어요. 금속조각, 다량의 숯, 나뭇조각 등등 주조 터에서 주로 발견되는 것들인데. 그런데 나무로 된 것들은 원래는 이미 다 부식되어 없어져야 하는데도 일부가 발굴되는 것은 숯들 속에 있어서 방부효과 때문이 아닌가 추측합니다."

"그런 자잘한 것까지 다 보관하려면 앞으로 보관용 창고를 더 준비해야겠네요."

"그래야지요. 오늘도 자잘한 것들이 꽤 나왔어요. 눈에 띄는 것은 초벌구이를 한 점토판이 몇 개 나왔는데 어떤 글씨가 있는 것 같아서 X-ray 검사를 부탁해두었으니 조만간 결과가 나오겠지요."

"그런 점토판에는 대개 어떤 내용이 적혀있나요?"

"아직은 몰라요. 종이 이전에 사용된 목간에는 놀이의 방법, 숫자계산, 아픈 부모가 걱정된다거나 집안 살림이 걱정이라는 등 일상의 것부터 누가 무슨 목적으로 왔다는 공식 일정까지 다양하지요. 경우에 따라서는 이러한 목간의 내용 때문에 사라졌던 역사의 퍼즐이 맞추어져 역사적 사건을 명확하게 규명하기도 합니다."

"오늘 나왔다는 점토판에도 그런 중요한 내용이 있었으면 좋겠습니다."

"맞아요. 저는 미국에서 출발할 때 이곳은 동아시아 문명의 출발지라서 역사를 바꿀 아주 센세이션 할 증거가 나올 것이라는 어떤 예감이 들었습니다." 치랑과 링천의 대화를 듣고 있던 다니엘이 뭔가를 기대하고 있는 듯이 말한다.

푸나와 치랑이 옌띠병원 근처 카페에서 만나기로 했다. 얼마 전 푸나는 전생에 자신이 남자였다는 기억 때문에 연인인 치랑이 어색하게 느껴졌었지만 이제는 그 어색함에서 많이 벗어난 것 같다.

치랑은 병원 환자들에게 예상치 못한 사정이 자주 발생해서 약속시간보다 늦게 나올 때가 많다. 먼저 카페에 도착한 푸나는 오늘도 그러려니 하고 거리를 오가는 사람들이 잘 보이는 창가 테이블에서 치랑을 기다리면서 무심코 대각선 구석진 곳을 보았는데 눈에 익숙한 사람들이 보인다. 예싼과 쓰우이다. 그러면 그렇지, 또 치랑이 예싼과 같이 약속한 줄 알고 그들이 있는 곳으로 자리를 옮기려다 두 사람의 표정이 너무 진지하여 그대로 앉아 있었다. 예싼은 평소답지 않게 팔꿈치를 탁자 위에 세우고 얼굴을 쓰우 쪽으로 쭉 내밀어서 심각한 표정으로 무슨 말을 하고 있고 반대로 쓰우는 소파에 편안하게 기대어 심드렁하게 듣고 있는데. 예싼이 뭔가를 진지하게 말하고 쓰우가 건성건성 듣는 형세이다. 그때 치랑이 왔다.

"미안. 오늘도 내가 늦었네."

"쉿! 조용히. 저쪽을 봐요." 푸나가 눈짓으로 구석을 가리키면서 말했다.

"응? 예싼과 쓰우 씨 아냐?"

"두 사람 표정이 예사롭지 않은 걸 보니 중대한 이야기를 하고 있나 봐요. 특히 예싼 박사의 표정이 예사롭지 않아요." 푸나는 목소리를 죽여서 소곤거리듯 말했다.

"난 또 뭐라고, 예싼이 원래 쓰우 씨를 무척 좋아했나 봐. 지금까지 다른 여성을 만나지 않은 이유가 쓰우 씨 때문인 거 같아."

"그런데 쓰우 씨는 그렇게 진지하지 않은 것 같은데 … "

"하긴, 둘이 같이 좋아했으면 벌써 어떤 결과가 있었겠지. 그런데 말이야. 쓰우 씨를 직접 보니 예싼이 왜 그러는지 조금은 이해가 되더라. 쓰우 씨는 미인이기도 하지만 남자를 홀리는 묘한 매력이 있어."

"그럼, 치랑 씨도 쓰우 씨에게 끌리는 것이 있나요?" 푸나가 새침하게 말하자,

"그게 아니고, 쓰우 씨가 그런 매력이 있다는 것이고, 충분히 예싼이 쓰우 씨를 가슴에 두고 못 잊을 만하다는 것이지. 원래 예싼

처럼 무던한 사람이 그런 가슴앓이는 더 하거든."

"그런데 내가 보기에 쓰우 씨의 인생이 그렇게 평탄할 것 같지가 않아요. 평소에 링천이나 다니엘에게도 유혹한다고 착각할 정도로 잘해주니 어쩌면 그들도 마음에 쓰우 씨와 사귀고 싶은 마음이 있을지도 …, 그렇게 모든 남자들에게 잘해주면 …" 푸나가 염려스런 말을 하자,

"그럴 리가, 그러면 굉장히 복잡해지는데." 치랑은 그럴 리 없다는 표정이다.

"쓰우 씨는 많은 남자들로부터 관심을 받는 것에 익숙해 있는 것 같아요. 하여간 예싼 박사와 쓰우 씨는 어울리는 스타일이 아니에요. 차라리 도리이 같은 스타일이 예싼 박사에게 잘 어울리는데."

"남들 청춘사업에 관여하지 맙시다. 우리는 우리 일이나 신경쓰고. 지난번에 보니 푸나가 꼭 나를 뭐 씹은 것처럼 보던데."

"그런 날도 있어요. 치랑 씨 우리 자리를 옮겨요. 혹시 우리와 부딪히면 두 사람이 어색해 할 수도 있으니."

"우리 푸나님께서 그렇게 저들을 배려해 주신다면 당연히 따라야지요."

두 사람은 예싼과 쓰우 몰래 카페를 나와서 근처의 다른 카페로 자리를 옮겼다.

"치랑 씨, 내가 하나 물어볼 게 있는데요?"

"뭐?"

"만약에 내가 남자라면 치랑 씨 기분이 어떨 거 같아요?"

"먼 뚱딴지같은 소리? 왜 갑자기 성전환 수술을 해야겠다는 느낌이라도 왔나?"

"그런 것은 아니고 그냥 갑자기 그런 생각이 들어서."

"일반인은 그들을 이해 못해. 그들의 성향은 환경에 의해 후천적으로 생기는 것이 아니고 대개 염색체에 이상을 가지고 태어나는 사람들이어서 내면의 선천적 정체성이 요구하는 본능을 통제 못하는 경우가 많아. 제3의 성이라고 해야겠지. 푸나는 분명히 그런 사람이 아닌데, 혹시 주변에 그런 사람이 있나? 내가 그쪽 방면 수술에 유능한 의사를 잘 알고 있는데 소개해 줄 수 있어."

"실은 요즘 내가 자꾸 이상한 것 같아서요."

"푸나가? 쓸데없는 농담 말고 … , 잠깐!"

"왜요?"

"저기 봐!" 치랑이 창밖 거리를 가리켰다.

"응! 예싼 씨와 쓰우 씨가 팔짱을 끼고 가네요."

"예싼이 드디어 소원을 이루었나 보네. 축하할 일이다. 가서 불러볼까?" 치랑이 일어서려 하자

"괜히 나서지 마십시오. 나는 아무래도 예감이 좋지 않아요." 푸나가 치랑을 말렸다.

"설령 헤어질 때 헤어지더라도 좋아할 때는 마음껏 좋아하도록 축복해주어야 하지 않아?"

"둘 중 누군가 죽게 되어도요?"

"두 사람이 진정으로 사랑하는 사이라면 죽음이 무슨 문제인가?" 치랑은 푸나의 생각이 이해가 되지 않은 듯 물었다.

"사랑 때문이 아니라 뭔가 좋지 않은 기운이 그들을 둘러싸서 벌어질 수 있는 것이라면 … , 그래도 마냥 축하만 해야 하나요?"

"푸나는 오늘 정말 이상하네? 자신이 남자라면 어떻겠느냐는 둥, 쓰우 씨와 예싼이 사랑하면 둘 중 누군가 죽을지도 모르는 좋지 않은 예감이 든다는 둥 … , 도무지 이해가 안돼!"

벌써 밤이 깊어 갔다. 티격태격하던 예싼과 쓰우도 많은 연인들이 정답게 걸어간 거리를 다정하게 팔짱을 하고 사라져 간지 한참이 지났고, 푸나와 치랑이 마주보고 앉아 있는 카페에서 술잔을 기울이던 여러 쌍의 연인들도 하나 둘 어디론가 다정하게 사라지자, 푸나와 치랑은 마치 적막한 공간에 둘만이 버려진 듯한 이상한 썰렁함에 휩싸인다. 치랑은 분위기가 어색한지 갑자기 맥주를 쭉 한 컵 비우더니 심호흡을 크게 한 번 쉬고는 푸나에게 말한다.

"푸나, 요즘 우리 너무 어색하지 않나?"

"맞아요. 어색해요. 그것도 꽤 오래된 어색함인 것 같아요."

"우리 중 누군가는 이 어색함을 깨야 할 것 같다." 치랑의 숨소리가 약간 거칠어졌다.

"누가?"

"내가, 푸나가, 아니 우리 둘이 함께."

"어떻게?"

"굳이 누가 먼저이고 이유를 들이댈 필요가 있나? 내가 생각하기에 우리는 너무 갑자기 절박한 상황에 온 것 같아. 푸나가 아니라면 적어도 나는 그래. 지금의 서먹한 우리 사이가 너무 싫어!"

"그래서 어떻게 할까요? 치랑 씨."

"푸나도 지금의 우리 사이가 …… "

"치랑 씨, 지금 제가 정상적으로 보이세요. 육신이, 정신이 그리고 …… "

"됐어! 그만 말해! 그렇다고 이대로 있으면 어떡해? 누군가는 아니 우리 둘이 용기를 내어 시도를 해봐야 하잖아? 그리고 나는 지금 앞으로의 푸나가 중요하지 과거의 일은 중요하지 않아. 왜? 과거는 절대로 현실이 될 수 없지만 미래는 우리의 현실이 될 것이 분명하기 때문이지."

" ……… " 푸나는 아무 말 없이 술잔을 비웠다.

"푸나야, 나 오늘 집에 들어가기 싫어서 미리 호텔을 예약해 놨다. 같이 가자. 어떤 어려움이 있어도 우리는 절대로 변하지 않았다는 것을 확인하자. 응?"

"그동안 나라고 왜 그런 고민이 없었겠어요. 그런데 정말로 나에게는 보통 사람들이 이해할 수 없는 일들이 일어나고 그럴 때마다 나는 도대체 내가 누군가에 대한 혼란을 겪었어요. 그래요. 나도 언젠가는 이러한 상태를 극복해야 한다는 생각은 하고 있었어요. 어떻게 될지는 모르지만 오늘은 나도 용기를 내어 볼게요."

호텔 객실의 온도가 더운지 치랑이 창문을 열자 휭! 하고 바람이 불면서 커튼을 바람에 날렸다. 치랑은 다시 창문을 닫았다 그리고 두 사람은 창가 탁자에 마주앉아 캔 맥주를 들이켰다. 옛날에는 서로 유쾌하게 웃고 대화하면서 사랑을 즐겼는데, 오늘은 호텔 객실에 들어온 이후로 거의 대화를 하지 않은 것 같다.

침대에 누워서 치랑이 먼저 얼굴을 돌려 푸나를 바라보았다. 치랑의 얼굴을 본 푸나는 곧 눈을 감았다. 치랑이 가볍게 푸나의 볼에 입을 맞추었다. 금방 씻은 푸나의 얼굴에서 상큼한 비누향이 풍겼다. 두 사람은 그동안의 어색함을 해제하려고 서로를 어루만지며 위로한다. 두 사람의 체온 때문인지 둘이 함께 덮고 있는 이불 속이 후끈해진다. 잠시 후 이불은 침대 밑으로 미끄러진다.

그런데 이렇게 열정의 사랑을 나누는 시간에도 푸나는 그녀를 괴롭히고 있던 일들이 자신의 내면에서 조금도 사라지지 않고 꿈틀거리고 있어서 치랑과의 사랑에 집중하지 못하는 자신을 발견하고 무어라 형용할 수 없는 어색함에 휩싸인다. 하지만 그래도 푸나는 최선을 다해 치랑을 안았고 치랑도 절규하는 열정으로 푸나를 가슴에 품는다. 그동안 두 사람은 서먹함을 극복하기 위해서 오랫동안 번민을 해왔는데 어쨌든 오늘의 이 기회는 놓치지 말아야하기 때문이다. 두 사람의 노력의 덕분인지, 젊은 육체 때문인지 둘의 사랑은 그들의 번민을 압도하고 밤을 뜨겁게 이어갔다.

"푸나, 이따가 바위공원 발굴현장에서 볼까?" 치랑의 목소리는 예전에 비해 한결 밝은 느낌이다.

"왜? 무슨 좋은 소식이라도 있어요?"

"링천에게서 전화가 왔는데 점토판에 쓰인 글씨의 의미가 분석되었는데 내용이 굉장하대."

"그래요? 무슨 내용이기에?"

"자세한 것은 거기서 만나 확인해 보자고."

푸나와 치랑이 발굴단 사무실로 들어 설 때 발굴단원들의 얼굴이 여전히 상기되어 있는 것으로 정말로 뭔가 있긴 있는가 보다.

"아, 치랑 박사님, 푸나 박사님 어서 오세요." 링천이 인사하며 맞이한다.

"무슨 중요한 일인가요?"

"이것을 보세요." 링천이 치랑에게 몇 개의 단어들이 쓰여 있는 쪽지를 보여준다.

"조상신, 뱀, 사슴, 기러기, 자라, 호랑이를 … , 천하안정(天下安定) … , 하늘의 큰 새를 부르는 종 … , 구리(金) 100덩이를 모으고 … , 작은 종 5개 … 이게 무엇입니까?"

"점토판에서 나온 문자를 해독해서 나온 내용을 적은 것입니다. 중간에 빠진 것들도 있고." 링천이 종이에 옮겨 쓴 글씨를 보여준다.

"조상신은 요즘 말로 토템이고, 천하안정은 평화를 의미하고,, 큰 새, 구리, 작은 종 다섯 개. 발굴단에서는 이 글을 어떻게 보고 있나요?" 치랑이 물었다.

"종의 역사는 아무리 높게 올라가도 기원전 5세기 중엽의 증국(曾國)의 증후을(曾侯乙) 편종 세트가 가장 오래된 것이지만 사실 증후을 편종은 그 완성도가 매우 뛰어나 시초로 보기는 어렵고,

시초는 몇백 년은 더 오래되었다고 보는 것이 옳다고 봅니다. 그래서 여기에 쓰여 있는 내용을 유추를 해 보았을 때 각각 뱀, 사슴, 기러기, 자라, 호랑이를 토템으로 하는 사람들이 하나의 연합체를 만들어 다투지 않고 화평하게 살기 위해서 큰 새가 들어가는 종을 만들기 위해 구리 100덩어리를 모은다. 그리고 작은 종 5개. 그런데 작은 종 5개는 어떻게 해석해야 될지 잘 모르겠습니다. 작은 종도 큰 종의 보조역할을 하는 것인지 아니면 큰 종을 만들기 위한 연습으로 만든 것인지. 어디로 가지 않고 한꺼번에 있었던 것으로 보아 특별한 용도로 쓰였다기보다는 주조연습용으로 …, 이렇게 해석하면 지난번 굴굴 귀이 선생이 가지고 있는 종을 포함한 작은 종은 큰 종을 만들기 위한 연습종이라는 생각이 듭니다."

링천이 비교적 자세하게 설명을 해준다.

"그럼 새의 모습을 한 큰 종이 있다는 말이네요?" 치랑이 물었다.

"단정할 수는 없지만 해석상으로는 그래요."

"옛날에 정말로 그런 종이 있었다면……, 만약 그것이 세상에 모습을 드러낸다면 그것은 평화를 울리는 종이 되겠네요?" 치랑이 고개를 끄덕인다.

"발굴되면 정말로 대박이다. 큰 새는 봉황일 수도 있네요?" 푸나도 눈을 반짝이며 물었다.

"그럴 수도 … 봉황이나 대붕이나 새들 중에서 가장 으뜸의 개념이니 비슷하게 볼 수도 있겠지요."

"그러면 시대는 거의 청동기 시대 초기까지 올라간다고 볼 수도 있겠습니다." 치랑이 물었다.

"글쎄요. 아직은 정확한 시기를 알기는 어렵지만 이것이 사실이라면 지금까지 발굴된 어떤 다른 종들보다 훨씬 시대가 올라간다고 볼 수 있겠지요. 정말로 대 발굴일 수도 있겠습니다." 링천도 기대를 감추지 않는다.

"현재까지 발굴의 결과도 결코 가볍지 않습니다만 그 대종을 찾을 수 있다면 … " 치랑도 기대를 나타냈다.

"소문이 나지 않도록 하고, 발굴품 보관에 각별히 신경을 쓰겠습니다." 푸나가 걱정을 해주자

"그래야지요. 치랑 박사님, 푸나 박사님도 보안에 신경 쓰세요." 링천이 두 사람에게 부탁을 했다.

"염려마세요. 예싼, 귀이 박사에게도 주의를 당부하고, 완전한 결과가 나오기 전까지는 우리 시민역사지킴이모임에도 알리지 않겠습니다." 치랑은 이 일을 입 밖에 내지 않겠다고 약속했다.

"또 다른 발굴품은 없습니까?" 치랑이 물었다.

"흙을 구워 만든 뚜껑 있는 그릇이 하나 나왔는데 버섯을 닮은 이상한 흔적이 있었어요. 거의 완전히 썩어 문드러졌는데 식물연구소에 보내 성분을 확인했더니 광대버섯이었어요. 그리고 조금 떨어진 곳에서는 순록의 뼈도 나왔고." 링천이 사진을 보여주며 말했다.

"또 다른 물건은요?" 푸나가 물었다.

"칼과 구리거울과 구리방울에 대해서는 지난번 이야기 했고 아! 또 있다. 그냥 일상생활에 사용되었을 것으로 보이는 단순한 형

태의 동검도 나왔어요."

"광대버섯 … , 어디서 들은 것 같은데? 아! 생각났다. 고대 인도의 의학자들은 광대버섯의 독성분이 환각을 일으키는 것을 알고 그것을 순록과 같은 동물에게 먹인 후 그 오줌을 마시면서 황홀경을 느꼈다는데 그것을 신들의 음료라는 소마(Soma)라고 불렀답니다. 오늘날로 치면 마약효과로 볼 수 있지요." 치랑이 설명했다.

"그러면 이곳에서도 환각제가 필요했다는 말인데, 어디에 쓰였을까요?" 링천이 물었다.

"고대인들의 제사의식에서 제사장들이나 무당들이 신들과의 영적 접촉을 위해서 환각제를 사용한 것은 아닐까요?" 푸나가 의견을 내었다.

"충분히 가능한 이론입니다." 링천이 동의했다.

"푸나! 생명공학에서는 식물성분이 인체에 미치는 영향에 관한 연구도 하지?" 치랑이 물었다.

"그런 것은 대개 약학계열에서 하는데 우리도 융합으로 가끔은 해요. 뇌에서 일어나는 대부분 환각의 과정에 뇌세포가 상하게 되므로 치료물질 개발에 대해서 연구하지요. 그런데 고대인들의 환각제 사용은 신과 접촉할 때도 사용했지만 사람을 죽일 때도 사용하는 것 같던데요." 푸나가 답했다.

"사람을 죽일 때라면?" 링천이 물었다.

"그렇지 않은가요? 특히 멕시코의 잉카유적에는 그와 관련된 것도 많다던데. 아무리 원시시대이지만 살아있는 사람의 심장을 끄집어낸다든가 사람의 목을 치는 행위를 어떻게 맨 정신으로 할 수 있겠어요? 다 그 잔인함을 느끼지 못하게 하는 방법이 있었겠지요." 푸나가 답했다.

"여기에서 발견된 광대버섯이 환각제 용도였다면 이곳에서 제사 행위를 했다든가 사람을 죽이기도 했겠네? 주조 터인 이곳에서 왜 그런 행위가 필요했을까요?" 치랑이 물었다.

"한국의 성덕대왕신종 신화에 종소리를 위해서 사람을 희생으로 넣었다는 이야기도 있잖아요." 링천이 답했다.

"종을 만들 때 사람을 넣는 인신공양의 풍습이 이때에도?" 치랑이 고개를 갸웃거렸다.

"인신공양의 풍습은 고대로 올라갈수록 많았으니 없었다기보다 있었을 수도 있다는 것이 훨씬 설득력이 있지 않을까요?" 링천이 답했다.

그때 도리이가 들어온다.

"도리이 씨, 일본에는 옛날에 사람을 제물로 바치는 풍습이 없었습니까?" 치랑이 물었다.

"고와이! 고와이! 무섭게, 왜 사람 죽이는 이야기를 합니까? 당연히 일본에도 옛날에 그런 풍습이 있었지요. 일본은 기원전 2년에 천황이 사람을 제물로 바치는 잔인한 풍습을 금했다는 기록은 있지만 사실은 이후로도 바다에 사람을 던져 신에게 바치는 제사 의식이 행해졌다는 기록도 있고, 심지어 사람의 배를 가르고 내장을 꺼내어 깨끗이 씻은 후 그 속에 쌀을 넣고 제사를 지낸 후 그 쌀을 먹었다는 기록도 있습니다. 나중에는 당연히 없어졌지요." 도리이가 설명을 했다.

"끔찍하지만 재미있는 이야기입니다!" 치랑이 살짝 흥분된 어투로 말한다.

"치랑 박사님은 의사라서 사람이 죽는다는 것이 두렵지 않지요?" 링천이 물었다.

"환자와 건강한 사람을 똑같이 볼 수는 없어요."

"환자를 정상적인 사람과 똑같이 보면 수술할 때 스트레스가 심할 것이고, 정상인을 환자 보듯 하면 사람이 사람 같잖아 보이겠네요."

"그렇다고 환자를 고깃덩이로 여기지는 않습니다."

푸나는 바위공원의 사고가 있고난 후 일 년이 다 되어 다시 옌띠병원 정신과 귀이 박사를 찾았다. 이 프로그램은 푸나에게 특별한 증상이 있어서라기보다는 국가의 의료보험 정책에서 실시하는 치료확인 과정으로 모든 환자는 치료 후 일 년이 지나서 의무적으로 재검진을 받아야 한다. 귀이가 입이 뾰족 나온 예의 그 너구리 얼굴로 푸나를 맞는다.

"어서 오세요 푸나 씨, 그 이후 특별한 증상이 나타나지는 않았지요?"

"네, 달라진 것이라면 정신적 감각이 굉장히 예민해졌다는 것입니다. 뭐라고 할까? 영적인 감각이 발달해서 어떤 일이나 사건에 대한 예측 능력이 생겼다고 할까요."

"간혹 정신적으로 충격을 겪고 나면 그런 능력이 나타난다는 사례도 있어요. 푸나 씨는 사고 이후의 두려움 때문에 겪게 되는 트라우마성 공포현상은 없지요? 점검을 한번 해봅시다."

궈이는 푸나의 머리에 두뇌반응측정기기를 씌우고 사건 당시를 떠올릴 수 있는 단어를 언급하며 반응의 수치를 체크한다.

"바위, 위험한 남자들, 강제적 힘, 눈을 감음, 성폭행, 정신과 치료, 영혼 … "

"어떻습니까?"

"반응의 수치로만 봐서는 일반 여성들과 차이가 없습니다. 다만 … "

"다만?"

"푸나 씨 말처럼 영혼이라는 단어에서는 특이하게 반응의 수치가 굉장히 올라갑니다. 영혼은 단지 뇌세포들 간의 전기적 반응의 결과라는 과학적 견해를 신뢰하는 사람들이 점점 많아지고 있지만 여전히 초자연적 현상이고 영혼의 문제는 정신적 접근에 의해서만 해결이 가능하다는 사람들도 있어요. 두뇌반응 수치의 결과로 보았을 때 영적으로만 이상현상이 나타나지 않는다면 푸나 씨는 완전히 치유가 되었습니다."

"아, 그래요. 감사합니다. 궈이 박사님, 이후 계속 좋은 상태를 유지하기 위해 권해주실 만한 유익한 프로그램이 있을까요?"

"나는 환자의 유형에 따라 요가, 운동, 음악, 미술 등의 활동을 권장하기도 하는데 푸나 씨 같은 경우는 약간의 신체적 활동이 들어간 예술 활동을 권하고 싶어요. 태극권이나 탈춤과 같은 것도 좋겠지요."

"탈춤? 탈을 쓰고 춤을 추는 것 말입니까?"

"네, 가능하면 춤과 함께 노래와 대사를 하는 그런 배역을 배워 보세요."

"어떤 탈춤이 가장 좋을까요?"

"세계에는 여러 가지 탈춤이 있는데 한국의 탈춤이 가장 좋은 것 같아요. 탈을 쓰고 하는 대사의 내용 중에 스트레스를 싹 날려 버리는 것들이 많고 여성에게 운동량이 과하지도 않고 적지도 않습니다. 특히 배우와 관객들 간의 간격이 없는 공동체 예술이라는 특성이 있어서 성격을 활발하게 하는데도 좋은 것 같습니다. 탈을 쓰고 스트레스를 날리는 대사를 하고, 노래를 하고, 운동을 하면 활력을 더 찾을 수 있지 않겠습니까?"

"궈이 선생님은 해보셨어요?"

"해 보았으니까 그 장점을 알지요. 저는 특히 탈을 쓰고 대사를 하는 것이 꽤 흥미가 있어요."

"아시는 곳이 있습니까?"

"푸나 씨가 계시는 대학에 한국탈춤 동아리가 있으니 가보세요. 팀장이 한국 사람인데 저와 잘 아는 사이입니다."

"안녕하세요. 류풍걸 씨입니까?" 푸나가 한국어로 물었다.

"그렇습니다. 진푸나 박사님이시죠? 궈이 박사님에게 연락 받았습니다. 한국어를 잘 하시네요."

"조금 합니다. 류 선생님은 고향이 어디세요?"

"한국 경기도 양주라고 아세요? 푸나 박사님 고향은?"

"저도 한국 사람이라고도 할 수 있지만 아주 어릴 적 이곳에 와서 … , 아버지는 한국의 강릉이란 도시의 사람이고 어머니는 중국의 차오양시 사람입니다."

"아, 그러시군요. 그래서 한국어와 중국어 다 잘하시는 군요. 한국에서 살아보신 적은 있습니까?"

"태어난 곳이 강릉이고, 아주 어릴 때 이곳에 와서 기억은 거의 없어요. 어릴 적 아주 가끔 아버지와 같이 가곤 했어요."

"푸나라는 이름은 무슨 뜻이지요."

"제 이름을 왜 푸나로 했는지는 잘 모릅니다. 그냥 좋은 뜻으로 알고 있습니다. 한국식 발음은 보나이고 중국식 발음은 푸나인데 중국에서는 푸나라는 발음의 글자에 더 좋은 의미가 많아서 그냥 푸나라고 합니다."

"한국에서는 진보나가 참 예쁜 이름인데."

"류 선생님은 언제부터 탈춤을 하셨어요?"

"제 고향이 한국 탈춤 중 양주별산대놀이의 고향이어서 운명인지 대학의 전공을 포기하고 탈춤을 추게 되었고, 이곳 대학에서 중국대륙에서 전승되고 있는 조선족들의 무용을 연구하기 위해 와 있는데 한국의 춤동작과 많이 다르네요. 중국의 개방 이전에는 조선족들의 문화예술이 완전히 사회주의 풍이었는데 한중 수교 이후에는 한류의 영향을 받아서 한국적 풍이 아주 조금씩 가미가 되다가 평화체제 후에는 본격적으로 한국적 춤동작이 많이 가미가 되었지만 아주 오래전부터 내려온 이 지역의 기마민족문화 특성 때문인지 전투적이고 동작이 빠릅니다. 한국은 농경사회라서 동작이 부드럽고 느린 특징이 있는데."

"그렇겠지요. 사람의 품성도 풍토적 특성을 벗어나기가 어렵겠지요. 그런데 아무리 전통도 중요하지만 과거의 무용을 오늘날 그대로 적용한다는 것은 쉽지 않을 것인데요?"

"맞습니다. 저도 처음에는 밝혀지지 않은 동양의 고대 무용문화에 대해 막연히 어떤 신비감 같은 것을 가지고 있었지요. 하지만 그 시대의 상황과 오늘날의 환경이 달라서 어쩔 수 없이 전통과 현대의 감각을 융합해서 새로운 탈춤을 연구하고 있습니다."

"아, 그래요? 그러면 저도 배우고 싶은 생각이 드네요."

"박사님, 오늘 오신 김에 탈을 쓰고 간단한 동작이라도 해보시겠어요?"

"어떤 탈이 저에게 어울릴까요?"

"푸나 박사님은 여자라서 소무(少巫)라는 여자역할도 좋고 … 아니면 … 반대로 극 전체에 활력을 넣어주는 말뚝이탈을 해보시든가?"

"소무는 어떤 캐릭터인가요?"

"미인이고, 남자를 잘 유혹하는 매력 있는 여성 그리고 무속을 상징하는 무당의 역이기도 합니다. 복잡하죠."

"말뚝이탈을 써볼까요?"

" …… , 말뚝이탈은 제가 주로 쓰던 것이어서 땀내가 많이 날 텐데."

"괜찮아요, 줘보세요."

류풍걸이 머쓱해 하며 푸나에게 말뚝이탈을 건네준다.

"냄새가 심하면 얼른 벗으세요." 류풍걸이 무안해 한다.

"땀 냄새가 조금 나지만 상관없어요. 이걸 쓰고 동작을 어떻게 하나요?" 푸나가 말뚝이탈을 쓰고 물었다.

"팔을 하늘로 크게 휘젓고 무릎을 올리고 저처럼 덩실덩실 힘차게 춤을 춰 봐요."

"이렇게, 이렇게요? 아휴~ 운동은 많이 되겠지만 … " 푸나가 류풍걸의 동작을 흉내내보지만 처음이어서 뒤뚱거린다.

"어때요? 박사님에게 말뚝이탈은 좀 어색하지요? 이번엔 소무탈을 써보세요." 류풍걸이 푸나에게 여인의 얼굴을 한 탈을 건네준다.

"음, 탈 크기도 제 얼굴에 잘 맞네요. 얼굴에 착 달라붙는 느낌입니다." 푸나가 소무탈을 얼굴에 쓰고 탈의 낯짝을 손바닥으로 짝짝 두드리면서 말했다.

"이것은 여성 캐릭터여서 동작이 격하지 않고 부드러우면서 남자를 유혹하는 그런 동작인데 … "

"유혹하는 동작은 어색하지만 부드러운 동작은 할 수 있을 것 같습니다." 푸나는 그냥 자신의 몸이 원하는 데로 맡겨서 동작을 이어갔다.

"와! 소질이 있습니다. 박사님은 이전에 무용을 하셨나요?"

"누구나 학생 시절 기본적인 댄스는 다 배우죠."

"탈을 쓰고 춤을 추니 기분이 어때요?"

146

"나를 감추고 춤을 추는 것 같아요. 남들이 내가 누군지 모른다고 생각하니 어떤 행동도 할 수 있을 것 같아요."

"그렇습니다. 탈을 쓰면 자신의 얼굴이 가려지기 때문에 다른 사람이 자기를 알아보지 못한다는 기분이 들지요. 그래서 부끄러움이 줄어들죠. 그리고 한국의 탈춤은 원래 사회고발의 성격이 강해서 탈춤을 추는 배우의 익명성이 중요하지요. 푸나 박사님은 소질이 있는 것 같으니 배우시면 잘하시겠습니다."

"하지만 … 저는 학생도 아니고, 시간이 많지 않으니 가끔씩만 나와도 실례가 되진 않나요?"

"괜찮습니다. 어차피 같은 학교 울타리 안이고, 일주일에 한 번 정도만 나오셔도 됩니다."

"연구소 숙소가 같은 교내라서 거리에 대한 부담이 없으니 노력해 보겠습니다."

"그리고 소무탈은 여학생용으로 몇 개 여유가 있으니 푸나 박사님께 하나 선물하겠습니다."

"정말로요? 감사합니다!"

푸나는 탈춤 연습을 해서 그런지 땀은 조금 흘렸지만 몸이 가뿐함을 느낀다. 숙소의 문을 열고 들어가니 제강이 반갑게 맞는다.

"오늘은 푸나의 몸에서 땀 냄새가 나네, 다른 남자 냄새도 나고."

"오늘 탈춤을 추어봤어. 이 탈 저 탈을 써봤으니 다른 사람의 냄새도 나겠지."

"암수가 분리되어 고통을 겪는 존재들이여
하나로 합치어 생기는 쾌락을 쫓아들지만
그것은 분리된 자의 고통이니 얼마나 불쌍한가?"
"어휴, 또 그 노래야? 나는 암수가 분리되어 헷갈린다."
"내 말이 맞는데. 왜 그래?"
"그런 게 있어. 남자였다가 여자였다가."
"오호! 푸나, 시간여행이라도 하셨나?"
"쪽집게네."
"혹시, 오늘 배운 춤이 이런 동작 비슷하지 않아?" 제강이 똥자루 뚱뚱한 몸으로 춤을 추는데 묘하게 탈춤의 분위기를 낸다.
"맞아! 비슷해. 역시 제강이다. 훌륭해!"
"암수가 분리되어 고통을 겪는 존재들이여
하나로 합치어 생기는 쾌락을 쫓아들지만
그것은 분리된 자의 고통이니 얼마나 불쌍한가?"
"또, 또 그 노래, 너나 열심히 춰, 나는 샤워나 해야겠다."

푸나는 이제 그날의 상처가 아물어가면서 심리적으로도 점차 안정되어간다. 얼마 전에 마침내 용기를 내어 행한 치랑과의 사랑행위가 그동안 꽉 막혀있던 푸나의 육체와 정신적 순환계통을 한꺼번에 뚫어버렸는지 신체와 정신은 한결 경쾌하였다. 그렇다고 얼굴을 알 수 없는 그놈에 대한 분노가 사라진 것은 절대 아니다. 문득문득 가슴을 찌르는 고통과 함께 기억이 살아나면 온몸이 찢어지는 고통이 느껴진다.

쏴~, 따뜻한 샤워물이 머리 위에 쏟아지자, 탈춤을 추어서인지, 보통 때와 다르게 몸의 피로가 말끔히 사라지는 느낌이다. 한동안 꼼짝도 않고 얼굴에 샤워기의 물을 맞고 있었다. 따뜻한 물이 얼굴을 때리고, 목덜미를 지나 온몸의 구석구석을 씻어 내리며 바닥의 하수구 구멍으로 흘러든다. 그런데 갑자기 아랫배가 살살 아파온다. 특별히 상한 음식을 먹은 것도 아닌데, 날짜를 계산해보니 생리가 끝난 지 채 2주도 지나지 않았다. 잠시 그러려니 생각하고 손바닥으로 아랫배를 살살 문질렀다. 그래도 아픈 것이 멈추지 않았다. 오히려 조금 더 아파오는 것 같다. 고개를 숙여 아랫배를 보았다, 이런! 바닥에 핏방울이 뚝뚝 떨어지고 있다. 순간 모골이 송연해졌다. 언제부터 몸속에서 자라던 병이 터진 것인지? 오늘 탈춤연습을 해서 그런가? 너무 오랜만에 치랑과 사랑을 해서 그런가? 아니면 그때 너무 큰 상처를 입어서 큰 병이 생긴 것일까? 머릿속이 하얘졌다. 물기를 닦고 빨리 생리대로 막아야 하지만 그럴 정신은 없다. 발가벗은 다리를 따라서 계속 피가 흘러내리는 채로 푸나는 짧은 순간 그냥 서 있었다. 이런 때, 가장 중요한 것은 흔들리는 마음을 다잡아야 하는 것이다. 푸나는 원래 담대해서인지 아니면 담대해지려는 의식이 발동했는지, 이유는 모르겠지만 두려움이 사라지기 시작했다.

푸나는 샤워실 바닥을 내려다보았다. 붉은 핏물이 하수구 구멍으로 흘러들어간다. 핏물이 흘러들어가는 그 하수구 구멍을 물끄러미 바라보았다. 도대체 저 물이 흘러서 어디로 가는 것인지, 당연히 역한 냄새가 나는 하수통로를 지나서 다른 오물이 함께 모이는 하수종말처리장으로 가서 처리되어버리겠지. 어디 저 핏물뿐이랴? 사람도 동물도 모든 것들도 방법만 조금 다를 뿐 다 그렇게 처리된다. 그런데 생각지 못한 광경이 보인다. 바닥이 투명해지고 핏물이 강물을 이루어가는 모습이 보인다. 구불구불 여느 강 못지않게 긴 강이 되어 흘러간다. 어디로 가는 흘러가는지 끝이 보이지 않는다.

검붉은 피의 강물 위에는 무언가가 많이 떠 있다. 그것들을 유심히 보았다. 동물의 사체, 썩은 나무줄기, 함부로 버린 플라스틱 등 쓰레기인줄 알았는데, 아니다. 모두 가면이다. 팔을 뻗어 그 중에 하나를 집었다. 소무탈이다. 픽! 하고 웃음이 나왔다. 오늘 탈 때문에 이런 환상이 보인 것이라고 생각하니 한편으로 이상하지만 어이가 없다.

그런데? 피는 왜 나오는 것일까? 내일 병원에 가볼 것이라고 마음을 먹고 있는데 아랫배가 더 아파온다. 그리고 갑자기 그곳 입구가 찢어지는 듯한 통증이 오더니 뭔가 뚫고 나오는 느낌이다. 자신도 모르게 임신이 되었었나? 고통이 너무 극심하여 크게 소리를 지를 뻔 했다. 그러면 밖에 있는 저 이상한 동물 제강이 들어와서 자신의 벗은 모습을 볼 것을 생각하니 민망해서 이를 악물고 참았다. 얼마나 참았는지 물로 씻은 몸에서 다시 땀이 날 지경이다. 그냥 아픈 것만이 아니다. 정말로 뭔가가 푸나의 하복부를 뚫고 나오는 느낌이다.

쪼그리고 앉아서 가랑이 사이를 보았다. 시커먼 뱀 같은 것이 나온다. 그놈이 나올수록 고통이 커진다. 얼마나 나왔을까? 푸나는 그것을 빨리 빼버리려고 오른손으로 그것의 머리 부분을 잡아서 잡아당겼다. 그랬더니 그것의 몸에 칼날같이 날카로운 비늘이 나 있는지 온몸에 전해지는 살을 뜯어 할퀴는 고통과 함께 빠져나온 그것이 푸나의 손에서 꿈틀거린다. 푸나는 도대체 어떻게 그동안 아무 느낌 없이 자신의 몸속에 웅크리고 있다가 지금 나오면서 자신을 괴롭히는 놈인지 확인하고 싶어 대가리를 보니, 참 이상하게 생겼다. 분명히 사람의 머리를 닮은 대가리가 있는데 눈코입이 없고 그저 시커먼 대가리다. 왼손으로 그 대가리를 잡아서 비틀어버리니 대가리가 뚝 떨어진다. 순간, 그놈의 공포인지 모르지만 푸나의 손을 따라서 큰 두려움의 전율이 전해졌다. 그리고 대가리가 떨어진 그놈은 연기처럼 사라지고 아랫배를 할퀴었던 모든 고통도 언제 그랬냐는 듯 사라져 버렸다. 후~! 한숨만 나왔다. 밖에서 제강이 텔레파시를 보내왔다.

'역시, 푸나다. 그처럼 용감하게 지금까지의 모든 두려움을 단숨에 물리쳐버리니!'

"야! 너 혹시 텔레파시로 내 몸까지 훔쳐본 것은 아니지?"

'픽! 재미없어.'

"푸나, 오늘 발굴팀에서 중간 기자회견을 한다는데. 알고 있나?" 치랑이 푸나에게 전화했다.

"응, 쓰우 씨가 알려줬어. 치랑 씨는 가볼 거야?"

"낮 동안에는 시간을 내기가 어렵네. 푸나는?"

"의사는 시간을 내기 어렵겠지만 연구원은 시간이 자유로우니 가볼 거야."

오후 2시가 조금 넘은 시간, 바위공원 발굴팀의 건물 회의실에서 발굴단장인 젠즈가 기자들에게 발굴의 중간결과 발표를 한다.

"오늘, 기자여러분들을 모시고 이곳 바위공원 발굴의 중간발표를 하는 것은 지금까지 발굴의 내용만으로도 중요성이 확인되었기에 이곳의 역사유적지로서의 가치를 알려서 이곳에 대한 보호정책을 강조하기 위한 것입니다." 젠즈가 기자들에게 기자회견의 서두를 발표했다.

"단장님, 이곳을 발굴한 결과 어느 시대의 것으로 판명이 났습니까?" 한 기자가 물었다.

"점토판에 새겨진 문자가 초기 금문(金文)이 보이는 것으로 보아 상나라 말에서 주나라 초기시대부터 있었던 것으로 보입니다. 당시는 이 지역은 상이나 주의 경계 밖으로 강력한 국가형태보다는 여러 집단들이 느슨한 연합세력을 이루고 있었을 수도 있고 어쩌면 작은 집단들이 세력을 다투는 곳이었을 수도 있다고 생각됩니다. 우리들이 알고 있는 동북아의 여러 신화들이 구체성을 띠기 시작한 시점으로 볼 수 있겠습니다."

"이곳은 무엇을 하던 곳이었습니까?" 다른 기자가 물었다.

"이곳은 상나라 말이나 주의 초기부터 청동기를 만들던 청동주조 터로 판단이 됩니다. 그리고 함께 발견되는 청동기들을 볼 때 이후로도 오랜 시간 반복적으로 이곳에서 청동기 주조가 이루어진 것 같습니다."

"그러면 오늘날의 대장간이나 주물공장인가요?"

"그렇게 보아도 틀리지는 않지만 그 시대의 청동주조 터는 매우 신성한 곳이니 오늘날의 대장간이나 주물공장과는 차이가 많겠지요."

"신성한 곳이라면 어떤 뜻입니까?"

"그 시대의 청동기들은 전쟁을 수행하는 무기였거나 또는 제정사회의 권력과 종교의 상징이 되는 것들이었기에, 경우에 따라서는 제사의식도 따랐을 것으로 여겨집니다. 제사의식에서는 여러분들도 잘 알고계시는 생명의 희생이 있었을 것이고 심지어 사람을 희생시키기도 했겠지요."

"구체적인 증거도 발굴되었습니까?"

"사람을 환각시키는 식물의 흔적이 나오고, 희생의 제의에 쓰였던 도구로 추정되는 동물의 뼈도 나왔습니다."

"발굴품 중에 가장 중요한 것은 무엇입니까?"

"새를 종두로 하는 매우 특이한 종인데, 정말 드물게도 종을 만드는 이유로 보이는 글씨가 새겨진 구운 점토판이 나왔습니다."

"종의 머리라면 용이어야 하지 않습니까?" 한 기자가 큰 목소리로 물었다.

"다들 그렇게 알고 있습니다. 아주 오래전 신화시대에 새의 종두를 한 종을 만들었다는 것은 상상할 수가 없었죠. 그래서 이곳이 매우 특별하다는 것입니다."

"실제로 종이 나왔다고 하셨는데 … ?"

"네. 그 중 하나는 어떤 경로인지 모르지만 이미 나와 있었고 나머지 4개가 이번에 추가로 발굴이 되었습니다."

"종이 하나가 아니고 왜 여러 개입니까?"

"완성품이 아니고 그때 사람들이 만들기 원했던 어떤 종의 실험용 소종일 가능성이 많아 보입니다."

"종 이외에 다른 것은요?"

"우리가 흔히 알고 있는 동경, 동검, 동령과 여러 청동기 유물도 몇 개 나온 것으로 보아 이곳은 그 시대뿐 아니라 이후 오랜 세월 청동기 생산의 중요한 터였던 것 같습니다."

"지금 발표하신 내용이 사실이라면 정말 대단한 발굴인데 앞으로 이곳을 어떻게 보존해야 한다고 생각입니까?"

"이미 관계부처에 보고를 드렸고 책임 있는 분들도 이곳의 대책을 별도로 만들겠다고 말씀하셨습니다."

"어떤 대책입니까?"

"유물보존의 적절한 시설과 보안대책입니다. 박물관에는 발굴품의 보존처리 설비 및 보관 장비가 이미 구비되어 있고, 이곳도 보안을 위해서 24시간 보안요원들을 배치할 계획입니다."

"정말 우리가 알지 못했던 신화시대의 증거들이 나온 셈이네요. 끝까지 마무리를 잘하셔서 이곳이 신화시대의 중요한 유적지로 인정받기를 바랍니다." 한 기자가 큰소리로 말했다.

"단장님, 이제 기자들이 기사를 송고하면 많은 사람의 관심이 집중될 것이고 어쩌면 그 중에 나쁜 목적으로 이곳을 노리는 사람들도 있을지 모르니 각별한 보안대책을 세우시기 바랍니다." 기자들에 이어 푸나도 걱정스러워 단장에게 대책을 건의하였다.

"알겠습니다. 상부의 허가가 나면 바로 대책을 세우고 시행할 것입니다."

바위공원 기자발표회가 있고난 뒤 저녁, 예싼이 쓰우와 찻집에서 대화를 하고 있다.

"쓰우야, 오늘 발굴관련 기사를 보았는데 바위공원 정말로 대단한 곳이더라."

"응, 이 쓰우가 일하는 곳은 늘 관심이 집중되는 곳이 되거든요. 호호호"

"그럼, 쓰우가 여기에 있는 날은 더 많아지겠네."

"왜? 예싼 오빠는 내가 여기 있는 것이 그렇게 좋아?"

"그럼, 나는 지금까지 언제나 쓰우만 생각하고 살았는데, 쓰우가 여기서 오래오래 있으면 나는 너무 행복하지. 나는 쓰우가 이제 다른 곳으로 가지 않고 여기 박물관이나 대학연구소에서 계속 있었으면 좋겠어."

"바위공원에 기념관이 들어서고 관리나 학예요원이 필요하면 내가 지원할 수도 있어."

"그렇게 되었으면 좋겠다. 그러면 쓰우는 여기서 나하고 함께 살자."

"예싼 오빠, 오빠가 지금 나에게 같이 살자고 했어?"

"응, 같이 살자. 이제 다시 너하고 헤어지는 거 싫어."

"오빠도 참 끈질기다. 벌써 몇 년째야? 예싼 오빠가 우리 오빠와 같이 우리 집에 와서 나를 본 이후로 … "

"십 년도 훨씬 넘었지. 그때 내가 의대 3학년이었고 쓰우는 파릇파릇한 고등학생이었지. 내가 벌써 전문의를 끝내고 나이도 서른을 훌쩍 넘었으니."

"예싼 오빠, 내가 좀 더 진지하게 생각은 해볼게."

"그만 생각해. 너도 곧 삼십이야. 기다리는 내 가슴이 다 탄다."

"알았어! 오빠 가슴이 다 타지 않게 최대한 노력해볼게."

"그럼, 승낙한 것으로 믿는다. 고맙다 쓰우야. 드디어 내 꿈을 이루는 구나."

"단정하기엔 아직 이르고 … 예싼 오빠, 꿈을 이루면 가장 먼저 무엇을 하고 싶어?"

"쓰우와 달콤한 키스!"

예싼과 쓰우가 찻집을 나와서 밤공기를 즐기며 걷고 있다. 쓰우가 예싼의 팔짱을 끼고 걸어가니 예싼의 얼굴에는 기쁨이 넘친다. 그런데 이들을 따르는 두 명의 사내들이 있다.

"저 녀석은 무엇이 좋아서 입이 귀에 걸렸냐?" 한 사내가 말했다.

"야시시한 아가씨와 팔짱을 끼고 가는데 좋지 않을 사내가 어디 있어? 지금 저 녀석 머릿속으로는 별의별 사랑의 상상을 다 하고 심장은 엄청 쿵쾅거릴 것이다."

"여자는 구미호 같은데 사내는 정말 소처럼 순진하게 생겼다.

그런데 저 녀석도 지난번 보스의 일을 방해한 놈들 중 하나라는 것이 확실하지?"

"맞아! 저 녀석은 보스의 이번 계획과는 관계가 없고 저 아가씨를 보스의 일에 활용할 수 있어야 해."

"저 여자는 자기가 늘 다른 사람의 시선을 끄는 것을 즐기는 스타일이니 그것을 이용하는 방법을 찾아보자. 보스도 가능하면 여자를 다치게 하는 방법은 쓰지 않는다고 했어."

"보스도 많이 변했어. 옛날에는 방해하는 사람은 단칼에 처단했는데."

"보스가 오늘 기자회견의 내용을 입수하고 굉장한 물건들이니 빨리 대책을 마련하라고 했어."

"국내에서 처리하기가 쉽지는 않을 것인데?"

"지도부에서 이미 국제적 협력요원을 이곳으로 파견해 놓은 것으로 알아."

"벌써? 어떻게 알고?"

"평소에도 특별한 건이 없어도 늘 탐색차원에서 미리 요원을 보내기도 하는데. 어떤 때는 그 요원도 자기가 요원인지도 모른데. 그만큼 은밀하지."

암살

　제강은 푸나의 숙소에서 지내지만 푸나의 통제를 받지 않고 자기가 필요하면 언제든지 바깥에 나가 돌아다닌다. 다리가 여섯, 날개가 넷의 돼지처럼 이상한 형상은 드러내지 않고 개, 고양이와 같이 사람들이 잘 데리고 다니는 애완동물의 형상으로 변신하여 다닌다. 제강은 입이 없어 밥도 먹지 않지만 항상 배가 빵빵하게 부르고, 눈이 없어 보는 것도 없는데 다 보고, 코가 없어 냄새를 맡지도 않은데 다 맡고, 귀가 없어 듣지 않아도 다 듣는 특이한 정말 말도 안되는 동물이지만 다른 동물과 같은 점은 잠은 잔다는 것이다.

　이곳은 겨울이면 때때로 상상할 수 없을 만큼 눈이 내리고 춥다. 그래서 겨울에는 사람들의 활동이 적다. 발목까지도 오지 않을 만큼 적게 내린 눈이 걸음걸이에 걸리적거려서가 아니고 그냥 날이 추워 움직이기 싫은 휴일, 푸나는 간만에 아무런 계획 없이

158

숙소에서 오전 늦게까지 빈둥거리다가 하는 일도 없으면서 늦잠을 자고 있는 제강을 깨워 교내를 산책하자고 하니 제강은 고양이로 변해서 푸나를 따라 나섰다. 이미 여러 사람들이 발자국을 내며 다닌 길을 뽀드득 뽀드득 소리를 내며 걸어갔다.

'어이, 가짜 고양이. 오늘은 늦잠도 주무셨으니 밖에서 산책을 하니 기분이 상쾌하지?'

'암수가 분리되어 고통을 겪는 존재들이여
하나로 합치어 생기는 쾌락을 쫓아들지만
그것은 분리된 자의 고통이니 얼마나 불쌍한가?'

'그것 말고 다른 노래 없어?'

'늦잠을 자고 산책하니 기분이 좋으냐고 물어서 대답한 것이야. 나는 우주의 에너지와 함께 하기 때문에 날씨가 추워서 움직이기 싫다거나 산책하니 기분이 좋다거나 하는 것이 없다는 뜻이야. 음양의 물리법칙이 작용하는 그런 존재들하고는 다르다는 뜻이지.'

'나도 그런 것 한번 경험해 볼 수 있을까?'

'어려워. 푸나는 아마 명상을 통해서 자신이 과거에 남자였다는 것을 알았을 거야. 남자에서 여자로 물리의 법칙이 바뀌는 데는 삶과 죽음이 뒤바뀌어 물질적 존재가 완전히 소멸되어야 하는 차원의 교차가 이루어져야 하지만 나는 그런 것에 구애를 받지 않는 전혀 다른 물리법칙을 받고 태어났기 때문에 음양과 오행의 법칙 속에 살아가는 다른 존재들과는 완전히 달라. 음양오행 이전의 법칙, 다른 말로 이 세상의 근원적인 법칙을 관장하는 초물리적 세계에 있는 존재들은 모두 나처럼 우주의 에너지로 살아가고 있어.'

'제강, 그런데 너는 여기에 왜 왔니?'

'말하기가 쉽지는 않은데. 흠~ 푸나와 관계있는 어떤 숙제를 풀기 위해서 왔다고 할 수 있어.'

'나와 관계있는 숙제? 그게 뭐야?'

'육신을 받고 태어난 이들은 뭔가 풀어야만 하는 숙제가 있어. 너희들의 말을 빌리자면 원죄가 있어서이고, 카르마가 있어서 비물질적 본질이 물질을 갖고 태어난 것이야. 푸나도 마찬가지야.'

'그러면 세상에 있는 모든 물질적 존재는 죄를 가지고 있다는 뜻인가? 저 산도, 바위도, 나무도?'

'아니. 그런 것들은 물질계의 본질일 따름이지 죄와는 관계없어. 죄는 생각하는 생명들에 해당되는 것일 뿐이야. 비물질계로 들어가면 산, 바위, 나무와 같은 물질개념이 없어. 비물질적 에너지로만 가득하지.'

'그것은 암흑물질계라는 건가?'

'아니, 너희들은 물질계에 있어서 계속 물질적으로만 분석하려고 하기 때문에 물질계를 벗어난 것을 이해할 수 없어.'

'뭔지 모르지만 그곳은 이곳과 달리 재미있는 일이 별로 없겠다. 꽃이 피겠나? 청춘남녀의 사랑이 있겠나?'

'그런 것을 기쁨이라고 말하는 것은 너희 음양오행 물질계의 착각일 뿐 비물질계에서는 그런 것 자체가 무의미하지.'

'그러면 너는 언제나 그 좋은 비물질계에 있지 왜 여기에 와서 나하고 이런 이야기를 하고 있지?'

'치유의 과정이지.'

'무슨 치유의 과정?'

'정상적인 물질계와 비물질계는 일정한 연관법칙에 따라 움직이는데 간혹 그 법칙이 뒤틀어지는 현상이 생길 수 있어.'

'왜?'

'어찌 보면 간혹 뒤틀어지는 현상도 자연스러운 것이지만 그 뒤틀어짐이 너무 커지지 않도록 조절, 즉 자율정화장치가 작동을 하는데 내가 여기에 나온 것은 그 자율정화장치의 한 현상이야.'

'자율정화니 어쩌니 무슨 말도 안되는 황당한 소리야?'

'이제 너희들이 살고 있는 이곳 지구는 우주의 운행에 따라 전혀 다른 에너지파의 영역으로 들어가게 되는데 그러면 이곳의 정신과 물질의 상태에 변화가 오게 돼. 그리고 항상 큰 변화의 시기에는 어떤 문제가 발생할 가능성이 많은데 이번에도 그런 가능성이 있어서 내가 온 것이지. 2016년인가? 우주 성운들의 충돌로 거대 블랙홀이 생성되면서 발생한 우주중력파가 지구를 뚫고 지나가서 지구의 시간과 공간이 틀어진 사건이 있었을 것이야. 그런 현상도 변화의 한 원인이야.'

'지금까지 인간의 문명이 진보했다는 것을 빼고는 눈에 보이는 변화는 거의 없는데.'

'어떤 변화든 눈에 보일 정도이면 변화가 아니고 파괴야. 우주중력파로 인해서 뽁! 하는 0.15초 정도의 짧은 시간에 1의 1021승 진동 폭으로 지구에서는 1mm/2km의 변화만을 감지했을 뿐이야. 변화가 10mm만 되었어도 지구가 파괴되었을 지도 몰라.'

'우주의 변화, 참 무섭다.'

'상상할 수 없을 만큼 무섭지. 하지만 지구를 파괴할 정도의 중력파는 앞으로 수천 년간은 없으니 걱정 마. 인간은 계속 진보할 것이야.'

'인간은 이제 곧 영생의 길로 들어가려 하는데 어떻게 생각해?'

'아니. 그것은 단지 과학과 의술의 조그만 영향일 뿐이야. 인간은 절대로 영생할 수 없어. 대략 150살까지는 살 수 있을지 모르지만 그 다음은 육체와 연관을 맺고 있는 영혼의 응집력이 약해져서 견딜 수 없어. 하지만 더 건강하고 행복하게 살 권리는 인간들에게 있어. 그런 세계는 이미 오래전에 인간들의 조상들 시대에도 예견되기도 했지.'

'이상한 천년왕국, 유토피아, 샹그릴라와 같은 황당한 얘기들 말인가?'

'그런 얘기들에는 어쩌다 연결된 비물질계에서 느낀 환상과 미래의 예견들이 섞여있지. 그것들이 여러 가지 이야기로 만들어진 것이 신화이고 어떤 것들은 종교로 발전하기도 했지.'

'그럼, 신화의 세계에 나오는 이야기들이 전부 있을 수 있는 이야기라는 것인가? 하기야 너를 보면 그런 세상이 있다는 것은 충분히 가능한 것이야. 솔직히 나는 너를 보고 있는 지금도 너의 존재를 믿어야 할지 말아야 할지 모르겠거든.'

'암수가 분리되어 고통을 겪는 존재들이여

하나로 합치어 생기는 쾌락을 쫓아들지만

그것은 분리된 자의 고통이니 얼마나 불쌍한가?'

'그러지 말고 내가 너를 과학적으로 믿을 수 있게 세포 하나만

채취할 수 있게 해줘.'

'노!'

이때, 하늘에서 새들이 날아간다. 시간이 갈수록 그 수가 점점 늘어난다. 새들의 크기도 평소에 보았던 것과 다르게 엄청 커 보인다. 지구상의 동일 위도 상에 있는 다른 지역도 비슷하게 나타나는 현상이지만 인간이 만들어 놓은 국경의 장애를 받지 않고 하늘을 나는 새들은 이때쯤이면 추위를 피해 남쪽으로 대규모로 이미 이동하고 난 뒤라서 눈에 띄는 새들의 숫자는 평소보다 훨씬 적다. 온난화의 영향으로 새들이 이동의 시기를 늦춘 것인가? 느닷없는 대규모의 새떼를 보니 신기하다. 이전에도 엄청난 규모의 새떼들이 날아가기도 했지만 지금 날아가는 새들은 그때와는 비교가 되지 않을 정도로 한 마리 한 마리가 크다.

"와, 엄청 큰 새떼들이다! 어디서 온 새들일까?" 푸나가 소리쳤다.

'푸나야, 이전에도 이상한 새들의 이동을 본 적 없어?'

"응, 엄청 많은 새들이 날아가는 것을 본 적이 있었지. 그때도 뭔가 좀 이상했어."

'그때에도 어떤 일이 일어날 것이라는 징조였고 이번 새들의 움직임은 시기가 더 다가왔다는 뜻이지. 저 새들은 사람들이 알지 못하는 곳에서 날아와 알지 못하는 곳으로 날아가는 것이야.'

"무슨 뜻이야?"

'사람들이 볼 수 없는 공간에서 날아와서 볼 수 없는 공간으로 이동한다는 것이야. 북극의 공간에 특정한 변화가 발생하면 오로라가 생기듯이 시간의 변화시점에 저런 새들이 날아왔다 사라지는 것은 오로라 같은 현상이라고 보면 돼.'

"또, 도저히 이해가 안되는 괴설을 말씀하시네."

'이렇게 설명하면 이해할 수 있을까? 컴퓨터로 하는 작업은 모두 저장되게 되어있지?'

"그래. 그래서 아무리 깨끗이 삭제해도 디지털 포렌식으로 다시 끄집어 낼 수 있지."

'비슷한 원리야. 우주에서 일어나는 모든 현상도 어딘가에 저장이 되었다가 언뜻언뜻 노출이 될 수도 있다는 … 저 새들은 지구상에 인간이 없었던 시절 하늘을 가득 메우고 날아가던 모습인데, 어딘가에 저장되었다가 지금 변화의 시기에 뭔가의 이유로 시공간이 뒤틀려 그 모습이 우리 눈앞에 보이는 것일 수도 있어.'

"좋아, 어째든 네 말을 믿을게. 그러면 저것이 좋은 징조야 나쁜 징조야?"

'그냥 어떤 변화가 있을 수 있다는 뜻이야. 저런 새들이 날아가는 자체가 좋고 나쁨을 뜻하지는 않아.'

"도대체 무슨 소린지?"

'오로라 자체에 좋고 나쁨의 뜻이 있는 것은 아니지 않은가. 저 새들도 좋고 나쁨은 아니라는 뜻이지.'

"알았어. 세상의 변화를 담대하게 받아들이면 되지 뭐."

'그런데 좋지 않은 일이 일어날 것 같은 느낌은 들어.'

"내 예감도 좋은 것이 아니야."

동북아 여러 민족들의 흥망성쇠가 있었고 다양한 문화가 피었다 사라졌던 만주지역, 인접한 한반도의 남과 북 사이에는 언제나 일촉즉발의 전쟁위기가 있었다. 특히 2017년부터는 더욱 예측할 수 없는 위기의 상황이 펼쳐지기도 했다. 하지만, 실제로 전쟁이 터지면 관련국 모두가 파국을 맞는 상상을 초월한 대재앙이 예상되는 위기의 와중에 일반의 예상을 뛰어넘는 각국 정상 간의 거래와 협상이 이루어져 남북한 당사자와 미국, 중국, 러시아, 일본 등 주변국이 합의하면서 아무도 예상하지 못했던 방향으로 한반도 평화체제가 구축되었다. 그리고 그 원심력으로 중국의 동북지방 차오양과 츠펑부터, 동북으로는 창춘과 지린까지 평화구역이 형성되어 교류가 큰 폭으로 활성화되었다.

이곳을 평화구역으로 선포한 것을 기념하기 위해 명명된 화평로의 오전 11시, 도로를 따라 즐비하게 들어선 상점들 앞을 많은 사람들이 분주히 다니는 시간이다. 갑자기 길을 가던 50대 중년 남성이 쓰러진다. 그리고 그의 복부와 머리에서 선혈이 낭자하게 흘러나온다. 누군가 소음총으로 보이지 않는 곳에서 저격해 죽인 것이다. 지나던 사람들이 그가 왜 쓰러졌는지 궁금해 가까이 다가갔다가 피를 많이 흘리고 있는 것을 보고는 놀라서 물러서며 급히 경찰에 연락을 한다. 주변 상점에서 이를 보고 있던 상인들도 무슨 일인가 궁금해 왔다간 도망치듯 상점으로 들어가 문을 닫아버린다. 대부분의 사람들은 이 남성의 죽음을 회피했지만 한 남성이 주검으로 다가가 흐르는 피를 지혈시키려 하지만 뜻대로 되지 않자 주위를 향해 도움을 요청한다. 그제야 다른 사람들도 주위에 몰려들어 지혈할 수 있는 손수건, 화장지 등을 건네주며 도와주지만 이미 죽은 것을 확인하자 방법이 없다며 물러선다.

5분도 안되어 사이렌이 울리고 여러 대의 경찰차가 도착했다. 하지만 경찰이 도착했을 때는 총을 맞은 사람만 피를 흘린 채 시신으로 쓰러져있을 뿐 범인의 행방은 알 수가 없다. 총소리를 들은 사람이 없으니 누가 어디에서 총을 쏘았는지 모른다. 나머지는 경찰의 수사에 의해서 밝혀질 문제이다. 경찰이 주변사람들에게 이것저것 물었지만 자신 있게 답하는 사람은 아무도 없다. 모두들 도대체 어떻게 이 사람이 길을 가다가 총을 맞았는지 모른다고 할 뿐이다.

경찰은 시신의 신원을 밝히기 위해 시신의 호주머니를 뒤져 지갑을 꺼냈다. 김철행, 54세, 한국 서울 출신이다. 휴대용 신원조회기에 그의 이름을 입력하니 무역업이라고만 나와 있고 구체적인 내용은 확인되지 않는다. 잠시 후, 시신 운반용 차가 도착하고 시신이 있던 장소에 스프레이로 표시를 한 후 부검을 위해 병원으로 이송했다.

치랑은 법의학 전문의는 아니지만 필요에 의해 참관이나 보조 의사로서 참석하기도 한다. 시신에는 머리와 왼쪽 복부 두 군데 총상이 있다.

"와! 총 쏘는 실력이 대단하다. 어떻게 관자놀이와 심장을 정확히 맞추었을까? 손규영 형사님의 솜씨도 이 정도 됩니까?" 법의학 전문의가 시신에 난 총상의 위치를 보고 옆에 있는 손규영 형사에게 말을 하면서 범인의 사격솜씨에 감탄을 한다.

"길고 짧은 건 대봐야 알죠. 보통의 살인자가 아닌 고도로 훈련받은 킬러입니다. 총알이 들어간 입구로 봐선 피해자의 왼쪽 전방에서 한 발은 머리에 한 발은 심장을 정확하게 쏘았습니다. 이정도로 정확하려면 아주 가까이에서 쏘아야 하는데 아무도 보았다는 사람이 없습니다."

"아직 도로에 눈이 있으니 남긴 흔적은 없습니까?"

"많은 사람들이 다니는 대로라 눈 위에 엄청난 수의 발자국이 있으니 의미가 없습니다. 주변의 CCTV를 살펴보아야겠지만 총솜씨를 보니 흔적을 찾는 게 쉽지 않겠습니다."

"김철행 씨는 무슨 일을 하는 사람입니까?" 치랑이 물었다.

"무역업인데 수소문을 해보니 골동품을 주로 취급한다더군요."

"제가 역사 쪽에 관심이 많아서 여러 가지 이야기를 들었는데 원래 그 바닥은 은밀한 곳이 많은 분야라던데요." 치랑이 말했다.

"모르긴 해도 이 김철행 씨도 은밀한 유통망이 있었고 비밀창고를 가지고 있었을 겁니다. 일단 수사를 해봐야 알겠지만 쉽지 않을 것 같습니다. 이 평화지대의 골동품 유통망은 더욱 복잡한 구조를 갖고 있어서 한번 미제사건은 영구미제사건이 되는 경우가 많습니다."

그날 저녁, 치랑은 발굴팀과 카페에서 맥주를 마시며 전날 일어난 사건에 대해 이야기하고 있다.

"다니엘과 도리이는 어디 갔습니까?" 치랑이 물었다.

"오늘 다니엘이 도리이를 데리고 서양인들이 많이 모이는 곳에 가서 한잔 한다는데요." 링천이 대답했다.

"서양인이라고 같은 서양인들끼리 어울리고 싶겠구먼, 도리이는 일본 사람인데 왜 데리고 갔나?" 쓰우가 물었다.

"도리이가 다니엘을 좋아하잖아. 다니엘도 싫어하는 눈치는 아니고." 링천이 답했다.

"어쩐지? 요즘에는 두 사람이 딱 붙어 다니더라." 쓰우가 고개를 끄덕인다.

"단장님, 이번 살인사건 피살자는 골동품 관련 종사자라던데 김철행이라고 혹시 아시는 분 아닙니까?" 치랑이 젠즈에게 물었다.

"몰라요. 나는 그분야에 대해 잘 몰라요." 젠즈는 짐짓 모르는 것처럼 답했다.

"굉장히 잘 훈련받은 전문 킬러에게 당했던데, 이 바닥이 그렇게 위험합니까?" 치랑이 물었다.

"문화재와 연관이 되니 거래액수가 목숨을 걸 정도로 크고 그리고 워낙에 비밀리에 이루어지니 아주 은밀하게 죽여 버리면 알 수 있는 방법이 없어요." 젠즈가 담담하게 대답했다.

"그런데 이번에는 백주 대낮 대로에서 일어난 사건입니다." 치랑이 말하자,

"만약에 상대방이 단순 원한관계가 아니라면 분명히 피해자가

가진 비밀창고를 노렸거나 굉장한 물건과 연관되었을 수 있겠지요." 젠즈가 대답했다.

"단장님은 이 분야에 대해 잘 아시는 것 같은데요?" 다시 치랑이 물어도,

"그냥 조금 들은 것뿐이라오." 젠즈는 여전히 표정이 없다.

서양 사람들이 주로 모이는 씨원(西文)거리, 도리이는 행복한 표정으로 다니엘과 걷고 있다.

"하이! 하이! 다니엘, 오늘 무슨 일이 있어서 여기로 왔어요?"

"예전에 대학에서 같이 공부했던 친구에게서 연락이 와서 만나러 가는 길입니다. 나 혼자 가는 것도 좋지만 같이 일하는 도리이하고 가면 더 재미있을 것 같아서."

"하이! 하이! 그러면 진작 이야기했으면 쓰우 씨랑, 링천 씨도 같이 오면 좋지 않아요?"

"우선 우리 둘이 만나보고 나중에 기회를 볼게요."

"하이! 다음에는 꼭 모두 같이 만나요."

다니엘과 도리이가 만난 사람은 러시아인 세르게이이다. 다니엘이 도리이에게 이전에 러시아 블라디보스톡에서 공부할 때 같이 친하게 지냈던 친구라고 소개했다. 다니엘은 러시아에서 공부한 경험이 있어서 러시아어를 할 수 있고 그리고 중국어도 꽤 잘한다. 하지만 도리이는 영어와 중국어만 할 줄 안다. 그런데 세르게이는 러시아어 이외에는 잘하는 언어가 없고 중국어는 간단한 표현만 구사하는 정도이다. 그래서 다니엘과 세르게이는 주로 러

시아어로 대화를 했는데 도리이는 한마디도 알아듣지 못했다. 도리이는 휴대폰에서 통역앱을 사용하지만 아무래도 답답하다. 다니엘은 도리이에게 양해를 구하고 세르게이와 러시아어로만 대화를 했다.

"도리이 미안. 서로 말이 통하지 않아서 우리끼리만 이야기했어. 대신 오늘 내가 맛있는 러시아식 요리를 사줄게. 러시아 요리가 의외로 맛이 강렬해요."

"다이조부데쓰! 괜찮아요."

"오늘 따라 도리이가 아주 예뻐 보입니다."

"아리가또 고자이마시다! 감사합니다. 민망합니다."

"도리이 씨는 항상 앞에 일본어를 붙이네요. 외국어 사용이 어색하신가요"

"이이에! 아닙니다 그냥 습관입니다. 불편하신가요?"

"아니요. 더욱 예뻐요. 기레이데쓰!"

"다니엘, 멋있어요. 스고이!"

며칠 후, 손규영 형사가 바위공원 발굴팀 사무실로 왔다.

"역시, 김철행 이사람 비밀창고를 운영하고 있었는데 얼마 전 털린 듯 텅 비어 있었어요."

"아 … 네 … " 젠즈가 무표정하게 답한다.

"이 사람은 추크치, 퉁구스 등 시베리아 원주민들의 희귀한 물건들과 차오양, 츠펑 주변에서 출토된 동양의 고대 유물을 구입하고 은밀한 도굴 등을 일삼아 온 이곳 업계에서 꽤 큰 손이었답

170

니다.”

“이 사람의 창고 속에 어떤 것들이 있었는지 궁금하군요. 비정상적인 루트이겠지만 이런 사람들의 물건 중에는 꽤 중요한 것들도 있거든요. 차오양과 츠펑의 유물이라면 홍산문명의 유산이거나 청동기문화 유물일 가능성이 많고, 추크치나 퉁구스의 유물이라면 분명히 샤먼의 유품들일 것인데. 김철행이란 사람이 어떻게 살았는지 모르지만 웬만한 의지가 없으면 덤비기 어려운 분야입니다.” 젠즈가 뭔가 짐작 가는 부분이 있는 투로 말한다.

“시베리아 원주민들은 옛날 러시아인들의 동방진출 시기에 러시아인들에게 엄청난 핍박을 받았다지요. 다른 지역으로 강제 이주되고 이동 중 헬기에서 떨어뜨려서 죽임을 당하기도 했죠. 인류역사에서 가장 잔인한 살인마들이 큰 국가를 만들었다는 것은 인간의 역사가 기본적으로 피의 역사라는 것을 말해줍니다.” 손규영 형사는 치를 떨며 말했다.

“그런 것을 새삼 말해 뭐 합니까? 다 지난 일이지요. 힘없는 민족만 서러운 거지.” 젠즈는 뭐 그런 것을 새삼스러워 하느냐는 투다.

“단장님, 제가 수사를 하면서 이곳저곳을 다니고 여러 종류의 사람들을 많이 만나잖아요. 그러면 꽤 재미난 이야기도 많이 들어요.”

“어떤 이야기가 재미있습니까?”

“기억에 남는 것으로 일 년쯤 전에 이상한 나이 많은 노인을 만났어요.”

"어떤 노인?"

"그냥 일반인들과 똑같았어요. 그런데 자기는 이전에 살았던 누군가로부터 이상한 능력을 이어받은 샤먼이라고 했어요."

"예, 그래서요?"

"처음에는 정신 나간 사람으로 알았는데 말을 하다 보니 좀 이상했어요."

"어떻게요?"

"어떤 샤먼은 특별한 능력이 있어서 시간여행을 한다고 하더라고요. 자기는 옛날부터 전해오는 샤먼의 씨앗을 누군가에게 전해주기 위해서 왔다하기에 제가 말도 안되는 것이라고 했더니, 시간여행에는 어떤 존재가 다른 시간대에서 직접 오기도 하지만 잠시 다른 사람의 몸을 빌려서 와서 임무를 완수하기도 한다면서 자기는 다른 사람의 몸을 빌렸다더군요. 너무 황당무계해서 대수롭지 않게 생각하고 그냥 지나쳤는데 이상하게 그 말이 제 기억에 계속 남아있는 거예요."

"시간여행자, 재미있군요."

"단장님도 역사를 공부하다 보면 희한한 일들을 만나기도 하겠지만 우리 형사들은 별의별 일들을 다 겪어요."

"인생 살아가면서 희한한 일 한두 번 안 겪는 사람 있나요?"

"단장님, 제가 여기 온 것은 이번에 피살된 김철행이 골동품과 관련되니 혹시 아시는 것이 있나 궁금해서이기도 하고 … " 손 형사는 넌지시 물었다.

"오소리가 당했다는 얘기는 들었어도 김철행이란 이름은 이번에 처음 들었어요."

"오소리라뇨?" 젠즈의 말에 손형사가 의문을 표한다.

"가끔 본명대신 별명을 쓰는 사람도 있더라구요." 젠즈는 시치미를 뚝 떼는 눈치다.

"또, 만에 하나 발굴된 유물을 잘 관리하시라고 말씀드리려고 왔어요. 세상에는 뛰어난 유물을 노리는 별별 인간들이 많아요."

"걱정 마세요. 허술하게 하지 않으니."

"호외요! 호외요!" 쓰우가 아침부터 큰소리로 외친다.

"무슨 일인데 아침부터 호들갑이냐? 이번 살인사건의 범인이 우리가 아는 사람이라도 된데?" 링천이 시큰둥하게 반응한다.

"다니엘과 도리이가 어쩌고 저쩌고!"

"그게 어쨌다고? 둘이 결혼이라도 한데?"

"한데!"

"갑자기 웬 뚱딴지?"

"다들 눈치 챘겠지만 사실, 두 사람이 좀 이상하기는 했잖아." 젠즈도 눈치를 채고 있었던 듯 말한다.

"단장님도 알고 계셨어요?" 쓰우가 물었다.

"그래도 아직 결혼한다고 단정 짓기에는 이르지 않을까?" 젠즈가 말했다.

"그건 또 무슨 말씀?"

"어느 날 갑자기 이뤄진 결혼은 문제가 많을 수 있다는 말이지."

"일본 여자들은 결혼생활을 잘 유지한다던데요?"

"그건 구석기 시대 이야기지. 우리 때 중국의 젊은이들도 눈이 맞아 급하게 혼인신고만 하고 결혼생활을 시작한 경우도 많았지만 오래 가는 사례는 드물었어요. 젊은 혈기에 평생을 약속했겠지만 시간이 지나고 현실 판단을 제대로 할 때가 되어 아니다 싶으면 미련 없이 헤어지는 것도 젊은이들의 특징 아닌가? 우리 때도 그랬는데 지금은 더 하면 더 하지, 안 그런가?"

그때 다니엘과 도리이가 사무실로 들어온다.

"어이! 다니엘, 도리이와 결혼을 약속했다던데 사실인가?" 링천이 물었다.

"어디서 들었지? 소문 참 빠르다."

"어디긴 어디야. 다 부처님 손바닥 안이지. 얼마 전부터 둘이 같이 다니는 것이 심상찮았는데, 두 사람의 애정행각이 사람들의 눈에 자주 띄었나 봐. 조심해." 젠즈가 주의를 준다.

"아니, 이곳에선 사랑도 남의 눈치를 봐야 합니까?" 다니엘이 불쾌하다는 듯 말한다.

"이곳은 예로부터 서양과는 다른 예의범절을 많이 따지는 지역이잖아. 오랜 전통이 금방 변하지는 않아. 지나치지는 말아달라는 뜻이야." 젠즈가 다니엘에게 동양의 문화를 말한다.

"다니엘, 그렇다고 너무 신경 쓰지는 마. 그것은 나이든 사람들의 생각이고 우리 같은 젊은 사람들은 그런 것 별로 신경 쓰지 않아." 링천이 말했다.

"이봐요 들! 누구는 젊은 시절이 없었나? 조직 내에서 사랑은 자칫 업무에 차질을 줄 수 있으니 신경을 쓰달라는 뜻이야." 젠즈는 다시 한 번 주의를 당부한다.

"이이에! 이이에! 그렇지 않습니다. 우리 일본사람들은 다른 사람에게 피해를 주는 것 좋아하지 않습니다. 업무에 지장이 없도록 조심하겠습니다." 도리이가 말한다.

"걱정 마세요, 도리이와 저도 사적인 것과 공적인 것을 구분 못하지는 않습니다." 다니엘이 말했다.

"이런 경우를 부창부수라고 해야 하나요? 호호호" 쓰우가 웃음을 터트리며 말한다.

"그런데 다니엘과 도리이는 정말로 결혼을 약속한 것은 맞아?" 젠즈가 다시 묻는다.

"제가 아는 사람이 그러는데 두 사람이 반지를 교환하는 것을 보았대요. 두 사람 손가락을 보세요! 똑같은 반지를 끼고 있어요. 제 말이 맞잖아요." 쓰우가 말했다.

"나는 두 사람이 사랑을 하건 이혼을 하건 상관치 않아. 하지만 발굴 일에 지장을 준다면 유감스러운 일이야. 알았어?" 젠즈가 진지하게 경고를 한다.

"걱정 마세요! 더 열심히 하겠습니다!" 다니엘과 도리이가 함께 말했다.

그날 저녁, 다니엘과 도리이가 그들이 사귀는 것을 완전히 공개하고 함께 즐기기 위해서 발굴팀과 푸나, 치랑, 예싼을 도리이의 숙소로 초대해서 파티를 열었다. 다니엘은 미국식 음식을 준비하고 도리이는 일본식 음식을 준비했다.

"와! 도리이, 오늘 무슨 날인데 이렇게 맛있는 음식을 준비해서 우리를 초대한 거야?" 쓰우가 입맛을 다시며 물었다.

"하이! 하이! 특별히 좋은 날입니다."

"도리이 씨 좋은 일이라면 결혼한다는 발표인가요?" 푸나도 물었다.

"하이! 비슷합니다. 저 …, 다니엘과 결혼을 전제로 사귀기로 해서 이렇게 오늘 여러분에게 정식으로 말씀을 드리는 자리입니다."

"이 링천이 두 분의 사랑을 진심으로 축하를 드립니다."

"축하해요!" 푸나와 쓰우와 예싼도 축하를 했다.

"아리가토! 감사합니다. 저 도리이는 예싼 박사님과 쓰우 씨도 빨리 좋은 뉴스를 발표하길 기대합니다."

"여러분 모두 땡큐!, 저와 도리이는 그동안 함께 지내다보니 서로 공감하는 부분이 많다는 것을 알았습니다. 무엇보다 제가 늘 도리이를 마음속으로 생각한다는 것을 알게 되었습니다. 그동안 둘만의 시간을 몇 번 가졌었는데 저는 그렇게 마음이 편안하고 행복할 수가 없었습니다. 도리이도 저와 함께있는 것이 행복하다고 했습니다. 그래서 제가 먼저 도리이에게 결혼을 하고 싶다고 고백했습니다. 도리이는 일본에 계시는 부모님의 의사도 물어봐야 한다고 조금 기다려 달라고 했습니다."

"하이! 어제 저희 부모님께서 제가 다니엘을 진정으로 사랑한다면 결혼을 전제로 만나도 좋다고 했습니다. 그래서 오늘 여러분들과 이 기쁨을 함께 나누기 위해 저와 다니엘이 약간의 음식을 준비하여 이 자리를 마련하였습니다."

"저희 다니엘과 도리이는 진심으로 서로 사랑하겠다고 여러분에게 맹세합니다."

"와! 멋있다. 도리이, 다니엘처럼 멋진 남편을 얻은 것을 축하해요." 쓰우가 축하했다.

"두 사람이 사귀는 것은 반대하지 않지만 발굴업무에 지장이 되어서는 안돼요. 진심으로 축하하고 두 배로 열심히 해야 해." 젠즈는 주의를 당부하면서도 축하한다.

"걱정 마세요. 더 열심히 하겠습니다." 다니엘과 도리이가 같이 대답했다

"자, 같이 축배를 듭시다! 다니엘과 도리이의 행복한 사랑을 위하여!" 링천이 건배를 제의했다.

"위하여!"

저녁 파티가 끝나고 치랑이 푸나를 숙소로 데려다 준다.

"우리도 언제 사람들을 초대할까?" 치랑이 푸나의 어깨를 감싸며 묻는다.

"저 두 사람 앞으로 정말 행복할까요? 행복하겠지요? 그럴 것 같아요." 푸나는 자신의 어깨를 감싼 치랑의 손을 풀며 물었다.

"무슨 소리? 이제 출발하는 연인들에게 축하를 해줘야지, 왜 쓸데없는 의심을."

"몰라. 그냥 요즘 내가 심리적으로 안정이 되지 않아요."

"푸나, 마음의 상처가 빨리 안정되어야지. 다른 걱정은 아무것도 하지 마." 치랑이 다시 푸나를 안았다.

"치랑 씨, 그런 이유 때문이 아니고 지난번에도 얘기한 적이 있는 것 같은데 나한테는 이상한 감각이 있는 것 같아." 푸나는 다시 치랑의 포옹에서 빠져 나오면서 말했다.

"어떤 감각? 앞날을 예지하는 능력인가? 우리 사이는 어떻게 될 것 같아?"

"몰라, 그냥 이상한 감각이야. 어떤 때는 나의 과거를 보기도 해."

"나를 모셔라 그렇지 않으면 무사하지 못할 것이다 이런 이상한 목소리가 인도하고 그래?"

"그런 것은 아니야. 그냥 명상으로 나의 내면을 응시하면 보여."

"그러면 푸나가 나를 뚫어지게 쳐다보면 나의 전생도 보이겠네? 아이고 무서워라!"

"치랑 씨처럼 정의감 있고 남을 배려할 줄 아는 사람은 아무 걱정을 하지 않아도 돼요."

"무슨 말이야? 칭찬 같기도 하고 고리타분한 사람이라고 비웃는 것 같기도 하고. 푸나, 오늘 내가 네 숙소에 조금 들어갔다 가도 돼?"

"치랑 씨, 안돼요! 너무 지저분하고 지금 너무 피곤해요."

"에이 그러지 말고, 잠깐만 있다 갈게."

"정말 오늘은 안돼요."

"방에 내가 봐선 안 될 것을 숨겨 놓았나? 왜 이리 강경하게 못 들어가게 막지? 이상해!"

젠즈가 박물관 간부들과 회의가 있어서 조금 늦게 바위공원 발굴현장으로 나가니 링천이 흥분한 표정으로 젠즈를 부른다.

"단장님 여기 와 보세요!"

"왜? 또 뭐가 나왔나?"

이곳에서 워낙 유물들이 쏟아지니 젠즈는 이제는 별로 놀라지 않고 덤덤히 답한다.

"동괴가 무더기로 있고, 동검, 동경, 마구도 또 몇 개 나오고, 각종 이형 청동기들, 돌을 깎아 만든 거푸집과 송진이 많은 소나무 가지, 갑골문이 새겨진 동물의 뼈, 다량의 숯 등, 청동기 제작에 쓰였을 것으로 예상되는 재료들이 엄청나게 많습니다. 백여 점이 넘겠습니다."

"그래? 그러면 기자회견을 다시 해야 되는 거 아닌가?"

"아무래도 역사특별지역 지정 신청은 해야 될 것 같습니다."

"링천 씨, 정말로 많은 유물이 나오네요. 완전히 유물의 금맥입니다." 다니엘도 발굴되는 양에 놀라움을 감추지 못한다.

"쓰우는 나중에 보고서 작성과 자료정리에 도움이 되도록 빨리 3D카메라를 가져와서 세세한 부분까지 잘 찍으세요." 젠즈가 쓰우에게 세심한 기록을 지시한다.

"네, 알겠습니다. 단장님, 날씨가 어떻게 변할지 모르니 이곳을 덮을 천막도 설치해 달라고 지원을 요청해야 하는 거 아닙니까?"

"알았어. 내가 상부에 지원을 신청하고 급한 대로 박물관에도 특별 보관시설을 요청해야지."

또다시 이렇게 대량의 유물이 출토되자 모두들 얼굴이 상기된 표정이다.

휴일, 쓰우가 도리이와 함께 시내 중심가에서 아이쇼핑을 하면서 거리를 걷고 있다.

"여어! 안녕하십니까?" 강력한 인상의 중년남자가 쓰우에게 안면이 있는 척한다.

"아노, 누구시더라?" 도리이가 경계를 한다.

"누구시더라 … ? 아! 생각났다. 그 서커스에서 만났던 분 아니세요? 그때는 제가 집중해서 서커스를 보느라 너무 긴장을 했다가 풀려서 선생님에게 결례를 한 것 같은데." 쓰우는 기억이 나는 듯이 말했다.

"야! 얼굴도 미인이신데 기억력도 굉장히 뛰어나시군요. 저는 혹시나 해서 그냥 인사를 했었는데 … 그 이후 아무 일 없으셨지요? 그때 서커스 특수효과가 너무 뛰어나서 나중에 해명을 하느라 아주 애를 먹었습니다." 중년남자는 쾌활하게 말했다.

"그때도 선생님은 굉장히 멋있고 인상적이었는데 이렇게 길에서 뵈니 여전히 멋있네요. 공연은 정말로 멋있었어요." 쓰우가 그를 치켜세워준다.

"그렇게 칭찬을 해주시니 감사합니다. 다음에 더 좋은 공연을 유치해보도록 하겠습니다."

"이 지역에서 유지인 것 같은데 어떤 일을 하시는 분입니까?"

"그냥 이것저것 합니다. 좋은 일을 하려다 보면 과감한 판단도 해야 하는데 그러다 보면 종종 지나치다고 오해를 사기도 합니다."

"언제 또 그런 서커스 유치하시나요?"

"글쎄요. 가능하면 자주 세계적인 수준의 공연이나 전시 등을 기획하고 유치해서 시민들의 안목을 높여주고 싶습니다."

"훌륭한 생각이십니다."

"시간 괜찮으시면 제가 두 분께 차를 한잔 대접해도 될까요?" 남성이 쓰우와 도리이의 시간 사정을 묻는다.

"와! 영광이에요." 쓰우는 아주 반색을 한다.

"에또, 에또 … " 도리이는 어떻게 해야 될지 몰라 주저한다.

"그냥 찻집에서 차 한잔 대접하겠다는 겁니다. 사양하지 말아 주세요. 제가 무안해집니다."

"그래, 도리이, 신사분의 성의를 사양하지 말자. 차 한잔 하는 게 어때서?" 쓰우가 도리이에게 재촉했다.

"하이! 알았어요."

"이쪽 아가씨는 일본인이시군요. 얼굴이 참 귀엽게 생겼습니다."

"그래요, 참 귀엽게 생겼지요. 얼마 전에 미국인 남자친구와 결혼하기로 약속했어요. 호호호”

“쓰우 씨, 그런 얘기는 좀 … ”

“아, 이런! 개인 프라이버시를 … 도리이 미안해요. 아잉~!”

“저는 이런 사람입니다.” 찻집에서 자리에 앉자 남자가 명함을
건넨다.

“흑룡개발산업 대표 펑솽 … , 맞아요! 그때 공연 리플렛에서 본
기억이 있어요. 부동산 개발, 공연 및 전시 기획, 여행사, 와! 하
시는 일이 다양하네요.” 쓰우는 약간 흥분된 어투로 말한다.

“일에 대한 욕심이 많다 보니 이런 일 저런 일을 하게 되네요.
일을 많이 하는 만큼 헤쳐 나가야 할 일도 많습니다.”

“어떤 헤쳐 나가야 할 일이 많습니까?” 쓰우가 호기심이 가득한
표정으로 물었다.

“많지요. 경쟁관계 업체의 질시, 행정 관료들의 과도한 간섭, 사
람들의 지나친 의심 등등 수없이 많지만 한편으로 그런 난관이 없
으면 일하는 재미도 없으니 그러려니 합니다. 하하하!”

“그렇겠지요. 진취적인 일을 하면 꼭 그런 오해와 난관은 겪게
되지요.” 쓰우도 맞장구친다.

“두 분 미녀들은 학생은 아닌 것 같고, 무슨 일에 종사하십니
까? 성함을 물어봐도 실례가 아닌지?”

“호호호 저는 쓰우이고 이쪽은 도리이입니다. 저희는 당연히 학
생이 아닙니다. 역사관계 일을 합니다.”

“하이! 저는 일본에서 공부했지만 중국의 고대 문화에 관심이
있어서 여기에 왔습니다.”

"멋있는 분야입니다! 그래서 그런지 두 미인들의 얼굴에서 지성미가 넘치고 아주 품위가 있어 보입니다."

"그런 과찬의 말씀을, 혹시 감정할 고대물건이라도 있으면 보여주세요. 제가 이래 봐도 한 감정합니다. 호호호!" 쓰우는 우쭐해하며 자기자랑을 한다.

"그래요? 제가 조그만 물건들이 있는데 나중에 부탁을 드리겠습니다. 저는 그쪽 분야에는 까막눈이라서 하하하!"

이들은 차를 마시면서 아주 오래전부터 알았던 사이처럼 즐겁게 대화를 하는데, 펑쌍이 은근한 눈빛으로 쓰우와 도리이를 쳐다보면 도리이는 움츠리는데 쓰우는 환하게 웃으며 더욱 호감을 표시한다.

"오늘 두 분을 만난 것이 영광입니다. 나중에 꼭 연락을 드리겠습니다. 오늘은 제가 바쁜 일이 있어서 여기서 실례하겠습니다."

"저희도 펑쌍 대표님을 만나서 영광이었습니다. 필요하시면 연락주세요." 쓰우가 아쉬워한다.

잠시 후 쓰우와 도리이도 찻집에서 나와 거리를 걸으며 이야기를 나눈다.

"쓰우 씨, 그 펑쌍 대표님 보통 사람이 아닌 것 같아요."

"그래요, 아주 멋있어 보이더군요. 이상하게 사람을 빨아들이는 매력이 있더군요. 도리이는 어땠어요?"

"저는 중국 땅에서 모르는 남자를 만나면 경계를 하지 않을 수가 없어요. 그래도 그 펑쌍 대표님은 참 멋있는 사람이라는 생각이 들었어요."

"세계적 공연을 기획할 수 있는 사람이라면 그가 어울리는 사람들도 세계적 상류층일 거야. 그런 상류층이 사는 모습은 어떨까? 앞으로 멋진 일이 있을지도 모르겠는 걸." 쓰우는 무슨 상상을 하는지 기분이 들떠있다.

"그런데 쓰우 씨, 우리가 오늘 평쌍 사장님 만난 것 사람들에게 이야기해야 되지 않을까요? 특히 예싼 박사님에게, 박사님이 쓰우 씨 너무 사랑하는 것 같던데."

"도리이 씨, 당분간은 아무에게도 이야기하지 맙시다. 조금 더 알아보고요. 특히 예싼 오빠에게는 절대 말하지 마세요. 단순하고 착한 오빠가 너무 충격 받을지도 모르니."

"알았어요. 대신 단장님의 당부대로 우리가 하는 발굴에 관한 이야기는 절대로 외부인에게 하면 안돼요."

"걱정 마세요 도리이, 하지만 기자회견과 같은 공식적 발표가 있고 난 다음에는 굳이 비밀을 지킬 필요가 있을까?"

그때, 누군가 그들을 막아서며 소리친다.

"여! 두 분 여기서 뭐하세요?"

"어멋! 깜짝이야. 링천 박사! 여긴 어쩐 일이세요?" 쓰우가 깜짝 놀라며 물었다.

"친구들과 가볍게 한잔 하고 숙소로 돌아가는 길입니다. 두 분은 여기 어쩐 일이세요?" 링천은 이미 얼굴이 벌겋고 술 냄새도 난다.

아리가토고자이마시다! 아리가토고자이마시다! 도리이의 전화가 울린다.

"하이! 도리이입니다. 네네. 아, 그래요? 알았습니다. 스미마셍! 스미마셍! 죄송합니다. 지금 곧 가겠습니다."

"왜? 다니엘이야? 아휴! 하루 저녁을 못 참네. 알았어, 도리이 먼저 가." 쓰우가 투덜거린다.

"그럼, 두 분 있다 가세요. 저 먼저 가겠습니다. 스미마셍."

"도리이! 스미마셍!" 급한 걸음으로 가는 도리이의 등에 대고 링천이 외쳤다.

"링천 박사님, 도리이도 먼저 갔으니 우리 둘이 가볍게 맥주 한잔 해요. 괜찮아요?"

"나야 한잔 더해도 괜찮지만, 예싼 박사님이 알면 화내지 않을까?" 링천은 쓰우가 한잔 더 하자고 하자 쓰우를 끔찍이 사랑하는 예싼이 마음에 걸리는 듯하다.

"아니 링천 오빠! 같이 공부를 한 동창에다 직장 동료인 우리 둘이 가볍게 한잔 하는 것이 무슨 잘못입니까?" 링천과 둘이만 있게 되니 쓰우는 같이 학교 다닐 때의 기억으로 링천을 오빠라 부른다.

"쓰우야, 그게 아니고 … "

"괜찮아요. 예싼 오빠는 오늘 당직을 서는 날이고, 그리고 저는 예싼 오빠와 결혼을 약속한 사이도 아닙니다. 너무 몰아붙이지 마세요."

"예싼 박사님은 쓰우를 엄청 생각하시던데 …… "

"예싼 오빠가 저를 생각하는 거 하고 우리 둘이 가볍게 한잔하는 거하고 무슨 상관있어요? 괜찮아요. 링천 오빠, 사실은 저도 예싼 오빠가 싫은 것은 아니지만 확 당기는 것도 아닙니다. 결혼은 현실이니 나중에 현실적인 판단의 시기가 오면 생각해야죠. 아직은 좀 더 청춘을 즐기려고요. 호호호!"

"그러면 예싼 박사님의 마음을 너무 상하게 하는 것 아닌가?"

"예싼 오빠는 기다림에 익숙해서 괜찮아요. 호호호!"

"쓰우가 그렇게 말을 하니 좀 잔인하다는 생각이 든다."

"저도 예싼 오빠에게 미안한 감정이 조금은 있어요. 하지만 미안한 거하고 사랑은 다르잖아요. 그렇지 않은가요?"

"알았어. 내가 쓸데없는 말을 했네. 맥주 한잔 내가 살게."

"와! 오늘 운수 좋은 날이네. 링천 오빠 박사님이 저에게 한턱 내시고."

쓰우가 기분이 좋아 링천의 팔을 잡아끄는데 쓰우에게서 나는 여인의 향기가 링천의 코를 간질이자 링천의 마음에 동요가 생긴다. 쓰우는 남자들이 빠질 만한 매력적인 여성이다. 링천도 박사 과정에서 같이 공부할 때 쓰우를 보고 마음이 끌렸었지만 너무 돋보이는 쓰우의 매력에 많은 남자들이 매달리는 것을 보고 부담을 느껴 마음을 접었다가 다시 발굴팀에서 같이 일을 하게 되면서 참인연이 있다고 느끼며 마음이 흔들리기도 했었다. 예싼의 쓰우를 향한 헌신적이고 진심어린 사랑을 보지 않았다면 링천도 쓰우와 사귀려 했을지 모른다. 그런데 이상하게도 예싼을 의식하면서도 링천의 마음이 흔들린다.

다음날 새벽, 링천은 심하게 소변이 마려워서 눈을 떴다. 그런데 자신이 있는 곳이 숙소가 아니고 호텔이라는 것을 알고는 깜짝 놀랐다. '도대체 내가 왜 여기 있을까?' 링천은 어제 저녁을 기억해 보았다. 쓰우와 같이 맥주를 마시며 옛날 박사과정 시절을 이야기하며 즐거운 시간을 보내다 화장실에 간다며 자리에서 일어난 것까지는 생각이 나는데 그 다음부터는 아무리 생각해도 모르겠다. 쓰우와 마주앉아 단둘이 술을 마시면서 내심으로는 쓰우와의 사랑을 상상하고 육체의 한 구석에서 끊임없이 꿈틀대는 욕정을 자제한 것까지도 기억이 나는데 다른 것은 도무지 기억이 나지 않는다. '어제 정말로 쓰우와 무슨 일이 있었던 것이 아닐까?' 자신의 몸을 보았다. 옷을 하나도 입지 않고 있다. 평소에도 잘 때는 거의 옷을 입지 않는 버릇이 있지만 걱정이 된다. 침대 밑 방바닥에 팽개쳐진 옷을 집어 들었다. 술이 옷에 쏟아졌는지 술냄새와 함께 어제 저녁 쓰우에게서 났던 향수냄새도 진동을 한다. 쓰우가 팔짱을 끼었던 팔과 옆구리에서도 향기가 진동을 한다. 다시 어제 일을 기억해내려 노력을 해도 아무런 기억이 없다. '만약 무슨 일이 있었으면 어떡하지? 내일 쓰우의 얼굴을 어떻게 볼 수 있을까?'

'길거리 행인 피살 사건'에 대한 경찰수사결과가 발표되었다.

"2주 전 화요일 오전 11시 10분경, 화평로에서 일어난 행인 김철행 피살사건에 대한 수사결과를 발표하겠습니다. 피해자 김철행은 무역업자 신분이지만 실제로 했던 일은 고대유물의 은밀한 거래와 가짜유물을 생산 유통시키는 일이었고 도굴에도 참여했던 행적을 알아냈습니다. 골동품 비밀시장에서 그는 땅을 잘 판다고 하여 오소리라는 별명을 가지고 있었습니다. 김철행을 죽인 범인은 피해자의 좌측전방 약 30도 각도에 있는 건물의 구석에서 소음기를 단 고성능 권총으로 두 발을 발사했습니다. 관자놀이를 통해 들어간 한 발의 총알이 뇌하수체, 다리뇌, 소뇌를 파괴했고, 다른 한 발은 심장으로 발사되어 심장의 대동맥과 대정맥을 관통하여 피해자는 현장에서 즉사하였습니다. 두 발 모두 정확하게 치명적 위치를 명중시킨 것으로 보아 범인은 대단히 훈련된 킬러이거나 10m도 채 안되는 아주 가까운 거리에서 총을 발사한 것으로 보입니다. 수사팀에서 현장에 설치된 CC카메라를 분석한 결과 피해자의 위치와 아주 가까운 건물의 구석에서 미상의 사람이 있었던 열의 흔적을 발견했습니다. 열의 흔적만 있고 사람이 찍히지 않은 것으로 보아 범인은 투명망토를 입고 아주 가까운 거리에서 범행을 완수한 후 다시 건물 구석으로 통하는 통로를 통해서 현장에서 벗어난 것으로 확인되었습니다. 범인체포를 위해 최선을 다하겠습니다. 추가로 밝혀지는 내용이 있으면 다시 알려드리겠습니다."

치량이 근무를 마치고 병원 옆 카페에서 푸나와 이야기하고 있다.

"치랑 씨, 이번 골동품상인 피살사건의 파장이 크지요?"

"그러게. 어찌 보면 단순한 살인사건일 수도 있지만 피살자의 사업 업종이 캐면 캘수록 의문투성이의 분야이고, 불과 몇 년 전 완성된 투명망토 기술이 벌써 범죄에 이용되었고, 전문 킬러의 완벽한 사격솜씨까지, 완전히 첨단 범죄야. 내가 법의학 부검을 도우면서 보았는데 총알이 정확하게 급소들을 통과했는데 투시경으로 내부 장기의 위치까지 들여다보면서 총알을 발사한 것 같아. 소름이 돋을 정도의 실력이지."

그때 손규영 형사가 들어왔다.

"아니, 손 형사님 어쩐 일로?" 푸나가 물었다.

"치랑 박사가 말하지 않았어요? 여기서 만나 말씀드릴 것이 있다고 했는데."

"푸나 미안, 말한다는 것을 깜빡 했네. 손 형사님, 무슨 문제로 보자고 하셨는지? 검시보고서에 문제라도 있었나요?"

"아닙니다. 그 문제가 아니고, 치랑 박사가 활동하는 시민역사지킴이모임의 개발반대시위 때문에 좌절된 바위공원사업의 이면에 혹시라도 은밀한 발굴계획이 있었을지 모른다는 생각이 불현듯 들었고, 어쩌면 이번 김철행 피살사건에도 핵심은 골동품과 문화재이니 당시의 인물들인 평쑹과 김명철을 다시 용의선상에 놓고 살피고 있습니다."

"그러면 혹시라도 아직 과거의 원한을 가지고 또다시 테러를 저지를 위험성이 있다는 뜻인가요?"

"아직은 모든 것이 만약일 뿐입니다. 결정적 증거를 포착하면 모든 것이 풀리겠지요. 아무튼 제 개인적 수사감각으로는 평솽과 김철행 피살사건이 연관이 되어 있는 느낌입니다. 그런데 김철행의 사망 전 행적은 좀처럼 찾을 수가 없습니다. 최근에 평솽의 비밀조직원들이 움직임을 보이고 있고, 그들이 언제 어디서 나타날지 모르니 만에 하나라도 조심하십시오."

"손 형사님, 사람들이 왜 곰팡내 나는 골동품에 환장을 하는지 모르겠어요." 푸나가 물었다.

"젊은 사람들이 골동품을 좋아하는 경우는 지극히 드뭅니다. 그런데 나이가 들면 이상하게도 골동품을 좋아하게 된다는데 저도 딱히 설명할 수는 없지만 사람도 나이가 들면 나이든 물건에 애정을 갖게 되는 것이 아닌가 생각이 됩니다." 손 형사가 대답했다.

"골동품은 유명하든 그렇지 않든 역사라는 것이 따라오게 되어 있어요." 치랑이 답했다.

"그러면 골동품을 소유하면 자기도 역사적 존재라도 된다고 생각을 한다는 건가요?" 푸나가 물었다.

"푸나, 작은 물건 속에도 장구한 시간이 담겨있다고 생각하면 아무리 하찮은 물건이어도 예사롭지 않게 보이는 것은 당연하지. 내가 '시민역사지키기모임'에 나가는 이유도 그냥 하찮게 버려질 수 있는 주변의 작은 물건에도 우리 역사의 귀중한 증거들이 담겨있다고 생각하고 … " 치랑이 답하자,

"골동품에 있는 시간이 나의 인생도 아니고 정체도 모르는 남의 시간이라는 것을 안다면 오히려 찝찝할 것 같은데요." 푸나는 인상을 찌푸린다.

"찜찜한 남의 인생이 아니고 지금의 내가 있기까지의 무수한 역사라고 생각하면 다르지." 치랑이 말하자,

"오늘 역사적 가치 논쟁 때문에 두 분을 뵙자고 한 것은 아닙니다. 늘 조심하시고 혹시 주변에 이상한 낌새라도 있으면 바로 연락 주십사 해서 … " 손 형사가 주의를 당부했다.

"저희 걱정은 안 하셔도 됩니다. 바위공원 발굴팀에서 발표한 내용이 굉장하던데 그쪽에도 주의를 주셨어요?" 치랑이 손 형사에게 물었다.

"그럼요. 사고가 언제 어디서 터질지 알 수가 있나요? 평솽의 배후에 이상한 사교집단이 있다는 것은 이전에 말씀을 드린 것 같고, 그 사교집단이 최근에 대규모로 골동품을 모아들인다는 첩보도 있습니다."

"형사님, 어떻게 아직까지 그런 허황한 세력들이 설치고 있는지 … " 푸나가 걱정스레 말했다.

"그들은 공식 종교단체활동을 하는 것은 아니고 큰 종교에 기생하고 있는데 큰 종교의 투표제도를 이용해서 그들만의 은밀한 세력으로 성장하고 있어서 겉으로 봐서는 구분할 수가 없답니다. 옛 북조선지역에 이들의 거점이 많은데 북한사람들은 예전에 기존종교는 무조건 나쁘다는 학습을 받아서 기존 종교의 교리를 교묘하게 왜곡한 사교가 번창할 수 있었지요." 손 형사가 설명했다.

"조금만 허점이 있으면 파고들어 번식하는 잡초처럼 사교들의 생명력이 무섭군요." 치랑도 걱정스레 말했다.

"대부분의 사교는 사람의 어리석음과 탐욕을 먹고 자라지요. 사

교를 만드는 자들이나 사교에 빠지는 자들이나 다 마음속 욕심에 원인이 있어요." 손 형사가 말했다.

"욕심 없는 사람이 있나요? 욕심이 없으면 좋은 세상이 될 것 같지만 실은 욕심이 없으면 사람도 될 수 없다는 뜻이 아닐까요?" 치랑이 답했다.

"과욕이 문제지요. 거의 모든 사건의 원인은 과욕입니다." 손 형사가 답했다.

여제사장

푸나가 근무하는 생명공학연구소가 한국, 중국, 일본이 공동으로 추진하는 전설로 전해지는 고대신화에 나온 동물들을 구현해 내기 위한 프로젝트의 실험기관으로 공식 선정되었다. 이는 신화에 나오는 동물들이 실제로 있었다는 가정 하에 고대 화석에 남아 있는 고대 동물의 DNA를 정제 복구하고, 이를 염색체 조작이 이루어진 현존하는 유사한 동물의 배아에 이식시키는 방법을 통하여 실제의 동물로 탄생시키는 3국 공동 컨소시엄이다.

이 사업은 염색체 지도인 게놈이 처음 나왔을 때부터 예고되어 과학자들의 상상력을 자극하였고, 줄기세포기술과 동물의 체세포복제기술이 발달하면서 고대 생물의 복원에 대한 가능성은 한층 높아진 것이다. 이 분야에서 앞서간 미국에서는 이미 초보적 공룡공원이 실제로 운영되고 있지만 동아시아에서는 고대신화 속 동물의 특성을 알아내기 위해서 이번에 별도로 조직된 것이다. 2030년부터 이에 대한 본격적인 시도가 있었지만 완전히 화석화된 염색체에 생명력을 부여하는 기술이 진전을 보지 못하다가 생물의 진화를 거꾸로 돌리는 역진화 방법의 개발과 더욱 고도화된 염색체 정제법을 통하여 가시적 성과가 눈앞에 도래하게 되었다. 사실 이번 컨소시엄에 참가하는 3국의 연구소들은 이미 이 방면에서 어느 정도의 연구성과에 도달한 상태이다.

한편 치랑과 예싼이 근무하는 엔띠병원은 과학기술을 통한 인간강화기술인 트랜스휴머니즘의 육체기능강화 프로젝트 중 세포의 수명을 담당하는 텔로미어의 기능 향상, 근육세포강화 분야, 인체장기복제 분야 등의 외과적 접목에 대한 임상팀에 합류하여 연구하게 되었다. 치랑과 예싼은 임상이 복합적으로 이루어지는 근육세포강화 분야에 배치되었다.

푸나와 치랑이 프랑스 식당에서 저녁을 먹고 카페에서 차를 마시며 대화를 하고 있다.

"치랑 씨, 엔띠병원도 이번에 엄청난 프로젝트를 따내었던데. 치랑 씨도 그 팀에 참가하지요."

"응. 푸나도 만만찮은 프로젝트에 참가하게 되었잖아. 우리 둘다 일복이 터졌네. 일반인들은 하루 4시간만 일하면서 편안한 삶을 즐기는데 우리는 무슨 운명인지 … 에휴~"

"고비가 지나면 여유를 가질 시간이 있겠지요. 치랑 씨 힘내세요."

"원래 이곳이 과학연구의 수준이 그다지 높은 도시가 아니었는데 요즘은 연구 활동이 넘쳐나는 도시로 변모했어. 그러다보니 경쟁도 더 심하게 되어 연구원들은 더 많은 연구를 해야 되고."

"이곳이 평화지대로 되면서 국제적 투자가 활성화되고 다양한 인재들이 모여드니 저절로 수준 높은 프로젝트들이 유치되는 것이지요. 치랑 씨나 저나 같은 연구원으로서 그런 환경을 담담히 받아들여야지요. 연구를 못하고 노는 것보다야 백번 낫지요."

"푸나야, 도대체 인간의 연구는 어디까지 도달해야 멈출까?"

"왜 그런 바보 같은 질문을 하십니까? 연구라는 게 끝이 있나요. 당연히 인간이 신이 될 때까지 계속되겠지요."

"에휴~, 우리 이러다가 결혼은커녕 연구에 파묻혀 죽고 마는 것이 아닐까?"

"인간은 한 길 물속에 빠져도 죽고, 100도도 안되는 뜨거움도 견디지 못하고, 아주 가벼운 충격에도 죽어버리지만 지금까지 인간이 이루어 놓은 기술의 성과가 이제는 정말로 신들도 무시 못하는 수준이 된 것 같아요."

"트랜스휴머니즘이 어떤 것인지는 알고 있지? 인간이 기계를 앞섰던 시대에는 인간은 신에게 의지 처를 찾았는데, 이제 인간은 자신의 육체를 재생시키고 자신의 정신마저 저장장치에 넣어서 자신의 존재를 영생시키는 기계에게 의지 처를 찾고 있는 것이야. 이런 단계까지 오는데 인간 능력의 공헌도가 50%였다면 나머지는 탄생역사가 훨씬 짧은 컴퓨터라는 기계의 능력이었고 앞으로는 기계능력이 차지하는 비율이 점점 늘어나겠지. 이번에 우리 엔띠병원이 참여하는 인체강화 프로젝트도 트랜스휴머니즘의 일종이야."

"트랜스휴머니즘을 간단히 말하면 인간의 자연적 생명변화의 과정을 기계적으로 바꾼다는 것인데 … 치랑 씨, 인간과 기계의 관계가 그런 단순한 관계에서 그치진 않겠지요?"

"당연히 인체의 장기를 교체해서 수명을 연장시키는 단순한 관계로 끝나지 않겠지. 인간들의 최고 국제논의기구인 UN이 특정 국가를 이끄는 독재적 성향을 가진 지도자의 개인적 욕망에서 비롯된 문제조차도 풀지 못하는 한계에 부딪히면서 몇 년 전부터 UN을 대체할 새로운 국제조정기구로 슈퍼 클라우드 시스템의 가상의 공간으로부터 문제해결의 권한을 부여받은 국제기술권력위원회가 새로 탄생할 것이라고 했어. 그 위원회는 기술적 알고리즘에 따라 문제해결 방안을 제시할 것이라고 하며 인간의 참여가 최소한으로 제한될 것이라고 했어. 그런데 그 위원회의 기본규약에 그동안 미뤄왔던 기계의 특이점을 인정하는 내용이 포함될 것이라고 했어. 그것은 기계가 인간의 능력을 넘어서는 것뿐 아니라 기계의 논리가 새로운 법의 기준이 된다는 것인데 기계가 우리를 지배한다는 것과 비슷한 것이야. 조금 더 비약하면 기계가 신의 위치에 접근한다는 것이지. 기계가 우리 인간의 신이 되는 것."

"기계가 특이점에 도달하는 것이 놀랄 일은 아니지만 신의 경지에 다다르고자 하는 우리 인간의 욕망도 결코 간단한 것이 아닙니다. 고대신화 동물을 복원시키겠다는 의지도 순수한 연구이기도 하지만 따지고 보면 인간의 내면에 자리 잡은 시간을 정복해서 신처럼 군림하겠다는 의지이기도 해요. 이미 지나간 시간의 것들을 다시 불러와서 목에 줄을 묶거나 울타리에 가두어서 복종시키겠다는 것인데, 신이 없다면 인간은 승리하겠지만 신이 있다면 어느 시점에는 용서하지 않을 것 같아요. 그 일을 하는 제가 이런 말을 하다니 이런 모순이 없네요."

"그래서 어떻게 하면 좋을까?"

"어떡하긴요, 끝까지 가보는 거죠. 신이 되든가 멸망을 맞든가. 결코 중단될 수 없는 시간의 순서가 아닌가요? 따지고 보면 이런 상황을 야기한 것은 모두 인간의 무시무시한 과욕 때문입니다."

"내가 이런 프로젝트에 참가하는 것이 첨단의 연구를 한다는 자부심도 있지만 한편으로 무시무시한 기분이 들어. 과연 내가 하는 일이 진짜 인간을 위한 것인가 하는 의문이 들 때도 있어."

"치랑 씨, 이 영화 알아요? 지금부터 약 60년쯤 전에 만들어진 〈메트릭스〉, 인간이 스스로 인간인지 빅데이터에 의해 조종되는 가상의 존재인지 헷갈려한다는 영화, 이제 그것이 점점 더 현실이 되어가는 기분입니다. 이런 분야에 전공하지 않는 사람들이야 그저 기술진보의 혜택을 보면서 자기가 무엇인지도 모르면서 삶을 누리겠지만 우리 같은 과학자들은 자신이 점점 더 기계가 되어가는 것 같은, 아니 이미 기계를 보조하고 있는 것인지도 모르지만, 인간적 삶과 기계적 삶을 구분하지 못하겠어요. 참 고민이 많아요. 치랑 씨와 내가 남녀로 만나지만 진짜로 생물학적 남녀 사이인지 헷갈리기도 해요. 연구에 몰두해서 논리적 결과를 도출해내지 못하는 삶은 나한테는 아무런 의미가 없는 것 같아요. 내가 왜 이렇게 살아야 하죠? 치랑 씨, 우리가 진짜 인간이 맞나요?"

"일상에서는 잘 모르겠는데 연구에 몰두할 때는 나도 그런 기분이 들기도 해. 그러면 안되는데."

 "치랑 씨, 우리가 생물학적 남과 여로서 결혼을 할 수 있을까
요?"

 "당연히 그래야지. 나는 그 신념만큼은 버린 적이 없어."

 "나는 가끔 현실에서 육체를 맞대는 관계보다 꿈과 같은 비현실
에서 만난 관계에서 더 강렬한 행복감을 느끼기도 해요. 왜일까요?"

 "육체적 쾌감은 주로 육체적 감각에 의존해서 육체관계가 끝나
면 쾌감도 줄어들지만 꿈과 같은 비현실적 관계는 두뇌의 깊은 곳
에 저장되어있던 기억이 장시간 작용하기 때문에 더 인상이 깊고
오래 갈 수 있지. 어떤 정신적으로 큰 상처를 받았던 사람들은 뇌
의 깊은 곳을 자극해서 오르가즘을 느끼는 치료를 받기도 하는데
그것이 육체적 경험보다 중독성이 강해서 정신병으로 진행될 가
능성이 너무 높아서 극도로 제한되는 방법이지. 몇 년 전까지 문
제가 되었던 프로포폴 중독과는 비교할 수 없는 역효과를 가져올
수 있어. 그래서 치료의 횟수를 엄격히 제한을 하고, 치료를 하기
전에 반드시 치료의 과정에서 나타나는 것들은 환각에서 보이는
허상이기 때문에 절대로 빠져들지 말라고 주의를 주지."

 "허상? 무엇이 허상인데? 물질은 왜 허상이 아닌지, 보이지 않
는 힘이 허상의 진짜 배후가 아닌지 어떻게 확신할 수 있는데요?"

 "푸나는 왜 아직 그런 진부한 질문을 던지는데? 그것은 여전히
낙후된 사고에 머물며 어리석은 사람들을 상대로 자기도 증명하
지 못하면서 진리라고 주장하는 종교적 주장일 따름이라는 것을
우리 과학자들은 알고 있잖아? 이미 과학자들이 종교적 교리를

검증하기 위해 수차례 컴퓨터에 가설을 던지고 그 검증결과가 나왔지만 종교인들의 지적 한계만 확인하는 결과를 얻었을 뿐이야. 어떤 때는 푸나가 정말로 과학자가 맞는지 헷갈리기도 해."

"치랑 씨, 생명과학에서는 생명의 근원을 찾기 위해서는 물질의 근본에까지 들어가야 돼요. 알겠지만 물질의 근본은 실상 아무런 물질도 없고, 동양의 고대 사상에서 보이는 음양으로 상반되는 전기적 성질과 이의 다섯 가지 운동특성의 조합이라는 결과가 밝혀졌어요. 다만 아직 밝혀지지 않은 것은 물질이 되기 위한 중심 성질, 즉 감성과 이성의 본질인 의식의 명령체만 규명이 덜 된 상태예요. 이것은 종교적 시각이 아니라 엄연히 과학적 시각인걸요. 치랑 씨가 말하는 것이 과학적 진부함이고 기계적 사고의 한계일지도 몰라요."

"알았어! 알았어! 아무리 뭐라 해도 푸나는 나의 사랑하는 사람이라는 것만은 변할 수 없는 진실이야. 이제 우리 스스로에 대해 너무 의심하지 말자. 나는 네가 나와 사랑을 하는 중에도 네 마음의 한 쪽에서 번민하는 것을 느낄 수 있었어. 나는 그것에 괘념치 않으려고 노력을 했지만, 푸나의 번민은 곧 나에게로 전해졌어. 그래서 부탁하니, 제발 우리의 관계를 의심하지 말자."

"치랑 씨, 무슨 말인지 알아요. 그런데 나에게는 그런 의심들이 계속 교차하는 현상이 나타나니 고민이 많아요. 그것들은 나의 감성이나 이성에 의해 조절되는 것이 아니에요, 내가 통제할 수 없는 어떤 큰 에너지의 작용이 있는 것 같아요."

"푸나가 어떻게 해야 그 고통에서 벗어날 수 있을까?"

"치랑 씨, 아마 나의 운명은 다른 사람과 많이 다른 것 같아요. 내가 그것을 극복할 때까지 아무런 일도 아닌 듯 기다려주세요. 노력할게요."

"치랑 씨, 나는 바위공원을 지나면서 발굴팀을 보면, 저 사람들 참 인간적이구나라는 기분이 들 때가 많아요. 우리처럼 생물을 갈기갈기 해부하지는 않잖아요."

"맞아! 인간적이지. 우리가 하는 일에 비하면 거의 원시적 수준이지."

"만약에 우리가 연구에 매달리다가 우리가 염려하는 기계인지 인간인지도 모르는 존재로 변해버리면 어떡하지요?"

"푸나가 너무 피곤해서 그런 것 같은데, 이리와 봐 내가 안마해줄게" 치랑이 푸나의 어깨를 잡으려하자

"됐어요." 푸나는 치랑의 손을 외면했다.

"왜 그래? 요즘 계속 나를 피하고 …… "

"사람이 이미 죽어 화석이 된 동물을 살려내는 것이 좋지 않을 것 같은 예감이 드는데 마찬가지로 이미 과거로 사라진 기억을 본다는 것도 좋지 않은 것 같네요."

"무슨 소리야? 사라진 기억을 보다니. 최면을 말하는 건가?"

"의사들이 하는 최면은 환자 자신은 의식하지 못하고 최면에서 깨어나면 금방 잊혀져요. 그런데 …… "

"그런데 뭐?"

"아닙니다, 정말로 연구에 지치고 피곤해서, 내가 기술 인간이

되어서인지 인간의 손길이 어색한 느낌이 드네요. 차라리 두뇌의 깊숙한 곳을 자극하는 신의 손길이라면 좋을까?" 푸나는 멍하니 허공을 쳐다보며 넋두리 하듯 말한다.

"정말로 점점 이상한 소리를 하네. 그러다 나까지 진짜 기계 인간이 되면 곤란해져. 인간적 스킨십도 즐기면서 스트레스를 푸는 법도 배워야지."

"나는 요즘 탈춤을 추는 것에 재미를 들이고 있어요. 탈을 쓰면 내 얼굴이 가려졌다는 이유만으로 남의 시선에 전혀 신경을 쓰지 않아요. 그래서 내가 어떤 동작을 하더라도 마음에 거리낌이 없어서 마음껏 몸을 움직이고 나면 스트레스가 조금 사라져요."

"좋겠다. 탈춤을 출 여유도 있고."

"억지로 만드는 시간입니다. 너무 혼란스러워서."

"나도 요즘 푸나를 만나는 시간 내기도 쉽지 않아. 의사 생활에다 연구원까지 … , 정말 고달프다. 정말로 이러다 내 청춘 다 가는 것은 아닌지?"

"오늘은 너무 골치 아픈 이야기 많이 했네요. 들어가서 쉬어야 겠어요. 치랑 씨 다음에 봐요."

숙소에 돌아오니 역시 천하태평 제강이 방안을 어슬렁거리다가 푸나가 들어오자 방 한 구석으로 가서 비스듬히 누워 자리를 잡는다.

'요즘 얼굴에 스트레스가 많이 보여.'

"그냥 피곤하다."

'암수가 분리되어 고통을 겪는 존재들이여

하나로 합치어 생기는 쾌락을 쫓아들지만

그것은 분리된 자의 고통이니 얼마나 불쌍한가?'

"너는 네 마음대로 하니 편하겠다. 제강, 그러지 말고 일어나서 내가 탈춤 연습하는 것에 장단 좀 맞춰주라."

'알았어. 오늘 푸나의 스트레스를 풀기 위해서는 어떤 리듬의 동작이 좋을까? 양주별 산대놀이의 염불장단 거드름춤, 타령장단 깨끼춤, 굿거리 장단 건드렁춤 어느 것이 좋을까? 아니면 봉산탈춤의 양 팔로 동시에 하늘을 휘젓는 양사위, 두 팔을 차례로 휘젓는 겹사위 아니면 황소걸음처럼 뒤뚱뒤뚱 거릴까?'

"모르는 것이 없네."

"푸나의 책에 있는 것 좀 보았을 뿐이야. 덩~다끼 덩~따~"

"많이 아네, 덩~다끼 덩~따~, 덩~다끼 덩~따~"

"푸나 제대로 한 번 장단 맞춰볼까? 덩~다끼 덩~따~"

"그러자. 적당한 운동은 수면에도 도움이 되거든. 덩~다끼 덩 ~따~"

"덩~다끼 덩~따~, 덩~다끼 덩~따~"

10분쯤 탈춤을 추었을까, 푸나의 눈에 어떤 환상이 보였다. 나이 든 여자인데 머리에 이상한 관을 쓰고 있었다. 선명한 모습은 아니고 마치 흐릿한 홀로그램을 보는 것 같았다. 이미지에서 풍기는 분위기는 아주 오래전 사람처럼 보였다. 푸나는 이상하여 눈을 크게 끔벅이니 좀 흐릿해졌지만 시야에서 완전히 사라지지는 않는다.

"제강, 너도 보이니?"

'뭐가?'

"관을 쓴 아주머니."

'사람들 눈에는 보이지 않지만 길 잃은 영혼들은 세상천지에 가득해.'

푸나가 서울에서 열리는 국제 생명공학세미나에 참석하라는 연구소의 결정이 내려졌다. 고대동물 복원기술에 대한 발표 및 교류를 위해서이다. 그곳에서 아직까지 해결이 되지 않고 있는 화석화된 유전인자를 정제하여 인위적으로 부활시킬 수 있는 기술에 대한 답안을 찾아야 하는데, 한국에서는 2017년에 개봉된 〈옥자〉라는 영화에서 출발하여 염색체 변이를 거쳤으면서도 먹어도 인체에 영향을 주지 않는 식용돼지의 거대화 기술이 실현되어 이 기술을 참고하면 도움이 될 것 같아서이다.

서울로 가는 방법은 여러 가지이다. 자동차를 자율주행으로 하면 8시간 정도에 갈 수 있고, 기차는 2시간, 비행기는 1시간 정도가 걸린다. 푸나는 최근 속도가 한결 빨라진 한국의 부산에서 유럽으로 통하는 유라시아 연결 철도를 타고 가기로 했다. 시간 대비 비용 면에서 가장 효과적이기 때문이다. 터널구간이 많지만 겉으로나마 옛 북한 땅에서 사람들이 사는 모습을 볼 수 있고 마찬가지로 한국 사람들이 사는 모습과 비교해 볼 수 있기 때문이다. 전쟁 일촉즉발의 아슬아슬한 위기를 넘기며 간신히 이십여 년 전에 평화체제가 구축된 이후 남북의 지역 간 개발격차를 줄이기 위한 정책이 꾸준히 시행되고 있지만 아직은 차이가 많다.

옛 북한지역은 주민들의 주거개선 사업이 진행되고 있어서 어딜 가든 공사현장이다. 과거정권시절 부실한 자재로 획일화되게 지어진 집을 원하는 사람은 이제 아무도 없기 때문이다. 이렇게 공사가 한꺼번에 진행되는 곳은 현재 지구상에서 북한지역이 거의 유일하다. 다만 개발의 주체가 주민들이 아니고 외부에서 들어온 자본들이어서 개발이 되는 곳과 그렇지 않은 곳의 차이는 슬럼가 속의 빌딩촌과 같은 매우 모순적인 풍경을 연출하는 곳이 종종 있다. 그래서인지 수입이 적은 북한지역주민들이 사회보장의 확대를 요구하는 시위를 벌인다는 뉴스를 심심치 않게 볼 수 있다. 그에 비해 서울은 곳곳에 100층 이상의 초고층 마천루가 있는 빌딩 숲으로 변한 세계적 첨단도시이다. 도로의 교통은 인공지능에 의해 완벽히 통제되어 막힘없이 물 흐르듯 하지만 도시의 구석 곳곳에 삼삼오오 모여 하릴없이 시간을 보내는 노인들이 많이 띈다.

푸나는 세미나를 시작하기 전, 연구소와 교류협력을 체결한 서울대학 수의과대학 유전자연구실에서 실무자들과 거대 돼지 생산에 대한 염색체 변환방식과 푸나 자신이 연구한 결과를 슈퍼컴퓨터에 넣어서 비교 탐색하였다. 오래전에 개발된 숙주를 이용한 이

종생물 간의 유전자 재조합 기술에서 진일보된 유전자 자가재조합 기술을 통하여 자유자재로 동물의 형태와 크기를 조절하고 GMO동물개발 초기에 제기되었던 유해성을 완전히 해결하는 효과를 얻을 방법도 연구하는 것인데, 이 기술은 서울대학이 가장 앞서 있었다. 하지만 아무리 교류협력을 체결한 사이여도 신기술을 완전히 공개하기를 꺼려서인지 수의과대학연구진은 유전자재조합 방식을 모두 설명하지는 않았다. 어쨌거나 그쪽에서 제공하는 자료와 여러 경로를 통해 구할 수 있는 자료를 가지고 와서 푸나가 창의성 있게 문제를 해결해야 하는 것이다.

푸나가 서울에 올 때는 세미나 참석 말고 목적이 하나 더 있다. 단동 근처의 봉황산에서 보았던 하늘과 통하는 거대한 봉황의 기운을 내품는 북한산에 오르는 것이다. 세미나가 끝나고 푸나는 북한산의 능선을 따라서 축성된 성벽을 따라서 올라갔다. 남쪽으로는 조선왕조 경복궁을 둘러싼 첨단 도시의 풍경이지만 북쪽으로 보이는 거대한 위용의 흰색 화강암은 에너지가 넘친다. 깎아지른 듯한 암봉에서 뿜어 나오는 하늘과 통하는 봉황의 기운에 푸나의 몸은 흥분하듯 반응한다.

이 산은 도시에 있어서인지 어린 학생부터 나이든 할머니까지 등산하는 사람들로 넘친다. 지구를 창조한 신이 서울사람들에게 준 참으로 큰 선물이다. 잘 개발되어서인지 단동의 봉황산 정상을 오르는 것보다는 조금 덜 힘이 들었다. 산을 올라온 사람들은 과일이나 간단한 음식과 물을 먹으며 휴식을 취하는데, 푸나는 명상의 자세를 하고 봉황의 기운을 받는다. 공중부양이 일어나는 느낌이 들 정도로 푸나의 몸이 산의 기운을 세차게 받는다. 기운이 하단전에 쌓이고 곧 중단전, 상단전까지 차올라 푸나의 머리털이 전부 하늘로 치솟는 느낌이다.

"이봐요, 아가씨." 부드러운 목소리의 중년 여성이 푸나를 불렀다.

" ...... "

"이봐요, 아가씨." 다시 푸나를 불렀다.

푸나는 정신을 수습하고 그 여성을 보았다. 60대 초반 쯤 되어 보이는 아주 옅은 화장을 한 온화한 얼굴의 아주머니이다. 처음 보는 얼굴이지만 낯설지가 않다.

"저를 부르셨어요?"

"그래요. 명상하는 자세가 참 좋아서 한참을 보다가 불렀어요. 내가 방해가 되지 않았습니까?"

"아닙니다. 이제 끝내려고 했습니다."

"아가씨 어디서 오셨어요? 말투가 여기 사람이 아닌 것 같은데."

"중국의 동북지방 평화구역에서 왔습니다."

"멀리서 오셨네요."

"서울에 세미나 참석 차 왔다 산이 아름다워서 올라왔습니다."

"단순히 산이 아름다워서가 아니라 다른 이유도 있는 것 같습니다. 명상하는 자세를 보니 아가씨는 이 산과 참 좋은 인연이 있는 것 같습니다." 마치 푸나의 내면을 들여다보는 듯한 말투다.

"아니 뭐 …… "

"집에 신령스러운 동물을 키우고 있네요."

"예? 그것을 어떻게?"

"그런 신령스런 동물의 기운은 쉬이 없어지지 않지요. 아마 아가씨는 남들과 다른 감각능력을 가졌을 것입니다."

"아주머니는 뭐하시는 분이세요?"

"나도 아가씨처럼 그쪽 감각이 좀 있는 사람이고, 요 산 아래에서 기도하며 살고 있습니다."

"산 아래에서 가족들과 같이 지내시나요?"

"가족은 있는 듯 없는 듯하지요."

"무슨 말씀인지?"

"가정의 개념이 바뀌어 가족이면서 각기 독립된 생활을 하니 … "

"아, 네 …… "

"내가 보기에 아가씨는 정말 특별한 사람입니다. 혹시 괜찮다면 내가 아가씨를 위해서 축원을 할까요?"

"축원이라니요?"

"앞으로 중요한 일을 할 사람이니 위험한 고비를 잘 넘기라고 빌어주려고요."

"괜찮은데."

"이름만 말해주세요."

"푸나라고 합니다. 성은 진입니다."

"아버지가 강릉사람이시군요."

"어떻게 그것도 아세요?"

"진씨의 세거지가 얼마 안되고, 아가씨 같은 사람은 큰 바다의 기운이 작용해야 되거든요. 음 … , 나이가 드신 아버지는 일찍 돌아가셨군요. 어머니는 다시 재가하셨고."

"혹시 운명을 보시는 분이세요?"

"일부러 보지는 않습니다. 아가씨, 그동안 많이 힘들었지요? 운명을 탓하지 마세요. 원래 사람의 운명은 잔인하거든요. 하지만 아가씨는 잘 이겨낼 것입니다."

서울 출장에서 며칠 만에 숙소에 돌아오니 제강이 특유의 뒤뚱거리는 자세로 맞이한다. 이 녀석은 신기하기도 하지만 밥을 줄 필요가 없으니 아주 편리하다. 오랫동안 출장을 가도 신경 쓸 일이 하나도 없다.

'잘 다녀왔어? 재미있는 사람을 만났네.'

"너는 또 어떻게 아니? 어떻게 이런 첨단의 시대에 이상한 사람과 괴상한 동물이라니 나 원 … "

'지금 그 아주머니가 푸나를 위해 기도를 하는 것이 보여.'

"어떤 곳이야? 혹시 이상한 신상을 모셔놓았어?"

'아니. 그냥 깨끗한 방에서 조용히 명상하며 뭔가와 소통을 하고 있어. 그것은 당연히 사람은 아니야.'

"귀신?"

'아니. 그런 차원이 아니야. 그 아주머니는 그냥 다른 차원과 소

통할 수 있는 능력이 있는 사람이야. 그래서인지 많은 사람들이 아주머니를 찾아와서 뭔가를 부탁해.'

"사람들이 많이 오면 돈도 잘 벌겠다."

'그런 것 같아. 아! 그런데 갑자기 이상한 일이 벌어질 것 같다.'

"무슨 일?"

'목깃을 높이 세운 사람들이 와서 아주머니의 집을 빼앗으려 해. 아주머니가 반대하니 이들이 힘으로 아주머니를 협박하고 집기들을 던지고 부숴버리네. 아주머니는 울면서 그곳을 떠나. 그리고 그곳에 그 사람들이 그들의 신상을 세우고 사람들을 상대하는 모습이 보인다.'

"아주머니는 어떻게 되나?"

'아주 슬픈 얼굴로 그곳을 떠난 후에는 너무 분노해서 당분간 다른 차원과의 소통을 끊어버리고 살아갈 수도 있겠지만 곧 안정을 되찾겠지.'

그날 저녁 꿈에서, 푸나는 이전에 보았던 이상한 복장을 한 고대의 여인을 다시 보았다. 얼굴이 서울의 북한산에서 만난 아주머니의 얼굴을 닮은 것도 같다. 아무런 표정 없이 담담한 얼굴로 푸나를 보고 있었다.

다음날 푸나는 북한산의 정기를 받아서인지 한층 정신이 맑아졌고 눈은 벽을 통과해서 볼 정도로 시력이 좋아진 느낌이다. 당연히 기분은 날아갈듯이 상쾌하다. 서울에서 가져온 자료들을 검토하고 분석하려면 앞으로 며칠간 밤늦게까지 연구소에서 일해야 한다. 하지만 연구에 열심이고 정리정돈의 달인인 띵쟈오의 힘을 빌리면 생각보다 빨리 마무리될 것이다.

약간 구름이 끼어 선선함이 느껴지는 월요일 오전, 푸나는 여느 때처럼 바위공원 산책길을 걸어서 봉황바위 옆을 지나가는데 봉황바위 밑에 뭔가 있는 것이 느껴진다. 걸음을 멈추었다. 봉황바위를 보았다. 늘 보았던 그냥 길쭉하게 높이 솟은 바위이다. 다시 걸음을 옮기는데 누가 자기를 부르는 것 같다. 과거의 사건기억이 떠올라 머리가 쭈뼛해서 고개를 돌려 외면하는데 누가 부르는 소리가 더 또렷하다. 바위가 서있는 땅을 보았다. 땅속이 약간 환하게 보인다. 그 시간, 발굴팀원들도 하루를 시작하려는지 사람들이 모이기 시작한다. 이곳 봉황바위는 발굴터와 조금 떨어져 있어서 발굴의 대상지가 아니었다.

"푸나 박사님!" 젠즈가 푸나를 발견하고 크게 불렀다.

"단장님! 안녕하세요?" 푸나는 이상하고 두려운 마음이었는데 젠즈가 자기를 불러주자 반가움에 큰 목소리로 인사했다.

"서울에 다녀오셨다면서요?" 젠즈는 푸나의 서울출장을 알고 있다.

"네, 약 일주일 정도 갔다 왔어요."

"재미있었어요?"

"그런대로요."

"그런데 봉황바위 아래서 뭐하세요. 왜 걸음을 멈칫멈칫 하세요?"

"아! 단장님 이리 와 보세요."

"왜요? 뭐가 있어요?" 젠즈가 봉황바위로 건너왔다.

"혹시, 이 바위 밑을 파볼 수 있습니까?"

"이곳은 발굴허가 구역이 아닌데요."

"정말로 이곳에 뭐가 있는 것 같아요."

"그래요? 푸나 박사는 허튼말은 안 하는 사람인데, 내가 발굴이 가능한지 상부에 알아볼게요. 웬만하면 원상복구를 조건으로 허가해주지 않겠어요?"

서울에서 가져온 자료를 검토한 지 보름, 푸나는 마침내 유전자자가 재조합에 대한 실마리를 풀기 시작했다. 지금까지는 염색체를 이루는 염기서열성분을 가위로 자르듯이 대체를 했는데 염색체 성분의 합성을 통한 자연대체생성법의 원리가 보이기 시작한 것이다. 푸나가 문제를 해결하기 시작하자 정말로 간만에 쪼잔한 노랭이 연구소장이 기뻐하며 한턱 쏘겠다고 했다. 이렇게 연구 활동을 열심히 하고 있는데 젠즈에게서 연락이 왔다.

"푸나 박사, 봉황바위에도 발굴허가가 났습니다."

"아, 그래요. 잘되었네요. 언제부터 발굴합니까?"

"당장 내일부터 시작하겠습니다."

다음날 푸나는 복잡한 유전자 방정식 계산 때문에 아픈 머리를 식힐 겸, 봉황바위의 발굴이 어떻게 진행되는지 보려고 바위공원에 나갔다. 큰 장비를 가지고 와서 바위가 쓰러지지 않게 장치를 한 다음 땅을 파고 있다. 보통 이정도 바위는 땅 밑에 박힌 깊이도 꽤 나갈 것이라 생각했는데 1.5m 남짓 파 내려가자 의외로 바위의 밑동이 드러나고 밑에 넓고 편평한 돌이 있다. 봉황바위는 편평한 바위 위에 서 있는데 쓰러지지 않게 봉황바위 밑동을 빙 둘러서 작은 돌들이 괴어져 있다. 편평한 바위 위에 봉황바위를 일부러 세운 것처럼 보였다.

"이상하네. 누가 편평한 돌 위에 봉황바위를 일부러 세운 것 같다." 땅 파는 것을 지켜보던 젠즈가 말하자 주변에 있던 모두가 그렇다며 뭔가 이상하다고 했다.

"그럼, 이제 계속해서 발굴을 하지 않을 수가 없네요." 링천이 뭔가 느낌이 오는 듯 말했다.

"이상한 예감이 들더니 진짜로 뭔가 있나보네요." 푸나는 왜 자기가 이상한 느낌을 받았는지 이해가 되는 듯 했다.

"그런데 이 봉황바위가 아무리 가늘고 길쭉하게 생겼어도 50톤은 나가겠는데 어떻게 치우나? 대형 기중기 하나 불러야 치울 수 있겠는데. 링천, 중장비업체에 연락해서 알아봐."

"아, 제가 아는 형님이 운영하는 회사에 기중기 분야가 있는데 알아보겠습니다."

"그래? 마침 잘 되었네. 빨리 연락해봐"

잠시 뒤.

"단장님, 있다고 합니다. 내일이라도 당장 보내주겠다고 합니다."

"일이 쉽게 풀리네. 비록 아는 사이지만 비용은 정상적으로 처리할 테니 염려 말게."

다음날 아침부터 바위공원에는 거대한 크레인이 와서 봉황바위를 들어 올리려는 준비 작업으로 크레인의 엔진이 우르릉 우르릉 거린다. 푸나뿐 아니라 발굴팀원들도 모두 다 와서 지켜본다.

"조심조심, 훼손되지 않게 조심해야 합니다. 무엇보다 바위 꼭대기에 있는 풀을 죽이지 말아야 한다." 푸나가 주의를 당부한다.

"도대체 뭐가 있을까? 지금까지의 발굴성과보다 더한 대박이 났으면 좋겠다." 쓰우가 호기심에 눈을 반짝거린다.

"스고이! 스고이! 놀랍다, 옛날에 이렇게 큰 바위를 옮기고 세우려면 엄청나게 많은 사람이 필요했겠다." 이것이 인공으로 세워진 바위라는 것에 대해 도리이가 을 한다.

"거석문화시대에는 이 정도는 아무것도 아니죠. 100톤 이상 나가는 큰 바위를 옮긴 유적들도 있잖아요. 그런데 이 바위도 정말 만만치 않다." 다니엘이 말했다.

봉황바위를 들기 위한 준비가 갖추어지고 크레인 엔진에서 크르르르릉! 하고 큰 굉음이 들리자 거대한 바위가 서서히 하늘로 떠올랐다. 그리고 봉황바위를 괴었던 고임돌들을 치우자 봉황바위 밑의 널찍한 돌이 드러났다. 이 널찍한 바위의 두께는 적어도 50cm는 되어 보인다. 역시 만만치 않은 무게가 나갈 것 같다. 바위의 가장자리에 로프를 걸어 바위를 들어 올릴 준비를 했다. 밑에 뭐가 있을지 다들 긴장된 마음으로 보고 있고, 푸나는 혹시라 도 자기가 지목한 결과가 아무것도 없는 허무한 것이라면 어쩌나 초조하게 지켜보고 있다. 거대한 솥뚜껑처럼 생긴 널찍한 바위가 기중기에 의해 들려지고 바위 밑의 모습이 드러나는 순간, 옆에 서 지켜보던 사람들의 입에서 외마디가 터져 나왔다.

"악! 저게 뭐냐?"

넓고 편평한 바위 밑에는 납작한 돌들로 담장을 만들어 장변이 200cm 정도 짧은 변이 70cm쯤 되어 보이는 청동기 시대 돌무지 무덤형식의 직사각형의 공간이 나왔다. 그 공간 안에는 매우 특 이한 복장을 한 사람의 유골 한 구가 있었다. 주위에는 동경을 비 롯한 이상한 청동기들과 석기, 토기들이 있고, 여러 개의 얇고 둥 글게 다듬은 옥과 원통형으로 다듬고 구멍을 뚫은 관옥도 여러 개 있었다. 유골의 자세는 옆으로 웅크리고 있는데 무엇을 안고 있 는 자세이다. 불가사의 한 것은 이런 지질조건에서 유골이 남아 있고 신체의 일부가 미라 상태로 남아있다는 것이다. 유골의 머 리에는 동물의 뿔과 나무 모양을 본뜬 청동장식이 붙은 관이 씌어 져 있고, 옷은 짐승가죽으로 만든 것 같다. 옷 속에 보이는 유골 에 일부 남아있는 피부에는 이상한 문양이 그려져 있는데 문신을 한 것 같다. 무엇보다도 특이한 것은 유골이 안고 있는 것이다. 높 이 50cm쯤 되어 보이는 종이다. 그 종은 얼마 전에 출토되었던 새 의 종두를 한 모양이다. 점토판에 쓰여 있던 새의 모습을 한 바로 그 큰 종인 것 같다. 전혀 생각하지 못한 무덤형식이다. 한 마디 로 엄청난 발굴인 것 같다.

"링천! 기중기 기사에게 이야기해서 바위를 다시 내리라 하라!" 젠즈가 의외의 지시를 내렸다.

"네? 단장님 왜?" 링천이 어리둥절해 한다.

"빨리!" 젠즈의 명령이 단호하다.

"아, 알겠습니다. 기사님! 바위를 다시 내려놓으십시오." 링천이 기사에게 큰소리로 말하자 기사도 어리둥절해 하다가 링천이 재차 소리치자 바위를 원래대로 내려놓았다.

"잘 들어! 이번 발굴은 역사상 엄청 중요한 사건이다. …… !" 젠즈는 말을 잇지 못한다.

"그런 것 같습니다." 모두들 얼굴에 놀란 기색이 가시지 않았다.

"단장님, 왜 뚜껑바위를 다시 내려놓으라고 하셨습니까?" 푸나가 물었다.

"아, 네. 이런 경우 무덤의 주인에 대한 예를 갖추는 의식을 해야 합니다."

"맞아요. 그렇게 하지 않으면 무덤 주인의 분노를 사서 발굴팀에 좋지 않은 일이 생길 수도 있습니다. 그런 으스스한 이야기는 발굴하는 사람들 사이에 많이 있어요." 쓰우가 약간 두려운 얼굴로 말했다.

"그런데 이미 열어봤잖아요." 푸나가 말했다.

"그래서 얼른 덮은 것입니다. 내일 의식을 치른 후 다시 발굴을 진행할 것입니다." 젠즈가 말했다.

다음날 봉황바위 발굴 터 앞에 향불을 피우고 찻잔이 놓이고,

과일을 비롯한 여러 제물들이 차려진 정갈한 제사상이 놓였다. 젠즈가 무덤의 주인에게 향을 피워 올리고, 무릎을 꿇고, 함부로 무덤을 개봉하게 되어 죄송하다고 사죄를 하고, 인류를 위하여 좋은 증거를 보여주신 것에 대해 감사하다는 제문을 읽었다. 젠즈가 다시 절을 두 번하고 제의의식을 끝내려는 순간,

"잠깐만요!"

푸나가 앞으로 나섰다. 그녀의 손에는 종이가방이 들려있었다. 종이 가방 속에서 무엇을 꺼내는데 탈춤을 출 때 쓰는 탈이 나오고 탈춤의 옷인 듯 소매가 긴 윗옷과 통이 헐렁한 바지가 나왔다.

"푸나 씨, 이게 무엇입니까?" 젠즈가 물었다.

"탈춤을 출 때 쓰는 탈과 옷입니다. 어제 숙소에 돌아가서 무덤 주인을 달래기 위한 의식에서 제가 할 수 있는 것이 무엇일까? 곰곰이 생각해 보았습니다. 마침 제가 한국 탈춤반에서 탈춤을 배우고 있습니다. 한국의 탈춤에는 세상에 일어난 문제를 해결하고자 하는 염원이 있습니다. 제가 춤이라도 추어 달랜다면 무덤의 주인이 더 좋아하지 않겠습니까. 이 탈의 이름은 소무탈라고 하는데 원시신앙의 일종인 무와 관계가 있습니다. 무덤 속 주인의 옷차림새를 보아하니 제사장 같은데 이 탈춤을 추면 더 좋아하겠지요. 어떻게 생각하십니까?"

"그거 좋은 생각입니다." 사람들이 박수를 쳤다.

"그런데 춤을 추려면 음악이 있어야 하는데." 쓰우가 말했다.

"이것은 경건한 의식이기 때문에 음악은 필요 없어요. 그냥 마음이 이끄는 데로 따라 동작을 하기만 하면 됩니다."

푸나는 탈춤의 복장을 하고 땅 속 1.5m 정도 깊이에 있는 널찍한 바위 위에 섰다. 주위의 사람들은 푸나가 어떤 춤을 출까 숨을 죽이며 보고 있다.

푸나는 이 무덤의 주인이 얼마 전 자신의 꿈에 나타난 그 사람이라는 것을 직감으로 알고 있었다. 눈을 감고 마음을 가라앉히고 무덤의 주인과 접촉을 시도했다. 2분 정도 지났을까. 꼼짝 않던 푸나의 몸이 가볍게 떨렸다. 그리고 푸나의 몸은 서서히 가볍게 흔들거리며 춤을 추기 시작했다. 사뿐히 바위를 박차는 듯하더니 긴 소매가 하늘을 휘젓고, 흐느적거리던 몸이 새처럼 하늘로 날아오르는 동작들이 이어진다. 10여 분 계속되던 춤동작이 안정된 자세를 취하더니 푸나의 입에서 푸~ 하는 긴 호흡이 나오고 춤추기를 끝낸다.

"와! 푸나 박사님, 춤 솜씨가 대단합니다." 사람들이 감탄한다.

" …… " 푸나는 탈을 벗고 가볍게 답례를 했다.

의식이 끝난 후 다시 발굴이 계속되었다. 실측을 하고, 사진을 찍어 현장을 원래의 모습대로 기록으로 남길 수 있는 방법을 최대한 동원하였다. 그리고 조심조심 유물들을 발굴현장 건물에 있는 보관처리실로 옮겼다. 무덤의 발굴현장은 그대로 보관하고 봉황바위는 바로 옆에 자리를 잡아서 널찍한 바위 위에 원래 형식으로 세워졌다. 땅위에서 세우니 길쭉하게 하늘로 솟았는데 높이가 9~10m는 되어 보인다. 주변 정리를 끝내고 젠즈가 푸나와 차를 마시며 대화를 나눈다.

"푸나 박사는 어떻게 여기 이런 것이 묻혀있는지 알았습니까?"

"알아낸 것이 아니고 그날따라 무엇이 날 잡아끄는 것 같았어요."

"맞아요. 특별한 일이 있을 땐 말로 설명할 수 없는 기운이 느껴지기도 해요. 전날 꿈을 꾼다거나, 이상하게 현장이 밝게 보인다거나 발굴에서는 그런 일이 가끔 있어요. 어째든 푸나 박사 덕분에 엄청난 발굴이 이루어졌어요. 이제 이것을 잘 정리해서 발표하면 세상이 떠들썩할 것입니다."

"그 정도로 중요한 발굴인가요?"

"네. 엄청난 발굴입니다. 제 직감으로 역사를 뒤흔드는 대 사건입니다."

"단장님, 무덤의 주인이 여자가 아니던가요?"

"맞아요, 유골이 여자의 특징을 가지고 있었습니다."

"뭐 하던 사람일까요? 제 눈에는 제사장으로 보이던데."

"그래요. 머리에 쓴 것이랑 몸에 새겨진 문신 다른 부장품들로 미루어 여자제사장 같아요. 고대사회에는 모계의 전통도 있으니 가능한 일이죠."

"땅속에 돌로 된 방을 만들고, 넓은 바위로 덮고 다시 어마어마한 돌을 세우고, 왜 그렇게 매장을 했을까요?"

"고대시대에 높이 솟은 것은 하늘로 통하는 길로 여겼지요. 그래서 고대 동북아지역에서는 큰 나무는 하늘로 통하는 길이라 하여 신성한 것으로 숭배하는 전통이 있었어요. 높은 돌은 큰 나무를 대체한 것 같습니다."

"그런데 여제사장이 왜 종을 안고 죽었을까요?"

"나도 그것이 궁금합니다. 세계에 선례가 없는 것이거든요. 지난 번 작은 종들이 나왔을 때는 반신반의 했는데 이제는 확실한 것이 되었거든요."

"작은 종들과 큰 종 … , 그 옛날 이곳 사람들에게 새의 종두로 대표되는 특별한 신앙이 있었던 것이 아닐까요?" 푸나가 이전에 나왔던 작은 종들을 떠올리며 말하자

"아마 그럴지도 … 용이 아닌 새의 종두, 새의 종두라 … . 이제부터는 새들의 왕인 봉황으로 부릅시다. 그것이 편하겠어요." 젠즈가 고개를 끄덕이며 말했다.

"그러면 봉황종? 좋아요! 봉황종이 소리는 잘 나겠지요?"

"아까 손으로 살짝 쳐보았어요. 소리가 좋은 것 같아요."

"소리가 은은하든가요? 맑고 깨끗하던가요?"

"은은한 편인 것 같았습니다."

"저도 만져보고 싶어요."

"푸나 박사의 공헌이 제일 큰데 당연하지요. 언제든 만져보세요. 다만 살살 만져야 됩니다. 잘못해서 금이라도 가면 큰일이니."

잠시 후 푸나와 젠즈는 봉황종이 있는 사무실로 갔다. 여제사장의 품에서 꺼내진 봉황종은 정갈한 솜을 전통종이로 싸서 만든 쿠션 위에 올려져있다. 얼마나 오랜 세월을 어둡고 축축한 땅속에 있었는지 검푸른 녹이 슬어있지만 형태는 변함이 없다. 그리고 역시 작은 종에서 보였던 그 갑골문 문구 봉명천하안정(鳳鳴天下安

定)이 새겨져 있다. 푸나의 눈길이 유리함 안에 안치되어 있는 여제사장의 유골로 갔다. '아! 저 여인이 왜 나를 불렀을까?'

"단장님, 이 유골은 제사장이 확실하겠지요?"

"그럼요. 그렇지 않으면 이런 복장을 하고 있을 이유가 없지요. 이 여인이 왜 푸나 박사를 불렀을까요? 그것이 참으로 궁금합니다. 두 사람 사이에 분명히 수천 년의 세월을 뛰어넘는 인연이 있는 것 같아요."

"그냥 우연이었겠지요."

"나는 이 종을 '푸나의 봉황종'으로 부르고 싶어요."

"어떻게 감히 제 이름을 넣어요? 그런 말씀 마세요. 저 여제사장과 그 옛날사람들의 염원처럼 평화의 봉황종이라면 모를까요! 단장님, 이거 다시 한 번 만져 봐도 되요?"

"지금 땅속에서 금방 나와서 표면에 사람 손의 소금기가 묻으면 안되니 보존용 장갑을 끼고 만져 보세요."

"쳐보는 것은 안되겠지요? 아까 종소리가 좋다고 하셔서 … "

"아닙니다. 다른 사람은 몰라도 푸나 박사에게만은 특별히 허락하겠습니다. 대신 아주 살살 치셔야 됩니다."

푸나는 옆에 있는 나무막대기를 수건으로 싸서 실험실의 유리 비커를 쇠뭉둥이로 치는 심정으로 조심해서 종을 쳤다. 뎅~, 뎅~, 뎅~.

"가슴을 울리는 뭔가 있습니다. 수천 년을 견딘 종을 치는 감회 때문이겠지요?" 푸나는 약간 흥분한 표정으로 말했다.

"내 가슴에도 어떤 울림이 있습니다. 역시 감회 때문이겠지요."

젠즈도 상기된 표정이다.

발굴단 사무실, 새로 발굴된 여제사장 유골 조사내용에 대해 토론이 진행 중이다. 단원들도 모두 이번 발굴이 세계적이라는 것을 의심하지 않으며, 그래서 다들 신중하고 외부에 나가서는 발굴결과에 대해 말하는 것조차 극도로 조심하고 있다.

"링천, 연대 측정검사결과 이 무덤의 주인공은 대략 언제쯤 사람인가?" 젠즈가 물었다.

"이전에 발견된 소종들과 모양이 같은 것으로 보아 그 소종들은 이번에 발굴된 종을 위한 연습작인 것이 거의 확실해졌습니다. 만들어진 시기는 상말주초(商末周初)로 판단됩니다. 그들은 국가적 단위의 큰 집단이라기보다는 비교적 작은 단위들의 집합체로 보입니다. 여제사장이 사슴뿔과 나무모양의 청동 관을 쓰고 있는 것은 당시 샤먼들의 일반적 관식이고, 신체에 새의 문신이 있는 것은 새를 숭배하는 집단이라는 것을 보여줍니다. 이번 여제사장의 발굴은 앞선 발굴을 총체적으로 증명해주는 것이라 할 수 있습니다. 무엇보다 여제사장이 안고 있었던 종은 세계적으로 중요한 유물로 지정 받을 가치가 있습니다."

"유골에 붙어있는 피부의 상태는 어떤가?"

"당장 보존처리를 하지 않으면 부스러질 정도로 시급합니다. 사실 지금의 상태도 믿기지 않을 만큼 기적적입니다."

"혹시, 음식물에 대한 흔적은 없는가?"

"최후의 사망판정을 내리기 전에 이미 음식물 섭취는 중단된 것 같습니다."

"토기 안에서는 뭐가 나왔나?"

"어떤 토기에서는 볍씨가 나온 것으로 보아 벼농사를 했던 집단인 것 같고, 어떤 토기에서는 구리의 원석이 들어있어서 청동기시대의 구리원석의 소중함을 보여줍니다. 다른 토기들에서는 동물의 뼈를 갈아서 만든 바늘 같은 날카로운 것, 돌을 갈아서 만든 이상한 형태의 유물이 있어서 그들의 생활과 관련한 것을 소중히 간직하려는 신앙의 표식으로 보입니다."

"이것을 어떻게 전시하는 것이 좋겠는가?"

"이곳 발굴 현장을 어떻게 처리하느냐가 문제인 것 같습니다. 청동주조 터와 함께 유적지로 정해서 발굴과정을 전시하고 봉황바위는 옆에 따로 세워두느냐 아니면 봉황바위를 원래의 위치로 회복시키고 전시용은 따로 만드느냐 인데 단장님은 어떤 형식이 좋겠습니까?"

"발굴현장을 직접 보여주는 방식에는 무슨 문제가 있는가?"

"봉황바위 옆에 있는 바위들도 어쩌면 당시 사람들이 인위적으로 세운 것일 수 있으니 원래의 건립형태를 유지하기 위해서는 원상복구가 바람직하겠지만 사람들이 발굴상황을 명확하게 볼 수가 없고 발굴상황을 보여주려면 원래의 모습이 훼손됩니다. 제 생각에는 유골과 부장물을 뺀 나머지는 원상 복구시키고 사진자료와 3D프린팅기법을 이용해서 완벽하게 현장재현 하는 것이 더 효과적일 것 같습니다. 그래야 당시 사람들의 염원을 해치지 않은 것이 아닐까요?"

"그래, 주조 터야 발굴상태로 보여주는 것도 좋겠지만 봉황바위 밑의 무덤은 원상복구해주는 것이 좋을 것 같다. 어이! 쓰우 씨, 현장사진촬영은 완벽히 진행되었는가?" 젠즈가 쓰우를 큰소리로 부르며 물었다.

"네, 모든 유물과 돌조각 하나하나에까지 번호를 붙여가며 사진촬영을 마쳤습니다."

"3D촬영도?"

"당연하지요."

"이봐 다니엘, 서양에서는 청동기 시대 유물 중에서 종이나 방울 같은 것이 나온 사례가 없는가?" 젠즈가 다니엘에게 물었다.

"글쎄요. 그리스의 경우 방패, 전투용 뿔, 칼, 도끼나 화살촉 등을 만들었고, 일상용품은 아시아와 비슷하게 청동기 시대에도 토기나 석기를 많이 사용하였고, 옷은 양털로 만들어 입었다고 합니다만 종이나 방울은 들어보지 못했습니다. 그런데 그리스의 어떤 청동기 유물은 너무나 특이하여 아직까지도 완벽히 규명하지 못하고 있는 것들이 있습니다."

"어떤 것인데?"

"아마 과학기술과 관련된 것으로 보이는데 과학적으로 너무나 수준이 높은 것이어서 과연 그 시대의 것인가 의심이 가는 것들이지요."

"에이 에이, 저도 알고 있는데 그런 말은 이상한 말을 지어내기 좋아하는 사람들이 일부러 과장하는 것으로 아는데요." 도리이가 다니엘의 말을 받으며 말했다.

"도리이, 그런 것을 너무 다 말해버리면 재미가 없어요. 상상력을 발휘할 수 있게 알면서도 모르는 척 놔두는 것도 좋아요." 다니엘이 약간 삐친 어투다.

"그래도 학자는 사실을 밝혀야지. 그런데 아무리 객관적 증거를 제시해도 이상한 상상을 좋아하는 사람은 계속 이상한 말을 믿게 돼. 하하하" 젠즈가 웃으며 말했다.

"그런데 단장님, 여제사장이 안고 있는 큰 종은 서양에도 사례가 없는 것입니다." 다니엘이 말했다.

"그렇지, 무엇보다도 그녀가 안고 있는 종의 존재는 지금까지 발굴된 선례가 없어서 어떻게 설명을 해야 할지 모르겠다. 그 당시 세계 어디에도 비교할 수 있는 것이 없어."

발굴 2주 후, 바위공원 봉황바위에서 여제사장과 봉황종이 발굴되었음이 정식으로 발표되었다. 모든 언론 매체에서 톱뉴스로 다루었고 바위공원 봉황바위의 이야기는 온갖 전설과 상상이 보태져서 사람들 사이에 폭발적으로 이야기되기 시작했다. 보도가 나가고 얼마 지나지 않아 몇몇 언론에서 이 봉황종은 세계 모든 청동종의 시초로서 역사적으로나 의미적으로나 너무나 중요한 위치를 가지므로 이 지역의 상징으로 삼자고 주장하는 글이 실리더니, 급기야 봉황종을 크게 확대 제작하여 모든 시민들이 종소리를 들을 수 있게 바위공원에 설치하자는 여론이 형성되기 시작했다. 시민들의 호응이 상상하지 못하게 커지자 평화구역 지방정부에서는 봉황종에 대한 여론의 요구를 시정 긴급현안에 붙여 인준하였다.

흑룡개발산업에서도 동물유전자를 연구한다는 소문이 들렸다. 동양의 고대신화와 전설 속의 동물들을 복원시켜서 동물원을 만든다는 구상인데 푸나가 연구하는 분야와 같은 분야이다. 한국과 미국의 연구원과 중국의 연구원이 참가한다고 했다. 이 분야에 일하는 사람이라면 푸나도 알 만한 사람들일 것이다. 푸나는 그들이 누구누구인지 궁금했다.

소문이 돌고 얼마 안 있어, 흑룡개발산업 대표인 펑쐉이 참여 연구자들과 함께 기자회견을 한다는 말이 들렸다. 한국에서 온 연구자는 나이가 70이 넘은 경험이 풍부한 학자인데 푸나도 알고 있는 장수석 박사이다. 그는 젊었을 때 세계적으로 유망한 생명공학자였으나 과시욕 때문에 불완전한 결과를 검증 없이 발표했다가 미검증이 들통 나서 신뢰를 잃어서 완전히 추락했었다. 그러다가 다행히 그의 동물복제의 경험을 인정한 기업의 후원으로 연구를 계속하다가 이번 흑룡개발산업의 프로젝트에 참여한다는 것이다. 미국인 연구원도 장수석 박사와 친분이 있는 비교적 젊은 과학자로 게놈 분석의 권위자 스트렌튼 박사였다. 그러면 중국 연구원은 누굴까? 푸나는 아직 들은 바가 없다.

기자회견장에서 푸나는 깜짝 놀랐다. 늘 자신을 믿고 따르던 보조연구원 띵쟈오가 펑쑹과 함께 있는 것이 아닌가. 그는 언제나 푸나의 연구자료를 정리하고 실험을 도와주던 젊은 연구원이었다. 푸나는 뭔가에 세게 한 대 맞은 것처럼 멍해졌다. 푸나가 펑쑹의 뒤에 서 있는 띵쟈오를 노려보자 그는 눈길을 회피했다.

펑쑹은 기자회견에서 고대 동양신화에 나오는 많은 동물들은 어쩌면 실제 존재했을지도 모르고 미국과 같은 일부 국가에서는 이미 공룡공원을 만드는데 성공을 했으니 자신의 계획도 가능하다고 했다. 무엇보다도 신화적 동물의 복원은 동양고대문화의 실체를 밝히는 것이기에 더욱 가치가 있다며 대규모 투자를 통하여 어느 연구기관보다 빠른 시일 내에 구체적 성과를 보이겠다고 자신했다. 기자회견 후 밖으로 도망가려는 띵쟈오를 푸나가 불러 세웠다.

"왜 도망가? 잘못한 줄은 아나보네. 이 개자식아!"

"왜, 왜, 욕을 하고 그래요. 나는 직장을 옮길 자유도 없어요?"

"직장 옮기는 것이 나쁜 것이 아니라 지금까지 남의 연구성과를 도둑질하려는 심보가 문제이지."

"내가 무슨 도둑질을 한다는 것입니까? 이거 왜 이래요. 나도 푸나 박사님 모르게 연구한 것이 많아요. 나를 나쁜 사람 만들지 마세요. 그리고 이 회사에서는 앞으로 5년간 지금 연구소의 5배의 월급을 주고 성공하면 인센티브로 고급 주택과 자동차에다 그리고 사업시행 후 지적재산권에 대한 일정량의 지분도 약속했어요. 그 알량한 대학연구소 수당하고는 비교가 되지 않지요. 나처럼 가난뱅이에게는 다시 없는 기회인데 왜 나를 욕합니까?" 띵쟈오는 푸나를 뿌리치며 밖으로 나간다.

"야! 이 배은망덕한 놈아. 내가 연구한 자료 다 맡기고, 배고플 때 먹여 줬더니 이제 와서 이렇게 사람 뒤통수 치냐? 너같이 나쁜 놈이 연구에 참여하는 것을 보니 연구결과도 뻔하다. 분명히 사람을 해치는 괴물을 제일 먼저 개발할 것이다. 이 더러운 놈아!" 푸나는 띵쟈오의 뒷모습에다 욕을 했다.

푸나는 화가 나서 치랑에게 저녁에 한잔 하자고 했다. 그동안 각자의 연구에 바빠서 한동안 연락을 못해서 궁금하기도 했다. 카페에서 맥주를 앞에 놓고 두 사람이 마주 앉았다.

"무슨 일이야? 한창 바쁠 텐데."

"치랑 씨는 연구 잘되고 있어요?"

"연구야 잘 진행되고 있지, 우리가 서로 바빠서 만나지 못하는 것이 섭섭할 따름이지. 며칠 동안 연락도 없었고. 요즘은 푸나가 나보다 더 바쁜가 봐?"

"좀 그렇네."

"말투가 퉁퉁거리고 왜 그래? 무슨 기분 나쁜 일 있었나?"

"아니, 그냥 그래요. 흠~ 자기야, 나 오늘 너무 화가 나는 일이 있었어요."

"음, 자기라는 소리 간만에 듣는데? 그런데 왜?"

"띵쟈오 있잖아요?"

"띵쟈오? 푸나 연구소의 그 젊은 연구원. 왜? 무슨 일인데?"

"그 자식이 내가 연구한 자료를 갖고 이번에 흑룡개발산업의 고대동물복원 프로젝트팀으로 튀었어요. 치랑 씨도 알다시피 그것은 우리 연구소가 오래전부터 준비해 온 것이잖아요?"

"맞어! 푸나가 그분야의 최고이지."

"그런데 그놈이 자리를 옮길 때 그냥 갔겠어요? 평소에 얼마나 용의주도하게 챙기는 놈인데, 지금까지 한 연구성과를 몽땅 가져갔겠지." 푸나의 얼굴이 분노에 파르르 떨린다.

"정말 말도 안된다. 어떻게 사람이 그럴 수 있어? 아주 나쁜 놈이네." 치랑도 같이 화를 낸다.

"웬수 같은 돈이 문제지. 그 회사에서 우리 연구소의 5배 봉급에다 성공할 겨우 엄청난 인센티브도 약속했다 하네요."

"그 정도라면 띵쟈오로서도 그럴 수밖에 없었겠다. 꼭 나쁘게만 몰아세울 수는 없어. 푸나는 앞으로 어떻게 대처할 거야?"

"할 수 없지요, 연구를 더 빨리 진행해서 그쪽보다 먼저 성과를 내야지. 어휴~ 너무 마음이 상해."

"띵쟈오 그 녀석의 입장도 이해가 되지만 푸나는 정말 마음 상하고 그들의 연구에 대처하려면 앞으로 힘들겠다. 내가 지원군이 되어줄게. 푸나, 힘을 내!"

"나는 이번 연구만 잘 끝나면 그 띵쟈오를 한 단계 더 승진시켜 연구소의 일정 부분 책임을 맡기고 나는 결혼을 하든지 어쩌든지 좀 쉬면서 생활을 좀 정리하려고 했는데. 그런데 이 개자식 때문에 모든 게 엉망이 되어버렸어!" 푸나의 분노가 다시 폭발한다.

"아무리 상황이 힘들어도 우리의 결혼도 마냥 여유로운 문제는 아니야." 치랑이 낙담하는 표정이다.

"그만해요! 지금 골치 아파 죽겠어." 푸나가 인상을 찌푸렸다.

"푸나야. ……" 치랑이 푸나의 눈치를 살핀다.

"알았어요, 이번 연구만 성공하고 생각해 볼게요."

" …… ,내가 이런 얘기하면 푸나 네가 더 화를 낼지도 모르겠다." 치랑이 조심스레 말을 꺼낸다.

"무슨 일인데?"

" …… , 그 흑룡개발산업이란 회사 겉으로 보기에는 잘 모르겠는데, 자금력이 상당한가 보더라. 이번에 우리 옌띠병원에 엄청난 제의를 해왔데." 치랑이 다시 푸나의 눈치를 보면서 말했다.

"뭐라고?" 푸나의 목소리가 폭발했다.

"흑룡개발 측에서 생체조직 강화법에 대한 협조를 우리 병원에 구해왔어."

"그래서?" 푸나의 목소리가 또 폭발한다.

"우리 병원사업단에서 그 제의를 받아들였나 봐. 나야 병원에서 시키면 시키는 대로 따라야지 뭐 ……"

"이쌍!" 푸나는 맥주 한 컵을 단숨에 비우고 잔을 탁자 위에 부서져라 내리꽂았다.

"왜 그래? 내가 결정한 것도 아닌데 …" 치랑이 우물쭈물한다.

"다들 펑솽의 돈에 미쳤구나." 푸나가 크게 소리쳤다.

푸나는 띵쟈오 때문에 크게 화가 났지만 치랑의 말에 더 울컥 화가 솟구쳤다. 푸나는 순간적으로 바위공원에서 자신이 어떻게 사고를 당했는지 알고서도 펑솽의 계획에 참여하느냐고 치랑에게 따지고 싶었지만 차마 말이 입 밖에 나오지 않았다. 아직 손규영 형사의 말일 뿐 구체적인 물증이 없어서 확증을 하지 못했고 치랑에게는 자신의 아픔과 분노를 전해주고 싶지 않기 때문이다. 하지만 푸나는 지금 눈앞에 있는 치랑이 한없이 멀게 느껴지고 띵쟈오에게보다 더한 배신감마저 들었다.

흑룡개발산업의 회의실, 펑솽과 회사 프로젝트 팀의 임원 그리고 이번에 초빙한 연구원들이 참석했다. 펑솽이 먼저 말을 했다.

"이번에 우리가 계획한 프로젝트는 우리 동양문화의 자존심을 지키는 중요한 문화사업입니다. 지금까지는 이러한 계획은 미국이 주도했겠지만 앞으로는 우리 흑룡개발산업에서 주도해 나갈 것입니다. 그러기 위해서는 이번에 특별히 초빙한 세 분의 과학자 이외에 우리 흑룡개발사업의 지원팀의 노력이 무엇보다도 중요합니다. 아무쪼록 자부심을 가지고 사업에 임해주길 바랍니다." 펑솽이 간단하게 사업계획을 말하자

"대표님, 흑룡개발산업에서 구상하는 고대신화동물 복원 프로

젝트는 사실 엄청난 자금이 필요한 것입니다. 그런데 제가 사업의 제의를 받고 여기에 와서 흑룡개발사업의 회사규모를 보니 이 프로젝트를 성공시킬 여력이 있는지 의심이 드는 것이 사실이오. 게다가 여기에 온 연구원들도 간단치 않은 보상을 약속받은 것으로 보이는데, 혹시라도 너무 무리한 사업이라면 규모를 축소해서 멸종 위기의 동물을 보존시키는 것과 같은 좀 용이하고 자본이 적게 드는 사업으로 방향을 수정하는 것도 좋을 것 같습니다만 … ”

한국에서 온 장수석 박사가 염려되는지 한마디 했다.

“하하하! 장수석 박사님, 걱정 마십시오. 저희 흑룡개발산업이 그렇게 간단한 기업이 아닙니다. 겉보기에는 부동산 개발, 공연 기획사업, 여행업 등을 하는 것으로 되어있지만 자금력에서는 여느 굴지의 다국적 기업 못지않습니다. 염려 마십시오. 이제 지구 온난화로 북위 50도 지역까지 사람들이 잘 살 수 있는 기후조건이 형성되고 있고, 고위도 도시들에서의 사람들의 각종활동도 매우 활발하게 전개되고 있어서, 북위 50도는 세계적으로 아주 중요한 문화형성의 벨트가 되고 있습니다. 그래서 저희 흑룡개발사업과 우리 회사를 후원하는 세계적 조직인 곤륜선단에서 오래전에 아무르강과 후마강 사이의 원시림 지역에 거대한 지역을 확보하여 이 사업을 준비하고 있었습니다. 그곳에는 이미 다른 연구진들이 포진해 있어서 여러분들이 고대동물 복원 이론만 내어 놓으면 바로 실현시킬 실험시설들이 들어서 있습니다. 나중에 가서 직접 보시면 놀랄 것입니다.”

“아, 그래요? 흑룡개발산업이 정말 미래를 내다보는 비젼이 있는 기업인가 보군요."

"펑쌍 대표님, 저희 연구원은 대표님의 원대한 꿈을 최대한 빠른 시간 내에 실현할 수 있도록 최선을 다하겠습니다." 띵쟈오가 굳은 의지를 보인다.

"그래야지. 띵쟈오 연구원. 그대가 중국인의 역량을 잘 보여주기 바라오. 아, 물론 장수석 박사님과 스트렌튼 박사님께서도 잘 해주시리라 믿고. 결과에 대해서는 약속한대로 최상의 보상을 해드리겠습니다."

"첫 번째 복원대상이 되는 동물이 무엇입니까?" 스트렌튼이 물었다.

"동양 고대신화의 동물은 상상의 동물이기도 하지만 오늘날의 사람들에게는 경험할 수 없는 꿈의 대상이기도 합니다. 그래서 비록 지금의 과학적 시각에서는 말도 안되는 형상이겠지만 그것을 실현시킨다면 곧 사람들의 꿈을 실현시켜주는 것이니 얼마나 가치 있는 것이겠습니까? 그래서 저희 흑룡개발산업과 후원그룹 곤륜선단에서는 포효라는 신화적 동물을 복원하는 것을 일차적 목표로 삼았습니다."

"포효가 무엇입니까?" 스트렌튼이 물었다.

"중국의 고대 지리지 산해경에 기록되어있는 것인데 특이하게 눈이 겨드랑이에 달려있지만 매우 용맹한 동물입니다. 그 동물이 너무나 용맹하여 쉽게 길들일 수가 없어서 사람들이 좋지 않게 말을 하지만 길만 잘 들인다면 호랑이나 사자보다도 용맹한 볼거리를 제공할 것이라고 봅니다."

"아! 그것은 지난번 공연에서 가장 전투력 있는 동물로 나왔던 홀로그램 아닙니까?" 핑쟈오가 생각이 난 듯 물었다.

"그래요. 그때 많은 관객들이 포효의 모습에서 가장 강렬한 인상을 받은 것 같았어요. 실은 그래서 포효를 첫 번째 복원 동물로 선정한 것입니다. 공룡으로 치자면 티라노 급이지 않겠습니까? 하하하!"

"동물의 눈이 겨드랑이에 있게 한다? 스트렌튼 박사께서 유전자 지도를 조작할 때 신경을 많이 써야할 것 같아요." 장 박사가 말했다.

"아주 판타스틱한 프로젝트가 되겠습니다." 스트렌튼도 흥미 있어 했다.

"아무쪼록 잘 부탁합니다. 인류의 가치 있는 진보가 되도록 노력합시다. 화이팅!" 펑쏭이 회의를 마치며 인사를 했다.

산들바람이 유난히 시원한 저녁, 발굴팀원들이 간만에 카페의 테라스에 모여서 즐거운 시간을 보내고 있다.

"쓰우 씨, 오늘따라 유난히 예뻐 보입니다. 아주 섹시해요." 다니엘이 쓰우에게 예쁘다고 칭찬을 한다.

"어머! 다니엘, 나의 미모를 알아주니 고마워요. 호호호" 쓰우는 자기를 예쁘다고 해주면 대부분 사양 않고 고맙다고 인사를 한다.

"이봐요! 다니엘 씨, 나는 예쁘지 않아요?" 도리이가 뾰루퉁하게 말한다.

"도리이는 귀엽게 예쁘지만 쓰우 씨는 여인의 향이 물씬 나게 예뻐서 남자들의 가슴을 설레게 하지요."

"어머, 그렇게 저를 칭찬을 하시면 도리이 씨가 정말로 서운할 텐데요. 그 말은 제가 사양하겠습니다."

"소레데와 그럼! 다니엘은 평소에도 마음속으로 쓰우 씨가 아름답다고 생각하고 있었다는 말이네요." 도리이가 더 화난 말투이다.

"도리이, 왜 화를 내세요? 그냥 쓰우 씨가 아름답기에 아름답다고 말했을 뿐입니다." 다니엘은 영문을 모르겠다며 말한다.

"다니엘은 바보예요? 화를 나게 해놓고 왜 화를 내냐고 물으면 어떻게 대답을 해야 해요?" 도리이도 대들었다.

"쓰우의 미모가 다니엘과 도리이 사이에 민폐가 되네. 하하" 링천이 재미있다는 듯이 웃었다.

"미인을 미인이라고 하는 것이 잘못되었나요?" 다니엘도 자신의 주장을 굽히지 않는다.

"당연히 잘못했지. 다니엘은 무조건 도리이가 세상에서 제일 예쁘다고 해야 해. 하하하" 젠즈도 재미있다는 듯이 웃었다.

그때 예싼이 카페에 들어섰다.

"예싼 오빠, 여기야!" 쓰우가 예싼을 부르자 예싼이 환한 미소를 띠며 온다.

"아이쿠, 오늘도 제가 진료 때문에 늦었습니다." 예싼이 자리에 앉으며 인사를 한다.

"예싼 박사님, 방금 다니엘이 쓰우를 유혹했어요." 도리이가 예싼에게 말했다.

"네?" 예싼은 무슨 말인지 모르겠다는 표정이다.

"오늘 이러다 사랑싸움 나겠다. 나는 사랑에는 관심 없으니 먼저 들어갑니다." 젠즈가 자리에서 일어났다.

"쓰우, 무슨 일이야?" 상황파악을 못한 예싼이 물었다.

"아노 아노, 제가 알기로 예싼 박사님과 쓰우 씨는 결혼할 사이로 알고 있습니다. 그런데 만약 다른 남자가 쓰우 씨를 유혹하면 예싼 박사님은 기분이 좋겠습니까?" 도리이가 예싼에게 물었다.

"도리이, 그러면 나 실망해요." 다니엘도 지지 않는다.

"데하 데하 그러면, 실망하세요. 나도 실망입니다." 하고는 도리이도 자리에서 일어섰다.

"도리이 씨, 그러지 말고 자리에 앉으셔요." 쓰우가 일어서는 도리이의 팔을 잡았다.

"하하하! 다니엘, 빨리 미안하다고 하세요." 링천은 여전히 재미있는 표정이다.

"알았어요. 스미마셍 스미마셍, 도리이, 앉으세요." 다니엘이 도리이를 달랜다.

"예싼 박사님, 치랑 박사님과 푸나 박사님은 왜 안 오세요?" 링천이 물었다.

"두 사람 요즘 냉랭한 것 같던데."

"왜요?"

"글쎄요. 요즘 하는 일 때문에 바빠서 그렇겠지요."

"자, 남의 일 신경 쓰지 말고 일단 한잔 합시다. 다 같이 건배!"

쓰우가 서먹해진 분위기를 깨려고 건배를 제의했다.

"건배!"

"컥컥컥!"

쓰우가 술을 들이키다가 사레가 들렸는지 심하게 컥컥거리자 옆에 앉아있던 다니엘이 쓰우의 등을 토닥이고 어깨를 감싸주며 괜찮냐고 묻는다. 그러자 도리이와 예싼이 눈살을 찌푸린다.

다음날 밤늦은 시간 옌띠병원, 치랑과 예싼이 진행 중인 프로젝트 문제를 해결하느라 토론을 하고 있다.

"치랑 박사, 며칠 전에 인체강화 유전자를 주입한 95세 임상실험 환자의 근육에서 어떤 반응을 보이나?"

"빅데이터에 의해 만들어진 슈퍼인체 실험에서는 최대 23~27% 정도로 예측했는데 이 환자에게서는 수치상으로 보아 30%의 향상된 능력을 보이는 것으로 나타났어. 95세가 60대의 근육활동능력을 보이니 아무리 개인적 차이를 인정하더라도 최대 예측치보다도 효과가 있다고 나왔으니 이 정도면 굉장한 성공이지."

"운동요법을 하지 않은 상태에서 신체강화 치료만으로 30%의 향상된 능력을 보인다는 것은 사실상 신체나이를 30년이나 젊어지게 하는 것과 같은 효과잖아. 대단한 효과군."

"앞으로 의료활동의 방향에도 많은 변화가 오겠어."

"부분적으로 맞춤형 신체강화 유전자 시술이 이루어진다면 아주 편리하게 건강상태를 개선할 수 있겠네. 그러면 정말로 의료방식의 변화가 오는 것은 불가피하겠다."

"글쎄? 그래봐야 예전의 60세 환자가 90세 환자로 연장되는 게 아닐까? 그렇다면 인간의 수명연장이 결국에는 의료대상자만 양산하는 현상으로 나타나겠지. 통계적으로 10년 전에 비해 의료가 발달한 지금이 환자수가 훨씬 더 증가한 것을 보면 알 수 있잖아."

"그건 그렇고, 이 기술적 성과를 흑룡개발산업에서 활용한다면 복원된 고대동물도 강해지니 그것들이 요즘 시대의 환경에 적응하는데도 상당한 효과가 있을 것 같아."

"흑룡개발 펑쑹 대표는 비밀스런 부분이 많은 사람 같은데, 추진하는 일은 대단히 미래지향적이야."

"맞아, 뭔가 미심쩍은 면은 있는데 도대체 그것이 무엇인지는 모르겠다. 혹시, 좋지 않은 일을 비밀리에 추진하는 것이라면 어쩌지?"

"설마? 이번 일은 공개적으로 추진하는 것 같던데."

"얼마 전에 푸나에게 펑쑹 대표의 제안을 우리 옌띠병원에서 받아들였다고 이야기했더니 엄청 화를 내더라."

"왜?"

"푸나의 연구보조원 띵쟈오를 이번에 흑룡에서 스카우트 해갔나 봐."

"이번에 흑룡에 스카우트되어 온 사람들 대우가 파격적이라는 소문이 자자하던데, 그런 조건이라면 탓할 것이 못되는데."

"그래도 푸나 입장에서는 기분이 더럽지."

"다른 이유는 없고?"

"평쑹에 대한 말만하면 질이 좋지 않은 사람이라면서 불같이 화를 내고 싫어해."

"푸나 씨는 우리가 모르는 뭔가를 알고 있는 것이 아닐까? 실은 나도 좀 미심쩍고 하니 그쪽에 넘겨주는 시료에 조작을 가하여 효용시간의 한계를 걸어놓을까?"

"무슨 말이야?" 예싼의 제안에 치랑이 놀란다.

"우리가 개발한 것이 우리가 상상한 이상의 효과를 보인다는 것은 좋지만 아직 그것으로 인한 부작용은 예상 못하고 있으니 설사 부작용이 나타나더라도 효용시간의 한계를 걸어두어 부작용을 줄여보자는 것이지."

"그쪽에서 눈치 채면 손해배상을 청구하고 난리칠 일인데."

"그러니 염기서열을 자르지 말고 생체법칙을 조작해서 자동변화를 시키면 어떨까?"

"그 기술은 아직 부족하지 않나?"

"푸나 씨 연구소에서 발표한 것을 보니 비정상적으로 높은 활동성을 보이는 동물의 능력을 떨어뜨리는 임상동물을 찾고 있던데. 푸나 씨는 평쑹을 싫어하니 도와주지 않을까?"

"알았어, 내가 푸나에게 말해볼게."

"푸나 박사님, 지금 뭐 하고 계시나?" 치랑이 애교 섞인 목소리로 푸나에게 전화를 했다.

"연구하고 있지, 무슨 일로?" 푸나의 목소리에 찬 기운이 감돈다.

"아직 화가 덜 풀렸구만. 내가 푸나에게 의논할 일이 있는데 잠깐 만날 수 있을까?"

"지금 실험의 마지막이어서 많이 바쁜데 … "

"알았어. 그러면 내가 푸나의 연구소로 갈게."

"많이 급한 일인가 보네? 알았어요. 이따 봐요."

치랑은 곧바로 푸나의 생명공학 연구소로 향했다.

"무슨 급한 일이예요?"

"우리 병원이 펑쌍에게 협력을 제안 받았다고 했잖아."

"그건 나하고는 관계없는 일인데요." 푸나의 목소리가 얼음처럼 싸늘해진다.

"아, 오해는 말고. 오늘 임상실험 결과에서 30%의 기능강화 효과가 있었어. 농도만 잘 조절하면 훨씬 강화된 결과도 얻을 수 있어. 비록 옌띠병원이 흑룡개발 쪽의 제안을 받아들였지만 그 결과가 어떻게 쓰일지는 예상할 수가 없어. 그래서 오늘 예싼과 의논했는데, 그 신체강화기술에 급속히 능력을 떨어뜨리는 시간적 한계를 주입하고자 하는데 그 기술에서는 푸나의 연구소가 앞선 것 같아서."

"무슨 말인지는 알겠는데, 연구성과의 유출에 대해서는 나 혼자 결정할 수 있는 것이 아닙니다."

"기술의 유출을 요구하는 것이 아니야. 그냥 완성된 신체친화 효소형식으로 적용해서 신체에서 저절로 생성된 것처럼 혼합시켜 버릴게. 그러면 우리도 푸나 연구소의 구체적 기술은 알 수가 없잖아."

"그런데 우리 연구소도 그 연구가 아직 완벽하지 못해요. 요즘 엄청나게 많은 신기술들이 장밋빛 청사진을 제시하지만 만약의 부작용을 대비하지 않으면 안되는데, 놈들이 도둑질하듯 신화 속 동물을 복원한다고 하니 큰일입니다."

"어쩌나, 큰일이네. 병원경영진에서 이미 연구결과를 넘겨주는 것으로 결정났으니 중단할 수도 없고."

"치랑 씨, 펑쇵의 계획이 겉보기에 좋다고 절대 믿으면 안돼요. 치랑 씨가 그쪽에 넘겨주려는 그 기술을 나에게 알려줄 수 있어요? 내가 개별적으로 연구를 진행해보게."

"알았어. 내가 푸나에게 샘플을 줄 테니 절대로 비밀이 새나가선 안돼."

푸나는 연구소를 나서는 치랑의 모습을 보면서 마음이 편안치 못하다. 치랑이 말은 않지만 얼마나 마음이 복잡할지 이해가 안 되는 것도 아니다. 바위공원 사건 이후 변치 않고 자신을 위로하고 사랑해주는 치랑이 고맙고 무한한 신뢰감을 가지지만 자신의 내면에서 일어나는 복잡한 심리상태는 여전히 푸나 자신을 혼란스럽게 하고 있다. 게다가 치랑이 참여하는 옌띠병원과 흑룡과의 협력 프로젝트는 띵쟈오의 문제까지 겹쳐서 푸나의 가슴에 깊은 상처를 주고 있다. 푸나는 제강의 노래를 읊조렸다.

"암수가 분리되어 고통을 겪는 존재들이여

하나로 합치어 생기는 쾌락을 쫓아들지만
그것은 분리된 자의 고통이니 얼마나 불쌍한가?"

흑룡개발산업 연수원 건물의 대강당, 회사가 전체 직원들을 상대로 제공하는 문화 활동 프로그램인 공연관람이 있다. 이 프로그램은 지난번에 크게 논란을 일으켰던 서커스 공연의 표현기술과 비슷한데 이번에 흑룡개발산업 직원들만을 위한 특별한 프로그램이 기획되었다고 했다. 제목은 〈아! 곤륜선국〉이다.

이번에는 평소에 보지 못한 특이한 사람들이 참석했다. 간부들이 앉는 좌석에 평솽을 위시한 경영진 외에 약간 색다른 복장을 한 사람들이 앉아있는데 회사의 대표인 평솽조차도 그들에게 허리를 90도로 굽히며 머리를 조아리는 것이었다. 평솽이 공연이 시작되기 전 인사말을 했다.

"흑룡개발산업 직원 여러분, 오늘 이 프로그램은 흑룡개발산업의 비젼을 보여주는 아주 뜻있는 공연입니다. 앞으로 새롭게 거듭날 우리 회사의 과학기술의 진보뿐 아니라 오래전부터 꿈꾸어왔던 이상향이 어떻게 진행될 것인가를 미리 맛보는 자리입니다. 그리고 이 공연은 회사의 미래를 위해 우리는 어떤 마음가짐을 가져야 하는가를 확인하는 자리입니다. 특히 오늘 이 자리에는, 이 공연의 성격을 제시해주시고 지원을 아끼지 않으신 곤륜선단 어르신들께서 참석해주셨습니다. 어르신들께 진심으로 감사의 인사를 드립니다. 우리 모두 흑룡의 뜨거운 가슴으로 환영합시다!"

평솽의 선창에 직원들이 큰 환호와 박수를 보냈고 좌석에 앉아 있던 곤륜선단의 사람들이 일어서서 손을 흔들어 답례를 했다.

링~링~링~, 대강당 안에 공연의 시작을 알리는 벨소리가 울리고 실내조명도 어둡게 톤 조정이 이루어진다. 전방 전자스크린에서 5년 전 영화관에서 상영되었던 공룡들의 낙원을 그린 입체영화 〈쥐라기 공원 9〉의 장면이 펼쳐진다. 입체영상 화면에서 나온 공룡들이 관객들 사이를 돌아다니는 듯 생생하다. 그러다 갑자기, 처음 보는 이상하게 생긴 동물들이 나오더니 공룡들을 강당에서 몰아내었다. 곧이어 전방 스크린에는 옛날 동양화에서나 나올 법한 선경이 펼쳐지고 공룡을 몰아내었던 이상한 동물들이 한가하게 노니는 평화로운 장면이 펼쳐졌다.

공원의 입구가 스크린 화면에 크게 나타났다. 화려하게 장식된 패방 모양의 입구건물이 우뚝 솟아있고 그 옆에 있는 거대한 바위에 붉게 새겨진 '崑崙仙國(곤륜선국)'이라는 글씨가 선명하다. 카메라가 드론에 장착되어 공원 안을 날아다니는데 곳곳의 풍경이 정말로 과거 동양인들이 꿈꾸었던 이상향을 만들어 놓은 것 같다. 화면에 비친 사람들은 모두 행복한 표정으로 손을 흔들고, 어떤 이상한 동물을 타고 다니는 사람들은 마치 신선처럼 긴 수염을 하고 있지만 혈기 넘치는 얼굴은 나이가 얼마인지 상상하지 못할 정도로 젊어 보인다. 모든 나무에는 아름답고 먹음직스런 과일이 주렁주렁 달려있고 형형색색의 새들이 나무와 나무 사이를 날아다닌다. 그야말로 상상으로만 그릴 수 있는 낙원을 보는 것 같다. 그리고 '사랑하는 흑룡개발산업 직원 여러분! 지금 여러분은 여러분이 은퇴 후 가게 될 이상세계 곤륜선국을 보고 계십니다. 이 곤륜선국은 이미 이 땅 위에 준비되고 있습니다. 우리들의 영원한 안식처가 될 곤륜선국의 성공을 위하여 여러분의 아낌없는 성원을 부탁드립니다'라는 문구가 스크린에 비쳤다. 그러자 "와! 이것이 정말로 회사가 우리의 미래를 위해서 준비하는 것이야?", "대단하다!", "나는 정말 행복하다!"는 찬탄들이 직원들의 입에서 쏟아져 나왔다.

잠시 후, 곤륜선국의 화면이 비춰지는 무대에서는 지난번의 그 서커스 단원들이 신선 같은 특이한 복장을 하고 나와 화려한 묘기를 뽐내기 시작했다. 직원들은 그들의 화려한 묘기에 박수를 아끼지 않았다. 서커스단의 묘기가 절정에 다다른 순간 갑자기 실내 직원들의 머리 위에는 홀로그램으로 만들어진 남녀가 과일, 보석, 꽃으로 가득 찬 바구니를 손에 들고 공중을 날아다니며 그것들을 직원들에게 선사하는 홀로그램 영상이 이어졌다. 그러자 직원들 사이에서 "흑룡개발산업 만세! 우리들의 신명을 바치자! 곤륜선국 만세!"라는 구호가 나오더니 강당이 떠나갈 듯한 함성으로 바뀌었다. 그러자 펑쑹의 얼굴이 환하게 빛났고 그 옆에 앉아 있던 사람들의 얼굴에도 만족한 미소가 퍼졌다.

공연이 끝나고 흑룡개발산업 연수원의 고급 접견실, 펑쑹이 이상한 복장을 한 사람들 앞에서 머리를 조아리고 있다. 이윽고 목 깃을 높이 세운 이상한 모양의 옷 속에 얼굴을 반쯤 감춘 사람이 말했다.

"펑솽, 오늘 프로그램은 직원들의 충성심을 고취하는 매우 훌륭한 공연이었다. 투자한 보람이 있어. 앞으로도 직원들의 정신교육을 철저히 시켜서 회사를 위해서라면 목숨을 바치는 각오로 일당백의 능력을 발휘하도록 하게."

"그 말씀 가슴 깊이 명심하겠습니다. 저는 우리 곤륜선단이 세우고 있는 곤륜선국이 무사히 건국될 수 있도록 신명을 바치겠습니다." 펑솽이 무릎을 꿇었다.

"혹시 어려운 점은 없는가?" 이상한 옷을 입은 다른 사람이 펑솽에게 물었다.

"어려운 점이라기보다 너무나 뼈아픈 일이 있습니다."

"뭔가?"

"몇 년 전에 제가 바위공원을 개발하려다가 실패하여 억울하게 감옥살이까지 하지 않았습니까?"

"다 지난 일 아닌가?"

"그런데 이번에 그곳에서 엄청난 발굴이 이루어지지 않았습니까?"

"그래서?"

"그때 우리가 개발을 할 수 있었다면 그 엄청난 유물들이 다 우리 것인데 말입니다."

"지나간 일 아쉬워해서 뭐하나 앞으로의 일이나 잘하게."

"그래도 속이 쓰립니다. 어휴! 바위공원의 개발 실패 이유가 이 곳에서 활동하는 시민역사지킴이모임의 활동 때문이었습니다."

"반대하는 놈들에게는 반드시 응분의 대가를 지불해야 해. 그래야 두려움에 감히 덤비지 못해."

"유독 반대하는 두 놈이 있었는데 한 놈에게는 여자 친구에게 본때를 보였는데 놈이 아직까지 눈치를 채지 못한 것 같습니다."

"그러면 눈치 채게 해줘야 공포감을 가지지."

"그러면 자칫 사회적으로 문제가 커집니다. 그런데 일이 묘하게 되려는지 그놈들이 이번 우리 사업에 도움을 주는 프로젝트에도 참여하고 있어서 … "

"우리의 길을 막는 어떤 놈이든 인정사정없이 처단해야 하지만 곤륜선국이 건국되기 전까진 가급적 문제를 일으키지 마라." 단호하게 명령을 내린다.

"네! 알겠습니다."

"이보게 펑쏭, 곤륜선국을 제대로 구현하기 위해서는 고대의 유물들도 많이 필요한데 수집활동은 잘되고 있나?"

"그래서 바위공원 개발 실패가 더 속상합니다."

"지난 일은 잊어버리래도. 다른 건은?"

"이 바닥의 아주 큰 손인 오소리란 놈을 처치하고 놈의 비밀창고에 있는 유물들을 몽땅 차지했습니다. 경찰에서 발표한 김철행이란 놈의 피살사건이 그것입니다. 진귀한 것들을 많이 확보했습니다. 남들이 절대로 눈치 채지 못하게 은밀히 진행하고 있으니 염려하지 마십시오." 펑쏭이 날카로운 눈빛을 번뜩이며 말했다.

"은밀한 것만으로 안돼. 거대한 곤륜선국을 언제까지 비밀의 성으로 할 수는 없지 않은가. 그곳에 있는 모든 것들에 대해서 정상적인 습득과정의 증거를 마련해두어야 나중에라도 유물의 소유 권리를 떳떳이 주장할 수 있어. 그렇지 않으면 자칫 범법자 집단으로 내몰릴 수도 있어. 필요한 경비는 신경 쓰지 말고 실수 없이 처리하도록 하게." 이상한 옷을 입은 사람이 명한다.

"알겠습니다."

"그리고 이번에 신화 속 동물을 구현해 내기 위해서 포섭한 연구자들은 어떤가?"

"중국, 한국, 미국에서 세계 최정상급 연구진을 포섭했습니다. 한국과 미국의 연구자는 이미 많은 실적을 보유하고 있는 검증된 연구자들이고, 우리 중국인 연구자는 아직 젊고 명성은 모자라지만 아주 근성이 있는 연구자입니다. 제가 보기에 다른 나라의 경험 많은 연구자들보다 더 깜짝 놀랄 연구결과를 내놓을 것 같습니다."

"아무쪼록 연구자들이 빠른 시일 내에 좋은 결과를 낼 수 있도록 지원을 아끼지 말게. 우리 선주님은 동양의 옛 신화가 결코 거짓이 아니었음을 직접 보시고 싶어 하시네."

바위공원의 개울을 따라 입이 배에 붙은 이상하게 생긴 고기가 다시 떼를 지어 올라왔다. 푸나는 어렸을 때, 개울의 물속에 물고기가 헤엄을 쳐가면 잠깐은 따라가기도 했지만 10m 이상을 계속해서 따라서 가본 적이 없다. 그래서 물고기는 어디서 왔다가 어디로 가는지 몰랐다.

봉황종의 발굴이 사람들의 이목을 끌고, 순조롭게 진행될 것 같았던 바위공원 특별지구 지정에 문제가 생겼다. 발굴품이 워낙 파격적이어서 학계에서 진위 논란이 불거진 것이다. 가끔 정상 양식을 벗어난 유물이 나오면 언제나 제기되는 논란이고, 질이 좋지 않은 골동품 상인들이 불법적 이익을 한탕하려는 목적으로 위작으로 꾸민 계략으로 결론 나는 경우도 있고, 사설박물관뿐 아니라 심지어 국가의 중요한 박물관에서조차 종종 일어나는 문제여서 의심의 시선으로 보는 것은 어쩌면 당연한 것이다.

이번에도 봉황종에 대한 학계의 의견 차이가 분명해서 기존의 용뉴(龍鈕)가 동아시아의 유일한 종두양식이었다고 주장하는 사람들은 봉황종두의 양식은 절대로 있을 수 없는 일이라고 하였다. 학자들뿐 아니라 보수적 교리의 시각을 가진 종교인들도 봉황종은 절대로 받아들일 수 없다고 하였다. 반면, 다양한 고대 문화의 존재가능성을 주장하는 사람들은 강력한 권력으로 통일되기 전 소규모 집단들이 산재했던 시대에 지금의 시각으로 규정할 수 없는 다른 양식이 있었을 가능성은 충분하다며 찬성하는 입장이었다. 그래서 사회의 권위 있는 사람들은 대개 보수적 의견을 가진 사람들이 많은 반면 전형을 벗어난 것은 언제든 있을 수 있다는 학자들과 일반인들은 새로운 것에 더 흥미를 느껴서 사회적 갈등은 금방 끝나지 않을 양상을 보이고 있다. 이러한 반응은 이곳의 역사적 연고권을 주장하는 중국과 한국 양국에서도 첨예한 갈등을 야기할 수도 있는 예민한 부분이기도 하다.

이런 가운데 발굴팀에서 다시 종에 대한 연구결과를 발표하였다. 이곳은 한 치의 의심할 여지없는 청동기 시대인 기원전 11세기 이전부터 수백 년간 다양한 청동기들이 주조되었던 특이한 지점이라는 것이었다. 발굴팀에서는 제작기법에 나타난 특징, 청동의 성분배합비율, 주조년도에 대한 동위원소 측정, 발굴된 지점의 흙에 나타난 검사결과 등 종합적 근거를 바탕으로 제기했다. 하지만 반대하는 사람들은 이미 객관적으로 점검된 다른 청동기 유물들과 주조 터의 특징에 대해서는 가능성을 인정하였지만 봉황종의 진위에 대해서만은 여전히 의혹을 거두지 않았다. 그러자 명백한 증거에도 불구하고 그들의 학술적 권위를 유지하기 위해 반대의 입장에서 물러서지 않는다는 의견이 나오기도 했다. 이들과는 반대로 이 지역 사람들은 다른 발굴품보다는 역사적 의의가 가장 큰 봉황종에 더 주목하였고, 지방정부가 봉황종을 크게 제작해서 지역의 상징으로 삼겠다는 발표를 하자 학계의 진위 논란에 관계없이 봉황종은 지역사람들의 마음에 상징으로 자리를 잡았다. 그렇게 되자 지방정부의 발표에 호응하여 지역에 바탕을 두고 있는 기업과 문화조직에서도 실질적 후원을 하겠다고 나섰다. 반대하는 입장에 있는 사람들은 즉각 지방정부의 경솔한 정책의 추진을 반대한다는 성명을 발표했지만 지역사람들의 민심을 업은 지방정부의 방침을 꺾을 수는 없었다.

"모두들 알겠지만 이곳 바위공원은 역사학계에서 초미의 관심 지역이 되었다. 이럴 때일수록 현장의 흙 한 줌까지도 조심해서 다루어야 한다." 젠즈가 발굴팀원들에게 각별한 당부를 했다.

"단장님, 혹시 누군가가 고의로 봉황종을 만들어 묻어두었을 가능성은 정말로 없겠죠?" 링천이 조심스레 의견을 제시했다.

"땅속에 있었던 수많은 유물의 존재를 미리 알고 봉황종을 묻었다면 그럴 수 있겠지, 내가 만약 그 입장이라면 봉황종을 묻는 것보다 먼저 다른 유물의 소유권을 얻는 방법부터 연구했을 것인데."

"이것들이 역사적 사실로 받아들여지기 위해서는 학계를 설득할 시간이 좀 더 필요하다는 생각입니다. 워낙에 충격적인 사건이어서 … " 링천이 말했다.

"여제사장과 봉황종의 발굴은 마치 누군가 고의로 연극의 무대처럼 꾸민 것처럼 보이기도 합니다. 하지만 깊숙한 곳에서 다른 것들과 함께 발견된 점토판에 쓰인 봉황종을 만든 목적을 적은 내용은 의심의 여지가 없어 보이는데, 혹시 링천 박사님도 반대하는 것은 아니지요?" 쓰우가 말했다.

"반대하는 것이 아니라 우리 스스로 더 철저히 검증을 해야 된다는 입장에서 말한 것이에요."

"어떻게 해야 그들을 설득할 수 있을까?" 젠즈가 고민이 가득한 얼굴로 말한다.

"에또, 우리 일본에서도 가끔 원시시대 유물과 고대 청동불상에 대한 진위 논란이 벌어지곤 하는데 사회적 찬반이 크게 엇갈릴 때는 합의가 쉽지 않아요." 도리이도 의견을 내었다.

"예전에 내가 한국의 박물관에서 파견연구원으로 일할 때에도 특이 양식의 불상에 대한 논란이 간혹 있었는데 어떤 것은 쉽게 결론이 났지만 어떤 것은 학계 내에서도 의견이 첨예하게 갈려 오랫동안 논란이 되기도 했어." 젠즈도 유사한 사건에 대한 경험이 있다며 말했다.

"이곳은 중국과 한국의 학계와 종교계에서 여러 의견이 나오면서 더 복잡해지는 것 같습니다." 다니엘도 말했다.

"이곳은 역사적으로 주권이 자주 바뀐 곳이어서 여러 시각이 나올 수도 있지. 앞으로 여러분들은 언론이 개별적으로 접촉해 오면 응하지 말고 매사에 조심하도록." 젠즈가 단원들에게 주의를 당부한다.

지방정부에서 봉황종을 크게 확대하여 만들겠다는 발표가 있고 구체적 일정이 제시되자 이를 앞장서서 추진하겠다는 사람들이 나타났다. 이처럼 시민의 호응이 좋은 일에 앞장서는 것은 자신의 이미지 재고에 좋은 효과를 발휘하므로 서로 앞다투어 나서는 것이다. 제작비용에 기부약정을 하겠다는 사람들이 너무 많아 처음 3.5톤 정도로 만들겠다는 계획은 시민들의 열화와 같은 참여로 금방 7톤으로 수정되었다. 흑룡개발산업의 펑쌍이 자신과 회사에 대한 이미지를 높이기 위해 앞장을 섰고, 사업으로 성공한 링천의 형 링챠오도 추진위원명단에 이름을 올렸다. 링챠오는 조상의 일을 이어가고 있는 링천을 열렬히 후원하는 사람이었지만 겉으로 드러나지 않다가 봉황종 발굴 때 크레인을 보내 도와주면서부터 발굴단들에게 조금씩 알려지게 되었다.

"와우! 링천 박사님, 형님이 엄청난 부자였네요. 몰랐어요." 쓰우가 링천을 빤히 쳐다보며 말하자

"형님이 부자인 것하고 나하고는 아무 관계없어요. 공부하는 사람이 큰 돈 필요 없잖아요."

"그래도 돈이란 건 많을수록 좋은 건데. 언제 형님에게 말해서 우리 발굴팀에게 한턱 쏘게 하세요." 쓰우가 말하자

"이보세요. 쓰우 씨, 회식은 우리 공금으로 하면 됩니다. 왜 관계없는 사람에게 부담을 줍니까?" 젠즈가 충고를 한다.

"단장님, 그냥 해본 소리이니 너무 신경 쓰지 마세요. 모르긴 해도 링천 박사님의 형님도 위대한 발굴을 한 우리 발굴팀을 보고 싶어 할 것입니다. 호호호!" 쓰우는 깔깔거리며 웃었다.

그런데 쓰우의 말은 사실이 되었다. 며칠 후 정말로 링천의 형 링챠오가 와서 그동안 노고가 많았다고 인사를 하고 발굴팀을 유명한 음식점으로 초대하는 것이었다.

박물관에서는 이번에 발굴된 유물의 일반 공개를 위해서 발굴 현장과 꼭 같은 특별 전시관을 두 동 만들기로 했다. 하나는 청동 주조 터의 모형과 그곳에서 나온 유물들을, 또 하나는 여제사장 과 봉황종이 나온 현장과 봉황바위를 실제 크기의 모형으로 만들 어 전시하기로 했다.

흑룡개발산업 빌딩에 있는 곤륜선국 준비사무실, 이곳에 가끔 씩 곤륜선단의 관계자들이 오는데 그때마다 평쌍은 몸을 조아리 며 그들을 맞는다. 그런데 이번엔 그들의 표정이 심상찮은 걸로 보아 중대한 임무가 떨어질 것이 분명하다. 평쌍이 잔뜩 긴장을 한다.

"평쌍, 지금까지 우리 선단에 대한 그대의 공헌이 높아서 우리 선주님께서 그대에게 특별히 선물을 보내오셨네." 높은 목깃에 얼굴을 반쯤 묻은 선단 관계자가 선주가 내리는 선약이라며 묘하 게 생긴 도자기병 하나를 평쌍에게 건넸다.

"이렇게 황공할 수가 … " 평쌍이 선약을 받아들고는 감사함에 허리를 펴지 못한다.

이 선약은 고대 선인들이 영생불사를 위해 개발했던 금단(金丹)을 현대화한 것으로 이것을 먹으면 적어도 10년은 젊어지는 효과를 본다는 것이다. 신생아 탯줄의 줄기세포와 산삼의 진액과 정기를 뽑아서 도사들을 통해 은밀하게 전수되어온 금단제조의 비법으로 만든 것이라는데 선단의 본부에서 만들어지며 자세한 제조법은 철저한 비밀이다. 완성의 과정에서 선주가 특별한 방법으로 기(氣)를 투사하기 때문에 이 선약을 하사받는다는 것은 선주의 각별한 신임을 뜻하므로 선단에서는 어떤 것과도 비교할 수 없는 최고의 선물이다.

"아! 선주님! 이 은혜를 어떻게 갚아야 할지 모르겠습니다. 감사합니다! 감사합니다!" 펑쌍은 선주가 있는 쪽을 향하여 무릎을 꿇고 3번을 절했다.

"어험! 펑쌍, 선주님께서 이리도 그대를 아끼시니 최선을 다해주게. 그래, 곤륜선국 건설은 잘 진행되고 있지?" 그 중 한 명이 위엄을 보이며 펑쌍에게 물었다.

"그럼요. 최고의 전통 건축가와 조경기술자, 최고의 농업기술자, 최고의 의료서비스 전문가 등등 모두 각 분야 최고의 전문가들에 의해 추진되고 있습니다. 이제 다른 조건들은 거의 갖추어 가고, 신화 속 동물들만 복원하면 그곳은 정말로 과거 선인들이 꿈꾸던 장생불사의 낙원으로 만들어집니다. 저의 마지막 소원도 그곳에 가서 선주님을 모시고 영생을 누리는 것입니다. 이런 허접한 세상에는 아무런 미련이 없습니다." 펑쌍이 계속 허리를 굽히고 대답을 한다.

"선단의 영광을 위해 마지막까지 최선을 다해주게." 다른 한 명이 거들먹거리는 자세로 말했다.

"알겠습니다."

"그런데 이번에 선주님께서 특별한 곤륜선국의 보물을 얻고자 하시네." 처음 말한 한 명이 더욱 위엄 있게 말했다.

"무엇입니까? 명령만 내리신다면 500캐럿짜리 다이아몬드도 구할 수 있습니다." 펑쑹이 얼굴에 결기를 보이며 답했다.

"다이아몬드는 필요 없어. 우리 선주님은 역사적 진실이 있는 보물을 원하시네."

"역사적 진실이 있는 물건이라니요?"

"새로 만들어진 물건은 우리 곤륜선국의 상징이 되지 못해, 수천 년 역사의 진실을 담고 있어야 해." 그들이 더욱 거들먹거리며 말했다.

"지난번 김철행 창고에서 나온 물건들 중에도 수천 년 된 물건이 꽤 있는 것으로 압니다." 펑쑹이 말했다.

"다른 박물관에서도 흔히 볼 수 있는 것은 안돼. 유일해야 하고, 신의 세계와 소통할 수 있는 것이어야 해." 한 명이 더욱 진지하게 표정을 지으며 말했다.

"그것이 무엇입니까?"

"얼마 전에 발굴된 봉황종! 여제사장이 안고 있었던 것."

"네? 지방정부에서 크게 만들어 이곳의 상징으로 삼고자 하는 것 말입니까? 제가 그 사업의 수석추진위원입니다. 까짓 것, 제가 감쪽같이 똑같은 것을 만들어 드리겠습니다." 펑쒕이 당황해 하며 말한다.

"새로 만든 것 말고 바로 그것! 여제사장의 기가 수천 년에 걸쳐 응축된 것." 그들의 태도가 단호하다.

"아, 무슨 뜻인지 알겠습니다." 펑쒕은 바로 그들의 요구를 받아들였다.

"할 수 있겠나?"

"하지만 탈취하더라도 워낙 사람들의 관심이 많은 것이어서 밖으로 보여주지도 못할 것인데 …… "

"선주님은 앞으로 백 년 동안 사람들의 눈에서 사라져도 좋다고 하셨다. 그 종만 확보하면 선계에서도 선주님의 위치를 얻을 수 있다고 하셨다. 할 수 있겠나?"

"알겠습니다. 선주님의 명령은 제 목숨을 버리는 한이 있더라도 반드시 성공하겠습니다."

"절대로 실패하면 안되네. 그리고 지난번 김철행의 보물창고는 어떻게 털었나?"

"사전에 창고의 위치는 파악하고 있었고, 그가 감시카메라를 수리하는 틈을 타 창고를 털고 후환을 없애기 위해 사람들이 의심할 수 없는 의외의 장소에서 의외의 방법으로 김철행을 제거했습니다."

"이번에는 대상이 공공기관이야. 그곳에 미리 정보원을 확보해 두고, 흔적을 남기지 않고 행동으로 옮길 수 있는 베테랑도 구하도록 해."

"박물관이라 쉽지 않은데요 … " 펑솽이 다시 주저하는 눈치를
보이자

"선주님의 관심사항이니 방법을 찾아보시게." 그들은 다시 단
호한 태도를 보인다.

"알겠습니다. 지난번 김철행을 없앨 때처럼 도저히 알지 못하는
방법으로 처리하겠습니다. 그리고 내부 정보원도 은밀하게 관리
를 하겠습니다."

"이 일을 실행에 옮길 자가 누구인가?"

"특별히 훈련된 자들입니다."

"선주님의 특명이니 깨끗이 처리해 주시게."

"염려 마십시오."

"신화동물 복원연구 협력은 잘되어가나?" 다른 한 명이 물었다.

"네, 곧 옌띠병원으로부터 자료를 넘겨받아 검증할 것입니다."

"그것도 차질 없이 잘하게."

치랑으로부터 신체강화 샘플을 넘겨받은 푸나는 일의 시급함을
느끼고 연구에 몰두하고 있다. 옌띠병원에서는 의학적 측면에서
신체능력강화 위주로 개발했기 때문에 환경이나 생화학 등 기초
분야의 문제에 있어서는 간과한 부분이 있을 수 있기 때문이다.

대개 약화된 근육강화방법은 단기적인 스테로이드 요법, 포도

당을 이용한 프롤로 치료법을 사용하였지만 이번 연구는 효소작용과 관련된 해당작용(glycolysis)을 하는 근질(sarcoplasm)에서 트로포닌C와 칼슘Ca2+가 결합하고 트로포닌T가 트로포마이오신을 끌어당기고 트로포닌I이 미오신과 액틴의 반응에 의해 작동되는 근수축과 신경계의 반응 메카니즘을 좌우하는 염기서열을 재조정하는 유전자 조작이다.

푸나는 정상적인 성분과 비정상적인 성분 반응 데이타를 검사한 후에 치랑이 넘겨준 것으로 실험을 해보니 정말로 일반 근세포에 비해 약 30%의 증강효과가 있었다. 그리고 푸나는 자신이 임의로 만든 물질로 실험을 해 보았다. 그러자 처음에는 근세포능력 증강효과가 감소되었으나 며칠 후에는 다시 더욱 강화되는 양상을 보이는 불규칙성을 보였다. 이는 근세포가 제대로 조절되지 못하고 순간순간 힘이 광폭하게 폭발한다는 것이다. 이런 경우 아무리 근수축의 반응이 좋아도 특정한 성분에 의해 쉽게 영향을 받을 수 있다. 그렇다면 문제를 해결하는 방법은 의외로 간단하다. 이상 강화된 근수축능력을 무력화시키는 물질을 개발하면 되는 것이다.

점심을 먹고 사무실에서 쓰우와 도리이가 휴식을 취하고 있다.
"아! 따분해. 어디 멋진 일 없나?" 쓰우가 식곤증을 날리려는 듯

기지개를 켠다.

"에이! 에이! 왜 쓰우 씨는 늘 재미있는 일만 찾으세요?"

도리아가 쓰우에게 질문을 하는 순간, 띠링띠링 띠리링♪ 띠링 띠리링 띠리링♬ 쓰우의 전화기가 울린다.

"어머! 안녕하세요? 대표님. 아, 네네, 알겠습니다." 쓰우는 전화기에 찍힌 이름을 보고 반색을 하며 통화를 한다.

"오카시 오카시! 이상하다, 누구에게서 온 전화이기에 그렇게 좋아해요?"

"멋있는 사람. 도리이도 알 것 같은데."

"저도 아는 사람이라구요?"

"응, 지난번 같이 만났어."

"누구지?"

"흑룡개발산업의 펑쌍 대표님."

"그래요? 그 사람이 왜 쓰우 씨에게 전화를 했을까요?"

"글쎄? 왜 일까?"

"쓰우 씨가 미인이니 또 전화를 한 것인가요?"

"그럴 수도 있지. 남자들은 예나 지금이나 미인만 보면 환장하잖아."

"쓰우 씨는 예뻐서 많은 남자들이 호감을 보이나 봐요."

"상관없어. 내가 필요한 것만 취하면 돼. 남자들은 예쁜 여자가 유혹하면 다 넘어가니." 쓰우는 의기양양하게 말한다.

"쓰우 씨는 남자들이 사랑의 대상이 아니고 이용하는 대상입니까?" 도리이는 쓰우가 이상하다는 눈초리로 물었다.

"그냥 현실적으로 판단한다는 얘기지 다른 뜻은 없어. 평쌍이 이따가 저녁 맛있는 것 사주겠다는데 같이 갈래?"

"어쩌지요? 저는 다니엘하고 약속이 있는데."

"알았어. 나 혼자 가지 뭐. 그런데 비밀로 해야 돼. 특히 예싼 오빠가 알면 골치 아프니 절대로 입 밖에 내지 말도록. 알았지?"

한 끼 식사비용이 근로자의 한 달 월급에 버금가는 이 도시의 최고급 레스토랑.

"대표님, 오늘 어쩐 일로 이렇게 비싼 곳에서 제게 저녁을 사겠다고." 평소보다 화장을 짙게 한 쓰우가 평쌍에게 질문을 한다.

"지난번 길에서 우연히 만난 후, 쓰우 씨의 아름다운 얼굴이 자꾸 떠올라서 실례를 무릅쓰고 전화를 드렸는데 응해 주시니 감사합니다." 평쌍은 아주 점잖은 표정으로 답한다.

"그런데 대표님, 오늘 매우 젊어 보입니다. 지난번보다 십 년은 젊어지신 것 같습니다." 쓰우가 애교 섞인 말투로 물었다.

"하하하, 쓰우 씨 같은 미인을 만나니 기분이 좋아서 그런가 봅니다."

"아닙니다. 정말로 젊어지셨어요. 무슨 묘약이라도 드시나 봐요?"

"사실, 얼마 전에 제가 아는 어느 훌륭한 분이 정성들인 약이라며 주셔서 먹었어요. 그 효험인가요? 기분으로는 쓰우 씨처럼 젊은 아가씨하고도 사랑을 할 수 있을 것 같습니다." 평쌍이 호탕하게 말했다.

"저의 연인이 되시겠다구요? 호호호. 하기야, 요새는 젊어지는 약이 많으니 나이를 구분할 수가 없어요. 호호호"

"쓰우 씨는 절대로 늙어지지 않을 미인입니다."

"듣기에 기분은 좋지만 … 대표님, 오늘 저를 만나자는 다른 이유가 있을 것 같은데요?" 쓰우가 실눈을 하면서 의심의 눈치를 보낸다.

"무슨 말씀을 하시는지? 정말로 갑자기 생각이 나서 전화를 드렸습니다." 펑쐉이 손사래를 친다.

"왜 그리 놀라세요? 그렇게 자신이 없으세요?" 오히려 쓰우가 도발적이다.

"아! 지난번에 박물관에 계신다고 들었는데." 펑쐉이 화제를 돌린다.

"맞아요. 얼마 전 바위공원 대박 발굴에 저도 참가했습니다." 쓰우는 의기양양 표정으로 말했다.

"아, 그래요? 훌륭한 일을 하셨습니다. 그래서 지방정부의 주관으로 바위공원에서 발굴된 유물을 일괄 복제하고 특히 봉황종은 크게 주조해서 시의 상징으로 만든다던데요?"

"그렇지요. 아! 펑쐉 대표님도 그 추진위원에 이름이 있는 것 같던데."

"그저 우리 문화를 사랑하는 마음에 참가합니다." 펑쐉은 겸손한 표정을 지었다.

"대표님, 멋지세요. 그런 훌륭한 일을 앞장서서 하시고." 쓰우는 엄지를 세우며 펑쐉을 칭찬했다.

"부끄럽습니다. 당연히 할 일을 하는데. 하하하!"

"하여간 이번 유물은 역사에 길이 남을 이 지역의 보물입니다."

"그렇지요. 영원히 보존해야지요. 그러려면 전시관을 짓는 것도 중요하지만 유물의 보관에도 매우 신경을 써야겠네요." 펑솽도 유물에 큰 관심이 있는 듯 말했다.

"그럼요. 전시관은 최대한 효과적으로 보여주어야 하고, 유물의 보관은 따로 특수 수장시설을 마련해서 탱크로 공격해도 아무런 일 없게 튼튼하게 해야지요." 쓰우는 자신 있게 답했다.

"발굴품들은 모두 박물관 수장고에 있겠네요?"

"네, 그게 아직 좀 문제입니다. 부실하거든요. 어떤 것은 현장 사무실에, 어떤 것은 박물관에 있어요. 이제 시에서 특별예산을 배정한다니 첨단시설로 보완해야지요."

"첨단 수장고 시설이 완비되는데 시간이 얼마나 걸릴까요?"

"왜요? 펑솽 대표님께서 자금을 지원해서 빨리 하게 독촉이라도 하려고요? 그래 주시면 고마운데. 호호호" 쓰우가 깔깔거리며 말하자

"당연히 제가 할 수 있으면 힘을 보태야지요. 수장고 시설은 어느 나라 것이 뛰어납니까?" 펑솽이 우쭐한 표정을 지으며 답했다.

"지금은 다 비슷비슷합니다. 독일, 일본, 한국 등등, 중국 것은 가격대비 성능에서는 가장 유리하죠."

"중국 것이 선정되면 주문하면 금방 오겠네요?"

"그렇겠지요. 혹시 대표님 아시는 회사라도 있습니까? 그러면 추천해서 비용을 좀 줄여달라고 하면 어떨까요?"

"제가 알아보겠습니다. 염려 놓으시고 한잔 드세요. 이것은 프랑스 최상류층 사교계에서도 보기 드문 최고급 와인입니다." 펑쑹이 쓰우의 빈 잔을 채우며 말했다.

"대표님이 점점 멋있어 보입니다."

"하하하, 쓰우 씨가 칭찬해주시니 영광입니다. 오늘 저녁은 정말로 황홀하겠습니다."

펑쑹과 이야기하면서 홀짝홀짝 마신 술이 과해졌는지 쓰우의 눈에는 묘한 환상이 가물거리며 보이기도 한다. 근육질의 검은 말이 질주해 와서 그 말에 올라타니 말은 온갖 꽃들이 피어있는 들판을 달리고, 말의 목덜미를 안으니 금세 말의 어깨에 날개가 돋아나더니 쓰우를 태우고 보석이 뿌려진 것처럼 영롱하게 빛나는 구름 위로 날아갔다. 그 광경들이 얼마나 아름다운지 쓰우는 자신의 신체 어느 것 하나 마음대로 할 수 없을 정도로 황홀하였다.

발굴팀 사무실에서 새로운 전시관 건립문제를 논의하고 있다.

"링천, 전시관 건립에 대한 공모절차가 벌써 끝났다는데." 젠즈가 링천에게 물었다.

"네, 단장님, 이번 지방정부의 지도자가 바위공원에 특별히 애정을 가지고 계셔서 그런지 일의 추진이 일사천리입니다. 이런 지도자를 만난 것도 행운인 것 같습니다. 어떤 지도자들은 계획을 발표했다가도 몇 사람만 반대해도 겁을 먹고 바로 꼬리를 내려서 일을 포기해버리던데 … ”

“맞아, 그런 지도자를 만나면 되는 것도 없고 안되는 것도 없더라. 이번에 선정된 설계안은 어떻다든가?”

“이번 전시관 공모에서 유럽에서 공부한 건축가와 미술가들이 공동으로 설계해서 출품한 것이 선정되었는데 바위공원과 잘 어우러져서 앞으로 이 도시의 명소가 될 것 같습니다. 꽤 규모가 있고 아름다워서 야외결혼식이나 파티의 장소로도 사용이 가능할 것 같습니다.”

“이번에 박물관 수장고 보안시설 확충을 담당할 업체는 이 평화구역 내에 있는 업체가 선정되어서 일이 훨씬 수월하겠다.” 젠즈가 말하자

“그 업체의 사장도 전시관 일부는 기부하겠다고 했습니다.” 링천이 밝은 얼굴로 말했다.

“갑작스런 계획이 세워지다보니 예산이 빠듯한데, 다들 흔쾌히 도와주신다니 감사할 따름이지 뭐.” 젠즈가 흡족한 듯 말하자

“그렇지요. 그 만큼 이번 발굴의 성과가 사람들에게 좋은인상을 준 것이죠. 제 형님도 그 중의 한 명이지요. 하하하” 링천도 웃으며 답한다.

회의가 진행되는데 쓰우는 계속해서 휴대폰 거울 앱으로 얼굴을 보고 있다. 요즘 부쩍 거울을 많이 본다.

“쓰우 씨, 화장하지 않아도 아주 예쁘니 거울 그만 보세요. 거

울 닮겠어요." 젠즈가 한마디 한다.

"갑자기 쓰우의 얼굴이 더 예뻐지고 옷도 고급스러워지는데 무슨 좋은 일 있나? 예싼 박사하고 결혼날짜 잡았나요?" 다니엘이 옆에서 거든다.

"쓰우 씨는 저녁에도 늦게 들어오는 때가 많아요." 같은 건물에서 숙소를 정하고 있는 도리이까지 간섭을 하자.

"에휴~, 여자의 본능은 예뻐지는 것인데 웬 간섭들이 이렇게 많은지? 단장님 이번에 새로 나온 휴대폰용 거울앱의 성능이 그만입니다." 쓰우는 아랑곳 않고 능청을 뜬다.

"무슨 거울인데?"

"이게 한국의 유명한 화장품 회사에서 특별히 개발한 거울앱인데, 이 거울을 보고 있으면 얼굴형에 맞는 최상의 화장법을 안내할 뿐 아니라 얼굴 반점과 주름의 상태와 이를 적절히 치료해주는 병원의 명단까지 다 알려줍니다."

"그래? 그 거울 앱이 쓰우 씨에게 뭐라 하지 않던가?" 젠즈가 정색을 하고 물었다.

"무슨?"

"쓰우는 세상에서 제일 예쁜 미인이니 이 거울이 필요 없습니다라고."

"호호호! 단장님도. 이거 사모님 휴대폰에 깔아 줘보세요. 대접이 달라질 것입니다." 쓰우도 지지 않고 젠즈에게 능청을 뜬다.

"쯔쯔! 못 말리겠다, 쓰우." 링천이 혀를 찬다.

"앞으로 유물복제를 위한 3차원 스캐닝과 보존처리업체의 직원들이 자주 방문할 것인데 유물보안을 위해 인원출입에 각별히 신경 쓰도록. 링천, 외부 전문보안업체에서 경비를 서겠지만 우리 발굴팀도 특별히 신경을 썼으면 좋겠네. 만약 순환근무조를 편성해야 한다면 나도 끼워 줘."

"너무 염려 마십시오. 단장님께서 안심하실 수 있도록 최선을 다하겠습니다."

쓰우와 예싼이 카페에서 대화한다. 쓰우의 표정은 굳어있는 것 같은데 예싼은 연신 싱글벙글한다.

"오늘 무슨 일이 있어서 쓰우가 먼저 나를 만나자고 해? 요즘 좋은 일이 있는가 봐? 점점 예뻐지고 있다. 좋은 일이면 나에게도 알려줘야지." 예싼이 여전히 싱글벙글하며 물었지만,

"오빠, 제가 예싼 오빠와의 관계를 진지하게 고민을 한 적이 있을까요 없을까요?" 쓰우는 냉랭하게 말한다.

"왜 그런 걸 물어? 당연히 우리의 관계에 대해 고민이 있어야지, 왜? 무슨 문제라도 있어? 쓰우는 어떤 고민도 하지 마. 이 오빠가 다 해결할 거야."

"오빠, 저는 본능적으로 매우 사교적이고 화려한 삶을 추구하는 편입니다. 그런데 예싼 오빠는 매우 고지식한 사람입니다. 서로 너무 다르다는 뜻입니다."

"쓰우가 왜 그런 생각을 할까?" 예산은 얼굴색이 창백하게 바뀌면서 말했다.

"예싼 오빠, 오빠에게는 저보다는 얌전한 성격의 여성이 잘 어울린다고 생각해요. 제가 이렇게 말하면 야속하게 느껴지시겠지만 더 늦기 전에 분명히 해야 할 것 같아서 말씀드리는 것입니다. 그냥 어린 시절에 같이 자랐던 친한 친구의 동생으로 생각하세요. 아무리 생각해도 오빠와 저는 남녀 사이로는 잘 맞지 않는 것 같아요." 쓰우가 말하자

"쓰우의 개인적인 취향에 대해서는 굳이 관여하고 싶지는 않아. 하지만 네가 화려한 삶을 꿈꾼다는 것은 정서적으로 불안정하다는 표시이기도 해, 그럴수록 너를 진정으로 사랑하고 후원해줄 수 있는 사람이 필요하다는 뜻이지. 만약 그렇지 못하다면 쓰우는 아주 작은 사건에도 쉽게 흔들려서 삶이 불행해질 수 있어. 내가 너의 생각과 많이 다르다는 것은 알지만 나는 충분히 그 차이점을 이해할 수 있고 무엇보다 나처럼 진정으로 쓰우를 이해하고 후원해 줄 수 있는 사람이 있을까를 생각해보면 나는 지금 너의 말을 인정할 수가 없어. 지금은 내가 말단의사라서 너무 바빠서 쓰우가 나에게 부족함을 느낄지 모르지만 조금만 지나면 누구보다 능력 있고 든든한 후원자가 될 수 있고 함께 할 수 있는 시간을 많이 만들 수 있어." 예싼이 격정적으로 심정을 토로했다.

"아닙니다. 오빠와 저는 차이가 너무 많아요. 빨리 저를 잊고 다른 사람을 찾으세요." 쓰우의 차가운 표정에는 흔들림이 없다.

"요즘 부쩍 달라 보이더니 무슨 일이 있었던 거야? 대체 왜 그

래?” 예싼은 쓰우의 어깨를 잡고 흔들며 물었다.

“아니에요. 저는 원래 그랬어요. 아시잖아요, 학교 다닐 때에도 제 주변에는 늘 남자들이 넘쳤잖아요. 저는 절대로 오빠에게 어울리는 요조숙녀가 될 수 없어요. 그러니 저를 포기하세요. 솔직히 지금까지 사람들이 자꾸 저와 오빠를 그렇고 그런 사이로 보는 것이 부담스러웠어요. 저 먼저 일어날게요.” 쓰우가 예싼을 뿌리치며 자리에서 일어났다.

“쓰우야! 그동안 사람들이 우리 둘을 잘 어울리는 사이로 보는 것을 너도 좋아했잖아. 쓰우야! 기다려!” 예싼이 간절하게 쓰우를 불렀지만 쓰우는 뒤돌아보지 않고 카페를 나갔다.

치랑이 푸나, 링천과 한 자리에 앉아있다.

“두 사람을 보자고 한 것은 최근 예싼 박사의 행동이 이상해서 그래요. 평소에도 무뚝뚝한 편이었지만 요즘은 얼굴색이 창백할 정도로 차갑게 느껴집니다. 혹시 쓰우 씨에게 아무 문제가 없습니까?” 치랑이 수심이 가득한 표정으로 말을 꺼낸다.

“최근 쓰우의 행동에서 이해하지 못할 부분들이 있습니다. 쓰우가 원래 활달하고 꾸미기 좋아하는 사람이기는 하지만 요즘은 부쩍 심해졌어요. 화장이 짙어지고 향수냄새가 강해졌고, 우리 발굴단의 보수로서는 생각할 수 없는 고급 옷과 악세사리로 치장하는 날이 많습니다. 도리이의 말을 들으면 밤에 숙소에서도 잘 볼 수 없다고 하는데, 개인 사생활을 꼬치꼬치 따질 수도 없고 … ” 링천도 쓰우가 걱정되는 표정으로 말했다.

"제가 보기에, 원래 쓰우 씨와 예싼 박사님은 어울리는 상대가 아닙니다. 쓰우 씨는 매력적인 여성이어서 웬만한 남성들은 끌릴 것입니다. 쓰우 씨 자신도 그것을 알기에 숱한 남성들이 자신의 매력에 빠져드는 것을 즐기고 있을 거예요. 하지만 결국 그것 때문에 쓰우 씨는 불행해질 수 있어요. 저는 예싼 박사님이 쓰우 씨에 대한 미련을 빨리 버릴수록 좋다고 생각해요. 그렇지 않으면 예싼 박사도 결국 불행해질 수 있어요. 치랑 씨가 예싼 박사를 잘 타일러 보세요. 나는 두 사람이 머지않아 큰 불행을 맞을까 걱정입니다. 그리고 그들의 불행이 어찌 그들의 불행으로 끝나겠습니까? 우리 모두의 불행이 될 수도 있어요." 푸나가 말하자

"푸나가 보기에 두 사람이 그 정도로 너무 안 어울린다는 거야?" 치랑이 물었다.

"그래요. 두 사람만 생각하면 마음이 아파요." 푸나가 가슴을 치며 말했다.

"내 생각에는 푸나에게도 어떤 선입견이 작용하는 것 같다. 사람 사이가 불행해지는 것은 서로의 감정을 잘 조절 못해서 그렇다고 봐. 예싼은 침착해서 감정조절문제는 극복할 수 있을 거 같은데 … " 치랑이 근심이 가득한 표정으로 말한다.

"내가 두 사람에 대해 선입견을 가졌다는 말은 옳지 않아요. 굳이 선입견이라고 말해야 한다면 여자의 육감 정도로만 이해하세요." 푸나는 에둘러 자신의 느낌을 말했다.

"어쨌든 요즘 쓰우는 옆에서 보기에 조금 위태위태합니다." 링천의 얼굴이 더 어두워졌다.

"갑자기 왜 그럴까요?" 치랑이 의문을 표하자,

"극복할 수 없는 유혹에 넘어갔겠지요. 다른 이유가 있을 수 없잖아요?" 푸나가 단정적으로 말한다.

"어떤 유혹? 평생 아무것도 하지 않고도 화려하게 살 수 있는 남자를 만났을까?" 치랑이 묻자,

"우리 발굴단에서도 쓰우에게 뭔가를 물어보면 불같이 화를 내서 제대로 물어보지도 못해요." 링천이 답했다.

"화를 낸다면 뭔가 말할 수 없는 사정이 있는 거 아니겠어요?" 치랑이 의문을 표하자,

"말할 수 없는 사정이라면 떳떳하지 못한 사정이 아닌가요?" 링천이 물었다.

"아주 위험한 사정일 수도 있습니다. 링천 박사님, 쓰우 씨에게 아주 중요한 일을 맡기는 것은 당분간 자제하는 것이 좋겠습니다." 푸나가 링천에게 당부를 한다.

"허~, 사생활 문제로 업무에서 배제할 수는 없어요." 링천은 난감한 표정이다.

"링천 박사님은 제 말을 못 믿으시겠지만 쓰우 씨는 분명히 나쁜 유혹의 덫에 빠졌어요." 푸나가 다시 강조했다.

"나쁜 유혹의 덫이라니요?" 링천이 물었다.

"상대방이 나쁜 의도를 가지고 접근했을 수도 있다는 뜻이지요." 푸나가 말했다.

"그러면 큰일이다. 예싼 박사는 순수해서 쓰우 씨에게 그런 일이 일어나는 것을 감당할 수 없을 것인데. 푸나야, 막을 수 있는

방법이 없을까?" 치랑이 답답해하며 물었다.

"휴~, 만약에 그 일이 쓰우 씨에게 운명이라면 피하기가 쉽지 않을 것입니다." 푸나가 한숨을 쉬며 답했다.

"그러면 어떻게 해야 하나? 예싼 박사가 큰일인데." 치랑의 얼굴이 어둡다.

"그래서 당분간 쓰우 씨에게 무슨 일을 맡길 때는 혼자 하도록 하지 말고 다른 사람과 같이 하게 하는 상황을 만들라고 말한 겁니다." 푸나가 말하자,

"그렇게 해서라도 방지할 수 있다면 그래야지요." 링천이 말했다.

이야기를 하는 내내 이들의 얼굴에 걱정이 사라지지 않는다.

병원에서 휴식시간에 치랑이 예싼과 대화를 하고 있다.

"예싼, 요즘 쓰우에게 좋지 않은 일이 생긴 것이 아닐까? 사람들이 많이 걱정을 해." 치랑이 예싼의 눈치를 살피며 물었다.

"맞아, 쓰우가 요즘 갑자기 너무 이상해졌어. 나를 만나려고도 않고 어쩌다가 만나면 내가 쓰우를 만나고 있는지 의심이 들 정도로 사람이 바뀌었어. 원래 아주 활달하고 개방적인 성격이었는데 요즘은 개방적인 것이 아니라 이상한 사람으로 변했어. 밝고 명랑한 구석은 어디로 갔는지 찾을 수 없고 퇴폐적인 농염함만을 보이는데 자신의 의지를 잃어버린 것 같아." 예싼의 얼굴에 걱정이 가득하다.

"정신적인 문제일까?"

270

"글쎄, 내가 보기엔 정신적인 문제는 아닌 것 같기도 하고."

"귀이 박사에게 데리고 가 보자. 귀이 박사는 원인을 알지도 몰라." 치랑이 제안을 했다.

"그래볼까? 쓰우가 자기를 정신병자 취급한다고 난리를 칠 텐데, 휴~"

치랑과 예싼은 쓰우에 대한 걱정으로 한동안 말을 않고 무거운 침묵이 흘렀다.

"그건 그렇고, 치랑 박사, 이번에 우리 병원의 신체강화기술연구를 흑룡개발산업에 넘겨주기로 한 것 문제가 없을까? 아무리 병원이 경영환경개선을 위한다지만 임상을 통한 검증 없이 연구결과물을 건넨다는 게 영 꺼림칙하네." 예싼은 화제를 돌려 신체강화기술을 거론한다.

"실은 나도 그래. 푸나도 좋지 않은 예감이 든다고 했어. 우리 둘이 핵심연구원이니 쟝치우 병원장에게 시간을 조금 늦춰달라고 해볼까?" 치랑이 예싼의 눈치를 보며 의향을 살폈다.

"우리 요구를 들어줄까? 그쪽에서 상당히 재촉한다는데. 무슨 사정이 있다던데. 뭐 대단한 공원인가 연수원인가를 건립한다는데 잘 모르겠어." 예싼이 심드렁하게 말한다.

"우리 쪽에서 넘겨주기로 한 신체능력강화기술도 문제지만 그렇게 태어난 동물에겐 인간에게 복종하는 유전자도 심어야 하는데 아직 그것도 해결하지 못한 상태라서. 후~" 치랑이 크게 한숨을 쉰다.

"그쪽에도 연구원들이 꽤 있으니 웬만큼 소소한 문제는 자체적으로 해결할 수 있을 테니 우리 연구결과를 빨리 넘겨달라고 요구하고 있어. 어쩌지?" 예산은 착잡한 표정이다.

"맞아! 그 중에 한 명이 푸나의 연구보조원이었는데 이번에 푸나를 배신하고 갔나보더라. 푸나에게 엄청 화를 나게 만들었어, 개자식!" 치랑이 얼굴을 붉히며 말했다.

치랑과 예싼이 병원장실에 찾아갔다.

"원장님, 이번에 흑룡개발산업에 넘기기로 한 연구결과 이전을 조금만 늦추면 안되겠습니까?" 치랑이 쟝치우에게 요청을 했다.

"어려운데, 왜?"

"신체강화에 대한 검증은 마쳤으나 강화된 동물의 인간에 대한 복종 여부에 대해서 검증을 마치지 못했으니 나중에 아주 위험한 동물이 나타나게 될 수도 있습니다. 몇 달만이라도 늦춰보시지요."

"자네들이 그렇게 부탁을 하니 흑룡 쪽에 물어는 보겠네만 그쪽도 꽤나 서두르는 모양이어서 힘들 거야. 자네들도 들었는지 모르겠지만 흑룡개발산업이 아무르강과 후마강 사이에 거대한 연수원인가 뭔가를 짓고 있는데 규모가 어마어마하대. 이번에 그쪽에서 우리 옌피병원과 포괄적 의료협력 MOU를 체결하려고 하는데 성사가 되면 우리 병원이 지금보다 한층 성장할 수 있는 절호의 기회야."

"병원의 규모를 늘리는 것도 중요하지만 그보다 의료인의 양심을 지키는 것이 더 중요합니다. 그러니 시간을 더 달라고 해보세요."

"의료인의 양심도 중요하지만 병원도 성장해야 될 때 성장하지 못하면 퇴보하게 돼. 환자를 제대로 치료하는 것도 중요하지만 경영인의 입장에서 어떤 때는 직원들 복지와 병원경영이 환자 몇 명보다 더 중요할 수 있어. 그러니 기회가 왔을 때는 기회를 잡아야 하는 거야. 그렇지 않아도 우리 병원을 제치고 흑룡개발산업과 손을 잡으려는 어떤 의료법인이 방해를 하려고 하는데 이번 일로 그들의 심기를 잘못 건드리면 기회가 날아갈 수 있어. 자네들이 우려하는 것은 이해하지만 그쪽에도 나름 검증 시스템이 있다고 하니 너무 걱정은 말자고."

푸나푸나푸나♬ 푸나푸나푸나♪ 치랑의 전화기가 울렸다.

"치랑 박사님이시죠?"

"그렇습니다만 누구시죠?"

"손규영 형사입니다."

"경찰에서 또 무슨 일로 저를?"

"이따가 잠깐 시간을 내 주실 수 있습니까?"

"혼자 아니면 예쌴 박사와 같이?"

"같이 뵈면 더 좋고요. 시간을 정해주시면 제가 찾아가겠습니다."

"무슨 일이기에 우리 둘을 보자고 한 것입니까?" 병원으로 찾아온 손규영 형사에게 치랑이 물었다.

"음, 두 분은 지금 옌띠병원이 흑룡개발산업과 공동 추진하는 프로젝트의 핵심 연구원이시죠?" "그렇습니다만."

"며칠 전 두 분께서 프로젝트를 연기하자는 의견을 내었지요?"

"아니 경찰이 그런 것도 알고 다녀요?" 치랑이 놀라며 물었다.

"경찰은 정보를 구하기 위해 어느 조직에서도 협력자를 구합니다."

"그럼, 우리 병원에도 있겠네요?" 예싼이 물었다.

"병원과 같은 공익적 사업장은 굳이 협력자를 둘 필요가 없습니다." 손 형사는 손을 저으며 아니라고 했다.

"저희를 보자고 한 목적은 무엇입니까?" 치랑이 물었다.

"흑룡개발산업은 간단한 회사가 아닙니다. 그들 뒤에는 곤륜선단이라는 종교를 빙자해 세계 각국에 연결된 거대 사교조직이 있는데 명령체계가 매우 일사불란합니다. 지도부의 명이 어겨지는 것은 용납되지가 않아요." 손 형사가 말하자,

"아니, 이 시대에도 아직 그런 독재국가 같은 집단이 있답니까?" 예싼이 벌컥 화를 낸다.

"보이지 않는 독제국가이죠. 이번에 옌띠병원에서 넘겨주기로 한 연구결과가 그쪽에서는 시일이 급한 것인가 봅니다. 다른 동물개발시설과 실험장비는 다 갖추어졌는데 이쪽 병원의 것만 그쪽으로 가면 바로 모종의 동물개발에 들어간다고 합니다. 그런데 두 분이 연기를 요청하니 그쪽 지도부에서는 두 분에 대해 매우 화가 난 것 같습니다." 손 형사가 정황을 말해줬다.

"아니, 연구를 완성해서 주겠다는데 왜 그러는지 모르겠네." 예싼이 말했다.

"혹시, 두 분이 연구하시는 신체강화 연구가 사람의 수명에도 영향을 끼칩니까?" 손 형사가 물었다.

"그럴 수도 있습니다. 신체를 전반적으로 강화시키는 것이니 체력이 약화된 노인들에게 영향을 미칠 수 있지요." 치랑이 답했다.

"아! 왜 그런지 감이 옵니다. 그런데 그쪽 집단은 자신들의 계획에 방해가 된다고 판단하면 가차 없이 벌을 내리는 조직 내부의 규율이 있어요. 조심하세요." 손 형사가 말했다.

"아니, 공부하는 연구자들이 무슨 죄가 있다고 벌을 내려요? 참나, 이러한 문명의 시절에 아직도 그런 광신적 집단이 활개를 치다니, 국가는 뭐하며 세계의 경찰들은 뭐하는 것인지? 쯧쯧" 예싼이 말했다.

"예로부터 종교는 각종 선거에 영향력을 많이 행사해서 정치인들이 건드리길 꺼려하지요." 손 형사가 말하자

"그럼 정말로 어떻게 하는지 두고 봐야겠네. 연구결과를 좀 더 질질 끌어보지 뭐." 예싼이 심통스럽게 말했다.

"사실, 두 분은 흑룡개발산업의 펑쌍과는 구원이 있잖아요?"

"무슨 구원이 있어요?" 치랑이 물었다.

"바위공원 개발 사건으로 펑쌍이 구속이 되었었고, 담당 공무원이 파면되었잖아요. 그때 개발을 가장 활발하게 반대했던 두 분이니 구원이 있는 것이지요."

"그때 개발을 반대하지 않았으면 아마 지금의 봉황종 발굴도 없

었을 걸요? 그런 중요한 역사가 개발의 미명에 사라졌다면 얼마나 손해입니까?" 치랑이 말했다.

"만약 그들이 개발허가를 획득했다면 이번에 새로 나온 엄청난 발굴품들이 몽땅 그들의 것이 될 수 있었을 것인데 그들 입장에서는 무척 아쉬울 것입니다." 손 형사가 말하자,

"젠장, 여러 가지로 구원이 엮여져 있구만!" 예싼이 대꾸한다.

"저는 몇 가지 사건에서 펑쌍과 흑룡개발산업을 주목하고 있어요." 손 형사가 말한다.

"그 시커먼 용 회사와 연관된 사건이 생각보다 많은가 보지요?" 예산이 물었다

"그들의 범죄는 단순한 것이 아닙니다. 때로는 고도의 심리적인 방법을 통하여 범죄를 감행합니다. 지난번 서커스를 관람한 사람이 숨진 것은 어쩌면 그들의 심리전 연습이었던 것 같습니다." 손 형사가 말했다.

"맞아요, 그때 사망한 사람이 아마 내 뒤에 앉았던 관객인 거 같아. 같이 온 사람에게 병원에 데리고 가라고 했는데도 그냥 방치해서 그렇게 된 것 같아." 치랑이 고개를 끄덕이며 말한다.

"손 형사님 말씀처럼 그럴 가능성이 있어요. 나도 그때 기분이 이상해지는 것을 느낄 수 있었어." 예싼이 말하자

"그 이후, 흑룡개발산업에서는 직원들을 상대로 수시로 공연을 했고 그때마다 완전히 정신을 잃어버리는 직원들이 나오곤 했답니다. 흑룡개발에서는 그런 직원들을 별도로 모아 모종의 정신교육을 시킨 다음 어디론가 보낸다고 합니다. 멀리 북쪽에 곤륜선

국이라 일컫는 그들만의 왕국을 건설하는 곳에 일하러 간다고 하는데, 하여간 사람들을 이상하게 세뇌하는 기술이 있다고 하더군요." 손 형사가 비교적 상세히 설명했다.

"아무리 자극적이어도 반복해서 보면 흥미가 떨어지는 법인데. 신빙성이 가지 않습니다. 회사의 일이니 지원해서 간 사람들이지 않을까요?" 치랑은 회의적이지만,

"아니야. 그럴 수도 있어. 자극적인 경험의 단순 반복이면 금방 싫증이 날 수 있으나 반복할 때마다 물질적 보상이라는 자극수단을 사용하면 오히려 점점 더 열광적이 될 수도 있어." 예싼은 인정하는 의견이다.

"또 의심이 가는 사건은 골동품 밀매업자 김철행 살인사건입니다. 오래전에 평쑹이 김철행에게 많은 골동품을 대량으로 사겠다고 해서 보여주었는데 이후 협상과정에서 서로 합의를 못하고 있는 와중에 김철행이 대낮에 길거리에서 총에 맞아 죽은 것입니다. 범행의 방법은 범인이 투명망토를 쓰고 매우 지근거리에서 쏜 후 달아났고, 김철행의 유물창고에 있었던 많은 물건은 하나도 보이지 않았습니다. 아직까지 아무런 증거를 찾지 못하고 있습니다. 우리 경찰에서는 이 사건에도 평쑹이 연계되어 있다고 짐작을 하고 있습니다."

"말씀하신 그런 사건들은 우리와 아무 관계가 없는 것 아닙니까?" 치랑이 말했다.

"또 한 가지 있는데. 혹시, 푸나 씨가 이전에 치랑 박사님에게 말해준 내용 없습니까?"

"아니요. 무슨? 혹시 …… ?" 치랑이 얼굴이 붉어지며 물었다.

"앞뒤 정황에 맞추어 어쩌면 그럴 수도 있다는 것으로 짐작하고 있습니다만 증거가 있는 것은 아닙니다." 손 형사가 말했다.

"확실하지 않은 증거로 처벌도 못할 거면서 괜히 사람의 감정만 상하게 하지 마십시오." 치랑은 화를 억누르며 말했다.

"더 증거를 찾아보겠습니다. 예싼 박사님, 발굴단의 쓰우 씨와는 잘 아는 사이 아닌가요?"

"그렇습니다만 왜 그러시는지?" 예싼이 불쾌한 표정을 지었다.

"쓰우 씨가 펑쌍과 자주 만난다는 첩보가 있습니다. 아까도 말했다시피 그들은 사람들의 심리를 이용합니다. 최근에 쓰우 씨가 많이 이상하다면 의심할 여지가 있습니다." 손 형사가 말하자,

"허~ 그래요? …… , 사실, 요즘 쓰우가 많이 이상해졌고, 발굴단원들 사이에서도 쓰우에 대한 말들이 많아요. 어떻게 해야지요?" 예싼이 근심어린 얼굴로 물었다.

"저희 경찰도 사생활은 어떻게 할 수 없습니다. 펑쌍의 배후인 곤륜선단은 워낙 방대하고 은밀한 조직이라 경찰로서도 쉽지가 않습니다. 그리고 제 생각에 두 분의 연구결과도 십중팔구 좋지 않은 일에 이용되리라고 봅니다." 손 형사는 어두운 표정으로 말했다.

"참, 난감하네요. 병원에서도 빨리 연구결과를 내놓으라고 난리인데. 이것을 쟝치우 병원장에게 말해도 됩니까?" 치랑이 한숨을 쉬며 물었다.

"아니요. 절대로 해서는 안됩니다. 그러면 우리 경찰에서 문제

를 해결하는데 점점 어려워집니다. 두 분은 그냥 연구결과를 넘겨주세요. 그냥 정상적인 관계를 이어가셔요. 그래야 나중에 문제를 해결하는데 좋습니다."

"아니, 그놈이 우리에게 그런 나쁜 짓을 했는데 어떻게 모른 척할 수 있겠습니까? 우리가 심혈을 기울인 연구성과를 우리의 적들에게 넘겨야 하다니. 게다가 놈들은 이미 우리에게 모종의 복수를 해왔어. 세상에 이런 어처구니없는 일이 있나. 이쌍!" 예싼의 얼굴이 분노로 일그러진다.

"푸나 씨와 쓰우 씨를 잘 보호하세요. 두 분 박사님에게도 위협을 가할지 모르니 조심하십시오. 저도 은밀히 돕겠습니다."

옌띠병원 정신과 궈이 박사의 진료실 앞, 궈이가 다른 환자들을 진료하는 동안 대기실에서 예싼과 쓰우가 실랑이를 벌이고 있다.

"오빠, 더 이상 나에게 지나친 관심을 말아줘. 왜 이래? 나를 정신병자 취급을 하고." 쓰우가 예싼에게 엄청 화를 내고 있다.

"아니야. 쓰우는 지금 아무래도 정상이 아니야. 그냥 궈이 박사와 얘기만 해봐." 예싼은 애원하듯이 구슬린다.

"만약에 내가 정신적인 문제가 없다고 하면 다시는 오빠를 보지 않을 것이야." 쓰우가 날카롭게 쏘아붙인다.

"그런 험한 말은 하지 말고."

"쓰우님, 들어가세요." 간호사가 안내했다.

"아니, 쓰우 씨 아닙니까? 어서 오세요. 예싼 박사도 같이 오셨네. 무슨 일로?" 궈이가 자리에서 일어나며 예싼과 쓰우를 맞았다.

"요즘 쓰우가 스트레스가 많은지 보통 때와 조금 달라서…. 문제가 없는지 간단한 검사 좀 해주셔요." 예싼이 궈이에게 말했다.

"우리 예쁜 쓰우 씨께서 무슨 문제가 있습니까? 얼굴은 훨씬 예뻐졌는데." 궈이는 두 사람에게 가볍게 미소 지으며 말했다.

"그렇지요 박사님? 제가 문제가 아니고 예싼 오빠가 스트레스가 많아서 과민해지신 것 같아요. 검사 받아야 할 사람은 제가 아니고 예싼 오빠 같은데. 흥!" 쓰우는 여전히 화가 난 얼굴로 말했다.

"쓰우 씨, 일단 오셨으니 예방차원에서 검사를 한번 해보시지요. 겉으로는 나타나지 않아도 잠재되어 있는 이상 부분이 있을지 모르니." 궈어가 쓰우를 달래면서 검사를 권유했다.

"그래, 쓰우야. 그냥 검사만 해봐."

"알았어. 그냥 검사만 해볼 거야."

"다른 검사는 제외하고 간단한 뇌기능 검사와 심리테스트만 하면 됩니다. 마음을 편안하게 하세요." 궈이가 쓰우를 안심시켰다.

"아니, 제가 왜 뇌기능 검사까지 받아야 하나요?"

"하하, 옛날에는 기능적 자기공명(fMRI)이나 CT검사라는 비교적 복잡한 검사법을 활용했지만 지금은 머리에 모자 같은 것으로 간단히 검사할 수 있어요. 5분밖에 걸리지 않습니다."

5분 후, 예싼이 초조하게 궈이의 얼굴을 쳐다본다.

"특별한 이상은 보이지 않습니다. 일반적으로 자신이 하는 일이 적합한지 아닌지를 관장하는 내측 전전두엽 피질의 활성화가 조금 부족하지만 크게 드러나는 것은 아닙니다. 잠시 어떤 다른 일에 매우 몰두했을 때 일어날 수 있는 현상일 뿐 병적이라고 판단을 할 수는 없습니다. 사실 사람들은 생활이 너무 힘들어 스스로 이런 기능을 마비시키는 것이 행복할 때도 있습니다."

진찰을 끝내고 예싼과 쓰우가 또 병원 앞에서 실랑이를 벌인다.

"그 봐. 내가 아무 문제가 없다고 했잖아. 왜 사람 이상하게 만들고 그래? 나 당분간 오빠를 보고 싶지 않으니까 연락하지 마!" 쓰우의 표정에 찬바람이 분다.

"쓰우야, 너 요즘 이상한 사람 만나는 것, 나 다 알고 있어."

"무슨 이상한 사람?"

"너 흑룡개발 평쑹 만나고 다니잖아. 네가 그와 있는 것을 봤다는 목격자도 있고, 너의평소 행동에 대해서도 사람들 사이에 말이 많아. 제발 정신 좀 차려라, 응." 예싼이 애원을 한다.

"내가 평쑹 대표를 만나든 말든 오빠하고 무슨 상관이야? 내가 오빠와 결혼을 한 것도 아닌데." 쓰우가 예싼을 쏘아붙인다.

"으~, 어떻게 네가 내게 그런 말을 할 수 있어? 너무 잔인하다." 예싼의 얼굴이 창백해졌다.

"지금까지 고리타분한 오빠가 나에게 잘해주는 것이 안쓰러워서 오빠에게 잘해줬지만 이젠 냉정해야겠어. 지난번에도 말했지만 오빠와 나는 근본적으로 성향이 다른 사람이야. 맞지가 않다는 말이야. 그러니 이제 정말 관심을 꺼줘!" 쓰우의 쌀쌀한 태도는 변함이 없다.

"네가 이렇게 어거지를 쓰다니, 정말로 평쑹이 너에게 심리적으로 사술을 걸었나보다. 두고 봐, 내가 반드시 펑쌍에게 복수할 거야. 그리고 너를 정상으로 만든 후 다시 옛날로 돌아갈 것이야."
예싼의 목소리가 부들부들 떨렸다.

발굴된 유물의 전시를 위한 복제품이 완성되었다. 복제과정에 대한 기자회견은 다니엘이 맡았다.

"그동안 바위공원에서 발굴된 유물들은 대형 봉황종 1점, 작은 모형 4점, 청동거울 2점, 청동칼 5점, 청동방울 4점, 이형 청동기 5점, 점토기록판 1점, 거푸집 조각편 11점, 청동 용해 괘 13점, 숯 5가마니 정도, 작업 도구로 추정되는 나무로 된 유물 12점, 활 1점, 화살촉 24점, 토기 17점, 그리고 여제사장 미라 1구와 청동과 사슴뿔로 만든 머리에 쓰는 관 1점, 옥으로 된 장식품 10점, 순록의 가죽으로 만든 옷 2점 등입니다. 이 발굴유물들은 모두 보존처리작업을 마치고 현재 박물관의 수장고로 이송완료되었고, 발굴지는 훼손방지를 위하여 임시로 천막 포장을 하였습니다."

"앞으로 일반에 공개되는 것들은 모두 진품들로 이루어지는 것입니까?" 어떤 기자가 질문했다.

"박물관 내부의 특별전시관에서 일정기간 공개되는 것들은 모두 진품들입니다. 하지만 바위공원에 전시시설이 만들어지면 진품은 수장고에서 보관되고 완벽하게 복제된 복제품들이 대신 전시될 것입니다."

"만약에 해외에 전시될 경우에는 어떻게 합니까?"

"경우에 따라서 진품을 보내주기를 원하는 경우도 있지만 이제는 복제수준이 진품과 구별 못할 정도로 정교하기 때문에 복제품을 보내게 될 것입니다."

"동시에 다수의 곳에서 전시가 이루어질 경우에는 어떻게 할 계획이십니까?"

"복제품은 1개만 만들지 않고 여러 상황을 대비하여 5벌씩 만들었습니다."

"미라도 복제품을 만들었습니까?"

"3차원 스캔과 3D프린터를 이용하여 유골을 복제하였고 장신구는 똑같은 재료를 이용하여 복제를 하였고 가죽옷은 실제 순록가죽을 처리하여 완벽하게 재현하였습니다."

"여제사장이 발굴된 봉황바위와 매장의 방법은 현 위치에 그대로 존치합니까 아니면 이것도 복제를 합니까?"

"봉황바위는 원래의 위치로 복귀시킵니다. 매장된 방법과 봉황바위 등은 고분자 물질을 3D프린터를 이용하여 실물크기로 복제하여 바위공원의 전시관에 배치할 것입니다."

"복제의 현재 공정율은 어느 정도입니까?"

"지역 대학의 문화재연구소에서 정밀주조공장과 협력하여 발굴된 유물의 일괄 복제를 진행하고 있는데 현재 여제사장 봉황종 이외에는 복제가 완료된 상태입니다. 전시관이 완공되면 바로 전시가 가능합니다."

"봉황종은 왜 복제가 더딘 겁니까?"

"형태를 복제하는 것은 문제가 없는데 소리 측정에서 계속 차이점이 발견되어서 늦추어지고 있습니다."

"작은 청동종 소리의 복원에서 뭐가 문제가 됩니까? 혹시 한국의 성덕대왕신종처럼 인신공양에 의한 신비로운 음색이라도 있는 것 아닙니까?"

"글쎄요. 그 성덕대왕신종의 경우에도 성분검사에서는 인체의 인 성분이 검출되지 않았지만 인이라는 것이 고온에서는 사라져 버린다고 했으니 이번 봉황종의 경우에도 완전히 부정할 수 있는 것은 아닙니다. 왜냐하면 봉황종이 만들어진 그 시기에는 거의 모든 집단에서 살아있는 동물이나 심지어 사람까지 제물로 바치는 풍습이 많았던 시절입니다. 충분히 가능성은 있으나 성분검사에서는 나오지 않고 있습니다."

"만약에 그런 제의가 있다고 판단되면 혹시 그 제의를 모방해서 복제할 수도 있습니까?"

"설마, 질문하시는 분도 그것이 가능하다고 보시는 것은 아니지요? 인이라는 것이 금속용해물의 기포를 빼내는 탈산작용을 하기 때문에 굳이 실제의 인체를 넣을 필요는 없습니다. 그런데 지금까지 작업공정에서 인위적으로 만들어진 인을 넣어 탈산을 시키는 작업은 수없이 반복을 했지만 이상하게 소리는 여전히 복원이 되지 않고 있습니다."

"거푸집은 과거의 방법으로 만들었습니까?"

"당연하지요. 다행히 이 발굴터가 청동주조 터여서 여러 개의 주조 거푸집 편이 발굴되어 그 방법 그대로 시도가 되었습니다.”

“그래도 안된다는 말이지요? 사람대신에 동물의 유골을 이용한
적은 없습니까?”

“공학적으로 만들어진 재료 이외에 인간이나 동물의 신체 중 일
부를 넣는 어떠한 시도도 하지 않았습니다.”

“다른 질문을 하겠습니다. 다니엘 씨는 미국인인데 왜 기자회견
책임을 맡았나요?”

“원래 단장님이 하셔야 하지만 단장님께서 제가 이곳에 빨리 적
응을 하게 하려고 특별히 기회를 주신 것입니다.”

젠즈가 푸나를 발굴유물과 복제된 유물들이 보관되어 있는 곳
으로 불렀다.

“푸나 박사, 어떻습니까? 어느 것이 진짜이고 가짜인지 구별할
수 있겠습니까?”

“와! 정말 똑같습니다. 저로서는 구별불가입니다.” 푸나가 놀라
며 물었다.

“혹시, 푸나 박사가 원하는 것이 있으면 특별히 복제품을 하나
선물로 드리겠습니다. 말씀해 보세요.”

“예? 제게 주셔도 됩니까?”

“원칙적으로는 안되지만 제가 이번 발굴에서 푸나 박사의 공을
상부에 보고 드렸습니다. 그래서 특별히 복제 번호를 붙여서 1점
을 드려도 된다는 허락을 받았습니다. 걱정 안하셔도 됩니다. 어
느 것이 마음에 드십니까?” 젠즈는 푸나에게 복제품 중 하나를 선

택하라고 권유했다.

"저는 이 활이 마음에 듭니다만 … "

"의외이군요. 저는 이 작은 청동종을 좋아하실 줄 알았는데."

"그것도 좋지만 이상하게 이 활이 마음을 끌어요."

"좋습니다. 그러면 화살과 활을 세트로 드리겠습니다. 대신에 조심하셔야 합니다. 비록 복제품이지만 동물을 쏘아 죽일 수 있는 원래 성능도 복원을 한 것입니다. 잘못하면 위험할 수도 있으니 조심하십시오." 젠즈는 복제 활과 화살을 푸나에게 주면서 말했다.

"걱정 마세요. 제가 저 활로 동물을 사냥할 일도 없고 그냥 제 방에 걸어놓기만 하겠습니다."

"제가 특별히 복제 종도 하나 추가로 드리겠습니다." 젠즈는 작은 복제종도 추가로 푸나에게 주었다.

"너무 과하신 것 아닙니까?"

"괜찮습니다. 이번 봉황바위 여제사장 무덤 발굴로 인한 역사적 공적에 비하면 아무것도 아닙니다. 덕분에 저는 이번에 좋은 승진의 기회가 왔습니다. 푸나 박사 덕분입니다. 하하하!"

푸나가 젠즈로부터 받은 선물을 가지고 기쁜 마음으로 숙소에 들어서자 제강이 실내를 빙빙 돌면서 푸나를 맞는다.

'드디어 획득했네. 푸나의 물건을 획득했어.'

"무슨 소리야? 내가 선물로 받았으니 당연히 내 물건인데."

'그게 아니고, 푸나에게 적합한 물건을 마침내 구했다는 뜻이야.'

286

"이것들은 전부 모조품이야, 진품이 아닌 복제품."

'푸나가가 사용하는 것이 중요하지 진품이냐 모조품이냐는 의미가 없어. 돈 많은 사람의 집 거실에 있는 불상은 단지 장식품이지만 승려가 모신 불상은 숭배의 대상이고, 칼은 살인자에게는 살상의 도구이지만 의사에게는 활인의 도구야. 비록 이것들이 다른 곳에서는 전시를 위한 복제품이지만 푸나에게는 푸나만의 특별한 물건이 된다는 뜻이야.'

"도대체 이것이 어떤 면에서 나만의 것인지 모르겠다."

'저절로 알게 되고 마땅히 쓸 일이 있을 것이야. 당장 소무가면을 쓰고 옷을 입어봐. 내가 한 말의 뜻을 알 테니.'

"알았어. 이제는 나도 나의 특별한 삶을 조금씩 이해하기 시작했어."

푸나가 소무탈을 쓰고 옷을 입었다.

"활을 잡을까, 종을 잡을까?"

'아무거나, 둘 다 잡아도 되고.'

푸나는 오른손에 종을 잡고 왼손에 활과 화살을 잡았다. 그리고 눈을 감고 명상에 들었다. 지나간 세월이 주마등처럼 뇌리를 스쳐갔다. 그러다 더 이상 눈을 감으면 현실을 잊고 공허한 망상 속을 떠돌게 될까 봐 눈을 가늘게 뜨고 명상을 계속 이어갔다. 어떤 그림들이 흐릿하게 보인다. 사람들과 동물들이다. 좋은 사람, 나쁜 사람, 개, 고양이, 공작새와 무수히 많은 것들이 보인다. 눈앞에서 맴돌던 그것들이 갑자기 하늘로 올라간다. 마치 기독교에서 최후의 날에 구원받은 사람들이 하늘로 들림을 받는 휴거처럼 눈앞에 맴돌던 사람들과 동물들이 하늘로 올라간다. 푸나의 눈길도 그들을 따라서 하늘로 향했다. 끝을 알 수 없이 높은 곳으로 사람들과 동물들이 올라간다. 얼마나 올라갔을까. 그들이 더 이상 올라가지 않는다. 하늘에서 내린 밧줄처럼 사람들과 동물들이 하늘과 푸나가 앉아있는 곳을 잇고 있다. 그리고 밧줄처럼 이어진 그들을 따라서 무엇인가 내려왔다. 형체는 알 수가 없는데 분명히 무언가 내려왔다. 내려온 그것은 명상을 하고 있는 푸나의 몸 주위를 잠시 돌더니 이내 푸나의 몸으로 들어갔다. 순간 푸나의 몸이 부르르 떨리더니 일어선다. 그리고 춤을 추기 시작한다. 춤은 중력이 없는 곳에서 추는 것처럼 부드럽고, 무의식 상태에서 추는 것처럼 조금의 거리낌을 느낄 수 없다. 그리고는 푸나는 혼자서 말하기 시작한다.

"아! 마침내 이어졌다. 천상의 세계와 사람 중의 사람에게 줄이 이어졌다. 사람을 살리고 동물을 살리고 이 땅의 모든 것들을 살릴 하늘의 줄이 이어졌다. 욕심에 찌들어 하늘의 이치를 잊어버린 인간들에게 생명의 줄이 이어졌다."

푸나는 혼잣말을 하면서, 몸에 땀이 비 오듯 할 때까지 춤을 춘다. 힘들어 더 이상 몸을 움직일 수 없게 되어서야 춤을 멈추었다.

'어때, 내 말이 맞지?'

"지금 내가 무엇을 한 것이야?"

'무엇을 하긴, 푸나의 물건을 얻었으니 그것을 얻은 의식을 한 것이지.'

"이런 것을 무엇이라고 해야 해?"

'기독교에서는 하늘의 대천사가 푸나에게 소식을 준 것이고, 불교에서는 부처의 가피가 내린 것이고 그리고 천지신명이 푸나에게 명을 내린 공수가 이루어진 것이지.'

"왜 이런 것은 나의 의지와 관계없이 이루어지나? 첨단과학을 하는 내가 왜 이런 허무맹랑한 행위를 해야 하나?"

'허무맹랑한 것이 아니고 아직 과학이 그것을 모를 뿐이야. 푸나에게 있는 신성한 파동이 우주의 신계 기운과 닿은 것일 뿐 나도 설명하지 못해.'

"나는 이제 이 종과 활과 화살로 무엇을 해야 하나?"

'그것도 저절로 이루어지겠지.'

푸나는 활을 당겨보았다. 처음에는 조금 어색하고 어깨에 힘이 들었는데 몇 번 당기다보니 익숙해지는 것 같았다. 벽의 어떤 한 지점을 조준하는 연습을 해보니 정신집중에도 좋은 것 같았다.

"조준간도 없는 이것으로 어떻게 목표를 맞히지? 앞으로 틈나는 데로 연습을 해볼까?"

봉황종을 제외한 모든 유물들의 복제가 완성되자 지방정부에서는 마침내 약속대로 봉황종을 크게 만들어 이곳의 상징으로 만들 추진위원회 구성에 들어갔다. 지방정부가 일을 책임지고 추진하는 역할을 맡고, 펑쑹과 링천의 형 링챠오가 공동 후원회장이 되고, 많은 사람들이 추진위원회에 자신의 이름을 올리고 싶어 했다.

봉황종의 모양을 그대로 확대하기 때문에 추가적인 디자인의 연구는 필요가 없고 주조전문가만 있으면 된다. 모형을 확대하는 것은 이 도시의 예술대학 조형연구소에서 3D자료를 가지고 책임지고 확대하기로 하고 주조는 금정이라는 주조전문가에게 맡겨졌다. 이 조형연구소와 금정은 앞서 복제과정에서도 같이 동참해서 이미 노하우가 쌓인 팀이다. 그래서 자연스레 봉황종 확대 제작의 적임자로 선정이 되었다. 다른 종 업체가 또 다른 모형회사와 컨소시엄을 이루어 더 저렴하게 할 수 있다며 틈을 비집고 들어오려 했지만 그들의 올바르지 못한 과거 행적이 드러나서 제작팀이 바뀌는 일은 일어나지 않았다. 하지만 그들은 포기하지 않고 봉황종을 인정하지 않고 기존의 용두만을 인정하는 세력과 연대하여 봉황종 확대 제작사업을 방해하려 하였다.

엔띠병원에서 흑룡개발산업 측에 신체강화 연구결과가 건네지기 며칠 전, 치랑과 예싼이 심각하게 대화를 나누고 있다.

"치랑 박사, 물어볼게 있는데"

"뭔데 그렇게 표정이 심각해?"

" …… , 아니다."

"왜, 말을 하다말고 그래? 너하고 나 사이에 못할 말이 뭐가 있어?"

"치랑 박사, 너는 푸나 씨가 사고를 당한 후 한 번도 마음이 변한 태도를 보인 적이 없었어. 정말로 푸나 씨에 대해 회의가 든 적이 없어?"

"난 또 무슨 질문이라고, 나도 사람인데 왜 그렇지 않았겠어? 많았지. 수없는 날을 갈등했지. 그런데 아무리 갈등이 일어나도 내가 원하는 사람은 푸나 한 사람뿐이라는 결론에 도달하고 나서는 절대로 다른 생각을 않기로 맹세를 했어. 나도 힘들었지만 당사자인 푸나의 고통은 나보다 더 했겠지. 최근에 푸나와 내가 냉랭해지는 것은 그런 마음의 상처가 완전히 아물지 않았다는 표시일 수도 있어."

"치랑과 푸나 씨가 그렇게 굳게 사랑을 지키는 것처럼 나의 쓰우에 대한 내 마음도 절대로 변하지 않을 거야. 내가 치랑에게 목숨을 걸고 맹세할게."

"뭐라고 할 말이 없다. 그저 예싼이 마지막에 웃기 바란다."

"그런데 치랑 박사, 연구결과물을 그대로 흑룡 측에 넘겨주어야 할까? 나는 이제 마음이 완전히 바뀌었어. 연구자의 양심을 지키려고 했지만 그럴 수 없을 거 같아. 내 연구가 그런 집단에게 이용된다는 것을 그냥 용납하기가 어려워."

"그럼 어떻게? 진짜로 변질을 시켜버려야 하나?"

"그들의 실체를 모르기 전에는 연구자로서의 책임을 지키려고 했지만 이제는 그럴 수 없어. 게다가 쓰우가 이상하게 변한 것이 평쏭 때문이고 지금도 쓰우가 평쏭의 사술에 걸려 정신을 차리지 못하고 있는 것을 용서할 수가 없어. 그리고 자꾸 거론하고 싶지는 않지만, 손규영 형사가 푸나 씨의 사건에도 평쏭이 연계되어 있을 가능성이 많다고 했잖아. 충분히 그럴 수 있다는 생각이 들어. 치랑 박사는 어떻게 했으면 좋겠어?"

"몰라, 나도 예싼 못지않게 복잡한 심경이다. 만약에 우리가 고의로 변질시킨 것을 알면 일이 커질 것인데." 치랑은 걱정스런 표정으로 말했다.

"유전자 가위질이 아닌 변이 명령물질의 자동변환과정에 전기파장으로 자극을 주어 변이시키면 고의성이 드러날 수 없어. 만약에 문제가 발생하면 내가 책임질게." 예싼은 이미 결심을 한 모양이다.

"모르겠다, 조금 더 생각하자. 예싼 박사, 우리 골치 아픈데 사격연습이나 하러 갈까?"

"그러자, 나도 머리가 아프다."

봉황종 도난

옌띠병원 병원장실, 치랑과 예싼이 병원장 쟝치우와 대화를 하고 있는데 분위기가 몹시 좋지 않다. 병원장 쟝치우의 얼굴은 굳어있고 치랑은 영문을 모르겠다는 표정이고 예싼은 화가 난 표정이다.

"이보게들, 흑룡 쪽에서 연락이 왔는데 우리 쪽에서 보낸 연구결과가 마음에 들지 않나봐. 우리 쪽에서 연구결과를 온전하게 넘겨주지 않기 위해서 고의로 조작을 한 의심이 든다며 해명을 요구해 왔네. 이번 프로젝트의 핵심 연구원이 자네들이니 이에 대해 설명을 해보게. 유전자 자동변이에 오염이 있어서 정상적 유전자 변이에 장애가 생긴데. 설마 고의로 연구결과를 훼손한 것은 아니지?"

"원장님, 무슨 말씀인지 모르겠습니다. 저희들은 흑룡개발이 마음에 들지 않아서 이번 협력에 대해 흔쾌하지 않은 것은 사실입니다만 그런 행위는 하지 않았습니다. 어떻게 오염이 이루어졌답니까?" 치랑이 병원장 쟝치우에게 따지듯 물었다.

"전기적 자극에 의해 신체강화를 위한 핵심 염기서열 특이점에서 복합결정구조 생성 진동수에 결함이 발생한 것이어서 물질적 오염은 아니고 누군가 고의로 그 부위에 파동을 변화시키는 파동 자극을 주어서 유전자 변이시스템을 방해했다는 것이야."

"그쪽에서 연구결과를 세포에 적용하기 위해 전개하는 과정에서 실수를 일으킬 수도 있는 것인데 왜 우리에게 뒤집어씌웁니까?" 치랑이 다시 항변했다.

"정말로 우리 쪽에서 일어난 문제가 아니란 말이지? 그런데 사실은 나도 이번 협력이 썩 흔쾌한 것만은 아니야. 처음에는 흑룡 쪽에서 제시하는 조건이 파격적이어서 우리 옌띠병원이 성장할 수 있는 좋은 기회라고 생각했는데, 얼마 전 경찰에서 그들의 계획을 알려주었는데 우리 연구를 그들의 목적에 접목시켜서 그들이 자신들의 의료산업을 고도화시키고 독자적으로 사업을 추진하면 우리 병원의 성장에는 별 도움이 안될 것이라는 생각이 들었어." 쟝치우가 말했다.

"원장님, 그들이 뭐 하러 우리 병원이 몇 배 성장할 도움을 주겠습니까? 당연히 우리 연구결과를 이용해서 자기들의 덩치를 확장하려는 것이겠지요. 솔직히 MOU라는 거야 구속력 있는 계약이 아니니 상대방이 이행을 하지 않으면 기대한 쪽만 바보가 되는 것이 아니겠습니까? 그런 방법은 원래 부도덕한 장사꾼들의 전형적인 수법 아닙니까?" 예싼이 말했다.

"그래! 그런 사람들이 우리가 하는 의료산업에 대단위 투자를 하면 우리가 먹히는 것은 금방일 수도 있겠다. 그렇다면 우리가 더 경쟁력을 가질 수 있는 대책이 없을까?" 쟝치우도 고개를 끄덕이며 말했다.

"월등한 자본력으로 덤벼들면 방어하기가 쉽지는 않을 것입니다. 상대가 그런 인간들인데 자기 연구결과를 100% 넘겨주는 바보 같은 연구자가 있을까요?" 치랑이 말했다.

"그래도 공명심에 거짓 뻥튀기 결과를 내는 사람들도 얼마나 많은데." 쟝치우가 답했다.

"그래서 우리의 이익을 최대화하고 일종의 우월적 지위를 유지하기 위하여 최후의 비밀은 자신이 가지고 있어야 한다는 말입니다." 치랑이 말했다.

"그 말은 자네들도 이번 연구성과의 최후의 비밀은 흑룡 쪽에 넘기지 않았다는 뜻인가?" 쟝치우는 고개를 갸웃하며 물었다.

"반드시 그렇다는 것이 아니라, 문제가 발생할 수 있는 부분에 대해서는 대책을 세우기 위해 다른 준비는 하고 있어야죠. 이번 프로젝트와 관련해서는 지난번 병원장님께 말씀드렸듯이 연구결과가 인간에 이롭지 않게 나타날 때 이를 제어하는 기술도 함께 있어야 하는데 서두르다보니 그 방면의 연구는 부득이 몰래 진행할 수밖에 없는 것이죠. 그 과정에서 실험결과를 뒤틀기도 하고 과부하를 걸어서 대비책을 도출하기도 하죠." 치랑이 답했다.

"그러면 부작용에 대해 어느 정도 성과는 이루었나?"

"명벽한 결과는 아니지만 조금 진보가 있었습니다."

"역시! 자네들은 우리 병원의 보배들이다. 흑룡 쪽에는 내가 해명을 하지. 그들의 자금력을 끌어들일 더 교묘한 방법은 내가 연구해보겠네. 자네들은 환자들을 돌보는 것만 해도 쉽지 않은데 이런 연구까지 해야 하니 많이 힘들지? 내가 보상은 확실히 하겠네." 쟝치우가 치랑과 예싼을 위로한다.

"아닙니다. 학자에게 연구는 생명의 샘인데 어찌 거부할 수가 있습니까? 염려 마십시오. 저희들은 즐겁게 하고 있습니다." 예싼이 말했다.

"이봐 예싼 박사, 흑룡 쪽에 넘겨준 연구결과에 과부하로 인한 부작용 실험을 고의로 실시해서 데이터를 조작한 것이 사실이지?"

"왜 나만 의심해? 치랑 박사도 그러고 싶었잖아. 자네가 그런 거 아니야?"

"무슨 소리야, 마지막으로 전달한 것이 예싼 박사 자네잖아. 별도로 진행한 부작용 실험에 이용된 샘플이 넘겨진 것은 아닐 것인데? 정말로 이상하다. 그것보다 염기서열 자동생성에 대한 유전자 변환 방정식까지 완전히 넘긴 것은 아니지?"

"마지막 변환 방정식은 당연히 빼버렸지. 그것을 포함시키면 둘러댈 방법이 없잖아?"

"그러니 예싼 박사가 한 짓이 맞네. 그렇지 않으면 그것까지 어떻게 말할 수 있어?" 치랑이 예싼에게 넘겨짚어 물었다.

"그 공식을 빼기로 한 것은 우리 둘이 합의 한 것인데 … " 예싼은 긍정도 부정도 안한다.

"우리 둘이 연구의 마지막 성과에 대한 비밀을 유지하기로 한 것이지 둘러댈 방법을 대비한다는 생각까지는 같이 한 것은 아니잖아. 하하하!" 치랑은 웃으면서 더 이상 캐묻지 않는다.

"이제 문제를 수습하는 것은 병원장님 몫이야. 그놈들하고 하는 일이 틀어졌으면 좋겠다. 병원이 규모만 크다고 좋은 것이 아니잖아. 내실이 중요하지. 치랑, 안 그래?"

"맞아. 이제 흑룡이라는 말은 입에도 올리기 싫다."

흑룡개발산업의 회의실에서 펑쑹이 고대동물복원 연구원들과 마주앉아 회의를 하고 있다.

"이번에 옌띠병원 측으로부터 넘겨받은 연구 샘플이 완전한 것이 아니고 고의적으로 조작되었으니 해명을 하라고 통보를 했는데 절대로 고의가 없었고 우리 측의 유전자 자동변이시스템에 의해 생긴 것이라고 딱 잡아떼는데 이것을 어떻게 조치해야 할까요?" 펑쑹이 연구원들에게 대책을 묻는다.

"제가 볼 때는 연구진 누군가 고의로 조작했으면서 둘러대는 것으로 보입니다. 아무리 자동변이라지만 그렇게 심하게 돌출변이가 일어나는 것은 인위적이지 않고는 있을 수 없다고 봅니다." 핑쟈오 연구원이 화가 난 표정으로 말한다.

"다른 나라에서도 종종 연구의 완전한 성과를 주지 않으려고 최종 연구결과를 숨긴 채 건네주기도 하지요. 결국 나머지는 우리가 해결해야 할 과제가 아니겠습니까. 이미 상대에 대한 신뢰를 상실했으니 그쪽과의 계약을 끝내고 다른 파트너를 찾는 것이 좋을 것 같습니다." 스트렌튼이 차분하게 말한다.

"그렇게만 보면 안돼요. 연구과정에 일어날 수 있는 변수는 얼마나 많습니까? 나도 젊었을 때는 과욕으로 연구성과를 부풀리기도 하고 혼자 독립적 연구기관을 설립하기 위해서 정말로 독보적인 기술은 공개하지 않은 등 여러 경험을 거쳤습니다. 내가 보기에 그들의 연구력은 굉장히 앞선 수준에 있습니다. 지속적으로 그들과 잘 협력할 수 있는 길을 찾아야 합니다. 이번 일로 서로 반목하게 되면 상대에게도 손해겠지만 우리도 이미지가 나빠져서 이 분야에서 오명을 남길 수 있습니다. 완전한 해결책을 찾을 때까지 좀 더 여유를 보이는 것이 현명할 것 같습니다. 우리가 이런 문제를 해결하면서 우리 스스로의 능력도 향상시킬 수 있으니 지속적으로 이의는 제기하되 극단적 대결구도로 가는 것은 피하는 것이 좋다고 생각합니다." 장수석 박사는 여유를 갖자는 의견을 피력했다.

"우리가 결과를 내놓아야 하는 시간이 얼마 없습니다. 저희 사업을 후원하는 선단의 독촉이 심합니다." 펑쌍이 말했다.

"이 일은 사람의 생명과는 직접적인 연관이 없습니다. 조금만 더 여유를 가집시다." 장수석 박사는 계속 여유를 갖자고 말한다.

"장 박사님 말씀이 일리는 있으나 우리 연구원들과 흑룡개발산업과의 계약도 중요한 것이니 원래 목표한 시간에 맞추어 내는 것이 도리가 아니겠습니까? 제가 두 분보다 더 젊으니 열심히 해서

독자적으로 문제를 풀어보도록 해보겠습니다." 띵쟈오가 말하자,

"그렇습니다. 기업의 입장에서는 인정을 봐 줄 수가 없습니다. 그들에게 고의성이 있다고 판단되기 때문에 도저히 없었던 것처럼 넘어갈 수는 없습니다. 법적인 고소를 하든 다른 방법으로 대가를 지불하든지 그 처리는 이 펑쌍이 알아서 하겠습니다. 띵쟈오 연구원의 열의가 마음에 듭니다. 문제를 스스로 해결해내면 그에 따르는 보상은 상상 이상일 것입니다. 모두들 힘내주십시오. 이번 사업은 우리 흑룡개발산업의 자존심입니다."

펑쌍의 사무실로 목깃을 잔뜩 세운 사람들이 또 왔다. 펑쌍은 몸을 조아리며 그들의 말을 경청하고 있다.

"아직도 멀었소?"

"죄송합니다. 엔띠병원 측에서 넘겨온 연구결과에 문제가 있어서 시간이 좀 더 걸릴 것 같습니다." 펑쌍이 어쩔 줄을 모른다.

"우리 선주님과 직접 관계된 것이오. 전속 의료진이 신체강화의료기술이 접목되어야 앞으로 30년은 더 생존하실 가능성이 있다고 했소. 그러니 이 일이 얼마나 중요한지 알겠지요? 원래의 목적은 고대신화동물복원이지만 이제는 더 시급한 선주님의 생명연장과 관계된 일이 됐어요. 알았소? 신속하게 해결하시오. 그리고 지난번에 하달한 선주님의 명령에 대한 결과가 아직 없소. 이 일도 해결해서 선주님의 걱정을 덜어드리도록 하시오."

늘 그렇듯 그들은 명령을 내리고는 금방 떠난다. 빨리 떠날수록 시급한 명령이라는 뜻이다.

"내가 이놈들을 절대로 그냥 두지 않을 것이야." 펑쏭이 이를 악물고 혼잣말을 한다.

손규영 형사가 다시 치랑과 예싼을 만나고 있다.

"혹시 두 분 최근 펑쏭과 좋지 않은 사건이 있었습니까? 그쪽 정보원이 말하는데 펑쏭이 두 분의 이름을 거론하며 매우 화를 내었다고 합니다."

"아마 우리 쪽에서 건넨 연구결과물에 대해서 불만이 있는 것 같습니다. 자기들의 연구개발 스케줄에 문제가 생겼나보지요?" 치랑이 물었다.

"지난번에도 말씀 드렸지만 펑쏭 그 자는 대단히 위험한 인물입니다. 두 분 당분간 조심하세요. 제 느낌이 별로 좋지 않습니다. 혹시 몰라서 두 분에게 이 경보기를 드릴 테니 평소에 꼭 가지고 다니세요." 손 형사는 두 사람에게 경보기를 하나씩 주었다.

"이게 무슨 경보기입니까?" 치랑이 물었다.

"지난번 김철행 살해사건이 투명망토를 입은 자의 소행으로 보인다고 하지 않았습니까. 그 이후로 우리 경찰에서 투명망토가 내는 주파수에 경보음을 내는 이 경보기를 개발한 것입니다. 투명망토가 일정 거리 안에 들어오면 주파수가 잡히는데 그때는 가능한 반대 방향으로 빨리 이동하십시오."

"계속 쫓아오면요?" 예싼이 물었다.

"투명망토는 눈에 보이지는 않지만 움직일 때 조금만 부주의해도 신체가 노출될 수 있으니 범인들은 빠른 움직임은 힘듭니다.

그래서 그들의 목표가 빠르게 움직이면 쫓아갈 수가 없어요."

"그래도 눈에 보이지 않는 대상을 피하기만 한다고 해결이 되겠습니까? 우리가 참 겁나는 상대를 만났군요?" 치랑이 유쾌하지 않는 표정으로 말했다.

"그래서 경찰에서 이 안경도 개발했는데 이 안경을 쓰면 흐릿하지만 투명망토의 위치를 파악할 수 있어요. 무슨 일이 있으면 즉시 경찰에 연락하십시오." 손 형사는 안경을 건네주었다.

"참 어쩌다 펑쏭하고 이런 사이가 되었나? 그놈이 진짜 우리를 죽이려 할까?" 예싼이 말했다.

"본인이 직접 하는 것보다 킬러를 고용할 수도 있어요." 손 형사 말했다.

"정말 살 떨리게 무섭군요." 예싼이 어깨를 움찔하며 말했다.

"너무 염려하지 마십시오. 의외로 이번 기회에 펑쏭을 잡을 수도 있습니다. 우리 경찰도 예의주시하고 있습니다."

"우리 중 누군가 당하고 난 다음에 놈을 잡아본들 무슨 의미가 있습니까? 그 전에 놈의 범죄사실을 밝혀 잡아넣어야지." 치랑이 말했다.

점심을 먹고 난 오후, 쓰우와 다니엘이 박물관 수장고에서 바위공원 발굴품 전시준비를 하고 있다. 이제 발굴팀은 해체가 되었지만 전시관이 완공될 때까지는 그 인원들이 발굴품 관리업무를 이어가기로 해서 유물에 대한 임무가 끝난 것이 아니다.

"쓰우 씨, 요즈음 예싼 박사와 만나는 것을 보지 못했는데 두 분 사이에 무슨 문제가 있어요?"

"다니엘, 다니엘은 도리이만 신경 쓰세요. 남의 사생활에 간여하지 말고." 쓰우가 차갑게 말한다.

"그런가요? 예싼 박사는 늘 같이 만났던 분이고 항상 쓰우 씨를 위하기에 두 분이 특별한 사이로 알았지요." 다니엘이 무안해하자,

"사람 사이라는 게 좋을 때도 있고 싫을 때도 있는 것 아닙니까?" 쓰우는 싸늘해진 분위기가 어색한지 목소리를 부드럽게 한다.

"잠시 냉각기라는 것입니까?"

" …… , 뭔지 모르겠어요."

"그 대답은 쓰우 씨도 예싼 박사가 아주 싫지만은 않다는 뜻 아닙니까? 요즘 시대에 예싼 박사처럼 지고지순한 사람도 없을 것인데 … "

"다른 이야기해요. 발굴유물 보존처리에서 문제가 발생한 것은 없지요?" 쓰우는 대화의 주제를 돌렸다.

"네? 아, 아무 문제도 없어요." 다니엘도 쓰우의 마음을 알아채고는 더 이상 묻지 않았다.

그때, 도리이가 출입구의 보안키를 풀고 한손에 커피를 다른 한손에 먹을 것이 담긴 종이가방을 들고 어깨로 문을 밀고 들어오려

한다.

"도리이 씨 왔네. 와! 커피를 사 오셨네. 고마워요." 쓰우가 달려가 문 여는 것을 도와주며 도리이를 맞는다.

"하이 하이! 두 분 식사 후 필요하실 거 같아서 커피와 디저트를 테이크아웃 해서 왔어요. 드세요."

"혼자 오셨지요?" 쓰우가 도리이에게 묻는다.

"그럼요. 저 혼자 왔잖아요."

"꼭 누가 온 것 같은 기분이 들어서 … , 내가 착각했겠지." 쓰우가 고개를 갸웃거리며 자리로 간다.

"역시 나의 달링 도리이다." 다니엘이 도리이에게 다가가 포옹하고 볼에 가볍게 키스한다.

"지금 바깥 날씨가 너무 좋아요." 도리이가 말했다.

"알았다. 도리이가 다니엘과 함께 산책을 하고 싶다는 뜻이네. 다니엘 나갔다 와. 여기 정리는 나 혼자 해도 충분해." 쓰우는 둘에게 데이트를 하고 오라고 했다.

"괜찮아, 내가 할 일을 쓰우에게 맡길 수는 없어. 단장님이 어떤 일을 하든 항상 2인 1조를 유지하라고 하셨어. 도리이와는 다음에도 시간이 많잖아." 다니엘은 그냥 있겠다고 했다.

"괜찮다니까. 보안장치가 다 되어있는 지하 수장고에서 대낮에 무슨 일이 일어난다고 빨리 갔다 와."

"알았다. 그러면 커피 한잔 마실 시간만 산보하고 올게." 다니엘이 말하자

"급한 일도 없는데 더 오래 있어도 돼." 쓰우가 웃으며 답했다.

"쓰우 씨, 아리가토 아리가토!" 도리이가 인사를 했다.

"두 분, 해브 어 나이스 타임!"

다니엘과 도리이가 바깥으로 나가자 쓰우는 등받이 의자에 앉아서 머리를 뒤로 기대었다. 식곤증 때문인지 약간 졸음이 와서 눈을 감았다. 어디선가 기분 좋은 향기가 쓰우의 코를 간질이더니 쓰우는 이내 잠이 들었다. 10분 쯤 지나서 다니엘이 수장고로 돌아왔다. 쓰우가 의자에 앉아서 잠들어 있는 모습을 보고 깨우려다 조금 더 자게 내버려 두었다. 잠든 쓰우의 얼굴을 보니 더 예뻐 보인다. 참 미인이다 생각하고 자신의 얼굴을 쓰우의 얼굴 가까이에 대고 한참을 쳐다보았다. 여인의 향기가 다니엘의 마음을 흔들었다. 다니엘이 얼굴을 너무 가까이 대어 어쩌면 쓰우가 다니엘의 채취를 느낄 수도 있는데 쓰우는 깊이 잠이 들었는지 일어날 기미를 보이지 않는다.

쓰우를 자게 내버려두고 유물을 정리하던 다니엘의 눈이 휘둥그레졌다. 봉황종을 넣어두었던 유리함이 비어있었다. 쓰우를 쳐다보았다. 여전히 의자에 기대어 깊은 잠에 빠져 있다. "쓰우 씨!" 쓰우는 불러도 일어나지 않는다. 다가가 어깨를 흔들어도 얼마나 깊이 잠이 들었는지 일어나지 않는다. 다니엘은 급히 링천에게 전화를 걸어 봉황종을 다른 곳으로 옮겼는지 물었다. 링천은 그런 일이 없다고 했다. 젠즈에게 물어보아도 모른다고 했다. 오전에 분명히 자신이 봉황종을 유리함에 넣었는데 지금 보이지 않는 것이다. 게다가 유리함 자체도 잠금장치가 있는 특수한 것이다. 유리함을 잠그는 열쇠의 위치를 확인하니 제자리에 그대로 있다. 오전까지 수장고에 들어온 사람은 자신과 쓰우, 도리이 밖에 없는데. 다니엘은 눈앞이 노래졌다. 수장고를 이리저리 뒤져봐도 봉황종의 흔적이 보이지 않는다. 다니엘 혼자 정신없이 수장고의 이곳저곳을 뒤지는 사이 잠들었던 쓰우가 깨어났다.

"아우! 내가 깜박 잠이 들었네. 다니엘, 지금 뭐해요?" 쓰우가 기지개를 켜며 다니엘에게 무슨 일인지 물었다.

"쓰우 씨, 혹시 봉황종 어디에 치웠나요?"

"응? 그게 무슨 소리입니까? 다니엘이 오전에 유리함에 넣은 후론 손도 안 대었는데. 왜요?" 쓰우는 아직 잠이 덜 깬 모양새이다.

"큰일났다. 봉황종이 없어졌어요!"

"뭐야? 도대체 그게 무슨 소리예요?"

그제야 쓰우도 의자에서 일어나 허겁지겁 수장고를 뒤졌지만 아무리 찾아도 없다.

"다니엘, 링천과 단장님도 모른데요?"

"응, 아무도 모른데요."

"아! 도대체 어찌된 것이야? 분명히 조금 전까지 있었는데."

곧바로 젠즈와 링천이 헐레벌떡 뛰어왔다.

"다니엘, 도대체 무슨 일이야? 봉황종이 보이지 않다니!" 젠즈가가 소리쳤다.

"도대체 어찌된 영문인지 모르겠어요. 오전에 제가 분명히 유리함에 넣고 잠금장치를 잠갔는데 지금 보니 없어요." 다니엘은 여전히 영문을 모르겠다는 표정을 지으며 어쩔 줄 몰라 한다.

"그 사이 누가 왔다갔나?" 링천도 놀라서 물었다.

"저하고 쓰우가 당번이었고, 점심식사 후에 도리이가 커피를 가지고 와서 제가 도리이와 잠시 밖에 산책 나갔다 온 것 빼고는 아무도 온 사람이 없어요. 여기는 직원 전용출입 보안장치를 통과해야 하고 다시 수장고 보안을 통과해야 해서 외부인이 올 수 있는 곳이 아닌데. 귀신이 곡할 노릇이네요."

"쓰우가 혼자 있을 때 혹시 누가 들어왔었나? 다른 직원이라도." 젠즈가 얼굴에 경련을 일으키며 물었다.

"모르겠어요. 다니엘이 나간 사이 제가 의자에서 깜박 잠이 들어서." 쓰우의 얼굴에서 식은땀이 흘렀다.

"겨겨 경고시스템도 작동이 안됐어?" 젠즈는 정신이 나간 듯 말까지 더듬었다.

"직원들이 근무하는 낮에는 경고시스템이 작동하지 않습니다. 헉헉" 링천이 너무 놀라 숨을 헐떡인다.

"그래도 감시카메라는 돌아갈 것 아닌가?" 젠즈는 고함치듯 물었다.

"네, 감시카메라는 돌아갑니다. 단장님, 빨리 중앙관제실로 가서 카메라를 확인해봐야죠." 링천이 급히 관제실로 향했다.

"단장님, 여기는 어떻게 해요?" 다니엘이 사색이 된 얼굴로 젠즈를 쳐다보았다.

"빨리 비상벨을 눌러 박물관을 봉쇄하고 이 시간 이후 조사가 끝날 때까지 수장고 출입은 엄격히 제한한다. 지금 수장고 보안장치를 폐쇄시키고 두 사람은 여기서 대기하도록. 큰일이다." 젠

306

즈도 링천을 따라 중앙관제실로 뛰어갔다.

웽~ 웽~ 웽~

박물관 전체에 비상이 걸리고 모든 출입이 통제되었다.

중앙관제실, 관제실장과 젠즈, 링천이 수장고를 지키는 감시카메라의 녹화를 분석하고 있다. 오전에 녹화된 영상에서 다니엘이 봉황종을 유리함에 넣은 장면이 있어서 이를 캡처하고, 이후 점심시간까지는 아무런 변화가 없다. 점심시간 다이엘과 쓰우가 식사를 하러 간 사이, 수장고 안은 사람의 움직임도 없을 뿐 아니라 출입문도 열리지 않았다. 다니엘과 쓰우가 식사 후 돌아와서 봉황종이 있는 곳이 아닌 다른 곳을 정리하고 있다. 그때도 사람의 움직임을 따라 돌아가는 카메라 화면의 구석에서 봉황종이 유리함 속에 있었다. 도리이가 들어오고 이들이 대화를 하는 사이에도 특별한 변화가 없었다. 잠시 후, 다니엘과 도리이가 밖으로 나가자 카메라의 화면이 쓰우의 움직임을 따라서 다시 움직인다.

쓰우가 의자에 앉아서 잠시 눈을 감았다. 어떤 변화도 감지되지 않았다. 쓰우가 의자에 앉아서 몸을 흔들거리다 눈을 감고 움직임을 멈추었다. 카메라의 화면이 정지하는가 하더니 갑자기 움직이기 시작한다. 그런데 화면에 움직이는 물체가 보이지 않는다. 다만 희끄무레한 것이 움직일 뿐이다. 유령인가? 그것이 쓰우의 의자 뒤로 가더니 쓰우의 머리 위에 옅은 안개 같은 것이 뿜어진다. 그리고 그 유령 같은 것이 봉황종이 있는 유리함 앞으로 가서 유리함을 열고 봉황종을 꺼낸다. 그 다음 화면에서 유리함에는 봉황종이 사리지고 희뿌연 것이 문밖으로 나간다. 10분 쯤 후, 다니엘이 수장고 안으로 들어오고 다니엘이 잠자는 쓰우의 얼굴을 빤히 쳐다보다가 다시 일을 하다가 놀라서 쓰우를 깨우는데 쓰우가 일어나지 않으니 다니엘은 전화를 하고 이곳저곳을 뒤지는 행동을 하고, 잠시 후 쓰우가 깨어나고, 곧이어 젠즈와 링천이 수장고로 뛰어 들어왔다. 관제실에 녹화된 내용은 여기까지이다.

"저 희끄므레한 것이 무엇이지? 유령인가? 여제사장의 영혼인가? 저것이 움직이고 난 후에 봉황종이 사라졌다." 녹화영상을 돌려본 후 젠즈가 물었다.

"글쎄요? 저도 알 수가 없네요. 고대 고분을 발굴할 때 간혹 이상한 공기의 움직임이 감지되기도 하지만 수장고에서 이런 일이 일어난 경우는 처음 봅니다." 관제실장이 답했다.

"경비실에 전화해서 특이한 사람의 출입은 없었는지 알아봐." 젠즈가 소리쳤다.

"아직 연락이 없는 것을 보니 찾지를 못했나 봅니다. 박물관 건물 밖은 개방된 공간이니 벌써 흔적이 사라졌을 것입니다." 링천이 답했다.

"빨리 경찰에 수사를 의뢰해!"

"다니엘과 쓰우를 어떻게 할까요? 두 사람은 지금 제정신이 아닐 것인데." 링천이 젠즈에게 물었다.

"경찰이 수사에 들어가면 용의자가 될 테니 각오 단단히 하고 대기하라고 해!"

잠시 후, 신고를 받은 손규영 형사가 왔다. 그는 바로 관제실 녹화영상부터 살펴보았다.

"녹화영상으로 봐서는 여러분의 의견과 제 의견이 일치합니다. 저 희끄무레한 것은 열감지가 된 것인데 저것이 범인입니다. 하지만 이 사건이 일어난 당시의 근무자 쓰우와 다니엘, 출입이 있었던 도리이 세 사람은 사건이 해결될 때까지는 용의자 명단에 넣어야 합니다. 이 녹화영상과 당시 쓰우 씨가 가지고 있었던 커피잔, 쓰우 씨의 건강상태를 조사할 약간의 혈액과 머리카락, 호흡기 점액을 과학수사대로 보내어 정확하게 감식해야 합니다."

그날 저녁 경찰서에서 다니엘, 도리이, 쓰우가 조사를 받았다. 이들을 조사하던 손규영 형사는 직감으로 이들은 이 사건과 아무런 관계가 없음을 느낀다.

'그렇다면 이 사건은 외부의 누군가 계획적으로 꾸민 것이다. 직원 출입용 보안장치가 있는 곳은 허술해서 직원들이 드나들 때 그냥 슬쩍 끼어 들어와도 알 수가 없다. 그런데 수장고는 쉽게 들어갈 수가 없다. 도대체 누가 이런 일을 감행했을까? 다니엘, 도리이, 쓰우 중에 한 사람이 외부와 내통을 하고 있었나? 잠겨 있던 유리함도 쉽게 열었다. 게다가 유리함의 열쇠는 원래 자리에 그대로 있다. 그렇다면 유리함의 열쇠를 이미 준비하고 있었다. 그렇다. 문제를 해결하는 단서가 열쇠에 있을지 모르겠다.'

"봉황종 유리함을 제작한 업체가 어디입니까?" 손 형사가 세 사람에게 질문을 했다.

"그곳은 박물관 같은 특수 보관시설을 전문제작하는 업체입니다." 쓰우가 대답했다.

"그런데 영상에서 보이는 바로는 범인은 분명히 미리 열쇠를 준비했어요. 그러면 사전에 누군가 그 업체의 정보를 범인 측에 알려준 것입니다." 손 형사가 말했다.

"그러면 박물관 전 직원이 정보를 넘겨준 용의자가 되는데요?" 다니엘이 말했다.

"아닙니다. 다른 특이점을 찾으면 용의대상은 훨씬 줄어들 것입니다." 손형사가 말했다.

다니엘, 도리이, 쓰우 세 사람이 경찰서를 나설 때, 치랑과 예싼이 놀란 얼굴로 나타났다.

"쓰우야, 봉황종이 도난당했다면서?" 예싼이 쓰우를 걱정하는 얼굴로 쳐다보며 물었다.

"그것을 어떻게 알았어?" 쓰우의 말에는 여전히 쌀쌀함이 있다.

"벌써 언론에 공개가 되었다. 기자들이 얼마나 빠른데. 혹시 쓰우 네가 관련된 것은 아니지?" 다시 예싼이 물었다.

"나도 몰라 도대체 어떻게 된 것인지. 내가 잠든 새 누가 들어와서 가져갔는데 흔적을 잡을 수 없어." 쓰우는 머리를 흔들며 대답했다.

"잠이 들었다고? 왜?"

"왜는 왜야! 식곤증에 잠시 졸은 건데." 쓰우는 신경질적으로 대답했다.

"큰일이다. 찾지 못하면 책임을 피할 수 없을 것인데."

"예싼 오빠, 나 어떡하면 좋을까?" 쓰우는 갑자기 예싼에게 애원하듯 매달리며 말한다.

"쓰우 씨, 진정하세요. 이왕 일이 벌어졌으니 진정하는 게 최우선입니다. 절대 흥분하지 마세요. 흥분하다가 해결책이 보이지 않으면 정신적으로 절망에 빠질 수 있습니다." 치랑이 쓰우를 걱정을 하며 안정시키려 한다.

잠시 후, 푸나도 이들이 있는 찻집으로 왔다.

"도대체 무슨 일이야? 봉황종을 잃어버리다니."

"범인이 아주 교묘하게 봉황종을 훔쳐갔는데 꼭 유령흉내를 내었데." 치랑이 허탈해 하며 대답했다.

"무슨 유령이 청동으로 된 무거운 종을 가지고 가? 사람이 가져간 것이지." 푸나가 말한다.

"정말입니다. 감시카메라에 유령처럼 희끄무레한 것이 나타난 뒤로 봉황종이 없어졌어요." 쓰우가 말했다.

"여기 세 사람 중에 혹시 집히는 사람이 없습니까?" 푸나가 물었다.

"전혀." 모두 고개를 도리도리했다.

"푸나 언니, 지난번 바위공원에서 보니 신통력이 있는 것 같은데 좀 알아보세요. 도대체 누가 그랬는지." 쓰우가 조급해 하며 푸나에게 물었다.

"아무 때나 그런 예감이 오는 것이 아닙니다. 요즘 시대에 과학으로 풀어야지 그런 것은 아무런 증거가 되지도 못해요. 괜히 이상한 사람 취급만 받아요." 푸나가 손을 저었다.

"그 신통력 이처럼 위급할 때 보여주면 얼마나 좋아요. 제발~"

쓰우가 발을 구르며 부탁을 했다.

"쓰우 씨, 우리 차분히 수사결과를 기다립시다. 우리가 안절부절 한다고 일이 해결되는 것이 아닙니다." 푸나는 쓰우를 달래며 말했다.

"으흐흑! 으흐흑! 스미마셍 스미마셍. 제가 그때 커피를 가지고 오지 않았더라면 이런 일이 일어나지는 않았을 것인데. 으흐흑! 으흐흑! 스미마셍! 스미마셍!" 갑자기 도리이가 울음을 터트리며 말했다.

"울지 말아요, 도리이. 다 제 잘못입니다. 단장님이 절대로 혼자서 근무를 서게 하지 말라하셨는데. 아~" 다니엘이 장탄식을 하며 도리이를 위로 한다.

"잘못으로 치면 나이지요. 어쩌자고 하필 그때 잠이 들어가지고. 어떡하지? 예싼 오빠 나 어떡해? 치랑 박사님 어떡하면 좋아요?" 쓰우는 자기가 있을 때 봉황종을 도난당해서인지 더 안절부절 하며 허둥댄다.

그날은 그렇게 스스로 자책을 하고 상대를 위로하며 늦게까지 함께 있다가 헤어졌다. 예싼은 쓰우가 걱정이 되어서 쓰우가 집에 들어가고 창문에 불이 꺼져서 쓰우가 잠든 것을 확인하고서야 돌아갔다. 푸나는 늦은 시간까지 복잡한 생각으로 잠을 뒤척였다.

'푸나의 모습을 보니 좋지 않은 일이 있었네. 아주 골치 아픈 일.'

"그래, 제강 너는 알지 모르겠다. 도대체 누가 봉황종을 훔쳐갔지?"

'나라고 다 아는 것은 아니야. 내 주파수에 걸려야 알 수 있지. 봉황종이 사라졌다 … 음, 한번 감각파동을 집중해볼게.'

"뭐가 잡히나?"

'아무래도 감이 안 와. 누군가 검색대를 통과하는 것으로 감쌌나봐. 아니면 벌써 아주 먼 곳으로 가져갔는지 주파수를 세게 해도 어디로 갔는지 도저히 모르겠다.'

"곧 과학수사대에서 결과가 나오면 알 수 있겠지."

'푸나, 늘 나의 모습에 대해 궁금해 했지? 내가 나의 비밀을 하나 알려줄까?'

"무슨 비밀?"

'그야말로 내 몸의 비밀.'

"뭐라구? 드디어 나에게 네 세포를 하나 떼 주기로 마음을 정한 거야?"

'아니.'

"피~, 그럼 아무것도 아니잖아."

'내 몸이 자유자재한 것은 나의 몸이 이 현실 차원에 제한되지 않기 때문이야.'

"그게 무슨 말이야?"

'모든 생명은 생명을 생성하는 기본적 파동이 있어. 모든 존재에게는 고유의 파동이 있다는 뜻이야. 사람은 사람의 파동, 동물은 동물의 파동, 식물은 식물의 파동 그리고 신들도 그들 고유의 파동이 있어서 독자적 생명을 유지할 수 있지. 그러니까 세상의

모든 것은 우주의 진화과정에 맞추어 만들어진 특수한 파동의 산물들이지.'

"그리고?"

'그런데 그 파동에는 항상성을 가진 우주의 파동이 있고, 그 파동에 반응하는 핵심 물질이 있어.'

"그래, 바로 그 핵심 물질이 과학자들의 숙제야."

'그 핵심 물질은 쉬운 용어로 유전자 염기서열 구조에서 생물마다 위치가 달라. 그 위치에 따라 진동에 의한 파동이 달라지고 생명의 구조가 달라지는 것이다.'

"파동에 따른 물질의 생성까지는 알겠는데 그것이 어떻게 생명 형성에 영향을 끼치는지는 도저히 모르겠다."

'그런데 나와 같은 특수한 생명들은 또 다른 파동을 만들어.'

"어떤 파동?"

'바로 두 개 이상의 차원, 두 개 이상의 공간을 묶거나 분리시키는 파동능력을 갖추었다는 뜻이지.'

"제강아, 인간은 아직 생명구조의 명령 파동을 일으키는 구조도 파악을 못했는데, 두 개 이상의 차원공간을 묶거나 합치다니 도저히 못 믿겠다. 그렇다면 너는 거의 신인데."

'너희가 말하는 원래의 신은 모든 우주 파동의 근원이자 항상성이다. 우리 같은 잔재주를 부릴 줄 안다는 정도로 신이라 말할 수 있는 것은 절대 아니지. 이 우주를 이해 못하는 너희 인간들이 이상한 우상을 만들어 신이라 칭하는데 그런 신은 이 세상에 없다. 인간이 만들어낸 허상을 신이라 칭할 뿐이다. 돌이켜 봐라, 지금까지 네가 정말로 신의 모습을 본 적이 있는가? 있다면 오로지 돌, 나무, 쇠로 만들어진 딱딱한 인간의 망상만이 있을 뿐이다.'

"파동, 명령물질, 두 개의 차원과 공간, 또 … 제강은 과학자 중에서도 천재 과학자네, 대단해."

'푸나, 머지않아 인간은 생명을 창조할 것이다. 하지만 절대로 잊지 말아야 할 것이 있다. 생명의 창조보다 중요한 것이 생명의 한계를 만드는 것이다. 인간의 욕심은 끝이 없어서 그 한계를 받아들이기가 쉽지 않을 것이다. 그 한계를 받아들이지 못한다면 결국 인간의 멸망이 온다. 모든 생명의 그 한계의 법칙이 깨어지면 생명을 연장할 수 있을 것 같지만 오히려 스스로 죽음으로 가게 되는데 그것이 수만 수억 가지 암의 원인이다.'

"그렇다면, 인간의 욕망은 수만 수억을 넘을 것이니 멸망은 이미 정해진 것이네."

'아니, 그래도 신은 인간이 스스로 자정을 하도록 하며, 푸나는 그 자정을 맡은 인간 중 하나이지. 나는 그 심부름꾼이고.'

"지금 네가 하는 말은 재미도 없을뿐더러 도대체 무슨 소린지 모르겠다. 오늘 머리가 너무 복잡하여 잠을 잘 수 있을지 모르겠다."

다음날 오후, 경찰서에서 봉황종 도난 사건에 대한 일차 수사결과가 발표되었다.

"어제 오후에 일어난 박물관 봉황종 도난 사건에 대한 수사결과를 과학수사대에서 보내온 분석을 토대로 말씀드리겠습니다. 봉황종을 훔쳐간 미상의 범인은 대담하게도 신원이상자에게 경고시스템이 작동되지 않는 직원들이 근무하는 낮 시간에 범행을 감행했습니다. 특히 투명망토를 착용하여 사람들이 볼 수 없었습니다. 범인이 투명망토를 갈아입은 위치가 카메라에 잡히지 않은 구석진 곳에서 이루어져서 행적을 추적하기가 매우 어렵습니다. 시간대별 범행의 행적을 보면 다음과 같습니다.

오후 1시 10분 박물관 발굴팀원 일본인 도리이가 커피 세 잔과 종이봉투를 들고 수장고의 문을 들어서려하자 동료 직원 쓰우가 문을 열어주면서 들고 있던 커피와 음식봉투 때문에 두 사람이 보안문을 개방한 채로 잠시 주춤하는 사이에 열린 문틈을 이용하여 망토를 입은 범인이 수장고로 잠입하였습니다. 3분 뒤, 직원 다니엘과 도리이가 나가고 직원 쓰우가 의자에 앉아서 눈을 감고 휴식을 취할 때 범인은 쓰우의 뒤로 가서 잠이 오는 약을 쓰우의 얼굴에 분사하여 쓰우가 일어나지 못하게 했습니다. 그 약의 성분은 고농축 벤조디아제핀 계열로 쓰우의 호흡기 점막과 두발에서 극소량 검출이 되었습니다. 쓰우가 잠이 들자 범인은 준비했던 열쇠로 유리함을 열고, 속에 들어있던 봉황종을 꺼내서 1시 20분 수장고 문을 **빠져** 나갔습니다. 1시 30분 다니엘이 돌아와서 유리함에 있던 봉황종이 없어진 것을 알고 수장고의 곳곳을 수색했으나 찾지 못하여 링천과 젠즈에게 연락하였습니다.

그리고 봉황종을 탈취한 범인은 1인이 아니었습니다. 주차장이 아닌 박물관 건물과 매우 가까운 담장 밑에 차를 대기시켜 놓았는데 이 차량의 번호판을 조회한 결과 도난당한 차량의 번호판이었습니다. 현재 이 차량을 추적하고 있습니다만 범인들은 도주 중에 번호판을 다시 교체하였는지 아니면 차량을 깊은 물에 수장을 시켰는지 단서를 잡아 추적하기가 매우 어렵습니다. 차량은 흰색 전기자동차 000-0000번 차량입니다. 보신 분이 있으면 즉시 신고해 주시기 바랍니다.

범인이 유리함의 열쇠를 미리 준비했던 점을 중요시 여겨 **금고업체를 수사하고, 이 유리함의 제작과정과 관련한 용의자를 추적하고 있으나 이 역시 단서를 잡기가 쉽지 않습니다. 원래의 열쇠표면에 아무런 다른 이물질이 검출되지 않은 것으로 보아 범인은 소형 3D스캐너를 이용해서 열쇠를 사전에 복사한 것으로 보입니다. 박물관 직원 중 누구도 특별한 혐의점이 발견되지 않은 것으로 보아 이 유리함 제작의 정보를 사전에 탐지한 누군가 극비리에 열쇠를 복사한 것입니다. 앞으로의 수사 방향은 박물관 직원 중 누가 이 유리함의 비밀을 외부에 발설했는가와 위조번호판 차량의 행적을 쫓는 것입니다. 위조번호 차량은 도시의 북쪽지역 CCTV에 포착된 것으로 보아 박물관 근처에서 출발해 북쪽으로 도주했을 확률이 높습니다. CCTV에 찍힌 공범 운전자의 얼굴과 머리칼의 색으로 보아 노란머리의 백인일 가능성이 있습니다.

유리함의 비밀을 발설한 자와 최근 **금고업체를 다녀간 사람들을 추적하는 것, 봉황종을 싣고 도주한 차량의 행적을 알아내는 것이 수사의 포인트입니다. 투명망토기술은 원래 군사적 목적으로 개발이 되었으나 이 기술이 벌써 민간으로 흘러나가 이러한 범죄에 종종 사용되므로 모든 CCTV에 열감지 장치를 추가하는 보완대책이 시급한 상황입니다."

　박물관 대책 회의실, 젠즈가 심각한 표정으로 말을 하고 있다.
　"다들 오늘 수사결과 발표를 보아서 알겠지만 우리의 유리함 제작에 대한 정보를 누군가 사전에 외부인에게 알려준 것이 문제의 원인이 되었다. 우리 중에 범인과 협조한 자가 있다는 뜻이다."
　"단장님, 그렇게 단정하지는 말아 주십시오. 유리함 제작은 우리만 아는 것이 아니라 사실은 유리함 제작업체가 가장 잘 알고 박물관 전체 직원이 다 연관이 된 문제입니다. 자칫 우리 사이에 없는 범인을 만들 수 있습니다." 링천이 젠즈에게 건의했다.
　"그렇지 않아. 유리함 제작 의뢰는 박물관장님과 우리 발굴팀 이외에는 아무도 모른다. 박물관장님이 만에 하나 실수를 방지하기 위해서 아무에게도 발설하지 말라 하셨다. 그런데 내가 여러분하고만 공유를 했으니 박물관 내 다른 사람들은 이 사건과 연관이 없다는 이야기지. 이것은 내가 그렇게 했으니 명확한 사실이다. 분명히 누군가 고의든 아니든 정보를 위험한 외부인에게 발설했다는 것이다. 내일까지 시간을 줄 테니 각자 자신의 발설경위를 기억해보고 정보를 주도록. 이런 일이 우리 내부에서 발생한 것에 대해서 나는 정말로 참담한 심정이다. 일차적으로 여러분에게 발설한 내 책임이 크다." 젠즈가 침통한 표정으로 말했다.
　"단장님, 정말로 죄송합니다. 자리를 지키지 못한 제 불찰입니다. 제가 책임을 지겠습니다." 다니엘이 고개를 숙인다.
　"자네가 어떻게 책임을 지나? 봉황종을 찾아올 수 있어?" 젠즈가 허탈한 표정으로 다니엘에게 말했다.

"스미마셍 죄송합니다. 저도 책임이 있습니다." 도리이가 울먹이며 말한다.

" …… " 쓰우는 충격이 너무 큰지 말이 없다.

"지금 우리가 이러고 있을 때가 아닙니다. 우리도 경찰수사에 적극 협조해서 범인을 잡고 봉황종을 찾는데 일조해야 합니다." 링천이 말했다.

"아~ 얼마나 중요한 유물인데, 모든 게 다 물거품이 되었다. 허망하다, 참으로 허망하다." 젠즈가 반쯤 정신이 나간 듯이 허탈해 한다.

"쓰우, 괜찮아요?" 링천이 아무 말 없이 넋을 놓고 앉아있는 쓰우가 걱정이 되어서 말을 한다.

" …… " 그래도 쓰우는 눈에서 흐르는 눈물도 닦지 않고 천정만 쳐다볼 뿐 말이 없다. 링천이 쓰우의 눈물을 닦아주었다.

그날 저녁, 쓰우가 펑쌍에게 전화를 했다.

"펑쌍 대표님, 지금 저 좀 만나요. 술 한잔 사주세요. 괴로워 죽겠어요."

"왜? 무엇 때문에 쓰우가 이렇게 괴로워하나? 어떡하지, 나 오늘 저녁엔 중요한 회의와 약속이 있어서 시간이 나지 않는데."

"혹시, 대표님 아닙니까? 내가 유리함 말을 한 사람은 펑쌍 대표님밖에 없는데."

"무슨 말인지 도대체 모르겠다. 그깟 유리함이 뭐라고 내가 어쨌다는 거냐?" 펑솽이 신경질적으로 말했다.

"저에게 하시는 말씀이 왜 이리 냉정합니까? 언제는 세상 모든 것을 줄 것 같더니." 쓰우는 흐느끼듯 말했다.

"나는 지금 쓰우가 왜 이러는지 도대체 모르겠어. 정말이야!"

"유리함에 든 봉황종 도난, 정말로 몰라요?"

"나 참, 환장하겠네! 뉴스를 봐서 사건은 알지만 정말로 나는 모르는 일이야. 그나저나 이런 일이 있어서 앞으로 봉황종을 크게 만드는 일도 어떻게 될지 모르겠다. 큰일이네. 내가 수석 후원위원인데." 펑솽은 정말로 모른다는 말투다.

"나 이제 어떡하면 좋아요? 나 죽을지도 몰라요. 나 좀 살려주세요." 쓰우가 펑솽에게 애원을 한다.

"이봐요 아가씨, 정신을 차려요. 그런 어처구니없는 모습은 보고 싶지 않아요. 자꾸 이러면 나 다시는 쓰우를 만나지 않을 것이야. 쓰우, 내가 말하는데 경솔하게 살지 마라. 세상이 휘황찬란하게 아름다운 것 같지만 아니야. 누구에게나 죽지 않을 만큼 힘든 것이 세상살이야. 정신 차려, 이 바보 같은 아가씨야."

쓰우가 펑솽에게 전화를 하고 몇 시간 뒤, 병원 일을 마친 예싼은 걱정이 되어 쓰우의 숙소를 찾았다.

"쓰우야! 쓰우야! 쓰우야! 여보세요 여보세요! 119! 119! 지금 빨리 화평로 단독 숙소단지로 오세요. 급한 환자가 있습니다. 빨리! 빨리! 치랑 박사! 치랑 박사! 빨리 응급실에 심폐소생장치 가동시켜 줘! 빨리! 쓰우야! 안돼! 안돼!"

앵~ 앵~ 앵~ 경광등을 번쩍이며 119구급차량이 쓰우의 숙소 앞에 멈추고 구급대원이 들것을 들고 쓰우의 숙소로 들어갔다. 곧 이어 쓰우를 싣고 나온 들것이 구급차에 실리자 차가 바로 출발했다. 예싼은 구급차에서 쓰우를 부르며 쓰우의 가슴을 계속 압박하면서 응급처치를 해보지만 쓰우에게서는 아무런 반응이 없다. 병원에 도착하자 마자 응급실 심폐소생실에 넣어 강도를 최고로 높여 자극을 주었지만 이미 식은 쓰우의 몸은 돌아오지 않는다.

"으아아아아~, 으아아아아~ 쓰우야~, 내가 너를 지켜주지 못했다. 정말 미안하다. 쓰우야~, 나는 이제 어떡하라고~ 쓰우야!" 예싼이 짐승처럼 울부짖는다. 치랑을 비롯하여 옆에 있는 사람들의 눈시울이 붉어졌다. 어떻게 알았는지 푸나와 발굴팀이 모두 와 있다. 한동안 예싼의 울음소리는 그치지 않았다.

다음날 손규영 형사가 쓰우의 숙소에서 나온 유류품을 가지고 병원에 왔다. 모두들 병원에서 밤을 새우고도 충격적인 쓰우의 죽음에 병원을 떠나지 못하고 있다.

"모두들 상심이 많으시겠습니다. 진심으로 애도를 표합니다. 이것들은 쓰우 씨의 유류품입니다. 전화기와 핸드백이 쓰우 씨가 목을 매 자살하기 전까지 가지고 있었던 것입니다. 핸드백 안에는 유서가 들어있었습니다. 자신의 불찰 때문에 역사적으로 중요한 유물이 도난된 것에 대한 자책감을 견디지 못한 것 같습니다. 유서의 끝부분에 발굴팀과 예싼 박사에게 미안하다는 말이 있었습니다. 예싼 박사님 정말로 유감입니다. 그리고 휴대폰 통화내역을 보니 마지막에 예싼 박사에게 전화를 하려고 번호는 눌렀는데 통화는 하지 않고 끊은 것 같습니다. 그 직전 통화는 흑룡개발산업의 펑쌍과의 통화입니다. 꽤 긴 시간 통화를 한 것으로 보아 죽기 직전 심각한 얘기를 나눈 것 같습니다. 제가 펑쌍에게 전화내용을 확인하니 유물도난에 관한 것 때문에 괴롭다고 그래서 마음을 강하게 먹으라고 말한 것 밖에 없다고 했습니다."

"펑쌍이 다른 말은 하지 않았습니까?" 치랑이 굳은 표정으로 물었다.

"특별한 것은 없었습니다."

"있어도 말하지 않은 것이겠지요."

"통화내용을 복구할 수는 없습니까?" 링천이 물었다.

"사생활 보호차원에서 법으로 금지되어 있습니다."

"그래도 복구할 방법은 있을 것 아닙니까?"

"아닙니다. 그렇게 해서 복구했다 하더라도 위법적 방법에 의한 채득이므로 증거로 인정을 받지 못하고 복구한 사람이 처벌받게 되어 있습니다."

"그럼, 심증만 있고 처벌할 수는 없는 것이네요?"

"쉽게 단언할 수 있는 것은 아닙니다. 다만 쓰우 씨가 펑쌍과 통화한 것은 어떻게든 펑쌍이 연관이 있다는 단서이니 계속 그쪽을 감시할 것입니다."

"억울하게 죽은 우리 쓰우, 불쌍해서 어쩌나~ 흐흐흑! 흐흐흑!" 예싼이 구슬프게 울었다.

"예싼 박사, 심정은 충분히 알겠지만 진정하시게 이럴 때일수록 우리가 차분해야지." 치랑이 예싼의 어깨를 감싸며 위로한다. 모두들 예싼에게 위로의 말을 한다.

"다들 잘 들어! 쓰우가 책임을 안고 죽었다고 우리의 불찰이 없어지는 것이 아니야. 앞으로 더 힘을 합쳐 봉황종을 찾아서 쓰우의 원한을 달래주어야 해." 젠즈가 비통한 표정으로 말했다.

"알겠습니다." 모두들 비장한 얼굴로 답했다.

"여러분의 심정은 알겠지만 여러분은 범죄수사를 해본 경험이 없고 이런 일은 대단히 위험한 일입니다. 자칫 여러분들도 다칠 수 있으니 절대로 나서지 마세요. 다만 우리 경찰에서 필요로 할 때 많은 협조를 부탁드립니다." 손 형사는 이들을 진정시키며 말했다.

쓰우의 죽음으로 병원에서 밤을 새운 푸나와 치랑이 푸나의 숙소 쪽으로 걸어가고 있다. 치랑이 푸나를 데려다 주러 온 것이다.

"푸나야, 오랜만에 숙소에 데려다 주네."

"그렇네요. 최근 서로 바쁘다는 핑계로 만날 수 있는 시간이 없었어요."

"나는 펑쏭이 연구결과에 대한 보복으로 나와 예싼에게 해코지를 할 줄 알았는데, 쓰우 씨가 … "

"봉황종의 도난에 펑쏭이 개입된 것은 확실한 건가요?"

"아직은 알 수가 없어. 너무 감정적으로 접근하면 문제를 해결하지 못해. 경찰의 수사를 차분히 지켜봐야지."

"내가 몇 번 말했잖아요, 쓰우 씨는 어차피 예싼 박사의 짝이 아니었어요."

"이런 말 예싼 박사 앞에서는 절대로 하지 마."

"야속하게 들릴지 모르지만 순박한 예싼 박사님과 자신의 미모를 믿고 현실을 너무나 쉽게 생각하는 쓰우 씨는 서로 사는 세계가 달랐어요. 맺어지기 어려운 관계였지요. 쓰우 씨 같은 사람은 조금만 칭찬해줘도 금방 유혹에 넘어갈 수 있어요. 그래서 펑쌍의 금력과 유혹에 정신을 잃었을 거예요. 게다가 쓰우 씨는 내적으로 유약하니 이런 큰일이 터지니 견디지 못한 것이겠지요."

"당분간 쓰우 씨의 죽음에 대해서 이야기하지 말자. 그것보다 우리에 대해서 이야기하자."

치랑이 푸나의 어깨를 따뜻이 감싸자 푸나도 치랑의 품에 안겨 한동안 가만히 있다. 쓰우의 죽음을 계기로 그동안 서먹했던 두 사람에게 서로의 위로가 필요했던 것이다.

봉황종이 도난 당하자 여론의 호응을 업고 진행되었던 봉황종 확대 제작을 통한 지역문화 상징화사업이 주춤해졌고, 그동안 상대적으로 목소리를 죽여 왔던 용뉴의 유일성을 주장하던 측에서 다시 반대여론 형성을 시도하였다. 반대론의 핵심 주장은 봉황종에 대한 진위에 의심이 가고 게다가 도난까지 당한 물건을 시민의 상징으로 삼을 수 없다는 논리였다. 당장 모금운동에서도 어려움이 나타났다. 그러자 봉황종 확대사업 후원의 한 축을 담당하고 있던 펑쑹이 기자회견을 열어 아쉽지만 현 상황에서 추진단에서 빠질 수밖에 없다는 자신의 의견을 공개적으로 피력했다. 봉황종의 도난 소식에 충격에 빠진 시민들도 반대론에 고개를 끄덕이기 시작했다. 봉황종을 도난당하고 이 사업마저 중단되면 바위공원의 역사적 가치도 그 만큼 줄어들 수밖에 없다. 지방정부 측에서도 봉황종의 확대 주종을 통해 봉황종을 지역문화상징으로 삼으려는 사업을 어쩔 수 없이 봉황종을 찾을 때까지라는 단서조항을 달고 연기하기로 결정을 내렸다. 그래서 봉황종 관련 사업들은 무산될 위기에 처한 것이다.

링천이 형 링챠오를 찾아갔다. 링챠오는 동북아 고대문명의 비밀을 밝히는 가문의 일을 이어가고 있는 링천이 대견스러워 알게 모르게 링천과 관계된 일을 후원하고 있었고, 이번 확대 주종사업 후원의 한 축을 맡은 것도 봉황종이 가문의 일을 매듭짓는 매우 중요한 사업이라는 링천의 의견을 따라서 받아들인 것이다. 이제 지방정부에서도 발을 뺐고, 펑쑹도 추진위에서 사퇴했고, 시민들의 성금도 중단되었다. 남아있는 것은 링챠오 뿐이다. 그마저 빠지면 이 사업은 완전히 없어지는 것이다.

"형님은 어떡하시겠어요?" 링천이 링챠오를 찾아서 의향을 물었다.

"고민이 많다. 어쩌다 그런 도난사건이 일어나 가지고 …… "

"이제 형님마저 빠지시면 110년 전 동북아 고대문명의 원형을 찾아다니시던 할아버지의 숭고한 노력의 결과가 헛된 물거품이 됩니다. 저도 그 꿈만 같았던 문명의 원형을 눈앞에서 도난당하게 되니 허탈하기 그지없습니다."

"나를 제외한 모든 사람들이 추진위에서 빠졌어. 나도 명분을 찾기가 참 어려워. 내가 그깟 확대 주종비용을 감당하지 못해서가 아니라 회사 직원들이 받아들일 분명한 명분이 사라져서 어렵다는 것이지."

"그래도 어떻게 방법이 없겠습니까?" 링천이 애원을 했다.

"이제 봉황종을 잃어버렸으니 만들려고 해도 자료가 없잖아?"

"아닙니다. 수많은 사진자료와 3D스캔 자료는 있습니다. 그것만 있으면 형태를 복원해내는 일은 어려움이 없습니다."

"어쨌든 종을 도난당해 명분을 잃어서 회사명의의 후원은 어렵고, 이 일을 계속하려면 내 개인 명의의 후원밖에 없는데 다른 사람들의 눈에 어떻게 보일지 걱정이다."

"형님이 후원하시는 것은 바위공원의 역사적 중요성을 살려내는 것입니다. 필요하면 나머지 유물의 가치를 활용하여 봉황종 확대 사업의 명분에 힘을 보태겠습니다." 링천은 계속해서 링챠오에게 부탁했다.

"아니야. 네 의지가 아무리 강해도 지금으로선 공개적 사업의 추진은 안된다."

"형님, 제발! 제가 언제 이러는 것 봤습니까?"

" …… 흠, 너도 참 어지간하다. 그런데 계획된 종의 크기가 7톤이 넘는데 이를 좀 줄이면 어떨까?"

"크기를 줄이는 것이야 무슨 문제이겠습니까. 사실 크기를 너무 키우는 것은 봉황종의 의미를 오히려 퇴색시킬 수도 있어요. 20kg 정도의 작은 종을 7톤으로 확대하는 것은 사람의 욕심이지 종소리의 질과는 관계가 없어요. 제가 경험한 종소리는 1.5톤 정도의 크기이면 우리가 듣기에 충분한 것 같습니다.”

“바위공원 전시관 건립에는 문제가 없나?”

“그것은 이미 공적으로 추진되어 예산까지 책정되었습니다. 요즘은 건축공법이 발달되어 기초만 다지고 나면 금방 완공합니다.”

“사람들 사이에 나머지 유물에 대해서도 말들이 많던데.”

“말 만들기 좋아하는 사람들이 유물의 가치에 대해 시시비비를 걸지만 발굴된 유물들 모두 진품인 것은 틀림없습니다.”

“알았다. 내가 1.5톤 정도의 크기로 만들어서 지역문화의 상징이 아닌 전시관에 전시물로 기증하는 형식에 대해 너희 형수와 상의를 해보마.”

“형님, 감사합니다.”

무산될 뻔했던 사업이 링챠오에 의해서 작게나마 이루어지게 되어서 링천은 봉황종을 잃어버린 허망함을 조금은 줄일 수 있었다. 이 소식은 나머지 발굴팀원 모두에게도 마음의 위로가 될 것이라고 확신을 했다.

얼마간의 시간이 지나고, 봉황종 도난에 대한 수사결과가 다시 나왔다. 범인들이 타고 도주한 가짜 번호판을 단 승용차가 동북쪽에 있는 쓰핑시(四平市) 외곽의 후미진 곳에서 발견되었다. 차량 안에는 노랑머리 가발이 있는 것으로 보아 백인이 아닌 사람이 백인인 것처럼 보이려고 분장한 것으로 추정되어 카메라에 찍힌 도주차량의 운전자가 분장을 위해 가발을 사용한 것으로 판명이 되었다. 버려진 차량은 이미 도난당한 차량으로 위조된 번호판은 일회용으로 한 번만 쓰고 버리는 것이었다. 이 훔친 차량과 접선할 가능성이 있는 차량을 추적해봤지만 그 사이에 워낙 많은 차량의 이동이 있어서 추적은 불가능하였다. 과학수사대에서 보내온 카메라 분석자료에 따르면 이번에도 투명망토를 입은 자가 **금고업체 주변에 어슬렁거린 흔적이 있다는 것일 뿐 구체적인 물증은 없었다. 이제까지 수집한 단서는 추적 불가능한 도난차량과 일회성으로 사용하고 버린 위조번호판, 노랑머리 가발, 투명망토 추정 영상뿐이다. 이제 더 이상의 증거가 나타나지 않으면 이 사건은 영구미제 사건으로 남게 되고 봉황종을 찾는 것도 불가능하게 된다.

다니엘의 러시아 친구 세르게이가 다니엘을 만나러 박물관에 왔다.

"요즘은 박물관이 조용하나?" 세르게이가 물었다.

"언제는 시끄러웠나?"

"종인가 뭔가를 잃어버려서 시끄러웠잖아? 예쁜 아가씨도 자살하고. 범인은 잡혔나?"

"응, 그 사건! 벌써 시간이 꽤 지났네. 아직 오리무중이다. 이러다 종을 영영 못 찾는 것 아닌지 모르겠다. 지난 사건을 다시 떠올리니 괴롭다. 휴~" 다니엘이 손으로 머리털을 한 움큼 잡아당기며 말했다.

"그 이후로 박물관 사정은 어떻게 변했나? 그래도 너는 파면되지 않고 아직까지 붙어있는 것을 보니 직접적인 책임이 없나보네?"

"아닐세, 단장님은 진급 케이스였는데 누락되었고, 링천도 그렇고, 나와 도리이도 마음이 편하지가 않아."

"너는 도리이와 결혼할 사이가 아니냐? 어차피 일이 이렇게 된 것 결혼해서 미국으로 돌아가. 동양인들의 문제에 너무 끼어들지 말고. 너무 끼어들면 범인들이 너까지도 해치려할지 모르잖아. 내 생각에는 네가 여기를 떠나는 게 좋을 거 같다. 자네를 위해서 진심으로 하는 말이야."

"세르게이, 나를 악마에게 영혼을 판 나쁜 놈으로 만들지 마. 도리이와 나는 박물관에서 쫓겨나지 않는 한 이번 사건의 해결을 위해서 여기서 노력할 것이야. 사건이 해결되어야 우리는 미국으로 가서 결혼을 할 거야."

탕! 탕! 탕!
탕! 탕! 탕!
치랑과 예싼이 권총사격을 연습하고 있다.

"어때? 총소리가 그간의 번뇌도 날리는 효과가 있지?"

"그래, 번뇌를 날린다. 나한테 걸리기만 해봐라 대가리를 박살낼 테니." 예싼은 쓰우를 죽음으로 이끈 자에 대한 복수심을 품고 있다.

"궈이 박사가 그랬잖아, 너는 지금 충격 후 외상장애가 있어서 분노조절에 문제가 있을 수 있으니 가급적 분쟁에는 신경 쓰지 말라고. 사격으로 기분을 풀고 마음을 가라앉히는 훈련을 해."

"이 예싼은 한번 마음먹으면 절대로 변하지 않아."

"분노는 또 다른 분노를 만나게 돼. 마음을 가라앉히려 노력해봐."

"충고하려 하지마. 푸나 씨가 죽었다고 생각해 봐. 너는 용서할 수 있겠어?"

"심정은 충분히 이해가 가지만 나는 경찰에게 맡길 것이야."

"너는 네 방식대로, 나는 내 방식대로."

탕! 탕! 탕!

탕! 탕! 탕!

치랑과 예싼의 총소리가 계속된다.

봉황종을 도난당하고 쓰우가 죽었지만 링천의 요청으로 링챠오가 종의 주조비용을 책임지기로 하면서 봉황대종 확대사업의 주최가 지방정부가 아닌 링챠오 개인의 기증 형식으로 사업이 계속되었다. 종의 모양은 3D스캔의 자료를 활용해서 확대하기 때문에 큰 어려움이 없었다. 그동안 복원에 장애를 주었던 종소리의 문제도 크기의 확대에 따라서 큰 의미가 없어졌으므로 제작에 크게 문제는 없었다.

그런데 종의 주종을 맡은 금정은 봉황종 소리의 비밀을 꼭 풀어보고 싶은 욕심이 있었다. 그래서 3D자료를 토대로 다시 한 번 봉황종을 원래 크기로 주조를 해보고 나서 큰 종을 만들기로 했다. 만약의 경우를 대비해 4개 정도를 시험해보면 답이 나올 것 같아서 조각을 담당하기로 했던 대학 조형연구소에 의뢰해 정밀 3D프린터로 밀랍모형을 만들고 발굴된 거푸집 쪼가리를 토대로 당시의 제작 방식으로 거푸집 4개를 만들었다. 첫 번째 모형종에는 분석된 성분대로 구리와 주석에다 자연적으로 딸려 들어간 비소와 철을 미량 넣고, 두 번째는 구리와 주석을 녹인 쇳물에 공업용탈산제를 사용하고, 세 번째는 송진이 많은 소나무 막대기로 쇳물을 저어서 탈산 효과를 내어보았다. 이렇게 주조한 종들의 소리를 원래 봉황종에서 채취한 소리 값과 비교를 해보았다. 금정이 스스로 판단하기에 세 개의 종 모두 소리의 음색에서는 만족감을 주었으나 원래의 종소리와 비교를 했을 때는 어느 것도 비슷하지가 않았다.

이제 거푸집은 1개가 남아 있다. 금정은 혹시나 하는 기대로 고깃간에서 양의 뼈를 얻어 쇳물에 넣어 보았다. 양의 뼈를 선택한 이유는 옛날에 제사에서 사람을 대신하여 양을 제물로 바쳤다는 이야기를 들었던 기억이 있어서이다. 그리고 많은 사람들이 알고 있는 옛날에 주종을 할 때 사람을 넣었다는 인신공양의 전설 때문이다. 이는 금정만 그런 것이 아니라 종을 만드는 모든 사람들이 갖고 있는 의구심이었다. 게다가 이 봉황종은 그야말로 신에게 제사지내는 여제사장이 품에 안고 있었던 것이기에 더 호기심이 갔다. 사람의 뼈를 넣으면 어떨까 하는 유혹은 느끼지만 금정 스스로가 쇳물에 뛰어들지 않는 한 절대로 있을 수 없는 일이다.

양의 뼈를 넣은 쇳물로 주조한 마지막 모형종을 조심스레 쳐보았다. 이전 3개의 종과 확연한 차이는 없었지만 미세한 차이가 느껴졌다. 단순히 양의 뼈를 넣었다는 심리적인 차이 때문인지 모르지만 좋아진 것 같았고 원래의 종소리에도 더 가까워진 것 같았다.

금정은 사람들을 불러서 모형종 4개의 소리 차이에 대한 견해를 듣고 싶었다. 그래서 자신의 작업장에서 파티를 겸해 종소리에 대한 평가를 들어보고자 사람들을 초청하였다. 마음 한편으로는 만약에 사람들이 모두 양의 뼈를 넣은 종의 소리를 좋아한다면 큰 종에서도 이것을 실행하려는 마음도 먹고 있었다. 금정의 작업실에 링챠오 부부, 발굴단원, 푸나와 치랑, 예싼 등이 모였다.

"어서들 오십시오. 이렇게 누추한 제 작업실을 찾아주셔서 감사합니다."

"와! 이게 종을 만드는 사람의 작업실이군요?" 푸나가 호기심이 가득한 눈으로 금정의 작업실을 살폈다.

"종만 만드는 것이 아니고 조각품, 고대 유물의 복제, 특수한 모양의 청동제품 심지어 청동으로 된 책까지 만듭니다. 청동과 관계된 것들은 다 만들지요." 금정이 작업실 안을 손으로 쭉 둘러 가리키며 말했다.

"청동으로 된 책도 있나요?" 링천이 말했다.

"하하하, 진짜 청동으로 된 책이 아니고 불경이나 성경 등 책의 특정한 페이지나 문구를 청동으로 조각해서 만드니 청동으로 된 책이지요."

"작업장이 매우 시스템화되어 있습니다. 옛날에 어떤 주물공장을 가보니 매우 지저분하던데." 젠즈가 금정의 작업실이 깨끗하다며 말했다.

"작업실을 운영하는 사람의 성격에 따라 다를 수 있지요. 저는 성격이 좀 까다로워서 작업실이 정리가 되지 않으면 일이 안됩니다. 그리고 쇠를 녹이는 일은 자칫 잘못하면 사람이 다치는 사고가 날 수 있으므로 평소에 주변 정리를 하는 습관을 들여야 사고를 줄일 수 있습니다."

"금정 선생, 새로 만든 모형종의 소리를 평가하기로 했지 않습니까? 빨리 들어보고 싶습니다." 링챠오가 종이 궁금한지 물었다.

"이쪽으로 오십시오."

금정은 많은 청동으로 만들어진 작품과 제품들이 깔끔하게 정리된 전시장으로 일행을 안내했다.

"와! 정말로 많은 작품들을 만드셨군요. 이런 것들은 다 어떻게 가지게 된 것들입니까?" 푸나가 놀라움을 표하며 말했다.

"작품제작을 의뢰한 분들의 허가를 얻어서 하나를 더 복제하여 하나 둘 모으다보니 이렇게 많아졌습니다."

"이것들을 나중에 팔수도 있겠네요?" 링챠오의 부인이 작품들을 유심히 보며 말했다.

"이 작업장의 역사이기 때문에 파는 것은 아닙니다. 만약에 팔아야 되는 상황이 오면 이것을 만든 작가선생님에게 허가를 받아서 팔고 이익금은 작가선생님에게 드립니다."

"마음을 잘못 먹으면 부정 제작도 가능하겠군요?" 링천이 말했다.

"옛날에는 그런 짓을 했다는 이야기도 있는데 지금은 하나라도 걸리면 사업권을 박탈당하고 구속되어 인생 끝장나니 그럴 수 없습니다."

"빨리 종소리를 들어봅시다." 치랑이 말했다.

뎅~, 뎅~, 뎅~, 뎅~ 금정이 새로 만든 종 4개를 차례로 쳤다.

"소리가 어떻습니까?"

"흠, 4개 다 소리가 비슷합니다. 대체로 소리가 듣기에 좋습니다." 치랑이 고개를 끄덕이며 말했다.

"이 종은 제가 아는 중국 종소리와는 차이가 많이 납니다. 그렇다고 일본종 소리는 더더욱 아니고. 한국종은 소리가 상당히 길고 부드럽게 느껴졌는데 이것은 그런 느낌이 있는 것 같기도 하고 ……" 한국박물관에 파견되어 근무한 경험이 있는 젠즈가 말했다.

"이 종의 모양으로 봐서는 손잡이 부분에 봉황형상이 들어간 것 말고는 고대 악기인 편종의 모양과 많이 닮았습니다." 금정이 대답했다.

"스끼다! 스끼다! 좋습니다. 이 모형 봉황종들의 소리가 참 듣기에 좋습니다." 도리이가 손뼉을 치며 말했다.

"정말 모두 소리가 좋습니다. 뷰티풀 사운드!" 다니엘이 엄지손가락을 세우며 칭찬을 했다.

"다시 한 번 종을 쳐주실 수 있습니까?" 푸나가 금정에게 요청하였다.

"아가씨께서 직접 쳐보시지요? 그러면 종소리의 차이를 더 잘 느낄 것인데." 금정이 푸나에게 종을 치는 나무망치를 넘겨주었다.

뎅~뎅~, 뎅~뎅~, 뎅~뎅~, 뎅~뎅~ 푸나는 종을 각각 두 번씩 쳐보았다.

"어느 종소리가 가장 좋게 느껴집니까?

"나는 이것이 좋은데."

"나는 저것의 소리가 좋은데."

사람들이 나름대로 자기 마음에 드는 종소리를 지목했다.

"그렇지요. 이렇게 종소리는 사람의 성향과 기분상태에 따라 다다르게 들립니다." 금정이 가볍게 웃으며 말했다. 그러나 한편으로 조금 아쉬웠다. 그는 내심, 모든 사람들이 양의 뼈를 넣어서 주조했던 종소리를 지목하기를 바랐었는데 중구난방이었던 것이다.

"금정 선생님, 혹시 이것들 중 하나를 살 수 있습니까?" 푸나가 물었다.

"이것은 팔려고 만든 것이 아니고 시험적으로 만든 것인데 … " 금정이 머뭇거리자

"금정 선생, 푸나 박사님에게 하나 파세요. 아니면 만난 기념으로 선물을 하시던가." 옆에서 젠즈가 금정을 채근했다.

"아닙니다, 힘들게 만드신 건데 당연히 제가 사야지요." 푸나가 말했다.

"허허! 참 이거, 어느 것을 사시겠습니까?" 금정이 난감해 하면서 푸나에게 물었다.

"저는 이것을 사고 싶어요. 소리가 다른 것에 비해서 부드럽고 깊이가 있는 것 같습니다." 푸나가 선택한 것은 바로 금정이 양의 뼈를 넣어서 만든 것이었다.

"아, 아, 그것은 … " 금정이 난감하다는 표정을 지었다.

"왜요? 제가 가격은 충분히 지불하겠습니다."

"다른 것으로 하면 안 될까요?" 다시 금정이 난색을 표한다.

"아닙니다. 꼭 이것이 마음에 드네요." 푸나의 의견도 확실하다.

"왜, 이것에 특별한 사연이라도 있습니까?" 젠즈가 물었다.

"그게 … , 저 … " 금정이 계속 머뭇거린다.

"금정 선생, 선생은 이것에 유달리 애착을 가진 것 같은데, 하나 더 만들 수 있지 않습니까. 푸나 박사가 꼭 이것을 원하니 넘겨주시지요." 링챠오가 금정에게 말하자

"알겠습니다." 금정이 할 수 없다는 듯 허락을 했다.

"혹시라도 이 종을 치면서 특이한 경험을 하게 되시면 연락을 주십시오." 금정이 푸나에게 당부를 했다.

"설마, 여기에 옛날처럼 사람의 뼈라도 넣었습니까? 하하하" 링천이 웃으며 말했다.

"그런 것이 아니라, 그럴 사연이 있어서 …… "

"이것을 너무 아끼시는 것을 보니 제가 억지로 사는 것 같아 죄송합니다." 푸나가 미안한 표시를 하자

"아닙니다. 어떤 물건이든지 다 인연이 있습니다. 제가 이것을 좋아 하지만 아가씨가 이 종을 사겠다고 지목한 순간 이것은 아가씨와 인연이 있는 것으로 정해진 것입니다." 금정이 대답했다.

"금정 선생, 이제 종의 실험을 마쳤으니 1.5톤짜리 봉황종을 역사에 길이 남을 명품으로 주조해주시오." 링챠오가 금정에게 당부했다.

"아무리 오늘날과 같이 과학이 발달한 첨단의 시대라고 해도 쇳물을 붓는 것은 운이 크게 작용합니다. 하늘이 돕기를 기원하겠습니다." 금정이 기도하듯 두 손을 모으고 링챠오에게 말했다.

"봉황종 도난 사건만 없었어도 7톤짜리를 만들어 더 큰 이익이 되었을 것인데 아쉽지요?" 링천이 말한다.

"아닙니다. 그래도 링챠오 님 덕분에 1.5톤이라도 하게 된 것은 영광이지요." 금정이 사례를 했다.

"종이 큰 것은 다 사람들의 욕심 때문이지요. 이번에도 처음에는 3.5톤이었다가 사람들의 욕심이 모이니 금방 7톤으로 커졌잖아요." 푸나가 말하자

"남아있는 유물들 중 규모가 큰 것은 주로 언제 만들어진 줄 아십니까? 세상이 혼란할 때 많이 만들어집니다. 세상이 혼란하면 서로 권력을 잡겠다고 자기 힘을 과시하는 수단으로 거대한 불상이나 종, 별궁 등을 경쟁적으로 만들게 되는데 그것들의 공통점

은 왕조가 멸망하는 징조라는 것입니다." 역사에 밝은 젠즈가 말
했다.

"그럼, 이 봉황종의 크기가 줄어든 것은 앞으로 세상이 망하지
는 않을 것이라는 증표인가요? 하하하" 링챠오가 크게 웃었다.

치랑으로부터 실험 자료를 넘겨받은 푸나는 제강 몸의 특수한
원리가 파동에 있다는 데 착안을 하여 파동을 감소시키는 방법과
반대로 파동을 증강시키는 두 가지 상반된 각도에서 연구의 방향
을 설정하였다. 물질적 원인규명에서 파동의 원리라는 연구방향
의 변화가 일어난 것이다.

비슷한 시기, 띵쟈오도 옌띠병원으로부터 받은 연구결과의 오
류의 원인을 파악하고 이를 바로 잡아서 신체강화 연구를 다시 진
행하기 시작했다. 펑쑹은 띵쟈오의 문제 해결능력을 높이 사서 그
에 대한 대우를 올려주었다. 곤륜선단에도 띵쟈오의 공적과 회사
에 대한 충성심을 보고하여 그를 중요한 인재로 등용할 것을 청원
하였다.

고대동물복원 프로젝트팀의 띵쟈오가 신체강화의 문제점을 해
결하자 흑룡개발산업에서는 이 팀원들을 곤륜선국으로 보내서 그
곳에서 본격적으로 연구성과를 고대신화 동물복원에 적용해서 연
구하도록 결정하였다.

"우리 띵쟈오 연구원의 공로가 선단에서 인정을 받아서 여러분을 곤륜선국으로 보내어 본격적으로 연구를 지원하라는 회사의 방침이 정해졌습니다. 곤륜선국은 우리 흑룡개발산업이 인간의 이상적인 삶의 터가 어떤지 보여주려는 곳입니다. 곤륜산은 고대 동양신화에서 신선들의 땅입니다. 샹그릴라나 유토피아와 같은 이상적인 세계를 실현하는 것이 곤륜선국입니다. 이제 우리 흑룡개발산업이 그것을 지구상에 실현하는 것입니다." 펑솽이 연구원들에게 회사의 방침을 설명하였다.

"신화에 나오는 곤륜산을 정말로 건설하려면 적어도 중국의 황산이나 한국의 금강산 정도의 땅이 있어야겠습니다. 그래야 신선들의 세계를 실현할 수 있을 것 아닙니까? 하하하!" 장수석 박사가 웃으며 말했다.

"그 정도 크기로는 공원이나 관광특구라고 불러야지요. 어떻게 선국이라는 나라의 명칭을 붙일 수 있겠습니까?" 펑솽이 호탕하게 말했다.

"그럼, 도대체 곤륜선국은 어느 정도 규모로 이루어집니까?" 장수석 박사가 물었다.

"우리 선단에서는 오래전에 아무르강과 후마강 사이에 장차 인류의 이상향인 곤륜선국을 세우고자 약 2천 평방킬로미터의 대지 사용권을 획득했습니다."

"2천 평방킬로미터의 넓이라니 어느 정도입니까?"

"한국의 가장 큰 도시인 서울이 6백 정도입니다."

"그렇게 넓은 땅을 어떻게 개발하려는 것입니까?"

"그 정도는 되어야 선국이라 말할 수 있지 않겠습니까? 진짜 국가 말입니다. 이전에 종종 문화공연 시간에 영상으로 보여주지 않았습니까?"

"그게 사실이군요. 저는 설마 그것이 진짜는 아니겠지 의심을 했습니다."

"하하하, 사실입니다. 직접 보시면 입을 다물지 못하실 것입니다."

"그곳은 위도가 높아 추워서 사람이 살기에도 적당하지 않을 것인데요?" 스트렌튼이 물었다.

"그러니 우리 선국 사람들의 혜안이 탁월했던 것이지요. 이제 그곳은 지구 온난화의 영향으로 수목이 울창하고 동물이 살기에 매우 좋은 조건을 갖추고 있습니다."

"그 정도 넓이라면 정말로 하나의 작은 국가 규모입니다. 어떻게 개발할 것입니까?" 장수석 박사가 물었다.

"그야말로 인류의 영원한 꿈, 신화에서나 나오는 이상국가를 과학의 힘으로 건설하는 것입니다. 우리 곤륜선단이 아니면 아무도 꿈꿀 수 없는 것이지요. 고대인들의 신화적 상상력을 과학의 힘으로 전부 실현할 것입니다. 그 꿈을 실현하는데 여러분의 연구결과가 매우 중요합니다."

"그곳에 연구시설은 제대로 갖추어져 있습니까?" 스트렌튼이 물었다.

"염려마세요. 웬만한 종합대학보다 큰 시설이 갖추어져 있습니다. 여러분의 연구성과를 즉각 현실화시키는 증강인공자궁시설이 있어서 포유류를 출생시키는데 1달이면 충분합니다."

"정말 판타스틱한 세계가 실현되겠군요." 스트렌튼이 아주 흥미로운 듯 반응한다.

"다음 주에 여러분들은 회사의 전용기를 타고 곤륜선국으로 갈 것입니다. 그동안 떠날 채비를 해주시기 바랍니다. 아! 그곳에는 여러분을 위한 모든 것이 갖추어져 있으니 여러분은 아주 개인적인 것만 준비하시면 되겠습니다."

띵쟈오, 장수석, 스트렌튼 세 명의 연구원은 젊은 여성안내원이 서비스하는 흑룡개발의 전용비행기를 타고 곤륜선국으로 향했다. 곤륜선국은 비행기로 동북방향으로 1시간 이상을 비행을 해서 닿을 수 있는 중국과 러시아의 경계지역에 있었다. 동으로는 아무르강이 흐르고 서로는 후마강이 흐르고 있는데, 곤륜선국의 남과 북의 경계인 듯 인공으로 만든 반듯한 운하가 있어서 곤륜선국은 사방이 강으로 주변과 경계를 이루고 있다.

비행기가 땅으로 가까울수록 정말로 북위 50도라고는 생각지도 못하게 수목이 울창하고 온갖 동물들이 떼를 지어 다니고 있다. 비행기가 저공비행을 하자 놀란 사슴과 순록 떼들이 무리를 지어 도망을 친다. 그러자 이들을 쫓는 늑대의 무리도 보이고, 어디 숨어 있다가 나타났는지 호랑이 한 마리가 이들을 쫓자 사슴과 순록과 늑대들이 온 사방으로 흩어진다.

중심부로 가면서 특정지역은 대규모 과학영농단지와 여러 생산시설이 들어섰거나 건설 중에 있었다. 그리고 규모가 그리 크지 않은 도시가 건설되고 있었는데 도시 대부분의 건축은 동양전통 양식을 위주로 자연환경과 어우러져 지금까지 보지 못한 황홀한 도시의 풍경을 갖추어가고 있다. 동쪽의 어떤 지역은 특이한 지형을 인위적으로 만들고 있었다. 규모는 전체 면적의 10%도 채 되지 않을 것 같았다.

"저기 동쪽 강변에 특이한 지형을 만드는 곳은 어떤 곳입니까?" 띵쟈오가 물었다.

"저곳이 바로 고대동물을 복원해서 방사할 곤륜공원 산해경(山海經)입니다. 산해경에는 인공으로 마치 실제인 것과 같은 신화적 경치를 만들고 있습니다. 온갖 기암괴석의 산내경(山內經) 지형이 만들어지고 아무르 강물을 이용하여 해내경(海內經)을 만들기도 할 것입니다. 그리고 산해경에 붙여서 건설되고 있는 선경(仙境)은 곤륜선국의 지도부가 들어설 핵심이기도 합니다."

비행기가 외곽 삼림지대의 활주로에 착륙하자 이들을 맞이하러 사람들이 나왔다. 그 중에 신선의 복장을 하고 수염을 기른 사람이 앞으로 나와서 인사를 했다.

"어서 오십시오, 박사님들. 환영합니다. 저는 이곳의 개발과 관리를 책임지고 있는 김명철입니다."

"이렇게 마중을 나와 주셔서 감사합니다. 저는 띵쟈오라고 합니다. 이쪽은 장수석 박사님이고 이쪽은 스트렌튼 박사님입니다."

"세 분의 명성은 이미 많이 들었습니다. 제가 안내하겠습니다." 김명철은 외관이 정교하게 고대 건물모양으로 꾸며진 버스에 이들을 태우고 안내를 맡았다.

일행이 탄 버스는 완벽한 풍요로 무장된 듯한 곤륜선국의 이곳 저곳을 돌아 이들이 일할 연구원으로 향했다. 도착한 연구원은 정말로 웬만한 대학보다도 큰 규모로 건설되어 있었다. 연구원 시설을 대충 둘러본 이들은 생활할 숙소로 안내되었는데 숙소의 입구로비에 이르자 6명의 아름다운 여성들이 이들을 맞이하였다.

"어서 오세요. 환영합니다. 저희들은 앞으로 박사님들을 도와드릴 도우미 선녀들입니다." 여섯 명의 여성들이 맑은 목소리로 인사를 했다.

"이 도우미 선녀들은 박사님 당 두 명씩 배정됩니다."

"다들 매우 아름다운 여성들이군요. 하하하" 장수석 박사가 칭찬을 했다.

"두 선녀 중 한 명은 인간이지만 한 명은 인공지능 로봇입니다."

"예? 전혀 알아채지 못했습니다. 정말 정교하군요." 스트렌튼이 감탄을 한다.

"인간 도우미 선녀는 박사님들의 인간적인 모든 것을 도와 줄 것이고, 인공지능 로봇 선녀는 일본에서 수입된 것인데 모든 면에서 완벽하게 인간과 같은 기능을 발휘할 수 있으며 주로 연구와 관련된 것들에 대해서 도와드릴 것입니다. 상황에 따라 적절한 도움을 받으시면 됩니다."

"정말로 이상세계이군요. 이런 멋진 곳에서 연구를 하면 저절로 성과가 나올 것 같습니다. 하하하!" 핑쟈오는 얼굴에 만면의 웃음을 띠며 만족해한다.

고대동물복원 프로젝트 중 포효라는 맹수를 가장 먼저 복원하려고 하였지만 곤륜선단에서 대규모 자금지원을 통해 여러 고대동물을 동시에 복원하는 것으로 계획을 조정했다. 이렇게 하기로 한 배경에는 이미 100세를 넘긴 곤륜선단 선주의 건강이 극도로 악화되어 띵쟈오가 해결한 신체강화기술을 우선 선주의 몸에 적용을 하여 선주의 수명을 늘리고 그리고 선주 생전에 다양한 신화 속 동물들이 뛰노는 완성된 곤륜선국의 모습을 만들어 보여주기 위해서이다.

띵쟈오는 옌띠병원에서 넘겨받은 신체강화의 문제점이 전기적 자극에서 발생한 것임에 착안하여 이를 역으로 전기자극 이전의 상태로 돌린 다음에 다시 염색체 염기서열의 구조를 재정열하여 염기서열 속에 잠재된 명령물질을 이동시키면 지금까지 보지 못한 동물의 형상이 이루어질 수 있다고 보았다. 이렇게 하면 병원 측에서 넘어올 때 전기충격으로 인해 생긴 변화의 공백과정을 생략하고도 신체강화기술의 최종 결과를 적용하여 시간을 절약할 수 있다고 판단하였다. 이것을 해결하면 그동안 알지 못했던 줄기세포가 자율적으로 분화해가는 시스템도 좀 더 자세히 알아낼 수 있다고 보았다.

"유레카! 유레카! 유레카!"

선국의 실험실에서 띵쟈오의 목소리가 터졌다.

"드디어 생물체의 자율성장과 성장한계의 법칙을 알았다! 우리는 이제 드디어 원하는 어떤 생물도 창조할 수 있게 되었다. 유레카! 하하하!" 띵쟈오의 흥분한 목소리가 계속되었다. 장수석 박사와 스트렌튼 박사가 달려오고 김명철도 달려왔다.

"띵쟈오 박사님, 드디어 이루어내셨군요. 축하합니다! 이 사실을 바로 펑쏭 대표님에게 보고하겠습니다." 김명철이 바로 펑쏭에게 연락을 취했다.

"띵쟈오 박사, 축하해요. 인류의 생물학에서 큰 진보입니다. 펑쏭 대표님이 정말로 좋아하겠습니다." 장수석 박사도 축하를 하고 스트렌튼 박사도 축하를 했다. 옆에서 연구를 보조하던 인공지능 도우미도 박수를 치며 축하를 했다.

"띵쟈오 박사님, 대표님께서 비용은 신경 쓰지 말고 복원설비를 갖추어 바로 고대신화동물 생산에 착수하랍니다." 김명철이 펑쏭의 지시내용을 바로 전한다.

"이제 고대동물복원이 아닙니다. 새로운 생명의 창조입니다. 하하하하! 크하하하하!" 띵쟈오는 만족을 추스를 수 없는지 괴상한 웃음소리까지 낸다.

"띵쟈오 박사, 큰 과학적 진보는 축하할 일이지만 진정하세요. 과학자는 매사에 신중해야 합니다. 너무 흥분하면 과학적 성과가 궤도를 이탈할 수도 있어요. 나도 젊었을 때 당시로서는 획기적인 연구성과에 힘입어 얼마나 우쭐되고 다녔는지 아세요? 하지만 바로 실험의 증명과정에서 과욕이 드러나 명성이 하루아침에 추락한 경험이 있어요." 장수석 박사가 띵쟈오를 진정시킨다.

"장 박사님 말씀의 뜻은 잘 알겠습니다. 지금 저의 연구성과는 그때와는 많이 다릅니다. 크하하하하!" 띵쟈오는 흥분을 멈추지 않았다.

"실험 결과를 미국에서 활용하면 아주 큰돈을 벌 수 있겠습니다." 스트렌튼이 의견을 내었다.

"미국에서 돈을 버는 것도 좋지만 이곳에 곤륜선국을 이룰 수 있게 된 것이 더 큰 꿈의 성취입니다." 띵쟈오가 말하자,

"역시 띵쟈오 박사님은 오로지 우리 곤륜선단의 발전을 염원하는 진정한 곤륜선단의 일원입니다. 선주님과 평쑹 대표님이 이 말을 들으시면 얼마나 기뻐하겠습니까." 김명철이 박수를 쳤다.

평쑹에게 띵쟈오의 연구성과가 전해진 후 평쑹은 사무실에 몇 명의 비밀수하들을 불러서 지령을 내리고 있다.

"이제 곤륜선단 독자적으로 고대신화동물복원을 할 수 있게 되었다. 그동안 미뤄왔던 계획을 실행에 옮기고자 한다."

"말씀만 하십시오." 경호원 제복을 입은 페이룽이 답했다.

페이룽은 원래 〈용의 전사들〉 서커스단의 단원이었지만 전에 이곳에서 공연을 앞두고 훈련 중 큰 부상을 당했다가 평쑹의 지원으로 부상에서 완전히 회복되었지만 서커스 단원으로서의 활동은 더 이상 하지 못하게 되었다. 그러자 평쑹이 그를 회사에 일자리

를 마련해주었고, 후에 그의 강인한 정신력과 운동능력을 높이 사서 자신의 경호요원으로 삼아 곁에 두었다.

"우리의 연구를 고의로 방해한 치랑과 예싼 이 두 놈들은 꼭 손을 봐주어야 한다." 펑쌍이 눈에 살기를 띠며 말했다.

"연구에 성공했으면 됐지 굳이 손을 봐줄 필요가 있습니까?" 이 지역 조폭두목 장졔가 말했다.

장졔는 겉으로는 사업가이지만 밤에는 조폭생활을 하는데 지난번 펑쌍이 공무원 김명철과 공모하여 바위공원을 불법개발하려다 들통이 나서 법의 처벌을 받는 동안 펑쌍을 대신하여 흑룡개발산업을 맡아서 운영한, 펑쌍이 매우 신뢰하는 인물이다.

"그동안은 혹시나 연구에 필요한 얻을 것이 남아있나 싶어서 놔뒀지만 이제 필요 없게 되었으니 복수를 해야지. 이는 나의 생각일 뿐 아니라 선단의 명령이기도 하다." 펑쌍의 눈에는 여전히 살기가 넘친다.

"우리가 종을 훔치는 바람에 대표님이 아끼던 쓰우가 죽지 않았습니까. 두 사람을 죽이지는 말고 적당히 손을 봐주는 선에서 끝내지요?" 페이롱이 굳은 얼굴로 말했다.

"쓰우가 죽은 것은 아깝지만, 그때문에도 예싼과 치랑 그리고 푸나가 연관되어 있다. 이들 3명은 살려두면 언젠가는 복수하려 할 것이니 후환을 없애자는 것이야." 펑쌍은 완전히 마음을 굳힌 것 같다.

"다른 발굴단원에 대해서는 신경 쓸 필요가 없지요?" 세르게이가 말한다.

"픽! 그깟 샌님들은 신경 쓸 필요 없어." 펑쌍이 비웃으며 말했다.

"지금도 경찰 내부의 지인에게 수사방향을 물어보면 노랑가발을 쓴 동양인이 범행에 가담했을 것이라고 하더군요. 제가 수사상의 혼선을 주려고 일부러 백인의 가발을 차에 놓고 버린 줄도 모르고. 하하하!" 세르게이는 자신의 계략에 경찰이 속고 있는 것을 즐거워했다.

"잘했어, 하지만 방심은 금물이야. 지금까지 오소리 김철행의 창고를 털고, 놈을 사살하고, 봉황종을 탈취한 것은 아주 매끈하게 잘 처리했다. 앞으로도 잘들 처리하도록. 페이롱이 예싼을 맡고, 장계는 직접 하든지 부하를 시키든지 치량을 맡고, 세르게이는 푸나 그년을 맡아서 처리해."

"대표님, 제가 치량을 맡으면 안되겠습니까?" 페이롱이 물었다.

"왜?"

"제가 예전에 심하게 부상을 당했을 때 저를 잘 치료해준 의사가 예싼이거든요."

"안돼, 그런 관계가 있다면 너의 냉정함을 단련하기 위해서라도 임무를 잘 완수해야 한다. 그래야 진정한 킬러다." 펑쌍의 태도가 단호하다.

"저는 왜 재수 없게 연약한 여자를 처치해야 합니까?" 세르게이가 못마땅해 한다.

"그러면 다니엘을 손봐줄래?"

"아닙니다. 친구를 어떻게, 푸나를 맡겠습니다."

"푸나는 이 일과 직접적인 관계는 없지만 치량과 사귀는 바람에 목표가 되었다. 억울한 면이 있지만 이것도 푸나의 운명이다. 그런데 이상하게 푸나 그년을 생각하면 내가 섬뜩섬뜩해지는데 이유를 모르겠다. 예전에 김명철과 바위공원에서 깨끗이 해치워버렸어야 하는 건데, 후회가 되네."

푸나는 류풍걸에게 탈춤을 배우고 있다.

"푸나 박사님의 소무탈춤 솜씨는 사람의 시선을 집중시키는 특이한 매력이 있지만 여전히 춤의 기초적 동작과 활력에 대해서는 부족한 편입니다. 제가 보기에는 체계적 훈련을 할 수 있는 시간이 부족하고 체력도 조금 부족해서 그런 것 같습니다." 류풍걸이 푸나의 춤동작의 문제를 지적하며 말했다.

"최근에는 연구소의 연구과제와 함께 제가 개별적으로 진행하는 연구가 있어서 연습할 시간이 없어서 그렇습니다. 연구에 몰두하다 보니 체력도 많이 약해진 것을 저도 느낄 수 있습니다. 가능하면 틈틈이 체력단련도 하고 자주 류 선생님에게 지도를 받도록 하겠습니다."

"춤을 추기 위해서는 도약 훈련과 신체의 유연성 훈련을 통하여서 근력을 강화시켜야 합니다. 탈춤을 춘다는 것이 그냥 몸의 동작을 아름답게 하는 것뿐만 아니라 신체를 건강하게 단련하는데 있어서도 아주 좋은 것입니다. 자, 저를 보세요. 이~얍!"

류풍걸이 기합을 넣으며 발을 굴러 공중으로 차오르는데 농구 선수보다도 높이 뛰어오르는 것 같다.

"저는 뛰어오르는 것은 젬뱅이입니다."

"발과 신체의 탄력을 잘 이용해야 합니다. 푸나 박사님은 이렇게까지 할 필요는 없습니다. 너무 무리하면 발 근육을 다칩니다. 탈춤 동작하다가 넘어지지 않을 만큼만 단련하세요."

"저는 류 선생님이 하는 그런 단련은 아예 포기입니다."

"다음에는 팔을 휘젓는 동작의 기초를 더 보완하겠습니다. 따라 해 보세요. 덩~다끼 덩~따~"

"덩~다끼 덩~따~"

"덩~다끼 덩~따~"

"덩~다끼 덩~따~"

"그렇지요. 팔을 좀 더 힘차게 리듬을 주어서, 덩~다끼 덩~따~"

"덩~다끼 덩~따~"

푸나가 아침을 먹고 치랑과 실험에 대해 논의하기 위해 옌띠병원으로 가려 나서는데 제강이 사나운 개로 바뀌어 푸나를 따라 나선다.

"아이구 깜짝이야! 왜 이런 무서운 개로 바뀌었어?"

"오늘부터는 진정한 개로 살아보기로 했어. 월! 월! 푸나의 숙소에만 있었더니 갑갑하네. 월! 월!"

"그러면 좀 예쁜 강아지로 변신하지 이렇게 무서운 개로 바뀌면 사람들이 다 피할 텐데."

"알았어. 다시 리트리버로 바뀔게. 짠! 어때?"

"와! 정말 멋있다! 안아보고 싶다!"

"안는 것은 안돼. 그러다 내 세포 슬쩍하려고 그러지?"

"하여간 몸은 엄청 사려요."

잠시 후, 푸나와 제강이 바위공원을 지나고 있는데 저쪽에서는 전시관 건립공사가 한창 진행 중이다. 푸나가 지나가는 것을 보고 젠즈와 링천이 손을 흔들고 다른 백인과 대화하고 있던 다니엘도 손을 흔들어 인사했다.

"푸나, 오늘 그 멋진 리트리버를 데리고 외출하네?" 다니엘이 소리친다.

"이 녀석이 심심해서 바람 좀 쐬게 해주려구요. 도리이는?"

"오늘 몸이 불편하다고 숙소에 있어요."

"네, 즐거운 하루 되세요." 푸나는 이들과 인사하고 바위공원을 지나간다.

'푸나, 저기 다니엘 옆에 서 있는 백인남자 아는 사람이야?' 제강이 푸나에게 물었다.

"아니 직접은 모르는데, 다니엘의 러시아 친구라는 말은 들었어. 왜?"

'내가 보기에 좋은 일을 하는 사람이 아니야. 이곳에 별로 좋지 않은 일로 온 사람이야. 잠깐 있어봐 내가 저 녀석의 능력을 좀 검사해봐야겠다' 하더니 제강은 세르게이에게 다가가 주위를 돌면서 친한 척한다. 그러자 세르게이가 리트리버를 예뻐하며 안아보려 했지만 리트리버는 세르게이의 주위를 빙빙 돌기만 하다가 다시 푸나에게 돌아왔다.

'저 녀석 크게 나쁜 놈은 아닌데 그래도 조심을 하는 게 좋아.'

치랑과 예싼의 연구실, 간만에 푸나가 오자 연구실 분위기가 밝아진다.

"여! 나의 푸나 박사님, 간만에 우리 연구실에 왔네요. 무슨 일입니까?" 치랑이 환한 얼굴로 푸나를 맞이했다.

"그냥 오랜만에 여유가 생기고 치랑 씨, 예싼 박사님의 연구가 얼마만큼 진행되었는지 보려고 왔습니다."

"순찰 나오셨네요. 하하" 예싼이 말했다.

"그런가요? 호호호"

"푸나는 요즘 그 연구가 잘되어가나?" 치랑이 푸나에게 비밀리에 넘겨준 신체강화 부작용 방지에 대한 연구가 어떻게 진행되는지 넌지시 물었다.

"나도 그렇지 뭐. 한 가지가 잘 풀리지 않네."

"무슨 한 가지?"

"물질에 근본적인 영향을 주는 것, 보이지 않는 원인까지 접근을 해야 하는데 쉽지가 않네. 하지만 언젠가는 해결되겠지." 푸나는 문제가 대수롭지 않은 듯 긴 머리를 가볍게 흔들며 유쾌하게 말한다.

"물질에 근본적인 영향을 주는 것이야 반물질 아닙니까? 없는 것 같지만 실제로는 가장 많은 영향을 미치는 것. 마치 신이 없는 것 같지만 사람들이 알지 못하는 사이에 엄청난 영향을 주고 있는 것과 같은." 치랑 대신 예싼이 말한다.

"흠, 반물질은 그냥 개념적으로 설명은 가능하지만 제가 다룰 수 있는 분야가 아닙니다. 다른 차원의 문제잖아요?" 푸나는 머리를 가로젓는다.

"그러면 저도 도와드릴 방법이 없네요. 그런데 푸나 박사가 데리고 온 리트리버 참 잘 생겼습니다. 지난번보다 더 잘 생겨진 것 같아요." 예싼이 말했다.

"조심하세요. 보기와는 달리 아주 사나워요." 푸나가 주의를 주자,

"크르르, 크르르" 리트리버가 예싼에게 이빨을 드러낸다.

"알았다 알았다! 네게 손도 안댈 테니 으르릉 거리지 마. 녀석 보기와는 달리 아주 성질 있는 놈이네." 예싼이 뒤로 물러나며 투덜댄다.

"오늘은 산책하다가 그냥 들렀어요. 다음에 봐요." 푸나는 연구실에 잠깐 머물다가 리트리버를 데리고 밖으로 나간다.

"푸나 잠깐만! 이따 시간 있어?" 치랑이 물었다.

"글쎄요? 어중간하네요. 무슨 일 있어요?"

"뭐, 일이 있어야 만나나? 그냥 보자. 같이 저녁 먹은 지도 오래된 것 같아서."

"알았어요. 이따 전화주세요."

푸나가 돌아가고 치랑이 예싼에게 물었다.

"예싼, 혹시 요즘 투명망토 경보기 가지고 다니나?"

"아니, 왜?"

"가지고 다녀라. 어제 저녁에 숙소로 가는데 경보음이 울려서 특수 안경을 꺼내 썼더니 이상하게 움직이는 뭐가 보였어."

"다른 비슷한 주파수에 반응한 거겠지. 손규영 형사가 전해준 뒤 시간이 꽤 흘렀지만 내 주변에는 아무런 낌새가 없었는데."

"아니야, 그래도 모르니 가지고 다녀. 나는 당분간 조심해야겠다. 찜찜해."

"나는 그럴 생각 없어. 오로지 쓰우를 위해 복수할 생각밖에 없어. 내가 죽고 사는 것은 아무 의미가 없어." 예싼의 표정이 갑자기 살벌하게 바뀌었다.

"아직도 쓰우에게서 못 벗어나고 있네. 언제까지 그럴래? 어휴!" 치랑이 혀를 찼다.

"나는 한번 맘먹으면 절대로 안 변해." 예싼은 단호하다.

"맘 변하든 안 변하든 네 몸조심은 해."

"대신 나는 요즘 내 호신용 무기를 가지고 다녀."

"설마? 총을 가지고 다니는 것은 아니겠지?"

"까짓것, 암시장에서 얼마든지 구할 수 있어."

"가지고 다닌다는 뜻이야? 그러면 위법인데."

"위법 이딴 거 신경 안 써."

"큰일이다. 그런 헤픈 여자 뭐가 좋다고 아직도 잊지 못하고." 치랑이 혼잣말로 중얼거린다.

"뭐라고! 뭐라 그랬어?" 예싼이 벌컥 화를 냈다.

"아, 아무 말도 안 했어. 그냥 혼잣말이다."

그때, 푸나푸나푸나♬ 푸나푸나푸나♪ 치랑의 전화가 울린다.

"아, 손 형사님 무슨 일입니까? 네네 알겠습니다."

"손 형사님이 왜?"

"평쌍 측에서 이상한 움직임이 포착되었다고 조심하라는 전화야. 예싼 너도 경보기와 특수안경을 가지고 다녀."

"무슨 말인지 알았다. 쓰우를 죽게 한 봉황종 도난에 대한 증거는 나오지 않았데?"

"그런 말은 없었다."

최근에 푸나의 숙소에서 자주 활 쏘는 소리가 들렸다. 푸나는 숙소에 돌아오면 명상으로 마음을 수양하고, 활쏘기 연습을 하는 것으로 정신집중 훈련과 체력단련을 하고 있어서이다. 숙소 안 구석에 간단한 과녁을 갖다 놓고 젠즈에게서 선물로 받은 활로 과녁 맞히는 연습을 하고 있는 것이다. 숙소 안은 넓지 않은 공간이지만 과녁까지의 거리가 7~8미터는 나와서 그런대로 목표물을 맞히는 쾌감도 맛볼 수 있다. 그래서 활 용품점에 가서 화살도 더 구입하고 활 관련 용품도 몇 개 더 구입했다.

쉭~ 팍! 쉭~ 팍! 쉭~ 팍!

"야호! 오늘은 12발 중에 7발이 8점 안에 들어갔다. 게다가 2발은 10점에 명중! 이봐 제강, 나 활쏘기에 소질이 있는 것 같지 않아? 내가 전생에 활을 쏘는 궁수였었나?"

"그렇게 가까이에서 쏘면서 2발만 명중한 거 가지고 뭔 호들갑, 최소한 6발은 10점에 들어가야 활을 쏜다 할 수 있지."

"그래도 연약한 여자의 몸으로 이만하면 괜찮지 않아?"

"열심히 훈련해, 앞으로 쓰일 날이 있을 것이야."

띠리리링~ ♬ 띠리리링~ ♪ 치랑에게서 전화가 왔다.

"애인에게서 전화가 왔네. 일찍 들어올거야?"

"잘 모르겠는데. 간만에 맛있는 것 먹고, 기분 내키면 술집까지 달릴 수도 있지."

"그리고는?"

"집에 와야지, 왜? 또 그 이상한 노래를 부르면서 나를 놀리려고?"

"그 노래 부른지도 오래되었네.

암수가 분리되어 고통을 겪는 존재들이여

하나로 합치어 생기는 쾌락을 쫓아들지만

그것은 분리된 자의 고통이니 얼마나 불쌍한가?"

"나는 요사이 몸의 컨디션이 좋아지고 기분도 좋아지기는 하지만 다른 젊은 사람들처럼 술 마시고 사랑을 나누는 등의 쾌락으로 생활의 스트레스를 해소하고 싶은 욕구는 잘 생기지가 않아. 교내 정원에 조용히 앉아서 새들이 지저귀는 소리를 듣거나, 문득 문득 산에 들어가고 싶을 때가 많아. 내가 비정상인가?"

"그래도 정열의 시간을 보내야 할 시절에는 그 정열을 불살라야 하지."

"오늘은 어디까지 갈지 모르지만 일단 나가보고. 혹 늦어도 걱정 마시길."

"걱정 안 해. 오늘은 푸나가 사랑의 화살을 많이 받을 수 있는 일진이 좋은 날이야. 쉭~ 팍! 쉭~ 팍!"

"너무 늦지는 않을게. 연구가 순조롭게 진행되어 여유가 있으니 내일은 바람이나 쐬러 갔다 와야겠다."

포효

5월 말, 이곳 평화구역도 이미 많은 꽃들이 피고 졌다. 밤기운 조차도 따뜻하게 느껴질 만큼 기온이 올라갔다. 연구과제의 문제해결을 눈앞에 둔 푸나는 머리를 어지럽히고 마음을 아프게 하는 많은 일들은 잠시 접어두고 어디로 떠나고 싶었다. 어디로 갈까? 서쪽 멀리 둔황으로 갈까, 남쪽 멀리 샹그릴라로 갈까?

어머니의 고향이며 어린 시절을 보냈던 가까운 차오양(朝陽)으로 갔다. 그곳에서 보낸 어린 시절이 그립다거나 어머니의 흔적을 찾아보기 위해서 가는 것은 아니다. 차오양의 봉황산을 찾아가는 것이다. 단동 근처의 봉황산과 서울의 북한산은 흰 바위가 툭툭 튀어나온 것이 봉황의 기운을 한껏 하늘로 뻗치는 힘센 산이지만, 차오양의 봉황산은 날개를 펴고 꼬리로 똬리 튼 한 마리 봉황의 형상이어서 골짜기의 아늑함이 마음의 평안을 줄 것이라고 믿기 때문이다.

해가 서산으로 지고 막 어둠이 산속에서 내려오는 시각, 봉황의 우측 날개와 꼬리 형상의 산줄기 사이에 형성된 골짜기를 따라서 올라갔다. 요즘은 밤에 산속을 오르내린다고 제제를 하지 않는다. 푸나는 혹시나 산속에서 밤을 새야 될지 몰라서 침낭을 넣은 배낭을 메고 봉황산으로 들어갔다. 뚜벅뚜벅 걷는 발길은 힘이 없는 것도 아니고 힘이 넘쳐 걷는 걸음도 아니다. 천천히 골짜기를 따라 오르면서 오늘 하루 저녁 숨조차 쉬지 않을 고요함으로 명상을 하고자 다짐한다.

산의 입구에는 아직 초저녁이어서인지 산보를 하는 사람들이 제법 있다. 산길의 주변에는 가로등도 환하게 켜져 있다. 가로등이 켜져 있는 길 옆 곳곳에는 아주 오래전에 만들어진 이곳의 이야기를 형상화한 조형물들이 유령들의 모습처럼 듬성듬성 서있다.

조금 더 가니, 더 어두워졌고 가로등의 간격이 더 멀어졌다. 그만큼 산속으로 들어왔다는 것이다. 평탄하던 길이 계단을 몇 개씩 올라가야 하는 길로 바뀐다. 그래도 벤치가 마련된 곳에는 사람들이 모여서 이야기를 하고 있다. 이 깊은 곳까지 아직 사람들이 모여서 이야기를 하고 있다는 것은 기온이 많이 올라간 탓도 있지만 사람들의 행동이 그만큼 제약을 받지 않기 때문이다.

더 깊숙이 들어가니 사람들도 보이지 않고 가로등도 없다. 이제는 완전히 어두워져서 오로지 어둠에 익숙해진 눈으로만 가야하는 길이다. 어둠속에서 희끄무레하게 보이는 길을 조심조심 가다보니 가끔씩 발이 빠지는 패인 곳도 있는 길이지만 그래도 갈 만하다. 하늘을 보았다. 시내 쪽에 있는 산줄기 위로는 도시의 불빛 때문에 환하다. 반대쪽도 그만큼은 아니지만 밝은 기운이 있어 이 큰 산도 도시문명에게 포위되어 있다는 것을 증명한다.

　다시 언덕길을 조금 더 오르니 큰 나무가 하늘을 향해 우뚝 서서 검은 키를 뽐내고 있다. 나무가 커서인지 그 밑에는 잡목도 자라지 않고 낮에는 사람들이 쉬었었는지 편평하게 다져져있어서 아늑한 느낌이 든다. 푸나는 그곳에 자리를 잡고 앉았다. 훈훈한 기운이 푸나의 주위를 감싸는 것 같았다. 푸나는 이곳에서 오늘 저녁을 보내기로 했다. 잠깐 몸을 풀고 앉아서 명상을 하였다. 명상을 한다고 했지만 오늘만큼은 무엇을 찾아가는 것이 아니다. 오히려 모든 마음과 생각을 비우려고 노력했다. 텅 빈 마음을 찾기로 한 것이다.

　텅 빈 마음을 찾기로 하고 앉은 시간이 얼마나 흘렀을까, 산줄기 위 검은 하늘로 스미는 도시의 밝은 기운이 줄어든 것을 보니 사람들이 밤의 활동을 마감하고 잠자리에 든 시간이 된 것 같다. 마음을 비운다는 노력의 결실이 있어서인지 푸나는 마음이 한결 가벼워지고 머리가 시원해지는 느낌이 왔다. 그러다 조금 뒤 피곤함이 느껴졌다. 수도승처럼 억지로 정신줄을 잡고 있을 생각은 없다. 눈을 붙이면 편안한 잠을 잘 것 같아서 침낭에 몸을 넣고 큰 나무를 보초삼아 누웠다. 막상 이곳에서 잠든다고 생각을 하니 주위의 온갖 것들이 푸나를 빤히 쳐다보고 있는 느낌이 들었다. 보통 사람이라면 그것들은 두려움을 주었을 것인데 푸나는 그것들은 친근하게 말을 건네 오려는 온갖 것들의 정령처럼 느껴졌다.

그렇다고 그들과 대화를 할 필요도 없다. 그들이 마음을 건네오면 푸나도 마음을 건네주면 될 뿐 굳이 '너는 누구냐'고 따질 필요가 없다. 그냥 그들이 푸나 자신을 보고 있게 내버려 두는 것이다. 그렇게 편한 마음으로 침낭에 누워있자 스르르 잠이 오는데 몸의 한 구석으로는 활력이 충전되는 것이 느껴졌다. 그리고 눈을 감았는가 싶었는데 다음날 아침이었다. 잠자리의 조건이 거칠었음에도 깊은 잠을 자서 그런지 일어나니 몸이 너무나 가뿐하였다. 마치 봉황산의 기운을 가득 빨아들인 느낌이었다. 아직 어둠이 남은 산속의 이른 아침이지만 어제와 똑같이 곧 다시 세상을 밝힐 태양의 기운이 동쪽 산줄기 위를 붉게 물들이고 있다.

날이 밝아오고 산을 내려오는데 푸나의 행색이 이상한지 사람들이 쳐다본다. 말은 하지 않지만 '저 여자 이상한 옷차림이네, 이렇게 이른 시간에 산에서 내려오는 것을 보니 산에서 밤을 새웠나?' 하는 듯한 눈치들이다. 그런데 이상한 것은 다른 사람들이 푸나를 보고 마음으로 하는 말들이 푸나의 귀에 들리기 시작했다. 푸나는 귀를 문질러 보고 눈을 비벼 보았다. 분명히 다른 사람들이 푸나를 보면서 입으로는 말을 않는데 그들 마음의 소리가 들리는 것이었다. 순간 푸나는 가슴이 쏴~ 하고 뚫리는 뭔가를 느꼈다. 갑작스레 생긴 이상한 능력이 당황스러워 눈을 감아보았다. 그래도 뭔가 웅성거리는 소리가 들렸다. 조금 지나면 괜찮을 것이라 생각하고 어떤 소리가 들리든 개의치 않고 걸음을 재촉하여 산을 내려왔다.

산의 입구에 다다르자 태양이 멀리 있는 앞산 위로 붉게 솟아올랐다. 그 붉은 태양을 바라보니 몸에서 어떤 기운이 이글거리는 것을 느꼈다. 그런데 지금까지 귓전에 들리던 사람들의 마음의 소리도 들리지 않았다. 푸나와 함께 있던 밤의 정령들이 떠오르는 태양을 보고는 다시 정령의 세계로 돌아간 것 같다.

'기분이 좋아 보이네.' 제강이 푸나를 맞으며 인사한다.

'응, 간만에 모든 마음을 내려놓고 편히 쉬었어. 마음이 비워지니 몸에 훨씬 활력이 넘치네.' 푸나는 거실 소파에 누워 물끄러미 천장을 보면서 제강과 텔레파시로 대화를 한다.

'푸나도 나와 같이 사람의 마음을 읽는 능력이 생기지 않았어?'

'잠깐 그런 적 있었어. 하지만 해가 떠오르니 금방 없어졌어.'

'지금 나하고 마음으로 대화하는 것이 더 명확해지지 않았어?'

'응, 전보다 훨씬 또렷이 너의 뜻을 알 수가 있어.'

'지금 푸나의 능력은 나한테 한정되는 특별한 경우이지만 앞으로 그 능력이 여러 곳에서 종종 나타나기도 할 것이야.'

'내가 왜 이렇게 되었어?'

'나처럼 푸나에게도 두 개의 차원과 소통할 수 있는 통로가 마련된 것이지.'

'그럼, 나도 너처럼 변신을 할 수 있어?'

'그것은 육신이 태어나는 과정에서 형성되는 능력인데 푸나는 그 능력이 없는 인간의 몸으로 태어났기 때문에 그것은 안돼. 하지만 그런 마음의 능력을 갖게 된 것도 엄청난 것이야.'

'그런데 내가 남의 속마음을 읽게 되면 이상할 것 같아. 꼭 몸속 내부 장기를 보는 것처럼 징그러울 것 같아.'

'맞아. 누구든 남의 속마음을 본다는 것이 결코 유쾌한 일이 아니야.'

'얼마 전에 사람이 자면서 꾸는 꿈의 모습을 영상으로 재현해내는 기계가 개발되었잖아, 그런데 아무도 그것으로 자신의 꿈을 보고 싶어 하지 않는데. 나도 내 꿈을 눈으로 확인하고 싶지는 않아, 너무나 끔찍하고 부끄러운 장면이 많을 것 같아.'

'푸나야, 나를 잘 봐.'

'왜?' 푸나는 소파에 누운 채로 몸을 돌려 뛰뚱뛰뚱 거실바닥을 돌아다니고 있는 제강을 보았다.

'이제 푸나는 내가 누구이고 왜 왔는지 알 수 있을 것이야.'

'너는 어린 시절 나와 함께 놀았고, 나를 지켜주는 오빠이기도 했고, 나의 아이이기도 했고, 전혀 모르는 남이기도 했고, 내가 믿는 위대한 인간이기도 했고, 아! 너는 한때 나이기도 했다. 지금 너는 또 다른 세계에서 나와 사람들을 구하고 세상의 문제를 치유하기 위한 혼돈이라는 구제약을 가지고 왔네.'

'그래, 너는 비로소 나의 실체를 보게 되었으니 이는 곧 너 자신을 본 것이야. 세상은 큰 우주의 파동이 회오리치며 뻗어갈 때 소용돌이가 생길 때마다 만들어지는 환영이야. 그 환영은 잠시 만들어졌다가 없어지고 또 다시 만들어졌다가 없어지기를 반복해.'

'사람도 그래?'

'모든 것이 그래.'

'그러면 '나'라는 것도 그래?'

'믿고 싶지 않겠지만 그래. '나'도 환영(幻影)이야. 그런데 중요한 것은 그 '나'는 곧 우주와 일체야. 눈을 감고 나의 생각이 없고 나의 몸도 없다고 생각해 봐, 네가 사라지는 순간 우주가 곧 너임을 느끼게 될 것이야. 다른 사람들은 내가 말한 이것을 알 수가 없어. 푸나는 이제 특별한 능력을 얻었기 때문에 내가 말한 것을 느낄 수 있을 것이야. 시도해 봐.'

'나의 생각이 없다, 나의 몸도 없다. 나의 생각이 없다, 나의 몸도 없다. 꼭 어제 봉황산에서 느꼈던 기분이랑 비슷해진다.'

'그래, 너를 비우니 산의 정령이 너가 되었고, 산의 기운이 네 안에 들어간 것이야. 너를 온전히 비울 수 있으면 너는 모든 것을 얻을 수 있는 것이야.'

'나의 생각이 없다, 나의 몸도 없다. 나의 생각이 없다, 나의 몸도 없다 … 제강 네 말처럼 쉽지가 않다.'

'푸나는 결국은 해낼 것이야.'

치랑이 예싼과 사격장에서 권총사격 연습을 마치고 각자의 숙소로 돌아가는데 치랑의 옷에 부착된 투명망토의 경보기가 삐삐거린다. 치랑은 즉시 특수안경을 끼고 주위를 둘러보았다. 고개를 뒤로 돌리자 그의 뒤로 30미터 후방에서 투명망토를 입은 사람이 따라 오고 있다. 치랑이 뒤를 돌아본 후 걸음속도를 갑자기 빠르게 하자 그 투명망토를 입고 있는 이가 당황한 기색을 보이더니 다른 골목으로 들어가 버렸다. 이번이 두 번째이다. 분명히 뭔가 있는 것이다. 치랑이 예싼에게 전화를 걸었다.

"예싼, 요즘도 투명망토 경보기를 가지고 다니지 않나? 지금도 경보기가 울려서 안경을 써보니 어떤 놈이 갑자기 도망갔어."

"글쎄, 나를 따라다니는 놈은 없는가 봐. 나는 그냥 다녀도 아무런 일이 없는데."

"하여간 내가 절대로 헛것을 본 것은 아니니 명심해라."

평쌍의 사무실, 페이롱, 장계, 세르게이가 호출되었다. 평쌍의 얼굴에 노기가 있고 분위기가 무겁다.

"왜, 여태 아무런 소식이 없나? 그깟 년놈들 처치하는 것이 그리 어렵나? 혹시, 마음들이 약해서 실행에 옮기지 못하는 것 아니야?" 평쌍이 소리쳤다.

"아닙니다. 심복을 두 번이나 보냈는데 실패를 했어요. 심복의 말로 투명망토를 입고 약 30미터 정도로 접근을 하면 치랑 그놈이 알아채고 도망을 갔답니다. 망토를 쓴 채로 실행에 옮겨야 하기 때문에 적어도 10미터까지는 접근을 해야 하는데 미리 눈치를 채는 바람에 기회를 잡을 수 없었답니다. 혹시 경찰에서 낌새를 채고 치랑에게 모종의 조치를 취해 놓은 것이 아닐까요?" 장계가 말했다.

"페이롱, 너는 왜 어리버리한 예싼 그깟 놈 하나 처리하지 못하나? 그놈도 접근하니 알아채고 도망을 가던가?" 펑쌍이 똑바른 자세로 서있는 페이롱에게 소리쳤다.

"아닙니다. 예싼은 알아채지 못했습니다." 페이롱이 담담하게 대답했다

"그러면 왜?"

"지난번에도 말씀을 드렸지만 예싼은 제가 다쳤을 때 정말로 이마에 땀을 흘리면서 몇 시간에 걸쳐 수술을 해서 저를 살려주었습니다. 차마 실행에 옮기지 못했습니다. 죄송합니다. 예싼을 처단의 대상에서 빼면 안되겠습니까? 너무 사랑한 쓰우를 잃었으니 이미 대가를 치른 것이나 다름없는데 … "

"페이롱, 내가 이야기했잖아. 킬러는 인정에 이끌리면 안된다고. 페이롱은 정신교육을 더 받아야겠다. 세르게이는 왜 아무 성과가 없어?" 펑쌍이 세르게이에게 물었다.

"푸나 그 여자는 아주 똑똑한 개가 지키고 있어서 제 접근을 자꾸 막더라구요." 세르게이가 말하자,

"뭐야, 이번에는 개 타령이야? 흐이구~ 가지가지 한다. 어떻게 그 좋은 첨단장비를 가지고도 하나 같이 바보짓들이냐." 펑쌍이 가슴을 치며 탄식을 한다.

대화가 끝나고 페이롱은 펑쌍이 호출한 요원들에 끌리어 건물의 은밀한 곳에 설치된 정신교육실로 갔다. 정신교육실은 회사에 충성심이 약한 사원들을 상대로 교육를 시키는 곳이다. 그곳에 들어갔다 나오면 가혹한 뇌파충격장치로 세뇌를 시킨 후유증으로

366

며칠간 정신이 나간 사람처럼 멍해져서 사원들 사이에 공포의 장소로 유명하다. 펑쌍의 요원들에게 끌려간 페이롱은 담담하게 그곳으로 들어갔다. 그곳에 들어가고 문이 닫히자 육체적 가혹행위는 없는데 뇌를 자극하는 이상한 파장이 머리를 파고들어 극심한 고통이 오면서 회사의 명령을 따르지 않으면 죽을 수 있다는 암시를 계속 주었다. 페이롱은 서커스 단원시절 사람들이 혀를 내두르는 묘기를 보여주기 위해서는 엄청난 고통과 담력을 키우는 훈련을 했었고 때문에 웬만한 고통은 그대로 견딜 수 있다. 또한 특수전 부대원으로 남쪽 밀림산악지대에서 게릴라들과의 전쟁에서 돌로 적의 머리를 때려죽여야 하는 극한의 상황도 겪었다. 그래서 지난번 김철행도 죽일 수도 있었다. 김철행을 죽일 수 있었던 또 다른 이유는 그가 하는 일이 문화재를 도둑질해서 밀거래를 하는 불법적인 행위를 많이 하는 사람이기 때문에 마음의 가책이 덜했기 때문이다.

반복적으로 머리에 엄청난 고통을 주는 세뇌교육이 계속되었다. 거의 실신할 지경이다. 페이롱은 그래도 이를 악물었다. 고통을 주는 기계는 사람이 완전히 실신하고 정신적 공포상태에 빠졌는지 아닌지를 스스로 알아차리는지 페이롱이 기절할 때까지 멈추지를 않는다. 그는 기절하는 마지막 순간까지 예싼은 처단하지 말아야 한다는 의식을 놓치지 않았다.

손규영 형사는 아주 오래전부터 평쑹의 뒤를 밟아왔다. 그래서 평쑹에 대한 웬만한 정보는 모두 가지고 있다. 지난번 링챠오와 함께 봉황대종제작 추진대표를 맡는 것도 흑룡개발산업의 대외적 이미지를 위한 것이지 진심이 아니었다. 그래서 봉황종을 도난당하고 봉황종에 대한 여론이 나빠지자 바로 철수해버린 것이다. 그래도 이런 것들은 기업가들이 기업 활동을 하면서 일상적으로 하는 행위들이기 때문에 비난할 것이 못된다.

손 형사가 평쑹의 범죄 징후들을 감시하는 것도 결코 쉬운 문제가 아니지만 평쑹에 대한 범죄의 단서를 잡기 위해 위생검사, 소방검사 등을 빙자하여 흑룡을 조사하려고 하면 번번이 상부로부터 쓸데없는 짓 한다고 질책을 듣거나 아예 수사중단의 압박을 받는 것이었다. 이는 상부에 있는 누군가가 막대한 자금력을 앞세운 곤륜선단의 로비에 무력화되어 있다는 것을 뜻하기에 손 형사는 혼자서 자료를 수집해오고 있었다.

이러는 와중에 터진 일이 푸나의 바위공원 사건, 김철행의 암살, 봉황종의 도난, 쓰우의 자살 등이다. 그리고 평쑹을 잡을 때까지 또 어떤 사건들이 더 터질지 모르는 긴박한 상황인 것이다. 푸나, 치랑, 예싼 이 세 명 중에서 다음 희생자가 나올지 모른다.

지금 손 형사가 중점적으로 살펴보고 있는 것은 평쑹과 사이비 종교집단 곤륜선단 간의 공조관계이다. 동북아 평화지역들에서의 곤륜선단의 교세확장과 아무르 강변 곤륜선국 개발과정에서 곤륜선단의 지령을 받아 일을 처리하는 핵심이 펑쌍이며, 펑쌍의 직속으로 몇 개의 비밀조직이 있는데 하나는 살인이나 유물절취 등을 일삼는 조직이고, 두 번째는 사람들을 포섭하여 회사로 끌어들인 후 세뇌시켜서 곤륜선국 공사장으로 보내는 역할을 담당하는 것이고, 세 번째는 조직 내부에서 이탈자가 있거나 회사에 대한 충성심이 약화된 조직원을 찾아서 협박하고 정신재교육을 담당하는 조직인 것이다.

경찰이 쓰우의 죽음을 수사하면서 새로운 단서를 발견하였다. 쓰우가 다른 사람 명의로 개설한 인터넷 대화방에서 펑쌍과 나눈 대화의 내용과 펑쌍에게 보내는 도발적인 자세의 사진들과 함께 봉황종 유리함에 대한 대화의 내용이 들어있는 파일을 첨단 디지털 포렌식을 통해 포착했다. 복구한 파일에서 펑쌍이 쓰우에게 반복적으로 유리함에 관한 질문을 하는 것으로 보아 분명한 의도가 있음을 짐작할 수 있었다. 하지만 이것만 가지고 혐의를 둘 수는 없다. 자칫 남의 사생활을 몰래 들여다보았다는 행위로 인해 인권침해의 논란만 일으켜 외부세력의 압력이 개입할 명분을 만들 수도 있는 것이다.

손 형사는 발굴팀과 치랑, 예싼에게 유리함의 열쇠가 복사되는 과정에 펑쌍의 개입 정황을 포착했고 사건을 해결하는데 한걸음 다가갔음을 알려주면서 항상 몸조심하라고 당부했다. 하지만 이 소식은 예싼을 더욱 흥분하게 만들었다. 쓰우가 펑쑹에게 농락당하는 장면이 눈에 어른거려 예싼의 마음은 더욱 혼란스럽고 고통스러웠으며 분노에 어찌할 바를 모를 지경이 되었다. 치랑이 예싼의 상황을 손규영 형사에게 이야기하자 손 형사는 예싼이 무슨일을 저지를지 몰라서 24시간 감시하기로 하였다.

봉황대종의 첫 번째 주조에서 종의 형상은 대체로 잘 나왔지만 종 윗부분 봉황의 날개 부위에 조금 문제가 있었고 소리도 썩 마음에 들지는 않았다. 이런 상태면 날개 부분만 다시 주조해서 용접하고, 종의 몸통을 연마해서 두께를 조정하면 소리문제도 어느 정도 해결할 수 있다. 대부분의 종 주조공장에서는 그렇게 한다. 그런데 금정은 날개가 제대로 안 나온 것이나 소리가 시원찮은 것 모두 자신이 주조를 잘못해서 그렇다며 다시 만들겠다고 했다.

주종은 한 번 실패하면 모형제작을 다시 해야 되고, 10% 정도의 쇠가 소실되고, 거푸집 제작을 다시 해야 되고, 쇠를 녹이는 과정을 다시 거쳐야 되고, 인건비가 추가되는 등 금전적 손실이 크기 때문에 종을 만드는 사람들은 주종의 상태가 엉망이 되어도 다시 못한다고 우기는 경우가 종종 있다. 그런 사람들은 말로는 종을 만듦으로서 문화적 계승을 한다지만 실제로는 단순히 돈만 추구하는 장사꾼에 지나지 않는다. 하지만 금정은 달랐다. 이 봉황종이 진정 종의 역사를 바꾸는 것이기에 설사 그가 손해를 보더라도 목표점의 근사치에는 도달하여야 자신의 행위가 의미 있는 것이라고 생각하기 때문이다.

종의 가치는 형상도 중요하지만 소리의 질도 중요하다. 동북아 삼국 한국, 중국, 일본은 그들의 민족적 특질에 따라서 각자의 종 문화를 발전시켜 왔다. 중국은 종의 하단에 8각의 꽃잎과 팔괘로 의미를 부여하여 발전시켰고, 한국은 항아리 모양의 종신과 긴 여음이라는 특징을 발전시켰고, 일본은 또 다른 좁고 긴 직선의 종신과 강한 음을 내는 종 문화를 발전시켜 왔다.

봉황종은 그 형태나 음향이 정제되지 못한 투박한 원시성을 보이지만 삼국 종의 시원이 되는 것이다. 형상에 흠이 없어야 하고 하늘을 울렸던 소리가 나와야 한다. 그것이 손해를 무릅쓰더라도 금정이 봉황대종을 다시 만들고 싶은 이유인 것이다.

손 형사로부터 쓰우와 펑쌍의 비밀스런 관계를 확인하게 된 예싼은 한동안 일어나지 못할 정도로 극심한 절망에 빠졌었다. 치랑과 푸나의 위로에 간신히 몸을 추스렸지만 더 이상 이전의 순박한 예싼이 아니었다. 원래 말 수가 적었지만 더 적어졌고, 선하던 눈매는 사나운 늑대처럼 변해있었다. 이렇게 변해가는 예싼을 보고 치랑이 푸나와 합심하여 예싼의 마음을 누그러뜨리려 애를 써

보지만 효과가 있는 것 같지가 않다. 발굴팀원들과 자리에서 혹시라도 쓰우에 관한 얘기만 나오면 예싼은 화를 내면서 자리를 박차고 가버리는 것이었다.

"푸나야, 예싼이 걱정되어 죽겠다. 아무래도 무슨 일이 터질 것 같은 불길한 예감을 지울 수 없다." 치랑이 푸나에게 호소를 한다.

"인명은 재천이라잖아요. 치랑 씨는 친구로서 걱정이야 되겠지만 이미 시작된 운명의 소용돌이를 바꾸기가 쉽지는 않을 것입니다."

"무슨 소리야? 예싼에게 불행이 닥쳐야 한다는 말인가? 푸나는 왜 그리 매정한 소리를 하나?"

"사람은 태어나면서 대체로 죽는 시간도 가지고 옵니다. 그 시간이 늙어서 오는지 젊은 시절에 오는지 우리는 잘 모릅니다. 다만 담담히 받아들여야 한다는 취지로 이야기를 한 것이에요. 서운해 마세요, 치랑 씨." 푸나가 치랑을 달랜다.

"그 억울한 운명을 바꿀 방법이 없을까?"

"예로부터 부와 권력을 가진 사람들이 수없이 시도하였지만 누구도 성공한 적이 없어요. 이런 말을 하는 나도 그 운명이 너무너무 싫은 사람들 중 하나예요."

"하늘에 간절히 기도해서, 이상한 노인들에게 부탁해서 정해진 수명을 연장시켰다는 이야기도 있잖아?"

"간절히 빈 대상이나 이상한 노인들은 모두 세상에 존재하는 사람들이 아닙니다. 그들은 모두 사람의 마음이 지어낸 것들이지요. 즉, 사람들 염원의 형태로 만들어진 캐릭터들이란 뜻이죠."

"어쩌지? 먹구름이 거침없이 다가오는 이 느낌. 정말 두렵다. 휴~, 어떡하지?"

치랑이 많이 불안해하자 푸나가 치랑에게 다가가 살포시 안아 줬다. 그러자 한숨을 푹푹 쉬며 불안해하던 치랑이 마음의 안정을 찾았는지 푸나를 더 세게 안았다.

"치랑 씨는 지금까지 살아오면서 어떤 어려움을 겪었나요?" 푸나가 치랑의 품에 안긴 채 물었다.

"어려움? 어려서 능력 있는 부모님 덕분에 성장하면서 소소한 불만은 있었지만 큰 어려움이 없었어. 그저 공부 잘하는 학생이었고, 의학을 공부하면서 사회적으로 유능한 엘리트로 인정을 받았고, 병원에서 의술을 베풀고 연구를 해왔는데. 별로 큰 어려움이 없었어. 단 한 가지 어려움이라면 너무 까다로운 푸나의 마음을 아직까지 완전히 사로잡지 못한 것이랄까?"

"치랑 씨의 지금까지의 인생은 누구 못지않게 복된 과정이었어요. 나는 어땠는지 아세요? 우리 부모님은 한국인과 중국인으로서 우여곡절 끝에 만난 인연이었고 그 사연이 결코 간단치 않았어요. 내가 어릴 때 부모는 이혼이라는 감당하기 힘든 가슴의 상처를 나에게 주었고 아버지는 그 일로 자책하다가 일찍 돌아가셨고 어머니는 나를 데리고 나는 안중에도 없는 다른 남자와 재혼을 했어요. 그래서 나는 언제나 우울한 어린 시절을 보냈고, 나의 불우한 처지는 친구들의 조롱과 왕따의 대상이 되었고, 믿기지 않겠지만 어려운 경제사정, 계부의 미움, 엄마의 무관심 때문에 자주 물로 배를 채우며 공부를 했어요. 다행히 노력의 대가가 있어 원하는 대학에 가서 갖은 고생을 하며 학업을 이루었고, 지금의 연구소에서 부족하지만 희망을 꿈꾸며 연구원 생활을 하고 있었어요. 그러다 나와는 관계없는 운명의 수레에 끼여서 몸이 망가지는 상처를 입었어요. 내 인생의 어느 굴곡진 부분 하나 나 때문에 일어난 것이 하나도 없었어요. 전부 남 때문에 벌어진 일들입니다. 지금은 일반인으로서는 감당하기 힘든 자아의 정체성에 혼란을 겪고 있고 또 누군가 나의 목숨을 노리는 이상한 지경에 빠져 있어요. 치랑 씨의 인생과 참 비교되지요?"

"흠, 쩝쩝." 치랑은 푸나를 안은 채로 그녀의 등을 토닥였다.

"하지만, 반대로 좋은 것도 있어요. 어려서부터 독립심이 생겨서 강한 의지력을 갖게 되었고, 남의 상처를 이해할 수 있는 마음의 여유를 가지게 되었고, 남들이 물질적 향락에 빠져 허덕일 때 자연의 법칙을 가슴에 안을 능력을 얻게 되었어요. 이만하면 고통의 대가치고는 훌륭하지 않습니까?" 푸나는 치랑의 품에서 빠져나오며 치랑의 얼굴을 보며 말했다.

"나의 행복한 삶의 조건에는 푸나가 들어가 있는데, 푸나의 고통의 대가에는 나를 언급하지 않네?" 치랑은 두 손으로 푸나의 손을 잡은 채 말했다.

"치랑 씨가 평소 나에게 얼마나 큰 위안이 되는데요."

"나는 푸나에게서 그런 말을 듣고 싶은 것이 아닌데."

"염려 말아요. 치랑 씨의 마음과 제 마음은 같아요."

"정말로 내 마음과 똑같단 말이지? 믿어도 돼?"

" …… " 푸나는 대답대신 고개를 끄덕였다.

"아! 이제야 푸나와 나의 영혼이 일치하는구나. 너무 기쁜 날이다. 그런데 예싼을 생각하면 다시 가슴이 미어진다. 아~"

치랑이 다시 푸나의 어깨를 감싸 안으며 예싼을 걱정한다.

흑룡개발산업 빌딩 앞, 펑쌍의 검은 리무진이 정차하자 문 앞에서 대기하던 비룡이 차의 문을 열어준다. 차 밖으로 펑쌍이 나오자 건물 구석에서 이를 지켜보던 한 사람이 앞으로 튀어나간다. 뒤이어 다른 건물의 구석에서 또 한 사람이 튀어나간다.

탕! 한 발의 총소리가 나면서,

"펑쌍 이 나쁜 놈!"

먼저 튀어나간 사람이 총을 쏘며 펑쌍에게 덤벼들었다. 펑쌍이 당황하더니 이내 몸의 방향을 돌려서 피한다.

탕! 또 한 발의 총성이 들리며 먼저 튀어나간 남자는 가슴에서 피를 솟구치며 바닥에 쓰러진다.

"꼼짝 마! 당신을 불법무기 소지 및 살인죄로 체포한다." 뒤이어 튀어나간 사람이 두 번째 총을 발사한 사람을 체포한다. 총을 쏜 사람은 별다른 저항 없이 순순히 수갑을 받지만 펑쌍이 두 번째로 튀어나간 사람에게 항의를 한다.

"아니, 이것 보시오. 분명히 이 남자가 먼저 총을 발사해서 내 경호원이 대응차원에서 훈련받은 대로 대응사격을 한 것이오. 이것은 당연히 정당방위인데 왜 내 경호원을 체포하는 거요?"

"이 사람은 당신을 향해 총을 겨누지도 않았고 하늘을 향해 발사했소."

"그래도 총소리가 났고 나를 향해 위협적인 발언을 했기에 나에 대해 살의를 가지고 있었다고 보고 경호원은 조건반사로 총을 발사한 거요."

그때 경호원의 총에 맞고 쓰러졌던 사람이 눈을 뜨고 그 경호원을 바라본다.

"아니 … , 당신은 … 옛날에 … 내가 치료해 … 주었던 … 그 … 서커스 … 단원이 … 아니오?"

"예싼 박사님, 왜 이런 경솔한 행동을 하셨어요?" 그 경호원 페이롱이 대답했다.

"나는 … 평쌍을 … 용서 … 할 … 수 … 가 … 없 … 어 … 요."

"빨리 구급차를 부르고, 경호원은 경찰로 압송하고 평쌍을 사건의 연루자로 입건하시오." 손규영 형사가 경찰들에게 지시하며 현장 증거들을 수집하며 예싼이 쏜 총알의 탄피를 보더니 의아해한다.

"뭐야 이거? 공포탄이잖아. 예싼은 원래부터 평쌍을 살해할 목적이 없었던 것이야." 손형사가 소리치자 페이롱은 고개를 떨군다.

"손 형사님 이 일이 어떻게 된 것입니까?" 병원 영안실에서 치랑이 물었다.

"아무래도 예싼 박사가 불안해서 계속 그의 뒤를 밟고 있었어요. 오늘은 결국 흑룡개발의 빌딩 앞으로 가기에 많이 긴장하고 있었어요. 순식간이었어요. 예싼 박사가 총을 발사하며 튀어나가기에 나도 순간적으로 뒤따랐지만 경호원의 총알이 더 빨랐어요. 총알이 예싼 박사의 심장을 정확히 관통했어요."

" ...... "

"경호원은 체포해서 경찰서에 유치시켰고 펑솽은 입건했습니다."

"예싼의 총알은 공포탄이라면서요?" 치랑은 침통하게 말했다.

"공포탄이었지만 총소리를 듣는 순간에 그것이 공포탄이라고 판단할 사람은 아무도 없습니다." 손 형사가 대답했다.

"그럼, 그 경호원은 어떻게 됩니까?"

"예싼 박사를 살해한 것은 정당방위가 될 가능성이 크고, 다만 불법무기 소지죄로 가벼운 처벌을 받을 가능성이 있습니다."

"펑솽은 요?"

"쉽게 판단이 가지 않습니다. 신중하라고 제가 누차 당부하지 않았습니까? 결국 일이 이렇게 되었네요."

"죄송합니다. 제가 예싼을 더 신경 썼어야 하는데." 치랑의 눈에서 굵은 눈물이 뚝뚝 떨어졌다.

예싼의 시신 옆에서 사람들은 연이어 벌어지는 두 사람의 죽음에 모두들 넋이 나가고 두려움에 떠는 모습들이다.

"오소로시, 오소로시! 정말로 두려워요." 도리이가 다니엘의 가슴에 얼굴을 묻고 울고 있다.

"진정해요. 도리이, 내가 있으니 진정해요." 다니엘이 도리이를 품안에 꼭 안았다.

"단장님, 왜 이런 일이 자꾸 일어납니까? 정말로 우리가 저주의 무덤을 발굴한 걸까요?" 링천이 젠즈에게 어이없다는 얼굴로 말한다.

"나도 뭐가 뭔지 모르겠다. 솔직히 나도 두렵다." 수많은 발굴경험이 있는 젠즈도 두 사람의 연이은 죽음에 두려워하는 표정이다.

"그런 이상한 말씀은 하지 마세요. 이것은 경솔한 판단이 만들어낸 우연한 죽음입니다." 손 형사가 냉정하게 말했다.

"손 형사님, 예싼의 책임으로 돌리는 것입니까? 예싼은 펑솽이 저지른 비도덕적 행위의 완전한 피해자입니다. 근본적인 원인 제공은 펑솽에게 있고, 그리고 이 참사의 원인인 봉황종의 도난이 누구에 의해 저질러졌는지도 모르지만 현재로선 펑솽이 가장 유력한 용의자라면 이 사건의 주범은 펑솽입니다. 예싼 박사를 탓하는 발언은 삼가 주십시오." 치랑이 항의했다.

"이 사건에 대한 처벌은 법원에서 판단합니다. 앞으로 절대로 경솔한 행동은 하지 마세요. 예싼 박사의 죽음에 대해서는 진심으로 애도를 표합니다. 그는 누구보다 순수했던 사람이었고 쓰우 씨를 진심으로 사랑한 사람이었습니다. 아마 지금쯤 쓰우 씨의 영혼을 만나서 반갑게 인사하고 있을 것입니다." 손 형사가 말했다.

"어쩌면 예싼 박사는 작금의 상황을 이기지 못하고 방황하다가 스스로 죽음을 택했던 것일 수 있어요. 예싼 박사의 명복을 빕니다." 잠자코 있던 푸나가 조용히 말했다.

"치랑 박사님, 어제 예싼 박사님이 저에게 이 편지를 주시면서 오늘 많은 사람들이 모이게 될 일이 생기면 치랑 박사님께 전해드리라고 했어요." 이제 수련의를 마친 두쒠이 치랑에게 편지를 주었다.

치랑 박사

자네가 이 편지를 받을 때쯤이면 나는 이미 이 세상 사람이 아니거나 뇌사상태에 있을 것이네. 나는 더 이상 이 세상에 살아갈 힘이 없어. 나는 쓰우에게로 갈 것이야. 그녀의 모든 것을 용서하고 사랑할 것이야. 자네에게 미리 말하면 자네까지 나의 일에 엮이게 될까 봐 말하지 않고 나 혼자 간다네. 내가 없거든 두쒠을 자네의 새로운 파트너로 받아 들이길 부탁하네. 푸나 씨와 행복한 삶이 이루어지길 기원한다. 그동안 고마웠네, 그리고 미안하네.

예싼

"으흐흐흐! 으흐흐흐! 으흐흐흐!" 치랑의 울음소리가 영안실에 울려 퍼졌다.

경찰서 취조실, 손 형사가 페이롱을 마주하고 심문하고 있다.

"생명의 은인을 살해한 심정이 어떻습니까?"

"……"

"괴롭겠지요."

"……"

"원래 스포츠를 하셨고 특수부대에서 활약도 하셨는데 자신의 영웅적 행적이 배은망덕하게도 생명의 은인을 살해한 것으로 끝난 심정이 얼마나 괴로운지 짐작이 가고도 남습니다."

" ...... "

"나는 페이롱 씨가 고의로 방아쇠를 당긴 것이 아니라는 것도 알고 있습니다. 그런데 결과는 전혀 예상치 못하게 생명의 은인을 자신의 손으로 살해한 꼴이 되고 말았습니다. 괴로우시죠? 괴롭지 않으면 사람이 아니지요."

" ...... "

"생명의 은인은 너무나 순수한 의사였는데."

"생명의 은인이라는 말 그만 좀 하십시오. 듣기 너무 힘듭니다." 묵묵부답이던 페이롱이 손 형사에게 부탁을 했다.

"고의든 고의가 아니든 결과는 살인이기 때문에 페이롱 씨는 살인죄에 준하는 처벌을 받을 것입니다."

"달게 받겠습니다." 페이롱은 고개를 숙인 채 담담하게 대답했다.

"펑쏭과는 어떻게 알게 되었습니까?"

"내가 서커스 훈련 중 부상을 입어 더 이상 서커스를 할 수 없게 되었을 때 펑쏭 대표께서 저를 치료해주시고 흑룡개발에 취업까지 시켜주셨습니다."

"예싼 박사도 생명의 은인이지만 펑쏭도 은인이네요." 손 형사가 고개를 끄덕이며 말했다.

"집안에 어려움도 많았는데 다 해결해 주셨어요."

"정말로 은인이시네. 취업을 시킨 후 페이룽 씨에게 시킨 일은 무엇이었습니까?" 손 형사는 약간 비꼬는 투로 말했다.

"경호원이었습니다."

"처음에는 경호원이었겠지만 점차 다른 임무도 주어졌잖아요."

"무슨 뜻인지?"

"사람을 암살하고 물건을 약탈하는 일들, 물론 충분한 명분을 설명하면서, 그렇지 않습니까?" 손 형사는 페이룽을 몰아치듯 심문했다.

"대답을 거부하겠습니다."

"그것은 제 질문을 인정한다는 뜻이지요?"

"그것은 형사님의 생각이지 제 생각이 아닙니다."

"페이룽 씨, 나는 그동안 평샹과 이상한 종교단체 곤륜선단에 대해 많이 조사했어요. 그들은 아무르 강변에 인간이 죽지 않고 영원히 사는 선인들의 나라를 짓고 있지요. 회사원들이 공적을 세우면 그곳에 가서 미녀들의 시중을 받으며 불로장생을 누릴 것이라고 세뇌시키지요? 최근에는 신화 속 고대동물을 복원하여 진짜 신선의 세계를 실현한다고 하던데. 참 대단하지요. 그런데 나는 그들의 그러한 원대한 꿈이 이루어지기를 원합니다. 왜냐? 이것도 인간의 엄청난 진보이자 문화적 자산이거든요. 단, 범죄를 저지르지 않는다는 조건에서. 페이룽 씨, 잘 아시겠지만 사람은 모두 이기주의자여서 절대로 남의 명령을 들으려 하지 않아요. 단, 세뇌를 받아 자기가 누구인지도 모르는 영혼이 없는 좀비인간은 빼고. 또 이거 아세요? 대부분의 종교는 인간을 화합시키는 것이 아니고 인간들 간의 갈등을 조장한다는 거. 역사의 많은 전쟁이 종교 때문에 벌어졌고 지금도 그 지긋지긋한 종교전쟁은 끝날 기미가 없습니다. 종교권력을 잡으면 거의 통제되지 않는 권력을 잡는 거와 같으니 얼마나 갖고 싶겠습니까? 제가 아는 세속의 많은 종교인은 자기가 교주가 되어 무소불위의 권력을 맛보고 싶어 합니다. 그러니 그런 종교인들이 원하는 것이 무엇이겠습니까? 사람을 좀비로 만들어 아무런 판단을 못하게 하는 것입니다." 손 형사가 페이롱을 거세게 몰아부쳤다.

"형사님은 세상을 모두 비관적으로만 보시는군요. 그런 눈에는 절대로 올바른 사람, 위대한 사람은 눈에 들어오지 않습니다. 세상의 위대한 문명의 대부분은 종교에 의해서 이루어졌습니다. 지금 당장 내 앞의 현실이 불만이라고 미래에 이루어질 장대한 꿈을 포기하는 것은 너무나 불쌍한 인간이 아닙니까? 인간의 불행은 인간의 욕망을 자제하지 못하는데 있습니다. 부정적인 면이 없지는 않지만 종교는 인간의 끝없는 욕망을 그나마 자제시키는 위대한 분들의 정신유산입니다. 곤륜선단이 추구하는 가치도 결코 과거 역사에서 등장한 다른 종교들의 가르침에 뒤지지 않습니다. 저는 그렇게 위대한 이념과 실천력을 가진 집단을 보지 못했어요. 저는 그런 집단에서 경호원으로서의 본분을 충실히 하는 것에 만족하고 있습니다, 이번에 일어난 불미스런 일은 정말로 유감이지만 곤륜선단의 위대한 여정에 비한다면 아무것도 아니고 감수해야 할 희생이라면 누구든 받아들여야 합니다. 만약 그 희생의 운명을 제가 짊어져야 한다면 기꺼이 지겠습니다." 페이롱도 지지 않고 폭풍처럼 말을 쏟아내었다.

"말을 못하시는 줄 알았더니 그게 아니군요. 논리적인데다 달변입니다. 대단합니다."

"저의 신념을 말했을 뿐 말을 잘하려고 하지는 않습니다."

"지금, 페이롱 씨는 어떤 올바른 가치도 영향을 주지 못할 만큼 세뇌가 되어있습니다. 아! 내가 원하는 것은 페이롱 씨의 가치관의 변화가 아닙니다. 평쌍이 저지른 살인과 절도에 대한 증거일 뿐입니다. 구속만료기한까지 이곳에 계시면서 잘 생각해 보시기 바랍니다. 그동안 우리는 법적으로 허용된 방법들을 통해 페이롱 씨에게서 증거를 알아내려 노력할 것입니다."

곤륜선국에서 마침내 제1호 고대신화동물 포효가 탄생했다. 띵쟈오가 개발한 포효의 인공난자를 증강인공자궁에 착상시킨 지한 달 만에 생산에 성공하였다. 포효는 한 달 만에 만들어진 것만큼이나 성장도 빨라 며칠 만에 바로 성체로 성장하였고, 신체강화 유전자 조작으로 힘이 남아도는지 임시로 마련된 사육사에서 지붕이 뚫릴 정도로 도약을 하고, 철근으로 만든 벽이 찌그러질 정도로 내부를 부딪치며 뛰어다녔다. 이상한 울음소리를 내면 근처에 있던 동물들뿐 아니라 사람들까지도 오금이 저릴 정도로 기괴하였다. 이런 현상은 시간이 지날수록 심해져서 고대신화동물원 산해경에 풀어놓아도 될지 염려가 컸다.

"띵쟈오 박사, 저 포효란 놈이 얼마나 사나운지 밖에 나가면 다른 동물들의 씨앗이 말라버릴 것 같아 걱정이 됩니다." 장수석 박사가 걱정을 말했다.

"염려 마십시오. 아직 이놈에게 주파수 훈련을 시키지 않아서 그렇습니다. 우리 곤륜선단에서 직원들에게 실시하는 것처럼 동물에 적합하게 프로그램 된 주파수 세뇌를 시키면 우리에게는 순한 양처럼 말을 잘 들을 것입니다."

"정말로 문제가 발생하지 않겠지요?"

"걱정 마십시오. 곤륜선국의 사방은 강과 운하로 둘러싸여 있고 2번 경계선의 안쪽은 매 500m마다 세뇌 주파수 탑이 세워져 있으니 염려 없습니다. 문제가 발생하면 주파수 강도를 높이기만 하면 됩니다. 실험해 볼까요?"

띵쟈오가 세뇌 주파수를 높이는 스위치를 누르자 그렇게 날뛰던 포효가 고양이처럼 바닥에 늘어져서 기지개를 폈다.

흑룡개발산업에서는 곤륜선국의 포효 생산의 성과를 크게 홍보하여 자신들의 능력을 과시하였다. 사람들 사이에서 곤륜선국에 대한 호기심과 호평들이 생겼다. 선국이 언제 완성되는지, 일반인 입장은 언제부터 가능한지 등을 묻는 질문이 인터넷에 가득했다.

'푸나, 드디어 그가 왔다!' 제강이 소리치자,

"누가 왔어?" 푸나가 놀라서 물었다.

'나의 맞수.'

"너의 맞수?"

'응, 요즘 뉴스에 한창 나오잖아. 포효라는 고대신화동물.'

"포효도 너처럼 변신도 하고, 먹지 않고도 살 수 있나?"

'포효는 태어날 때 파동의 영향을 받지 않고 인공자궁에서 물질로 떼어났기에그런 것은 못하지만 엄청나게 강력해서 나와 맞붙으면 내가 당할지도 몰라. 내가 보기에 포효는 띵쟈오라는 연구자가 북쪽 초원지대의 절대강자 늑대의 유전자를 이용한 것 같다.'

"내가 생각하기에는 포효는 제강에게 상대가 안될 것 같은데."

'늑대의 유전자와 함께 늑대무리를 이끌던 정령이 따라 왔다면 다른 동물들을 압도하는 능력이 있어.'

"어찌 되었건 그놈도 생긴 것은 너처럼 이상하더라."

'푸나, 나와 포효의 공통점이 무엇이지?'

"말도 안되는 짐승."

'왜 말이 안되지? 포효와 나는 버젓이 실체가 있잖아.'

"어째든 현실에서 도저히 있을 수 없는 짐승이야. 특히 제강 너는 눈이 있어 귀가 있어 아니면 코가 있어? 그런데 눈이 있는 나보다 더 잘 보고 귀가 있는 나보다 더 잘 듣고 코가 있는 나보다 냄새를 더 잘 맡잖아. 이러니 어떻게 내가 너를 이해할 수 있겠어? 솔직히 나는 유령과 살고 있는 기분이다."

'푸나, 요즘 사진이 최고로 잘 나오는 카메라가 무엇이지?'

"렌즈가 없는 카메라."

'가장 깊은 바다 속에서 나는 소리를 듣는 것이 무엇이지?'

"슈퍼 소나."

'인간보다 1억 배나 뛰어난 후각능력을 가진 것은?'

"엑사바이트 코, 엑사노즈."

'이것들의 공통점은 뭐지?'

"눈으로 보지 않고, 귀로 듣지 않고, 코로 냄새를 맡지 않는 거. 알았다. 레이더!"

'그렇지 레이더의 원리는?'

"주파수, 파동."

'그렇지. 포효와 나는 모든 감각기관이 인간이나 동물과는 다른 구조를 가지고 있어. 인간은 보고, 듣고, 맡고, 맛보고 등 오감으로 판단하지만 그것은 직접적으로 닿았을 때만 느낄 수 있지. 하지만 포효와 나는 파동으로 느끼는 것이기에 멀리 있거나 산 뒤에 있는 것도 볼 수 있고, 소리가 없어도 모든 소리를 들을 수 있고, 맛보지 않고도 그 맛을 알 수가 있지. 그래서 인간의 어떤 행위로도 우리를 제압할 수가 없어. 우리를 제압하는 것은 우리야. 내가 푸나에게 온 이유도 바로 그것이야. 포효라는 무질서의 소용돌이가 나타날 것을 미리알고 내가 먼저 온 것이야.'

"정말 대단하다."

'인간의 입장에서는 대단하겠지만 이것은 단지 어떻게 지각하느냐의 차이야. 포효의 툭 튀어나온 이마 속에는 거대한 레이다가 있다고 보면 돼. 나의 몸도 거의 전부가 레이더 장치라고 보면 돼.'

"포효의 겨드랑이에 있는 눈은 뭐야?"

'박쥐의 눈이 쓸모가 있나? 거의 없잖아. 포효의 눈은 그냥 있는 무늬일 뿐 기능적으로는 아무것도 안 해.'

"하지만 무시무시한 입은 실제로 동물을 죽이고 먹잖아?"

'곤륜선국 연구팀에서 유전자를 조작하여 포효를 나쁘게 만든 것이야. 원래 포효는 그렇게 나쁜 존재가 아니야. 아마 포효는 자신을 나쁘게 유전자 조작한 인간들도 미워할 거야.' 제강은 포효의 특성을 이미 다 알고 있는 듯 푸나에게 설명했다.

"그들은 왜 그런 위험한 것을 만들어 가지고 … , 나쁜 사람들. 그렇지! 나는 띵쟈오 그놈이 나쁜 것부터 만들 줄 알았다. 개자식!" 푸나는 띵쟈오를 욕하며 화를 내었다.

'탓할 거 없어. 문제가 생기면 해결하면 되잖아.'

"인간에게는 왜 그런 능력이 없을까?"

'원래 인간의 뇌에도 레이더 기능이 있었지만 오감에 의지하는 생활을 하다 보니 그 기능이 약화된 것이야. 다시 오감의 생활을 줄이면 조금은 나아질 수 있어. 그 중 괜찮은 방법이 푸나가 하는 명상이야. 명상 속에서 보고 듣고 느끼는 것은 전부 파동으로 인지하는 것이야. 시간 여행도 파동으로 간파하는 것이야. 다만 인간은 그것을 시각적, 청각적, 후각적 등 오감을 통해서 판단하기 때문에 파동을 지각하지 못하는 것이지.'

"그러면 어떻게 해야 포효의 능력을 이길 수 있을까?"

'푸나는 절대로 이기지 못해. 아니 인간의 기술로서는 절대로 이기지 못해. 어쩌면 나도 그를 이길 수 없다.'

"무슨 소리야?"

'포효와 나는 서로 이기고 질 수 없다는 것이야. 그래서 푸나의 역할이 있어야 해.'

"그게 뭔데?"

'지금 탄생한 포효는 신체 강화술로 인해 상상 이상으로 강해. 이상 강화된 포효의 능력을 무너뜨리는 약을 개발해야 해.'

"왜 내가 그 약을 개발해야 해?"

'그게 푸나의 운명이거든.'

"제강의 말에는 늘 나의 운명이 등장해. 처음에는 그 운명이라는 단어가 신기하고 호기심이 갔는데 이제는 솔직히 거부감이 들어. 나는 나의 의지로 삶을 살아가고 싶어. 아무리 운명의 그물은 피할 수 없다고 해도 나는 싫어! 내 인생 내가 창조하고 싶어."

'운명을 떠나서 살 수 있는 존재는 없어. 물고기가 물속에서 살아야 하고, 지렁이가 햇볕으로 나오면 말라죽는 것도 운명이듯 운명은 자기가 거역하고 싶다고 헤어날 수 있는 것이 아니야. 사람이 아무리 발버둥을 쳐도 운명의 강 안에서 치는 몸부림일 뿐이야. 네 운명의 강을 벗어나면 너는 존재할 수가 없어.'

"그래도 나의 의식은 끊임없이 그 운명을 거부해. 물속 운명을 거부한 물고기가 육지동물이 되었고, 땅속 운명을 거부한 굼벵이가 매미가 되었어. 나는 운명의 틀이 싫어."

'지나온 푸나의 인생이 억울해서, 아직은 이루고 싶은 꿈이 있어서 운명을 거역하고 싶은 것은 알아. 네가 그 꿈의 틀 속에 있기에 너의 운명이 우주와 하나로 연결되어 있다는 것을 깨닫지 못하기에 거부감을 나타내는 것이야. 그런데 그거 알아? 너의 그 거

부감도 운명이라는 거.'

"어쨌든 싫어! 싫어!" 푸나는 두 손을 휘저으며 제강의 말을 부정했다.

'푸나, 진정해. 푸나는 나 아닌 다른 사람으로부터도 운명을 들었고, 푸나도 자신이 느끼지 못하는 사이에 누군가에게 운명이나 숙명을 이야기했을 것이야. 모든 사람은 태어나 죽을 때까지 운명을 인정하든 거역하든 운명 속에서 살아가고 운명을 말하고 운명 속에서 죽어가게 되어 있어. 운명이 나쁜 것이 아니야. 지구가 태양을 도는 것도 지구의 운명이고, 태양계의 별무리가 우리 은하의 한구석을 돌고 있는 것도 운명이듯 운명을 인정하는 것은 우주의 법칙을 받아들이는 것이야.'

"아무리 그런 괴변으로 날 설득하려해도 나는 운명이 싫어. 나의 발걸음 하나하나는 전부 나의 의지로 나아가는 것이야. 에이! 모르겠다. 활이나 쏴야겠다."

푸나는 자리에서 박차고 일어나 활을 손에 잡았다. 활에 화살을 거치시키고 거실의 끝 구석에 놓인 과녁을 향해 시위를 당겼다.

쉭~ 팍! 쉭~ 팍! 쉭~ 팍!

"오늘은 12발 중에 8발이 10점을 맞혔네. 이 정도면 나쁜 놈이 나타나면 적어도 종아리는 맞힐 수 있겠다." 푸나는 과녁의 중앙 부위에 빼곡히 꽂힌 화살들을 보며 스스로 만족감을 나타냈다.

'요즘은 푸나가 활을 쏠 때 살기가 느껴져. 왜 그런지는 알지만…'

"맞아, 화살로 조준하면 과녁판에 펑쌍의 얼굴이 떠올라. 그래서 더 집중해서 쏘게 되고 점수가 쑥쑥 올라가는 것 같아."

쉭~ 팍! 쉭~ 팍! 쉭~ 팍!

페이롱이 구속되고 한 달 후

"과연 페이롱 씨는 전투를 경험하고 위험한 서커스에서 담력을 단련해서 그런지 심리 심문하는 과정에서 대단히 힘이 들었습니다. 페이롱 씨를 무의식 상태로 이끄는 것도 어려웠고, 강인한 의지 때문인지 무의식 상태에서 세뇌를 당해서 그런지 증거를 채집하는데 정말로 힘이 들었습니다. 페이롱 씨, 지금 페이롱 씨의 의식은 정상이지요?" 손 형사가 페이롱의 맞은편에 앉아 물었다.

"모르겠습니다." 페이롱은 무표정하게 대답했다.

"정상인데 일부러 그렇게 대답하는 것쯤은 다 압니다."

"정말로 정상인지 모르겠습니다."

"정상적인 정신으로 어떻게 생명의 은인인 예싼 박사에게 방아쇠를 당겼습니까?"

"그 생명의 은인이라는 말은 하지 마십시오." 페이롱의 얼굴에 약간 화난 표정이 나타났다.

"정상이 맞군요."

"......"

"우리는 '인권을 위한 공정한 법집행 위원' 2인 이상이 참석한 가운데 실시된 장비를 통한 무의식 상태에서의 진술과 뇌파영상의 증거채택에 대한 법률적 인정 조항에 따라 페이롱 씨로부터 채집한 자료들을 보여주겠습니다. 이것은 법률이 허용한 심문의 방식입니다. 인정하신다면 '예', 부정하신다면 '아니오'로 답하십시오."

" ...... "

"다음은 페이롱 씨가 무의식 상태에서의 진술내용입니다. 몇 개월 전 곤륜선국에서 띵쟈오 연구원의 고대신화동물복제 성공 후, 펑솽은 페이롱과 장졔, 세르게이에게 각각 예싼, 치랑, 푸나를 없애라는 명령을 내립니다. 맞습니까?"

" ...... "

"펑솽은 그 자리에서 자신이 김명철과 함께 바위공원에서 푸나씨를 겁탈했다고 말했습니다. 맞죠?"

" ...... "

"좋습니다. 아직 대답을 안 하셔도 됩니다. 페이롱 당신은 약 1년 전 펑솽으로부터 김철행 사살 지시를 받고 투명망토를 입고 이를 실행하였고, 세르게이와 장졔의 부하들과 함께 김철행의 창고에서 고대 유물을 전부 절취하여 곤륜선국으로 옮겼습니다. 맞습니까?"

" ...... "

"당연히 대답할 수 없겠지요. 페이롱 씨는 펑솽의 지시로 투명망토를 입고 박물관에서 봉황종을 탈취하여 세르게이가 곤륜선국으로 이동시키도록 건넸습니다. 맞습니까?"

" ...... "

"위에 언급한 것처럼 모두 평솽의 지시가 있었고 페이롱 씨가 실행을 했습니다. 그렇지요?"

"내가 알기로 이렇게 무의식 상태에서 남의 생각을 조작해서 끄집어내는 것은 법적 효력이 없는 것으로 압니다." 페이롱이 손 형사에게 분명하게 말했다.

"본인이 진정한 범인이 되자 이제 발뺌을 하시는군요. 흥! 용사의 태도가 아닙니다." 손 형사는 페이롱을 비웃으며 말했다.

" ...... "

"또 이거 아세요? 장졔와 세르게이가 이미 잡혀서 다 자백을 했고, 평솽은 곤륜선국으로 도망을 쳤습니다. 눈으로 확인 않고는 도저히 믿지 못하겠지요?"

"그럴 리 없습니다." 페이롱은 단호히 부정했다.

"그럴 리 있습니다. 평솽이 도망쳤다는 뉴스를 보여드릴까요?"

"그것도 조작된 뉴스라는 것쯤은 압니다."

"대단한 충성입니다. 당신이 내 수사의 파트너라면 정말로 좋겠습니다."

"그런 호의는 필요 없습니다."

"알겠습니다. 지금까지의 내용은 내가 그동안 평솽을 추적하면서 얻은 것들입니다. 페이롱 씨가 인정하지 않았지만 모두 사실입니다. 어쨌든 페이롱 씨는 우리의 시험에 걸려들지 않았습니다. 경의를 표합니다. 페이롱 씨는 경호원으로서 정상적인 임무를 수행했을 뿐 살인에 대한 고의는 없었습니다. 불법무기소지죄로 벌금형에 처해질 것입니다. 구속만료되어 석방합니다. 나가셔도 좋습니다."

"……" 페이롱은 굳은 표정으로 뚜벅뚜벅 바깥으로 나갔다.

"언제 용사의 양심을 찾으려나?" 페이롱의 등 뒤로 손 형사가 혼잣말을 한다.

경찰에서 석방된 페이롱은 펑솽에게 갔다. 펑솽이 수고가 많았다며 페이롱에게 금일봉 카드를 주며 말했다.

"경찰에서 온갖 교묘한 수단을 써서 페이롱을 회유했을 것인데 잘 견디고 돌아왔네, 수고 많았어. 이것은 노고에 대한 조그만 보답일세. 앞으로도 임무를 잘 완수하는 경호원이 되어주게."

"감사합니다. 그런데 경찰에서 대표님과 저희들의 그간의 비밀을 모두 알고 있었습니다. 우리 내부에 경찰의 심부름을 하는 사람이 있는 것 같습니다."

"어디까지 알고 있던가?" 펑솽이 눈을 힐끗하며 물었다.

"대표님과 김명철 님의 바위공원 사건, 김철행 사건, 쓰우와 대표님의 관계까지 전부 다 알고 있었습니다."

"그래서 그것들을 인정했나?" 펑솽이 다그치듯 물었다.

"아닙니다. 모르는 일이라고 했습니다."

"잘했다."

"그런데 그들이 어떻게 알았을까요?"

"어떻게 알긴, 무의식 상태 심문과정에서 너의 머릿속을 스캔한 거지."

"그것은 증거로 인정이 안되지 않습니까?"

"증거로는 인정이 안되어도 사실관계는 드러난 것이지. 밖에 비서실 대기조 들어와!"

펑쏑이 소리치자 2명의 건장한 청년들이 들어왔다.

"페이롱의 신체를 스캔해봐. 경찰이 분명히 페이롱의 몸에 장치를 삽입해놨을 것이야."

대기조 청년이 페이롱의 몸에 감지기를 대자 정말로 페이롱의 귀 뒷부분에서 삐! 삐! 삐! 하고 감지 신호가 왔다.

"이게 무슨 소리입니까?"

"시치미 떼긴. 경찰이 네놈의 몸에 장치를 심어서 나를 감시하려한 것이지. 또 모르지, 네가 이중스파이로 교육받았는지도." 펑쏑은 의심의 눈초리로 페이롱을 보았다.

"절대로 그럴 리가 없습니다. 저는 대표님의 신임을 절대로 저버리지 않았습니다." 페이롱이 완강히 부인했다.

"아직도 신임을 마음만으로 하는 시대로 아는가 보네. 신임은 현실적 조건이 맞을 때 지켜지는 것이야. 너는 너무 많은 비밀을 알고 있어. 너는 부정하겠지만 경찰은 너를 가치 있는 첩보를 얻을 수 있는 훌륭한 조력자로 여기고 있을 것이야. 그래서 신임이 무너지는 순간, 그 비밀이 몽땅 경찰에 넘어가는 것도 시간문제야." 펑쏑이 페이롱을 노려보며 말했다.

"절대로 그럴 일이 없습니다. 에잇 콱!" 페이롱이 자신의 손가락을 깨물어 피를 흘리며 결백을 호소했다.

"그래서 혈서를 쓰겠다고? 페이롱, 나는 너처럼 의리와 정의감을 인생의 가치로 여기는 사람보다 자신의 이익을 위해서 간사함으로 처세술에 능한 사람이 더 좋아. 그런 인간은 쓰레기이기 때문에 버릴 때도 전혀 마음의 거리낌이 없거든. 하지만 자네 같은 사람은 마음에 걸린단 말이야." 펑쑹이 페이룽을 외면하며 비정하게 말했다.

"어떻게 해야 믿겠습니까?"

"아직도 못 알아듣는 것을 보니 재교육을 받아야겠군."

"뇌파교육실이라도 기꺼이 들어가겠습니다."

페이룽이 대기조 청년들에 이끌려 밖으로 나가자 펑쑹이 누군가에게 명령을 내린다.

"놈은 의지가 굳고 충성심이 강하지만 늘 마음에 올바른 것과 그른 것을 판단하려는 도덕심이 작용하고 있어서 언젠가 우리 일을 크게 그르칠 수 있는 인간이다. 이제 너무 많은 비밀을 알고 있다. 정신을 완전히 망가트리고 폐기처분 해."

세르게이는 적절한 기회를 포착하기 위해서 푸나의 뒤를 쫓지만 리트리버 때문에 번번이 실패한다. 사실은 죄 없는 연약한 여자를 살해하자니 마음에 걸려 이래저래 푸나를 따라다니며 실패의 핑계거리만 찾고 있는 것이다. 하지만 계속 일을 처리하지 못하다간 펑쑹에게 신임을 잃을까 두려워 조바심이 생긴다. 문화재

절도와 운반 등에는 전문이지만 사람을 해치는 것은 익숙하지 못하다. 오늘도 푸나의 뒤를 쫓으며 기회를 노린다.

"당신 누구야?"

누군가 세르게이의 등을 치면서 묻는다. 세르게이가 놀라서 도망을 치려는데 상대방이 세르게이의 발을 걸어서 넘어뜨리고 능숙한 솜씨로 세르게이의 팔을 비틀어 제압한다. 발버둥을 쳐보지만 엎어진 채로 팔이 완전히 비틀려져서 빠져나갈 방법이 없다. 푸나는 주위가 소란스러워 돌아보니 류풍걸이 어떤 사람을 땅바닥에 엎어놓고 팔을 비틀어 제압하고 있는 것이었다.

"류 선생님 무슨 일입니까?"

"푸나 박사님! 이리와 보세요! 이 녀석이 계속 박사님 뒤를 쫓고 있기에 제가 사로잡았습니다."

"이 사람은 외국인이네요."

"생김새가 슬라브 계통인데 러시아인인 것 같습니다."

"얼굴이 익숙한데, 맞아! 다니엘하고 아는 사람 같은데요."

"맞습니다. 저는 다니엘의 친구입니다. 이것 놓으세요." 세르게이가 팔을 놓아달라고 소리쳤다.

"아니야. 네놈은 분명히 나쁜 목적으로 푸나 박사님을 뒤쫓고 있었던 거야. 빨리 경찰에 연락하세요." 류풍걸이 계속 세르게이를 제압했다.

"놓으란 말이야. 나는 외국인이야! 이 나라 법으로 함부로 처벌할 수 없어!" 세르게이가 버둥거리며 놓으라고 고함을 친다.

"이러는 거 보니 정말로 뭔가 있는 놈이다."

류풍걸이 세르게이의 옷을 뒤지더니 소음기가 달린 권총을 찾아낸다.

"보트! 보트! 재수 없이 이렇게 잡히다니!"

"손 형사님 저를 뒤쫓고 있는 외국 사람을 잡았어요. 어서 와보세요."

앵~ 앵~ 앵~ 곧바로 손규영 형사가 탄 경찰차가 도착해서 세르게이를 포박해 경찰로 압송했다.

"이름이 뭡니까?"

"러시아 대사관 직원을 불러주세요. 길가는 사람을 이렇게 체포해도 됩니까?"

"이름을 말하세요!"

"가르쳐 줄 수 없어요."

"제가 알아요. 저 사람은 박물관의 다니엘이라는 사람의 친구입니다. 다니엘을 불러서 대면시켜보세요." 푸나가 말했다.

"말할게요. 세르게이입니다. 세르게이!"

"외국인이어서 신원을 조회할 마땅한 단서가 없습니다." 경찰 직원이 말했다.

"세르게이, 세르게이? 이름을 들어봤어. 혹시 모르니 이 사람의 머리칼 하나를 뽑아서 유전자 감식해봐 10분이면 되잖아."

"예 알겠습니다."

"나는 이곳에서 범죄를 저지른 일이 없어요." 세르게이가 말하

자,

"그럼, 러시아에서는 있고?" 손 형사가 취조를 했다.

"그게 아니라 누구를 해치거나 한 적이 없다는 말입니다."

"사람을 해치는 일 말고는 뭔가 있나보네."

"맹세코 없습니다."

"이렇게 소음기가 달린 권총까지 가지고 다니는 당신을 내가 어떻게 믿어?"

"손 형사님, 이 사람 유전자 감식에서 이전 범죄에 연루되었다는 감식결과가 나왔습니다." 젊은 경찰이 알려주었다.

"응? 무슨 사건?" 손 형사가 돌아보며 눈을 반짝였다.

"지난번 봉황종 도난사건 차량에서 발견된 머리카락과 유전자가 일치합니다." 젊은 경찰이 손 형사에게 유전자 감식비교표를 건네며 말했다.

"그땐 동양인이 가발을 썼다가 벗어둔 것으로 추정하지 않았나?"

"아마 수사의 혼선을 주기 위해서 일부러 그렇게 꾸민 것 같습니다. 당시 차에 있던 가발에 붙어있던 다른 노랑 머리카락 한 올을 검사해두었는데 국내인이 아니어서 지금까지 유전자를 찾지 못했나 봅니다."

"아! 생각났다. 페이롱의 무의식 심리심문에서 세르게이라는 이름이 나왔었다. 이제 범인들이 한 명 두 명 드러나는구먼. 펑쐉을 잡을 수 있겠어." 손 형사가 외쳤다.

"보트! 보트! 이렇게 들통이 나는구나. 어쩐지 이번 일이 여자를 뒤쫓는 거여서 재수 없다고 생각했는데, 결국 이렇게 되네." 세르게이가 러시아말로 투덜거렸다.

"류 선생님이 저를 구해주셨네요. 감사합니다." 푸나가 류풍걸에게 감사를 한다.

"이번에 탈춤공연에 대해 푸나 박사님과 의논하려고 오는데 저녀석이 계속 박사님을 뒤쫓고 있기에 사로잡았는데 제대로 잡았네요. 봉황종을 훔친 범인과 공범이라니 봉황종을 찾을 수 있을지도 모르겠습니다."

"결과적으로 훌륭한 일을 하셨네요. 어떻게 세르게이를 잡을 용기가 있었어요? 무기를 소지하고 있었는데."

"한국에서 탈춤을 잘 추기 위해서 택견이라는 무술을 연마했습니다."

"태권도가 아니고 택견?"

"태권도보다 유연한 동작과 상대의 몸동작을 잘 이용해서 제압하는 무술입니다."

"감사합니다. 다음에 제대로 보답을 하겠습니다. 아참! 탈춤 때문에 의논할 일이 있다고 하지 않았나요?"

"네, 소무역할을 맡을 사람이 필요한데 푸나 박사님의 춤사위가 소무의 의미를 잘 표현하는 것 같아서 부탁드리려고."

"저를 구해주셨는데 그 정도쯤이야 당연히 해드려야지요."

세르게이가 경찰에 잡히자 치량을 처리하기로 한 장계가 긴장을 한다. 경찰이 페이롱을 심문했고, 세르게이를 심문하면 경찰이 사건의 내막을 파악하는 것은 시간문제라고 생각했다. 그러면 치랑을 살해하지 않고 사건에 말려들지 말아야 가시적으로 들어나는 혐의가 없다. 그런데 펑솽의 성격으로 보아 치랑을 처리하지 않으면 끝까지 강요할 것이 뻔하다. '조직원 중에 믿을 만한 한 명을 골라 서투르게 치랑을 공격하다가 붙잡히라고 하면 펑솽과도 틀어지지 않을 수 있지 않을까? 아니면 이제 곧 펑솽이 경찰의 체포대상이 되므로 그때까지 시간을 끄는 것이 가장 좋은 방법이지 않을까?' 장제는 펑솽의 치랑 살해 명령을 무산시키기 위해 온갖 궁리를 다한다.

"손 형사님, 이제 펑솽이 몇 가지 일의 배후라는 증거가 다 드러났습니다. 어떻게 할까요?" 손 형사를 보좌하는 경찰이 물었다.

"이제 놈을 잡아야지. 놈은 분명히 곤륜선단에 도움을 요청해서 압력을 행사하려 할 거야. 놈이 손을 쓰기 전에 우리 쪽에서 먼저 놈의 혐의를 공표해서 그들이 은밀하게 압력을 행사하려는 명분을 차단해야해, 그렇지 않으면 우리가 감당하기 어려운 압력이 올 거야."

"정식 기자회견을 하려면 먼저 서장님의 결재부터 받아야 하는데, 서장님이 증거를 더 보강하라고 하지 않을까요?"

그때 손 형사의 전화가 울린다.

"이런, 조조를 말하면 조조가 온다더니, 갔다 올게."

"어디 가시는데요?"

"조조의 집무실."

"손 형사, 펑쑹에 대한 자료가 완벽하게 준비되었나?" 서장이 손 형사에게 묻는다.

"현장범으로 증거를 잡은 것은 없지만 부하들의 진술은 확보했습니다."

"펑쑹이 죄를 저질렀다면 당연히 구속시켜 법의 처벌을 받게 해야겠지만 … " 서장이 주저한다.

"압력이 들어오나 보지요?"

"펑쑹이 짓고 있는 거대한 규모의 곤륜선국 프로젝트는 지금까지 사상 최대의 테마파크로서 관광자원으로서 국가적으로도 엄청난 이익이고, 그 속에 들어서게 될 고대신화 동물원은 미국의 공룡 테마파크에 비견되는 동양문화의 특성을 잘 살려낸 것으로 세계적으로 관심이 대단해. 곧 개장을 하게 될 것이라는 소식이 있는데 그런 중요한 행사를 앞두고 펑쑹을 꼭 잡아들여야 하겠는가? 정부의 고위층에서도 무사히 개장을 할 수 있게 최대한의 지원을 하라고 하고, 러시아와 한국 등 외국정부의 요직에 있는 사람들까지 우리 정부에 곤륜선국의 성공적 개장을 지원해달라고 요청하고 있을 정도라네. 이런 마당에 우리가 펑쑹을 잡아넣으면 우리 입지도 곤란해지지 않을까? 내가 우려에서 하는 말일세. 곤륜선국의 개장 이후에 수배령을 내리는 것이 어떨까?" 서장은 펑쌍 구속에 시간을 갖자고 말한다.

"분명히 놈이 벌써 곤륜선단에 지원을 요청한 겁니다. 아니, 평쌍의 범죄 배후에는 곤륜선단이 있습니다. 사람들에게 곤륜선국을 고대신화 속 동물들을 복원하고 과학으로 인간의 수명을 연장시키는 불노장생의 터로 인식시켜 인류의 유토피아를 실현한다고 선전하지만 제 생각에는 곤륜선단이 그들의 종교제국을 만들려는 계획인 것 같습니다. 곤륜선국의 성공을 통해서 근처 지역의 지배력을 확보하여 자신의 영향력을 발생시켜서 거의 자치권에 버금가는 권력을 만들고 또, 종교라는 사회적으로 특수한 기구를 이용하여 세계의 여러 분야에서 영향력을 행사하려는 거대한 권력을 꿈꾸는 것 같습니다." 손 형사는 평쌍과 곤륜선단을 묶어서 비난하였다.

"손 형사는 곤륜선단이 거의 범죄집단화되어 있다고 말하는데 세상일에는 다 동전의 양면이 있지 않은가? 당연히 곤륜선단도 문제가 있겠지만 그들은 단지 문화적 자원을 확대시켜 동양문화의 진수들을 실현하고 이를 관광자원화해서 우리나라의 문화와 관광산업의 발전에 이바지하고 나아가 세계의 문화발전을 목표로 한다네. 그러니 조금 더 두고 보아야하지 않나?" 서장은 다시 평쌍 구속을 지연시키려 한다.

"설마 서장님께서도 그들의 홍보요원이 되신 것은 아니겠지요? 제 생각에, 곤륜선단이 단지 문화발달을 위하고 보편적 종교활동을 한다면 괜찮겠지만 그들이 교인들과 회사원들을 훈련시키는 것은 일반적인 경우를 훨씬 벗어나 사람들을 세뇌시켜 완전히 좀

비로 만든다는 데 문제가 있는 것입니다. 아직도 세계 곳곳에서 종교를 표방해서 사람의 정신을 마비시켜서 죄 없는 보통 사람들을 공격하는 무리들이 있지 않습니까. 저는 곤륜선국이 그런 사람들의 본거지가 될까 봐 염려스럽습니다. 평쌍과 같은 음습한 사람들이 세우고자 하는 곤륜선국의 미래는 결코 지금 우리가 생각하는 인류문화의 진보를 기대할 수 없고 또 다른 거대한 문제의 씨앗이 될 것이라는 예감이 드는 것입니다." 손 형사는 재차 평쌍 구속의 불가피성을 주장한다.

"그래서 어떻게 하겠다는 것인가?" 서장이 언짢은 듯 묻는다.

"정상적인 절차로 진행되는 것은 막을 수 없지만 범죄의 혐의를 알면서도 집행하지 않는 것은 우리 경찰의 직무유기이자 문제를 악화시키는 것입니다. 서장님께서도 늘 말씀하셨지 않습니까? 모든 범죄집단은 틀을 갖추기 전에 처단을 해야지 그렇지 않으면 사회의 암으로 뿌리를 내린다고. 저는 지금 평쌍을 잘라내어야 곤륜선국도 방향을 제대로 잡을 수 있다고 봅니다. 우리 경찰의 의지를 분명히 보여주는 것이 저들이 올바른 방향으로 가게 하는 것입니다. 기업을 보세요. 모든 기업은 욕망 때문에 수단과 방법을 가리지 않고 이익을 추구합니다. 만약에 정부에서 그들을 지도하지 않는다면 거의 모든 기업은 범죄집단이 될 것입니다. 보통의 사람도 그러한데 평쌍과 같은 인간이 추구하는 방향은 그보다 훨씬 심한 해악을 끼칠 것입니다. 저는 곤륜선단의 지도자들이 추구하는 것도 모르긴 해도 문제가 있다고 봅니다. 이번에 평쌍을 처단하는 것이 그들이 제대로 곤륜선국을 만들 수 있게 암묵적 지도를 하는 길목인 것입니다. 곤륜선국이 세계의 온갖 정치인들의 찬사 속에 화려하게 개장을 하고 나면 평쌍과 곤륜선단은 우리 힘으로는 어쩌지 못하는 사회의 거대한 암으로 뿌리를 내릴 것입니다." 손 형사는 계속해서 서장을 설득한다.

"그러면 어떻게 해야겠나?" 서장의 태도가 좀 누그러진다.

"우리가 이미 평쌍의 범죄에 대한 자료는 다 확보하고 있습니다. 그의 범죄사실을 공표함으로써 곤륜선단이 평쌍의 구명운동을 하지 못하도록 사전에 명분을 만들어주는 것이 좋다고 생각합니다."

"그렇게 될까?"

"거대한 집단일수록 한번 공개한 의사표명은 번복하기가 곤혹스런 입장이어서 양측 모두 힘들 수 있습니다. 그들의 공개입장 표명 전에 우리가 선수를 침으로서 평쌍에 대한 구명운동을 못하게 하는 것입니다."

"그 작전이 먹혀들면 평쌍은 곤륜선단 내에서도 설자리가 없겠네." 서장은 손 형사의 말이 일리가 있다고 생각하는지 고개를 끄덕인다.

"그런데 곤륜선국 내에 평쌍의 수하들이 많다면 평쌍은 최후의 발악을 할지도 모릅니다. 비굴한 최후보다 장렬한 전사를 선택할 수도 있다는 것입니다. 만약 제가 평쌍이라면 후자를 택할 것입니다."

"그럴지도 모르지. 그러면 저항이 더 극렬할 수도 있겠다. 준비를 잘 해야겠다."

다음날 경찰은 평솽의 불법부동산개발, 인신매매, 불법세뇌, 살인교사 및 강간, 절도에 대한 범죄사실을 공표하고 수배자 명단에 올렸다.

예싼의 유언을 따라서 치랑은 두쒼을 자신과 함께 일할 의사로 뽑아달라고 쟝치우 병원장에게 부탁을 하자 병원장은 일정한 검토를 거쳐서 두쒼을 예싼이 일하던 자리에 배치시켰다. 의사가 과다 배출되는 이런 시기에 수련의가 끝나고 제대로 된 병원에서 일자리를 구하는 것은 쉽지 않은데 두쒼이 옌띠병원에 자리를 잡게된 것은 행운이다.

"어이! 어리버리, 앞으로도 계속 어리버리하면 안돼." 치랑이 두쒼에게 잘하라고 말한다.

"염려 마십시오. 열심히 하겠습니다." 두쒼의 대답이 제법 야무지다.

"똑 부러지게 대답하는 것을 보니 많이 좋아졌다. 예싼이 너를 추천한 것은 다 그럴 만한 이유가 있어서겠지. 앞으로 잘하자."

푸나는 마침내 그동안 생명공학의 한계로 여겨졌던 유전자 염기서열 AGCT 성분지도에서 생명구성 메카니즘의 명령어 역할을 하는 물질의 파동원리를 알아냈다. 이 명령어 역할을 하는 물질이 일으키는 진동의 파동에 의해서 염기서열의 결합구조에 영향을 끼쳐서 생명생성이 진행되고 세포분열 한계의 법칙까지 밝히는 것이다. 이것은 푸나가 양자역학의 진동원리를 이용하여 제강의 변신능력이 내부 핵심물질의 파동을 최대화해서 공간을 순간적으로 비틀어 다른 차원과 결합시켜서 2개의 차원 공간이 동시에 공존함으로서 생긴 것에서 힌트를 얻은 것이다. 이와 유사한 과학적 개념은 20세기 말에 제시되었으나 당시만 해도 이 문제를 해결하려면 100년은 지나야 장님 코끼리 다리 만지는 정도가 될 것이라고 전망했지만, 푸나는 제강의 도움으로 이 생명구성의 원리를 밝혀낸 것이다.

이제 인간은 모든 생명체의 생성과 성장의 메카니즘을 알아내게 되었고 나아가, 2세를 잉태할 수 있는 돌연변이 유전자를 마음대로 조절할 수 있는 생명창조의 단계에 접근한 것이다. 이 공로로 생명과학회에서는 푸나를 올해의 생명공학자로 세계협회에 추천서를 보냈다.

한편 푸나보다 한발 앞서 이와 비슷한 분야에서 연구성과를 내고 이미 새로운 동물의 생산에 들어간 띵쟈오는 유전자 전환의 핵심적 연구과정에 대해 구체적으로 설명하지 못하고 염기서열의 특정부위에 전기자극의 강도조절에 의존하는 방법만 제시하여 정상적 생명의 창조가 아닌 괴물들을 만들 가능성이 더 많다며 추천 대상에서 탈락되었다.

오늘, 생명과학 세계협회에서는 푸나를 올해의 생명과학자로 최종 선정 발표하였고 이에 대학에서도 학교를 빛낸 인물로 푸나에게 특별 공로상을 수여했다.

"푸나 박사님, 나는 과학은 모르지만 축하드립니다. 이렇게 훌륭한 분인 줄 몰랐습니다." 젠즈가 축하를 했다.

"이와우 이와우! 저 도리이도 과학은 모르지만 진심으로 축하를 드립니다."

"푸나, 과학자로서의 뛰어난 업적을 축하해. 그런데 지난번 내게서 가져간 샘플의 부작용을 방지하는 원리는 알아내었나?" 치랑이 푸나에게 꽃다발을 주면서 물었다.

"보자마자 그 질문이에요? 이제 생명구성의 기초적 원리를 알았으니 그 문제는 금방 풀 수 있을 것입니다." 푸나는 치랑을 가볍게 핀잔하며 대답했다.

"푸나가 이렇게 환하게 웃는 모습을 본 적이 언제였더라?"

"앞으로는 자주 볼 수 있겠지요."

"어디서? 같은 지붕 밑에서 볼 수 있으면 더 좋을 것인데 … 오늘은 내가 근사하게 한턱낼게." 치랑의 얼굴이 환해졌다.

"어쩌지요? 며칠 후 우리 탈춤반에서 공연이 있어서 빨리 가서 연습해야 하는데." 푸나가 말하자,

"또, 내말은 흘려듣고 다른 이야기하네. 오늘 같이 좋은 날은 함께 즐기자." 치랑이 푸나의 손을 잡으며 애원한다.

"공연에서 별로 역할은 없지만 그동안 연구 때문에 연습에 참가 못해서 단원들에게 미안해서 가봐야 되요. 제가 다음에 여러분에게 한턱내겠습니다."

단원들과 연습을 마친 푸나는 숙소에 와서도 소무춤을 연습하고 있다. 원래 소무의 역할은 대사 없이 춤만 추는 역이다. 아름다운 어린 무당과 남성들과의 관계를 표현한 것인데 손목에 끼는 기다란 소매인 한삼으로 뿌리고 펴는 사위, 몸을 돌리는 춤사위의 동작으로 교태부림, 성적인 모습, 남성에 대한 거부와 수용, 출산 등을 표현하는 것이다.

푸나가 소무의 춤을 추고 이마에서 땀이 송골송골 맺힐 정도가 되었다. 이제 몸도 풀리고 매 동작마다 소무 배역의 성격에도 몰입하기 시작했다. 공간을 휘젓는 팔의 사위동작이 생각보다 가볍다고 느끼며 다음 동작을 이어가려는데 푸나의 눈에 한 여인이 걸어왔다. 처음에는 서울 북한산에서 만난 그 아주머니인 줄 알았는데 점점 가까이 오며 큰 새처럼 두 팔을 크게 벌리고 흔드는데 꼭 푸나를 부르는 것 같다. 푸나도 그 여인의 부름에 응하듯 크게 팔을 흔드는 춤사위를 하며 다가갔다. 다가가니 모르는 사람인데 머리에 이상한 관을 쓰고 있다. 푸나는 그 여인이 바위공원에서 발굴된 그 여제사장임을 직감했다. 더 가까이 가니 얼굴의 표정까지 보이는데 슬픈 얼굴이다. 뭔가를 간절히 구하는 표정이다. 가까이 오더니 두 손을 가슴 앞에다 대고 둥근 뭔가를 그리는 손짓을 한다. 벙어리가 수화로 자신이 원하는 것을 말하는 것 같았다. '잃어버린 종을 말하는 것입니까?' 하고 물으니 그 여인이 고개를 끄덕였다. '저는 지금 그것이 어디 있는지 모릅니다' 하니 그 여인은 고개를 가로 젓는다. '제가 그것을 찾을 수 있을까요?' 물으니 고개를 끄덕인다. '그렇다면 반드시 찾아오겠습니다' 하니 미소를 지었다.

'푸나, 여제사장이 와서 종을 찾아달라고 하지?' 제강이 말했다.

'그래. 나는 그게 어디 있는지도 모르는데 어떻게 찾지?'

'그 여제사장은 푸나가 찾을 줄 알고 왔으니 크게 걱정할 필요가 없겠다. 나도 춤사위나 해야겠다. 말뚝이의 춤을 추어볼까, 파계한 늙은 노장의 춤을 추어볼까? 덩~다끼 덩~따~'

'에라 모르겠다. 어떻게 되겠지, 덩~다끼 덩~따~'

'나도 에라 모르겠다. 어떻게 되겠지, 덩~다끼 덩~따~'

다음날 오후, 탈춤공연이 정식으로 무대에 오르게 되었다. 탈춤공연은 오페라나 무용공연처럼 배우들이 객석보다 높은 무대 위에 오르는 것이 아니라 야외에서 관객들이 빙 둘러선 중앙 마당에 배우들이 관객과 소통하며 공연을 하는 것이다. 그러다보니 배우와 관객들 사이에 간극이 없어지고 직접적인 소통이 이루어지는 일이 잦았다. 가령 푸나가 소무 역으로 남성을 유혹하는 장면에서 지정된 배역을 맡은 배우에게 추파를 던지기도 하지만 관객에게도 들어가 그 중 한 명을 유혹해서 무대로 끌어들이면 관객들도 배우가 되어 함께 공연하는 형식이 되는 것이었다. 이것은 백성들과 함께 세상의 모순을 극복한다는 취지로 이루어지는 한국탈춤의 특징인 것이다.

그런데 푸나가 추는 소무 춤은 원래의 춤동작과는 많이 달랐다. 시나리오에 비해 파격적이다 싶을 정도로 본능적인 분위기를 물씬 풍기는 몸짓으로 관객들과 소통하는 것이었다. 말뚝이의 역할을 하며 공연의 감독도 겸한 류풍걸은 당황했지만 푸나의 동작에 사람들이 좋아하는 것을 보고는 그냥 놔두었다. 다른 배우들도 당황했지만 제지하지 않겠다는 눈치를 보내니 푸나에 맞추어 할 수밖에 없었다.

공연이 끝나자 사람들이 푸나의 표현력에 대해 말들이 많았는데 부정적이었다는 의견보다는 마치 그 옛날의 진짜 무당이 춤추는 것처럼 신선하고 전율이 왔다는 평가가 많았다.

100세를 넘긴 곤륜선단의 선주는 너무 노화가 깊어서 띵쟈오가 해결한 신체강화술에 의한 치료에도 불구하고 더 이상 생명을 연명하지 못하고 사망에 이르게 된다. 곤륜선단 내에서 선주의 장례를 어떻게 치러야 할 것인지 의견이 분분하였다. 첫 번째는 가장 널리 시행되고 있는 시신을 화장한 후 뼈를 분쇄하여 유골함에 넣어 보관하는 방법, 두 번째는 혹시 새로운 의료기술이 발달하여 나중에 다시 깨어나게 하는 초저온 급속냉동보관방식, 마지막 세 번째는 미라로 만든 후 신상(神像)으로 제작하여 선단의 숭배의 대상으로 삼는 것이었다.

첫 번째 방법은 한 번 시행하면 다시는 선주의 신체를 복구할 수 없어서 선단의 내부 의견에서 일치감치 배제되었다.

두 번째 방법은 신체를 급속냉동으로 보관한 후 해당질병의 완치의술이 나오면 다시 깨어나게 하는 것이다. 50년 전에 어떤 종교의 교주가 자신의 신체를 냉동 보관했다가 자신의 신체적 질병을 완치할 수 있는 의술이 나오게 되면 깨어나게 해달라는 유언을 남겼다. 이후 의술이 발달하여 그 질환의 완치가 공식적으로 발표되어 냉동된 신체를 세포막 손상 방지술을 적용해 해동시켰는데 신체적 기능은 부분적으로 일시 작동되었으나 뇌 속의 뉴런과 뉴런 사이의 공간을 유지하는 장력이 무너져 뇌가 아이스크림처럼 녹아내리자 그제야 화장하여 최종 사망판정을 받는 기이한 일도 있었다. 그런데 최근 냉동인간을 연구하는 학계에서 초저온에서도 얼지 않는 대체혈액의 원료인 생명수가 개발되고 물리적 냉동기법이 아닌 파동냉동법과 초저주파 해동기술이 개발이 되어 새로운 냉동인간기술에 대한 희망을 버리지 않았다. 곤륜선단에서도 이 기술을 선주의 신체에 적용하는 것을 심도 있게 고민하게 되었다.

마지막 세 번째, 선주의 몸을 미라로 만들고 옛날 불상제작기법의 하나인 옻칠을 바른 천을 반복하여 겹치고 굳혀서 형상을 만드는 건칠기법을 이용하여 신체를 보존하는 법도 심도 있게 논의되었다. 어찌하든, 선단에서의 선주의 위상이 너무나 중요하기에 선주의 사망발표는 하지 않기로 하고 사망 직전의 선주를 곤륜선국으로 옮겨서 불로장생의 영원한 믿음의 증표로 존재시킨다는 것이 선단의 결론이었다.

곤륜선단에 구명운동을 요청하고 내심 선단의 도움으로 자신에 대한 수사가 무력화되기를 기대했던 펑쌍은 선단이 공권력의 눈치를 보며 우물쭈물하는 사이 경찰이 선단보다 한발 먼저 선수를 쳐서 자신에 대한 혐의를 공개하고 체포하려하자 엄청난 실망감과 공황상태에 빠진다.

지금까지 자신이 했던 좋은 일이든 나쁜 일이든 모두 선단의 명령이었고 선단을 위한 것이었는데 이제 모든 혐의가 펑쌍 자신에게 돌아오게 되었다. 많은 사건에 연루되어서 이대로 투항하면 어쩌면 영영 햇빛을 볼 수 없을지도 모른다. 이대로 포기할 수는 없다. 결과가 어찌되든 최후의 살길을 모색해야 한다. 이곳은 이미 경찰이 자신을 잡으러 다니고 있어서 어떻게든 곤륜선국에 가서 무슨 방법을 찾아야 한다.

곤륜선국에는 자신을 믿고 따르는 부하들이 많이 있다. 그리고 곤륜선국은 종교시설로 등록되어서 경찰이 마음대로 수사하는데 어려움이 있는 곳이다. 그런데 곤륜선국까지 가는 길이 워낙 멀고, 이미 중요 길목에서 경찰이 자신을 체포하기 위해 지키고 있을 것이 뻔해서 무사히 빠져나가기가 만만치 않을 것 같았다. 펑쌍은 옛날부터 자신과 끝까지 함께 하기로 한 부하들에게 위험한 고비에서 자신을 도와달라고 지시를 내렸다. 이렇게 절박한 상황이 되자, 펑쌍은 의리 있고 믿음직했던 경호원 페이룽을 버린 것이 너무나 후회스러웠다.

곤륜선국은 따싱안령(大興安嶺) 산림지대 북쪽을 흐르는 후마
강(呼瑪江)과 러시아와 국경을 이루는 아무르강 사이에 길게 위치
한다. 평화구역에서 곤륜선국으로 가는 가장 빠른 길은 G25번 도
로를 타고 가다 쑤앙랴오시(双遼市) 북쪽에서 G45도로로 바꾸어
타고 쑹위엔시(松原市)까지 가고, 계속 G45도로를 따라서 북쪽으
로 달리다 따칭시(大慶市)에서 G015 도로를 이용하여 치치하얼시
(齊齊哈爾市)로 향해 달리고, 다시 G111번 도로로 바꾸어 달리다
넌쟝현(嫩江縣)에서 S208번 도로를 타고 가다보면 뚜어바오산진(
多寶山鎭)부터는 산악지대가 이어진다. 산림지대 속 비교적 넓은
평원에 형성된 작은 마을에서 S209번 도로로 바꾸어 가면 후마강
이 아무르강과 만나는 후마현에 닿은데, 여기서 다시 북쪽으로 산
속 도로를 수십 킬로 북쪽으로 달리면 산찌엔팡촌(山間房村)이 나
오는데 여기서부터 곤륜선국이 시작된다.

자동차로 쉬지 않고 적어도 20시간은 달려야 하는 이 길이 평화구역에서 곤륜선국으로 가는 가장 빠른 루트이다. 검문을 효과적으로 잘하기 위해서는 치치하얼시 외곽도로, 후마현에서 북쪽으로 가는 도로를 봉쇄하는 것이지만 차량을 바꾸거나 검문지대를 우회한 후 도주해버린다면 쉽지 않다. 만약에 한반도 북쪽지역을 우회해서 러시아 지역 루트를 통해 이동하면 추적이 불가능하다.

 손규영 형사는 평솽의 혐의를 공표한 후 그가 곤륜선국으로 도주할 것으로 예상하고 평화구역에서 곤륜선국으로 가는 도로의 주요 목에 수배령을 내리고 체포 작전에 들어갔지만 한 달이 지나도록 아무런 소식이 없다. 곤륜선국으로 경찰병력을 보내 체포를 시도할 수 있지만 아직 평솽이 그곳에 잠입했다는 단서가 없다. 자칫 곤륜선단의 거센 항의만 불러올 수 있는 것이다. 그렇다고 너무 지체해서 곤륜선국이 완성되어 개장이 되고 곤륜선단이 평솽을 보호하기로 방향을 정해버리면 경찰로서도 평솽을 잡는 방법이 없어질 수 있다.
 시간이 한참 지나도 평솽을 검거하지 못하자 손 형사는 민간인들로부터 목격담이라도 구할까 하여 다시 평솽에 대한 공개수배를 내렸다. 그러자 지금까지 평솽의 체포방침에 대해서 별다른 의견 없이 침묵하고 있던 곤륜선단이 직접적인 관련 증거가 없는 평솽을 범인으로 몰아간다며 이는 인권보호에 위배되는 조치라며 경찰을 비난하며 나섰다.
 왜 곤륜선단이 나섰을까? 평솽에 대한 죄목이 명확한데. 혹시 평솽이 그동안 침묵을 지키고 있었던 곤륜선단에 섭섭함을 표시하고 도와주지 않으면 자신이 선단의 지시로 모든 일을 했다는 것을 폭로해버리겠다고 협박을 했을 수도 있다. 펑쑹이 폭로를 하고 경찰이 곤륜선단에 대해 대대적으로 강도 높은 수사를 벌인다면 선단의 규모가 위축될 뿐 아니라 자칫 선단의 존폐까지 문제가 될 수 있는 사안이다. 그래서인지는 모르지만 곳곳을 통해 증거 없이 인권을 해치는 수사를 중단하라는 압력이 손 형사에게 들어왔다.

　손 형사는 어떻게 하면 외부의 압력을 뚫고 펑쑹을 체포할까 고민하고 있는데 누가 찾아왔다. 체격이 다부진데 낯익은 얼굴이다.
　"누구시더라?" 손 형사가 물었다.
　"그사이 저를 잊었습니까? 페이롱입니다."
　"아! 맞아! 펑쑹의 경호원이었던 페이롱, 펑쑹과 같이 잠적한 줄 알았는데 여긴 웬일입니까?"
　"펑쑹에게 수배령이 내려지고 한참 동안 체포소식이 없어서 궁금해서 와 봤습니다. 제가 도와드릴 것은 없을까요?"
　"페이롱 씨가 나에게 그런 제의를 해오니 당황스럽습니다. 펑쑹이 경찰의 검거의지를 알아보려고 보낸 것 같기도 하고."
　"절대 아닙니다. 저는 사나이로서 끝까지 의리를 지켰지만 펑쑹은 제가 비밀을 너무 많이 안다고 마지막엔 저를 없애버리라고 했어요. 엄청난 고통의 뇌파고문으로 저는 거의 폐인의 지경까지 갔었습니다. 일반인이라면 분명히 폐인이 되었습니다. 저는 특수부대와 서커스 훈련을 하면서 혹독한 훈련을 많이 했기 때문에 가까스로 버틸 수 있었습니다. 극한의 고문을 하던 펑쑹의 부하도 어느 한계점에 이르러 제가 기절하자 더 이상 고문하지 않고 저를 어느 구석진 곳에 버렸습니다. 원래는 총으로 확인사살까지 하는데 그 부하는 무슨 이유에선지 저를 그냥 두고 갔어요."

"내가 페이롱 씨의 말을 어떻게 신뢰할 수 있겠습니까?"

"사람이 한번 신뢰를 잃어버리면 무슨 말을 해도 믿음이 가지 않는다는 것은 잘 압니다."

"여하튼 좋습니다. 어떻게 우리를 도와주실 수 있습니까?" 손 형사는 페이롱의 말을 반신반의하면서 물었다.

"펑쏭과 관계된 일에는 많은 것을 도울 수 있을 것입니다. 지금까지 펑쏭을 잡지 못하고 있는 것은 그가 어떻게 움직이는지 몰라서 그런 것 같아요. 펑쏭은 위기의 순간마다 투명망토를 입고 도망쳤을 것입니다."

"아차차차! 맞아. 내가 왜 그 생각을 못했지, 투명망토! 검문 경찰들에게 그것을 알려주었어야 하는 건데 … "

"제 생각에 펑쏭은 분명히 지금 곤륜선국에 있습니다. 그곳은 곤륜선단의 모든 곳이 모이는 곳이고, 펑쏭도 곤륜선국을 건설하는 것을 일생의 목표로 삼았기 때문에 그곳에서 자신의 마지막을 각오하고 있을 것입니다. 그전에는 설사 올바르지 못한 일이었어도 자신이 하는 모든 일들은 곤륜선국 건설이라는 원대한 꿈을 실현하기 위해서 부득이 해야 하는 것으로 생각해서 지금처럼 경찰과 대치해야 하는 지경을 예상하지 못했을 것입니다. 지금에는 자신이 살아온 결과가 경찰에 쫓기는 범죄가 된 것에 한탄하고 있을지도 모르지요."

"페이롱 씨는 펑쑹이 지금 후회하고 있을 것이라고 보십니까?"

"자신의 행위에 대한 옳고 그름의 생각보다 그저 결과가 좋지 않은 것을 후회할 것이라고 봅니다. 제가 아는 펑쑹의 성격으로 보건데 돌이킬 수 없다는 것을 알고는 그냥 순순히 물러서지 않을 것입니다. 어쩌면 장렬한 최후를 각오하고 있을지도 … "

"그 말은?"

"의외의 강한 저항이 있을지도 모른다는 … "

"그러면 펑쑹을 체포하기 위해서 어떻게 해야 하나요?"

"곤륜선국은 북위 50도의 산림지대에 독특한 구조로 만들어지고 있습니다. 그곳의 지형과 구조에 익숙하지 않으면 최후의 저항을 준비하는 펑쑹을 상대하기가 결코 쉽지가 않을 것입니다."

"그러면 극렬한 저항을 분쇄하기 위해 군대에 탱크와 전투헬리콥터라도 요청을 해야 하나요?"

"그러면 정말로 범죄인 한 명 때문에 수많은 희생을 감수한다는 국제적 비난에 직면해서 손 형사님이 온전하지 못할 수도 있을 것인데요."

"그러면 어떻게 해야 하나 … ?"

"그나마 곤륜선국을 잘 아는 사람을 데리고 가야 합니다. 지금 이렇게 제 발로 찾아온 저나 유치장에 있는 세르게이도 공로를 참작해줄 수 있다고 하면 도와줄 것입니다."

손 형사가 페이롱의 말대로 유치장의 세르게이에게 이번에 펑쑹을 체포하는데 도움을 주면 문화재 불법 운반에 참여한 죄목을 단순 참가로 해서 대폭 경감시켜주겠다고 하자, 세르게이는 페이롱과 함께 경찰을 도와주겠다고 했다. 세르게이는 문화재를 곤륜선국으로 옮기는데 참가해서 그 유물들이 대충 어느 곳에 있는지는 알고 있어서 도난당한 문화재에 접근하는데 도움이 될 수 있다.

손 형사가 이 계획을 젠즈에게 말하니 젠즈는 문화재를 찾는 것은 곧 자신들의 일이니 참여하겠다고 한다. 손 형사는 혹시라도 위험한 상황이 발생할지 모르니 상황이 끝난 후 나중에 참여하라고 말하니, 젠즈는 혼란의 와중에 문화재가 위험에 처할지 모르니 위험을 감수하고라도 참가하겠다고 한다.

발굴팀 젠즈, 링천, 다니엘이 함께 가겠다고 하자, 이 소식을 들은 치랑도 의료요원으로 두쐰을 데리고 함께 가겠단다. 그러자 푸나도 그곳의 고대동물복제가 어떻게 진행되는지 궁금하다며 같이 가겠다고 했다. 푸나가 가니 당연히 제강도 따라나서겠다고 한다. 이렇게 많은 민간인이 참가하게 되니 손 형사는 위험한 상황이 생기지 않을까 걱정이 되어 완전무장한 경찰 정예요원 10명을 호위요원으로 대동하고 곤륜선국으로 가기로 했다.

푸나는 젠즈가 선물로 준 복제 활을 챙기고, 띵쟈오가 새로 탄생시킨 동물들이 혹시라도 이상 광폭현상을 보이면 무력화시키기 위해 최근에 자신이 개발한 약물이 자동 주입되는 장치를 단 화살 12개를 꽂은 화살전통을 매고 가기로 했다.

"와! 푸나 박사님, 그렇게 활과 화살을 갖추니 완전히 여전사 같아요." 젠즈가 감탄을 한다.

"띵쟈오가 동물들에게 어떤 장난을 쳤는지 몰라서 만약을 대비한 겁니다." 푸나는 여전사처럼 활을 흔들며 대답했다.

"모두 각자 필요한 물건은 잘 챙기세요. 그곳은 날씨가 추울지 모르니 그 점도 유념하시구요. 페이롱 씨, 만약을 대비해서 경찰 정예요원 10명의 호위를 받고자 하는데 충분하겠지요?" 손 형사가 물었다.

"펑쑹이 순순히 투항한다면 그 정도 병력이면 되겠지만, 죽기살기로 전투를 해야 하는 상황이 온다면 … , 글쎄요?"

"그곳에 전투병력이 있다는 뜻인가요?"

"그곳에서 일하는 사람들은 대부분 펑쑹이 세뇌를 시켜 보낸 직원들입니다. 그들은 평소에 곤륜선국을 건설하고 가꾸는 일에 동원되지만 만약 그들이 전투병이 된다면 정신적으로 완전히 펑쑹에게 예속된 사람들이기 때문에 아무리 전투력이 뛰어난 정예부대라도 감당하기가 쉽지 않을 것입니다."

"그래도 보통의 군인들보다 월등한 첨단 무기들로 무장하고 있어서 전투능력은 우리가 월등할 것인데."

"곤륜선국의 능력을 무시하면 안됩니다. 어쩌면 투명망토를 지급하고 있을 수도, 선국을 방어한다는 명목으로 기본적인 무기 정도는 보유하고 있을 수도 있습니다. 게다가 신체강화기술이 동물뿐 아니라 이들에게도 적용되었다면 예상외로 강력한 부대가 될 수도 있습니다. 좀비 같은 맹목적 충성심과 강력한 육체적 힘, 그리고 무장능력을 갖춘 부대는 무시무시한 상대가 될 수도 있습니다."

"그래요, 그럼 정말로 군에도 지원을 요청해야겠네?"

"처음부터 군을 동원하면, 종교시설에 군대를 동원해 공격한다며 국제여론의 먹잇감이 되는 문제가 발생할지 모르니 먼저 소수의 정예요원들로 탐색을 해야지요."

"우리 요원들 무장능력도 배가시켜야겠다. 그리고 부족한 병력은 그곳 현지 경찰과 국경수비대에서 보충하면 되겠다. 페이룽 씨가 정말로 우리를 도와주려 한다는 것이 이제야 믿음이 가는군요."

"저도 정예요원처럼 행동하겠습니다. 정예요원과 똑같은 복장과 장비를 지급해주십시오. 과거 밀림에서 특공대로 활약했던 경험을 살려보겠습니다." 페이룽이 손 형사에게 요청했다.

10월 초순, 세상은 온통 수확의 계절이다. 아무리 지구의 온난화가 진행이 되었지만 그래도 이미 겨울이 가까이 왔는지 아침저녁으로 쌀쌀함이 느껴진다. 손규영 형사가 작전의 지휘관이 되어 경찰병력이 탄 경찰 작전차량 한 대, 발굴단과 그 외의 인원들이 탄 버스 한 대로 하여 곤륜선국으로 향했다.

이들이 탄 버스가 지나가는 들판은 엄청난 곡물을 생산해내는 대평원지대이다. 가도 가도 끝없는 들녘이 펼쳐져 있고 콩, 밀, 옥수수를 비롯해 벼까지 온갖 작물들의 수확기를 맞아서 자동화된 무인 농기계들이 들판을 움직이는데 너른 들판만큼이나 그 수를 셀 수 없을 정도로 많다. 간혹 구릉진 지대에는 양떼들이 풀을 뜯는 목초지가 펼쳐지기도 한다. 황하가 흐르는 중원지역에서도 그 옛날 영웅호걸들이 나라의 명멸을 이끌었지만 이곳 동북의 벌판도 못지않게 여러 민족들의 수많은 말 탄 영웅들이 나라의 흥망을 다투었던 지역이다.

치치하얼시에서 하루를 쉬고 다시 북쪽으로 이동했다. 뚜어바오 산림지대에 다다르니 산속에는 벌써 북극의 동장군이 내려와 숨어있는지 계곡에서 불어오는 날씨가 제법 살을 에는 듯하다. 다음날 오후 6시가 못되어 후마현에 도착했는데 위도가 북쪽이다 보니 벌써 날이 저물어 저녁 느낌이 든다. 다시 이곳에서 하루를 쉬고 다음날 곤륜선국에 들어가야 한다. 이곳은 국경지역이라 필요에 따라 경찰병력과 국경수비대의 병력이 유기적으로 작전을 펼치는 지역이다.

손 형사가 후마현 경찰서에 가서 미리 전자통신으로 발송된 이곳에 온 목적을 한 번 더 설명하고 내일 있을 곤륜선국의 수사를 위해 후마현 경찰의 협조를 요청하니 경찰서장은 영 탐탁치않다는 표정이다.

"내 참! 멀리서 온 동료 경찰을 환영하는 자세가 참으로 이상하네. 말끝마다 시비 걸 듯 틱틱거리는 것이 꼭 오랜만에 만난 원수를 대하는 듯하네." 손 형사가 투덜거리면서 돌아왔다.

"이곳은 곤륜선국의 영향을 받는 곳입니다. 입장을 바꾸어 손 형사님이 이곳의 책임자라고 칩시다, 어마어마한 자금능력을 가지고 있는 곤륜선국과의 관계를 무시할 수 있겠습니까?" 페이롱이 말했다.

"무시할 수 없겠지. 그럼 벌써 이곳 경찰과 곤륜선국은 서로 내통하여 정보를 공유하고 있을 수도 있겠다." 젠즈도 페이롱의 말을 인정한다.

"원래 국경지역의 낮과 밤의 모습은 예측할 수가 없다는데 …
손 형사님, 오늘 밤에 무슨 일이 벌어지지는 않겠지요?" 링천이
어디에서 들었는지 우려스런 표정이다.

"어떤 일이 벌어질까요? 혹시 그들이 우리를 먼저 공격하는 것
은 아닐까요?" 치랑을 따라온 두쒼도 불안한 얼굴로 말한다.

"걱정 마. 너처럼 어벙벙이는 아무도 안 잡아가." 치랑이 두쒼
에게 핀잔을 준다.

"이곳은 경찰의 보호가 미치는 곳이니 쉽게 문제를 일으키지는
않을 것입니다." 페이롱은 일행에게 걱정을 말라고 한다.

밤이 깊어가면서 날씨는 더욱 싸늘해진다. 12시가 다 되었지만
내일 곤륜선국에서 어떤 일이 벌어질지 아니면 당장 오늘 밤에 무
슨 일이 벌어질까 걱정이 되는지 다들 잠을 이루지 못하고 뒤척인
다. 푸나의 숙소 창가에 서있는 잎을 다 떨어뜨린 나무는 가지가
연약한지 바람이 조금만 불어도 바스락 소리를 낸다. 그때마다 리
트리버는 귀를 쫑긋한다.

"이틀간의 여정에 피곤할 텐데 잘들 주무셨습니까?"

다음날 이른 아침, 손 형사가 잠을 제대로 못 잤는지 푸석한 얼
굴로 일행의 밤새 안부를 물었다. 다들, 말로는 잘 잤다고 하는데
얼굴은 손 형사처럼 푸석하고, 곤륜선국 진입을 앞두고 걱정이 되
는지 얼굴에 긴장감이 돈다. 여러 가지 이유로 아침밥맛도 느끼
지 못하고 출발했다. 곤륜선국이 가까워지고 차량이 도로 상태에

따라 조금만 출렁거려도 일행의 심장도 덜컹 내려앉는다.

곤륜선국의 입구에 도착했다. 전통 패방양식의 대문과 崑崙仙國(곤륜선국)이라고 새겨진 거대한 바위가 이들을 맞는다.

"어떻게 곤륜선국에 진입하는 것이 좋을까?" 손 형사는 이곳에 와본 경험이 있는 페이룽에게 물었다.

"손 형사님이 먼저 입구에 가서 영장을 보여주십시오. 그러면 반응이 있을 것입니다. 순순히 호응을 하면 전체가 동시에 진입하는 것이고, 전체를 진입시킬 수 없다고 버티면 손 형사님과 저 둘이서만 들어가서 내부 정황을 파악하도록 하는 것이 어떤지요?"

손 형사가 입구에 가서 영장집행에 대해 이야기하자, 입구를 지키는 경비원이 의외로 친절하게 환영하고 이들을 안내하겠다고 했다.

선국의 입구를 지나 들어가는데 주변은 그냥 아름다운 자연풍경이다. 곤륜선국은 북위 50도 상에 위치해 있는데도 온난화의 영향인지 갖가지 온대성 나무들이 자라고 있다. 나무들에는 지금껏 보지 못한 과일들이 다 익어서 수확만을 기다리고 있다. 길 바로 옆에는 모든 것이 잘 다듬어져 있지만 그 너머 숲속은 원시림을 유지하고 있다. 안내하는 경비원에게 이곳에는 왜 특별한 경계표시가 없느냐고 물으니 곤륜선국의 첫 번째 경계는 아무르강과 후마강이 자연적으로 만들어주니 따로 만들지 않고 두 번째 경계까지는 이곳의 자연을 그대로 융화시키는 구역이어서 강을 건너온 동물들이 마음대로 다닐 수 있는 지역이라고 했다.

울창한 원시산림지대 속으로 잘 다듬어져 있는 가로수들이 줄지어서 있고, 깔끔하게 포장된 도로를 따라 10km 정도를 들어가니 두 번째 입구가 보였다. 첫 번째 입구의 경비들은 이곳에서 일행을 인계하고 돌아갔다. 두 번째 입구는 경비가 삼엄하다. 이곳 입구를 지키는 경비원들의 눈빛이 살아있고 허리에는 뭔가를 차고 있는데, 살상용 총은 사설기관이 임의로 휴대할 수 없기 때문에 저 강도 레이저총이거나 전기총인 것 같다.

두 번째 입구에서는 일행들이 한꺼번에 통과하지 못하게 했다. 이곳은 사설 종교적 공간이니 아무리 경찰의 영장이 있더라도 사전 협의되지 않은 대규모 인원의 진입은 할 수 없다고 했다. 그래서 손 형사와 경찰요원으로 변장한 페이롱, 문화재 감식을 위한 링천 세 명이 들어가고 나머지는 이곳에서 대기해야 했다. 페이롱은 경찰정예요원의 복장과 장비를 갖추었다. 방탄장비, 자동소총, 유격용 칼, 머리 보호용 헬멧을 썼다. 헬멧에는 특수기능으로 투명망토를 볼 수 있고, 시야에 들어오는 모든 자료를 외부에서 대기하는 사람들에게 실시간으로 전송하는 기능을 가진 안경이 부착되어 있다. 링천은 문화재에 센스를 갖다 대는 것만으로도 기본적 진위를 파악할 수 있는 기기를 챙겨서 들어갔다. 그리고 리트리버로 변신한 제강은 경찰 탐색견이라 하여 들어갈 수 있었다. 두 번째 입구부터가 본격적인 곤륜선국으로 보였다. 2명의 경비원이 감시하듯 따라 붙었다. 그들은 손 형사 일행이 어떤 말을 해도 눈만 껌벅거릴 뿐 절대로 대답을 하지 않았다.

첫 번째 입구는 기념조형물처럼 곤륜선국의 특징을 나타내는 형상으로 건립된 패방과 거대한 바위만 있을 뿐 경계를 위한 담장 같은 것은 없었는데, 철골로 기하학적 문양으로 디자인된 두 번째 입구의 좌우로는 높이 5m정도의 튼튼한 철망으로 된 장벽들이 끝없이 뻗어있다. 특이한 것은 철망을 따라서 거의 500m 간격으로 철조망 장벽보다 5m정도는 더 높아 보이는 기둥들이 서 있는데 기둥위에는 지름 1m 정도 크기의 공처럼 둥근 것이 설치되어 있다.

두 번째 입구 이후에는 나무들에서 인공적인 조경의 흔적이 많아지고 곳곳에 곤륜선국을 상징하는 표시가 붙어있는 시설물들이 많이 보였다. 도로와 가로수 나무들은 감탄할 정도로 서로 잘 어울리게 다듬어져 있다. 곳곳에서 처음 보는 신기한 농작물과 약초를 수확하는 사람들의 손길이 바쁘고 그들 주변에는 아주 귀엽게 생긴 묘한 동물들이 놀고 있다가 손 형사 일행이 나타나자 화들짝 놀라는 표정을 지으며 숨는다.

조금 더 가니 사람이 주거하는 작은 도시의 풍경이 나오는데 건물들은 자연과 신화의 풍경이 완벽히 조화롭게 설계되어 신화의 세계로 들어왔다고 착각할 정도이다. 그 집들에서 나오는 사람들의 얼굴은 선량해 보이고 행복한 표정들이다. 다시 조금 더 가니 대학 캠퍼스 규모의 연구원도 보이고 주변에는 많은 부속시설들이 들어서 있다. 하나 같이 동양의 전통양식을 이용하여 멋지게 건축되었다.

손 형사 일행이 연구원 건물에 들어가니 아주 젊은 연구원이 그들을 안내했다. 연구원은 식물을 연구하는 곳과 동물을 연구하는 곳으로 나누어져 있는데 식물연구원에서는 고대식물을 재생하여 이곳 환경에서의 적응 실험을 주로 한다고 했다. 식물원 부속 온실에는 이미 크게 성장한 고대식물들이 자라고 있는데 어떤 나무에는 열매가 매달려 있는데 아기모습을 하고 있다. 안내하던 연구원은 이것이 서유기에 나오는 천도복숭아라며 성분검사에서 인체에 유익한 성분이 산삼보다 많이 함유되었다고 했다. 그 외에도 사람에게 유익한 성분을 가진 갖가지 신화 속 식물들뿐 아니라 한 방울로 수십 명을 죽일 수 있는 독초도 재배하고 있다고 했는데 이는 나중에 새로운 약을 개발하기 위해서란다.

동물을 연구하는 곳에서는 주로 고대신화에 등장하는 특이하게 생긴 동물들을 복원한다고 했다. 이미 여러 종을 복원해 내었다고 했다. 연구원 옆 거대한 동물사육장에는 이미 복원된 생김새가 기기묘묘한 동물들이 이들이 들어서자 엄청나게 소란을 떤다. 어떤 동물은 손 형사, 페이룽, 링천과 리트리버가 가까이에 가자 두려움에 떨고, 아예 숨어버린다. 안내하는 연구원은 이 사육장에 있는 신화 속 동물들은 인공자궁시설에서 막 만들어져서 아직 적응이 덜 되어서 사육장 내에서 적응기간을 거친 다음에 곤륜신화동물원에 보내진다고 했다. 이곳은 띵쟈오, 장수석, 스트렌튼이 연구하는 곳인데 그들은 보이지 않았다.

다시 큰 입구에 다다랐다. 이곳은 세 번째 입구인 것 같다. 지금까지 일행을 안내했던 경비원들의 임무도 이곳까지인 듯 일행을 다른 경비원들에게 인수를 하고 물러갔다. 세 번째 입구에서 일행을 맞이한 경비원들은 군인 같은 제복을 입지 않았다. 모두 옛날 신화에 나오는 고대 신선복장을 하고 있다. 경직된 표정의 두 번째 경비들과 달리 허리를 굽히며 매우 공손하게 대했고 허리에 총을 차지 않고 대신 신선처럼 부채를 들고 있다.

세 번째는 입구의 모양도 지금까지와는 전혀 다르다. 삼엄한 경비 시설이 없고 동양의 전통 성곽입구 양식이다. 전통의 담장이 쳐진 골목의 입구에 황금글씨로 곤륜선국이라는 문패가 붙은 용과 봉황으로 장식된 화려하기 이를 데 없는 패방이다. 그리고 특이한 것은 패방의 모든 기둥은 정밀하게 조각된 완벽한 모습의 용, 호랑이, 공작, 거북이와 같은 신화적 동물들의 등에 올려 있어 입구 자체가 신화의 세계로 떠나는 모습이다.

성곽의 입구 뒤로 20m 정도 골목 안에 벽돌로 만든 둥근 모양의 입구가 있고 입구를 들어서자 바로 가림벽(影壁)이 막아서는데 벽에는 용과 봉황을 비롯하여 수많은 신선세계의 동물들이 금방이라도 벽에서 튀어나올 듯 생생하게 새겨진 선경이 있다. 가림벽의 뒤편은 그야말로 온갖 기암괴석과 묘한 자태들의 나무들로 가꾸어진 신선세계의 계곡을 옮겨놓은 것 같은 드넓은 정원이 펼쳐지는데 향기로운 미풍이 불어오고 고운 선녀의 복장을 한 시녀들이 차를 받쳐 들고 와서 이들을 맞았다. 차향이 코끝에 스치는데 형용할 수 없는 기분이 든다. 손 형사와 일행들은 이곳에 압수수색을 하러 왔다는 것조차 잊을 지경이었다.

안쪽 정원으로 들어가는 입구에는 석공이 정성스레 정으로 쪼아 만든 화려한 돌다리가 있다. 돌다리를 지나 정원 속으로 들어가니 선경을 본떠 아기자기하게 만들어진 정원 속의 계곡과 바위들 사이에는 작은 개울이 흐르고 그 위로 누각이 있는 나무다리들이 놓여있는데 다리 아래를 흐르는 개울물에서 정신을 황홀하게 하는 이상한 향기가 올라온다. 그래서인지 다리들을 건널 때의 기분은 형용할 수 없다.

정원의 맞은편에도 북경의 어느 건물보다도 아름다운 건물들이 있고 역시 선녀의 복장을 한 아름다운 시녀들이 고개를 숙이고 일행을 맞아 건물로 인도했다. 건물 입구에서 신선의 복장을 하고 수염을 길게 기른 남성이 큰 쥘부채를 가슴에 대고 허리를 숙여 공손하게 인사하며 맞는다.

"어서 오십시오. 먼 길에 많이 힘드시지요. 저는 이 곤륜선국의 관리를 책임지고 있는 사람입니다." 아주 점잖은 목소리이다.

"유감스럽게도 경찰의 임무를 가지고 왔습니다. 양해를 바라고 협조를 부탁드립니다." 손 형사가 예의를 갖추었다.

"앞서온 연락에 따르면 우리 곤륜선단의 일을 많이 도와주셨던 흑룡개발산업의 평솽 대표가 올바르지 못한 일을 저지르고 이곳에 숨어들었으니 수색을 해야 한다고 했습니다. 그런데 평솽 그분은 이곳에 오지 않았으니 어떻게 도와드려야 할지 모르겠습니다." 관리 책임자가 손 형사에게 유감을 표했다.

"과연 듣던 대로 곤륜선국의 규모가 엄청나고 눈에 보이는 어떤 것이든 아름답기 그지없습니다." 손 형사가 탄복을 했다.

"하하하! 감사합니다. 우리는 이곳을 세계의 문화유산을 넘어서 진정으로 동양인들이 꿈꾸었던 이상향 곤륜산을 지상에 이룩하고자 합니다. 아직은 많이 부족합니다." 관리책임자는 겸손하게 대답을 했다.

"이렇게 넓은 곳에서 어떻게 평쑹과 잃어버린 문화재를 찾지?" 손 형사가 탄식을 하자,

"저희 곤륜선국에도 유서 깊은 보물급 문화재들이 많이 있지만 전부 정상적인 거래를 거친 것들이고, 또 저희들을 따르는 사람들이 자발적으로 기부한 것들입니다. 다시 말씀 드리지만 평쑹 대표는 여기에 오시지 않았습니다." 관리책임자는 자신들의 문화재에 문제가 없음을 강조했다.

"이곳에 과거의 문화유산들을 모아놓은 곳이 따로 있습니까?" 링천이 물었다.

"전시공간이 있지만 이곳저곳에 흩어져 있어서 다 보시려면 여간 힘들지 않을 것인데요. 일단 저와 함께 전시장으로 가시지요." 관리책임자가 앞장을 섰다.

관리책임자가 일행을 데리고 간 전시장은 건물은 전통방식이지만 내부는 현대식과 전통양식이 적절하게 조화를 이루어 깔끔하게 정리가 되어있다. 전시공간에 가득한 유물들은 거의 신선사상을 표현한 것들로서 원시시대부터 근현대의 유물들까지 가득했다. 링천이 지나면서 문화재 감정기기의 센스를 갖다 대니 전부 진품이라는 표시가 들어왔다. 그렇다면 이 전시장에 있는 유물들의 가치만 해도 어마어마한 금액이다.

유물전시장을 지나고 길고 좁은 회랑을 지나니 갑자기 높은 성벽이 나타나고 그 위에 화려한 누각이 세워져 있다. 누각은 양쪽으로 난 좁은 계단을 이용해서 오를 수 있다. 누각 위에 오르니 상상하지 못했던 경치가 펼쳐졌다. 멀리 강이 보이는데 그 강물을 끌어와서 북경 이화원의 곤명호보다 몇 배는 거대한 호수가 만들어져 있다. 호수의 첫 인상은 갑판에 화려한 누각을 세운 배들이 수면을 한가로이 떠다니고 있고 호수 곳곳에 하나같이 기암괴석과 멋진 형상을 한 나무들로 가꾸어져진 작은 섬들이 만들어져 있는 것이다. 호수의 주변에도 인공으로 만든 산과 계곡이 꿈속 도화선경을 몽땅 옮겨놓은 것처럼 만들어져 있다. 더 놀라운 것은 이야기로만 들었던 신화 속 동물들이 실제로 신선의 복장을 한 사람들과 어울려 지내고 있는 것이었다.

"어떻습니까? 이곳은 아무르 강물을 끌어들여 만든 산경(山經)과 해경(海經)입니다. 정말로 신선의 세계인 것 같지요?" 관리책임자가 여유로운 표정으로 손 형사에게 말했다.

"참 환상적입니다. 펑쌍이 수배자이지만 이런 곳을 만들었다니 도무지 믿겨지질 않습니다." 손 형사도 고개를 끄덕였다.

"저도 펑쌍이 그런 나쁜 일을 저질렀다니 믿어지지 않습니다. 아마 큰일을 하다 보니 본의 아니게 실수한 것이 않을까 싶습니다. 이곳에는 안 계시지만 도망을 다녀야 하는 펑쌍 대표의 처지가 안타깝습니다." 관리책임자는 매우 침통한 표정을 지으며 말했다.

"그런데 저기에 있는 이상한 동물들은 사나운 것들도 있을 것인데 저렇게 가까이에 사람이 있어도 사람을 공격하지 않습니까?"
링천이 물었다.

"하하하, 오시면서 보았겠지만 두 번째 입구부터는 철망으로 울타리가 쳐져 있고 울타리의 높은 기둥 위에 설치된 공을 보았지요. 보세요, 이 산해경의 울타리를 따라서도 설치되어 있지 않습니까. 그것으로 곤륜선국에 있는 모든 동물이 위험해지지 않도록 뇌파로 제어를 합니다. 하하하!" 관리책임자는 여유롭게 웃으며 대답했다.

"신선세계를 실현해 놓은 것도 훌륭한데 첨단과학기술능력까지 겸비하고 있군요."

"옛날에는 상상으로만 신선세계를 노닐었지만 우리는 과학의 힘으로 진짜로 신선의 세계를 구현했지요. 이제 거의 완성되어 갑니다. 내년 봄, 세계의 정상들을 초대하여 정식으로 개장을 하게 되면 사람들이 놀라서 어리둥절할 것입니다. 하하하! 하하하!"

누각에서 내려와 사람의 키보다 큰 둥근 구멍이 반복적으로 뚫려있어서 안쪽을 훤히 들여다 볼 수 있는 담장이 나온다. 담장 안쪽에는 어디서 옮겨왔는지 수백 년 수령의 향나무들이 둘러싼 3층짜리 전각이 보였다. 전각 앞마당에는 비석들이 줄지어 있어서 곤륜선국의 기념관처럼 보였다.

"저곳은 어떤 곳입니까?" 손 형사가 궁금해서 물었다.

"곤륜선국의 가장 성스러운 곳입니다."

"무엇이 있기에 성스럽습니까?"

"아무에게나 보여줄 수 없는 곳입니다. 형사님께도 저곳만은 보여드릴 수 없습니다. 양해를 부탁드립니다." 관리책임자가 양해를 구했다.

"저곳에 평솽이 있습니까?" 손 형사가 일부러 정색하고 물었다.

"평솽 대표는 여기에 없다고 말씀드리지 않습니까? 저곳은 정말로 성스러운 곳이어서 선단 내에서도 아무나 접근할 수가 없습니다."

"그러니 더 궁금해집니다."

"한 가지만 말씀드리면 선단이 선계와 소통하는 곳입니다."

"아, 대충 알겠습니다. 불교 사원에 가면 가장 중심 건물에 불상을 모시지 않았습니까. 제 생각에 저곳에는 선단에서 생각하는 가장 지위가 높은 선인이나 아니면 곤륜선단의 최고 어른인 선주의 형상을 모신 곳 같은데요. 혹시 선주님은 이미 고인이 되셨나요?" 링천이 말했다.

"나도 그런 생각이 들지만, 그런데 곤륜선단은 무병장수를 할 수 있다고 들었는데 설마 ……" 손 형사도 의아함에 고개를 가로 저었다.

" …… " 관리책임자는 표정이 굳어지며 아무 말이 없다.

손 형사와 페이롱, 링천은 별다른 소득 없이 물러날 수밖에 없었다.

"더 이상 여러분에게 보여드릴 곳은 없습니다. 의혹이 해소되었으면 좋겠습니다." 관리책임자가 세 번째 입구까지 나와 배웅하며 말했다.

"이런 오지에 이룩해 놓은 신선세계에 깊은 감명을 받았습니다. 아직 미진한 부분이 있지만 오늘은 이만 돌아가겠습니다. 또 오더라도 너무 박대하진 말아주십시오." 손 형사가 예를 갖추었다.

"저희는 다 보여드렸습니다. 아무리 경찰이 국가기관이지만 더 이상은 숭고한 종교적 가치를 실현하는 곤륜선국의 분위기를 해치지 말아주시기를 간곡히 당부 드립니다." 관리책임자도 정중하게 예를 갖추었다.

손 형사와 일행이 곤륜선국을 둘러보는 동안 감시 TV화면들이 즐비하게 있는 관제실에서 손 형사 일행을 은밀하게 지켜보는 사람이 있다. 펑쏭이다. 펑쏭의 옆에는 고대동물복원을 담당하고 있는 띵쟈오가 앉아있고 그 옆에 포효가 있다. 펑쏭과 띵쟈오가 관제실 안을 서성거리며 불안정한 태도를 보이는 포효를 번갈아 쓰다듬고 있는 것으로 보아 포효가 이들에게는 매우 순종적인 것 같다. 얼마 전에 띵쟈오가 포효를 데리고 두 번째 입구를 지나 숲으로 들어갔을 때, 이곳에 가끔 출몰하는 아무르 호랑이가 포효의 기괴한 울음소리를 듣고 머리를 거의 땅에 처박듯이 자세를 낮추어 도망을 쳤었다. 그만큼 포효의 용맹한 기운은 다른 동물들을 압도하였다. 그런 포효가 화면에 리트리버가 보이면 불안한 증세를 보이는 것이었다.

"포효야, 정신 사납게 왜 이렇게 왔다갔다 해? 좀 가만히 있어." 띵쟈오가 포효를 쓰다듬으며 안정을 시키면 가만히 있다가도 화면에 리트리버가 나타나면 포효는 다시 불안한 증세를 보였다.

"저깟 개를 보고 포효가 왜 저리 안절부절 하지? 포효의 이상형인가? 하하하!" 펑쌍이 농담을 했다.

"저도 잘 모르겠습니다. 흥분해서 그런지 불안해서 그런지 나중에 포효의 뇌파를 조사해 봐야 알 것 같습니다."

"띵쟈오가 보기에 저 녀석들이 다시 올까?"

"여기까지 와서 아무런 결과도 없이 돌아가기가 쉽지 않을 것인데요."

"그냥 조용히 넘어갔으면 좋겠는데 … " 펑쌍이 양손을 주먹을 쥐면서 말한다.

"이 넓은 곳에서 펑쌍 대표님을 찾는 것은 모래밭에서 바늘을 찾는 것이 아닐까요?"

"그렇겠지. 그런데 아까 무장한 경찰의 몸매와 걸음걸이가 굉장히 낯익던데 … , 누구더라? 페이롱? 참 아까운 놈이었지만 이미 죽은 것으로 아는데, 죽지 않았더라도 절대로 회복할 수 없을 정도로 몸이 망가졌을 텐데?" 펑쌍이 의심스럽다는 듯이 말했다.

"확인사살을 명하지는 않았습니까?" 띵쟈오가 물었다.

"그래도 끝까지 의리를 지키는 놈이어서 차마 확인사살을 하라는 명령은 못했어. 그게 나의 실수였을까?"

"모르겠습니다. 덩치와 걸음걸이에 대한 느낌만으론 판단하기 어려운 것 아닌가요? 설사 페이롱이라 하더라도 이곳 곤륜선국을 쉽게 공략할 수는 없습니다. 그리고 제가 지켜줄 것이니 걱정 마십시오."

"그래, 역시 띵쟈오는 믿음직해. 오늘 저녁 특별히 함께 하고 싶은 도우미 선녀 없는가? 명철에게 말해서 바로 처리해줄게." 펑쑹이 띵쟈오를 칭찬했다.

"저를 찾으셨나요?" 김명철이 들어오면서 자신의 이름이 들리자 대답을 한다.

"명철이, 연기를 하느라 고생이 많았네. 그들이 다시 오겠다든가?" 펑쑹이 관리책임자 김명철에게 물었다.

"다음에 또 오면 박대를 말아달라고 하는 걸로 보아 자신들이 원하던 결과를 얻지 못해서 또 오지 않을까 싶습니다."

"언제 올까?"

"모르지요. 내일이라도 병력을 이끌고 또 들이닥칠지."

"다시 온다면 샅샅이 수색한다면서 선국을 쑥대밭으로 만들지 모르는데 보고만 있을 텐가?"

"어디까지 건드릴지 봐야겠지만, 저항해야 될 상황이 오면 저항을 해야지요. 그것보다 펑쑹님이 노출되지 말아야 합니다."

"봉황종과 김철행의 물건들은 어디에 두었나? 그것들이 들켜도 문제가 커지는데. 어디 땅속에 묻어버릴까?"

"깊고 깊은 비밀장소에 옮겼으니 절대로 찾지 못합니다."

"만약을 모르니 직원들을 무장시키게. 가만히 당하는 것보다 정말로 억울하다며 저항하면 경찰도 물증 없이 사건이 확대되어 입장이 곤란해지는 것이 두려워 물러갈지도 몰라." 펑쑹은 어떻게든 이 고비를 무사히 넘어가고 싶어 한다.

"그러면 저들과 게임을 해야 되는 것이네요. 억울하다는 것을 강조하기 위해서 몇 명을 시켜 문제만들어 못 들어오게 할까요?"

"그런 것들은 결국 사건의 빌미가 되어 자충수가 될지도 모르는
데 … " 옆에서 듣고 있던 띵쟈오가 말했다.

손 형사와 일행이 페이롱의 헬멧에 부착된 안경을 통해 들어온
영상을 보면서 대책회의를 하고 있다.

"저 넓은 곳에서 어떻게 펑쒉을 찾나? 거대한 산림이 있고 수없
는 미로가 있는 도시가 있고, 난생 처음 보는 이상한 지형들에 이
상한 동물들이 우글거리는 데서 어떻게 단서를 찾나? 큰일인데."
손 형사의 표정이 어둡다.

'푸나야, 찾을 수 있다고 말해.' 리트리버가 푸나에게 텔레파시
를 보냈다.

"제 느낌에는 펑쒉이 이곳에 있을 것 같습니다. 제깟 것이 아무
리 숨어도 수백 곳에 숨지 못하고 한 곳에 숨습니다. 한 곳만 찾
으면 됩니다." 푸나가 말했다.

"그 한 곳이 이곳에 있다는 확신만 있다면 당연히 무리를 해서
라도 이 잡듯이 뒤지지요. 하지만 펑쒉이 이곳에 있을 것이라고
한 것도 그저 단순한 예상이었을 수 있어요. 그가 옛날에 훔친 물
건들을 이곳에 감추었다고 아직 이곳에 있다고 볼 수 있는 것은
아니잖아요. 만약 또 다시 수색을 감행하고도 펑쒉을 찾지 못한
다면 곤륜선단의 공세를 어떻게 막아낼 수 있을까요?" 손 형사는
결정하기가 쉽지 않은 듯 염려를 한다.

"그렇다고 관광 왔듯이 상대방이 안내하는 노선을 따라서 쓱 한
번 둘러보고 가는 것이 수사라고 할 수도 없지 않습니까?" 페이롱

이 말했다.

"그러면 어찌해야 하는가요? 솔직히 이곳에 와서 내 눈으로 직접 곤륜선국을 보고는 이곳을 세계적 명소로 만들어 놓은 그들의 업적에 찬탄하는 마음이 없지 않은데." 손 형사는 마음이 흔들렸음을 털어놓는다.

"그런 마음으로 어떻게 수사를 합니까?" 푸나가 화가 난 목소리로 말하자,

"평쑹의 흔적을 잡을 수 없으니 답답해서 하는 말이지 수사를 하지 않겠다는 것은 아닙니다." 손 형사가 한발 물러선다.

"평쑹의 꼬투리를 어떻게 해야 찾을 수 있을까? 출발할 때 평쑹의 유전자라도 확보했어야 하는 것이 아닐까?" 젠즈가 말한다.

"꼭 필요하다면 옛날 평쑹이 바위공원을 불법적으로 개발하려다가 걸렸을 때 확보해 놓은 유전자가 있으니 본부에 요청하면 바로 받아볼 수 있습니다. 중요한 것은 유전자가 아니라 이곳에서 평쑹이 있는 곳을 알아내야 한다는 것입니다." 손 형사는 답답하다는 듯이 말했다.

"아! 아까 형사님을 안내했던 그 관리책임자의 얼굴이 눈에 익었는데. 맞아! 옛날 복장을 하고 수염을 기르고 있었지만 당시에 평쑹과 공모했던 김명철이었어. 손 형사님, 자료를 가지고 비교해 보세요." 치랑이 손 형사에게 비교해 볼 것을 요청한다.

손 형사는 경찰의 데이터베이스에 접속을 하여 김명철의 얼굴을 비교하더니,

"김명철이 맞는 것 같아요. 하지만 그는 그 사건으로 공직에서

파면당하고 감옥살이를 해서 죗값을 치렀기 때문에 그를 다시 피의자로 지목할 수는 없습니다"라며 난색을 표한다.

"그러면 그냥 돌아가야 합니까?" 푸나는 불만이다.

"다시 수사할 수 있는 좋은 방법을 알려주세요." 손 형사는 반문을 한다.

"아직 이번 수사를 종결지은 것이 아니니 증거를 보완한 후에 다시 와야 하는 것은 아닙니까?" 링천이 말하자,

"이번에 이 먼 곳까지 오는 것도 쉬운 결정이 아니었는데 어떻게 다시 오고, 무엇보다 다시 온다고 찾을 증거자료는 별로 없어요." 손 형사는 답답해한다.

"내일, 오늘 김명철이 절대로 보여줄 수 없다는 그곳을 수색하려면 분명히 그 쪽에서 항의를 할 것입니다. 그래서 다른 곳을 또 수색하자고 하면서 서서히 의심 가는 그곳으로 접근해가는 것은 어떨까요?" 치랑도 이번에 꼭 답을 구했으면 하는 바램이다.

"그랬다가 우리가 정말로 평솽을 찾아내지 못하면 곤륜선단의 집중 항의를 받아 제가 자리에서 물러나거나 심하면 제가 구속될 수도 있습니다." 손 형사는 다시 난감해 한다.

"손 형사님은 여기에 왔다가 갔다는 구색을 갖추려고 온 사람처럼 말하네요?" 푸나가 항의하듯이 말한다.

"평솽의 신병을 확보하는 것이 중요하고 수사의 명분을 살리기 위해서는 평솽이 이곳에 있다는 실마리만 확보하면 되겠네요." 옆에서 듣고 있던 두쒬이 말했다.

"그래요, 그가 이곳에 왔다는 실마리라도 찾을 수 있다면 얼마

나 좋겠어요?" 손 형사는 두쒼의 말이 별 신빙성이 없다는 듯이 받았다.

"펑쐉이 이곳에 오면 반드시 입구를 거치지 않습니까? 아까 영상을 보니까 수많은 문들이 있던데 그 문들마다 사람들이 다니는 것을 감시하는 카메라가 다 설치되어 있던데 혹시 그 카메라의 녹화영상을 살펴보면 펑쐉의 흔적을 찾을 수 있지 않을까요?" 두쒼이 말했다.

"충분히 가능성이 있는 방법이기는 한데 … " 손 형사가 머뭇거리자,

"그럼, 이렇게 합시다. 내일 가서 먼저 출입금지된 건물을 강제수색하고, 중앙 서버실에 가서 입구와 내부의 자료를 뒤지다 보면 펑쐉의 흔적을 찾을 수 있을지 모르겠네요?" 다니엘도 두쒼의 방법이 괜찮다고 한다.

"제가 지난번 김철행의 물건들을 가지고 간 곳과 지금 유물들을 전시해 놓은 곳은 다른 곳입니다. 그때 김철행의 유물들을 옮긴 곳은 지하에 설치된 창고였어요." 잠자코 있던 세르게이도 유물이 보관된 곳은 다른 곳이라고 했다.

"좋아, 이왕 수사를 왔으니 이렇게 해 봅시다. 출입금지 구역조사, 입구 녹화영상물을 통한 펑쐉의 흔적 찾기, 세르게이의 기억을 더듬어서 지하에 설치된 유물저장 창고 수색하기, 경찰의 수사권한으로 그 정도는 행사할 수 있습니다. 그리고 나서도 펑쐉을 찾지 못하면 아쉽지만 깨끗이 포기하고 철수를 해야 합니다." 손 형사가 의견을 모아 정리하자,

"봉황종을 꼭 찾아야 하는데, 봉황종을 꼭 찾아야 하는데 … "
젠즈가 간절하게 말한다.

"이번에는 세 명만으론 부족합니다. 이쪽 인원이 전부 다 들어가서 찾아도 가능성이 크지 않습니다." 페이룽이 손 형사에게 말하자,

"그런데 이 넓고 복잡한 곳에서 저쪽의 협조가 없으면 아무리 많은 인원이 들어간들 무슨 소용이 있겠습니까?" 손 형사는 낙담하듯 대답한다.

"어차피 이곳은 펑솽이 만든 곳이니 모두 펑솽과 한패라고 볼 수밖에 없습니다. 아예 협조는 기대하지 말아야지요." 젠즈가 말했다.

"제가 이쪽 인원이 전부 들어가야 한다고 했던 것은 헬멧에 부착된 영상 속에 투명망토를 입고 우리를 감시하던 자들이 보여서입니다. 그들이 증거를 노출 당하게 되면 어떻게 반응할지 모릅니다. 그래서 만약을 대비해서 무장병력의 진입이 꼭 필요하다는 것입니다." 페이룽이 말하자 일행들 사이에 긴장감이 돈다.

"우리가 들어가면서 만났던 사람들이 몇 명이나 되었지요?" 손 형사가 물으니,

"100명은 넘었던 것 같습니다." 링쳰이 말했다.

"그냥 가다가 만났던 사람만 그 정도고 만나지 못했던 숫자는 훨씬 많을 것인데요." 페이룽이 말했다.

"그 안에서 문제가 생기면 우리는 열아홉 명, 상대는 최소 100명이 넘으니 자칫 위험에 처할 수도 있는데." 손 형사가 말하자,

"우리 리트리버도 있습니다." 푸나가 말하자,

"아, 그렇지 우리 귀여운 개 리트리버 포함 20명이다." 손 형사가 웃으며 말했다.

"단장님, 단장님은 연세가 있으시니 이 차량에 계십시오. 문화재 관련 일은 저와 다니엘만 해도 됩니다." 링천이 젠즈의 나이를 염려해서 말했다.

"내 나이가 어떻다고? 아직 청춘이야. 이왕 이곳까지 왔는데 나만 여기 남아있어야 하는 것이 더 이상하지 않은가?" 젠즈가 불만을 표시하자

"링천의 말대로 단장님은 여기에 계시는 것이 나을 것 같습니다." 다니엘도 젠즈는 차량에 남아있으라고 당부를 한다.

"수사하는데 협조하러 왔지 전투를 하러 온 것이 아니야. 왜 지레 겁들을 먹고 그래?" 젠즈는 계속 가겠다고 버틴다.

"단장님, 제가 생각해도 단장님은 여기 계시는 것이 좋을 것 같습니다." 페이롱도 젠즈를 설득했다.

"그렇게 위험하면 군대를 동원했어야지 왜 이렇게 적은 인원을 데리고 무모한 수사를 합니까?" 젠즈가 손 형사에게 따진다.

"수사를 하다보면 뜻하지 않은 위험에 노출될 때가 많습니다. 이번에 여러분들을 데리고 오지 말았어야 하는데, 문화재 도난사건의 특수성 때문에 같이 오게 되었습니다. 단장님은 여기에 계십시오. 제가 만약을 대비해서 경찰과 국경수비대에 지원군을 요청해 놓겠습니다. 그때 같이 오시지요." 손 형사도 젠즈는 2차 수색은 위험하니 가지 않았으면 좋겠다고 하자,

"참, 뭔 뜻하지 않은 전투를 보겠네. 나보다는 여자인 푸나가 가지 말아야 할 것 같은데." 젠즈가 투덜거린다.

"저는 곤륜선국의 괴물들을 제압해야 합니다." 푸나가 활을 흔들면서 말했다.

"총도 아닌 그 구식 활을 가지고 어떻게 괴물들을 제압합니까?" 젠즈가 빈정거리자,

"여기에 이렇게 특수 화살도 가지고 왔습니다." 하면서 등에 멘 화살을 가득 꽂은 전통을 보여준다.

"허이구, 전설의 여전사 나셨네요. 어쨌거나 나도 갑니다. 더 이상 다른 말은 마세요." 젠즈가 단호하게 결론을 내렸다.

손 형사와 일행이 내일을 재진입 대책을 논의하고 있는 그 시간, 곤륜선국의 내부 비밀스런 곳에서 펑쌍도 김명철 띵쟈오와 함께 대책을 세우고 있다.

"역시 명철이 판단이 맞았어. 환대하는 척 하면서 링천이란 놈이 가지고 온 센스기기에 도청장치를 부착한 것은 아주 잘한 것이야. 저놈들이 우리를 헬멧에 부착된 카메라로 이곳의 상황을 전송한다는 것쯤도 예상 못하는 바보로 아는가 봐. 내일 저놈들이 다시 와서 우리 선주님을 모셔놓은 곳을 수사한다고 떼를 쓸 테니 못이기는 척 들어갈 수 있게 하고, 저 세르게이 놈과 페이롱을 앞세워서 전시관 지하를 뒤질 것이니 유물들을 당장 옮기도록 하고, 중앙관제실의 출입구 녹화영상을 보려고 할 테니 녹화 날짜를 바꾸어서 완전히 허탕치게 하고, 놈들이 돌아간 후 선단에 연락해

서 종교시설을 마구 헤집어 놓았다고 화를 돋구어 선단의 위력으로 반드시 저 손 형사라는 놈의 옷을 벗겨줄 거야. 저놈도 뜨거운 맛을 봐야지. 껄껄껄!" 펑솽이 김명철에게 지시를 내린다.

"띵쟈오 박사, 아까 포효가 이상 행동을 보인 이유는 무엇인가?" 김명철이 물었다.

"저도 잘 모르겠습니다. 포효의 뇌파 자료를 보니 분명히 뭔가를 보고 흥분하고 두려워하는 증세를 보인 것은 확실한데 도대체 이유는 알 수가 없었어요. 동물들과의 의사소통 기술수준은 아직 초보 단계여서 구체적인 내용을 알 수가 없습니다."

"띵쟈오 박사의 동물감정 컨트롤기술이 미숙해서 그런 것이 아니오?" 펑솽이 말하자,

"이것은 비단 저만 못하는 것이 아니라 아직 아는 사람이 없습니다. 내일 그 개가 다시 온다면 포효를 데리고 가서 원인을 알아보려고 합니다." 띵쟈오가 답했다.

"알았어. 띵쟈오 박사가 동물과의 소통에서도 큰 공을 세우기 바라오." 펑솽이 허락하였다.

다음날 손 형사가 일행들과 다시 곤륜선국의 입구를 방문하니 예상과 달리 이번에도 아주 친절하게 이들을 안내했다. 손 형사는 직감적으로 자신들의 계획이 뭔가 잘못되었음을 느꼈다. 그러면 완전 낭패다. 다시 헛걸음하고 돌아가서는 곤륜선단의 온갖 비난을 책임져야 한다. 힘이 쭉 빠졌다. 비난의 꼬투리를 만들기 전에 서둘러 돌아가고 싶었다. 그때 옆에서 따라오던 페이룽이 귓

속말을 한다.

"당황스럽지요?"

"그래요, 몹시. 이미 우리 계획이 다 탄로 났으니 결과는 보나 마나요."

"포기하고 돌아가고 싶으시죠?"

"솔직히 그래요."

"어제 평솽은 어떻게 해서든 우리의 비밀을 알기 위해서 대책을 세웠을 것입니다."

"어떻게?"

"방법은 많습니다. 이곳 경찰을 매수했다면 경찰이 우리에게 도청장치를 부착했을 수도 있고, 아까 우리가 들어갔을 때 어딘가에 아주 적은 도청장치를 붙였을 수도 있습니다."

"왜 그것을 미리 말하지 않았는지? 혹시 페이룽 당신은 다시 평솽을 도우려는 것은 아닌가?"

"무슨 그런 말씀을 하십니까? 저는 평솽의 근접 경호원을 하면서 평솽의 심리와 행동을 잘 압니다. 그러니 저라고 가만히 있었겠습니까?"

"무슨 말인가?"

"사실 평솽의 계획을 완전히 무산시키면 평솽을 잡을 수 없습니다. 그래서 어느 정도 눈치를 챘지만 가만히 있었습니다. 대신 저도 김명철의 옷에 GPS수신기를 달아서 어젯밤 놈의 동선을 다 파악해 놓았습니다. 우선은 저들이 하는 대로 놔두고 적당한 기회를 봐서 갑작스레 김명철이 반복적으로 이동한 장소를 급습하겠습니다. 많이 간 장소가 그 접근금지 건물의 뒤에 있는 곳인데 훔친 유물은 분명히 그곳에 있을 것입니다."

"놈들이 페이롱이 그렇게 살피고 있는 것을 알았다면 말짱 도루묵인데."

"그 GPS수신기는 사람의 손이 닿으면 작동이 중지되게 되어있는데 아직 아무 이상이 없습니다."

김명철이 어제와 같은 차림으로 다시 나타나 일행을 환대했다. 페이롱은 자신이 부착한 GPS 수신기가 김명철의 옷에 그대로 달려있음을 확인하고는 손 형사에게 신호를 보냈다. 손 형사의 얼굴이 밝아졌다. 손 형사는 김명철에게 접근금지 건물의 수색을 사정하여 간신히 허락을 받아내어 그 건물의 앞에 가더니 갑자기 요청을 바꾸었다.

"이 건물에는 정말로 곤륜선단의 가장 중요한 가치가 보관되어 있는 곳으로 보입니다. 제가 그런 금기의 곳까지 뒤지는 실례는 하지 않겠습니다. 대신 뒤에 있는 건물을 살펴봐도 되겠습니까?"
손 형사가 김명철에게 기습적으로 요청하였다.

"우리 선단의 신성한 장소를 존중해주시니 감사합니다. 뒤의 건물은 얼마든지 살펴보십시오." 김명철이 흔쾌히 허락했다.

순간, 손 형사는 머리가 띵해졌다. 이것도 아닌 것이다. 이젠 할 수 없다. 더 이상 창피를 당하지 말고 빨리 철수하는 것이 상책이다. 경찰 정예요원들과 뒷 건물을 수색하고 나온 페이롱도 허탈한지 고개를 떨구고 아무 말이 없다. 그곳은 제사를 지낼 때 쓰는 물건들을 보관하는 그냥 평범한 창고였다.

"다음은 또 어디를 살펴보시겠습니까?" 김명철이 웃으며 원하는 다른 곳이 있다면 안내하겠다고 했다.

"아닙니다. 저희가 아무래도 잘못 판단한 것 같습니다. 이곳에는 평촹도 없고 훔친 유물도 없는 것 같습니다. 철수하겠습니다. 실례가 많았습니다." 손 형사가 김명철의 여유 있는 모습을 보고 모든 계획이 노출 당했다고 생각해 낭패스러움에 얼굴이 벌게져서 철수하겠다고 하자,

"잘 생각하셨습니다. 정말로 이곳에는 아무것도 없습니다. 사실 더 무리한 요구를 하시면 저희 선단에 알려서 형사님을 곤란하게 할 생각이었습니다. 이제 그럴 필요가 없으니 저도 손 형사님을 괴롭히지 않게 되어 다행입니다. 돌아가시는 길이 매우 먼 거리입니다. 조심해서 가십시오." 김명철이 아주 정중하게 인사했다.

"잠깐! 기다리십시오. 푸나 박사님, 저를 잊으신 것은 아니겠지요?"

"너, 너는 띵쟈오가 아니야. 네 녀석이 내 연구성과를 도둑질해서 여기서 괴상한 동물들을 만들고 있었군. 과연 네놈의 심보처럼 이상한 괴물만 만들었더구나." 띵쟈오를 보자 푸나의 화가 폭발했다.

"그것들을 괴물들이라 말하지 마세요. 동양의 신화를 실현시키는 것입니다. 푸나 박사도 같은 연구를 하지 않습니까. 내가 먼저 만들어버리니 배가 아픈가 보지요? 하하하! 그것보다 내가 만든 동물 중에 내가 아주 사랑하는 포효란 녀석이 푸나 박사가 데리고 온 그 개만 보면 흥분을 하니 이유를 좀 알아야겠어요. 그 개를 나한테 넘길 수 있어요?"

"왜? 내가 예뻐하는 이 리트리버도 괴물로 만들려고? 그렇게는 못해."

"그럼 부득이 내가 만든 포효와 그 리트리버 잡종개를 싸움 붙여봐야겠는데, 동의해주시겠습니까?"

"싫다면?"

"싫어하셔도 싸움은 일어날 것입니다. 결과는 당연히 그 불쌍한 잡종 리트리버가 나의 사랑스런 포효의 한 끼 식사가 되고 말겠지만. 그렇다고 섭섭해 하지는 마십시오. 푸나 박사가 마음 아파 할 것 같아서 제가 그 개의 10배 가격을 준비해 왔습니다. 이 돈으로 더 예쁜 개를 사십시오. 하하하" 띵쟈오는 봉투 하나를 푸나에게 던졌다.

"이딴 더러운 돈 필요 없어. 너의 포효란 괴물이 얼마나 싸움을 잘 하는지 모르지만 나의 리트리버도 그렇게 만만하지 않아. 네 놈이 후회할 것이야." 푸나는 띵쟈오가 던져준 봉투를 발로 걷어차며 큰소리로 띵쟈오를 꾸짖었다.

"역시, 성격은 여전하시네. 포효 이리 나와!"

띵쟈오의 명령이 떨어지자 호랑이만큼 크고 개를 닮은 이상한 동물이 띵쟈오의 옆에 와서 리트리버를 보면서 키틀키틀! 기괴한 소리를 내었다. 함께 간 일행들은 포효의 모습을 보고는 진저리 치는 눈치다.

'푸나, 걱정 마. 내가 지지는 않을 것이야. 저 포효에게는 북쪽 초원지대의 늑대무리를 이끌던 정령이 들어와 있는데 무리한 실험의 결과로 탐욕과 공격성이 극대화된 괴물이 되었어. 이제 나와 포효 간의 싸움이 시작될 것인데 내가 포효의 공격을 피하면서 여기 있는 사람들의 주의력을 분산시킬 것이야. 사람들의 주의력이 어느 정도 흐트러졌다 싶으면 내가 푸나에게 신호를 보낼게 그러면 손 형사에게 경찰정예요원을 저 출입금지 신성한 전각건물의 3층 왼쪽 지붕 밑 다락방을 급습할 준비를 하게 해. 펑쌍이 지금 그곳에 숨어서 우리를 지켜보고 있다. 다락방으로 오르는 비밀통로는 건물의 뒤편 기둥 옆에 난 작은 문으로 연결되어있다. 그리고 건물 안에는 신선들이 사는 곤륜산이 황금으로 만들어져 있고 구름문양 위로 솟아나온 중심 산봉우리 위에는 황금을 입힌 사람이 앉아있는데 봉황종은 그 산봉우리 안에 있다. 포효가 최후를 맞을 때쯤 펑쌍을 체포하도록 하고, 이곳의 사람들이 우리 일행을 공격할 것 같으니 저쪽 산해경이 보이는 높은 누각으로 가서 그들의 공격을 방어하도록 해. 거기서 시간을 벌고 있으면 다른 경찰병력이 도착할 것이야. 알았지.'

"아유, 저 불쌍한 잡종이 뒤로 물러서는 것을 보니 우리 포효의 위세에 완전히 기가 눌렸나 보다. 하기야 호랑이도 우리 포효 앞에서는 오줌을 싸는데 저깟 잡종개는 기절하지 않은 것이 이상하

448

지. 포효, 공격해!"

띵쟈오가 공격을 명령해도 이상하게 포효는 쉽사리 리트리버를 공격하지 않고 오히려 물러서듯 주저한다.

"뭐해? 저 잡종개를 두려워할 리는 없고 너무 불쌍해서 동정심이 생겼나보구나. 우리 포효, 역시 동물의 왕답다. 이제 충분히 봐주었으니 공격해!"

그래도 포효는 키를키를 기괴한 소리만 내고 있다. 그때 아무도 예상 못하게 리트리버가 먼저 포효를 공격했다. 리트리버의 거듭된 공격에도 포효는 좀체 반격을 않는다. 띵쟈오의 얼굴은 아연질색이다. 김명철과 이곳에서 일하는 사람들 모두 어안이 벙벙한 눈치다.

제강은 포효가 왜 반격을 않는지 알고 있다. 포효는 리트리버로 변한 제강의 능력을 알고 있었던 것이다. 계속해서 리트리버가 포효의 주위를 돌면서 약을 올려도 포효가 꼼짝도 않자 띵쟈오는 손에서 주사기 하나를 꺼내더니 포효의 목덜미에 꽂았다. 포효는 깜짝 놀라더니 서서히 리트리버의 공격에 반응하기 시작했다. 리트리버가 계단을 뛰어오르면 같이 따라 뛰어올랐고 리트리버가 건물의 처마에까지 도약하면 포효도 처마에까지 뛰어올라 뒤쫓았다. 하지만 포효는 리트리버의 꼬리만 살짝 건드릴 수 있을 뿐 리트리버의 몸은 건드리지 못했다.

리트리버가 포효를 피해 이곳저곳을 어지럽게 뛰어다니며 사람들의 주의력을 흩트리는 동안 푸나는 손 형사에게 제강이 말한 곳을 알려주며 급습할 준비를 하라고 했다.

'푸나야, 내가 짐짓 포효에게 공격을 당할 것이다.'

'왜? 어떻게 일부러 공격을 당해?'

'그렇지 않으면 싸움에 끝이 없거든. 포효는 나와 싸울 생각이 전혀 없었어. 그런데 핑쟈오가 포효에게 흥분시키는 약물을 주사해서 포효가 나를 공격하고 있는 것이야. 내가 포효의 화를 돋우기 위해 계속 도망치면 포효는 거의 미칠 지경이 될 것이다. 그러다 그의 화가 한계치를 넘는 순간 내가 그의 공격을 받아들일 것이다. 그러면 그는 나의 몸에 7개의 구멍을 뚫으려고 마지막 죽을 힘을 다할 것이다.'

'왜 7개의 구멍이야?'

'인간을 비롯한 동물은 머리에 있는 7개의 오감구멍을 통하여 세상만물을 지각하지만 파동으로 지각하는 존재에게 오감의 구멍이 뚫리는 것은 곧 죽음을 의미한다. 포효도 이것을 알고 있다는 말이다.'

'대체 어떻게 제강의 몸에 구멍을 뚫어? 네 몸은 홀로그램처럼 두 개의 차원을 넘나들 수 있는 특별한 것이라고 그랬잖아.'

'공간을 찢을 정도의 강력한 자기장을 형성시키면 뚫려. 포효의 발톱에는 그런 능력이 숨어있어서 일반 동물들은 한번만 공격을 받아도 바로 뇌사상태로 가버리지. 그래도 나는 우주의 에너지만 섭취하기 때문에 7개가 뚫려도 견딜 수 있어.'

'그러다 죽는 것은 아니지?'

'걱정 마. 나의 몸에 7개의 구멍이 뚫릴 때쯤이면 포효는 너무 에너지를 많이 소비해서 움직일 수 없는 상태가 될 것이야. 그때

450

푸나가 포효에게 활을 쏘아 약물을 주입해야 해. 그래야 효과가 있어.'

리트리버는 그의 유연한 몸놀림으로 피하기만 할뿐 포효를 타격하거나 물어뜯는 공격을 하지 않았다. 그도 그럴 것이 리트리버의 원래 모습인 제강에게는 무는 이빨도 없고 타격할 만한 발톱도 없다.

얼마나 시간이 흘렀을까. 포효는 화가 나는지 더욱 크게 키틀키틀 소리를 내며 입에서 거품을 흘린다. 그러자 리트리버가 일부러 동작을 느리게 한다. 포효는 찬스를 잡았다고 생각했는지 바로 발톱공격을 했다. 마침내 포효의 발톱이 리트리버의 몸을 파고들었다. 강력한 전기 스파크 음이 들리면서 리트리버의 몸에 구멍이 하나 뚫렸다. 포효는 연이어 두 번 세 번의 공격을 성공시킨다. 그러자 리트리버가 비틀했다. 그런데 이상한 것은 공격이 성공할수록 포효의 기세가 더 등등해져야 할 텐데 강한 스파크 음이 날 때마다 포효도 그만큼 지치는 것이었다. 포효가 공격을 잇달아 성공시키자 띵쟈오는 흥분해서 더 빨리 공격하라고 다그친다. 푸나는 활의 시위에 포효의 이상능력을 없애는 약물을 자동 주입시키는 장치가 달린 화살을 올려놓고 기회를 노리고 있다.

갑자기 포효가 공격을 멈추고 제강을 노려본다.

'헉! 헉! 너 일부러 나에게 공격을 당하는 것이지? 꿍꿍이속이 뭐야?'

'아니, 어쩌다가 만들어진지 몇 달도 안된 포효가 벌써 늙어서 헉헉대고 헛소리까지 하는가?'

'헉! 헉! 너는 어떻게 생각할지 모르나 인간은 이 세상을 더럽히는 아무 쓸모없는 존재야. 우리가 기회를 보아 이들을 청소하고 다시는 지구에 인간과 같은 오염물이 나타나지 말게 해야 해. 그런데 너는 왜 인간을 돕는 건가?'

'포효는 나를 오해하는데, 나는 인간을 도운 적이 없다. 인간이 태어나고 진화하고 변해가는 것도 우주의 흐름 중 일부야. 네가 욕망에 사로잡힌 사람들에 의해 깨어나 그들의 조종을 받고 있어.'

'아니야. 곤륜선단이 이 땅을 지배해야 인간의 방자한 행위를 완벽하게 제압할 수 있어. 그래서 내가 그들을 이용하고 있는 것이야.'

'더러운 인간의 유전자 기술로 만들어지고 조종이나 당하는 바보 같은 것!' 제강이 포효를 비웃자

'뭐라고?' 포효가 벌컥 한다.

'너같이 쓸모없는 바보는 빨리 사라져야 해. 네가 요행히 나의 몸에 다섯 개의 구멍은 뚫었지만 남은 두 개는 어림없다. 공격해, 바보야!' 제강이 포효를 비웃으며 자극해도,

'싫다.' 포효는 반응을 않는다.

'네가 나를 공격하지 않으면 내가 너 같은 쓰레기 괴물을 만들어내는 인공자궁을 완전히 없애버릴 것이야. 그러면 다시는 너 같은 괴물이 나오지 못할 것이고 너는 홀로 추한 포효가 되어 불쌍하게 죽어갈 것이다. 이 세상에 내가 있는 한 너 같은 괴물은 없을 것이다. 그러니 빨리 공격해 남은 구멍 두 개를 뚫어봐!'

그러자 포효가 다시 힘을 모아 땅을 박차고 리트리버를 공격해서 리트리버의 몸에 여섯 번째 구멍이 뚫렸다. 푸나는 극도로 긴

장이 되었다. 이제 제강의 몸에 한 개의 구멍만 더 뚫리면 포효도 힘이 빠져서 푸나의 공격이 먹힌다. 하지만 정말로 제강의 몸에 7개의 구멍이 뚫리면 어쩌면 제강도 죽을 것 같다는 예감이 왔다. 활을 쥔 푸나의 손에는 땀이 흘렀다. 제강의 몸에 마지막 구멍 하나가 뚫리기를 기다리느냐, 제강을 살리는 모험을 감행하느냐? 어떻게 해야 할지 혼란스럽다. 활을 잡은 푸나의 손에 힘이 들어갔다.

정말로 상처를 크게 입었는지 리트리버의 동작이 현저히 느려보인다. 공격하는 포효의 동작도 느려졌다. 그러다 마침내, 리트리버는 너무 지쳤는지 쓰러져서 배를 하늘로 향했다. 그러자 포효는 마지막 공격을 하려는 듯 사력을 다해 하늘로 솟아올랐고 리트리버는 포효를 끌어안는 자세를 취했다. 남은 시간은 몇 초도 안된다. 푸나는 활의 시위를 놓았다. 화살이 공중에 뜬 포효의 옆구리에 깊숙이 박혔다. 포효는 리트리버의 바로 옆 땅바닥에 떨어졌다.

'컥! 이게 뭐야? 약물이잖아. 내가 방심을 하다니. 으 … '

'푸나, 7개까지 기다리라고 했잖아.' 제강이 푸나에게 따졌다.

'네가 죽을 수도 있는데 어떻게 기다려?'

'아~, 포효는 내가 데리고 가야 하는 것이야.'

'무슨 소리야?'

'나는 포효와 함께 너희 인간의 차원을 떠나야 하는 것이야.'

'너도 포효와 같이 죽어야 한다는 말이야?'

'죽는 것이 아니라 이 세상은 포효와 내가 있어서는 안되는 곳

이란 뜻이야.'

'너는 스스로 왔던 곳으로 갈 수 있잖아?'

'인간에 의해 유전자 오염을 당해 태어난 포효가 불쌍하다.'

'저 괴물이 불쌍하다니? 제강 너의 마음을 이해할 수가 없다.'

' ······ ' 제강은 그저 쓰러진 포효를 쳐다볼 뿐이다.

제강과 포효의 싸움이 계속되면서 그 소란스러움에 곤륜선국의 직원들이 주변에 모여들었고 장수석 박사와 스트렌튼도 나와서 지켜보고 있었다. 그들은 제강에 비해 포효가 우위를 보여서 환호하였지만 포효가 푸나의 화살을 맞고 땅에 떨어져 기력을 상실하자 초조해하면서 웅성거리기 시작했다. 그러다 포효가 간신히 땅에서 몸을 일으키자 누군가 "포효, 힘내라!" 하고 외치자 그들은 다같이 "포효! 힘내라! 포효! 힘내라!" 외치며 포효를 응원했다.

푸나의 화살을 맞은 포효는 몸을 일으켜 앞다리로 버티고 앉아 있지만 지친 기색이 역력하다. 자세를 잡고 리트리버를 노려보았지만 더 이상 리트리버를 공격할 여력은 없어 보인다. 지친 포효는 끽끽끽 끽끽끽 비웃음 같으면서도 신음 같은 이상한 소리를 계속 냈다.

'약물이 든 화살로 공격하라고 하다니 비겁하다.' 포효가 제강을 원망했다.

'포효, 힘을 내 나를 공격해라. 한 번만 더 공격을 하면 우리는 같이 우리가 있어야 할 곳으로 갈 수 있다.' 제강은 포효에게 자신을 공격할 것을 재촉했다.

'약물 때문에 기력이 떨어져서 너의 피부를 뚫을 기력이 남아있

지 않다.'

'마지막 힘을 다 해봐라.'

'싫다. 나도 더 이상 비겁한 공격은 싫다. 다만 방심했던 나 자신에게 화가 날 뿐이다. 도저히 나를 용서할 수가 없다. 끽끽끽'

이상한 소리를 내던 포효는 충격적인 모습을 보였다. 날카로운 이빨로 자신의 꼬리를 물더니 뜯어먹기 시작한다. 자학이 극에 달했나 보다. 자신의 꼬리를 금새 다 먹고는 자신의 뒷다리도 씹어먹기 시작했다. 자신조차 용서 못하는 철저한 증오의 화신이 된 것인지 도저히 말로 설명할 수 없다. 뒷다리를 다 뜯고 난 다음에는 앞다리 하나를 씹어버리더니 이어서 자신의 배를 이빨로 뜯어서 찢어 버린다. 창자가 흘러나오자 그대로 씹어버렸다. 계속 자신을 찢고 씹어버리더니 급기야 자신의 위장까지 뜯는다. 그러자 위장에서 자신이 씹어 먹었던 꼬리와 다리의 조각들이 나왔다. 그제야 포효는 자신을 찢고 뜯는 것을 멈춘다. 그리고는 죽어갔다.

'나는 도저히 나를 용서할 수 없었다. 도저히 ……' 포효는 제강에게 마지막 말을 했다.

'인간이 너를 철저한 증오의 괴물로 만들어버렸다.' 제강은 포효를 보고 한탄을 했다.

포효는 완전히 죽었다. 날카로운 이빨로 스스로 찢어발긴 자신의 살코기를 입에 문 채 죽어 있다. 리트리버와 포효의 싸움을 지켜보던 사람들은 상상을 초월한 포효의 행동에 질려서 모두 꼼짝도 못하고 있다. 띵쟈오는 연구의 자부심으로 삼으며 애지중지하던 포효의 참혹한 최후에 기절해버렸다. 제강은 흩어진 포효의 살

점들 중에서 큰 발톱이 달린 발가락을 하나 물었다.

"손 형사님, 빨리 저 전각건물의 3층 지붕 밑 다락방에 숨어있는 펑쑹을 체포하세요." 푸나가 손 형사를 재촉했다.

손 형사는 경찰요원들에게 전각 주위를 포위하게 하고 페이롱과 함께 뒷문으로 뛰어갔다. 포효가 이상하게 죽고 띵쟈오가 기절하면서 우왕좌왕하던 상황을 보며 착잡한 심정으로 다락방에 앉아있던 펑쑹은 손 형사와 페이롱이 경찰요원들과 함께 전각 쪽으로 급습해오자 위협을 느끼고 전각의 뒤로 난 비밀통로를 빠져나가기 위해 계단을 뛰어 내려갔다. 하지만 이미 늦었다. 그가 뒷문을 열고 나오자마자 손 형사와 페이롱이 그를 넘어뜨리고 양팔을 뒤로 꺾어 오랏줄로 묶었다.

푸나로부터 봉황종의 위치를 전달받은 링천과 다니엘이 전각 안으로 뛰어 들어갔다. 전각의 내부는 고궁의 태화전보다 화려하게 장식이 되어있다. 내부 전체가 선계의 풍경이 황금으로 만들어져 있다. 그 중 황금구름을 뚫고 나온 가장 높은 산봉우리 꼭대기의 황금의자에 황금색으로 빛나는 꼭 진짜 사람 같은 황금인물상이 앉아있다. 산봉우리의 뒤로 돌아가니 화려하게 장식된 문이 있고 황금자물쇠로 채워져 있다. 다니엘이 자물쇠를 부수고 문을 열고 들어가니 유리함이 있고 그 안에 봉황종이 들어있다. 링천이 유리함을 열고 봉황종을 품에 안고 전각 밖으로 빠져 나오며 "찾았습니다! 단장님, 봉황종을 찾았습니다!"라고 크게 외쳤다.

젠즈는 봉황종을 보자마자 거의 눈이 뒤집힐 듯한 얼굴로 달려가 봉황종을 끌어안았다.

평쏭이 오랏줄에 묶여 끌려나오고, 봉황종도 발견되자 그동안 태연한 얼굴로 평쏭과 유물의 존재를 부인했던 김명철은 아무 소리도 못하고 오랏줄에 묶여 체포되었다. 장수석 박사와 스트렌튼은 포효의 최후 장면이 너무 끔찍했던지 어디로 사라지고 없고, 주변에 있던 곤륜선국의 직원들은 어찌할 바를 모르고 우왕좌왕하고 있다. 이제 평쏭과 김명철을 평화구역 경찰서로 압송할 일만 남았다.

"으아~ 안돼! 나는 이대로 끝날 수 없어! 나의 부하들아! 나를 구하라!" 평쏭이 갑자기 있는 힘을 다해 외쳤다. 그러자 주변에 있던 직원들의 표정이 이상하게 바뀌기 시작했다.

"빨리 높은 누각으로 올라가세요! 직원들이 변하기 시작했어요. 곧 더 많은 평쏭의 부하들이 몰려올 것입니다. 지원군이 올 때까지 누각 위에서 버텨야 합니다. 빨리요!" 푸나가 지친 리트리버를 데리고 누각으로 향해가면서 외쳤다.

누각은 전각을 향하고 있는 서쪽 담벼락은 높이가 8미터 정도되고 동쪽 고대신화 동물들을 복원해서 사육하고 있는 산해경 쪽은 동물이 올라오지 못하도록 10여 미터의 수직성벽으로 막혀있다. 누각에 접근하는 통로는 남쪽과 북쪽의 계단뿐이다. 계단은 매우 좁아서 한번에 2명 이상이 오를 수 없을 정도로 협소하다.

푸나는 활과 화살을 매고, 치랑이 리트리버를 안고, 젠즈는 봉황종을 안고, 두썬은 의료구급세트를 들고, 손형사와 페이롱은 체포한 펑쏭과 김명철을 끌고, 다니엘과 세르게이는 기절한 띵쟈오를 들쳐 들고 누각으로 올라갔다. 경찰요원들은 가장 뒤에서 자동소총으로 무장하고 곤륜선국 직원들이 어떻게 나올까 사주경계를 하며 누각으로 올랐다.

펑쏭의 외침이 있고 수분 후, 어찌할 줄 모르던 곤륜선국의 직원들이 대오를 갖추고, 펑쏭의 외침소리를 들었는지 다른 곳에서도 직원들이 누각 앞으로 몰려들기 시작했다. 몇 명인지 알 수 없을 정도로 많은 곤륜선국의 직원들이 계속해서 몰려드는데 그들의 얼굴은 하나같이 정신이 빠져나간 듯 표정들이 이상하다.

누각을 오르는 남쪽과 북쪽의 계단은 경찰 정예요원 8명이 4명씩 나누어 막고, 손 형사와 페이롱은 나머지 2명의 정예요원과 함께 앞쪽 난간을 방패삼아 직원들의 동태를 감시했다. 젠즈는 여전히 봉황종을 품에 끌어안고 있고, 치랑, 링천, 세르게이는 결박당한 펑쏭과 김명철을 감시하고 있고, 두썬과 푸나는 만약의 사태를 대비해 잔뜩 긴장을 하고 있다. 엉거주춤 끌려온 띵쟈오는 이제 막 정신을 차린 듯 난간의 담벼락에 머리를 처박고 눈을 껌벅이고 있다. 손 형사는 전화기로 계속해서 경찰과 국경수비대의 병력증원을 독촉하고 있다.

"시간이 없다. 빨리 와라! 우선 헬기라도 보내 지원해주기 바란다. 오버!"

얼마 지나지 않아, 누각은 산해경이 있는 동쪽 성벽을 제외하고는 완전히 곤륜선국 직원들에 의해 포위되었다. 직원은 수백 명이 넘어 보인다. 이쪽은 기껏 20명인데 아무리 누각 위 유리한 위치를 점하고 있어도 너무 열세이다. 한꺼번에 덤벼든다면 누각이 점령당하는 것은 시간문제이다. 직원들의 얼굴에 점차 전의가 굳어간다. 이들의 결기어린 모습을 본 펑쌍은 결박을 당해있으면서도 자신감이 넘치는 모습이다. 자신의 직원들이 반드시 자신을 구해줄 것을 믿고 있는 것 같다. 펑쌍이 결박된 상황에서 다시 외쳤다.

"충성스런 나의 곤륜선국 직원들아, 나의 안위는 죽든 살든 어떻게 되어도 상관없으니 마음 놓고 공격하라! 여기는 기껏 20명도 되지 않는다. 그대들의 전의에 불타는 눈동자에 이놈들은 이미 두려움에 어찌할 바를 모르고 있다. 으하하하! 남쪽과 북쪽에서 동시에 공격하라!"

탕! 탕! 탕! 총성이 울렸다. 사람도 없는데 남쪽 계단에서 붉은 피가 솟구쳤다. 잠시 후 남쪽 계단의 밑에서 이상한 천에 덮힌 채 총에 맞아 피를 흘리는 세 사람의 모습이 서서히 나타났다. 세 명이 투명망토를 입고 몰래 오르다 이쪽 정예부대원의 헬멧에 부착된 안경에 포착되어 사살되고 투명망토의 기능이 사라지면서 모습이 드러나게 된 것이다. 공격을 하려던 직원들이 주춤했다.

탕! 탕! 탕! 다시 세발의 총성이 울렸다. 이번엔 남쪽 계단 입구를 지키던 정예요원 1명이 피를 흘리며 쓰러지고 2명이 팔뚝을 손으로 감쌌다. 곤륜선국 직원들도 총기를 휴대하고 있었던 것이다. 치랑과 두쒼이 달려가 쓰러진 사람을 누각 안으로 옮기고 다시 달려가서 팔뚝을 다친 이들의 팔에 응급처치를 했다. 손 형사를 비롯해 일행은 일제히 누각의 난간 밑으로 몸을 숨겼다. 그러자 누각 밑에서 와! 하는 공격의 함성이 들리며 직원들이 일제히 공격을 시작했다.

드르륵! 드르륵! 드르륵! 드르륵! 누각의 남쪽과 북쪽을 지키던 경찰 정예요원들의 자동소총들이 불을 뿜었다. 순식간에 직원 수십 명이 비명을 지르며 계단 밑으로 굴러 떨어졌다. 잠시 공격이 멈추었다.

쓱! 쓰륵! 싹! 누각 밑에서 칼집에서 칼을 뽑는 소리가 수없이 들렸다.

"방금 우리는 친구들의 피를 뒤집어썼다. 다음은 나의 피가 친구들의 머리 위에 뿌려질 것이다. 나는 아무것도 두렵지 않다. 내가 앞장 설 것이다." 누군가 누각 밑에서 외치자,

"와!" 하는 함성이 들렸다.

이 소리를 들은 푸나와 치랑은 큰 걱정이다. 이들은 어쩌면 신체강화처방으로 육체적으로 엄청나게 강할 뿐 아니라 정신적으로 좀비와 같이 맹목적이다. 한꺼번에 공격해오면 방어하기가 매우 곤란하다. 엄청난 살육이 일어날 수 있다. 이들을 자제시킬 방법이 필요하다.

푸나가 김명철에게 이들을 안정시킬 방법을 물었지만 김명철은 방법이 없고 있더라도 자신은 펑쑹을 배신할 수 없다고 답했다.

탕! 탕! 탕! 드르르륵! 드르르륵! 탕! 탕! 탕! 드르르르륵! 드르르륵! 탕! 탕! 탕! 드르르륵! 드르르르륵! 더욱 세차게 정예요원들과 손 형사, 페이룽의 자동소총이 불을 뿜었다. 총을 쏘며 좁은 계단을 한꺼번에 공격해오던 직원들이 피를 흘리며 계단 밑으로 굴러 떨어졌고 정통으로 총을 맞아 잘린 손과 팔과 머리가 공중으로 치솟았다가 땅으로 떨어졌다. 보통은 이 정도 피를 보면 두려워서 도망을 가기 마련인데 이곳 직원들은 동료들의 시신과 부상을 보고서도 물러서려고 않는다. 그만큼 세뇌가 된 것이다. 오르는 계단이 좁아서 다행이지 그렇지 않았으면 벌써 뚫렸을 것이다.

상황이 점점 악화되자 손 형사가 띵쟈오에게 부탁을 했다.

"띵쟈오, 저들의 얼굴이 이상한데 도대체 왜 저래? 저들의 희생을 보고만 있을 것인가?"

"지금, 이곳 직원들은 뇌파에 의해서 지속적으로 조종을 당하고 있으니 뇌파 조종기를 무력화시키지 않는다면 마지막 한 사람이 남게 되더라도 공격할 것입니다. 이곳에서 2km 북동쪽에 위치한 직원들의 거주지 옆의 발전소나 변전소 중 하나를 파괴해야만 중단시킬 수 있습니다. 나를 보내주면 시도는 해보겠습니다."

"배신자, 우리가 너를 어떻게 믿나?" 푸나가 못 믿는다고 하자

"그러면 여기서 저들에 의해 죽임을 당할 수밖에 없지!" 띵쟈오가 다시 뒤로 물러서며 바닥에 앉았다.

"알았소. 당신이 나가서 성공만 한다면 이들과 공모했다는 혐의는 없애주겠소." 손 형사가 띵쟈오의 제의를 받아들여 그를 내보내기로 했다.

사실 띵쟈오는 범죄에 연루된 것도 아니고 단지 이들과 함께 일했을 뿐이니 처벌할 수도 없다. 띵쟈오가 누각을 내려가자 펑쐉이 외쳤다.

"거기 배신자 띵쟈오가 간다!"

곧이어 비명이 들렸다. 띵쟈오의 비명이 틀림없다. 화가 난 손 형사가 권총을 쥔 손으로 펑쐉의 입을 갈겼다. 펑쐉의 입술이 찢어져 피가 터지고 부러진 이빨이 튕겨 나왔다. 하지만 펑쐉은 껄껄거리며 웃었다.

"나도 구차하게 목숨을 구걸하지는 않겠지만 너희들도 나의 저승길 친구가 되어야 한다. 하하하! 크하하하!"

"나는 당신의 저승동반자가 될 용의가 있지만 다른 사람은 안 돼." 페이룽이 펑쐉에게 쏘아붙이자 펑쐉의 얼굴이 바위처럼 굳어진다.

"흥! 바보 같은 놈, 나에게 원한이 많겠지만 네 바람대로 되지는 않을 것이다." 펑쐉은 조롱하듯이 페이룽의 말을 되받는다.

띵쟈오의 처참한 비명이 있고 잠시 정체되는가 싶던 누각의 아래의 분위기가 갑자기 바뀐다. 여러 명이 이미 죽은 동료의 시신을 방패삼아 한꺼번에 빠른 속력으로 계단을 치고 올라왔다.

쾅! 드르르륵! 드르르륵! 드르르르륵! 쾅! 드르르륵! 드르르륵! 드르르르륵! 쾅! 쾅! 다시 자동소총이 불을 뿜고 여러 발의 수류탄 터지는 소리가 들렸다. 아무리 시신으로 방패를 삼고 올라와도 수류탄이 터지고 아랫도리를 향해 발사되는 엄청난 총알을 막지 못하고 꺼꾸러지고 굴러 떨어졌다. 누각 밑에는 총알을 맞고 죽은 자의 시체, 수류탄과 총상에 찢어진 신체부위들이 가득 널려있다. 벌써 100명 이상이 사망하거나 쓰러졌다. 사상자의 숫자가 급격히 늘어나서인지 잠시 공격이 멈춰졌다.

잠시 후 누각 아래에서 끼끼끼, 우후후 우후후, 캬캬캬 하는 이상한 동물들 소리가 들렸다.

'푸나! 정신 바짝 차려! 괴물들을 이용한 공격이다.' 제강이 푸나에게 텔레파시를 보냈다.

'알았다. 기어코 이 화살들을 다 쏴야 하는구나.'

"괴물들이 올라온다!" 누군가의 경고가 외쳐지고

드르륵! 드르르륵! 양쪽 계단으로 올라오던 얼룩무늬에 꼬리가 셋 달린 늑대 2마리가 정예요원들의 총알세례를 받고도 누각까지 올라와서 공격을 하려하자 밑에서 와! 하는 함성이 들렸다. 곧 다시 총공격을 할 태세다.

'푸나! 빨리 쏴!' 제강이 푸나를 재촉했다.

'알았어.'

신체가 강화되어서인지 총알에 눈알이 튀어나오고 아래턱이 부서져 덜렁거리는데도 누각에 올라와서 날뛰는 괴물들에게 푸나는 자동약물주입기가 장치된 화살을 쏘았다. 그러자 놈들이 금방 힘없이 푹푹 쓰러진다. 페이룽과 세르게이가 괴물들을 밑으로 던져버렸다.

"와! 푸나 박사님 화살 효과가 엄청납니다." 다니엘이 환호했다.

드르륵! 드르르륵! 드르륵! 드르르륵! 다시 총성이 울리고 "이번엔 네 마리입니다!" 누군가 외쳤다. 날카로운 뿔을 네 개나 가진 회색 염소 4마리가 돌진해 올라왔다. 뿔이 날카로워서 정예요원 두 명이 허벅지와 팔에 부상을 입었다. 아무리 총을 맞았지만 4마리가 올라와서 공격을 하니 누각 안이 일순 혼란이다. 괴물들이 일단 누각 안으로 들어오면 사람들과 뒤섞이기 때문에 총을 쏠 수가 없다. 다행히 염소들은 크기가 크지 않고 이미 총알을 맞아 힘이 많이 빠져서 남자들이 제압하고 푸나가 화살을 쏘아서 모두 누각 밑으로 던져버렸다. 치랑과 두쒐은 정예요원들의 상처에 응급처치를 했다.

드르륵! 드르르륵! 드르륵! 드르르륵!

"이번엔 하늘이다!"

끼~ 끼끼끼, 끼야오 끼야오 하면서 뱀의 몸에 꼬리가 두 개이고 날카로운 독수리 발을 가졌고 박쥐의 날개가 달린 용도 이무기도 아닌 이상한 동물 4마리가 하늘의 이쪽저쪽에서 공격을 해왔다. 그 중 두 놈은 총알을 너무 많이 맞았는지 누각에 내리자마자 비실거려서 푸나가 간단하게 화살을 쏘아 처리를 했는데 두 놈은 계속 누각 안을 날아다니며 사람들을 공격해댄다. 사람들의 모자가 벗겨지고 날카로운 발톱에 얼굴을 긁히는 부상자들도 생겼다.

드르르륵! 쾅! 드르르륵! 쾅!쾅! 하늘을 나는 괴물들이 누각에서 헤집고 다니는 혼란한 틈을 이용하여 곤륜선국 직원들이 계단으로 공격을 해오다 정예요원들의 총탄과 수류탄에 피를 뿌리며 굴러 떨어진다. 정예요원들의 방어능력은 철벽수준이다.

464

하늘을 나는 괴물들은 활로 조준하기가 까다롭다. 푸나가 계속 화살을 쏘지 못하고 있는 틈을 타 한 놈이 푸나를 공격하려고 달려들었다. 순간, 치랑이 위험을 무릅쓰고 그놈의 꼬리를 잡아당기니 바닥으로 떨어지면서 발톱으로 치랑의 팔을 할퀴어버렸다. 치랑의 팔에서 피가 흘렀다. 그래도 치랑이 놈의 꼬리를 놓지 않는 사이 푸나가 놈의 옆구리에 화살을 박았다. 두쒼이 급히 치랑의 상처를 처치하는 동안 다른 한 놈이 봉황종을 안고 있는 젠즈의 어깨를 공격하려 하자 다니엘과 링천이 놈의 양 날개를 잡아서 바닥에 떨어뜨렸다. 푸나는 이놈의 목덜미에도 화살을 깊숙이 박았다. 이제 푸나에게는 단 한 발의 화살만 남아있다. 다시 괴물들을 이용해 공격해 온다면 큰일이다.

누각 위에서 모두들 바짝 긴장을 하고 있는데 쉬익! 하고 바람을 가르는 소리가 들리면서 큰 불덩이가 누각 안으로 날아와 떨어졌다. 기름을 듬뿍 묻힌 둥근 것에 불을 붙여서 공격을 한 것이다. 한 순간 누각 위에서 소동이 있었지만 페이롱이 침착하게 이것을 누각의 밖으로 던져버렸다. 매우 원시적인 공격이었지만 누각 안은 혼란에 휩싸였었고, 그 소동의 와중에 곤륜의 직원들이 누각을 공격하여 거의 누각 위쪽 입구에까지 접근했다가 정예요원들과 손 형사의 총탄을 맞고 굴러 떨어졌다.

쉬익! 쉬익! 이번에는 불덩이 두 개가 날아왔다. 더 큰 혼란에 휩싸였지만 정예요원들이 흔들림 없이 계단을 지키고 있었고 손 형사와 페이롱도 누각의 전방으로 뚫린 구멍을 이용하여 계단을 오르는 직원들을 정확히 조준 사살함으로서 곤륜직원들의 누각을 향한 공격은 성공할 수 없었다. 그리고 세르게이와 치랑이 신속하게 불공을 밖으로 내던질 수 있어서 불공 공격은 성공하지 못했다.

하지만 언제까지 이들을 막을 수 있을지 알지 못한다. 그리고 더 많은 직원들이 계속해서 모여드는지 도무지 숫자가 줄어들지 않는다. 반대로, 수류탄과 총알은 점점 줄어든다. 누각 위에서는 서서히 공포가 감돌기 시작한다. 반대로 펑쑹의 얼굴에는 점점 더 자신감이 붙는 것 같다.

손 형사는 이대로 가면 몰살할지도 모른다는 생각이 들었다. 지역경찰과 국경수비대에 요청한 지원병력은 아직 아무런 기미가 보이지 않는다. 다시 지원요청을 했다.

"언제 도착하나? 빨리 와라! 시간이 없다! 상황이 심각하다! 오는 즉시 발전소와 변전소부터 파괴하라!"

누각 아래에서는 불공의 효과가 있었다는 대화와 더 많은 불공 공격을 준비하라는 외침이 들렸다. 한꺼번에 2-3개의 불공은 도로 던져버리는 방법으로 막을 수 있지만 더 이상이 날아와서 불공이 터져버리기라도 하면 방법이 없다.

"손 형사님, 나는 이곳까지 와서 인간 바베큐가 될 수 없어요. 내려가겠습니다." 다니엘이 일어서려 했다.

"다니엘, 조금만 기다려보세요!" 링천이 일어서려는 다니엘의 팔을 잡으며 말렸다.

"이곳의 부패한 경찰이 지원병력을 보내줄 것 같지도 않고 그냥 앉아서 죽음을 기다리는 것보다는 내려가서 협상이나 해보려고

466

그러는데 왜 막아요? 나는 외국인이니 해치지 않을지도 모르잖아요." 다니엘이 링천의 팔을 뿌리친다.

"정신적으로 좀비가 된 저들하고 무슨 협상입니까? 그냥 계셔요. 곧 경찰이 도착합니다." 푸나가 말했다.

이들 사이에 언제부터인지 푸나의 말을 신뢰하는 습관이 생겼다. 다니엘은 푸나의 말에 내려가지 않고 다시 자리에 앉았다. 잠시 뒤 푸나의 말이 영험이 있어서인지 모두의 간절한 바램이 통했는지 하늘에서 헬리콥터 소리가 들리더니 북쪽에서 큰 폭발음이 들렸다. 이어서 주변에 있는 모든 전등에서 불이 나갔다.

"이봐, 곤륜의 동물들을 이용한 공격도 소용이 없고, 이렇게 많은 동료들이 죽어도 우리는 누각을 함락시키지 못했네. 도저히 안 되겠으니 그만 두세."

"무슨 소리, 이제 놈들은 총알이 거의 다 떨어졌어. 우리가 여기서 포기하면 평샹의 사람들이 아니지. 다시 공격하세."

"아니야. 이미 발전소도 파괴되었어. 곧 대규모 병력이 들이닥칠 것이야. 이쯤에서 물러나세, 우리는 죄가 없으니 처벌받을 일도 없어."

"죽어도 같이 죽고 살아도 같이 살아서 곤륜선단의 명예를 지켜야지 비겁하게 여기서 물러설 수 없어."

누각 아래에서 옥신각신 하는 것을 보니 정말로 발전소가 파괴되어 그들을 세뇌하는 시스템이 무너진 것 같았다. 그러나 잠시후, 누각 밑에서 방황하던 소리가 잦아들더니 다시 공격 징후를 보였다.

"껄껄껄, 우리 직원들이 세뇌장치로 움직인다는 띵쟈오의 말은 사실이 아니야. 그 전에 엄청나게 공을 들여 그들의 신임을 얻었기에 저들이 목숨을 걸고 나를 구하려 하는 것이야. 이 바보 같은 인간들아. 으하하하!" 펑쌍이 크게 웃었다.

"이놈의 말에 흔들려서는 안됩니다. 전력이 나가면서 저들은 분명히 마음이 약화되었고 우리가 조금만 버티면 지원 병력이 도착해서 구해줄 것입니다." 푸나가 일행을 안심시키자 펑쌍은 핏발선 눈으로 푸나를 노려보았다.

"죽음이 두려운 자는 물러서고 곤륜의 명예를 지키려는 자는 나를 따르라!"라는 고함이 직원들 중에서 들리자,

"그러자! 모든 공격수단을 동시에 퍼붓고 모두 죽기를 각오하고 동시에 돌격하면 우리의 절반이 희생되더라도 펑쌍님을 구할 수 있다. 공격하라!"는 신호가 떨어졌다.

덜컥덜컥 계단이 없는 정면부에 사다리 놓이는 소리가 들리고, 아래에서 공격의 신호인 듯 탕!탕!탕! 총소리가 울리고 "와!" 하는 함성소리가 울리면서 계단과 사다리를 통해서 직원들이 물밀듯 밀고 올라오고 쉭! 쉭! 쉭! 불공이 날아들었다. 탕! 탕! 쾅! 쾅! 드르르륵! 쉭! 드르르르르르르륵! 탕! 쾅! 탕! 쾅! 쉭! 드르르륵! 탕! 쉭! 드르르르르르르르르르륵! 쉭! 드르르르르르르륵! 쾅! 쾅! 아래에서 필사적으로 공격하고 누각에서도 필사적으로 방어하는 엄청나게 치열한 공방전이 벌어졌고 사상자들도 엄청나게 발생했다. 누각을 오르려던 곤륜선국의 직원들뿐 아니라 이쪽에서도 다

니엘, 세르게이, 링천이 불공을 도로 내던지다 화상을 입었고, 경찰요원들 중에도 총상자들이 여럿 나왔다. 치랑과 두쐰도 응급처치 하느라 정신이 없고 젠즈와 푸나도 치료를 도왔다. 손 형사와 페이롱은 다행히 부상을 입지 않았고 치열하게 전투를 하면서도 결박당해 있는 김명철과 펑쑹이 수상한 짓을 않는지 계속 감시하고 있었다.

두두두두두두! 이곳에서 전투상황이 벌어지고 함성소리와 총소리가 난무하는 가운데 마침내 헬리콥터가 머리 위에 날아와서 회전하고, 아직 시야에 들어오지는 않았지만 앵~앵~앵~하는 경찰차 사이렌소리와 척척척척 하는 병사들의 발자국 소리가 급격히 가까워졌다.

"모든 사람은 일체의 행동을 중지하고 그 자리에서 엎드려라!"
헬기 스피커에서 직원들에게 항복을 명령하는 소리가 들렸다.

"싫다! 곤륜선국 국민은 항복을 모른다. 절대로 항복 못해!"
탕!탕!탕! 총을 든 직원 한 명이 헬기를 향해 총을 쏘면서 저항했다. 그러자 지이잉~! 하고 헬기에서 레이저포를 그 직원에게 발사했다. 레이저 광선을 맞은 직원의 몸은 순간 쫙! 하고 두 동강이 나버렸다. 그러자 마침내 곤륜선국 직원들이 전의를 상실했고 펑쑹의 얼굴은 어두워졌다. 희망이 완전히 없어진 것이다. 누각 위의 사람들은 안도의 한숨을 쉬고 아래에서는 탄식의 소리가 들렸다. 더 이상의 전투는 무의미한 것이다.

"총알은 얼마나 남았는가?"

"거의 다 쏘았습니다."

"휴~, 지원군이 조금만 늦었어도 큰일 날 뻔했다."

방심은 금물인가, 지원군이 오자 모두들 안도하고 있는데 툭! 하고 누각의 동쪽에서 뭔가 떨어지는 소리가 들렸다. 돌아보니 김명철이 히죽거리며 웃고 있는데 펑쌍이 사라졌다. 페이롱과 손 형사가 급히 누각 동쪽 담벼락 밑을 보니 거의 십여 미터 높이에 이르는 누각에서 떨어져서 충격을 받았는지 펑쌍이 절름거리며 복원된 고대신화동물들이 한가하게 노니는 산해경 들판을 가로질러 동쪽으로 도망치고 있다. 방심하는 사이에 김명철의 도움을 받아 펑쌍이 결박을 풀고 누각에서 도망을 친 것이다.

"이쌍! 저놈을 놓치다니. 야! 김명철! 저곳에 어떻게 갈 수 있어? 말하지 않으면 너는 죽었어." 손 형사가 김명철의 따귀를 갈기며 물었다.

"저곳은 이 곤륜선국의 세 번째 구역이자 가장 특징 있는 구역이다. 모든 울타리가 특수 보안장치로 되어있어서 비밀번호를 아는 몇 명을 제외하고는 아무도 들어갈 수가 없지. 설령 비밀번호를 알았다 하더라도 경찰이 전기시설을 파괴해서 열 수도 없어. 펑쌍은 저기 호수만 건너면 러시아에 들어가기 때문에 당신네들이 마음대로 잡을 수도 없어. 당연히 펑쌍은 러시아 측에도 지인이 있어서 도움을 받을 수 있다. 펑쌍 대표는 역시 영웅이다. 십여 미터의 높이에서 떨어져도 다치지 않은 것을 보니 신선들이 그를 보호하는 것 같아. 펑쌍 대표님! 부디 잡히지 마시오. 으하하하! 으하하하!" 김명철은 펑쐉의 도주를 축하하듯 크게 웃었다.

펑쐉은 비록 절름거렸으나 잠깐 사이 꽤 먼 거리를 도망갔다. 여유를 찾았는지 이쪽을 향해 손을 흔들기도 했다.

"손 형사님, 제가 잡아보겠습니다. 아직은 잡을 수 있는 거리입니다." 페이롱이 나서며 점점 멀어지는 펑쐉을 향해 총구를 겨누었다.

"저도 있습니다. 총을 빌려주십시오." 치랑도 펑쐉을 잡겠다며 부상당한 경찰요원의 총을 집어 들었다.

"왜들 이러시나? 범인을 잡는 것은 우리 몫이니 두 분은 총을 내려놓으시오!" 손 형사가 말렸다.

"저는 지금 경찰 옷을 입고 있으니 경찰 신분입니다." 페이롱이 말했다.

"이번만 경찰의 신분을 주십시오." 치랑도 간청했다.

"여기 경찰신분증 있어요." 다니엘이 옆에 있던 경찰요원에게서 경찰의 휘장을 뜯어서 치랑에게 주었다. 그러자 손 형사도 더 이상 제지하지 않았다. 펑쐉은 벌써 100여 미터를 도망가고 있다.

"치랑 박사는 총을 내려놓으세요. 왜 살인을 하려 합니까?" 페이롱이 치랑을 말렸다.

"나도 저놈에게 맺힌 게 많습니다. 쓰우를 죽게 했고, 내 친구 예싼을 죽게 했고 또 …"

"정 그렇다면 치랑 박사는 펑쐉의 다리를 쏘세요."

"왜요? 저 놈의 목숨이 당신의 것이라도 됩니까?" 치랑이 페이롱에게 따졌다.

"지금까지 펑쌍의 명령으로 본의 아니게 여러 목숨을 거두었습니다. 이제 마지막으로 펑쌍의 목숨을 내 손으로 거두겠습니다."
페이롱이 총의 가늠자로 펑쌍을 겨누며 말했다.

"누구의 총알이든 놈의 명줄을 끊으면 됩니다." 치랑도 난간에 걸친 총구로 펑쌍을 겨누며 대답했다.

탕! 한발의 총성이 울리자 펑쌍이 다리를 잡고 쓰러졌다.

탕! 또 한발의 총성이 공기를 가르자 펑쌍은 다시는 움직이지 못했다.

펑쌍이 쓰러지고 움직임을 멈추자 치랑과 페이롱은 고개를 난간에 박고 움직이지 않았다. 푸나가 치랑의 머리를 감쌌다. 세르게이는 페이롱의 어깨를 가볍게 두드렸다. 손 형사가 페이롱에게 다가가 귀엣말로 조용히 말했다.

"나는 더 이상 페이롱 당신에 대해 수사하지 않을 것입니다."

"으흐흑! 으흐흑! 펑쌍 대표, 당신은 영웅이 아니었나 봅니다. 아~, 모든 게 헛된 꿈이었습니다." 김명철이 흐느껴 울었다.

'푸나, 잘했어!' 제강이 푸나를 칭찬했다.

'그렇지, 나 잘했지? 나 정말로 장하지?'

'화살이 한 발 남아있네. 모자라지 않아서 다행이다.'

'이 남은 화살 한 발 어디에 쏠까?'

'푸나, 돌아가면 함께 실험실로 가자.'

'실험실에는 왜?'

'푸나는 늘 나의 세포를 원했잖아.'

푸나의 실험실

"왜 세포를 채취하라고 한 거야?" 푸나가 제강에게 물었다.

'이제 나도 가야해.' 제강이 차분하게 대답했다.

"어디로?"

'포효가 간 곳으로.'

"가지 않으면 안되나?"

'이제 내가 여기 있을 이유가 없어.'

"나하고 좀 더 지내면 안될까?"

'지금까지 푸나와 있었던 것은 원래 나의 모습이 아니야.'

"그럼?"

'나는 제강도 아니고 그냥 혼돈이야. 인간의 능력 으로는 도저히 이해할 수 없어. 곧 나는 원래 내가 있었던 곳으로 돌아갈 것인데 서둘러 세포를 채취해야 해. 내가 푸나에게 주는 마지막 선물이다.'

제강은 가져온 포효의 발톱으로 자신의 몸을 찔러 구멍을 내었다. 7번째 구멍이 뚫린 것이다. 제강의 몸이 축 늘어졌다.

'이제 나는 다시 모든 것의 근원인 혼돈으로 간다. 혼돈은 영원한 생명이고 창조의 원천이다.'

"웃기는 소리 마라! 너는 제강이다! 이 세상이 곧 혼돈인데 어느 혼돈으로 돌아간다는 거야!" 푸나가 제강을 붙잡고 외쳤다.

'푸나 … , 나의 모습을 잘 보아라.'

제강의 몸이 무수한 홀로그램의 중첩인 것처럼 변화가 왔다.

'이것은 무수한 내 생명의 과정들이다. 어떤 모습은 너의 오빠이고 어떤 모습은 너의 남편이고 어떤 모습은 네가 숭배했던 이의 모습이기도 할 것이다. 오래전 너를 지켜주었던 반려견의 모습도 있을 것이다. 호흡을 가다듬고 더 자세히 보면 네 자신의 모습도 있을 것이다. 물질의 파동에 의해 생명의 모습이 정해지지만 마음은 모두가 하나로 연결되어 있다. 그 연결된 마음이 지금 우리 눈에 보이는 모든 우주이다. 우리와 마음이 연결되지 않은 것은 우리의 눈에 보이지 않는 것이다. 햇빛도 달빛도 별빛도 …… '

"너와 나는 도대체 무엇인가!?"

' … 빨리 채취해. 서둘지 않으면 나의 모습은 사라져 버린다.'

제강의 몸에서 이상한 연기가 나면서 제강의 몸이 조금씩 사라지기 시작한다. 푸나는 마음을 다잡고 피부절개용 메스를 제강의 몸에 대었다. 과연 아무것도 먹지 않아서인지 메스가 제강의 몸을 갈라도 피나 물 같은 것이 나오지 않았다. 그저 약간 말랑거리는 물질만이 잘려 나왔다. 푸나는 잘라낸 제강의 신체 일부를 절대온도 영하 273.15도의 냉동고에 넣었다. 제강의 몸에서 더 많은 연기가 피어오르며 신체가 사라져갔다.

"제강, 잘 가라. 우리는 언젠가 또 다시 하나가 되겠지."

달빛 하늘

큰비가 내리고 난 어느 날 밤, 비온 후의 수증기 때문인지 유난히 오색이 선명한 달무리가 하늘을 가득 채웠다. 땅에서 약간의 울림이 있고 하늘 빈 공간에서도 이상한 울림이 있고난 후 봉황바위 꼭대기에 자라고 있는 그 풀에서 변화가 있었다. 한 쌍의 큰 잎과 작은 잎 사이에서 이상한 색을 가진 뿌리 같은 것이 솟아나더니 매우 빨리 자라서 밑을 향해 뻗었다. 그것은 5개의 줄기로 뻗었고 각 줄기에는 나뭇잎처럼 생긴 것이 수없이 달려있다. 그것은 자라는 속도가 눈에 보일만큼 빨리 뻗어 내리더니 바위의 중간 쯤까지 내려왔다. 뿌리가 다 자라자 잎들 사이에서 붉은 기운을 가진 거대한 꽃잎이 나와서 큰 잎과 작은 잎에 겹쳐졌다. 그리고 다섯 개의 꽃술이 솟아나는데 색이 오묘하다. 솟아나온 꽃술의 전체 모양은 호리병과 같고 그 중 3개의 끝부분에는 민들레씨앗을 닮은 돌기가 나 있다. 잠시 뒤, 하늘의 달을 향해 두 개의 꽃술 끝부분이 휘어졌다. 완벽한 봉황의 형상이다. 곤륜산 신선의 정원에서나 피어난다는 전설의 봉황화가 피어났다. 봉황화가 피었다는 소식이 알려지자 사람들은 봉황의 전설대로 앞으로 수천 년 지상낙원이 펼쳐질 것이라는 부푼 기대를 말하였다.

봉황종의 도난으로 혼란에 빠졌던 발굴팀들의 생활도 정상으로 돌아왔다. 젠즈와 링천은 직위가 올라갔고, 갈피를 못 잡고 지지부진하던 바위공원의 전시관 건립도 다시 활기 있게 진행이 되었다. 평화구역 사람들은 이제 언제 바위공원의 전시관이 문을 열고 크게 확대한 봉황종의 소리를 들을 수 있냐며 조바심을 내고 있는 가운데 박물관에서 바위공원 발굴에 대한 최종 결과를 발표하였다.

" …… 바위공원은 옛날 청동기 시대에 청동기주조 터였고 근처의 크고 작은 세력들이 모여서 회합을 하거나 종교적 행위를 하던 곳이었습니다. 갖가지 유형의 청동기 유물들이 발굴되었고 수세기에 걸친 청동기 주조 터의 흔적은 비교할 수 없는 청동기문화 연구의 보고(寶庫)로서의 가치를 말해줍니다. 역사상 유래 없는 봉황종이 발굴된 것은 '동양의 종은 용뉴를 가진다'라는 기존의 관념에서 새로운 연구의 과제를 주는 것입니다. 무엇보다 봉황바위 밑에 묻힌 여제사장이 안고 있었던 봉황종에 새겨진 글귀 '봉황이 울면 천하가 안정된다(🐦 🦚 𓀀 𓆙 🐦)'는 당시 사람들의 염원은 각각의 분파로 나누어지고, 이익에 따라서 반목하고 있는 오늘날의 사회, 국가, 국제정세에 비추어 많은 것을 시사한다고 볼 수 있습니다. 풍요, 치유, 전쟁방지 그리고 평화 …… ”

평쑹이 사살당하고 봉황종이 다시 박물관으로 돌아오자 평화 지역에서 봉황종을 확대해서 만들자는 여론도 다시 일어났다. 처음 이 사업 추진의 두 축의 하나였던 평쑹이 죽었으니 링챠오만 남았다. 링챠오가 봉황대종 사업에 대해 언론에 입장을 밝혔다.

“바위공원 봉황바위 밑에서 발굴된 우리 지역의 보물인 봉황종이 불미스럽게도 저와 함께 기념사업을 앞장서서 추진했던 평쑹에 의해 탈취당하는 어처구니없는 일을 당하였고 그 업보로 평쑹은 총살을 당하는 비극적 종말을 맞았습니다. 참으로 슬픈 일이 아닐 수 없습니다.

봉황종이 사라지자 기념사업을 추진해야 한다는 여론도 사라졌습니다. 기념사업은 중단되었습니다. 하지만 기념사업을 앞장서서 추진했던 저는 봉황종은 반드시 돌아온다는 믿음을 가지고 있었고 무엇보다 봉황종에 새겨진 ‘봉황이 울면 세상이 평안해진다’는 그 정신을 이 세상에 실현하기 위하여 혼자서 계속 그 일을 포기하지 않고 추진해왔습니다. 저 개인적으로는 저희 가문의 숙원사업이기도 합니다.

처음 계획했던 7톤보다는 많이 작아졌지만 소리만큼은 어느 종소리보다 아름다운 종을 만들기 위해 종의 명인에게 의뢰하여 곧 완성을 눈앞에 두고 있습니다. 무엇보다 봉황종이 돌아와 봉황대종 주조 사업이 다시 시민들의 호응을 받아서 이전에 모금되었던 기금을 원래의 목적에 맞게 사용할 수 있게 됨으로써 저 혼자가 아닌 모든 시민의 이름으로 종을 완성할 수 있게 된 것이 뜻깊습니다.

봉황종이 제자리로 돌아왔고 중단될 뻔 했던 기념사업도 완성을 목전에 두고 있습니다. 봉황종에 담긴 조상들의 평화에 대한 열망은 곧 우리들의 염원이 되어 울려 퍼질 것입니다. 기대해주십시오."

금정의 주조공장, 두 번째 만들어진 봉황대종 거푸집이 완성되어 쇳물이 주입되길 기다리고 있다. 봉황종의 재료로 쓰일 성분 비율을 맞춘 청동괴들도 공장의 한 켠에 차곡차곡 쌓여있어 주조하는 날 용광로에서 녹여 거푸집 속에 붓기만 하면 된다. 그런데 금정은 여전히 종소리 때문에 고민이다.

주조 며칠 전, 금정은 공장의 사무실에서 생각에 잠겨있다. 이번에는 소리가 제대로 나올 수 있을까? 보통 사람들은 종소리를 구분하지 못하지만 40년 이상 종을 만들면서 무수한 종소리를 들어왔던 금정은 봉황종의 소리는 절대로 그냥 나온 것이 아닌 것을 알기 때문이다. 지난번 봉황종을 같은 크기로 복제했을 때도 혹시나 싶어 양의 뼈를 넣었던 종에서만 금정의 마음을 울리는 소리가 나지 않았던가. 알 수 없는 뭔가가 있는 것이다. 이번에 만들어지는 종은 그보다 100배는 더 무겁게 만들어진다. 더 많은 뼈를 넣어야 되는가?

  금정은 머리를 식히려고 시 외곽으로 차를 몰고 나갔다. 가도 가도 끝없는 평야지대이다. 가끔 높지 않은 산들이 있지만 이곳은 아주 옛날부터 토양이 좋아 농작물이 잘 자라는 곳이어서 온 사방이 농경지이다. 2시간을 달리니 약간 구릉진 곳이 나오고 동물을 기른다는 표시인 거대한 사일로가 보인다. 그쪽으로 방향을 바꾸니 드넓은 목초지가 구릉을 따라서 굼실굼실 이어져있다. 목초지 곳곳에는 양떼가 무리를 이루어 가고 있다. 푸르른 초지 위에 양떼가 노니는 모습들이 아름다워 금정은 자동차를 자율주행 모드로 하고 고개를 좌우로 돌려 풍광을 감상하면서 천천히 갔다.

  메~~~! 갑자기 차의 앞쪽에서 나는 소리에 놀랐다. 자동차는 계기판에 물체충돌 위험 경고들이 켜지면서 저절로 멈춰 섰다. 소리가 나는 쪽을 보니 다른 양떼에서 떨어져 나왔는지 새끼 양 한 마리가 비키지도 않고 계속 메~~! 하고 있다. 클락숀을 눌러도 비키지 않아서 도로에서 쫓아내려고 문을 열고 차에서 내렸다. 그때 양의 주인인 듯한 사람이 와서 새끼 양을 안았다.

  "놀라셨죠? 양이 길을 비키지 않아서." 주인이 미안한 표정을 지으며 말했다.

  "조금 놀랐지만 괜찮습니다. 대개 양은 겁이 많아서 금방 도망을 가는 것으로 아는데 … " 금정은 의아한 듯 물었다.

  "이 놈은 태어날 때부터 이상했어요. 잘 보지도 못하고 잘 듣지도 못하고 잘 걷지도 못했어요. 한마디로 병신이었죠. 임신 도중

에 문제가 있었나 봐요. 그래서인지 다른 양들도 이 녀석을 멀리
해서 늘 따로 떨어져 다닙니다. 없애버리려다가 불쌍해서 그냥 놔
두고 있는데 가끔 이렇게 지나가는 차들을 방해하곤 합니다. 죄
송합니다."

"아무 쓸모없는 녀석이네요?" 금정이 말하자

"그렇기는 하지만 생명이 있는 놈이라서 … " 하면서 주인은 양
을 더 보듬어 안았다.

금정은 새끼 양이 길을 막은 이유를 알고는 주인에게 인사를 하
고 가던 길을 가려고 차의 시동을 걸었다. 그러다 갑자기 머리에
스치는 것이 있어서 다시 차의 시동을 껐다.

"잠깐만요!" 금정이 새끼 양을 안고 가는 주인을 불렀다.

"다른 의문이라도 있습니까?" 주인이 돌아보며 답했다.

"그 양, 저한테 팔 수 있습니까?"

"이 놈을 요? 이런 병신 양을 사서 뭐하시게요?"

"이유는 묻지 마시고."

"이놈이 병신으로 태어났지만 사람들에게 놀림감이 되고 괴롭
힘을 당하는 것은 싫습니다. 그냥 제가 이놈을 끝까지 거둘랍니
다." 주인은 금정의 청을 거절했다.

"그게 아니고 … " 금정이 머뭇거렸다.

"설마 이놈이 불쌍해서 사시겠다고 생각하셨다면 그러지 마세
요. 먹이고 건사하기가 많이 힘듭니다."

"그 양이 꼭 필요합니다."

"그냥 가세요! 장난하지 마시고." 주인은 언짢다는 듯 인상을 찌

푸렸다.

"정말로 그 양이 꼭 필요합니다." 금정이 물러서지 않자

" ……, 장난은 아닌 것 같은데 이유를 알고 싶습니다." 주인이
표정을 누그러뜨리며 물었다.

"절대 장난이 아닙니다. 이유는 나중에 반드시 알려드리겠습니
다."

"이놈을 놀리거나 괴롭히면 안됩니다."

"절대로 놀리거나 괴롭히지 않겠습니다."

"그러면 믿고 맡기겠습니다."

"사례로 얼마를 드릴까요?"

"돈은 받지 않겠습니다."

" ……, 나중에 평화구역에 커다란 봉황대종을 치는 날이 있을
것인데 그때 바위공원에서 만나면 사례를 하고 싶습니다." 금정
이 말하자,

"조만간 봉황대종을 완성한다는 말은 들었습니다. 어떤 종인지
농촌에 있는 우리도 기대가 큽니다." 양의 주인이 말했다.

제강의 몸에서 떼어낸 것을 가지고 연구를 하고 있는 푸나는 어
떤 실험의 논리로도 답이 나오지 않는 제강 신체의 비밀에 답답해
하고 있었다. 제강의 신체를 분석해보니 모든 생명체라면 가지고

있는 세포가 없었을 뿐 아니라 당연히 염색체와 염기서열을 찾을 수 없었다. 제강은 지금까지 알고 있는 생명체의 조건으로 설명할 수 없는 것이다. 그것은 푸나 같은 생명공학자에겐 절망을 넘어 어떤 말로도 표현할 수 없는 것이다. 지금까지 푸나가 이룬 학문적 성과는 충분히 인위적으로 동물을 태어나게 할 수 있을 정도로 대단한 것이지만 이제 푸나가 원하는 것은 제강과 같이 몇 개의 차원을 공유할 수 있는 그 근원이 무엇인가에 대한 해답이다.

파동의 특징에 따라서 물질의 성격이 형성되는 것까지도 알았는데 그 파동이 왜 생기는지는 아직 알아내지 못했다. 그것은 물질적인 것이나 생명적인 것이 아니다. 우주 대부분의 구성물질인 반물질에 대한 의문도 아니다. 물질과 비물질의 경계라도 발견한다면 알 수 있을지 모르는 것이다. 세상의 모든 것이 파동에 의해서든 물질 간의 인력에 의해서든 형상을 가지는 데는 각각의 논리가 있으므로 논리를 발생시키는 논리 이전 상태의 최초의 힘을 알아야 한다. 인간을 넘어선 슈퍼컴퓨터가 자체적으로 형성해낸 기계 알고리즘조차도 답을 주지 못한다.

제강이 푸나에게 마지막으로 말한 것은 혼돈이다. 유도 아니고 무도 아니고 혼돈이라고 했다. 제강은 그곳으로 돌아간다고 했다. 지금까지 인류의 모든 선구자들은 인간의 생각과 행동과 세상의 덧없음을 말하며 있는 것도 아니고 없는 것도 아닌 근원을 이야기했는데. 혼돈이라는 것도 어떠한 과학적 논리나 정신적 추리로도 규명할 수 없는 것임은 아닌지. 푸나는 종잡을 수가 없다.

482

그날 저녁, 푸나는 몸살도 아니고 두통도 아닌데 찌뿌드드한 것이 컨디션이 몹시 좋지 않았다. 귀에서 이상한 울림도 있는 것 같다. 갑자기 모든 의욕이 사라지고 자신의 존재가 허무하게 느껴졌다. 알 것도 같지만 정체를 드러내지 않은 뭔가가 어둔 구멍 속 어린 새의 둥지를 탐하는 뱀처럼 대가리를 들이밀어 넣으려 한다. 순간, 푸나의 신경이 곤두서고 피부의 땀구멍에서 끈적한 피땀이 배어나오는 것 같다. 그동안의 누적된 고된 연구와 험난했던 상황들로 인해 생긴 스트레스가 이제 스멀스멀 기어 나오는 것인가? 비록 제강을 통해서 구하고자 했던 과학적 도전은 범접할 수 없는 벽에 부딪혀 좌절되었지만 지금까지의 혼란스러운 일이 마침내 정리되었으니 맑은 물이 가득한 거대한 욕조에서 자유롭게 유영하듯 여유롭게 성취를 향유해야 하는 상황인데 말이다.

푸나는 지금까지 늘 그래왔듯이 자리를 정좌하고 정신을 가다듬었다. 그러자, 푸나를 향해 다가오려던 보이지 않는 수많은 것들이 주춤거리며 쉽게 범접을 하지 못한다. 하지만 그것들은 절대로 푸나의 곁을 완전히 떠나지는 않을 것이다. 정체를 보이지 않은 그것들은 어둠의 곳에서 어둠으로 끝없이 흐르는 찐득한 검은 강물처럼 푸나를 끌고 가 파괴의 폭포에 떨어뜨리려 할 것이다.

한국에서 경치가 좋은 지역에서 산불이 나서 큰 피해가 났다는 보도가 나왔다. 세찬 바람을 타고 어마어마한 불길이 그 계곡에 있던 한 종교시설을 몽땅 태워서 주요 건물들이 몽땅 타버리고, 목깃이 높은 이상한 옷을 입은 사람들 여러 명도 크게 다치거나 목숨을 잃기도 했단다. 불길이 얼마나 거세었던지 종각에 걸려있던 용고리로 만들어진 종이 형태를 알아볼 수 없을 정도로 녹아버렸다고 했다.

한국경찰의 조사에 따르면 그 불길의 시작점은 그 산에서 종교행위를 하던 60대 여성이 종이를 태우다 실화로 산불이 시작되었다는 것이었다. 뉴스 자료화면에 나오는 장면에서 산불의 불길이 얼마나 크고 강한지 사람이 도저히 접근할 수 없어서 소방헬기로만 불길을 진압해야 하는데 산이 험하고 바람이 세차서 이것도 쉽지 않다고 했다. 이 종교시설은 산불과 같은 화재사고를 대비해서 건물과 수풀 사이의 간격을 넓게 주었고 자체 소방시설을 갖추었지만 불길이 너무 거세서 무용지물이었다고 했다. 울창한 숲을 뒤덮고 타오르던 거센 불길에서 떨어져 나간 큰 불덩이가 바람을 타고 100미터 이상을 날아가 건물들을 덮쳐버리니 어떻게 손을 쓸 수가 없는 상황이라고 했다. 한국에서는 매년 이렇게 허가 받지 않은 종교행위에 의해 산불이 종종 발생하여 정부에서 이를 엄격히 금지하고 있지만 야간에 은밀히 이루어지는 것을 완전히 막지는 못한다고 했다.

마침내 바위공원에는 이곳의 지형적 특징과 잘 어울리는 전시관이 완성되어 유물전시준비를 마쳤고, 봉황바위 근처에 세워진 종각에 보통 사람의 키보다 조금 큰 봉황대종이 걸렸다. 평화구역 지방정부에서는 전시관 개념기념에 맞추어 봉황대종 타종식을 갖기로 하고 여러 곳에 초청장을 보냈다. 역사학계, 종교계, 정치계뿐 아니라 외국의 여러 사람들에게도 초청장을 보내 이곳에 살았던 고대인들이 그랬던 것처럼 함께 마음을 모아 세상의 평화를 염원하자는 것이었다.

"여러분, 오늘 중대한 뉴스를 발표하겠습니다." 다니엘이 전시관에서 정리 작업을 하다 말했다.

"무슨 중대한 뉴스, 또 봉황종을 도난당했다는 뉴스가 아니라면 중대할 것이 없어." 젠즈가 대답했다.

"전시관 개관하는 날 저와 도리이가 이곳에서 결혼식을 올리기로 했습니다. 이만하면 중대한 뉴스가 아닙니까?"

"에이, 우리도 다 알고 벌써 결혼 선물까지 준비했는데." 링천이 답했다.

"아니, 그것을 어떻게 알았습니까?"

"어떻게 알긴, 도리이가 몰래 말했지. 다니엘에게는 비밀로 해 달라면서."

"도리이, 끝까지 비밀로 하기로 했잖아."

"아노 아노, 그것을 어떻게 끝까지 비밀로 합니까? 만약에 정말로 끝까지 비밀로 해서 우리 결혼식 날 아무도 오지 못하면 어떻게 합니까?"

"하하하하하하!" 모두 웃음을 터트렸다.

"그러면 중대 뉴스 하나 더 있습니다."

"뭔데요? 도리이가 이미 임신을 했어요? 그래서 어쩔 수 없이 결혼을 하는 것은 아닌가요? 하하하" 링천이 웃으며 물었다.

"이이에! 이이에! 아닙니다. 우리는 정말로 사랑해서 결혼하는 것입니다." 도리이가 정색을 하고 손을 저으며 아니라고 했다.

"정말로 중대 뉴스입니다." 다니엘이 말하자

"다니엘은 중대 뉴스 공장인가?" 젠즈가 물었다.

"원래는 저와 도리이가 결혼해서 미국에 가서 살기로 했는데 앞으로 이곳 평화구역에서 계속 살기로 했어요. 그동안 여러 사건들이 있었는데 그것을 거치면서 이곳에 정이 들었습니다. 도리이도 이곳에서 사는데 동의했습니다."

"대환영입니다! 평화구역은 전 세계의 평화를 사랑하는 사람들의 땅입니다." 링천이 다니엘을 안으며 반겼다.

전시관 개관일, 수많은 사람들이 전시관 개관을 축하하고 봉황대종 소리를 들어보기 위해서 운집했다. 그동안의 사정을 발표하는 보고회가 있고 공식 초청된 오케스트라의 축하연주회도 있었다. 축하 연주회가 끝나고 봉황대종을 치는 순서가 되었다. 모두의 시선은 종각으로 이어졌다.

종을 치기에 앞서 젠즈가 금정과 링챠오 그리고 모형을 확대한 조형연구소 대표자를 소개하였다. 봉황대종을 만드는데 후원자로 기여한 링챠오의 공로를 보고하고, 3D자료로 적절하게 확대한 조형연구소를 치하하고, 좋은 종을 만들기 위해 첫 번째 종을 파기하고 완벽한 봉황대종을 구현해낸 금정의 종 명인으로서의 자세를 칭찬하고 감사를 표했다.

보고의 순서가 끝나고 종을 치는 순서가 되었다. 첫 타종이라 모두 기대와 흥분으로 긴장하고 있었다. 금정, 링챠오, 젠즈, 평화구역대표 4인이 가장 먼저 종을 치는 막대기의 좌우에서 손잡이를 잡았다.

뎅~~~ ~~ ~ 첫 타음이 맑고 웅장해서 종소리가 사람들의 가슴을 치고 들었는데 이어지는 긴 여음이 얼마나 아름다운지 한동안 사람들은 아무 말도 못했다.

"와~!" 사람들의 환성이 터졌다.

"종소리가 어떻게 이렇게 사람의 심금을 울릴 수가 있나, 도저히 믿기지 않는 소리이다." 이곳저곳에서 감탄의 말들이 이어졌다.

뎅~~~

뎅~~~

뎅~~~

이어서 사람들이 돌아가면서 봉황대종을 쳤다. 오늘은 첫 타종일이어서 누구나 종을 칠 수가 있다.

"안녕하세요? 저를 아시겠습니까?" 어떤 남자가 다가와 금정에게 인사를 했다. 새끼 양의 주인이었다.

"아! 오셨군요." 금정이 그 남자에게 악수를 청했다.

"선생님이 만든 종, 정말 소리가 좋습니다. 감명을 받았습니다."

"감사합니다. 선생님의 공도 있습니다." 금정이 말했다.

"네? 제 공이 있다니요? 아! 저도 예전에 봉황대종 기금조성에 적지만 몇 푼 보탰습니다. 그것도 공이라면 공이네요. 하하하!"

"그것 말고 저에게 돈을 받지 않고 한 공이 있지 않습니까?" 금정이 양 목장에서 있었던 일을 상기시켰다.

"돈을 받지 않고 … ? 하하하 그 못생긴 새끼 양 말입니까? 그놈은 잘 있습니까?"

"그럼요. 잘 있습니다. 그놈의 목소리가 얼마나 좋은데요." 금정이 차분하게 말했다.

"그 새끼 양은 보지도 듣지도 못하고 걸음걸이도 시원찮아서 항상 메~ 메~그랬으니 목청만은 좋았지요. 잘 있다니 다행입니다." 새끼 양의 주인은 그 양을 그리워하는 듯했다.

"양이 원래 착한 동물이고, 옛날에는 하늘에 제사를 지낼 때 제물로도 바쳤다지 않습니까."

"그거야 원시시대의 이야기이지 요즘 같은 세상에야 누가 그런 미신을 믿습니까?"

"우리 같은 일을 하는 사람은 일을 하다가 실패하고 너무 힘들 때는 사람의 힘으로 안되는 것이 있는가 하고 신에게 제사를 지내기도 합니다." 금정이 이렇게 말하자

"저도 그런 이야기는 들었습니다. …… 혹시?" 새끼 양의 주인이 궁금해 했다.

"그렇습니다. 선생님의 그 새끼 양은 이 봉황대종을 위한 제물로 바쳐졌습니다. 제가 아무리해도 좋은 소리가 안 나와서 옛날 사람들이 하던 것을 따라 했습니다. 용서하십시오."

" ……… " 새끼 양의 주인은 말을 않았다.

"정말로 정성을 다하여 새끼 양을 위하여 기도를 드렸습니다."

"제물로 쓰인 그놈은 어디에 묻었습니까?"

"이 봉황대종 속에 묻었습니다."

" ……… , 에휴~, 그것이 그놈의 운명이었군요. 그래서인지 이상하게 종소리가 유달리 제 가슴에 와닿았습니다." 새끼 양의 주인은 손으로 가슴을 치며 말했다.

"제가 최선의 예를 갖추었습니다."

"어떻게 종 속에 묻었는지요?"

"아주 먼 옛날 은나라 시대의 사람들은 그들의 소망을 새긴 거북의 뼈를 불에 구워서 하늘의 대답을 추측했습니다. 저도 새끼 양의 뼈에 봉황종에 쓰여 있던 '봉황이 울면 천하가 화평하다 (🦚🦜🐑🐏🐑🦚)'는 글귀를 천 번을 새겨 넣었습니다."

"양으로서는 과분한 영광이군요. 어차피 사람들의 입 속으로 들어가거나 땅속에 버려져야 하는 운명인데. 그 못생김이, 그놈에게는 큰 영광이 되었군요. 봉황이 아니라 못난 어린 양이 세상 사람들에게 평화를 부르짖는 것이네요. 감사합니다."

시민들의 봉황대종 타종이 계속 이어지는 가운데, 전시관 뜰에서는 다니엘과 도리이의 결혼식이 거행되었다. 젠즈가 이들의 결혼 증명인이 되었다. 치랑, 푸나, 두쌘, 링천, 류풍걸, 궈이를 비롯하여 많은 사람들이 이들을 축하하기 위해 모였다. 페이롱도 오고, 다니엘의 친구 세르게이는 특별 가석방되어 와서 결혼을 축하했다.

"푸나 박사님, 우리의 영웅 리트리버는 어디 갔어요?" 링천이 물었다.

"몰라요. 떠돌이 개, 지네 집으로 돌아갔나 봐요."

"떠돌이 개처럼 보이지 않던데요."

"지금은 가고 없으니 떠돌이 개이지요."

"치랑 박사님과 푸나 박사님은 언제 결혼하세요. 두 분도 여기에서 하세요. 제가 신부가 걷는 런웨이에 특별히 꽃잎을 가득 깔아드리겠습니다." 링천이 말하자

"말씀만 들어도 감사합니다." 푸나대신 치랑이 다가오며 대답을 했다.

모두가 웃고 떠들며 다니엘과 도리이의 결혼을 축하하는데 치랑은 봉황대종을 치려는지 사람들이 뜸해진 종각으로 갔다. 푸나도 치랑을 따라 그쪽으로 가다가 종각 옆 늘 앉았던 봉황바위 앞의 그 바위에 앉았다. 많은 생각이 일어났다. 이 바위 밑에서 봉황종을 안고 잠이 들었던 여제사장이 생각났다. 여제사장은 왜 봉황종을 안고 묻혔을까? 언젠가는 아름다운 종소리로 사람들의 마음을 움직여 세상의 마음과 마음들을 연결하려는 시도였을까? 푸나는 눈을 감고 명상에 잠겼다. 이전에 명상할 때 보았던 그 하늘이 보였다.

하늘을 보았다.

슬프도록 청명한 하늘이다.

그때 보았던 정말로 큰 보름달이 떴다.

큰 접시만한 것이 아니라 하늘의 절반을 차지하고

세상을 비추고 있다.

선혈이 흘러내렸던 이 바위공원 언덕에서

포효를 쏜 활을 쥔 채 그 달을 본다.

그 큰 달은 모든 것을 비추고 있다.

그 속에서 푸나 자신의 모습이 보였다.

치랑의 얼굴과 제강의 모습이

예싼과 쓰우, 서울아주머니와 여제사장의 모습이

손규영 형사, 쳰즈, 링천과 링챠오, 다니엘과 도리이, 류풍걸,
두쒼, 궈이, 금정

펑쌍, 페이롱, 김명철, 세르게이, 띵쟈오

달 속에 비친 모두의 모습은 거울을 마주하듯 선명하다.

푸나가 미간을 찡그리니 달 속의 푸나도 찡그린다.

웃으니 따라 웃는다.

활을 쥔 손에 힘을 주었다.

달을 향해 활을 겨누었다.

펑쌍을 향해

치랑을 향해

활시위를 놓을 수 없다.

오래 견디니 어깨가 아파온다.
그래도 차마 쏠 수가 없다.
활을 내렸다.
다시 화살을 활의 시위에 얹었다.
호흡을 가다듬고 활을 들어
시위를 당겼다.
평쇵과 치랑을 지나
푸나의 모습을 겨누었다.
둘 중 하나는 없어져야 한다.
달 속 저 푸나가 다시 쫓아온다면
모든 것은 수포로 돌아간다.

얼음처럼 차가운 화살촉이
정확히 달 속 푸나의 심장을 겨누는 순간
눈을 감고 시위를 놓았다.
팅~ 활시위가 울리고
쌩~ 화살이 허공을 가른다.
공허를 가로질러 달 속의 푸나에게로 날았다.
퍽! 화살 꽂히는 소리가 울린다.
으음! 신음소리가 들렸다.
푸나는 가슴에 예리한 무엇이 박힌 느낌이 왔다.
얼굴을 들어 달을 보았다.
화살이 정통으로 심장에 꽂혔는지 가슴을 끌어안고

원망하듯 핏발선 붉은 눈을 부릅뜨고
달에 비친 푸나가 공허로 떨어진다.
머리에 화살 박힌 새처럼 맥없이
천계에서 추방되는 천녀처럼 힘없이 너풀거리며
운명을 다한 영웅의 영혼인 듯 유성처럼 빠르게
달 속의 푸나가 화살을 안고 떨어진다.

이제 하늘의 반을 차지한 달에는 푸나가 없다.
모든 이의 모습도 사라졌다.
달 속 푸나가 사라지니
이쪽 푸나의 몸도 사라지기 시작한다.
원초에는 형체도 없고 실체도 없다
없는 그곳으로 돌아간다.
아무것도 없다.
공허의 달은 너무나 밝다.
이곳과 저곳의 끝까지 비춘다.
운명의 경계도 사라졌다.

뎅~~~ ~~ ~ 누가 쳤는지 봉황대종이 울렸다. 종소리는 그
큰 달이 있는 하늘에 큰 파동을 그리며 뻗어갔다.

"치랑 박사님! 푸나 박사님! 거기서 뭐해요? 다니엘과 도리이의
결혼식 특별 공연에 참석하셔야지. 빨리 오세요!" 링천의 큰 목소

리가 눈을 감고 있는 푸나를 깨웠다.

"류풍걸 씨가 엄청나게 많은 탈을 가지고 와서 모두 같이 참여하는 특별 무대를 만들자고 합니다. 빨리 와요!"

"푸나 박사님! 박사님이 빠지시면 안돼요. 빨리 오세요. 같이 탈춤을 추어요." 류풍걸이 푸나를 향해 손짓을 하며 빨리 오라고 소리쳤다.

"치랑 박사! 빨리 들어와!" 페이롱도 손짓을 하며 크게 외쳤다.

"푸나 제사장, 백성들이 온갖 어려움과 갈등을 극복하고 화합의 축제를 마련하여 우리를 초청하니 어찌 아니 갈 수 있겠소? 어서 갑시다."

푸나의 등 뒤에서 치랑의 목소리가 들렸다. 푸나가 고개를 돌려 뒤를 보니 동물 뿔 모양의 청동관을 쓰고 봉황 깃털로 장식한 금빛 가죽옷을 입은 치랑이 밝은 미소를 띠며 봉황바위 뒤에서 걸어나온다.

"네, 당연히 저들과 함께 해야지요. 방금 나는 마지막 한 발의 화살로 나 자신을 쏘았어요. 나의 존재는 더 이상 의미가 없어졌어요. 나에게는 애욕과 증오가 사라졌고, 선과 악의 경계 또한 없어졌어요. 나는, 아니 우리는 어떠한 가치관도 분화되지 않은 평화로운 원래의 곳으로 함께 돌아가는 것입니다. 이제 모든 것이 끝났습니다. 참으로 길고 지루했던 수천 년 갈등의 시간이 끝났어요."

『봉황종 평화를 울리다』를 쓰면서

2017년 4월 29일, 오대산 상원사에서 제가 만든 새로운 상원사 봉황대종의 타종식이 있었습니다. 상원사는 현재 남아있는 우리나라 범종 중에서 가장 오래된 종으로 유명합니다. 이곳에 제가 새로 만든 봉황대종을 건다는 것은 불교 범종역사에서 가장 중요한 뉴스라서 모든 불교 매체와 주요 언론들에서 중요 뉴스로 다루었습니다.

이후, 저는 다른 종교적 신념을 가진 사람들까지도 포용할 수 있는 모든 종교를 초월한 종을 만들고 싶었습니다. 그것이 제가 운명적으로 종을 만들게 된 진정한 의미라는 생각이 들어서 입니다. 그래서 미지의 '봉황종'을 만들고 글을 쓰기 시작했습니다.

이전에 성덕대왕신종 제작과정에 제 나름으로 의미를 부여한『대왕의 종』을 내었고 이번『봉황종 2045』는 종에 대한 두 번째 소설입니다. 봉황이라는 모티브는 제가 만든 상원사 봉황대종에서 출발했지만 작금의 한반도를 둘러싼 상황과 인간, 생명과학, 종교, 신화 등 저로서는 벅찬 내용들을 엮어서 글을 이끌어 갔습니다. 물론 봉황종의 의미를 합리화하기 위해 작위적으로 선택한 것들입니다.

  이글을 쓰는데 있어 중요한 계기를 준 책으로 정재서 교수님의 『이야기 동양신화』와 『산해경』이 있습니다. 이 책들에 서술된 동양신화의 내용들은 이 봉황종의 기본 구도를 잡는데 중요한 방향타가 되었고 등장하는 캐릭터들의 성격을 정하는데도 좋은 길잡이가 되었습니다. '힘든 상황에서 제 졸작을 출판하신 종문화사 임용호 사장님에게 감사하고, 이 소설을 중국어로 번역하는데 도움을 준 범문육, 진자낙, 한소천에게 고마움을 전합니다.'

  저는 이 글을 쓰면서 지금까지 10여 년간 종을 만들었던 경험으로 진짜 봉황종을 만들었습니다. 저는 새로운 상원사종을 만든 사람이기에 이 봉황종을 만들 자격이 있다고 스스로 자부합니다.

  지금 한반도를 둘러싼 상황은 어느 시대보다 긴박하게 돌아가고 있습니다. 세계의 평화를 이루는 봉황대종이 한반도에서나아가 전 세계에서 울리기를 기원합니다.

봉명천하안정(鳳鳴天下安定)!
2018. 5. 광풍이 부는 봄을 맞으며

서산 가야산 자미원에서 金井 도학회

496